dtv

Mitten in der Großstadt, im Garten unter der blutroten Buche, organisiert der kleine Geschäftemacher Rotzoff ein teures Fest, um mit den Eintrittskarten seine Schulden zu bezahlen. Das ist der Auslöser für erotische Verwicklungen, Liebe, Betrug und Eifersucht. Der Erzähler, ein verbummelter Kunsthistoriker, verliebt sich in die zerbrechliche Winnie; Marusha dient als schillernde Geliebte gleich mehreren Herren, darunter Wereschnikow, umtriebiger Planer eines Kongresses über das zerfallene Jugoslawien, und der Immobilienhai Breegen. Hochstapler treffen auf Kreative und Verliebte auf Verlassene. Bei allen aber putzt Ivana aus Bosnien, die ihren Kundenstamm energisch zusammenhält und auch auf dem Fest für Ordnung sorgen soll. Doch während die Kunden feiern, beginnt auf dem Balkan der Krieg.
Martin Mosebach überrascht mit einem neuartigen Ton; wechselnd zwischen Komik und Härte, Ironie und Trauer, blickt er nach Bosnien, wo man in archaischer, bäuerlicher Umgebung eine große Hochzeit mit schlimmem Ende feiert, und in das Herz einer deutschen Großstadt. Der Leser wird immer tiefer hineingezogen in den Strom der Ereignisse – bis dann Ivana die Trümmer des rauschenden Festes entschlossen zusammenkehrt.

Martin Mosebach, 1951 in Frankfurt am Main geboren, widmete sich nach seinem Jurastudium ganz dem Schreiben. Seine Romane, Erzählungen, Essays, Gedichte und Libretti wurden vielfach ausgezeichnet, u. a. mit dem Heinrich von Kleist-Preis und dem Großen Literaturpreis der Bayerischen Akademie der Schönen Künste. 2007 erhielt er den Georg Büchner-Preis für sein Gesamtwerk. Zuletzt erschienen der Roman ›Was davor geschah‹, ›Das Rot des Apfels. Tage mit einem Maler‹, ›Als das Reisen noch geholfen hat. Von Büchern und Orten‹, die Aufsatzsammlung ›Der Ultramontane‹ und ›Das Blutbuchenfest‹.

Martin Mosebach

Das Blutbuchenfest

Roman

dtv

Der Autor dankt dem internationalen Kolleg Morphomata
der Universität Köln und dem Deutschen Literaturfonds
für Gastfreundschaft und Unterstützung.

Die Übersetzung aus dem Satyricon des Petronius
auf Seite 207 stammt von Michael von Poser.

2015 dtv Verlagsgesellschaft mbH & Co. KG, München
Lizenzausgabe mit Genehmigung des Carl Hanser Verlags München

Umschlagkonzept: Balk & Brumshagen
Umschlaggestaltung nach einem Entwurf von Peter-Andreas Hassiepen
unter Verwendung eines Bildes von Nikolaus Heidelbach
Gesetzt aus der Sabon
Satz: Gaby Michel, Hamburg
Druck und Bindung: Druckerei C.H.Beck, Nördlingen
Gedruckt auf säurefreiem, chlorfrei gebleichtem Papier
Printed in Germany · ISBN 978-3-423-14441-4

Das Blutbuchenfest

Erstes Kapitel

Ivana, schaumgeboren

Die Markies verließ um fünf Uhr das Haus, um fünf Uhr morgens wohlgemerkt, denn ihr Flug nach Berlin ging um halb sieben. Wie stets brach sie ein wenig zu früh auf, denn sie war eine überlegene Planerin ihres Lebens und bezog auch eigene Schwächen in ihre Berechnungen mit ein. Dazu gehörte, bei Aufbrüchen immer etwas Wichtiges zu vergessen, das Taxi umkehren lassen zu müssen und noch einmal in die Wohnung zurückzukehren. Ihre Angestellten, die jungen Mädchen in der Agentur, wußten genau, wann wirklich Ruhe einkehrte, eben nicht, wenn Frau Markies mit Gepäck ins Taxi eingestiegen war, sondern etwa zwanzig Minuten später, nachdem sie noch einmal in der Tür gestanden hatte und in Eile, aber zielstrebig einen Schriftwechsel heraussuchen ließ. Danach war es, als falle ein eiserner Reifen von den Mädchen ab, der sie bis dahin spannungsvoll aneinandergeschmiedet hielt; es war nicht so, daß jede Arbeit gleich aufhörte, nur der Galeerentakt der gemeinsamen Ruderschläge wurde nicht mehr vorgegeben, und so driftete das Büro unmerklich auseinander, bis schließlich alle Mädchen in ihre privaten Telephonate versunken waren und die Vorgänge auf den Bildschirmen nur noch mit geschickt gesetztem Fingertipp am Laufen hielten, spielerisch, wie man die Kugel eines Flipperautomaten in Bewegung hält.

Auch in diesen trüben Morgenstunden kehrte Frau Markies noch einmal um, ohne besorgt sein zu müssen, sie könne außer Atem geraten. Ihre Stirn zeigte keine Schweißtropfen, das nußbraune Haar lockte sich lässig, wie von mildem Sommerwind durchpustet, der japanische weite Mantel aus fein plissierter schwarzer Seide umwehte sie mit dem appetitlichen Rascheln von zerknülltem Butterbrotpapier. Aber dann trat um so tiefere Ruhe ein, als die Bürostunden erst gegen zehn Uhr begannen. Die weißen Lilien in den Vasen blühten dem Sonnenaufgang entgegen. Im Entreé hing noch eine Ahnung des Parfums von Frau Markies. Sie bevorzugte sehr schwere Düfte, die auch gut zu ihr paßten, denn sie selbst begann schwer zu werden und entsprach vollständig dem Anspruch von Fülle und Sattheit und Sommernachtwärme solcher Parfums, obwohl sie sich beim Essen und Trinken durchaus ein Regime auferlegte.

Jetzt atmete die Wohnung, die sich ans Büro anschloß, erst einmal aus. Die Wohnung kam gleichsam mit sich ins reine, zumal Frau Markies auch bei solchen frühen Aufbrüchen keine Unordnung zurückließ. Sogar das ungemachte Bett war nicht zerwühlt, sondern verriet nur am Abdruck des Kissens, daß ihr Kopf darauf geruht hatte. Das Licht drang weich in die Räume vor, erst grau, dann weiß, dann rosig, dann wieder weiß werdend, zur Tagesobjektivität vorstoßend, das Stimmungshafte hinter sich lassend.

Ein Schlüssel drehte sich im Schloß, dann ein zweiter, dann ein dritter. Frau Markies' Wohnungstür war armiert wie ein Gefängnistor. Sie genoß das Schnurren und Schnappen der Schlösser und das schwere Zufallen des Türflügels als akustischen Beweis ihrer Sicherheit. Es war die Putzfrau Ivana. Sie ließ die Türflügel aufschwingen, planmäßig um acht Uhr. Die junge Frau trat ein und rief, während sie in die noch nicht aufgelöste Parfumwolke, die geistige Gegenwart von Inge Markies hineinschnupperte: »Hallo, ich bin's«, so hatte sich das eingespielt. Frau Markies verabscheute es, wenn unversehens jemand vor ihr stand. Sie war schreckhaft und konnte dann für einen Augenblick die Beherrschung verlieren. Als keine

Antwort kam, drückte Ivana die Mobilnummer von Frau Markies. Da meldete sich auch schon deren warm-dunkle, dabei scharf artikulierende Stimme wie aus großer Nähe. Sie war inzwischen aber in Berlin gelandet und saß schon im Taxi. Ivana hatte mit Frau Markies ihre Erfahrungen. Eine davon war, daß die Dame selbst es liebte, unversehens im Zimmer zu stehen. Das jedenfalls wäre in der nächsten Stunde wohl ausgeschlossen, obwohl Ivana ihrer Arbeitgeberin vieles zutraute und für möglich hielt, daß sie mit geheimen Mächten im Bunde stehe; diesen Verdacht hatte Frau Markies zu nähren verstanden, indem sie auch Ivana, nicht nur ihre Kunden und die Mädchen im Büro, gern belehrte, sie verfüge über »das Herrschaftswissen«, und Ivana hatte bisher keinen Anlaß, daran zu zweifeln. Ein starker Herrschaftswillen ruft bei den Beherrschten freilich auch die Neugier hervor, dessen Grenzen auszuerproben. Wer herrschen will, muß anwesend sein.

Ivana ging in das große helle Badezimmer von Frau Markies und ließ warmes Wasser in die Wanne. Das Fenster war in der unteren Hälfte mit Milchglas versehen, durch die obere drang ungebrochen das Sonnenlicht ein. Wie viele moderne Menschen ließ Frau Markies, deren Umgebung sonst von teurer Sparsamkeit geprägt war, in ihrem Badezimmer einen gewissen Luxus zu. Spiegel bedeckten die Wände, um den Körper der hier Badenden von allen Seiten zu präsentieren. Ein heller feinporiger Stein – um Gottes willen kein Marmor! – umgab die tiefen ovalen Waschbecken und die Badewanne. In der kühlen Sachlichkeit der Umgebung prunkte ein altertümlicher Schminktisch aus einer Theatergarderobe mit von vielen Birnen besetztem Messing-Kippspiegel. Hier war jener Wald von Flaschen und Tiegeln aufgestellt, der für Frau Markies' Wohlbefinden unabdingbar war. Aber diese Flaschen ließ Ivana unberührt. Sie wußte nicht recht, was darin war, und hielt ihren Inhalt für etwas Medizinisches; wer wußte schon, woran Frau Markies im geheimen litt. Sie nahm nur die Badeölflasche, aus der sie es schwerflüssig türkis in den Wasserstrahl rinnen ließ. Ivana kickte ihre Sandalen zur Seite und begann sich auszuziehen. Sie trug einen schwarzen Jogginganzug – ihr »Pol Pot«-Kostüm, wie Frau Markies nie versäumte zu sagen, Ivana lachte dann ein bißchen mit, ohne zu wissen, was »Pol Pot« wohl sei, die Assoziation hätte ihr aber bestimmt nicht mißfallen. Schon als sie sich das Oberteil über den Kopf zog, begann sich ihr Geruch im Raum zu entfalten, ein kräftiger gesunder, keineswegs schweißig abgestandener, für sie höchst bezeichnender Dunst, etwas entfernt Landwirtschaftliches war auch dabei, obwohl sie längst nicht mehr wie zu Hause in Bosnien mit Ziegen und Kühen umging, sondern mit Staubsaugern und chemischen Putzmitteln. Jetzt war sie nackt. Die Spiegel zeigten sie von allen Seiten. Wer dabeigewesen wäre, hätte sie studieren können, ohne um sie herumzugehen. Ihr Körper war von unauffälliger Vollkommenheit. Sie war nicht groß, dem zeitgenössischen Ideal der Langbeinigkeit, das oft nur durch Staksigkeit erfüllt wird, vermochte sie nicht gerecht zu werden. Schenkel und Waden waren rund und schön geschwungen, Knie und Fußgelenke sehr schmal, das Hinterteil war nicht klein und nicht groß, aber breit genug, um einen deutlichen Einschnitt der Taille entstehen zu lassen. Der Bauch war weich, wenige aschblonde Löckchen kräuselten sich darunter, die Schulter schmal und abfallend, die Brüste nicht groß, kegelförmig stehend mit kirschroten Warzen darauf.

Ivana wich ihrem vielfältigen Bild nicht aus. Sie wandte den Kopf und sah sich von rechts und links, aber wie eine Fremde, ohne Gefallen oder gar Mißfallen. Die kritische Überprüfung der eigenen Erscheinung, die so viele Frauen belastet, war ihre Sache nicht, und da gab es wahrlich auch nichts zu kritisieren, wenn man nicht an den kleinen roten Händen hätte herummäkeln wollen, die von Kindheit an gearbeitet hatten, ohne doch breit und hart zu werden, sondern eine leicht feuchte Patschigkeit bewahrten. Wie unerschrocken sie damit zupackte. Nie hätte sie bei ekelhaften Arbeiten Gummihandschuhe getragen. Sie kannte überhaupt die Empfindung des Ekels nicht. In einen stinkenden Mülleimer oder in die blutigen Eingeweide eines geschlachteten Tiers griff sie mit der Geste moralischer Überlegenheit über den Dreck, den sie durch Entfernung an seinen Platz verwies. Jetzt prüfte sie mit den Zehen die Wassertemperatur. Es war schön warm. Ihre kleinen Füße hatten kräftig rote Fersen und Zehen; die stachen um so mehr ab, als die Haut sonst am ganzen Körper blühend weiß war, nicht durchsichtig, nicht blaß, nicht farblos, sondern von starkfarbigem Weiß, und überhaupt ergab sich jetzt am frühen, aber schon voll entwickelten Morgen das reizvollste Farbspiel: das türkise Wasser, der schillernde, darauf treibende Schaum, der weißhäutige Körper mit seinen rötlichen Akzenten, der nun eintauchte in Lichtkaskaden, Wasserspritzern, Flimmern, zugleich wohlige Wärme, ja Hitze, die zur frühmorgendlich leichten Frostigkeit aufs angenehmste paßte und Ivanas Stirn feucht werden ließ.

Denn jetzt ist der Augenblick gekommen, auch ihr Gesicht zu betrachten, jetzt, wo es vom Schaum wie von einer gestärkten Halskrause umgeben, wie abgeschlagen auf der Wasseroberfläche lag. Sie reckte den Oberkörper noch einmal in die Höhe, um sich in zeitloser, ja ewigkeitlicher Frauengeste mit geneigtem Kopf das Haar im Nacken zusammenzufassen. Sie nahm ein Gummiband, um die Locken am Hinabfallen ins Wasser zu hindern. Es ist oft beklagt worden: In den schönsten Momenten ist niemals ein Maler oder Photograph zur Stelle. Und es gab in ihrem Leben auch sonst keinen Zusammenhang, in dem ein anderer sie genießerisch hätte betrachten können. Sie lebte nicht mehr wie ihre Mutter, die möglicherweise niemand je nackt gesehen hatte, die es auch beim Wechseln der Kleider stets verstand, im Ablegen des einen Stückes das andere schon halb angelegt zu haben, die übrigens bis heute einen starken Duft nach frischem Basilikum an sich hatte, ohne daß Ivana hätte sagen können, ob die Mutter sich wohl mit gequetschten Blättern dieses um das Haus herum reichlich wachsenden Krauts einrieb. Ein Badezimmer hatte es ohnehin zu Hause nicht gegeben. Im Sommer übergoß man sich mit Wasser, hinter einem Mäuerchen im Hof, wo auch die Pumpe stand, Männer und Frauen getrennt natürlich, im Winter bei hohem Schnee stand der Waschzuber in der Küche. Inzwischen hatte Ivana für den Einbau eines Badezimmers im Elternhaus gesorgt, ein Duschbad mit Kacheln aus Deutschland, auf kleinem Raum freilich und nicht für voyeuristische Feste geeignet. Und die fanden auch in dem Souterrainzimmerchen, in dem sie in Frankfurt mit ihrem Mann wohnte, nicht statt – wann auch? Wenn sie beide erschöpft von der Arbeit kamen, hätte auch einem feuriger verliebten Paar sehr selten der Sinn nach Liebesinszenierungen gestanden. Aber man sollte die Nüchternheit von Ivanas Eheleben nicht auf die Umstände ihrer Frankfurter Arbeitslast schieben. Sie war nicht die Frau, die Freude daran gehabt hätte, sich irgendeinem Mann zu zeigen, gar verliebte Stimmung, erotische Spannung zu erzeugen. Sie kannte Frauen, die so etwas machten, aber sie schüttelte darüber verständnislos den Kopf, wie es ein zehnjähriger Junge getan hätte: den bemerkenswert großen, nicht eigentlich weiblichen, vielleicht nicht einmal lebendig menschlich wirkenden Kopf. Die hellenische Antike hat ein Schönheitsideal begründet, das in der Natur kaum anzutreffen ist und, wenn es sich dann doch einmal verwirklicht, gar nicht unbedingt schön erscheint. Die berühmte griechische Nase gehört dazu, die den Sattel gerade aus der Stirn wie die Schiene eines Gladiatorenhelms hervorgehen läßt, die weit auseinanderstehenden großen Augen, das muschelförmige große Kinn, auf dem das Gesicht wie auf einem stabilen Fundament ruht. Ein Maskengesicht hatte Ivana, welche Wirkung sich noch dadurch verstärkte, daß sie zu Starre und Finsternis neigte, zum Grübeln über erlittenes Unrecht und zur Verweigerung, das werbende Lächeln ihres Gegenübers zu erwidern.

In der duftenden öligen Wärme und im Spiel der Sonnenflecken löste sich diese Starre. Ivana lächelte. Sie lächelte sogar lieblich, ohne unmittelbaren Anlaß. Dies Lächeln gehörte nicht zu einem durch den Kopf ziehenden kleinen Gedanken, es wurde gleichsam von der ganzen Hautoberfläche hervorgebracht. Eine andere Möglichkeit zu sein tat sich auf. Sie plätscherte in der Wärme. Sie öffnete und schloß die Schenkel. Schaumfetzen bedeckten die aus dem Wasser ragenden Knie, das Wasser schwappte gegen den Badewannenrand. Kurz stellte sie sich vor, wie lustig es wäre, hier eine regelrechte Überschwemmung anzurichten, das Wasser über den Rand treten zu sehen, die Schwelle des Badezimmers überflutend, ein nicht mehr geheimzuhaltendes Bad zu nehmen, sondern im Zentrum eines zerstörerischen Wasserfalls zu sitzen. Diese nach parfümierten Kerzen, Tee und Lavendel duftende Wohnung mit den Lilienstaubwölkchen, die könnte man ganz einfach davonschwimmen lassen.

Es war nicht Ivanas Art, ihre Kunden schädigen zu wollen, das muß der Vorstellung dieses morgendlichen Bades unbedingt hinzugefügt werden. Dies Bad gehörte in ihre Spezialbeziehung zu Frau Markies. Woanders hätte Ivana sich nicht ohne weiteres in die Wanne gelegt, wenn man von Wereschnikows Wohnung absieht, aus verwandten Gründen nebenbei. Inge Markies hatte das Zeug zur echten Befehlshaberin. Sie hatte Ivana augenblicklich durch ihre Sicherheit, Genauigkeit und Distanziertheit beeindruckt. Es gab nie einen Zweifel, was sie erwartete. Sie prüfte mit einem Blick das Ergebnis, es gab mit ihr keine Debatten und keinen Raum für Mißverständnisse. Ivana war ein Homo hierarchicus, von ihrer grundsätzlich anarchischen Disposition einmal abgesehen; wo sie Führungskraft vorfand, erkannte sie das an.

Aber Frau Markies hatte dies beträchtliche Kapital, diesen Bewunderungsvorschuß verspielt, letztlich durch einen Mangel an Selbstbeherrschung. Sie hielt eine kleine Schwäche nicht genügend im Zaum, die aber wie Ameisen, Termiten und Holzwürmer die Basis ihrer Autorität zernagte. Es war für sie immer ein Angang, mit einem oft erfolglosen inneren Kampf verbunden, Bargeld aus der Hand zu geben. Überweisungen am Bildschirm verliefen bei ihr beinahe schmerzlos, sie hinterließen höchstens eine flüchtige Unlust oder eine lästige Taubheit, ein jähes Zusammenfallen der Vitalität, das schnell überwunden wurde, aber dies Öffnen der Handtasche, das Hervorholen und Abzählen von Scheinen, das widerstand ihr. Dies Verschwindensehen des eigenen Geldes in einer fremden Tasche, das war für sie mit einer unbeherrschbaren Empörung verbunden; aufs Gesicht trat nur die schlechte Laune, als sei sie mit der zu bezahlenden Leistung unzufrieden, das machte die Wirkung auf Ivana freilich nicht besser. Und oft genug konnte Frau Markies sich nicht einmal zu solch widerwilliger Leistung überwinden. Wenn sie spürte, daß es ein Tag war, an dem sie Schonung verdiente, fand sie die Kraft zu strahlendem Lächeln und bat Ivana, bis zum nächsten Mal auf das Geld zu warten. Lange dauerte es nicht, bis Ivana die Gesetzmäßigkeit dieses Vorgehens durchschaute, das sie psychologisch gewiß nicht weiter deutete. Es war das Ergebnis, worauf es ankam: Die Bewunderung schlug in Verachtung um. Das war natürlich sehr grob; man hätte auch amüsiert reagieren können, denn zum Schluß war das Geld, mit einer gewissen Verspätung, ja dann doch immer da, aber Zwischentöne waren nicht die Sache von Ivana. Sie sah die Welt schwarz und weiß, meistens also schwarz, denn ein fleckenloses Weiß ist selten.

In der Seifenschale lag ein großes Stück schwarzer Seife, Ivana nahm es und ließ es sich über den Körper gleiten, den sie dafür leicht aus dem Wasser hob. Als sie mit den Händen den Seifenschaum, der nach Weihrauch und einer bitteren südlichen Pflanze roch – es war Ivana, als kennte sie diesen Geruch aus den trockenen Gestrüppwäldern der heimischen Berge –, leicht streichelnd über ihren Brüsten verteilte, stutzte sie. War da nicht etwas anders als gewohnt? Waren die Brustwarzen, die ausdrucksvoll aus dem Wasser ragten – warum sah das kein Mensch! –, nicht ein wenig angeschwollen? Bemerkte sie in den Brüsten nicht ein feines, bis dahin unbekanntes Ziehen? Die Frauen, die sie kannte, sprachen oft von irgendwelchen delikaten Beschwerden, die meist gar nichts weiter bedeuteten; sie konnte da nie mitreden, denn ihr fehlte niemals etwas, von einer Neigung zu Schnupfen in langen Wintern einmal abgesehen. Es war ihr augenblicklich klar, was diese kleinen Symptome bedeuteten, da bedurfte es keiner weiteren Diagnose. Das Unvermeidliche war eingetreten. Sie war schwanger.

Es war ein guter Augenblick, um diese Gewißheit zu erlangen. Als der Arzt sie bestätigte, vermochte er Ivana nicht zu überraschen. Die Visite beim Arzt war nur ein teures Ritual, sie war in Deutschland nicht versichert. Und Ivana empfand zutiefst unrituell, darin lag vielleicht der schroffeste Gegensatz zum Rest ihrer Familie. In der Badewanne von Frau Markies, umgeben von der Luft eines sonnigen Luxus, eingehüllt in die Wärme und in den Lichtzauber der auf den kleinen Wellen tanzenden Flimmerpünktchen, war ihr bei dieser neuen Gewißheit schläfrig zumute wie nach größerem Blutverlust. Es regte sich weder Freude noch Widerstand.

Die Schwangerschaft war die zu erwartende Folge der Eheschließung, eine späte wohlgemerkt. Vier Jahre lebte sie nun schon verheiratet und schlief mit Stipo in einem engen Bett, da waren die Gelegenheiten, ein Kind zu empfangen, auch wenn nicht eigens angestrebt, unvermeidlich. Stipo war genau der Mann und hatte sich nach der Hochzeit auch darin bestätigt, den sie nicht hatte heiraten wollen. Es gab wenig oder nichts, was ihm ernsthaft vorzuwerfen war. Wenn sie ihn von sich wegstieß, weil er mit Zigaretten- und Schnapsatem zu ihr ins Bett kam, glaubte sie eher einer Pflicht zu genügen, als wirklich angewidert zu sein. Stipo war nicht der Mann, den sie wollte, aber wen wollte sie statt dessen? Bei der Antwort: Niemanden, wäre ihr unheimlich gewesen. Einer mußte es sein, denn Nonne wollte sie nicht werden, und die Lebensform der unverheirateten Frau war in ihrer Elternwelt nicht vorgesehen.

Stipo hingegen hatte Ivana gewollt und keine sonst. Sein ausgeprägtes Profil, die große pfeilgerade Nase, der stets halbgeöffnete Mund, mit dem er, was seine Augen sahen, aufschnappen zu wollen schien, waren seit langem und ausschließlich auf sie gerichtet, in einem Maße ihr zugewandt, zu ihr strebend, daß für einen Hinterkopf nicht mehr genügend Masse vorhanden war. Alles an diesem Schädel wurde nach vorn gezogen, hinten war er platt wie ein Brett. Er war aus unbedeutender Familie; nun, das machte nichts, der Sohn einer Witwe, da gab es keinen belastenden anspruchsvollen Anhang. Er war ein starker Mann mit Riesenhänden. Er konnte einen Backstein zerbrechen – nicht jeden, immer klappte es nicht, aber manchmal schon, wenn der Stein bereits einen Sprung hatte, dennoch eine beeindruckende Leistung, aber er gehörte nicht zu der Schar der anderen jungen Männer in seinem Alter mit ihren Prahlereien, Schlägereien, Saufereien, ihrer Fixiertheit auf jede erdenkliche Art von Frau – verächtliche Neigungen in Ivanas Augen, deren Abwesenheit aber ebenso verächtlich war. Jede Art Männerinteresse hatte Ivana scharf weggezischt wie eine wütende Gans. Ihre Drohung tätlich zu werden war glaubwürdig, und so hatte sich ein Cordon Sanitaire des Respekts um sie gebildet, den niemand zu verletzen wagte, bis auf Stipo eben, der einfach immer dablieb, der durch keine Nichtbeachtung beleidigt, durch kein wegwerfendes Wort zu entmutigen war, im übrigen schlau genug, niemals unmißverständlich zu werben. Sie galten in der Familie und in weiterem Umkreis schon als Paar, bevor sie auch nur ein einziges vertrauliches Wort gewechselt hatten. Ivana, der Willensmensch: Hier war sie eigentümlich willenlos. Es war, als habe sie sich selber als Kampfpreis für den zähesten Freier gesehen, als habe das gesamte Liebesannäherungsgeschäft ausschließlich auf der männlichen Seite zu liegen und als sei ihr Part nur gewesen, die sich nahe am Ziel Wähnenden zu entmutigen. Man konnte ihrer Familie ein Verwurzeltsein in altertümlichen Anschauungen gewiß nachsagen, aber diese Haltung, aus der Ivana nicht herausgefunden hatte, so unwohl sie sich dabei auch fühlte, die war allein ihre Sache. Geradezu ohnmächtig und wenig erbaut hatten Vater und Mutter zusehen müssen, wie alles auf einen Schwiegersohn Stipo zutrieb und wie Ivana durch Indifferenz und regelrechte Meinungsverweigerung die Zwangsläufigkeit dieser Entwicklung noch verstärkte. Erleichtert war sie dann, als der große Schritt endlich getan war und das ihr im Himmelsbuch vorgezeichnete Schicksal, wie immer es aussah, endlich seinen Lauf nahm.

Das Badewasser wurde kühler. Die Sonne schien nicht mehr ins Badezimmer, denn sie war höhergestiegen und stand jetzt über dem Haus. Der Schatten vertiefte die Farben. Als Ivana die Beine anzog, sich mit den Armen auf dem Badewannenrand abstützte und unter Anspannung der unter der weichen Bauchdecke verborgenen kräftigen Muskulatur – noch ging das! – aus der Wanne aufstand, war es ein Rauschen und Sprudeln. Der Körper wuchs aus den bewegten Wogen hervor, schien selbst aus herabströmendem Wasser zu bestehen, glänzend wie Porzellan, der leider nicht anwesende Betrachter hätte sich vorstellen können, er erlebe, wie sich das Wasser zur Gestalt ballte. Ein großes Handtuch aus Waffelpiqué hüllte Ivana ein. Sie empfand lustvoll, wie das steife Piqué sich vollsaugte und schlapp und lappig wurde. Ivana stieg in ihren schwarzen Jogginganzug. Sie war noch barfuß, als sie draußen den Schlüssel im Schloß hörte. Das erste junge Mädchen traf ein, ein blöndlich-zartes Ding, sehr lieb zu jedermann, aber in Ivanas Augen das unnützeste Wesen der Welt.

Zweites Kapitel

Rettet Jugoslawien!

Solange ich Wereschnikow kannte, ließ er in seiner ausdrucksvollen, keineswegs gedämpften Suada stets eine Fülle großer Namen fallen, Leute, die mit ihm in beständiger freundschaftlicher Verbindung standen, jeden seiner Zeitungsartikel studierten und ihn wie einen Sohn und Bruder liebten. Boutros Ghali und Henry Kissinger waren nicht die kleinsten unter ihnen; als ich ihn bei Merzinger traf, hatte er, wie er fallenließ, gerade mit Jack Lang telephoniert und dessen »rückhaltlose Bewunderung für seine Arbeit« entgegengenommen – welche Art Arbeit, wurde mir nie wirklich klar, denn er war wohl, wenn ich das richtig sah, in keinerlei Apparat eingebunden; keine Universität, kein Institut, keine Redaktion besaß das Recht auf seine Mitwirkung; er war frei in der schönsten Weise, kein Galeerensklave wie der Normalmensch heutzutage. Bei Merzinger erschien er immer spät, stets von Maruscha begleitet; in dem meist bis zum letzten Platz gefüllten Lokal »machten sie Entrée«, um einen altmodischen, zu den beiden aber perfekt passenden Ausdruck zu gebrauchen. Wereschnikow mit seinem großen, bedeutenden, dabei durchaus hübschen Kopf – hübsch paßt nicht, ich weiß schon, hübsch ist zu diminutiv, es war eine männliche, eigentümlich tragische Schönheit um ihn. Er war nachlässig auf die englische Art gekleidet, mit großen alten Tweed-Jacketts und kamelhaarfarbigen Rollkragenpullovern, und eine würdige Folie, ein seriöser maskuliner Hintergrund für Maruscha – da kam ihm sogar zugute, daß er zugenommen hatte. Selbst bei Merzinger, wo die meisten Gäste an ihren Anblick gewöhnt waren, ließ sie, wenn sie sich zwischen den Tischen hindurchwand, die Gespräche in sich zusammensinken, für einen Augenblick nur, in dem die Männer sie aus den Augenwinkeln ansahen und die Frauen einen ärgerlichen oder ironischen Blick auf ihre Begleiter warfen, die sich so wenig im Griff hatten.

An Wereschnikows Ernst kam diese Welle verhohlener Aufmerksamkeit aber nicht heran. Merzinger hielt im Vorraum der Küche stets ein Tischchen für besondere Gäste bereit, die das Vorrecht besaßen, nicht reservieren zu müssen. Dies Tischchen wurde dann irgendwo dazwischengezwängt. Niemals gesellte sich das Paar, das »hohe Paar« ist man versucht zu sagen, zu den Stammtischbrüdern am Eingang. Keiner der Herren wäre auf den Einfall gekommen, sie dorthin einzuladen, aber diskret begrüßt wurden die beiden. Wereschnikow nahm diese Grüße mit edler Schwermut entgegen, während Maruscha jedem, der ihr zunickte, ein Zauberlächeln schenkte. Die Bildschöne war gutmütig und frei von jedem Stolz; jeder Mann, den sie wiedergrüßte, durfte sich in der Vorstellung wiegen, es sei das einfachste Ding der Welt, mit ihr in ein Gespräch zu kommen, sowie der feierliche Beau an ihrer Seite einmal abwesend wäre. Sie hatte einen auffällig-unauffälligen Stil; zunächst hätte ich gar nicht sagen können, worin der bestand, dann achtete ich darauf, und es war geradezu zum Lachen: Alles an ihr war immer und unfehlbar sandfarben, in verschiedenen Tönungen freilich, keineswegs monochrom, das wäre zu durchschaubar gewesen; aber diese Vielzahl an immer neuen, immer flaumfrischen Mänteln, Hosen, Pullovern, Strickjacken, die ihren blühendweißen Körper mit weichen Wellen von Saharasand umgaben, die war schon verblüffend. Es war dann irgendwann auch klar und wurde von ihr in diesem Sinn sogar ausgesprochen, daß dieser viele seidige, kaschmirige, wollene Sand von ihr auf Wereschnikow hin komponiert war – die Frau an der Seite eines solchen Geistes hatte ihre Eleganz zu zügeln, unsichtbar zu machen. Sie durfte nicht schmuckbehängt wie die Madonna von Pompeji auftreten – ein Stil, der Maruscha eigentlich lag, nur eben nicht, wenn sie mit Wereschnikow war. Aber närrisch machen konnte einen die sandige Pracht in ihrer Gesetzmäßigkeit schon. Eine Beschränktheit kennt auch der Gescheiteste, so auch sie, die wahrlich keine dumme Frau war, wenn auch ungebildet, aber allein die selbstironische Offenheit, mit der sie das eingestand, hatte im Grunde schon etwas Gebildetes, mehr mußte gar nicht geleistet werden. Sie war mir die liebere von beiden, was vielleicht schon herauszuhören war. Wereschnikows vertrauter Umgang mit den Großen der Erde, den ich ihm von Herzen gönnte, hatte ihn in solche Höhen gehoben, daß die Lebenslasten von Zwergen wie mir ihm nur ein stummes Wiegen des Hauptes abforderten; dieser Mann mit seinen tausend Verbindungen war zu zerstreut, mich einmal irgendwo vorzustellen oder zu empfehlen oder nur einen Rat zu geben, wohin sich am klügsten zu wenden sei. Nun weiß jeder, daß die Welt des Geistes, in Deutschland jedenfalls, streng fraktioniert ist: Die Literaten verstehen nichts von Musik, die Musiker nichts von Malerei, und daß Wereschnikow sich inkompetent fühlte, einem stellungslosen Kunsthistoriker mit allerdings immerhin »Cum laude«-Promotion – »Tintoretto in den Dogentestamenten des Cinquecento« – weiterzuhelfen, durfte ich ihm nicht einmal verdenken. Ich bekam deshalb zunächst gar nicht mit, daß mich angehen sollte, was er weitschweifig als seine gegenwärtige Beschäftigung entwarf, die Vorbereitung eines großen Kongresses im Auftrag der Unesco, des deutschen Außenministeriums, der EU-Kommissionen und anderer hochmögender Institutionen: eine Tagung, die sich mit den Fundamenten der Gemeinsamkeit der feindlichen Parteien auf dem Balkan, genauer in der Republik Jugoslawien befassen sollte, friedensfördernd selbstverständlich, antiseparatistisch, den Status quo des gemeinsamen Staatswesens stärkend. Ich wußte gar nichts über Jugoslawien, erinnerte mich aber, daß uns auf dem Gymnasium von den Geschichtslehrern zwei Staaten im Mittelmeerraum als Modell für die europäische Zukunft vorgestellt worden waren; zwei Staaten, in denen ganz verschiedene Völker in Frieden und Prosperität zusammenlebten: der Libanon und eben Jugoslawien.

»Diese Skepsis ist am Platz«, sagte Wereschnikow mit leidender Autorität, aber sie sei eben auch billig: Niemand Vernünftiges wünsche einen Zerfall Jugoslawiens. Er habe englische, französische, amerikanische Stimmen des allerhöchsten Ranges in strengster Vertraulichkeit dazu gehört. Ein Zerfall Jugoslawiens komme für die Mächte des Westens nicht in Frage, sei auch anachronistisch, ein Rückfall in den Postkutschen-Nationalismus. Es müsse den streitenden Parteien behutsam, aber nachdrücklich vermittelt werden, daß die Weltgesellschaft keinen Zerfall des jugoslawischen Staates wünsche – allein schon zur Vermeidung von Nachahmungen –, noch dulden werde, daß man sich mithin auf die basisdemokratischen Werte irgendwie einigen müsse. Man müsse sich irgendwie vertragen. Er sagte mir das so streng, als sei ich selbst der Balkan-Separatist, der hier zur Ordnung gerufen werde, dabei hatte ich zu dem Thema, in dem Wereschnikow offenbar höchst bewandert war, keine Meinung. Maruscha auch nicht, die Champagner bestellte, während wir Männer beim Bier saßen – Wereschnikow trank übrigens niemals viel und bestellte sein Bier, um davon zwei Schluck zu nehmen, dann wurde es allmählich warm, während der Schaum zusammenfiel.

Ganz plötzlich waren wir dann bei mir; der Kongreß über »die Würde in den verschiedenen Balkan-Kulturen, über den katholischen, den orthodoxen, den muslimischen, den atheistisch-philosophischen, den demokratisch-libertären, den reformsozialistischen Würdebegriff unter Teilnahme der maßgebenden Autoritäten aller betroffenen Gruppen« sollte von Begleitveranstaltungen reich umrahmt werden: Musik, Literatur, Malerei des Balkans sollte Jugoslawien als eindrucksvolle Kulturnation präsentieren. Auch hier liefen die Vorbereitungen, nur die Finanzierung war noch nicht gesichert. Das sei sein steter Kampf. Wereschnikow sprach in männlich beherrschter Anklage: Er müsse alles, aber auch alles allein machen, alles allein anschieben, alles allein auf die Beine stellen und zum Schluß sogar noch selbst das Geld herbeischaffen. Seine Exposés stießen stets auf Begeisterung und Bewunderung, aber dann hieß es, gleichsam im Postscriptum, daß angesichts der angespannten Haushaltslage – nun, ich wisse schon: Er möge bitte selber nach »Drittmitteln« Ausschau halten. Wieso Drittmittel? Wer war hier der dritte? Er kannte noch nicht einmal den zweiten, der sollte offenbar gänzlich ungeschoren davonkommen. Unversehens, aus der Klage heraus, wandte er sich mir zu, als sei das, was er gesagt hatte, nur die Vorbereitung auf seinen großen Vorschlag gewesen.

Er plane im Kontext des Kongresses auch eine Ausstellung jugoslawischer Kunst, der ganz großen Kunst der Zwischenkriegszeit, als das »jugoslawische Projekt«, wie er sagte, noch jung und hoffnungsvoll gewesen sei – »Könnten Sie mir nicht ein Exposé für eine repräsentative Mestrovic-Ausstellung schreiben?« Nachdem er das triste Schicksal seiner Exposés zuvor geschildert hatte, war das hoffnungsvolle, ja enthusiastische Glimmen, das jetzt in seinen Augen lag, eine Überraschung. Maruscha lächelte sphinxhaft, das sah bei ihr besonders reizvoll aus, weil bei ihr die feierliche und geheimnistuerische Würde der üblichen Sphinx ganz wegfiel. Nur das innere Wohlbehagen am Besitz eines Geheimnisses, das kein schreckliches war, lag auf ihren rosigen Lippen. Ich fragte mich, woher Wereschnikow seine Selbstbeherrschung nahm, angesichts und im unbestrittenen Besitz von Maruscha irgendeinen anderen Gedanken fassen zu können, als sie unablässig auf diese Lippen und überallhin zu küssen. Seine Nüchternheit hatte geradezu etwas Wissenschaftliches, wie die eines korrekten Gynäkologen, dem die Schönheit oder Häßlichkeit einer Patientin gleichermaßen unsichtbar zu sein hat. Oder hatte hier die Gewohnheit schon ihr schlammiges, lähmendes Werk begonnen? Indem er mir seinen Vorschlag machte – »Nein, im Ernst, ohne Spaß, ich brauchte so ein Exposé lieber früher als später« –, hatte er jedenfalls mit der Gewohnheit gebrochen, seine eigenen Angelegenheiten »wie einen Raub zu hüten« – um es mit dem heiligen Paulus zu sagen, nein, da sollte nun womöglich gar ein handfester Auftrag vergeben werden …

»Die Kunst-Seite meines Kongresses interessiert die Sponsoren übrigens komischerweise am meisten, für Kunst ist viel mehr Geld da als für Philosophie.« Mestrovic sei die ideale Figur – gegenwärtig im Westen beinahe unbekannt, obwohl in Nordamerika gestorben, aber ein gesamteuropäischer Künstler, Rom, Paris in der Biographie, wenn man ihn auf eine Formel bringen wolle … Er zögerte, ich staunte, über Kunst hatte ich Wereschnikow noch nie reden hören, ihm genügte es, sich von einem lebenden Kunstwerk begleiten zu lassen, von Maruscha, der Milch-und-Blut- und Milch-und-Honig-Katze.

»Ethno-Art-déco«, sagte Wereschnikow, der Ausdruck war ihm zugefallen, er war noch nicht einmal stolz darauf. Ich hatte nicht die blasseste Vorstellung von Mestrovic. Und an Nationalkünstlern der aus dem Ersten Weltkrieg hervorgegangenen »jungen slawischen Nationen« fesselte mich nichts. Dabei hätte mir klar sein müssen, daß ich mein Kunsthistorikerleben, sollte jemals Geld dabei herausspringen, wohl kaum im Tintoretto-Pferch würde zubringen können. Es galt gerade für einen wie mich, die Augen nach neuen Weidegründen offenzuhalten. Ich ließ nicht durchblicken, ob mir Mestrovic etwas sagte, und Wereschnikow fragte mich auch nicht. Wer weiß, wo er den Namen aufgeschnappt hatte. Er war in Exposé-Laune. Exposés durften nicht zu detailliert sein, wenn sie gelesen werden sollten. Sie mußten vor allem das Vertrauen erzeugen, daß der Autor schon Bescheid wisse und mit Sicherheit aus seinen Skizzen ein großes Werk realisieren werde – »die meisten Leute können sich ohnehin einen Plan nicht in die Realität übersetzen, sonst würden nicht so viele idiotische Filme gedreht und so viele erbärmliche Häuser gebaut«. Er werde mir selbstverständlich hier »an diesem Tisch und in dieser Minute« – eine solche Präzision hätte mich aufhorchen lassen müssen – nicht garantieren, daß mein Exposé »in vollem Umfang« umgesetzt werde... Ich beeilte mich, ihm zu versichern, daß ich »den Betrieb kennte« – gerade an solcher Kenntnis fehlte es mir – und keine wirklichkeitsfremden Erwartungen hegte. Was er brauche, sei das Konzept einer großen Ausstellung: Angabe der Werke, die in Frage kämen, Versicherungs- und Transportkosten, geeignete Ausstellungshalle – »Aber bitte groß denken, es kann und muß eine große Sache werden, sonst paßt sie nicht in den Rahmen.« Das traute er mir jedenfalls zu – er kenne meine Arbeit, kenne mich aus vielen Gesprächen, schätze mich, das waren seine Ausdrücke, und ich fragte mich nur ganz kurz, worauf sich das beziehen mochte –, hatte er meine Doktorarbeit, die ich ihm in törichtem Stolz überreicht hatte, etwa doch gelesen? Worauf sonst mochte er sich beziehen – in meiner Gegenwart hatte immer er monologisiert –, aber es ist ein Reflex der großen Monologisten, ihre gehorsamen Zuhörer für besonders gescheit zu halten. Tatsächlich gibt es eine Kunst des intelligenten Zuhörens, ermutigenden Kopfnickens, bestätigender Einwürfe, der Hingerissenheit des Gesichtsausdrucks. Übrigens verlangte Wereschnikow davon kaum etwas. Unruhig und desorientiert wirkte er auf mich, solange ein anderer sprach;

jedem, der nicht selbst dem stolzen und unabhängigen Volk der Monologisten angehörte, mußte schnell klar sein, daß keines seiner Worte zu Wereschnikow hinübergelangte, daß man sein Thema offenbar nicht packte, daß man zu langweilig und blaß von ohnehin unwesentlichem Zeug sprach, zu leicht, um in Wereschnikows Bewußtsein einzusinken. Wenn Wereschnikow wirklich einmal zum Zuhören verdammt war, was leider auch vorkam – etwa bei Sitzungen, die seine Exposés zum Gegenstand hatten –, gelang es ihm inzwischen mühelos, abzuschalten und zugleich auf die Entstehung eines Risses in der Lückenlosigkeit fremder Rede zu achten. Sowie er beim andern Bedenken oder eine Absence oder eine kleine Ratlosigkeit wahrnahm, hatte er den verbalen Fuß sofort in der Tür.

»Lassen Sie ihn nur machen«, sagte Maruscha und legte ihre Hand auf die meine, und diese Berührung ließ ein Wohlgefühl in mich einströmen, das Wereschnikow, der diese beiden Hände zerstreut betrachtete, mir offenbar nicht neidete. Maruschas Hände waren so delikat wie die Hände aus der Spülmittelreklame im Fernsehen, die mit polierten Fingernägeln in warme Seifenlauge eintauchen und im flüssigen Element wie zarte Meerestiere spielen, während das Weinglas sich von selbst in funkelndes Kristall verwandelt. Sie war seine beste Mitarbeiterin, wußte er das? Nahm er sie oft genug mit zu den Sponsoren-Besprechungen? Und durfte man nicht sicher sein, daß Maruscha sich niemals ihrer Erfolge rühmen würde, aus gutem Geschmack, aber auch aus Intelligenz, denn das hätte ihr Gegenüber zum Nachdenken im falschen Moment geführt?

Ich hatte nur Wereschnikows Visitenkarte in der Tasche, als er aufbrach; als ich ihm versprach, über Mestrovic nachzudenken, wandte er sich schon zum Gehen.

»Nicht nachdenken«, antwortete er mit der geistigen

Strenge eines väterlichen Seelenführers über die Schulter hinweg, »tun! Ich warte!«

Ein Auftrag. Aus der unerwartetsten Richtung, woher die großen Lösungen oft zu kommen pflegen. Als sie Merzinger verließen, passierten sie noch Rotzoffs Tischchen. Rotzoff gehörte zu den Stammgästen.

Dieser Mann hatte das Scheitern zu seinem Triumph gemacht; er wurde hier mit widerwilligem Respekt betrachtet. »Ich habe versucht, neue Blumen zu erfinden, neue Sterne, neues Fleisch, neue Sprachen ... ich habe vermutlich übernatürliche Kräfte ... – im Ernst! Damit ist nicht zu spaßen ... aber ich habe meine Phantasie begraben ... ich bin wieder auf dem Boden ... Ich!« Wenn er das sagte, sah er sein Gegenüber mit nachdenklicher Sanftheit an, wie ein Reisender, der von lebensgefährlicher Fahrt zurückgekehrt ist, und fuhr dann fort: »Ich! Haben Sie mal darüber nachgedacht, was das heißt?«

Inzwischen war an seinem Tischchen schon viel getrunken worden. Merzinger brachte gelegentlich ein großes Weinglas, das er schwenkte. Dann steckte er seine lange Nase hinein, als wollte er ameisenbärartig den Wein erschnuffeln, nahm keinen Schluck und reichte den angeschnuffelten Wein weiter. Rotzoff roch gleichfalls daran, roch vermutlich nichts; – auch wenn ihm, wie er schmerzverliebt berichtete, nicht eben gerade mit erhitzten Drähten die Schleimhäute der Nase verödet worden wären, hätte er nichts gerochen, behaupte ich, denn das Zerstäubt-Atmosphärische war seine Sache nicht, er war der Mann der harten Effekte, und so kippte er denn den gereichten Kelch herunter: es sei ihm längst gleichgültig, wovon er Kopfschmerzen bekomme.

Maruscha verabscheute ihn, natürlich auf ihre Weise. Ein überirdisches Speziallächeln kam auch ihm zu, aber am Tisch hatte sie mir noch gesagt: »Der Mann ist nicht schön«, das war das schärfste, was aus ihrem Munde zu hören war – »nicht schön«, damit war der Betroffene geradezu aus dem Kreis der beseelten Lebewesen gewiesen, und er wurde diesem Urteil sofort gerecht, denn er hatte sie wie ein hungriger Schäferhund angestarrt und ihr Lächeln, als sei es ein Stück Wurst, aufgefangen und gefressen, nur um, kaum daß sie den Raum verlassen hatte, eine rüde obszöne Bemerkung zu machen – man muß sie nicht wiederholen, sie läse sich schlimmer, als wenn man sie nur hörte. Übrigens war Maruscha in solchen Sachen nicht zimperlich. Von ihrer alten Freundin Kasia, der großen Dame im Armenasyl, hatte sie viel Gepfefferteres gehört und stets herzlich darüber gelacht; nur sie selbst übernahm nichts davon, eine innere Stimme riet ihr davon ab. Obszönität war lustig, aber sie paßte nicht zu ihr, so hatte sie für sich entschieden. Und auch Rotzoff wollte sich nicht weiter mit ihr befassen – »er stehe nicht auf solche triumphierende Stutenweiblichkeit«, sein Fall seien »kaputte, perverse Kinder, halbe Knaben« – jetzt war es an ihm, erwartungsvoll um sich zu schauen.

Mit Meistern wie Mestrovic, mit Bildhauern, schon gar des zwanzigsten Jahrhunderts, hatte ich mich bisher nicht beschäftigt. Mein Modell-Bildhauer war Michelangelo, ein Wüterich gegen die Materie, ein Kämpfer mit Felsbrocken, die er wie einen persönlichen Feind selbst ausgesucht hatte, um sie kleinzukriegen, ihnen gleichsam das Knie in den Nakken zu setzen und sie wie eine eisenharte Nuß zu knacken. Vasaris Wort von den wie Bäcker mit Mehl bestäubten Bildhauern war mir im Gedächtnis, eine Kunst der Körperkraft war das, die breite Handgelenke von Maurern brauchte, wenig unterschieden von Steinbrucharbeitern und Straßenpflasterklopfern. Um so grotesker mein Vergleich: Das Bildhauer-Berserkertum des jugoslawischen Meisters Mestrovic war der Strohhalm, der sich mir gegenwärtig darbot, nach diesem Strohhalm mußte ich greifen. Und ich begann denn auch sofort die Vorstellung einzuüben, eine große Skulpturenausstellung vorzubereiten und mich probeweise für »die Skulptur an sich« zu begeistern: Denn wenn man ohne Enthusiasmus anfängt, dann werden noch nicht einmal die schäbigsten Berechnungen aufgehen. Ich muß mich begeistern; für die Dogentestamente – eine trockene Lektüre – habe ich mich seinerzeit auch begeistert. Die Autorität, die mir Wereschnikow ohne weiteres zusprach, so wie er sich selbst bei allem, was Geld bringen mochte, für zuständig hielt, die meinte ich, kaum daß ich allein war, auch schon zu besitzen – in mir sah ich das Instrumentarium des Urteilens, Wägens, Kategorisierens, Bewertens in professioneller Vollständigkeit ausgebreitet: Jedem Bildhauer auf Erden, eingeschlossen Mestrovic – hieß er nicht Ivan? –, war ich gewachsen. Ich sah bereits wie ein Bildhauer. Ich ertastete mit den Augen die parkenden Autos auf ihre plastischen Valeurs hin, ich erkannte skulpturale Schönheiten in den Steinpfosten meines Gartentores, ich sah den Sandhaufen einer Baustelle als massig-kraftvolle Plastik. Das war schon das Ergebnis des Heimwegs durch die Nacht: Der Vollmond schien so hell und scharf und goß als kosmischer Bildhauer weißes Licht und Schattenschwarz über alle Gegenstände. Die Erde gebar Skulpturen, die meinem Blick bisher verborgen geblieben waren.

Drittes Kapitel

Epiphanie einer Assistentin

Das Mädchen in der S-Bahn, mir schräg gegenüber auf der anderen Seite des Ganges, saß da nicht auch ein Bildhauermodell? Was war ein geeignetes Bildhauermodell? Ich neigte dazu, während ich das hellblonde, sehr weißhäutige, zarte Geschöpf diskret betrachtete, es zunächst zum Gegenteil zu erklären. Der Bildhauer würde doch eine gewisse Masse bevorzugen, die raumverdrängend – Raum in Besitz nehmend wirken könnte. Aristide-Maillol-Frauen waren die Idealmodelle, gewichtig, aber exakt geformt, mit bedeutenden Hinterteilen, aber scharfem Tailleneinschnitt, kräftigen, aber präzis geschwungenen Schenkeln und Waden. Dieses kleine, in Wahrheit gar nicht so kleine Mädchen hingegen war zwar nicht gerade ein Giacometti-Modell – das war immerhin auch ein Bildhauer, ein Anti-Bildhauer vielleicht, der wie der Tod den Menschen das Fleisch und Fett von den Knochen fraß –, nein, da war viel sanft-kindliche Körperlichkeit, wenn auch noch nicht weiblich-mütterlich ausgebildet, und, was mich überhaupt darauf brachte, sie in solche Überlegungen einzubeziehen, das waren ihre männlichen, ihrem Körper entgegenwirkenden Kleider: eine mit braun-grauen Tarnflecken bedruckte weite Militärhose, die einem kräftigen Soldaten gepaßt hätte, durch einen breiten schwarzen Ledergürtel über der schwanenhalsdünnen Taille zusammengezogen, dazu die schweren geschnürten Lederstiefel; das alles sah aus, als wäre sie in irgendeinem Bett ohne Kleider aufgewacht und hätte sich genommen, was da herumlag, und diese formlosen, jedenfalls ihren Formen nicht entsprechenden Klamotten, ja, die umgaben sie wie wegzuschlagender Stein einen schlanken Nymphenkörper. Über dem Gürtel trug sie nur zwei leichte Unterhemdchen übereinander, mit fadendünnen Trägern, die ein bißchen in die Haut der Schultern einschnitten: Dieser Oberkörper mit den kleinen Brüsten und dem langen schlanken Hals stieg aus dem Männerkleiderhaufen empor. Es war wie eine fortgesetzte Bewegung von unten nach oben, aber zugleich neigte sich der kleine Kopf mit dem nachlässig hinten zusammengeklammerten farblosen Haar auch wieder hinab in schönem Bogen. Weil ich ihr Gesicht noch nicht sah, war dieser lange Hals in seiner Feinheit das auffälligste an ihr. »Ihre Haut war so durchscheinend, daß man den Rotwein, den sie trank, ihre Kehle hinabrinnen sah.« Wer hatte sich diese anatomische Absurdität ausgedacht? Jetzt kam sie mir höchst wahrscheinlich vor.

Das Mädchen war konzentriert, als sitze sie allein in einem Büro. Um sie herum waren unsichtbare Grenzen gezogen, es war ein Glaskasten, der sie umgab. Sie saß darin derart abgeschieden, daß sie mein Zu-ihr-hinüber-Blicken gar nicht bemerken konnte – es gibt doch dieses Glas, das nur von einer Seite her durchsichtig ist. Ihr Laptop war flach wie ein Aktendeckel, aber das Bild öffnete ihrem Blick die tiefsten Tiefen, das sah wirklich zauberisch aus – als hätte ich das nicht tausendmal gesehen –, dieser Film, den sie sich ansah mit seinen figurenreichen Szenen, seinen Kamerafahrten durch die sich verjüngenden Perspektiven einer großen amerikanischen Stadt, seinen weiten Ausblicken, und das alles immateriell wie das Spiel eines Sonnenstrahls auf der Benzinschliere einer Wasserpfütze. Hier waren die Körper nur noch Schimäre, nicht einmal Oberfläche, Schmetterlingsflügelstaub besitzt eine handfestere Substanz. Aber die Körperlosigkeit der Filmbilder trug dazu bei, dem Mädchen einen deutlichen und sogar nicht ungewichtigen Körper zu verleihen – die Unwirklichkeit des Filmzappelns machte die Welt, in die sie wie ein schwach leuchtendes Fenster eingefügt war, wirklicher. Wie anders waren die Häuserreihen, an denen wir vorüberfuhren in ihrem grauen So-Sein, Mauerwände, zu denen keinem Kameramann etwas eingefallen war, die unphotographiert und unausgeleuchtet in den gleichfalls hellgrauen Tag ragten, als stünden sie seit Anbeginn der Welt an diesem Bahndamm.

Das Mädchen gehörte nicht zu den frivolen Geschöpfen, die sich Filme anschauen, um die Zeit totzuschlagen, dieses Filmgucken hatte etwas mit Arbeit zu tun. Sie hielt den Ablauf gelegentlich an, schaltete eine andere Seite ein und machte sich kleine Notizen, mit den kindlichen Fingern, die eben noch vergebens Löckchen ins glatte Haar gedreht hatten, bachstelzenartig über die Tastatur hüpfend – über das Wasser zu laufen war vielleicht wirklich nur eine Sache der gehörigen spirituellen Spannung. Dann sprang der Film wieder an, der auf ihren Befehl hin zur starren Photographie geworden war und dann im Kasten ohne Boden verschwand, aus dem er jetzt gehorsam wieder hervorkam; diese Schleier bunten Scheinlebens verhielten sich wie die Tagtraumbilder, die ich dressiert habe, zu erscheinen und zu verschwinden, wie es mir beliebt. War das so angelegentlich mit seinem Film befaßte Mädchen Studentin an der Filmhochschule oder gar schon Regieassistentin? Ihre betont unweibliche Kleidung, die dem Betrachter das Signal sandte: Betrachte mich gefälligst nicht unter dem Gesichtspunkt deiner Begierden! – ich will als ernsthaft arbeitender Mensch angesehen werden! –, hatte etwas von der Schönheitsfeindlichkeit jener Professionen, die hauptamtlich mit der Herstellung modischer Schönheit und Verführungskraft beschäftigt sind. Schönheit – oder was man darunter verstehen wollte, die Ideale wechseln inzwischen schnell, es werden immer neue Schönheitlichkeiten ausgedacht – war unter dem

Gesichtspunkt der Erzeuger, der Modemacher, der Werber, der Filmleute eine Ware, zu der es professionellen Abstand zu wahren galt. Da gibt es immer eine Barriere: Auf der einen Seite steht das schier unendlich gepflegte Mannequin mit seiner physischen Delikatesse, auf der anderen der unrasierte Photograph mit den herunterhängenden Jeans, und die Schönheit und Appetitlichkeit des Modells ist in keiner Weise vorbildlich, maßstabsbegründend für die, die es abbilden und auf die erfinderischste Manier ins Licht setzen, die Schönheit ließ deren Hersteller kalt. Sie ist Material, man hat damit nichts zu tun, sonst stünde man unter dem Verdacht, sich auf der falschen Seite der Barriere zu befinden. Wenn ein solch ausgesucht zartes und exquisites Kind wie dieses Mädchen mir schräg gegenüber in der Schönheitsbranche arbeitete, mußte es außerordentliche Anstrengungen unternehmen, um ihre Schönheit zu dissimulieren und zu etwas Nebensächlichem, zunächst nicht Wahrnehmbarem zu machen.

Soviel hatte ich mir jetzt schon zurechtgelegt. Aber die Wirkung, die von versteckter Schönheit für denjenigen ausgeht, der sie dennoch entdeckt, die durfte ich jetzt gleichfalls verspüren. Ich konnte meinen Blick nicht von ihr abwenden und durfte ohne Hemmungen studieren, wie sie in ihrem Eifer die vollen blassen Lippen einsaugte und darauf herumnagte, ja ich konnte mich ganz unbesorgt, durch mein Starren lästig zu fallen, der Sorge hingeben, ob das Einsaugen nicht ein zu roher Umgang mit diesen Lippen sei, ob sie dabei nicht wund oder zerbissen würden. Das Mädchen sah aus, als sei es, seiner martialischen Tracht zum Trotz, unerhört leicht zu beschädigen, als müsse man mit der allergrößten Behutsamkeit mit ihr umgehen. War ihr rührender Ernst, mit dem sie sich ihrer Arbeit hingab, Zeichen einer Beflissenheit, den hohen Maßstäben ihres Jobs Genüge zu tun und ganz bewußt auch eine rohe und nichtachtende Behandlung ohne Klage auszuhalten? Hatte sie Beschützer? Gab es in ihrem Umkreis Menschen, die verstanden hatten, welch zerbrechliches Lebewesen da herangewachsen war?

Jetzt war das Ende ihrer Beschäftigung erreicht. Die Spitze des Zeigefingers betupfte eine Taste, schwupp, war der Film weg und kam nicht zurück. Der Arbeitsernst aus ihrem Gesicht verschwand. Sie wandte sich mit einem andersartigen Interesse den Nachrichten zu, die inzwischen eingetroffen waren. Sie war davon unmittelbarer berührt als von dem Film. Ich stellte mir vor, sie habe eben wie die Kinder, die ihre Eltern nachahmen, »arbeiten« gespielt, wie sie das in ihrem Büro beobachtet hatte. Jetzt folgte eine Art von Spiel, die keine Maske erzwang, sondern der sie sich unschuldig hingeben durfte. Sieh an, wer hatte da alles geschrieben! Sie lächelte beim Lesen. Die eben noch traktierten Lippen, die das Einsaugen völlig unbeschädigt überstanden hatten, rund und zart vorgestülpt wie zu einem Kinderkuß in die Luft, begleiteten die Antwort, die sie hurtig hinwarf, als erwarte sie eine augenblickliche Rückmeldung, und die kam auch, eine Zeile nur, die sie mit Verwunderung und Entzücken las.

Und nun wurde ich Zeuge eines Vorgangs, den ich bis heute nicht vergessen kann, obwohl sich so viele Bilder dazwischen geschoben haben.

Das Mädchen hatte eine neue Nachricht vor sich, einen längeren Text offenbar. Wir fuhren durch einen Tunnel, Licht fiel nur von der Seite ein, das Mädchen sank in den Schatten, aber das Glimmen des Bildschirms erhellte ihr Gesicht; es war geradezu geisterhaft schwebend aus dem Dämmer hervorgehoben. Anteilnahme und Spannung lagen auf ihren Zügen. Der Text ließ sie nicht unbeteiligt, obwohl er nicht leicht verständlich schien. Ihre Augenbrauen zogen sich zusammen, die glatte Haut versuchte sich in Falten, sehr weichen, wie bei einem jungen Hund. Und nun, im voranrückenden Lesen, nahmen ihre

Augen einen ungläubig verwunderten Ausdruck an, sie schüttelte ganz leicht den Kopf, als wolle sie sagen: »Aber so ist es doch gar nicht – so war es doch überhaupt nicht!« Und nun stieg eine Röte in ihr Gesicht, so überdeutlich, wie wenn man in das Blumenwasser einer weißen Nelke rote Tinte gießt und die Farbe sich in den Kapillaren der Blütenblätter verteilt, und dann wurden ihre Augen dunkel, und dann liefen sie über: Tränen traten über die Lider und rannen über ihre Wangen. Sie wischte sie nachlässig mit dem Handrücken ab, aber sie fuhr fort zu lesen, noch einmal von vorn, und diese Verdüsterung, diese unschuldige Empörung, dies Überwältigtwerden von Kummer war ein Anblick wie ein Naturschauspiel, ergreifender als eine Wolke von Zugvögeln oder ein rauschender Wasserfall, und ich verschlang diesen Anblick und war wie vor den Kopf gestoßen, als bei der nächsten Haltestelle das Mädchen aus seiner schmerzvollen Versunkenheit auffuhr, den Laptop zuklappte und eilig ausstieg.

Finden sich schöne Menschen so schön, wie sie tatsächlich sind? Ein deutscher Dichter zitiert seine Großmutter: »Manche Leute sind schön und wissen es nicht, zum Beispiel ich.« Maruscha würde ich diese Gefühlslage zutrauen, ein sicheres Ruhen in der Wirkung, die ihre Erscheinung überall hervorrief, bei gleichzeitiger Nichtbeachtung ihres uneinholbaren Vorsprungs. Sprach sie mit einer kümmerlichen, schlecht angezogenen Frau, mit einem häßlichen Mann, dann vermittelte sie ihrem Gegenüber die Überzeugung, daß sie einen Unterschied zwischen ihnen und ihr nicht wahrnehme, daß sie einen solchen Unterschied auch gar nicht kenne. Ganz von gleich zu gleich ließ sie sich ins Gespräch sinken, und so nahm sie auch nicht die dankbare Belebung wahr, die sie ihren überraschend begünstigten Mitmenschen bereitete. Die streckten sich, eine leichte Röte trat abendsonnenhaft verschönend auf ihre Wangen. Die Liebe, die sie erregte, war die Wolke, auf der sie selbstverständlich schwebte, und tatsächlich mußte sie den Eindruck haben, daß die Welt, soweit sie es beurteilen konnte, aus lauter angeregtem Entgegenkommen, sogar Liebe und Freundschaft bestand, beinahe ein wenig zu sehr, das schuf auch Schwierigkeiten.

Mit dem Mädchen aus der S-Bahn verhielt es sich anders. Hier war es vielleicht wirklich einmal so: die eigene Schönheit war ihr unsichtbar geblieben, und deshalb dachte sie nicht daran, irgendeinen Vorteil daraus zu ziehen. Und offenbar ging man mit der Zarten auch nicht immer zart um. Schlimmes hatte in dem leuchtenden Brief gestanden, etwas, wovor sie sich nicht hatte schützen können. Wie willkommen wäre es mir gewesen, die Tränen dieses Mädchens zu trocknen und sie von ihrem Kummer abzulenken. Sie schien sich mühelos auf ihrem Rechner zu bewegen, mit den Fingerspitzen zu denken, gleitende, fixe Gedanken, die sich den Fakten anschmiegten wie ein Handschuh. Ein solches Mädchen müßte ich als Gehilfin für die Mestrovic-Ausstellung gewinnen, solch eine schnell bewegliche Elfe, einen weiblichen Ariel, der durch lautlose Berührung der Tastatur alles Gedachte sofort in Wörter und aus Wörtern in Taten verwandelte. Am Ende war sie sogar Kunsthistorikerin, sprach gewiß viele Sprachen – das war der polyglotte Mädchentyp – jetzt sprach ich schon von einem Typ, eben war sie noch die einzige gewesen – bei Mestrovic allerdings würde das Serbokroatische eine Rolle spielen – sich einer Sprache bedienen zu müssen, die solch ein künstliches pseudowissenschaftliches Binde-O in ihrer Mitte aufwies! Wir müssen uns schließlich auch nicht auf austrogermanisch oder helvetoteutonisch unterhalten. Solche Gedanken wären ihr aber sicher fremd – zum Glück, Historisch-Kulturkritisches lag einem solchen Wesen fern. Die Welt war für sie, wie sie immer gewesen war, von herrlicher Jetztzeit, und alles, was es in dieser Welt gab, hatte ein Recht darauf, dazusein und nicht benörgelt zu werden. Man sieht, wie der bloße Wunsch, mit dieser in den unergründlichen Tiefen der kleinen großen Stadt Entschwundenen, wo es so viele Milieus gab, die sich nie auch nur berührten, mit diesem Kind etwas gemeinsam zu haben, mich schon viel tiefer in das Mestrovic-Projekt hineinführte. Eben war das noch eine höchst unsichere Möglichkeit gewesen, jetzt suchte und besetzte ich sogar schon die passende Assistentin.

Viertes Kapitel

Bosnische Einkreisung

Für die erste Vorbereitung ging es nun darum, überhaupt einen Eindruck von meinem Meister zu gewinnen, mit Wereschnikows »Ethno-Art-Déco« käme ich kaum sehr weit. Aus der Bibliothek hatte ich mir ein paar Kataloge verschafft. Es gab gar nicht wenig. Wem es gelingt, zum Nationalkünstler eines kleinen Volkes zu werden, der hat die Gefahr der Vergessenheit besiegt. Denkmäler sind haltbar, und selbst in unseren unfriedlichen Zeiten hörte man nicht davon, daß auf dem Balkan aus Statuen Kanonen gegossen worden wären; die kauft man heute aus dem Katalog, kein Waffenembargo hat einen der neueren Kriege verhindert.

Beim flüchtigen Blättern kam mir diese Kunst nicht entgegen. Sie gefiel mir nicht, wenn ich mir dies höchst unprofessionelle Wort erlauben darf, das für einen Kunsthistoriker schon gar keine Rolle zu spielen hat, für den Grad der Aufmerksamkeit, mit der er sich seiner Sache widmete, aber doch entscheidend sein mag. Mestrovic hatte Rodins große Zeiten in Paris erlebt, das war sofort ersichtlich, auch ohne die biographische Notiz im Anhang, die diesen Eindruck bestätigte. Aber dann kamen andere Einflüsse hinzu; was immer plastisch in Europa entstand, hatte Spuren im Werk des kroatischen Bauernjungen hinterlassen, der immerhin als Untertan eines großen Reiches geboren war, wenngleich an dessen Peripherie, aber noch ganz ohne jene nationalstaatliche Enge, die den Völkern unter dem Kaiser Franz Joseph als derart begehrenswertes Traumziel erschien, daß sie nicht ruhten, bis sie verwirklicht war.

Zunächst allerdings noch nicht ganz: Das säuberliche Sortieren der Völker war noch nicht an ein Ende gelangt, nur weil die Donau-Monarchie untergegangen war. Der große Völkerkerker war zu mehreren kleinen Völkerkerkern geworden, die nun auch noch gesprengt werden wollten. In der Tschechoslowakei – wieder das Unheil verheißende Bindungs-O! – fühlten sich die Slowaken von den Tschechen unterdrückt, in Rumänien klagten die Ungarn über das Wallachen-Joch, während die Siebenbürger und Banater Deutschen schweigend das Land verließen, und in Jugoslawien fühlten sich die Slowenen, die Kroaten, die Mazedonier, die Albaner und Montenegriner als Gefangene und Knechtsvölker der Serben und rüttelten an den Ketten. Die kleinen Länder, die einst Teil eines Kaiserreichs gewesen waren, empfanden sich als noch nicht klein genug, und tatsächlich mag es unerträglicher sein, in einer Zelle mit dem Todfeind eingesperrt zu werden als in einem Saal mit hundert Fremden. Wo hatte Mestrovic in diesem Konflikt gestanden? Kunst geht nach Brot, das ist ein altes und sehr begreifliches Gesetz, schon gar für Künstler, die viel Platz und teures Material für ihre Werke brauchen. Der Dichter kann sein Blatt Papier in die Tasche stecken und abreisen, aber wer in Bronze und Marmor arbeitet, der muß mit seinem Staat in Frieden leben, um dessen Plätze, Parlamente, Kirchen und Boulevards mit seinen Skulpturen zu bestücken.

Ich entschloß mich, zunächst nicht ins Detail zu gehen, sondern mir die Photographien zu betrachten und sie für mich zu beschreiben, um ein Gefühl für diese Kunst zu entwickeln. Was ich mir da notiert habe, ist mir neulich wieder in die Hände gefallen. Ich mußte laut lachen, als ich das Zeug las. Welchen Sponsor glaubte ich da wohl zu gewinnen? Und wenn ich daran dachte, welche Aufgabe Wereschnikow dieser Ausstellung übertragen wollte: die Repräsentation der kulturellen Superiorität des wankenden Jugoslawien, dann wurde es vollends absurd – heute bin ich davon überzeugt, daß er nie ein Original von Mestrovic gesehen hat.

Ich begann mit dem Selbstportrait des Meisters: »Den Kopf gewaltsam nach rechts gedreht, bis er fast aus den Halswirbeln springt. Soll wahrscheinlich die bis zur Verkrampfung reichende Willensanstrengung des Schöpfungsaktes sichtbar machen. Die Halsmuskulatur schwillt bizepsartig. Die Barett-Kappe auf dem Hinterkopf wirkt kochmützenhaft. Die Stirn sokratisch bombiert, der Demiurg als Faun. Augenbrauenwülste stechen über zornigen Augen in die Luft. Der Nietzsche-Schnurrbart hängt dem Meister wie Erbrochenes aus dem Mund. Die scharfen Falten an der Nasenwurzel geben seinem Ausdruck etwas Angewidertes. Was hat ihn neunzehnhundertdreißig auf der Höhe seiner Erfolge in solche Wut versetzt? Können erfolgreiche Künstler eigentlich noch authentisch wütend sein? Ist die Wut auf die Zustände, die Politik, die Ungerechtigkeit, die Heuchelei nicht im Kern immer die Wut über den fehlenden Erfolg? Wenn ich mit dieser Büste leben müßte, hätte ich Lust, sie gelegentlich zu ärgern. Ich würde manchmal ein Tuch über sie legen wie über den Käfig eines kreischenden Papageien und mir vorstellen, daß ihr in ihrer Ohnmacht die Galle hochkommt und aus den Mundwinkeln rinnt.«

Und in diesem Ton ging es munter fort. Ein Lebenswerk schrumpfte zum Panoptikum. Was in bewegten Jahrzehnten erkämpft war, lief im Durchblättern schnell wie die Modelle auf einem Laufsteg an mir vorbei, und der strenge Kunstrichter durfte den Daumen heben oder senken – meist hieß es einfach: Erledigt.

Da gab es einen lebensgroßen »Sankt Rochus«. Ein griechischer Windhund, sehr edel, schleckte dem Heiligen das Knie, das exzellent gearbeitet war, die Kniescheibe schwamm förmlich auf dem Gelenk, aber Rochus' Kopf war El Grecomäßig verdrückt mit blinden Augen und schiefem Mund, als hänge ihm im Mundwinkel der Gauloise-Stummel, Geheimratsecken, mit dem Heiligenschein wie einem schepp sitzenden Strohhut.

In seiner Frühzeit hatte sich der Meister einen nackten jungen Mann vorgeknöpft, der breitbeinig und erschöpft auf einem Haufen formloser Bronzeschlacke saß. Hühnerbrust, Hängeschultern, aber dann ein Riesenechsenhals, ein Stück Pythonschlange in den menschlichen Körper gepflanzt. Daß der Jüngling sich schwermütigen Gedanken hingab, war leicht nachzuvollziehen. Gewiß hatte er erlebt, daß die Mädchen, wenn er Kopf und Hals liebesuchend in ihre Richtung reckte, schreiend davongelaufen waren.

Sofort zu erkennen: »Ivan der Schreckliche«, Lieblingssujet der slawischen Kunst nach dem Ersten Weltkrieg, unheilverkündender Heros des slawischen Aufbruchs. Der sohnmordende Gewalttäter trug auch bei Mestrovic die von Eisenstein favorisierte Gummibademütze, der Bart war wie ein am Kinn festgewachsenes Stück Bronzebutter, der Kopf plattgedrückt und ganz Nase geworden, Mütze mit Nase wie ein Kaffeekannengriff.

Dann Religion: Maria, die Muttergottes als Kykladenidol mit mandelförmigem Kopf und mit von Bildhauerdaumen – man sah es förmlich vor sich – zugekneteten Augen. Ihr Handteller klumpig, die Finger raupenhaft, ihr Daumen ragte als großer Phallus unter dem Säuglingsgeschlecht ihres hochheiligen Sohnes hervor.

Michelangelo, dem verhängnisvollen Vorbild so vieler Bildhauergenerationen, war eine explizite Huldigung zugedacht. In karikierender Anspielung auf sein berühmtes Portrait, ein ausgemergeltes Boxergesicht nach dem Ende der Karriere, mit Matschnase und Blumenkohlohren, hohläugig, unter dem Kinn wehte der Bartlappen wie ein zum Trocknen aufgehängter Putzlumpen. Vielleicht wäre das Mädchen aus der S-Bahn, das um seine feinen Fingerchen so schöne Löckchen drehen konnte, eine gute Bildhauergehilfin gewesen. Beim Bart muß man sich etwas einfallen lassen, aber dem Meister war das Problem des Bartes, den er so liebte, nie aufgegangen: eine luftige Masse herzustellen.

Dann gab es Frauen, die beim Versuch, sich in Brieföffner zu verwandeln, versteinert waren, eine »Betende« war wieder mit höchst nasigem Profil ausgestattet, als sei ihr Flehen der vorwärtsdrängenden Nase anvertraut.

Hätte ich mir ein Stück aussuchen müssen – eine Frage, die ich mir immer stelle, sie beendet schnell jede Unentschiedenheit angesichts der Fülle von Eindrücken –, dann hätte ich mir den Moses-Kopf genommen, geschaffen Anfang der dreißiger Jahre, offensichtlich wieder eine Michelangelo-Huldigung, aber nicht ohne vertrackten Witz. Eigentlich gar nicht der Kopf eines Menschen, sondern der eines Kampfhundes oder einer besonderen Wildschweinart, die man Buckeleber nennen könnte, auch eines besonders aggressiven Widders, aber mit eigentümlich gekerbtem Rüssel und tobsüchtig hervortretenden Augen, man durfte auch an eine chinesische Dämonenmaske denken, aber der Kopf hatte die Drehung des Michelangelo-Moses und auch die bezeichnenden Hörnchen, die dem berühmten Übersetzungsfehler entstammen, ein gleichsam verhorntes Sprachmißverständnis. Das Ganze so glattpoliert wie ein verchromter Kühlergrill; diese Übersetzung der übergroßen historischen Figur ins Tierische kam mir genial vor, der Tierkopf als Darstellung der Vergöttlichung war unmittelbar einleuchtend, man sank als Betrachter unwillkürlich in viel ältere Schichten der Kultur.

Ich erklärte den Moses-Kopf zu Mestrovics Schlüsselwerk, »aus dem heraus und um ihn herum« müsse man das Werk sich entwickeln lassen, so notierte ich mir. Da hatte ich aber noch nicht die Doppelseiten mit den großen Frauenakten vom Ende der zwanziger Jahre aufgeschlagen: schwellende, schwere Körper von großer Genauigkeit. Er mochte einen fragwürdigen Geschmack haben, aber ein Könner war er. Achselhöhlen, Bauchnabel, Rippen, Knie machte ihm so schnell keiner nach, diese weich unbestimmten Körperteile feierte er mit seiner ganzen Kunst, an diesen Stellen schienen seine übergroßen Damen zu leben, es pulsierte unter dem weißen Marmor, und die fetten Hände mit den überlangen, wäßrig aufgeschwemmten Fingern schmiegten sich wie große Nacktschnecken an die Unterschenkel, aber auf diesen verlockend dampfenden Schneefrauen saß stets ein besinnlich lächelndes Damenhaupt, mit leichter Adlernase und der hochgesteckten Frisur einer anthroposophischen Eurhythmielehrerin. Das Verblüffendste: Der Meister hatte den Brüsten seiner steinernen Göttinnen, so rund und vollstehend er sie gemeißelt hatte, keine Brustwarzen mitgegeben. So klein sie sind, ihr Fehlen hat eine gewaltige Wirkung. Ohne sie waren das eigentlich gar keine Brüste mehr, sondern luftgefüllte Ballons. Wie war er nur auf diesen verrückten Gedanken gekommen? Hatte er eine geheime Abneigung gegen Brustwarzen, vergleichbar dem Abscheu Ruskins vor dem Schamhaar seiner Frau? Oder wollte er echte Kunstmenschen schaffen, als schönheitstrunkener Doktor Frankenstein – aber warum verwandte er dann soviel Kunstfertigkeit auf den Bauchnabel? Hätte der nicht auch verschwinden müssen?

Stoff für Katalogtexte gab es also, tiefenpsychologisch und ästhetisch und politisch ließen sich diese Werke einkreisen. Mir fielen auch schon Autoren ein. Dies war kein Trampelpfad, die Kunsthistoriker konnten sich hier austoben und Kategorien erfinden, die dem weithin unbekannten Werk seinen Platz in dem verschachtelten Gebäude der Kunst des zwanzigsten Jahrhunderts zuwiesen.

Ich blätterte weiter, aber ich schrieb nicht mehr. Es war ein Unding, sich anhand von Photographien ein wirkliches Bild dieser Statuen zu machen. Um Statuen mußte man herumgehen, man mußte sie in verschiedener Beleuchtung sehen.

Ich war aber bald davon überzeugt, daß es ein Fehler wäre, sich mit Mestrovic einzulassen. Wer wußte, auf welche Abwege ich mich da begab. Und das für eine Kunst, die insgesamt etwas von der Atmosphäre gravitätischer Herrenzimmer mit monströs großen Onyx-Aschenbechern, Refektoriumstischen und Stehlampen aus Kirchenleuchtern ausstrahlte. Das sind ungerechte Worte, ich weiß. Jede abservierte Mode, und sei sie einst noch so mondän gewesen, nimmt etwas Muffiges an. Die Sachen müssen ziemlich alt werden, damit der Zeitgeschmack, der sie umhüllt hat, austrocknet und von ihnen abfällt, und dazu war Mestrovics Werk noch nicht weit genug zurückgesunken in die Vergangenheit.

Welche Folgen der kleinste Entschluß ins Rollen bringen kann, davon legte der kommende Vormittag Zeugnis ab. Zu meiner Entscheidungsunfähigkeit gehörte auch die Unlust, die Wohnung aufzuräumen, weil da ständig hätte entschieden werden müssen, wohin mit den aufgehäuften Büchern und Papieren, den Notizen und aufgeschlagenen Bildbänden. Um den Mestrovic-Katalog zu studieren, hätte ich Stapel von Gedrucktem vom Schreibtisch schieben müssen. Ich tat es nicht und blätterte den dicken Band auf dem Schoß durch. Es war inzwischen längst unmöglich geworden zu putzen, man fand ja kaum einen Weg durch die Zimmer. Gelegentlich machte eine Freundin den Vorschlag, mir beim Aufräumen zu helfen, aber ich lehnte das immer ab. Es war mir peinlich, und die Vorstellung, mich von anderen beim Ringen um die Entscheidung, wohin dieses und jenes Buch gehörte, beobachten zu lassen, war auch nicht angenehm.

Ein englischer Dandy, transvestitisches Mitglied der Warhol-Factory, hat erklärt, wenn man konsequent nicht putze und nicht aufräume, nähmen nach vier Monaten der Dreck und die Unordnung nicht mehr zu. Ich kann das bestätigen, aber ich habe nicht dasselbe gelassene Einverständnis mit dem Dreck wie dieser Mann. Es kam der Augenblick, daß ich unter dem Zustand meiner Räume litt.

Ein Freund von Rotzoff aus der Merzinger-Runde kam nachts, als Merzinger schloß, noch zu einem letzten Glas zu mir herauf. Er hatte, wie stets, seinen Rauhhaardackel dabei, der das unregelmäßige Leben seines Herrn klaglos teilte und sich nach Sonnenuntergang ein stilles dunkles Plätzchen zum Dahindämmern suchte, meist unter einem Wirtshaustisch, bei mir jetzt unterm Sopha. Als der Kerl wankend aufbrach, zerrte er seinen Dackel darunter hervor. Der Hund hatte einen großen Nikolausbart aus Wollmäusen und Staubflusen. Mir ist unvergeßlich, wie er versuchte, niesend diesen in der Nase kitzelnden Bart wieder loszuwerden. Die Fensterscheiben waren blind, das frühe Sonnenlicht verschönte die Zimmer nicht mehr. Selbst das Morgenrot konnte die Garstigkeit nicht schminken.

An der jungen Frau, die das Treppenhaus putzte, war ich bisher, allenfalls flüchtig grüßend, vorbeigegangen. Ich hörte sie ausatmen, wenn sie sich aufrichtete, um mich passieren zu lassen, aber ihr Gesicht war schon in meinem Rücken, wenn sie antwortete. Nur ihren Geruch hatte ich bald in der Nase. Schon wenn ich ins Haus kam auf dem steinkühlen Vorplatz mit seinem Metzgermarmor und den abgetretenen Fliesen, stand, auch wenn sie zwei Stockwerke höher putzte, ihr eigentümlicher Dunst im Raum. Kein übler Schweiß war darin, und wenn ich von Kuh- oder Pferdestall rede, entstehen auch die falschen Assoziationen. Es war ein gesunder, gar reinlich-kindlicher Geruch, eine frische Dumpfheit, so widersprüchlich das klingt, aber eben zugleich sehr persönlich-unverwechselbar. Im nachhinein verstand ich, daß dieser Geruch, der für die junge Frau so bezeichnend, so wesentlich war, nichts anderes als die Ausdehnung ihrer Persönlichkeit bedeutete, die über die von ihrer Haut gesetzten Grenzen hinausging. Wo sie anwesend war, war sie bis zum letzten Winkel anwesend.

Sie anzusprechen war kein Vorsatz, sonst wäre es gar nicht dazu gekommen. Sie stand zwei Stufen unter mir, neben sich den Putzeimer, in der Hand den Lumpen, mit dem sie die Stufen trockenwischte. Genauso stand, schoß mir durch den Kopf, David mit der Hirtenschleuder vor dem Riesen Goliath. Als erstes fiel mir die Weiße ihrer Haut auf, die große, beinahe ein wenig gewölbte Stirn, eine Stirnplatte regelrecht, ein widdermäßiger Rammbock. Eine Schrift hätte darauf prangen können. Darunter schwarz blitzende Augen, beinahe stechend, zornig wirkend vor lauter Tätigkeitswillen und Nachvorndrängen, ein grundsätzlicher Lebenszorn, nicht auf ein bestimmtes Gegenüber bezogen. Die Nase sprang ohne Sattel aus der Stirn, gerade und nicht klein, am Ende ein wenig kugelig verdickt, keine Spitznase, bei einem Mann hätte das womöglich sogar hübsch gewirkt, bei ihr war es jedenfalls ein männlicher Zug. Die Lippen aufeinandergepreßt und dadurch noch schmaler als in gelassenem Zustand – kam es dazu jemals? Es war zum Erstaunen, so römisch sah sie aus, wie auf einem hellenistischen Gemälde eine familienbewußte, standesstolze Jung-Matrone. Sie willigte ein, sich meine Wohnung einmal anzusehen. Wenn sie mit ihrem Eimer oben angelangt sei, werde sie klingeln.

Als ich öffnete, standen wir auf derselben Höhe, aber sie war immer noch kleiner als ich. In ihrem schwarzen Jogginganzug wirkte sie gedrungen wie ein kompakter Ringkämpfer, aber keinesfalls fett. Sie schien vollkommen uneitel, eine körperlich schwer arbeitende Frau, die weder Zeit noch Lust hat, sich um ihre Erscheinung zu kümmern. Ohne Zeichen der Erschütterung ging sie durch meine beiden Zimmer, sah den Abwaschberg in der Küche, stieg behutsam über Bücherstapel. Das Ganze müsse einmal gründlich durchgeputzt werden, dafür rechne sie zwei Tage, danach reiche die wöchentliche Reinigung. Ob sie so bald zwei Tage freihabe, müsse sie sehen. Sie rufe heute abend an. Zwei Tage, das hätte auch ich geschätzt.

Sie sprach nicht gut deutsch, aber ich werde auch in Zukunft darauf verzichten, ihre gebrochenen Improvisationen zu zitieren, das würde abermals einen falschen Eindruck vermitteln, beim »petit nègre« ist es ja vor allem das Kleine, das Unbedarfte, das Halbidiotische, das amüsiert oder enerviert, und es wäre mir fatal, wenn man bei ihr an so etwas dächte. Es war schade, daß sie keine Zeit hatte, an einer Schule ordentlich Deutsch zu lernen, denn sie war sprachlich begabt. Es gelang ihr, sich mit winzigem Wortschatz verständlich zu machen. Auch Kompliziertes vermochte sie auf erfinderische Weise deutlich werden zu lassen, manchmal durch kleine Scharaden. So ernsthaft sie war, hier hatte sie eine komische Seite; sonst mußte ich mich mit Ironien oder Scherzen in acht nehmen, um sie nicht zu verstimmen. Witze hatten unmißverständlich zu sein, im Sinne von »Jetzt mache ich einen Witz Doppelpunkt Anführungszeichen ...« Das aber war kein Intelligenzmangel bei ihr, solche Verständnislosigkeit ist sogar bei ausgeprägten Intelligenzen nicht so selten. Ein einziges Beispiel zitiere ich, wie sie sich sprachlich durchschlug. Ich habe den Zettel lang aufgehoben, denn ich war stolz, ihn nach längerem Nachdenken entschlüsselt zu haben. Neben einer Spülmittelflasche lag dieser Zettel, und darauf stand in ungelenken Großbuchstaben: Ivana vil nois. Als ich die frische Spülmittelflasche auf diesen Zettel stellte, fühlte ich mich, als hätte ich eine neue Sprache erlernt.

Man sieht, sie fand die zwei Tage für den großen Anfang

und noch mehr: Sie hatte verstanden, mit wem sie es bei mir zu tun hatte, und warf mich kurzerhand, bevor sie anfing, aus der Wohnung. Die Zimmer seien zu klein, um darin zu putzen, wenn noch jemand darin herumsitze. Unerschrocken packte sie alles, was auf dem Boden herumlag, in große Packen und verstaute sie auf Regalen und Schränken. Als ich wiederkam, war der Boden freigeräumt. Das Zimmer schien doppelt so groß. Wiederfinden würde ich so schnell nichts mehr, aber ich hatte gar nicht vor, etwas zu suchen. Ich fühlte die unerhörte Befreiung eines Menschen, über den in allen wichtigen Angelegenheiten verfügt worden ist. Ihr Wirken bei mir glich einem Wunder: Aber es war nur das zweitgrößte Wunder, das mit ihrer Person verbunden war. Das viel größere, über das ich mich bis heute nicht beruhigen kann, war ihr Name. Ihn erfuhr ich schon, als wir die Telephonnummern austauschten.

Sie heiße Ivana Mestrovic. Da war mir, als werde neben mir eine große Glocke angeschlagen.

Man kennt Ivana jetzt vielleicht schon genug, um zu ahnen, wie sie es aufnahm, als ich den großen Katalog, der mich beschäftigt hatte, herbeiholte und ihr zeigte: ungerührt, geradezu kühl. Ja, den kenne sie. Nicht persönlich, er sei tot, in Amerika gestorben, aber, sie rechnete kurz nach, nah verwandt. Er stamme aus demselben bosnischen Dorf wie sie, sei nicht der Bruder ihres Großvaters, sondern sein Vetter, die Urgroßväter waren Brüder. Daß sie hier, tausend Kilometer von der Heimat entfernt, in einer verwahrlosten Junggesellen-Wohnung auf ein Zeugnis ihres engeren Familienkreises stieß, verblüffte sie nicht. Die Leute, bei denen sie in dieser Stadt arbeitete, waren in ihren Gewohnheiten und Gebräuchen so weit von der Welt ihrer Herkunft entfernt, daß es sich erübrigte, beständig in Verwunderung auszubrechen. Ich sah sie staunend an: Waren diese Stirn, diese ausgeprägte steinharte Stirn, diese Marmorweiße, dieser strenge Mund nicht sämtlich im Werk ihres Großonkels wiederzufinden? Waren seine Stilisierungen, seine Masken am Ende nur Familienreminiszenzen? Es war ihr peinlich, daß ich sie so anstarrte. Aber dem Mestrovic-Katalog ließ sie doch eine Vorzugsbehandlung angedeihen. Er wurde nicht irgendwo unter das Bett gestopft, sondern prangte bei meiner Rückkehr einsam auf der blanken Schreibtischplatte.

Fünftes Kapitel

Ein Arbeitsessen

»Ich glaube nicht an die Wirkung von großen Exposés«, sagte Wereschnikow zu seiner Geliebten – »Du bist meine Geliebte«, rief er oft im Ton leidenschaftlicher Aufrichtigkeit. Maruscha hörte es mit feinem Lächeln. Solche kalten Worte wie Freundin, womöglich gar Partnerin lehnte er ab. Als sei ein Paar eine Firma, wie abstoßend und unmenschlich! Maruscha sparte sich einen Kommentar. Es gab so viele Möglichkeiten, sich mit einem Mann zu verbinden; die Geliebte war gewiß die anstrengendste. Die Partnerschaft, die echte regelrechte Geschäftsbeziehung, stellte sie sich hingegen sehr interessant vor, anstrebenswert auf jeden Fall, aber nicht leicht zu erlangen. Viele der reizvollen Männer, die sie kannte – sie entdeckte tatsächlich in den meisten Männern, ohne deswegen wahllos zu sein, die reizvolle Seite –, waren zu gefühlvoll und wurden regelrecht ein bißchen verrückt, wenn man sie näher kennenlernte, daß so etwas wie eine anständig gewinnbringende Partnerschaft, ein freundschaftliches, erotische Ausflüge nicht ausschließendes Verhältnis, das auf gezieltem Zusammenarbeiten beruhte, sich einfach nicht einstellen wollte. Sie mochte Sascha Wereschnikow am allerliebsten, wenn er ihr von seinen Geschäften erzählte, etwa von seiner Skepsis großen Exposés gegenüber, die sie allein schon deswegen teilte, weil sie »große Exposés«, zu welchem Vorhaben auch immer, nie und nimmer hätte abfassen können. Es war beruhigend, daß Wereschnikow, den sie aufrichtig bewunderte – ein bedeutender Kopf, ein großer Geist ohne Zweifel, nur leider zu emotional, mißtrauisch, herumbrüllend aus geringstem Anlaß, sehr schwer zu handhaben kurzum –, so gering von Exposés dachte.

»Exposés kann jeder schreiben«, das war eine wunderbare Formel für die Tatsache, daß man selbst ein Exposé auch dann nicht hinbekam, wenn man es ernsthaft versuchte. Was zählte, war allein der persönliche Eindruck, das Gegenübersitzen. Das leuchtete Maruscha unbedingt ein. Für sich war sie da ohnehin überzeugt, aber auch Sascha Wereschnikow, diese Erscheinung von einem Mann, das prachtvolle Haupt, die großangelegte Stirn, der schwer werdende Körper, das aristokratische Profil, das alles mußte ja den vernünftigen Menschen genauso für ihn gewinnen, wie es sie einnahm – wenn er nur nicht im Zorn so schnell so laut geworden wäre. Das kühlte sie immer gleich ein wenig ab, und anderen Leuten ging das vielleicht ähnlich. Maruscha hatte die feste Überzeugung, wie alle Menschen zu fühlen, sich mit beinahe jedem vernünftigen Menschen im Konsensus zu befinden und deshalb in einer köstlich überschaubaren und berechenbaren Welt zu leben. Mit geradezu mütterlicher Nachsicht lauschte sie Wereschnikows Klagen über die Aktivitäten, die an die Stelle der verabscheuten Exposés zu treten hatten. Sie schienen ihm, glaubte man seinen Worten, noch schwerer zu fallen. Ach, diese Verabredungen, ach, diese Mittagessen, ach, diese Restaurants! Ach, dies Belagern von stumpfsinnigen Verwaltern riesiger Summen, die ungenutzt auf so vielen Konten dämmerten, anstatt einzufließen in eines von Wereschnikows großen Projekten! Ach, diese ewige Überzeugungsarbeit, die da zu leisten war! Mein Gott, das »Würde«-Projekt, die »Menschenwürde im Blick der Balkankultur«, das war doch nun wirklich ein brandheißer Stoff – was Besseres konnte er in solchen Zeiten anbieten? Die Zeitungen, die Politiker, das Fernsehen unterrichteten über die Verschärfung der Feindseligkeiten, der Balkan war wieder einmal ein Pulverfaß. Da kam eine Tagung mit internationaler Beteiligung – der Al-Azhar-Universität, des Vatikans, des Moskauer Patriarchats, der bedeutendsten Anthropologen der Harvard-Universität, der Sorbonne, Oxfords und Berlins – doch letztlich wie gerufen, das mußte schließlich dem Dümmsten einleuchten. Aber wenn man den einen Sponsor ansprach, verwies der auf einen anderen. Die Unesco wollte nicht ohne die Bundesregierung, die Bundesregierung nicht ohne Brüssel, es war zum Verrücktwerden. Dies alles als eindringliche Tirade über einem Joghurtbecher am Küchentisch – Maruscha sorgte dafür, daß an Tagen, wenn Sascha zu Mittag aß, das Frühstück mager ausfiel, obwohl ihr die Fülle unter seinem Pullover nicht schlecht gefiel, aber eine gewisse liebevolle Überwachung gehörte zu ihren arglos angewandten Methoden, Vertrauen zu erzeugen: Konnte ein Mann eine Frau der Untreue verdächtigen, wenn sie darüber wachte, daß er sich nicht vollstopfte? Sie mußte sich um ihn nicht zu viele Sorgen machen. Ganz ohne Exposé zog einer wie er seiner Verabredung nicht entgegen. Drei schöne, großzügig gesetzte Seiten voller amerikanischer Fachausdrücke schlummerten in seinem elegant abgegriffenen Portefeuille, und zum Essen zog er, wie sie wußte, diese nicht gar so ungern hervor, vor allem wenn er eingeladen war.

Nein, im Grunde ausschließlich, wenn er eingeladen war. Die Vorstellung, selbst für ein Essen zu bezahlen, womöglich noch jemanden einladen zu müssen, war ihm, selbst wenn dieser Jemand Maruscha war, unangenehm bis zur Widerwärtigkeit. Man erinnert sich, daß auch Frau Markies ungern mit barem Geld herausrückte, aber wie anders war ihre seelische Disposition! Sie empfand Geldforderungen als Einschränkung ihrer Herrschermacht, als dreistes Tributbegehren, letztlich als Vorbereitung zum Aufstand; bei Wereschnikow hingegen wurzelte der Geiz in der Lebensangst. Maruscha war das längst selbstverständlich; sie nahm ihm das Geld, das sie von ihm haben wollte – nie besonders viel, sie war maßvoll und bürdete keinem Mann mehr auf, als er leisten konnte –, unmittelbar und in blitzartigem Überfall ab, einfach die Brieftasche aus der Jacke ziehend, alle darin liegenden Scheine ratsch-ratsch an sich nehmend, die Tasche geschickt und sanft zurückgleiten lassend und ihm dabei ein bißchen die Brust kraulend: Das tat sehr weh, wie eine Spritze oder ein Schnitt, aber es war unvermeidlich und ging schnell vorbei; so konnte er mit solchen Aderlässen leben, sie sogar bald wieder vergessen und die Beunruhigung, die von ihnen ausging, betäuben. Dafür brauchte er Maruscha auch nicht groß auszuführen, das mußten dann andere besorgen und taten es ja auch.

Heute durfte Wereschnikow heiter sein unter der geschäftsmäßigen Sorgenmiene, mit der er das Haus verließ. Heute war er definitiv eingeladen – hatte er den Mann nicht so verstanden, besser, verstehen müssen? Das hatte anders ja gar keine Raison. Ein solcher Mann, Herr über Millionen, ach was, über Hunderte, über Milliarden, über vielfache Multimilliarden genaugenommen, der verabredete sich doch nicht in einem Restaurant seiner Wahl, wenn er dazu nicht ganz selbstverständlich einlud? Eine leise innere Stimme warnte ihn: Vorsicht, flüsterte sie, du beschäftigst dich mit dem falschen Thema. Du willst von dem Mann dreihunderttausend Mark, nicht unmittelbar von ihm, aber von seiner Stiftung. Du brauchst seine Fürsprache, du mußt überzeugend wirken! Du mußt diesen Mann, der schwer genug zu fassen ist, geistig jetzt auf den Balkan führen. Du mußt ihn tief in den gegenwärtigen Konflikt eintauchen, die Gefahr spürbar machen, als brenne in nächster Nähe eine scharfe Stichflamme, die schon die Augenbrauen versengt. Die Notwendigkeit beschwören, »etwas zu tun«, die Begünstigung des Projekts durch die Großen, die ganz Großen der Erde eindringlich darstellen, die Chance, die sich für den Mann ergibt, Boutros Ghali einen persönlichen Gefallen zu tun – eine solche Chance fand sich nicht jeden Tag, wer Boutros Ghali einen Gefallen tun durfte, war ein Glückskind, ein von Fortuna Beschenkter – auf all dies Zeug mußte er sich jetzt konzentrieren. Er mußte magisch-hypnotisch sein. Maruscha bestätigte ihm oft und gern, daß er eine besondere Gabe habe, »magisch und hypnotisch« zu sein – und deshalb mußte die bohrende Frage, wer von ihnen beiden im Restaurant einladen würde, heraus aus seinem Kopf – weg damit – das war jetzt wirklich gleichgültig.

Gleichgültig? Das war das falsche Wort. Schon durchzuckte es ihn wieder. Bei solchen mit Millionen jonglierenden Leuten war es tatsächlich von einer unfaßbaren Gleichgültigkeit, wer das Essen bezahlte. Sie zahlten es selbst dann nicht, wenn sie es waren, die um die Rechnung baten. Diese Rechnung wanderte in die Buchhaltung. Diese Leute bekamen die Buchungsvorgänge gar nicht mit, honorierten es demgemäß auch nicht, wenn sie eingeladen wurden. Sie waren im ungerechten Treiben der Welt ohnehin immer und grundsätzlich die Eingeladenen – widerlich.

Sascha, sprach die innere Stimme, noch einmal, hör auf, dich über diese Selbstverständlichkeiten zu erregen. Du bekommst das Geld nur, wenn der Mann dich als seinesgleichen erkennt. Du bekommst es nur, wenn er überzeugt ist, daß du es nicht nötig hast. Menschen, die Geld nötig haben, bekommen kein Geld, das ist ein Gesetz. Es ist so alt wie die Welt. Und du, Sascha, würdest es solchen, die es nötig hätten, ja auch nicht geben – »weil ich das auch gar nicht kann!«.

Der kurze Augenblick gelassener Wahrheit wurde sofort von der Angst beiseite gewischt. »Manchmal sagt Maruscha, ich würde verrückt«, dachte er unwillkürlich. Das war seine besondere Gabe, solche Miniaturerleuchtungen, blitzartige Einsichten, als hebe ein Dämon ihn aus sich selbst heraus und gestatte ihm, sich von außen zu betrachten, aber wie alle Dämonengeschenke unfruchtbar, jedenfalls ohne ihn mit den Mitteln auszurüsten, sich zu korrigieren.

Das Restaurant war neuen Typs, leicht frostig, technisch-italienisch, aber es herrschte ein appetitlicher Duft, aus der Küche roch es nach frischer Butter. Der Mann saß schon da und las die Zeitung; aufgeräumt begrüßte er Wereschnikow. Der erkannte an seinem Gegenüber, den er zum ersten Mal sah, sofort das Geld. Diese Art müheloser Gepflegtheit, solch dickes graues Haar, halblang, über den Ohren zu Taubenflügeln ausschwingend, wie es in der englischen Friseursprache hieß, diese Nadelstreifen, die sich über die Nähte hinweg stoffverschwendend fortsetzten; Wereschnikow hatte gelernt, auf die Revers solcher Anzüge zu achten: Setzten sich die Nadelstreifen über die Nähte hinweg fort? Das hatte ihm sein Onkel beigebracht – »im Grunde ein Oberkellnerblick«, dachte Wereschnikow im Wahrheitsrausch –, die feine goldene Brille, das etwas verwöhnte, immer noch jugendliche Public-School-Boy-Gesicht, die gute Laune der grundsätzlich Sorglosen – das alles war nicht zu haben ohne lässigen, längst Gewohnheit gewordenen Umgang mit hohen Summen. Er versuchte weise, hier nicht zu konkurrieren. Er gab den Geistesmenschen, der nur mit Mühe aus der Bibliothek zu locken ist. Die dicke Tweedjacke, die Cordhose sprachen von der Bequemlichkeit, die der uneitle Denker sich gestatten darf, so machten Leute das, die sich ihrer Rolle sicher waren. Philosophen trugen Tweed, auch wenn sie rings von Smokings umgeben waren.

Der Mann war aufgeräumt und vergnügt. Er freue sich, Wereschnikow kennenzulernen, aber jetzt wollten sie doch erst einmal schauen, was es zu essen gebe. Er übernahm ganz deutlich die Initiative, hätte ja auch sagen können, daß er keinen Hunger habe und einen Salat bestelle, aber nein, er wollte essen.

Der Geschäftsführer kannte den Mann. Er brachte die Speisekarten, riet hurtig und in gelegentlich schwer verständlichem Deutsch aber ab, in sie hineinzuschauen.

»Mach isch Ihnen was kleines Besonderes«, das klang nach gutem Zureden, aber der elegante Mann war schon überzeugt. Er ließ sich eben wirklich gern verwöhnen, massieren, streicheln und ein köstliches Essen vorsetzen, ohne sich darüber den Kopf zerbrochen zu haben.

»Mach isch Ihnen ein ganz bißchen«, sagte der Geschäftsführer, der die Anstellerei seiner wohlhabenden Klientel kannte, wenn es ums Essen ging, den unablässig geführten Kampf um jedes Gramm – da hatte der Mann aber offenbar gar keine Schwierigkeit, er war gertenschlank und freute sich dennoch aufs Essen. Auch Wereschnikow war unversehens von Hunger gepeinigt. Ein Schwert wühlte in seinem Bauch. Waren das die angenehmen Gerüche aus der Küche, die ihn aufweckten? Eben noch hatte die Aufregung ihm den Appetit verschlagen, jetzt wartete er beinahe gierig auf den ersten Teller. Der Geschäftsführer nahm die Hände zu Hilfe, um seinen Gästen einen Begriff zu geben, wie die Speisen ganz fein geschnitten, ganz fein portioniert, ganz winzig bemessen würden. Er hackte auf der ausgestreckten Hand und sprach dazu, daß Wereschnikow das Wasser im Munde zusammenlief: eine ganz kleine Portion Stör-Carpaccio, ein Häufchen Trüffel-Fettuccine, kaum mehr als in ein Kinderfäustchen ging, ein daumennagelgroßes Stück Hummerschwanz auf einem Klecks weißer Polenta, ein Blättlein Rucola – Wereschnikow fragte sich nur, warum das von allem nur so wenig sein müsse, da drang die gutgelaunte Frage des Mannes in sein Ohr: »Fabelhaft! Machen Sie mit?« Und als Wereschnikow überwältigt nickte, kam gleich die zweite Frage: »Wir trinken doch eine Flasche – machen Sie mit?« Der Mann nötigte ihn vor Zeugen zu einer eindeutigen Willenserklärung – »Machen Sie mit?« –, damit war er womöglich eine Verpflichtung weitreichender Art eingegangen. Es war in einer solchen Lage immer wieder dasselbe: Bestellte er so wenig, wie er ohne innere Kämpfe eben noch bezahlen wollte, wirkte es, wenn man nicht eingeladen war, kümmerlich sparsam, war man aber eingeladen, so hatte man das Budget nicht ausgeschöpft und war der Dumme. Bestellte man reichlich und ließ sich von den guten Sachen verführen, saß man, uneingeladen zum Schluß, auf einer dicken Rechnung, hatte aber im Fall einer Einladung womöglich das Gastrecht mißbraucht und zu gierig zugegriffen. Fallstricke überall. Draußen überquerten Leute die Straße, als die Fußgängerampel auf Grün stand, plauderten, eilten sich nicht, waren mit sich im reinen, genossen die Mittagspause, strebten einem Imbißstand entgegen, wo sie ein Würstchen essen würden – glückliche Menschen, glückliches leichtes Leben. Wie gern hätte Sascha Wereschnikow jetzt mit einem von diesen draußen getauscht.

»Mit der Wurst nach dem Schinken werfen«, so heißt die Redensart, die einen großen Einsatz um eines höheren Gewinns bezeichnet. Schön – aber wenn der Mann nun nichts herausrückte? Gar nichts zur Verfügung hatte? Schwierig wurde? Hätte er doch nur hinter die glatte Stirn sehen können – solch ein Mann hatte auch mit Sechzig noch die Stirn eines unternehmungslustigen Knaben, vom Ernst des Lebens ungeritzt und undurchfurcht. Wereschnikow sprach inzwischen schon länger über das große Projekt, diese unter seiner Leitung stattfinden sollende Konferenz über die Würde im Blick der verschiedenen Balkankulturen. Er war beredt. Er kannte sein Thema längst auswendig, aber er war nicht mit dem Herzen dabei, er stand geradezu neben sich und suchte nur immer in der satten und genießerischen Miene des Mannes nach der Wahrheit: Wann verriete er sich? Wann kam heraus, wie er es mit der Rechnung halten würde? Was die innere Anspannung anging, war es Wereschnikow inzwischen beinahe gleich, ob der Mann ihm Zugriff auf die Stiftungsmittel eröffnete – was würde er tun, wenn unwiderruflich die letzte Tasse Espresso, der letzte Digestif getrunken waren und sich mit jeder dieser letzten Ausläufer des Business Lunchs die Rechnung vergrößert hätte? Plötzlich wurde ihm klar, daß er den verwöhnten, ihm nicht sehr hingerissen lauschenden Stiftungsmann aus ganzem Herzen haßte. Dieser Mann aß und trank, als sei es sein gutes Recht. Für diesen Mann war es eine nette Abwechslung, einmal mit einer Persönlichkeit wie Wereschnikow zusammenzusitzen, um sich völlig unverbindlich dessen großes Projekt, dieses Vorhaben von der höchsten Brisanz zum Amüsement anzuhören.

Da wurde es Wereschnikow doch zu bunt. Er unterbrach seine Rede und sagte plötzlich mit bitterer Emphase, überraschenderweise französisch: »Moi, moi, moi – das ist heute die einzige Religion, der einzige Glaube! Immer nur ich, ich, ich ...«

Der Mann stutzte und zog die Augenbrauen hoch: »Ich verstehe Sie nicht recht?« Da war der Kontrollverlust zum Glück schon wieder überwunden. Wereschnikow hatte sich wieder im Griff. Das besessene Kreisen seiner Gedanken um die Rechnung war vorbei. Es gelang ihm, seinen Ausbruch vergessen zu machen und endlich mit ganzer Geistesgegenwart seine Sache zu vertreten.

»Gerade wegen des allgemeinen Egoismus ist es wichtig, wieder über die Würde nachzudenken ...«

»Gewiß«, sagte der Mann. Er dachte dabei sichtbar: »Komischer Vogel«, schien aber nicht unangenehm berührt, und später sah man Wereschnikow so gelöst und selbstverständlich wie alle anderen Passanten draußen die Straße überqueren. Der Druck war von ihm abgefallen. Er trollte sich zufrieden nach Hause. Es war »ein gutes Gespräch«, er hatte »gearbeitet«, ein wundervolles, Zufriedenheit schenkendes

Wort. Er war ein würdiges Mitglied der am sausenden Webstuhl der Zeit schaffenden Geister – apropos Würde, auf dem Balkan war sie gelegentlich in Gefahr, aber heute mittag hätte er gut Maruscha mitnehmen können, die machte auf solche Männer immer Eindruck. Der Mann wollte sich alles überlegen, auch mit dem Vorstand sprechen. Festes hatten sie nicht vereinbart, aber bezahlt hatte er anstandslos. Wereschnikow war längst dabei, seine Sorgen verblassen zu sehen. Sie waren ganz unnötig gewesen.

Und um Maruscha brauchte er sich keine Gedanken zu machen, die hätte ohnehin keine Zeit gehabt. Sie war stets heilfroh, wenn er aus dem Haus ging, so gern sie ihn mochte, denn Herr Breegen hatte unter der Woche nur mittags für sie Zeit.

Sechstes Kapitel

Vorsicht mit der Karaffe

Das Leben war unsicher, unvorhersehbar. Am unsichersten war, was man selber wollte. Ivanas Grundsatz, mir oft dargelegt, hieß: Nicht für Frauen putzen. Frauen sind widerwärtig, unerträglich. Frauen trauen nie einer Frau. Frauen sind gemein zu Frauen. Vom Kontrollwahn befallen. Wenn man die Wohnung gestaubsaugt hat, bücken sie sich – Frauen, die sich sonst nach gar nichts bücken! – und gucken unter das Sopha. Was glauben sie wohl dort zu finden? Nie gucken sie darunter, aber solange man mit dem abgeschalteten Staubsauger daneben steht, müssen sie druntergucken. Und dann gibt es ein Gezeter. Ivana verkürzte hier etwas. Es war nicht die Frau an sich, die zeterte, Frau Markies war viel zu kalt und nüchtern, um zu zetern. Sie selbst war es, die dann in Zorn geriet, oder noch schlimmer, den Zorn herunterschluckte, mit Tod im Herzen den Staubsauger wieder aufheulen ließ und im Magen einen Krampf spürte, der sie noch im Bett am Einschlafen hinderte.

Bei Frau Markies war ihre erste Stelle in Frankfurt, aber nicht deshalb hielt sie ihr die Treue. Die Markies imponierte ihr. Sie hatte das sichere Gefühl, die Markies sei mächtig, obwohl sie von deren Geschäften doch gar nichts mitbekam und noch weniger verstand – die Stimme war es, mit der die Frau sich am Telephon meldete, die Tonlage, in der sie verhandelte, diese Zähigkeit und Beherrschtheit, vor allem aber das Bild, von Ivana aus den Augenwinkeln beobachtet, das sich ergab, wenn Frau Markies nach längerem Gespräch den Hörer auflegte und die grauen Augen überlegend in die Ferne richtete, während sie das Gespräch rekapitulierte, mit einem unergründlichen Gesicht, und dann unversehens zur Tat schritt, einem neuen Telephonat, das aus dem ersten hervorwuchs und die Früchte trug, die im ersten Gespräch gesät worden waren. In solchen Augenblicken wurde Ivana regelrecht von Ehrfurcht ergriffen. Ihr war, als regiere Frau Markies die Welt. Und solchen Personen war etwas zuzugestehen. Ivana fühlte sich selbst nicht machtlos und hatte ein ressentimentfreies Verhältnis zu Hierarchien – echten jedenfalls: Wer ihr gegenüber als der Stärkere auftreten wollte, der hatte das täglich unter Beweis zu stellen. Die Leere, die um die Markies herum herrschte, die weiten hallenden Räume, in denen jedes Telephonklingeln so nachdrücklich schicksalhaft klang, bewiesen gleichfalls, daß diese Frau aus anderem Holz war als die Sammlerinnen von tausend Sächelchen, die liebevoll abgestaubt zu werden begehrten. Zweimal im Jahr leerte Frau Markies mit unbewegter Miene ihre gesamten Kleiderschränke, gnadenlos flog dann heraus, was sie nicht mehr tragen würde, oft nur wenig gesehene Sachen. Über die Preise, die sie einmal gekostet hatten, zerbrach Ivana sich gleich gar nicht erst den Kopf. Durch den entschiedenen Griff in den Schrank, der ein solches Kleid hervorholte, es rasch und schroff ins Licht hielt und dann auf den Boden warf, wurde es augenblicklich entwertet, Kostümplunder. Vieles davon holte eine Händlerin ab, mit der Frau Markies ebenso hart verhandelte wie mit den Unsichtbaren am Telephon. Manchmal bekam Ivana etwas, wenn etwa ein Fleck darauf war, der nicht herausging, aber eigentlich kaum auffiel, und manchmal auch intakte Sachen, wenn der Markies plötzlich danach war. Das kam aber alles nach Bosnien. Ivana zog solches Zeug nicht an. Sie hatte eine Abneigung, etwas von Markies Getragenes anzuziehen. Zu ihrer Ehrfurcht gesellte sich ein ihr kaum bewußter physischer Widerwille. Waren es die Markiessche Starkknochigkeit, die Athletenschultern, was ihr mißfiel? Oder die sorgfältigen Rasuren, denen sie sich unterzog, bei offensichtlich kräftigem Haarwuchs auf Armen und Beinen? Empfand Ivana aus bäuerlich-bosnischer Reminiszenz solche Enthaarungen als frivol oder sittenlos, oder klangen da noch andere Seiten in ihr an, wenn sie den Markiesschen Rasierapparat von schwarzen Härchen reinigte?

Wenn sie vor mir darüber sprach, auf welche Weise sich ihre Lage in Deutschland grundsätzlich verbessern ließe, dann war aber doch wieder von der Arbeit für eine Frau die Rede – eine alte Frau, die reich genug war, Ivana die ganze Woche hindurch zu bezahlen, sie als Pflegerin, Haushälterin und Gesellschaft beständig um sich zu haben. Es war schön und gut mit ihren Putzstellen bei mir, bei Wereschnikow, der Markies, Maruscha und Breegen, aber dieser beständige Wechsel – es kamen schließlich noch ein paar Leute hinzu – zehrte an ihren Nerven. Jeder Haushalt war anders, jeder stand unter einem anderen Gesetz. Überall roch es anders, hielten die Leute eine andere Art von Ordnung oder Unordnung, hatten eine Fülle von Sachen angehäuft, die das Putzen behinderten, hatten andere Vorstellungen von den Rhythmen des Saubermachens. Bei mir putzte sie die Fenster erst, wenn es sich lohnte. Es war dann jedesmal mit einem Schock für mich verbunden, wenn ich unvorbereitet die Wohnung betrat und sie erbarmungslos kristallin durch offenbar scheibenlose Fenster ausgeleuchtet fand. Andere – Frauen! – wollten mitreden, wenn es ums Saubermachen ging. Diese leidenschaftliche Anteilnahme an einer Arbeit, die doch Ivana übertragen worden war und von ihr verantwortlich ausgeübt wurde, empfand sie geradezu als schikanös. Das durchkreuzte ihr energiegeladenes Putzen. Ihre Hände flogen als selbständige Lebewesen vor ihr her, Sachen gingen kaputt, das war wie welkes Laub, das abfiel, sie meldete so etwas nie. Ivana verachtete Kaputtes. Sie glaubte an die grundsätzliche Austauschbarkeit und Ersetzbarkeit jedes Gegenstandes. Wer versuchte, ihr in solchem Fall etwas vom Lohn abzuziehen, löste einen scharfen Wortwechsel aus.

Die Frau, mit der sie am meisten stritt, war aber leider gerade die alte Frau, die bisher am ehesten in Frage für eine Dauerstellung gekommen wäre. Derzeit war sie noch zu unbeständig, zu launisch und noch kraftvoll genug, um diese Launen umsetzen zu können, aber der Tag rückte näher, an dem sie in ihrer Bewegung so behindert wäre, daß sie sich gegen Ivanas Bevormundung nicht mehr würde zur Wehr setzen können. Es kam jetzt nur darauf an, auszuhalten, die Nerven zu bewahren, den Streit nicht ins Unversöhnliche ausarten zu lassen und immer an die Zukunft zu denken.

Aber das war nicht so leicht bei einer Frau, die täglich zu neuen Entschließungen gelangte. Ivana sah Frau Colisée nur in deren gegenwärtiger Verfassung, kopfschüttelnd, wie ein solcher Mensch hatte geboren werden können, aber auch mit der Vorstellung, hier sei mit kämpferischem Belebungsgeist noch etwas zu beeinflussen, gar zu ändern. Aber wenn Frau Colisée noch in der Verfassung gewesen wäre, in der sie einst ihr hochnamhaftes Haute-Couture-Atelier geleitet hatte, dann hätte keiner der Kämpfe, die Ivana ihr heutzutage lieferte, je stattgefunden. Sie wäre beim ersten Widerwort in hohem Bogen aus dem Haus geflogen. Wenn Beate Colisée, damals selbst absteckend, was sie sich in wichtigen Fällen nicht nehmen ließ, den Mund voller Stecknadeln, vor einem Mannequin kniete, dann hatte sie selbst mit geschlossenen Lippen, zwischen denen die Nadeln gefährlich wie die Stacheln eines Seeigels funkelten, derart schneidend zischen können, daß die Lehrmädchen und die Directrice erbleichten. Aus ihrem Arbeitsleben aber war ihr nur noch eine an Verachtung grenzende Gleichgültigkeit gegenüber jeder Art von Mode, vor allem, was die eigene Kleidung anging, geblieben; auch der Frauen, die sich mit so etwas abgaben. Der Menschenkörper war nackt und kälteempfindlich, diese Schutzbedürftigkeit empfand sie jetzt noch stärker als früher, sie hätte sich wie die Schnecken und die Einsiedlerkrebse mit ihren weichen Unterkörpern am liebsten hinter Panzerschalen verborgen. Statt dessen waren es weite, beinahe bodenlange Hemden, im Winter schwarzwollen, im Sommer aus schwarzem Kattun, die sie um sich herumfließen ließ; wenn sie saß, glich sie einem vom Stuhl herabquellenden Sack, über dem ein Gesichtchen mit rotgemalten Lippen schwebte, die Augen und die Stupsnase waren wie eingeklemmt zwischen dicken aufgeblasenen Wangen, die das Gesicht ganz eben erscheinen ließen. Las Frau Colisée einen Brief, dann sah etwas Flaches auf etwas Flaches wie zwei Seiten eines Buches – sie ging, kurzsichtig wie sie war, die Brille nie zur Hand, ganz nah heran ans Papier, als sollten die Buchstaben mit den Augenwimpern zusammengekehrt werden. Je mehr ihr Geist zerfiel, desto mehr Menschen brauchte sie um sich herum. Selbst wenn sie schlief, wollte sie nicht mehr allein sein.

Als Ivana an diesem Montag eintraf, war die Wohnung schon voller Leute. Die Tür öffnete ihr Winnie, Frau Colisées Nichte, die bei ihr wohnen sollte und nicht dort wohnen sollte – das änderte sich jeden Tag. Der Elektriker arbeitete am Sicherungskasten, weil bei gleichzeitiger Benutzung von Waschmaschine und Spülmaschine neuerdings die Sicherungen herausflogen, ein souveräner Mann, der sich durch die Zwischenrufe von der breiten Lagerstatt der Frau Colisée nicht irremachen ließ und mit seiner kraftvollen Baßstimme sogar beruhigend und jedenfalls wohltuend einschüchternd auf sie einwirkte. Ihr großes Schlafzimmer war das Zentrum der Wohnung, mit überquellenden, nicht mehr verschließbaren Schränken und Kommoden, mit überladenen Tischchen und Zeitschriftenbergen, die sich ins Zimmer hinein verbreiteten. Von dort öffneten sich Flügeltüren in die ebenfalls geräumige Küche, das war einstmals ein Wohnzimmer gewesen, jetzt konnte dort gekocht und gegessen werden, und in das Badezimmer – gut, daß die Türen so breit waren, denn durch einflügelige wäre sie nur mit geschickten Windungen hindurchgekommen. Vor ihr, die auf einem Kissenberg lagerte, hockte die Pediküre. Auf ihren Knien, die ein rosa Handtuch bedeckte, lag Frau Colisées linker Fuß, fleischig und von glattgespannter Haut, überzogen mit dünnen Zehen, die Schneckenfühlern glichen. Winzige Nägelchen beschirmten die Zehenspitzen, aber sie wuchsen und wurden zu spitzen, die Strümpfe zerreißenden Zähnchen. Keine Gewalt hätte Frau Colisée mehr dazu zwingen können, sich selbst zu diesen Fühlerzehlein herabzubeugen, es war eine physische Unmöglichkeit, aber die Pediküre war längst auch eine seelische Notwendigkeit geworden. Man konnte sie anrufen, einen Termin machen, den Termin absagen, ihn umlegen, man konnte, wenn sie schließlich da war – oft also –, ihre Tätigkeit mit mißtrauisch zusammengekniffenen Augen verfolgen, zwischendrin aufschreien, wenn unversehens etwas weh zu tun drohte, sie auf etwas hinweisen, was störte, und die Pediküre, die diesen Aspekt ihrer Anwesenheit verstanden hatte, nahm sich viel Zeit und feilte und schnitt und zupfte und weichte ein, als handele es sich bei Frau Colisées Füßen um Übungsobjekte zu Ausbildungszwecken.

»Elektriker«, rief Frau Colisée, »ich kann mir deinen Namen nicht merken, aber sieh doch auch mal den Stecker von der Nachttischlampe an, die wackelt so komisch.« Der Elektriker war Türke, aber nicht deshalb duzte sie ihn, sie duzte jeden Menschen. Das hatte sie schon in den großen Zeiten ihres Berufslebens getan, die Kundinnen waren »Schätzchen«, die Angestellten wurden bei ihren Berufsbezeichnungen gerufen. Der Mann war nicht zum ersten Mal da und hatte gleichfalls die Lage begriffen.

Es wäre wohl ein beschaulicher Vormittag geworden, wenn Frau Colisée nicht beschlossen hätte, heute noch in die Seniorenpension Angelika zu ziehen, aus der sie schon einmal verärgert ausgezogen war. Das Leben zu Hause sei zu anstrengend. Sie habe sich um tausend Sachen zu kümmern. Die Leute seien unzuverlässig, kämen, wann sie wollten, bedürften der strengsten Kontrolle, und sie sei der Kontrolle müde. Diese Aufbrüche mit Kofferpacken und mühevollem Die-Treppen-Hinabsteigen und noch mühevollerem Sich-ins-Taxi-Zwängen fanden drei- bis viermal im Jahr statt. In den entsprechenden Pensionen – an vielen Orten war sie längst bekannt, da machte man drei Kreuze, wenn sie anrief – blieb sie nie länger als zwei Wochen, dann war das Personal dort als arbeitsunwillig und unbotmäßig entlarvt.

Trotz dieser Gesetzmäßigkeit waren Ivana solche Angewohnheiten nicht geheuer. Wo blieb ihre Sicherheit? Vielfach hatte sie Frau Colisée schon gedroht, sie werde sie nicht mehr zu Hause erwarten, wenn es mit der neuen Pension schon wieder nichts geworden sei. Es gab ein weiteres Zimmer in der Wohnung. Hier lagerte Frau Colisées Archiv, ihre Entwürfe aus vierzig Jahren, Stoffproben, alte Musterstücke von Modeschauen – das war groß genug für Ivana und Stipo. Der ganze Ramsch gehörte auf die Straße gestellt, Frau Colisée betrat dies Zimmer ohnehin nicht mehr und würde es nie mehr betreten, und dann würden die beiden dort einziehen und Frau Colisée allmählich erziehen, und so könnte es zu dritt dann lange und glücklich gehen.

Daß Frau Colisée unablässig sprach, störte Ivana nicht weiter. Frau Colisée richtete ihre Worte nicht in erster Linie an andere. Sie mußte einfach ihre Stimme hören. Ihr Geist war ganz nach außen gewendet. Das Innere war leer, beängstigend wie ein ausgetrockneter tiefer Brunnen, schwarz, etwas nachhallend im besten Fall. Daß sie durch widersprüchliche Befehle oft behinderte, daß geschah, was sie wünschte, entsprach ihrem geheimen Willen; sie klammerte sich geradezu an die Zähigkeit der von ihr gestörten Abläufe. Was würde geschehen, wenn alles schnell getan wäre?

»Ivana, wenn du die Karaffe spülst, will ich nicht, daß du sie zum Trocknen wieder auf den Hals stellst – ich kann das nicht ertragen.«

Ivana hatte die Küchenarbeit begonnen. Winnies Frühstückstasse stand noch da, Winnie machte sich fertig, um aus dem Haus zu gehen; um im geheizten, blumengeschmückten Büro von Frau Markies am Telephon zu sitzen, legte sie schwere schwarze Schnürstiefel an, die zu der militärischen Tarnhose allerdings gut paßten.

»Gustav Adolfs Page«, sagte Frau Colisée mit weicher Stimme, als sie ihre zarte Nichte, die als Oberteil nur ein dünnes Unterhemd trug, verabschiedete. An Winnie erzog sie nie herum. Sie liebte das Mädchen mehr als eine Tochter und viel mehr als ihre kleine Schwester, Winnies Mutter – »Für mich ein Wunder, daß eine so –«, sie suchte nach etwas Verletzendem, aber zugleich Gerechtem – »durchschnittliche Frau ein solches Mädchen hervorgebracht hat.« Aber in diese weiche Stimmung hinein drang wieder die Notwendigkeit, mit dem Elektriker, der Pediküre und Ivana verbale Verbindung aufzunehmen. Es war, als stünden Menschen, mit denen man nicht gleichsam Funkkontakt hielt, in der Gefahr, sich zu verflüchtigen. Das Nichts war nahe, es mußte mit Sprechen, Rufen, Schimpfen gebannt werden.

Wann Winnie wiederkomme? Ob sie dann nicht schon in die Seniorenpension Angelika abgereist sei? Ob Winnie sie dort finde?

Winnie antwortete nichts, sondern umarmte und küßte sie liebevoll. Sie war doch eine erwachsene junge Frau, aber wie die nackten dünnen Arme da versuchten, den schwarzseidenen Koloß zu umfangen, wurde sie zu einem fünfjährigen Kind. Es war jedoch bezeichnend für den Geisteszustand von Frau Colisée, daß sie diesen Kuß, den sie über alles genoß, sofort selbst durchkreuzen, abkürzen und wegschieben mußte. Gab sie sich einem einzigen Gedanken hin, forderten augenblicklich mehrere andere dieselbe Aufmerksamkeit.

»Nein!« rief sie deshalb so laut, daß Winnie erschrak. Das jetzt war an die Pediküre gerichtet, die dabei war, feine Häutchen von einem Zehennägelchen zurückzuschieben. »Es muß weh tun«, sagte die Pediküre, die mit dem Kopf wie in tiefer Betrachtung über den Fuß gesunken war.

»Wehe, du stellst die Karaffe wieder auf den Hals«, das ging in die Küche hinüber, wo Ivana in der Ferne tatsächlich die mit warmem Seifenwasser gefüllte Karaffe wie einen Cocktailshaker schüttelte, und »Guck dir doch mal den Wackelkontakt an«, das ging zum Elektriker, und »Du kannst jetzt nicht gehen, ich brauche dich hier, die Wohnung ist voller Leute«, das war der wehe Abschiedsruf an Winnie, ausgestoßen von einer Ariadne auf dem Felsen, nur daß Frau Colisée selbst ihr Felsen war, eine ungeheure Masse jedenfalls, und höchstens durch Erdbeben in Erschütterung zu bringen. War Winnie erst fort, so fühlte sie, würde sie ganz allein um ihre Kommandogewalt kämpfen müssen. Sie befand sich mit diesen Menschen hier in einem Gelände, das von potentiellem Aufstand in Brand gesetzt werden konnte. Sie mußte sich rüsten. Sie mußte Ballast abwerfen. Sie strampelte mit den Füßen, die Pediküre stach sie unabsichtlich ins lymphatisch aufgeschwollene Gewebe. Protestgeschrei. Die Pediküre hob das graue Gesicht – sie war ganz in Rosa gekleidet, passend zu ihrem Frotteehandtuch –, die Feinsthärchen des rosa Angorapullovers bildeten um ihren Umriß eine Sfumatura, aber ihr Teint sah in der fröhlichen Farbe noch erloschener aus – jetzt mahnte sie zur Ruhe, sie könne sonst nicht weiterarbeiten, und Frau Colisée rief, was sie aus ganzer Seele nicht rufen wollte, aber rufen mußte: »Hoffentlich bist du bald fertig!« Und dazu dies kleine Kettchen um den Hals, das in den Speckfalten gelegentlich verschwand und dann wieder hervorkam wie jene Flüsse, die ihren Lauf hin und wieder unter die Erde verlegen. Wer hatte ihr denn das kleine Kettchen bloß umgelegt? Sie verabscheute doch jeden Schmuck, diese lächerlichen mit Juwelen behängten Weiber, aber nicht minder den Modeschmuck aus Glas und Plastik, wie würdelos und peinlich war das alles. Sie hatte jetzt völlig vergessen, daß dies ein Kettchen von Winnie war, daß Winnie es sich vom Hals genommen und der Tante umgelegt hatte. Bei ihr hing es als feines Goldfädchen über die Brüste bis fast zum Nabel. Bei Tante Beate kam es gerade um den Hals herum; der Nacken verdrängte noch einmal unerwartet viel, mehr als das Kuheuter von Doppelkinn. Das Kettchen war eine von Winnies Spontanaktionen. Sie hatte, wie sie jedes Datum vergaß, Beate Colisées Geburtstag vergessen und machte es – immer gelang das! – durch ihre verschwenderisch wirkende Geste mehr als gut – nur daß der Tante das anmutige Geschenk bald nur noch lästig war, als krabbelten ihr Fliegen um den Hals. Am liebsten hätte sie sich das Kettchen abgerissen. Sie zerrte daran, es zwickte in der Haut, die Pediküre bohrte auch wieder gerade etwas Spitzes in den Zeh – ach, es war zum Verrücktwerden, zum Aus-der-Haut-fahren. Welch ein Schauspiel wäre das gewesen, wenn man der allzu beweglichen Seele der Colisée dabei hätte zuschauen dürfen, wie sie nicht nur den zerdehnten Hautsack, sondern den ganzen Haufen aus Fett und Knochen unter sich ließ und, sich befreiend, daraus hervorgeschossen wäre!

Und im selben Augenblick, den Kopf hin- und herwerfend,

fiel ihr Blick unversehens in die Küche, wo Ivana die Karaffe soeben vom Seifenwasser befreit und sorgfältig ausgespült hatte und sie jetzt zum Trocknen auf den Flaschenhals stellte, damit das Wasser drinnen schön sauber ablief. Ungefährlich sah das nicht aus, denn die Standfläche des Flaschenhalses war klein, und der Bauch aus geschliffenem Kristall wölbte sich ballonartig darüber, aber was sollte schon passieren, dachte sich Ivana zu Recht – niemand sonst hielt sich in der Küche auf – halt, eben kam der Elektriker und wollte sich über dem Spülbecken die Hände waschen, aber das war schnell geschehen, schon war er wieder fort – und sie selbst würde, der Gefahr bewußt, nie und nimmer gegen die Karaffe stoßen.

Von Anfang an war um die Methode Streit entstanden, wie die Karaffe schnell und gründlich im Innern trocken zu bekommen sei. Frau Colisée hatte mehrfach sogar Anstalten gemacht, vom Bett herunterzusteigen, um in die Küche zu wanken. Sie hatte den Körper schon auf die Seite gewälzt, da klingelte das Telephon, wie es zuverlässig zu geschehen pflegte – die Apotheke, die Sprechstundenhilfe, der junge Mann, der Botendienste machte, die Seniorenpension Angelika. Gerade vormittags reihte sich ein Anruf an den anderen und zerriß den eben gesponnenen Gedächtnisfaden, pulverte Frau Colisée aber auch auf; das Telephonklingeln war purer Lebensstoff für sie, ein Kraftquell, ein Anstoß zum Weiterleben, ein Lebensschrittmacher schlechthin. Was Ivana sich nicht vorstellen konnte, war, daß Frau Colisée an dieser Karaffe, aus der sie ihren Whisky trank, so stark hing, wie sie überhaupt an etwas Irdischem noch hängen konnte. Diese hübsche Karaffe, dies Glasgeglitzer, das mit dem teebraunen Whisky im Bauch so reizvoll spielte, ihn so verführerisch und satt funkeln ließ, daß es beim Eingießen im Blitzen der Reflexe von der Nachttischlampe eine Freude war, die mußte sie unbedingt erhalten und in weiterem Gebrauch wissen. Es war eine unschuldige Liebe, kein unreifes Kleben an Materie, das lag wahrlich hinter ihr. Und deshalb hatte, was sie jetzt sah, etwas von einer überwirklichen Erscheinung: Dort stand die Karaffe, ihre Whisky-Kristallkaraffe, auf dem Flaschenhals, die Tropfen rannen in ihr zu Tal – was sie immer verboten hatte und jetzt im Anblick empörend widersinnig empfand – wer konnte so blöd sein, so etwas zu machen? –, und nun öffnete sich unter sanftem Winddruck allmählich das Fenster, die Flügel schwangen auseinander, ein frühlingshafter Hauch, blüten- und regenschwer wehte bis in ihr Schlafzimmer und traf auf ihre Nase und die hohen glatten Wangen, streichelnd wie Winnies Hände, und die Flügel öffneten sich weiter langsam und still, durchaus aufhaltsam.

Aber da war keine Hand, und Frau Colisées Mund war in Panik versiegelt. Sie ächzte nur schwach, die Pediküre sah nicht einmal auf. Und dann traf der rechte Fensterflügel die Karaffe – leicht, er tippte sie eigentlich nur an, und die Karaffe wankte, sie neigte sich und fiel um, ein dumpfes Geräusch, das erste dieser Tragödie, rollte noch völlig unbeschädigt über die Abstellfläche, erreichte den Rand und – Frau Colisée schloß die Augen, als könne nicht geschehen, was sie nicht sah. Dies schreckliche Geräusch, das in ihre Nacht hereindrang! Dies Aufspritzen, dies knirschende Zerknallen. Sie meinte die umherfliegenden Splitter aufschlagen zu hören.

Das Telephon klingelte. Das Telephon bewahrte sie davor, daß ihr Herz stillstand. Die schmeichelnde Stimme des Betreibers der Seniorenpension Angelika sprach in ihr Ohr: Wann denn heute mit der Ankunft der gnädigen Frau zu rechnen sei?

»Es geht nicht, es ist unmöglich«, sagte sie mit schwacher Stimme, wie aus einer Betäubung heraus, »es ist etwas Furchtbares passiert, ich muß noch manches regeln, ich muß erst einmal sehen … Sprechen Sie mit Winnie, Winnie …« Diese Auskunft verschaffte ihr Erleichterung, sie fühlte sich gerettet.

Und was war es, was war geschehen? Das Telephonsignal hatte es ausgelöscht. Aus der Küche kam ein scharrendes Geräusch, Ivana kehrte dort herum. Doch, jetzt war es wieder da: die Karaffe auf dem Abstelltisch. Sie blickte hinüber. Der Abstelltisch war leer und blank. Sie wandte sich der Pediküre zu. Es piekste wieder.

»Paß auf«, sagte Frau Colisée.

Siebtes Kapitel

Die Pflicht der Mestrovic

Zum Lesen im Liegen auf dem Sopha – nur so kann ich lesen, die Geistesessenz muß ich mir wie ein liegender Kranker als Infusion einträufeln – war der große Mestrovic-Katalog nicht geschaffen; ich stellte ihn mir aufgeschlagen auf die Brust und las stets nur das obere Dreiviertel einer Seite, das untere schenkte ich mir, ich hätte den Katalog dafür anheben müssen. Ich frage mich, wieviel lückenhafte Lektüre solchen rein praktischen Gegebenheiten zu verdanken ist: zugeklebten Seiten, im Dämmer verschwimmenden Buchstaben, dem Daumen des Lesers auf einem Schlüsselwort. Wie ich da lag, das schwere Buch auf der Brust, das sich mit meinen Atemzügen hob und senkte, begann es sich zu beleben. Es breitete die weiten Flügel aus und schwebte auf mich hinab, aber nicht wie ein Raubvogel, der sich eine Beute reißt, sondern mütterlich, die Küken in den wärmenden Schatten nehmend. Wie zahllose Bücher vor ihm fiel auch der Katalog auf mein Gesicht, und die bloße Berührung mit den Seiten ließ mich in den Schlaf hinübergleiten. Freilich in einen mit Mestrovics Gestalt, Werk, Heimatland gesättigten Schlaf.

Denn das weite steinige Tal, von verkarsteten, steil ansteigenden Bergwänden aus hellem Kalkstein eingefaßt, man konnte sich auch ein breites Flußbett so denken, das war Bosnien. Das Wasser war offensichtlich noch nicht lange abgeflossen, hier und da standen Pfützen, himmelblaue Wasseraugen, so unschuldig, als sei dies nicht vor kurzem noch der Ort einer Katastrophe gewesen. Schöne schwere Kiesel bedeckten den sandigen Boden, von Jahrtausenden zu Eiern und Kugeln geschliffen, aber dazwischen breitete sich überall menschlicher Abfall aus; Plastikbeutel mit verwaschenen Farben und Schriften, Schuhe, zerbrochene Flaschen, Dosendeckel, ausgequetschte Salbentuben, ja, es ringelten sich auch triefnasse Nylonstrümpfe zwischen den Kieseln, vom ablaufenden Wasser wie Algen geformt. Bedrängend war der Anblick eines großen toten Vogels mit verdrehtem Kopf, verklebten Federn und einer die Eingeweide offenbarenden tödlichen Wunde auf der Brust. Können Vögel denn ertrinken? fragte ich mich ernsthaft und hörte in meinem Innern sofort die verständige Antwort: Wenn das Wasser zu groß ist, schon.

In der Ferne rührte sich etwas. Ein Mensch, eine schwarze Gestalt, tiefgebeugt, mit den Armen den Boden betastend. Ein Mann, eine Frau? Jedenfalls in Hosen, und im Näherkommen löste sich das Schwarze nicht in Farben auf, wie es das zu tun pflegt, sondern blieb schwarz. Einen schwarzen Jogginganzug trug diese am breiteren Becken jetzt als Frau erkennbare Person, die den Boden absuchte, Kiesel in die Hand nahm und sie wog, als prüfe sie das Gewicht. Wenn sie mit einem zufrieden war, warf sie ihn über die Schulter hinter sich, daß er klingend aufschlug, als sei er hohl. Es war ein konzentriertes, einer Ernte gleichendes Geschäft, dem sie nachging – Ivana Mestrovic, wer sonst, über den nassen Kieselstrand gebeugt wie über die Stufen in meinem Treppenhaus, nur daß hier eine Arbeit ohne Ende vor ihr lag, das Talbett zog sich bis zum Horizont.

»Sie räumt auf« – das dachte ich wörtlich, obwohl sie den Abfall, der sie umgab, unbeachtet ließ, kaum daß sie einmal einen rosa Gummihandschuh zur Seite schob. Und wieder warf sie einen Stein hinter sich, der mir vor die Füße rollte. Im Aufschlag klang er noch kieselhell und kieselhohl, aber dann zeigte sich, daß er aus etwas Weichem bestand, das sich dehnte, in dem etwas strampelte und sich regte. Ein feiner Riß verbreitete sich über seiner Oberfläche, und etwas schob sich daraus hervor – fünf rosige Knöspchen, sehr weich, aber ans Licht drängend, Fingerchen, kein Zweifel, die sich daranmachten, den Riß zu vergrößern, als wollten sie die Steinschale zum Platzen bringen.

»Wir Mestrovic arbeiten alle an derselben Aufgabe«, diese Stimme, männlich, wie aus dem Innern einer Glocke dröhnend, sprach in meiner nächsten Nähe. Ich vermute, daß sie aus einem mächtigen wasserglänzenden Lehmhaufen drang, der ein Loch wie ein großes Maul hatte, einem urtümlichen Götzenbild nicht unähnlich, dem man die Opfer in dies Loch hineinschob. »Wir Mestrovic sind dazu berufen, Bosnien zu bevölkern. Ihm ein neues Volk zu schaffen, nach der Katastrophe. Niemals gab es hier Bildhauer, solange die Erde sich dreht, bin ich der erste. Die gnostischen Bogumilen, die hier einst herrschten« – von den Bogumilen hatte ich in der bosnischen Geschichte gerade gelesen, der dröhnende Lehmhaufen befand sich auf demselben Wissensstand wie ich – »haben alles richtig vorausgesehen: Der Demiurg, der große Volkwerker, der Völkerhersteller, würde einst aus den Steinen von Bosnien noch härtere Menschen schaffen. Ich bin dazu berufen, diesem Land ein Volk aus Marmor und Bronze zu schenken. Wir haben schon angefangen. Wir arbeiten zusammen, wie wir tausend Jahre zusammengearbeitet haben.« Und nach kurzem Schweigen fügte er hinzu: »Das Gewicht ist für eine Skulptur das Entscheidende. Stellen Sie sich den schönsten griechischen Gott, den Moses von Michelangelo aus federleichtem Material vor, Glasfiber, Aluminium, auf den Millimeter genau wie die steinernen Originale, sie wären Spielzeuge, unwahrer Plunder, sie wären, wenn sie im Wind davonrollten wie Blechbüchsen, sogar häßlich. Bei der Bildhauerei kommt es auf das Gewicht an, merken Sie sich das.

Treten Sie gegen eine Skulptur, die Sie beurteilen wollen; wenn Sie sich die Zehen verstauchen, ist sie sicher nicht ganz schlecht.«

Ich muß in die Nähe des Lehmklumpens geraten sein, denn mir wurde unerträglich warm. Er war hohl wie ein fest gemauerter Backofen, und in ihm brannte ein Feuer, das die Lehmwände gänzlich durchglühte. Was durch das Maul in den Ofen hineingeworfen wurde, würde darin in Blitzesgeschwindigkeit zusammenschnurren.

»Auch Steinmenschen können weinen, Lavatränen, rotglühend«, ließ sich der Lehmklumpen unbewegten Mauls vernehmen, als hätte er meine Gedanken erraten. Und nicht alles verbrenne. Metall verliere zwar seine Form und werde zu fließenden Bächen, aber es gewinne abgekühlt eine neue. »Die gesamte Bildhauerei besteht aus zwei grundsätzlich verschiedenen Vorgehensweisen: dem Wegnehmen und dem Hinzufügen. Die Bronzeskulpturen, die aus dem Ofen hervorgehen, entstehen zunächst durch ein Hinzufügen.«

Trocken und lehrhaft und dabei auch abkühlend waren seine Worte, die mir wiederholten, in einer den Träumen eigentümlichen Pedanterie, was ich schon wußte: daß der Bildhauer bei Herstellung des Tonmodells für den Guß zunächst aus der Masse den beabsichtigten Körper im groben forme, um sodann ein Tablett voller weicher Tonkügelchen vorzubereiten, das er seinem Modell zur Seite stelle, und nun überall, wo ihm Masse fehle, solche Kügelchen aufsetze, die er dann mit Hand und Spatel dem dicken Batzen einarbeitete.

»Es ist wie früher beim Friseur«, unversehens hatte der Lehmofen menschliche Züge angenommen. Er glich nun Mestrovics Selbstporträt, faunisch, bocksbärtig, aber weniger leidend, die Erinnerung an den Friseur entspannte die vortretenden Halsmuskeln sichtlich. »Der Meister hat das Haarschneiden und Rasieren beendet, man glaubt, man könne sich erheben, und dabei geht es nun erst los mit kleinen genauen Maßnahmen – ›les touches‹ nannte man das in Paris«, sagte Mestrovic. Das seien die Zupfungen, Knetungen, Entfernung von Härchen aus Nasenlöchern und Ohren, nochmaliges Ansetzen des Rasiermessers, um stehengebliebene Borsten im Nacken zu erwischen, Auftupfen einer Crème, mit beiden Händen ins Gesicht langend, um sie in großen Bewegungen fest und nachdrücklich einzustreichen und einzumassieren – »Kein Mensch sonst dürfte wagen, einem derartig ins Gesicht zu langen, als ob man ein lebloser Körper sei« –, dann der unruhige kritische Blick des Friseurs auf den Kopf über dem wie im Operationssaal abgedeckten Körper, ein behutsames Stutzen der Augenbrauen, ein Ausschütteln des Capes, ein erneutes Umlegen, »denn ›les touches‹ haben kein natürliches, zwangsläufiges Ende, man kann ihnen stets weitere Touches hinzufügen, gerade darin besteht ihr Wesen«. So arbeite er am Modell, denn es gehe um Perfektion, und Perfektion sei das Ergebnis vieler ›Touches‹.

Während er sprach, floß aus einer Ritze des Lehmofens eine lange Quecksilberzunge, die in sich bebte, zauberhaft dickflüssig und dünnflüssig zugleich – »So beleben die Touches das Detail, keine Stelle des Modells darf untouchiert sein, bis das Ganze uns unter den Händen entgegenpulst.«

Ivana hatte sich unterdessen weiter entfernt, immer gleich konzentriert über den Boden gebeugt, Kiesel aufnehmend, wägend und hinter sich schleudernd. »Es ist eine Arbeit bis zum Tod, denn dies Tal erstreckt sich weit.« Aber das war nicht drohend oder klagend gesprochen, sondern geradezu tröstend – was schließlich hätte Ivana tun sollen, wenn sie eines Tages jeden Kiesel umgewandt hätte? Das Wasser war weitgehend abgelaufen. Das eben noch triefende Tal trocknete schnell. Der Boden trank das Flüssige wie Löschpapier. Hier und da sprang bereits die sandige Erdkruste, bald würde ein

Schlammcraquelé die weiten Flächen überziehen – Bosnien sollte lebensfeindliches Land bleiben – entweder zu naß oder zu trocken.

»Ganz anders verhält es sich mit dem Wegnehmen in der Bildhauerei.« Mestrovic sprach nun nicht mehr aus dem Lehmofen heraus, der in sich zerfallen war. Er blieb anwesend, aber wie eine Person, die in einer Filmaufnahme unkenntlich gemacht wird. »Das Wegnehmen ist die eigentliche Bildhauerei. Da wird mit dem Hammer gehauen, bis die Handgelenke kaputt sind. Das trat bei mir zum Glück erst spät ein. Aber es ist Knochenarbeit, das Wegnehmen, und zuallererst Zerstörung. Vor Ihnen steht der edle kostbare Block, wie er aus dem Steinbruch kommt, als Block schon eine unübertreffliche Schönheit, und der wird zerhackt, zersplittert. Ein erschreckender Vorgang. Es gibt nicht viele Bildhauer, deren Werk die Zerhackung, die Zerstückelung eines erhabenen Steinblocks rechtfertigt, der, wie er daliegt, bereits ein Altar ist. Es geht zu wie beim Hähneschlachten ...«

Und augenblicklich sah ich mich in einem schmutzigen Hof. Wie die Verschmiertheit der Mauern von der Hahnenpracht abstach: Ein starker Hahn mit einem herrlich aufgeplusterten Federkleid in Schwarz und Weiß, dazu das leuchtende Rot des Kamms und das Maisgelb der Beine, schritt ernsthaft auf und ab, hielt unversehens, wie unbeabsichtigt neben einem nervösen, unsicher pickenden Huhn, trat es mit den großen Krallen nieder, das Huhn preßte sich gegen den Boden, und schon war die Vereinigung beendet, und der Hahn widmete sich, erhaben schreitend wie Ludwig XIV. in einem Ballett von Lully, seinen fernen großen Gedanken. Wer den Begriff der Würde definieren wollte, mußte nur diesen Hahn betrachten. Und wie grausig wurde diese Würde zerschlagen. Ein Mann trat von hinten an ihn heran und packte ihn bei den starken Beinen. Der Hahn hing mit dem Kopf nach unten, kraftlos war sein Flattern. Eben noch der König eines Volkes, erkannte er jäh, daß er unter der gnadenlosen Oberherrschaft der Menschen stand, daß er keinerlei Rechte besaß und daß über sein Schicksal schon entschieden war, als die Eierschale ihn noch umschloß. Ohne auch nur hinzusehen, sich fortwährend weiter unterhaltend, des gedämpften, schockierten Gackerns nicht achtend schnitt der Mann ihm mit einem scharfen Messer den Hals durch – bevor aber nur ein Blutstropfen hervorgetreten war, steckte der Hahn schon kopfüber in einem Blechtrichter; nur die strampelnden und zappelnden Füße sahen daraus hervor – in diesem Trichter half ihm nichts mehr, so ausdrucksvoll die Beine sich bewegten, die Zeugen würden keine Hand zu seiner Befreiung rühren. Über diese ganze Hahnenwürde war gleichgültig hinweggegangen worden. Als er aus dem Trichter, wo er sich ausgeblutet hatte, herausgezogen wurde – darunter schwamm es dunkelrot –, klebte der Federschmuck zusammengedrückt an seinem Leib. Wie schmutzige Fetzen sah das jetzt aus, und schon wartete die Rupfmaschine auf die Leiche, mit ratterndem Lärm, den zarten Federn keineswegs angemessen – dort hineingesteckt, darin von geübter Hand gedreht, mußte er zerfetzt wieder hervorkommen –, aber dann lag er auf dem Tisch, nicht wiederzuerkennen: Das eben noch von Kronen, Krägen, Schleppen, Puffärmeln aufgeblasen erscheinende Staatstier lag nun wie unverwundet mit nacktem schmächtigen Knabenkörper da, in konziser Form von Brust und Keulen, eine exakt ausgezirkelte Skulptur, deren Grenzen von Augen und Händen gleichermaßen betastet werden konnten.

So meinte Mestrovic das offenbar: das In-dickem-Stein-zur-Form-Vordringen, das Wegschlagen der bloßen Materie, um zur bedeutungsvollen Materie zu gelangen. Er war Bauernsohn, da lag der Vergleich mit dem Schlachten der Hähne noch näher als der Friseur. Ich meinte, jetzt alles über Bildhauerei zu wissen. Mir war, als würde ich von Klarheit überflutet. Es gab nichts, was mir verborgen geblieben war.

»Doch, eines«, Mestrovic drängte sich noch einmal in meinen Traum: »Wenn Bronzestatuen zerstört werden sollen, gießt man Gewehrkugeln daraus. Die Marmorstatuen werden zu Kalk verbrannt, um eine Hühnerstallmauer damit zu weißeln.« Dies war mit solchem Nachdruck gesagt, als enthielte gerade dieses Faktum eine tiefe Einsicht in das gesamte Skulpturenwesen – aber welche? Meine Gedanken verloren sich. Die Klarheit, die mich eben noch umfangen hielt, trübte sich ein. Der Himmel wurde grau, als sollte der schreckliche Regen wieder beginnen. Ivana, die in weiter Ferne, klein am Horizont weiter gearbeitet und geräumt hatte, richtete sich plötzlich auf und drehte sich um. Sie hatte eine Spur geplatzter Steine hinter sich gelassen, in denen es sich regte. Es war ein schneckenhaftes Leben, ein schmaler Teppich wimmelnder Bewegungen, der sich bis zu ihren Füßen zog. Und nun wurde sie, in sanften, organisch erscheinenden Schüben, größer und größer und verdunkelte den Himmel.

Ich schlug die Augen auf. Vor mir stand, das Fenster verdeckend, als schwarzer Schattenriß Ivana, auf einen Schrubber gestützt, um dessen Bürste ein feuchter Lappen zum Bodenwischen gelegt war. Der schwere Mestrovic-Katalog war von meiner Brust gerutscht. Sie hob ihn auf. Zwei Seiten waren zerknickt. Sie kommentierte nicht, daß sie mich ausgerechnet über diesem Katalog eingeschlafen antraf – was sonst sollte ich lesen, als etwas über Mestrovic? Und wie sonst sollte ich darauf antworten, als darüber einzuschlafen?

»Du kannst liegenbleiben«, sagte sie und schob den Schrubber unter das Sopha, während ich mit dem unendlichen Behagen eines Schuljungen mit leichter Grippe, der vom Bett aus die Tätigkeiten um sich herum verfolgt, dem Gedanken nachhing, ich müsse unbedingt mit Wereschnikow sprechen, weil ich ein großes Interview mit Ivan Mestrovic »im Kasten hätte«, als sei da, während ich schlief, ein Tonband gelaufen, bis sich diese beseligende und erregende Gewißheit allmählich verlor.

Achtes Kapitel

Triumph des Ahnungsvermögens

Es würde keine ganz billige Sache, eine repräsentative Mestrovic-Ausstellung, obwohl vieles in einer Mestrovic-Stiftung vereint war, die vielleicht kooperativ wäre. Oder würde dadurch erst recht alles schwierig? Wer wußte denn, wie der jugoslawische Staat zu Wereschnikows Vorhaben stand – in Belgrad wurde zur Zeit jedenfalls nicht besonders nachdrücklich mit der Menschenwürde argumentiert.

Warum verbringen so viele erfolgreiche Künstler ihren Lebensabend damit, ein eigenes Museum für sich zu schaffen? Welche Unsicherheit liegt in dem Bestreben, dem eigenen Werk Quarantäne zu verordnen, als sei es der Konkurrenz der Zeitgenossen nicht gewachsen? Sind solche Stiftungen nicht Mausoleen, in denen das Werk zu Grabbeigaben wird? – am reinsten hat Thorvaldsen diesen Gedanken verwirklicht, der im Herzen seines Museums als Kunst-Pharao begraben ist. Aber selbst wenn man sich von dem Herbeischleppen der zentner- und tonnenschweren Mestrovic-Skulpturen aus Zagreb eine Belebung des Interesses an diesem Meister erhoffen durfte, wäre der Einsatz hoch. Ich stellte mir den Eisenbahnzug vor, der über die Kalkalpen die Madonnen und die slawischen Heldengestalten, die weiblichen Akte und die tiefbekümmerten Heiligen transportieren würde, lang wie für einen Zirkus mit Löwen, Pferden und Elephanten.

Ich war nicht müßig. Meine Recherchen, die mich eigentlich hätten entmutigen müssen, machten mir Spaß. Ich empfand geradezu einen Realitätsschub beim Umgang mit ästhetischen Fragen, die sich in hohen Summen ausdrücken ließen. Wereschnikow schaute meine Berechnungen zerstreut an. Davon verstehe er nichts, aber so weit, daß man mit den Leuten, die etwas davon verstanden, reden könne, sei er noch nicht. Der Umfang der Summen erschrecke ihn kaum. Er gedenke mit »Stellen« zu verhandeln – habe sogar schon damit begonnen –, für die solche Beträge unbeachtlich seien. Ich lernte allmählich Wereschnikows Code in Finanzfragen verstehen. Jemand »hat kein Geld« hieß nicht, daß er kein Geld habe, jedenfalls unfaßbar viel mehr als ich, sondern daß er bereits anders darüber verfügt hatte. Ein anderer Jemand, über den es hieß, »da ist Geld«, war schwerreich zu denken, aber heimlichtuerisch, jemand, der sich nicht in die Karten und schon gar nicht in die Konten schauen ließ. Jemand »braucht Geld« hieß gleichfalls nicht, daß es sich hier um erschütternde Bedürftigkeit handelte, es war vielmehr die höchste moralische Legitimation damit verbunden. Nichts im weiten Rahmen bürgerlicher Gewohnheiten, was nicht vollends und befriedigend durch den Hinweis gerechtfertigt war, der Handelnde »habe eben Geld gebraucht«. Wereschnikows eigene Knappheit hätte er nie mit dem Wort: »Ich habe kein Geld« bezeichnet, das wäre ihm geradezu als Hochstapelei erschienen. Er blieb in seinen Augen, ein wenig elegante Koketterie war auch dabei, ein »Habenichts«, ein »Tagelöhner«, ein »armes Schwein«, wonach er stets herzlich lachte, man war eingeladen, diese Selbstironie mit ihm gemeinsam zu genießen.

Aber was die Finanzierung der Mestrovic-Ausstellung angehe, so riet er jetzt eindringlich, sei es auf jeden Fall klug, auch Eigenmittel zu akquirieren – »um so besser, wenn wir sie dann nicht brauchen, die Dinge werden ohnehin immer teurer als geplant«. Soviel Wirtschafts- und Sachverstand besaß er. Sogar ich kannte dies Prinzip, es bewährte sich schließlich schon bei Autoreparaturen. Aber wo sollte ich anfangen,

Spenden für Mestrovic »einzuwerben«, wie das hieß, da klang auch »Einsacken« mit? Ich wußte, wie Tintoretto bezahlt worden war – gelegentlich auch nicht –, aber die Dogen waren tot und die Bruderschaften aufgelöst, und wer weiß, was sie zu Mestrovic gesagt hätten. Ich hatte meine Ansicht zu dem großen Mann inzwischen übrigens stark modifiziert, wie es eben geht, wenn man sich eingehender mit einer Sache befaßt: Er konnte etwas – um es unangemessen herablassend zu sagen, er war zum Beispiel wirklich ein Meister des Knies. Nahm man seine Knie heraus, dann hatte man Detailplastiken in lieblichen Schwellungen und Höhlungen, sich dem Betasten anbietende Rundkörper, die geheimnisvoller waren als die Marmoreier von Hans Arp. Mit diesem Argument durfte ich natürlich nicht bei Geldgebern auftreten: eine Ausstellung des Knie-Künstlers Mestrovic. Wereschnikow aber war unwillig, mir Hinweise zu geben. Im Abgrasen und Ausflöhen von Subventionen hatte er zwar vielfältige Erfahrungen gesammelt, aber da sollte jeder, so fand er, eigene Wege gehen – dafür habe er sich ja gerade an mich gewandt.

Immerhin war er so gnädig, mir zu raten, mich doch einmal an die Agentur Markies zu wenden – Inge Markies sei eine begabte Vermittlerin, »wenn sie sich für etwas begeistert«. Und als Frau Markies den Namen Wereschnikow hörte, war sie nach einigem Suchen im dichtgefüllten Kalender sogar bereit, mich zu empfangen. »Wir trinken einen Tee, und Sie erzählen mir von Sascha Wereschnikow«, wie bedeutungsvoll das klang. Dabei war alles ganz einfach, wie ich bald erfuhr. Frau Markies hatte eine kleine Affaire mit Wereschnikow hinter sich, die nun auch schon Jahre zurücklag und damals »im guten und in bester Freundschaft« beendet worden sei, so Wereschnikows Version, der sie »bis zu einem gewissen Grade auch zustimmen« wollte.

Ich habe schon angedeutet, daß ich mich in der Angelegenheit dieser Ausstellung geheimnisvoll geführt fühlte. Seitdem Ivana Mestrovic bei mir putzte, besaß ich nicht mehr die innere Freiheit, mich für oder gegen meine Mitwirkung in dieser Sache zu entscheiden. Die Verblüffung, mit der ich ihren Namen hörte, steckte mir noch in den Knochen. In späteren Jahren hätte das nicht mehr einen solch tiefen Eindruck gemacht, aber damals war ich noch ein halbes Kind, »tatenarm und gedankenvoll« und so ratlos, daß ich geneigt war, überall nach Zeichen zu suchen und von außen zu erhoffen, was von innen nicht zustande kommen wollte.

Mein Doktorvater, von dem ich glaubte, daß er mich mochte, hatte mir geschrieben, als ich ihn nach der Promotion um Rat für die Zukunft bat: »Strampeln Sie nicht herum! Lassen Sie sich schieben!« Manchmal fürchtete ich, er meinte in Wahrheit, daß ich mit selbst ausgeheckten Aktivitäten unfehlbar scheitern würde; nur das Geschenk des Zufalls könne mich retten. Als Ivana Mestrovic mir ihren Namen nannte, da offenbarte sich mir unversehens der Sinn seines Rats: Soeben wurde ich geschoben, unzweifelhaft, ich mußte gehorchen.

In dieser Verfassung gesteigerter Aufmerksamkeit, in der S-Bahn auf der Fahrt zu Frau Markies, spitzte ich die Ohren, als ich in meinem Rücken eine Mädchenstimme von kindlich weichem Timbre vernahm: da war jemand in ein Gespräch mit dem Kontrolleur verwickelt. Sie hatte keine Fahrkarte, was sie mit einfachen Worten bekannte, als sei nichts dabei. Sie hatte eben keine. Der Kontrolleur war ein jüngerer, schon beleibter Mann mit feschem schwarzen Schnurrbart und südlich braunen Augen; er stand seitlich von mir und verdeckte das Mädchen. Auf ihren sanften höflichen Ton ging er ohne weiteres ein, in dem Bemühen, leise zu sprechen, um kein Aufsehen zu erregen: Ob sie nicht doch noch einmal nachsehen wolle, da finde sich doch meist etwas …?

»Leider nein«, sagte die Mädchenstimme, jetzt gleichfalls gedämpfter, indem sie seine Behutsamkeit übernahm, »ich kann nichts finden, weil ich nichts habe.«

»Sie haben wirklich ... nichts?«

»Nein, gar nichts«, das war schon beinah im Flüsterton gesprochen, es war wie eine kleine Verschwörung in meinem Rücken, nicht die Spur von amtlicher Peinlichkeit.

»Nichts – also tatsächlich nichts ...« – Mir war, als verfalle der Kontrolleur in eine philosophische Träumerei über den Begriff des Nichts, als sei er bereit, sich ganz in das Nichts fallen zu lassen.

»Ja, nichts«, ein ganz leichtes Zittern lag in der Mädchenstimme. Jetzt schwiegen beide. Ich stellte mir vor, daß sie sich ansahen, in einem langen vielsagenden Blick. Dann begann der Kontrolleur etwas zu murmeln. Er wirkte wie ein Mann, der im Selbstgespräch rekapituliert, was in solchen Fällen zu unternehmen sei.

»Gut«, sagte er schließlich, »wir sehen dann ... Wir müssen dann eben sehen ...« Und jetzt riß er sich los. Es war ein Willensakt, von dem Gespräch mit diesem stillen Mädchen wegzukommen und sich wieder in seine Alltäglichkeit zu begeben, selbst von meinem Posten schräg hinter ihm deutlich spürbar. Und während des gesamten Gesprächs empfand ich die unumstößliche Gewißheit, daß dieses Mädchen dasselbe sein mußte, das beim Lesen der elektronischen Nachricht neulich in Tränen ausgebrochen war. Dabei hatte ich damals gar nicht ihre Stimme gehört, oder doch? Hatte sie sich mit diesen unvergeßlich blassen, frisch kirschenhaft quellenden Lippen nicht etwas vorgelesen? Gehörte sie nicht zu den wunderbar naiven Menschen, für die Lesen immer laut Lesen bedeutet? Die wichtigste Entdeckung aber war, daß ich in den letzten Tagesaffairen nicht aufgehört hatte, an dieses Mädchen zu denken, während andere schöne Unbekannte, denen man doch immer wieder begegnet, sich wie Träume verflüchtigen. Bei ihr war dieser Vorgang der Verfinsterung, der Eintrübung, das Aufsteigen von dunklen Säften in ihrem sanften Gesicht hinzugekommen. Es war nicht nur ein Bild, es war ein ganzer Prozeß, den ich in mir trug, und er war ein Rätsel, aber ein lebendiges, das jedenfalls auch sprechen konnte, und ebenso wie es Barbaren gab, die die Verletzlichkeit dieses Mädchens nicht schonten, so gab es auch Naturbegabungen, edel geborene Menschen, wie dieser Kontrolleur, die sie erkannten und unter ihren Schutz nahmen, ohne daß dies Elfenkind nur darum bitten mußte.

Ich konnte nicht widerstehen. Ich drehte mich um. Mein Blick fiel auf einen tiefschwarzen, wie mit Schuhwichse gefärbten Hinterkopf. Alle Frauen färben sich heute die Haare, aber bei diesem Mädchen hätte ich geschworen, daß sie es niemals tun würde, obwohl die Farblosigkeit ihres Haares gewiß schon mehr als eine Friseuse zu dem Vorschlag bewogen hatte, es doch einmal mit einer Tönung zu versuchen. Die Schwarzhaarige stand auf. Von der Seite gesehen war auch sie ein sehr schönes, aber durchaus kräftiges Mädchen. Ich konnte die Unlust des Kontrolleurs, sie zu sistieren und vorzuführen, gut verstehen. Es ist schon gut und recht mit der Gleichheit, solange es ein paar Leute gibt, die sich herausnehmen, Unterschiede zu machen und Privilegien zu gewähren, vor allem der Schönheit. Aber man sieht an diesem Abgleiten in die Philosophie, daß ich versuchen mußte, meiner Enttäuschung Herr zu werden, so weit her war es offenbar doch nicht mit meinem Ahnungsvermögen.

Inge Markies empfing mich an der Tür. Im Hintergrund sah ich Frauen am Telephon, aber sie bat mich in einen großen Salon, der auf einen schattigen, von Palmen beschirmten Balkon hinausging. Hier standen zwei Teetassen und ein Teller mit englischem Sandgebäck, ich war erwartet. Frau Markies war so elegant, wie ich das von einer Frau aus Wereschnikows Kreis erwarten durfte, groß, etwas schwer, aber glänzend konserviert, alterslos – man versteht, was das heißt: faltenlose Sechzig, und das paßte auch zu Wereschnikow, denn Maruscha mochte sein Glücks- oder Unglücksfall sein, gehörte aber einer anderen Generation an. Es war der Beruf der Markies, perfekt gepflegt zu sein. Das nußfarbene dicke Haar, die leuchtend roten Fingernägel, der leuchtend rot gemalte Mund, das aus verschiedenen Seidenschichten aufgebaute Kleid eines namhaften Couturiers und die Mandel-Vanille-Duftwolke, die sie umgab, das alles machte auf mich den Eindruck äußerst erfolgreicher geschäftlicher Tätigkeit, also nicht weiblicher Verwöhntheit; es war das Tüchtige, das durch die teuren Accessoires herausgestellt wurde, die Selbstverständlichkeit, einen durchgeplanten und aufreibenden Arbeitstag in ungetrübtem Glanz zu bewältigen, was auch hieß, daß in dieser Hinsicht von Frauen erheblich mehr verlangt wurde als von Männern. Frau Markies vermittelte ihren Kunden, daß sie einer Elite angehöre, daran gewöhnt, das Außerordentliche zu leisten. Bei ihrem Parfüm dachte ich an Marzipan; und etwas marzipanhaft Schweres, Fest-Nachgiebiges hatte auch ihr Fleisch, soweit man es sah, und man sah zwischen den verschiedenen Seidenschleiern gar nicht so wenig.

Soso, Wereschnikow schicke mich also, begann sie mit kühlem Lächeln. Wereschnikow sei ein lieber alter Freund, leider etwas chaotisch und nicht eben zuverlässig, und müsse dafür auch einen Preis zahlen – sie habe oft versucht, ihm zu erklären, daß seine geniale Art, die Geschäfte zu betreiben, nicht ohne Risiko sei, aber es sei schwer, ihn zu korrigieren.

»Sie können keinen Mittfünfziger mehr erziehen«, im Grunde scheiterten Erziehungskonzepte ja schon früher, jeder Mensch stecke nun einmal in der Haut, in der er geboren werde. Dazu komme sein fatales Verhältnis zu Frauen.

»Such dir doch endlich einmal eine erwachsene Frau, eine echte Partnerin, einen reifen Menschen«, habe sie oft gesagt, aber statt dessen sei er mit einer polnischen Blondine angekommen, die ... Das sei für sie immer ganz schwierig, über andere Frauen zu urteilen, sie lasse das deswegen auch: »Aber mit der zieht er wohl immer noch herum? Ich habe ihm geholfen, wo ich konnte, ich tue, ich mache, ich wünsche ihm das Allerbeste, aber so kommt er natürlich nicht weiter.«

Frisch und strahlend sah sie bei diesen Worten aus, Augenweiß und Zähne blitzten. Sie fühlte sich und stellte sich als Siegerin dar, in welchem Kampf, ließ sie im dunkeln. Und nun hatte Wereschnikow wieder einmal eine seiner fabelhaften Ideen, ohne Zweifel, denn sonst säße ich nicht bei ihr.

Worum ging es denn diesmal? Wereschnikows großes Projekt vorzustellen fühlte ich mich ohnehin nicht berufen, nach dieser Einleitung aber wäre es selbst ihm wohl schwergefallen, noch etwas Überzeugendes zu sagen. Die Mestrovic-Ausstellung aber konnte ich vertreten, und Bilder und Bücher hatte ich auch dabei, die sich auf dem Tisch des Markiesschen Salons, wo allerhand Kunstbände ausgelegt waren, durchaus hätten sehen lassen. Oder doch nicht? Begeistert schien sie nicht. Sie blätterte den großen Katalog mit einer Miene durch, die man den Malereien von anderer Leuts Kindern widmet. Mestrovics Hauptdefekt war, daß sie ihn nicht kannte und noch nicht einmal den Namen gehört hatte, die Herkunft sprach auch nicht für ihn – »Ostkunst«, sagte sie und machte dabei Lippen, als lutsche sie ein Karamelbonbon; gut, wenn ein großes Museum seinen Etat auf so etwas wenden wolle, dann mochte das wohl seine Richtigkeit haben, aber dafür auch noch Sponsorengelder aufzutreiben und das womöglich gar mit ihren eigenen Verbindungen, das sah nach einer fruchtlosen Mühe aus. Sie ließ dennoch ein paar Namen fallen, zerstreut und innerlich bereits mit anderem beschäftigt, aber das waren Banken und Stiftungen, auf die jeder Zeitungsleser und sogar ich gekommen wäre.

»Ist das nicht auch ein bißchen faschistisch?«

Das war aber nicht empört gesprochen, eher im Zweifel, ob dem Ganzen nicht ein gewisser Chic fehle. Sie suchte nach einer Schublade, und wenn Mestrovic da hineinpaßte, dann wäre für sie guten Gewissens die Angelegenheit erledigt, aber es ging auch ohne gutes Gewissen, so interessant war der Fall nicht.

»Er hat in den zwanziger Jahren in Rom gearbeitet«, sagte ich. Sie verdeckte ihre Gleichgültigkeit nicht mehr: »Ach? Und trotzdem …?«

Unversehens richtete sie sich in ihrem bequemen Gartenstuhl ein wenig auf und faßte mich, jetzt wieder strahlend, wie zu einer Offensive der Liebenswürdigkeit gerüstet, ins Auge: Sie müsse mich unterbrechen, ich möge aber meinen Gedanken behalten – ihr falle ein, daß sie mich ganz schnell für die Erledigung einer Kleinigkeit verlassen müsse.

Wir steuerten dem Höhepunkt unserer Begegnung entgegen, einem in meinem Leben bisher einzigartigen Vorkommnis, das ich versuchen muß, durch ein Höchstmaß an Einfühlung in Frau Markies zu begreifen.

Sie entfernte sich, und ich hörte ihre Schritte in den Tiefen der großen Wohnung verhallen. Ich saß in Frieden auf dem schönen Balkon. Ich trank meinen Tee. Ich machte Bilanz, keineswegs pessimistisch, ich stand schließlich erst am Anfang meiner Arbeit, da durfte ich mich auch einmal in einer Sackgasse befinden. Was ich erfahren hatte, waren neue Facetten von Wereschnikows Persönlichkeit, die mir als Merzinger-Besucher bisher verborgen geblieben waren. Wie Frau Markies konnte man den großen Löwen offenbar auch sehen, obwohl mir schien, hier seien alte Rechnungen offengeblieben. Wereschnikow empfand sein Verhältnis zu Inge Markies aber wohl nicht als belastet. Er sah sie doch geradezu als Referenz, sonst hätte er mich nicht zu ihr geschickt. Wir wissen sehr wenig darüber, was unsere Freunde von uns halten, diesen Gedanken formulierte ich mit der Gelassenheit des Weisen.

Zeit dazu hatte ich, denn Frau Markies kehrte nicht zurück. Sie war jetzt schon ziemlich lange fort. Ich hatte nicht auf die Uhr gesehen, aber das tat ich jetzt. Um halb fünf pünktlich war ich eingetroffen, länger als eine halbe Stunde hatten wir nach meinem Gefühl nicht geplaudert, und jetzt war es Viertel vor sechs oder schon darüber hinaus.

Durfte ich auf mich aufmerksam machen? Es gehört zu meinen großen Gaben, lange untätig auf einem Stuhl sitzen zu können und dem Verstreichen der Zeit zuzusehen. Was ich nicht wußte und auch nicht ahnen konnte: Frau Markies war schon längst nicht mehr im Hause. Sie war an ihren Schreibtisch gegangen und hatte dort ein kurzes Telephonat geführt, das hatte ich aus der Ferne noch gehört. Dann ging sie ins Badezimmer, und ich stelle mir vor, daß sie sich dort im Spiegel betrachtete und mit der Konzentration, die dafür erforderlich ist, das Lippenrot nachzog.

Und in diesem Augenblick der inneren Bündelung und Ausrichtung aller Gedanken auf ein einziges Ziel muß ihr jäh meine Anwesenheit entfallen sein. Die unter ständiger Hochspannung stehende Geschäftsfrau hatte unter der Leere und Ergebnislosigkeit unserer Unterhaltung unbewußt wahrscheinlich noch mehr gelitten, als sie ohnehin zu erkennen gegeben hatte, nachdem sie ihre Botschaften an Wereschnikow losgeworden war. Dies Treffen mit mir war etwas, das sie sich gar nicht leisten konnte. Es mußte augenblicklich und ohne weitere Konversation beendet werden. Aber eben nicht durch einen Kraftakt, einen blitzartigen Hinauswurf, eine doch auch kräfteverzehrende Aktion. Ich wurde deshalb, so gesund waren ihre Instinkte, in dem Augenblick, da Gewichtiges sie rief, aus ihrem Bewußtsein einfach ausgefällt.

Obwohl ich das Opfer dieser ihrer Fähigkeit war, unbelastet voranzuschreiten, ohne sich noch einmal umzudrehen, kann ich meine Bewunderung dafür nicht verbergen. Ich hänge so viel Gestrigem, Mißlungenem, Peinlichem, Verpatztem und Vorwerfbarem nach, daß ich meinen Blick oft kaum auf die Gegenwart richten kann. Aber in dieser Bewunderung lag keineswegs der geistige Ertrag meines Besuches, sie wurde mir vielmehr dadurch leichtgemacht, daß eine weitere Steigerung meiner Erlebnisse in der Agentur Markies auf mich wartete, ein wahrhaft schicksalhafter Augenblick und zugleich der unerhörte und in einem Leben unwiederholbare Triumph meines Ahnungsvermögens.

Aus den allmählich im Dämmer versinkenden weit ausgebreiteten Räumlichkeiten nahten Schritte, nicht das stämmige, beinahe stampfende Schreiten, in dem Frau Markies' Schwere sich, so gut sie sonst kaschiert war, dann eben doch äußerte, sondern geradezu hüpfend, wie die kleinen Mädchen vergnügt vor sich hin springen, wenn sie unbeobachtet sind. Die großen, wenig möblierten Zimmer luden zum Tanzen ein.

Und dann stand sie vor mir, das Mädchen mit dem Laptop aus der U-Bahn, diesmal ohne Springerstiefel, sondern in ausgetretenen rosa Ballerinas, aber wieder mit kriegerischer Hose, die Schultern nackt, das Haar im Zustand des Auseinanderfallens, die Versuche, diesen glatten Strähnen Locken beizubringen, waren aussichtslos, wie – jedenfalls kurzfristig – die Anläufe der Meereswellen, einen Felsen zu formen, indem sie ihn unablässig überspülen und wieder von ihm ablaufen. Wie ein Meereswesen war sie vor mir aufgetaucht, die unförmige Soldatenhose konnte geradezu für einen Fischschwanz gelten. Sie hatte sich allein geglaubt und erschrak, als sie mich sah, aber nicht so sehr wie ich: Ich war wie vom Donner gerührt.

»Was machen Sie hier?« Meine Frage war unangemessen und für sie ganz unverständlich, denn während ich sie damals beobachtete, hatte sie mich doch überhaupt nicht wahrgenommen. Sie sah mich jetzt zum ersten Mal und konnte nicht ahnen, daß ich mir aus einer höchst einseitigen Bekanntschaft schon eine kleine Geschichte gesponnen hatte, als sei hier eine Art Gegenseitigkeit entstanden. Sie antwortete nicht auf meine dumme Frage, sondern begann zu lachen.

»Warten Sie auf Inge?« Die sei doch seit fast zwei Stunden nicht mehr im Haus, komme auch nicht wieder, wie sie eben gerade am Telephon gesagt habe. Glaubwürdig verdutzt konnte ich nach der langen Wartezeit nicht mehr sein, aber erklären ließ ich mir gern, daß so etwas gelegentlich durchaus vorkomme. Inge Markies sei manchmal sehr seltsam, erklärte das Mädchen. Sie vergesse manchmal etwas so gründlich, daß sie sich auch später nicht mehr daran erinnern lasse – »dann ist die Festplatte gelöscht, sie kann sich nicht einmal dafür entschuldigen, denn sie weiß es nicht mehr, und dann kann es ihr natürlich auch nicht leid tun«. Zum Glück komme so etwas aber nicht in wichtigen Fällen vor – »nur bei blöden Sachen« –, ihr fiel ein, kaum daß sie das gesagt hatte, daß ich ihre Bemerkung als unfreundlich verstehen könnte, und begann, sich in komischer Verzweiflung in Erklärungen zu verhaspeln – nein, sie habe nicht behaupten wollen, eine Verabredung mit mir sei etwas Blödes, etwas zu Vernachlässigendes, Unwichtiges –

»Doch, doch, genau das wollten Sie sagen«, rief ich in gespielter Pedanterie. Wir lachten, und ich empfand ein großes Glück bei diesem gemeinsamen Gelächter. Sie setzte sich. Sie hatte Zeit, das Büro sei ohnehin jetzt geschlossen. Ich erfuhr, sie heiße Winnie, und ich freute mich über diese Neuigkeit; sie paßte wie der Schlüssel ins Schloß zu meinem Eindruck von ihr, ein Schmetterlingsname, eigentlich gar kein richtiger Name, nur ein nicht wirklich faßbares Geräusch – könnte es nicht einen Vogel geben, der Winnie zwitschert? Auf keinen Fall wollte ich wissen, ob sich hinter den beiden verspielten Silben so etwas Ernsthaft-Bedeutsames wie Winifred oder Quendolin oder gar Wilhelmine verbarg – gerade der letzte Name wäre bei ihr von großer Komik gewesen. Weil sie sprach, und zwar sehr lebhaft und sich lachlustig immer wieder unterbrechend, bot sich mir ihr Gesicht nicht in der gespannten Ruhe, in der ich es hatte in der U-Bahn kennenlernen dürfen. Sie erschien mir jetzt weniger verwundbar, weniger zerbrechlich, und das beruhigte mich. Sie war ein heiteres, offenherziges Temperament. Es war völlig mühelos, das Gespräch immer weiter laufen zu lassen; wenn ihr zu einem Gegenstand nichts einfiel, dann sprach sie über etwas anderes. Sie war sprunghaft, aber im Dienst der Gemeinsamkeit, der es nichts genützt hätte, wenn sie stockte und nachdachte, bloß weil es vielleicht irgend etwas zu klären gab.

»Wie lange haben Sie an dieser Tasse Tee getrunken?« Das war eine Frage, die sie unerhört erheiterte, aber sie wollte sich nicht auf meine Kosten amüsieren, sondern stand auf und kam mit einer Flasche Champagner zurück.

»Wir haben immer gekühlten Champagner da, für die Vertragsabschlüsse.« Das sagte sie so streng, als erinnere sie an ein juristisches Erfordernis. Sie lerne viel bei Frau Markies. Frau Markies habe ihr erklärt, sie verfüge über »das Herrschaftswissen«; auf meine Frage, was das denn wohl sei – war Frau Markies etwa Kautilya- oder Machiavelli- oder Hobbes-Leserin? –, präzisierte Winnie: zu wissen, wie es so läuft, wie man alles so mache, wie es eben gehe, woran man denken müsse.

»Zum Glück muß man nicht daran denken, ob man jemanden auf dem Balkon vergessen hat«, diese Bemerkung war

Winnies reine Freude, es war ihr bei dem »Herrschaftswissen« auch nicht ganz wohl zumute, in ihrer Bescheidenheit meinte sie wohl, wenn wirklich etwas daran sei, dann wäre es für sie vermutlich zu hoch.

Es dauerte aber immer noch eine ganze Weile, und es war dunkel auf dem Balkon geworden, auf der anderen Straßenseite gingen die gelben Lichter an, ein Treppenhaus gegenüber hatte schöne Jugendstil-Fenster und leuchtete wie eine arabische Laterne, bis ich ihr bekannte, sie bereits einmal ausführlich beobachtet zu haben.

»Das haben Sie gesehen?« Ihr Staunen war so groß, daß sie zunächst nicht weitersprechen konnte. Sie zögerte, ihre Gedanken verloren sich. Mir war, als überlege sie, ob sie mich einweihen solle. Eine Störung war eingetreten. Dann fing sie sich. Es sei ein schlimmer, ein ihr tief ins Herz schneidender Augenblick gewesen. Sie habe – sie hielt noch einmal inne – was war das? – sie überwand ein inneres Hindernis – ja, sie habe eine wunderschöne Katze besessen, rötlich-braun und weiß gestreift – wie Zucker und Zimt! – dazu grüne Augen, zärtlich und jedes Wort verstehend – »alles, was ich zu ihr sagte«. Sie habe sie selbst aufgezogen, als winziges Wesen sei das Kätzchen zu ihr gekommen, ein Bauer in Süditalien habe in einen Pappkarton gegriffen, in dem die kleinen Katzen übereinanderkrochen, und habe sie herausgelangt, als habe er gewußt, welche von den sieben am besten zu ihr paßte. Auf der ganzen Fahrt nach Deutschland sei das Kätzchen verzweifelt gewesen und habe mit den noch weichen, aber die Haut schon tüchtig ritzenden Krällchen gekämpft, aber dann habe auch in der kleinen Katze die Liebe begonnen und sei immer leidenschaftlicher geworden – und als sie jetzt zu ihrer Tante ziehen mußte, die ein bißchen durcheinander im Kopf sei und besser nicht mehr allein lebe, da habe sich das Kätzchen in der neuen Umgebung augenblicklich zu Hause gefühlt. Sie schilderte sehr farbig, geradezu ein wenig hemmungslos, als müsse sie meinen Unglauben besiegen, welche Anregung ein solch intelligentes und liebevolles Tier einem Menschen geben könne, der dabei sei, die Kontrolle über seinen Geist zu verlieren. Mit dem Kätzchen habe die Tante sich noch besser austauschen können als mit ihr, Winnie. Aber ungefährlich war der Umzug für die Katze deshalb noch längst nicht. Das neue Haus hatte ihre Neugier und Unternehmungslust geweckt. Irgendwann, als Winnie im Büro war, mußte die Wohnungstür offengestanden haben – ein Zucker-und-Zimt-Blitz fuhr durch den Spalt, so stellte sie sich das vor, hinab durchs Treppenhaus, ganz von dem eingeborenen, aber bisher nie betätigten Jagd- und Freiheitstrieb erfüllt, ja von ihm rauschhaft überwältigt, und dann das Verhängnis – das zu spät bremsende Auto, und sie wisse immer noch nicht, ob sie dankbar oder unglücklich sein müsse, dies Schreckensereignis nicht gesehen zu haben. »Als Sie mich in der S-Bahn beobachtet haben, kam die Nachricht aus der Tierklinik, daß die Kleine nicht zu retten war.« Und während sie dies sagte, fiel ein helles Licht von gegenüber auf ihr Gesicht, und ich sah, daß es gerührt war und in den Augen wieder die Tränen standen und daß die vollen blassen Lippen eingesaugt und zusammengepreßt, regelrecht mißhandelt wurden; wieder hatte ich die verrückte Vorstellung, sie könne sie verletzen.

Neuntes Kapitel

Die Würde im Dunkeln bewahren

Maruscha hielt es für angemessen, daß Herr Breegen ihren Freund Sascha Wereschnikow so respektierte, wie sie selbst das tat, und nicht auf ihn herabsah, bloß weil Sascha nicht wußte, daß sie auch Breegens Geliebte war. Männer hatten das manchmal an sich: jemanden zu verachten, weil man mit dessen Frau schlief. Im übrigen hatte er noch nicht ein einziges Mal mit ihr im buchstäblichen Sinne geschlafen, weil er sie meist am Nachmittag besuchte und höchstens einmal fünfzehn Minuten einnickte, wenn er sich nach dem anstrengenden Liebesgeschäft entspannte. Seine Abende gehörten vorwiegend Frau Breegen, und allein deswegen hielt es Maruscha für geraten, daß er sich nicht allzu sicher fühlte. Sie grollte ihm nicht wegen dieser Abende. Sie hatte einen altmodischen Sinn für die Rangordnung der Gesellschaft. Selbstverständlich besaß eine Ehefrau vor der Geliebten unantastbare Rechte, jedenfalls solange sie Ehefrau war, aber Herr Breegen mußte nicht darauf gestoßen werden, daß Maruscha das so sah. Es war immer gut, wenn ein Mann sich ein wenig schuldig fühlte, und gerade ein Mann, der so viel bewegte, wie Herr Breegen auf dem nur scheinbar unbeweglichen Feld der Immobilien, mußte in einer Zange gehalten werden, und zum Glück gab es diese Zange mit den beiden Backen Wereschnikow und Frau Breegen, die ihm schon bei der bloßen Erinnerung Beklemmungen bereiteten. Von ihrer Seite war aber nicht der leiseste Zynismus im Spiel bei solchen Überlegungen. Sie bewunderte bereitwillig die Männer, mit denen sie sich beschäftigte, und schätzte ihre jeweiligen Eigenschaften. Liebevoll betrachtete sie Breegens weißes mürbes Fleisch, seine Haut, die so zart war wie Glacé-Handschuhleder und ebensolche Fältchen warf. Wie überraschend war das, wenn er sein gestärktes Hemd ablegte und es sorgfältig auf einen Stuhl hängte, damit es nicht zerknitterte, wenn er aus dieser Rüstung heraussteig, die ihn so ehrfurchtgebietend umschloß, und sich mit hängenden Schultern und sackartigem, von der Weste nicht mehr in Form gebrachten Bauch schutzlos ihren Blicken darbot. Das war für sie ein stets neu anrührendes Bild; ein zweiter Herr Breegen trat da vor sie, nicht mehr der Mann, bei dessen Anruf der Baudezernent der Stadt blaß wurde; und dabei verlor er seine Macht ja gar nicht, das bewiesen allein die knappen Telephonate, die er auch vom Bett aus führte, es wurde eben eine liebenswerte Macht, und es entging ihr nicht, wie sorgfältig Herr Breegen seinen alternden Körper pflegte. Die kleinen fetten Füße waren von der Pediküre rosig geschmirgelt, die Fingernägel von einer Maniküre ein wenig spitz zulaufend gefeilt. Maruscha war eigens bei Breegens Friseur vorbeigegangen, um sich die Maniküre anzusehen. Sie hatte den leichten Verdacht, daß es sich bei diesem Salon um ein diskretes Ladenbordell handelte, und hielt es für ausgeschlossen, daß Herr Breegen bei der längeren Prozedur des Streichelns und Zupfens und Betastens seiner kurzfingrigen Hände völlig unempfindlich bliebe. Zwischen Zeige- und Mittelfinger der rechten Hand gab es eine warmgelbliche Verfärbung von den Zigaretten her. Was nahm Herr Breegen allein auf sich, wenn er sie besuchte und zwei Stunden lang nicht rauchen durfte! – nicht, weil sie das nicht gemocht hätte, sie küßte gern einen Zigarettenmund, sondern wegen Wereschnikow, der den kalten Rauch trotz Lüftens erschnuppert hätte. Dabei hatte sie von ihm keinen detektivischen Instinkt zu befürchten. Sie hielt sich im übrigen für imstande, jedenfalls mindere Formen von

Evidenz durch kompromißloses Leugnen wegzureden. Gerade etwas so Unbestimmtes wie ein Geruchsfähnchen im Zimmer hätte vor der Bestimmtheit ihrer Rhetorik keine Überlebenschance.

»Du riechst Rauch? Ich rieche nichts. Du selbst hast den Rauch hereingebracht. Deine Jacke stinkt nach Rauch ... Wo bist du gewesen?«

Aber das mußte man ja nicht dreimal in der Woche exerzieren.

Herrn Breegens Rasur war so musterhaft, daß sie allen Ehebrechern Vorbild hätte sein können: Die Stoppeln waren nicht einfach von der Hautoberfläche abgesäbelt, sondern bis geradezu auf die Wurzeln ausgejätet, so daß die Wangen in weichem Talgglanz erschimmerten, während Wereschnikow zur Schlamperei beim Rasieren neigte und es sich offenbar als männliche Großtat anrechnete, wenn seine kratzige Liebkosung rosige Flecken auf Maruschas Milchwangen hinterließ. Nein, Mann war nicht gleich Mann, so naheliegend und überzeugend und den meisten Lebenssituationen auch genügend diese Weisheit klang.

Wie unterschiedlich liebten sie! Maruscha hatte der Versuchung nicht widerstehen können, zu einem großen Ausschnitt einen Büstenhalter zu tragen, der die Brüste apfelrund in die Höhe preßte; schwebte ihr das Rokoko der Gräfin du Barry vor? Mit ihrem nackten illusionsfreien Blick kam sie sich dann eher wie das Mitglied einer Volkstanzgruppe vor, was gewiß auch etwas Hübsches war. Wereschnikow und Breegen waren beide spürbar hingerissen, bis zur Zappeligkeit begeistert von diesem Ausschnitt und hatten ihre Augen kaum unter Kontrolle, wenn auch aus ganz verschiedenen Gründen. Wereschnikow verfolgte gebannt, wie die Wölbung des Busens während des Abends allmählich einsank und aus der Konvexen schließlich eine Konkave geworden war, und wurde bei diesem

Anblick von einer Welle von Rührung und Zärtlichkeit überspült, es traten ihm beinahe Tränen in die Augen, er hätte sich jetzt für sie erschießen lassen können, während Breegen eine Woche vorher in seinem Lieblingsrestaurant – die Leute lebten teilweise von ihm – für solche Details gar kein Organ besaß, sich im Rundum-Strahlen ihres Schönheitsglanzes sonnte und im Gespräch mit den anderen Männern eine Virilität des Ernstes und der Gewichtigkeit, gar der Unbeeindruckbarkeit an den Tag oder vielmehr an die Nacht legte; sie waren, wie stets, wenn Frau Breegen in Zermatt weilte, erst gegen elf dort eingetroffen. Es war nur selbstverständlich, daß sie in Wereschnikows Gegenwart nie wieder ihre immer noch schönen und vollen Brüste derart hochstemmen würde; obwohl er kaum ein Wort Russisch sprach, war er eben doch für sie in erster Linie ein Russe, letztlich unberechenbar, imstande, aus seinen Einsichten unvorhersehbare Schlüsse zu ziehen.

Mit einem Deutschen, schon gar mit einem Breegen war es dagegen wie im Kindergarten – der Mann ließ geschäftlich alle Puppen tanzen, hatte eine Pleite hingelegt, bei der weiten Kreisen in der Stadt Hören und Sehen vergangen war, hatte sich binnen kurzem vollständig erholt, stand jetzt besser da als zuvor: »Ich habe die Leichen meiner Feinde den Main hinuntertreiben sehen«, sagte er mit behaglichem Lächeln, während die Äuglein aus den weißen Specklidern kühl herausblitzten, aber vor Maruscha stand er wie ein Knabe, und zwar nicht wie ein frecher, sondern wie ein scheu staunender Knabe. Welch außergewöhnliche, unerreichbare, jetzt tatsächlich ihm, oder besser überwiegend ihm gehörende Frau war ihm da zuteil geworden – letztlich ganz einfach, denn sie war es ja, die ihn angesprochen hatte, er hätte sich das umgekehrt nie erlaubt. Nein, er war bei Maruscha auf etwas ganz Besonderes, etwas Feines gestoßen, eine Frau von Klasse aus einem hochstehenden, ihm bisher fremd gebliebenen Milieu – Wereschnikows glänzende Beziehungen zu den Großen der internationalen Politik, die sie ihm eindrucksvoll schilderte, färbten auf sie ab, sie hatte teil an diesem Umgang, Boutros Ghali und Henry Kissinger waren ihr zwar noch nicht vorgestellt worden – Maruscha hatte nicht nötig, etwas zu erfinden –, aber durch Wereschnikow befand sie sich in deren Dunstkreis. Sie selbst hatte Wereschnikow mit diesen Herren telephonieren hören, die Stimme dieser Herren hatte hier in diesen Räumen aus dem Hörer gequäkt, und manchmal war sie sogar zuerst am Apparat gewesen, auf ihre Trommelfelle – Breegen stellte sich bei ihr zartest Behaartes vor, Chinchilla-Ähnliches – waren die Stimmen der Mächtigen aufgeprallt. Und das in Breegens Wohnung! Denn ihm gehörte sie schließlich, er war es, der in den fünf Mietshäusern der Straße die Serie von Maisonette-Wohnungen eingebaut hatte, um viel Geld damit zu verdienen. Statt dessen verzichtete er bei Maruscha auf die Miete; zunächst war vereinbart, daß sie wenigstens die fixen Kosten zahlen sollte, dann fielen auch die weg, weil sie es einfach nicht tat – nicht aus Unkorrektheit, sondern weil sie es »unwürdig« fand, so ihre Worte, Breegen monatlich tausendzweihundert Mark zu überweisen, so wie sie miteinander standen. Würde, ein wunderschönes, tiefgrundiertes Wort, im Sprachschatz von Herrn Breegen nur passiv vorhanden, aber bewies er nicht gerade dieselbe, wenn er sie für sich nicht ohne weiteres in Anspruch nahm?

Eben gerade gab Wereschnikow ein Fernsehinterview, eine Livesendung, wie Maruscha eigens betonte, weswegen er ja auch nicht in der Wohnung war und weswegen Maruscha und Herr Breegen ihn jetzt am Bildschirm zusammen betrachten konnten –

»Ich muß den Kasten anmachen«, sagte Maruscha mit beruflicher Sachlichkeit, »denn Wereschnikow will heute abend genau wissen, wie er gewirkt hat – ich bin sein Coach, wie du weißt«, und Breegen hatte keine Einwände. Der bleiche gekochte Schinken – von der Liebe war sein Gesicht noch sanft gerötet – war auch wieder von seiner gestärkten Serviette umgeben, nur die engen Schuhe hatte er noch nicht wieder angezogen. Er war so steif, daß er alleine nicht die Schnürsenkel binden konnte; diesen kleinen, aber bedeutsamen Dienst mußten ihm seine Damen leisten, das war die einzige Gelegenheit, bei der sogar Frau Breegen vor ihm auf den Knien lag.

Wereschnikow war nicht müßig. Seine Jugoslawien-Konferenz erschien ihm als die große Chance, sich nach einigen weniger glücklichen Unternehmungen wieder ins Geschäft zu bringen. Eine überpolitische Konferenz, die sich mit Grundsatzfragen, »ethischen Weichenstellungen«, so Wereschnikow, »mit dem in der kulturellen Verschiedenheit Gemeinsamen« befassen sollte. Bedeutende jugoslawische Gelehrte, Kommunisten und Dissidenten, Separatisten und Unionisten wollte er an einen Tisch bitten, um die große Frage der menschlichen Würde und ihrer vielfältigen religiös-philosophisch-politischen Begründung zu erörtern. Man müsse in der gegenwärtig verfahrenen Lage bei den Basis-Werten beginnen – sich fragen: Wo sind wir einig?, oder besser: Wo können wir in einen Dialog treten? lehrte Wereschnikow. Keine Politik, bloß keine Politik, die Politik war es ja, was den Frieden gegenwärtig in ernste Gefahr brachte. Für die Konferenz gab es bekanntlich offizielles Interesse, in der Balkan-Abteilung des Auswärtigen Amtes hörte man Wereschnikow zu, bei den entsprechenden UN-Stellen kannte er Leute von früher, manche waren leider versetzt worden, es war verhext: Kaum verstrichen ein paar kleine Jahre, befand sich niemand mehr an seinem Platz. Aber immerhin jetzt dies Interview, während sich die Lage immer weiter zuspitzte. Eine sich zuspitzende Lage? Lage, etwas Breites, Formloses, grundsätzlich Unspitzes – in solche Sprachüberlegungen konnte Wereschnikow sich regelrecht verstrikken. Maruscha kannte das, unversehens verbiß er sich in ein Problem, und dann ging es stundenlang nicht weiter, während er sich ereiferte und mit erhobener Stimme ihr und sich selbst empörte Reden hielt – und zugleich ließ der Balkan Spitzen aus sich hervorwachsen wie einst Vlad der Pfähler.

Es kam etwas in Bewegung, man wollte Wereschnikow offenbar jetzt doch zuhören. Auf dem Bildschirm erschien sein schöner großer Kopf, sein Haupt; wo sonst war das Wort am Platze, zumal die Großaufnahme ihn nur bis zum Hals zeigte, das Wereschnikow-Haupt wurde Maruscha und Herrn Breegen wie auf einer Silberschüssel serviert. Maruscha war es nichts Neues, was sie sah, aber sie war jedes Mal bewegt, wenn sie einem Auftritt Wereschnikows beiwohnte. Ja, es kam ihr vor, als gelange er erst bei solchen Auftritten ganz zu sich selbst, wenn er den jammernden, den hadernden, den eifersüchtigen, den verschlagenen Wereschnikow, auch den kleinlichen, den geizigen und selbstsüchtigen Wereschnikow von sich wegstieß und den traurigen, gefaßten Ernst seiner öffentlichen Auftritte annahm; ein hochherziges Leiden, ein Versenktsein in die großen Menschheitsfragen, fernab vom Konkurrenzgerangel des Wissenschaftsbetriebs war ihm dann eigen. Und er zeigte sich nicht einfach als Trauerkloß, es war auch eine leichte Gereiztheit in seinen Antworten, die davon sprachen, daß dies alles für Menschen seiner Sphäre seit langem Selbstverständlichkeiten seien, von denen eine oberflächliche Öffentlichkeit aber allzu lange nichts hören wollte. Kam eine Frage, verzerrte er sein Gesicht ganz leicht, als versuche er angestrengt, der Unbeholfenheit der Reporterin irgend etwas Intelligibles zu entnehmen. Er glich dann jemandem, der bei einer wichtigen Arbeit gestört wird, aber zu gute Manieren hat, um einfach aus der Haut zu fahren: Tun Sie, was Sie nicht lassen können, sagte seine gequälte Miene, dann haben wir es hinter uns. Wie ausdrucksvoll er das Wort »Würde«

aussprach, wie dies von seinen Lippen fiel, während die Augen müde und schildkrötenweise und ohne die Hoffnung, von der unbegabten und ahnungslosen Fernsehfrau begriffen zu werden, nach Verbündeten draußen an den Fernsehgeräten Ausschau hielten – dies gelang ihm tatsächlich: deutlich zu machen, daß er nicht mit der Interview-Dame sprach, sondern mit dir und dir und dir, der du das Fernsehen eingeschaltet hast und unversehens auch einen Menschen darin erkennst, einen »Menschen« – dies Wort sprach Wereschnikow womöglich noch eindringlicher aus als die Würde – mit der Würde bliebe er vielleicht allein, aber einen einzigen Menschen, dich oder dich, den würde es in der weiten Welt – »draußen an den Fernsehgeräten«, wie das abenteuerlich einst geheißen hatte –, den mußte es geben, und der faßte vielleicht eben schon Mut, »Mensch zu sein«, ein Mensch nach Wereschnikows weitem Herzen.

Sogar Breegen war auf unbestimmte Weise erregt. Kriege interessierten ihn eigentlich nicht, wo Krieg war, ruhte oft das Immobiliengeschäft für längere Zeit, es ging zwar erfreulich viel kaputt – wo was kaputtgeht, muß wiederaufgebaut werden, und zwar nach neuestem Standard –, aber wer wollte in Kriegszeiten investieren? Obwohl es immer Leute gab, die das große Geschäft im Krieg sahen, lag für Herrn Breegen hier zu viel im ungewissen. Es war auch zu viel Politik im Spiel – beim Bauen zwar grundsätzlich immer, aber die Kommunalpolitik war überschaubar, die hatte er im Griff, die hatte ihn sogar während der betrüblichen Pleitetage nicht hängenlassen.

Aber den Typus Wereschnikow, den kannte er nicht in seiner Welt: Leute, die da, wo vermeintlich einfach alles sonnenklar war, den Wurm entdeckten – hier eben die Würde, die Würde bei den Katholiken, die Würde bei den Orthodoxen, die Würde bei den Muslimen, bei den Atheisten, bei den Nationalisten – nationale Würde, ein Begriff, der auf dem Balkan die Waffen klirren ließ, und dabei ging es doch nur ums Geld – ging es nicht immer nur ums Geld? Redete der intensiv und leidend formulierende Mann, der nachts neben Maruscha liegen durfte – noch! wie lange noch? –, vielleicht nur steilen Blödsinn? Die Vereinten Nationen – wirklich alle Nationen, so behauptete er jetzt mit dem Ernst eines Mannes, der die Wahrheit und die Macht hinter sich weiß, der über diese Frage mit Kissinger und Boutros Ghali telephoniert hat, der auf der Seite der Durchblicker, der wissenschaftlich fundierten Welterkenntnis steht – versprächen sich von einer Konferenz über den »Begriff der Würde auf dem Balkan« viel, hier lag offenbar ein Schlüssel für die Lösung der drohenden Konflikte.

Breegen betrachtete Maruscha von der Seite. Sie folgte der Sendung ersichtlich mit Gefallen. Verstand sie alles, was Wereschnikow sagte? Sie lobte es jedenfalls mit kleinen freundlichen Stützlauten, »hmhm« und »genau« und »das sagt er gut« – der Coach war zufrieden –, »Wir haben aber auch gearbeitet – er wollte früher immer viel zu viel und alles auf einmal sagen, aber die Aufnahmekraft ist begrenzt, die Leute« – hier schüttelte sie geradezu bekümmert den Kopf – »können oft einfach nicht folgen.«

Breegens Aufmerksamkeit glitt von dem Fernsehbild ab. Der riesengroße Kopf des anderen Mannes bedrängte ihn. Er sah sich um. Hatte er Maruscha nicht ein bezauberndes kleines Reich geschaffen? Lichtüberflutet war es hier oben. In die Dachschrägen hatte er Riesenatelierfenster einbauen lassen, und Maruscha hatte eine leichte Hand, ihre Atmosphäre um sich zu verbreiten, ihre Blumen, ihren Duft, ihre hochglanzlackierten Zeitschriften, ihre Schals und bunten Handschuhe – eine Unordnung, die Frau Breegen nie um sich geduldet hätte, manchmal sah es bei Maruscha aus, als sei ihre Reisetasche explodiert, aber die Sachen fielen anmutig herum, so wie die Natur die Blüten auf einer Wiese verstreut. Hier sitzen, in angenehm zerschlagener Verfassung, Maruschas Luft einatmen, warten, daß die Sonne sank – der Sonnenuntergang hier oben war spektakulär – von den Glaswänden der ferneren Hochhäuser schossen gespiegelte Sonnenblitze in das Zimmer –, mehr hätte ein Tag nicht bieten müssen, um als gelungener Tag registriert zu werden. Er bot aber mehr, und überraschend.

Maruscha fuhr auf. Ihr Gesicht war ganz Lauschen, während das laut gestellte Fernsehinterview noch lief. Es gab ein Geräusch draußen, etwas für Breegen kaum Wahrnehmbares, Wereschnikows Fernsehstimme verschluckte es beinahe ganz. Aber nun ereignete sich eine seltene Zweistimmigkeit: Aus den Tiefen des Korridors rief gleichfalls Wereschnikows Stimme, heiter und unternehmungslustig: »Liebling«, und mischte sich mit der Fernsehstimme – Wereschnikow überall, Zeit und Raum überwindend. Aber war dies denn nicht ein Live-Interview? War nicht eigens davon die Rede gewesen, daß ...?

Jetzt war keine Zeit, um mit Desinformationen und Mißverständnissen zu hadern. Sie waren eingetreten, grausam sich über vermeintliche Gewißheiten hinwegsetzend. Wereschnikow war noch nahe der Eingangstür, denn dort stand das Telephon, und hörte die Anrufe vom Tonband ab; auch das registrierte Maruscha, die, in aller Geschwindigkeit, die Gelassenheit wahrte, Breegens Schuhe aufhob und ihm in die Hand drückte, ihn aus dem Sopha zog und zu der Wendeltreppe schob, die von ihrem Schlafzimmer in den darunter gelegenen Stock mit Küche und Eßzimmer führte. Breegen tappte auf Socken die schwingende Aluminiumtreppe hinab. Als er seinen Kopf angstvoll-sehnsuchtsvoll in ihre Richtung drehte, sah er nur noch ihren Rücken. Sie entfernte sich ruhigen Schrittes und ging, gleichfalls »Liebling« rufend, ihrem Freund entgegen. Die Stimmen verloren sich in den hinteren

Räumen, nur das Interview dröhnte zu Breegen in das Eßzimmer mit dem blitzenden Glastisch herunter, zum Glück, dachte Breegen, es würde auch seine Geräusche verschwinden lassen. Die Wohnung war, ohne daß er das so geplant hätte, für solche Situationen wie geschaffen. Mit angehaltenem Atem öffnete er die Eßzimmertür, nur so weit, daß er sich gerade hindurchschieben konnte – er fürchtete ein Türenquietschen –, und es gelang ihm, sie geräuschlos zu schließen, die neuen Schlösser schnappten nicht, sie saugten sich ineinander wie in einem Kuß.

Jetzt war er in vorläufiger Sicherheit; es galt nur noch, sich durch den dunklen Korridor zu tasten. Durfte er wagen, Licht zu machen? Welche Frage. Es würde doch kein Strahl davon hinauf zu Maruscha und Wereschnikow dringen, aber dieser Gedanke kam ihm nicht. Zum Glück kannte er den Grundriß der Wohnung genau. Am Ende dieses Ganges an einer langen Reihe von Wandschränken vorbei war die zweite Wohnungstür, dann war er in Freiheit. Er befand sich hier in völliger Lautlosigkeit. Was einen Stock über ihm verhandelt wurde, davon bekam er ebensowenig mit, wie wenn er nicht im fünften Stock, sondern im Keller gewesen wäre. Noch ein paar Schritte auf Socken – Socken und Teppichboden, keine Katze hätte sich unhörbarer bewegen können als der raumverdrängende Breegen –, dann war da die Tür. Sollte er sich die Schuhe noch drinnen anziehen oder es wagen, das Treppenhaus unbeschuht zu betreten und dort womöglich kostbare Zeit zu verlieren – wie bekam er, ohne Schuhlöffel, die Schuhe überhaupt wieder an die Füße? Aber diese Überlegung begleitete bereits sein Tasten über die Türfläche. Und da war sie auch schon, die treue Türklinke, an genau der Stelle, an der sie sitzen sollte. Er legte die weiche Hand darauf, die breite vom Vater ererbte Maurerhand, die allerdings niemals einen Backstein angefaßt hatte, und drückte die Klinke hinunter, und die Klinke senkte sich geschmeidig und geölt – aber dabei blieb es auch, die Tür bewegte sich nicht, sie war abgeschlossen.

Wieso abgeschlossen? Nun, vernünftigerweise, in der Großstadt werden Wohnungstüren eben abgeschlossen. Er selbst hatte Maruscha, wenn er sie abholte, schon öfter mahnen müssen – »Du schließt nicht ab? Wirfst die Tür einfach zu?« –, und sie hatte gelernt. Diese abgeschlossene Tür war eine Frucht seiner Erziehung. Zu anderer Gelegenheit hätte er sich darüber freuen müssen.

Herr Breegen saß in der Falle. Hier unten war das prachtvolle Badezimmer, dessen Spiegel nicht wie bei der Markies der Selbstkontrolle, sondern der Wollust dienten: Maruscha ringsum und von allen Seiten zugleich zu betrachten, und es gelang ihm dabei ohne Mühe, den eigenen Anblick auszublenden, dabei war das Bild »Die Schöne und der Frosch« nicht ohne Reiz. Wenn Wereschnikow sich jetzt nach getaner Arbeit nur kurz die Hände waschen wollte, würde er auf Herrn Breegen stoßen, der, unversehens ins Licht gerückt, ihm wehrlos entgegenblinzeln mußte. Er fand den Türknopf der Schranktür, die dem Eingang am nächsten lag. Ein Dreieck warmen Lichts fiel auf ihn – die Schränke waren, in einem von Breegen geplanten Haus selbstverständlich, innen beleuchtet, allerdings, wie sinnvoll, nur solange die Tür geöffnet war. Jetzt wäre ein wenig verschwenderische Unvernunft indes willkommen gewesen. Breegen machte einen Schritt in das Honiglicht hinein und zog die Tür hinter sich zu, und sogleich umfing ihn wieder tiefe Dunkelheit. Konnte man Dunkelheit steigern, gab es eine schwärzere als die rabenschwarze Nacht? Im schwarzen Flur sich wie in einem Bergwerk in die Seitenkavernen vorzuwagen, das hieß, dem Sonnenlicht ins Unerreichbare, Lichtimpenetrable entkommen zu sein. Und die Dunkelheit im Schrank war stofflich, die Finsternis materialisierte sich. Aber nicht wie bei einem Sprung ins Tintenfaß, sondern ins Weichtrocken-Schmeichelnde, gar in der Nase Kitzelnde, wattig-seidig-haarig den Körper Umschließende. Der Schrank war schließlich nicht leer, keiner der vielen Schränke dieses langen Ganges war leer, sondern von oben bis unten angefüllt mit Maruschas Garderobe, und in diesem letzten Schrank hingen ihre Mäntel. Herr Breegen stand in der Schranknacht in ihren dunklen Nerzmantel geschmiegt, auf der anderen Seite drängte sich dickflauschig ein federleichter Kaschmirmantel an ihn heran, den er vor gar nicht langer Zeit selbst gekauft hatte und dessen Vorzüge sich ihm nun unerwartet offenbarten. Luftlos war es in diesem Schrank, wie es in Schränken zu sein pflegt, aber nicht muffig und dumpf. Maruschas Brauch, stets reichlich Parfum auf die Mäntel zu sprühen, zahlte sich aus. Herr Breegen wurde mit Maruschas Geist und Wesen, sofern sie sich in dem sie umgebenden Geruch verkörperten, gleichsam imprägniert, er atmete Marusch, es war, als trage sie eine weite Krinoline und er sei daruntergeschlüpft, und nun war auch von Vorteil, daß er so kurzgewachsen war, denn er paßte bequem unter die Kleiderstange, ein Wereschnikow hätte sich in diesem Schrank zusammenfalten müssen, und das pflegt, wenn man länger in solcher Stellung ausharrt, weh zu tun. Und um das Ausharren ging es jetzt. Er befand sich in höchst ungewisser Lage. Wann würde Maruscha verstehen, wenn überhaupt, daß er das Haus nicht verlassen hatte?

Wenn sie das nicht wußte und ihn und sich selbst in Sicherheit wähnte, dann hätte seine Gefangenschaft kein absehbares Ende. Er holte sein Telephon hervor. Ein kalter kleiner Lichtstrahl ließ Pelzhärchen erglänzen, als seien sie vom Mond beschienen. Er gab Maruschas Nummer ein – warum war er darauf nicht früher gekommen? Die beklopptesten Bergsteiger schickten ihre Rettungsrufe aus dem Himalaja. Er funkte sein SOS aus dem Wandschrank – nein, das tat er leider nicht: Leuchten konnte das schwarze teure Ding, aber nicht senden, hier im Schrank gab es keinen Empfang. Immer neu drückte er Maruschas Nummer. Er dachte nicht daran, sich mit diesem Versagen zufriedenzugeben, wie er es auch im Büro zu halten pflegte: »Wenn Sie einen Auftrag nicht ausführen können, kommen Sie nie ohne irgendein Ergebnis zurück! Wagen Sie nicht, zu mir mit leeren Händen zu kommen! Finden Sie unbedingt eine Alternative, wenn Sie bei mir bleiben wollen.« Er führte eine Schreckensherrschaft über seine Untergebenen, Ausreden waren verboten, damit erzeugte man Wutanfälle bei ihm. Verglich er sich jetzt mit einem seiner Angestellten, dem es nicht gelang, ein befohlenes Telephonat zu führen? Keineswegs: Das Telephon war der Schuldige, eine Zorneswelle stieg in ihm auf. Er hätte das schwarze Plastikding am liebsten auf den Boden geworfen. Jetzt fiel ihm ein, daß er die Schuhe immer noch nicht angezogen hatte – das Herumtrampeln auf dem unbrauchbaren, wie zum Hohn weiterhin leuchtenden Täfelchen wäre ergebnislos geblieben.

Wann war es zum letzten Mal geglückt, die Schuhe allein anzuziehen? Das war doch noch gar nicht so lange her? Und gelangen in der Not nicht Vorhaben, die ohne Druck aussichtslos schienen? Es war ein Fehler, über solch simple Sachen nachzudenken. Man tat es einfach, und es klappte irgendwie. Herr Breegen bückte sich zwischen den Mänteln, der Nerz öffnete sich, über seine sich hinabbeugenden Wangen und Stirn strich sanft das seidene Innenfutter, es war, als sei es Maruscha selbst, die den Mantel vor ihm öffnete, um ihn an sich heranzulassen, ihr Duft war innen noch stärker, und hier mischte sich auch zarter Kissen- und Matratzenmuff hinein, aber diese an glücklichere, erst kurz zurückliegende Augenblicke gemahnenden Eindrücke hinderten nicht den heftigen Schweißausbruch, der mit dem Hinabbeugen verbunden war. Denn hier stieß er an eine objektive Grenze. Es ging einfach nicht weiter hinab. Der Bauch war weich und betonfest zugleich, die Arme kurz, die Beine zwar auch sehr kurz, aber viel zu lang, um mit den Händen die Füße zu erreichen, und um sich auf den Boden zu setzen und sich die Schuhe wie ein Fünfjähriger anzuziehen – es war fraglich, ob das überhaupt gelang –, war in dem vollgehängten Schrank nicht genügend Platz, schon jetzt klirrten die Metallbügel auf der Stange durch seine Bewegungen aneinander. Wenn jemand draußen vorbeiginge, würde er seltsames Rücken und Rumpeln hinter den Schranktüren vernehmen.

Ja, ginge doch jemand vorbei! Risse doch jemand, und sei es Wereschnikow selbst, jetzt unversehens die Schranktür auf! Der Mann hatte es wortreich mit der Würde auf dem Balkan, aber was war mit Herrn Breegens Würde? Das war eine ganz neuartige Frage, nie hatte er sich in dieser Hinsicht Gedanken gemacht. Was kam einer Persönlichkeit in seiner Lage eigentlich zu? Weglaufen doch ganz bestimmt nicht. Es war Maruscha, die ihn die Treppe hinunterbugsiert, ja, geradezu, so wollte ihm scheinen, ein wenig geschubst hatte. Er wäre von sich aus, so schwor er sich jetzt, einfach sitzen geblieben; er war schließlich nicht mehr in Unterhosen, sondern für eine auch feindselige Begegnung gerüstet. Wer war er, daß er sich versteckte? Wie hatte er in seinem großen Bankerott standgehalten, in den er eine der ältesten und solidesten Privatbanken hineingerissen hatte! Die Bankiers hatten ihren Ruf auf alle Zeiten verspielt, konnten sich nirgends mehr sehen lassen. Der Ruf, sich mit »einem wie Breegen« eingelassen, Breegens irrwitzigen Gewinnversprechungen geglaubt zu haben, klebte an ihnen wie Hundedreck unterm Schuh. Nie fehlte der entrüstete Hinweis auf »einen wie Breegen«, als sei er der Repräsentant eines ganzen betrügerischen Milieus; das mußte man erst einmal aushalten; aber heute war er wieder da, und zwar ganz dick, und das bezog sich nicht auf seinen Hüftumfang. Während die Leichen von vor sieben Jahren noch halbverwest herumlagen, sagte man jetzt anerkennend über Breegen: Er ist ein Steher – ja, dachte Breegen bitter, ein Steher im Kleiderschrank! Was wäre denn groß passiert, wenn er sich oben aus seinem strahlend erleuchteten Liebesparadies nicht hätte wegschicken lassen? Der heimtückische Wereschnikow, der Live-Sendungen vorspiegelte, um dann unvermutet als eigenes Double im Zimmer zu stehen, was hätte er schon tun können? Drohen, schreien, eine Szene machen, auf Breegen losgehen – unangenehme Vorstellung –, aber hilflos war er nicht, im Baugewerbe mußte man auf rauhe Sitten gefaßt sein. Er hatte eine zuverlässige Telephonnummer von zwei Bosniern mit Kleiderschrankschultern, ihn fafner- und fasold-artig hoch überragend, die hatten schon manche Gefühlsaufwallung wieder abflauen lassen. So war das, solch ein Kerl war Breegen; ein Hampelmann aus dem Fernsehen, das war ein Fliegengewicht dagegen, Damenunterhaltung am Nachmittag – wer saß denn überhaupt nachmittags vorm Fernsehen? Wenn andere Leute die Stimme hoben, verstummte Herr Breegen. Nicht nur die schmalen Lippen wurden zu einem Schlitz wie in einem Gartenschlauch, jede Pore schien sich zu schließen. Die Entgegennahme jedes von auswärts gesendeten Signals wurde abgeschaltet. Breegen verwandelte sich in einen Götzen der Unzugänglichkeit. Die Leute machten bei ihm die beunruhigende Erfahrung eines Mannes, der durch keinerlei Appell zu erreichen ist: nicht indem man sich an seine Habgier, seine Angst, sein Mitleid, seine Eitelkeit, seine Loyalität, seine Freundschaft wandte – da bewegte sich gar nichts – Schotten dicht, Zugbrücke hoch, Klappe zu –, was das im übertragenen Sinn hieß, hatten verzweifelte Geschäftspartner im Umgang mit Breegen erfahren dürfen. Warum nicht Wereschnikow? Wieso jetzt die Flucht ergreifen? Wieso durfte dieser aufgeblasene Russe, der gar nichts dabei zu finden schien, in einem Appartement zu wohnen, dessen Miete er nicht bezahlte – ein Groschenjunge hätte mehr Stolz besessen! –, einen Herrn Breegen in den Kleiderschrank verbannen?

Breegen traf da etwas Richtiges. Wereschnikow fragte sich tatsächlich nicht, wer dies Appartement bezahlte, oder besser, er rührte nicht daran. Der Zustand, in dem nicht von Geld die Rede war, war gar zu schön. Als er sich neulich nachts unversehens der Frage nicht erwehren konnte, wie Maruscha mit ihrem bescheidenen Job diese außergewöhnliche Wohnung bezahlte, gelang es ihm kaum, wieder einzuschlafen. Mit Grauen sah er dem Tag ins Auge, der kommen würde, wenn über die Miete nicht mehr zu schweigen war.

Wie sicher Breegen von seinem Ahnungsvermögen geleitet wurde, das trotz seiner Phantasielosigkeit doch noch immer den schwachen Punkt seines Gegenübers entdeckt hatte – er, der Mann ohne schwachen Punkt, ohne Nerven, ohne Herz – aber eben nicht ganz ohne Verstand. Was war von Wereschnikow im schlimmsten Fall zu erwarten, wenn er wie in der französischen Komödie die Schlafzimmertür öffnete und drinnen Maruscha im Bett liegend und Herrn Breegen zwar weitgehend bekleidet, aber ohne Schuhe vorfand, im Fernsehgucken vereint, immerhin bei einer Sendung mit Wereschnikow? Breegen ließ die Wutanfälle, physischen Attacken und ähnliches beiseite, auch ein türenknallendes Das-Haus-Verlassen. Was wäre von all dem die Folge, darum ging es doch; die unmittelbare Reaktion mochte noch so unangenehm sein, wichtiger war: Wie ging es dann weiter?

Was wäre etwa, wenn Wereschnikow Maruscha daraufhin verließe? Das war nicht ausgeschlossen, selbst bei einem Mietesparer. Und was wäre dann? Breegen schmeichelte sich, daß dies Ergebnis Maruscha vermutlich entgegenkäme. Sie ging allzu sorglos mit Wereschnikow um und trug wahrscheinlich sogar eine gewisse Schuld an dem lächerlichen Verlauf dieses Nachmittags. Wäre sie allein, sie würde, das war ihm klar, augenblicklich beginnen, die Daumenschrauben bei ihm anzusetzen. Es gäbe ja nun keinen Hinderungsgrund mehr, ganz füreinander da zu sein – »Es muß keine Heirat sein«, sagte Maruscha gelegentlich, »wer denkt heute noch an Heirat, aber eine Normalität ohne Heimlichkeiten – die sind zwar zur Zeit noch notwendig, aber doch eigentlich unwürdig.« Würdig, unwürdig, diese Begriffe sollten sie offenbar nicht mehr loswerden. Alles in ihm verlangte nach unumschränktem Besitz Maruschas. Er wäre, fühlte er, bereit, sich für sie in die schwärzesten Sümpfe zu stürzen, im warmen Sumpf verkommen, im blubbernden Sumpf sich aalen – nichts wäre wünschenswerter und nichts wäre näher an der höchsten vorstellbaren Glückserfüllung – aber was machte er mit Frau Breegen?

Für Maruscha war Frau Breegen ein alter Besen, den man in die Mülltonne wirft. Sie hatte sie einmal gesehen, mit Wereschnikow an einem anderen Tisch in Breegens Italiener sitzend, und zog ihn seitdem mit ihr auf. Man könne es sich kaum vorstellen, aber sie vermute, Frau Breegen sei einmal ein ganz appetitliches kleines Ding gewesen, so begannen die Sticheleien, die Herr Breegen mit gerunzelter Stirn anhörte. Sie hatte tausendmal recht, aber da war nichts zu machen, und er hatte nicht vor, ihr das zu erklären. Frau Breegen war nicht so einfach aus der Welt zu schaffen, und zwar nicht nur, weil er ihr seit der großen Pleite einen beträchtlichen Teil seines Geldes überschrieben hatte. Er bereute diese Entscheidung auch heute nicht, er hätte nichts Besseres tun können. Die Abhängigkeit, die dadurch entstanden war, sie war auch vorher schon dagewesen. Zwei Entschlüsse standen fest: Er würde sich niemals von Maruscha losreißen, und er würde sich niemals von Frau Breegen scheiden lassen. Das waren die Bedingungen, unter die er sein Leben gestellt sah. Sie erschreckten ihn nicht, sie schlossen einander nicht aus. Im Geschäftsleben hatte er oft vor schwierigeren Antinomien gestanden. Der

Fehler war, immer gleich alles lösen zu wollen. Das war töricht, es ging dabei zu viel kaputt. Abwarten war gut, Zeit verstreichen lassen. Vieles erledigte sich von selbst, und wenn nicht, dann war es durch die bloße Dauer Gewohnheit geworden, die Gewohnheitsrecht beanspruchen durfte. Begabte Leute bekamen in ihrem Leben vieles unter. Die Gegensätze schlossen sich nicht aus, so wie man als Bankrotteur ein sehr wohlhabender Mann werden konnte. Aber die Frauen – hier verallgemeinerte Breegen, er meinte aber nur Maruscha und Frau Breegen – sahen das ganz anders. Wäre Wereschnikow von dannen, würde Maruscha ihm unablässig in den Ohren liegen, er müsse sich endlich zu seiner Liebe bekennen, er müsse das Doppelleben beenden, er müsse, er müsse…; bekäme jedoch Frau Breegen Wind von Maruscha, dann folgte die Scheidung zum schnellstmöglichen Zeitpunkt, das versicherte sie ihm mindestens einmal im Jahr: »Tu was du willst, aber laß dich nicht erwischen, du hast keine zweite Chance«, es war dieselbe leidenschaftslose, geschäftsmäßige Festigkeit, die er an ihr auch dann bewunderte, wenn sie sich zu seinem Nachteil auswirkte. Hätte er dem Fernsehplauderer die Brust geboten, sein Friede wäre dahin gewesen. Es gab keinen Ausweg aus dem Schrank.

Wie lange stand er nun schon hier zwischen den Mänteln? Was ging dort oben vor? Hatten die beiden die Wohnung gar wieder verlassen? Befand er sich im Schrank wie jene berühmten japanischen Soldaten, die sich auf den Südsee-Inseln so gut versteckt hatten, daß sie das Kriegsende erst viele Jahre später mitbekamen? Ein seltsames Wort fiel ihm ein, das einzige, das ihm aus dem Interview im Gedächtnis geblieben war: Wereschnikow hatte davon gesprochen, daß irgend etwas – die Würde vermutlich – dem politischen Denken auf dem Balkan »innewohne«, oder so ähnlich, aber »das Innewohnen« hatte sich ihm eingeprägt. Da sprach man mehr als sechzig Jahre deutsch und erfuhr immer noch ein neues Wort, und das gar zur rechten Stunde, wo man es unmittelbar anwenden konnte. Das Innewohnen, das war ja sein gegenwärtiger Zustand. Er wohnte dieser Wohnung, diesem Haus in verborgenster Zelle inne. In dem großen Organismus dieses luxuriösen Appartementhauses im Zentrum der Stadt gab es eine innerste Kammer, in der sein Herz klopfte. Was würde es für das Haus bedeuten, wenn dies Innewohnen – hoffentlich bald! – beendet wäre?

Die Dunkelhaft ließ Gedanken in Herrn Breegen wachsen, die zutiefst unvertraut waren. Er kannte das Phänomen, wenn er nachts neben Frau Breegen erwachte und nicht wagen durfte, Licht zu machen. Es kam nicht oft vor, zum Glück, war dafür aber um so schrecklicher. Was dann alles auf ihn losstürmte! Was tagsüber fest an der Kette lag, mit Maulkörben und Scheuklappen gesichert, das machte sich im Dunkeln so lange breit, bis er, wie müde er auch war, aufstand, ins Wohnzimmer ging und den Fernseher anschaltete.

Herr Breegen näherte sich jetzt der Zermürbungsphase. Lange durfte das Abenteuer nicht andauern, sonst ginge es ihm wie jenen allzu spät Ausgegrabenen, Verschütteten, die nie wieder ihre fünf Zwetschgen – Breegens Lieblingsausdruck für die ihm ohnehin verdächtigen fünf Sinne – zusammenbekamen. Und dabei stand ihm der heftigste der Schrekken noch bevor.

Plötzlich – aber anders als plötzlich war eine Veränderung des Innewohnens gar nicht möglich; dies Abgeschnittensein von der Außenwelt verbot, die Entwicklung wahrzunehmen, die allem Plötzlichen vorausgeht –, plötzlich öffnete sich die Schranktür. Breegen wurde von Licht übergossen, aus dem Schrankinnern und aus dem jetzt erleuchteten Korridor – und er sah vor sich das entgeisterte Gesicht seiner Putzfrau Ivana.

Man kennt Ivana Mestrovic als harten, beinahe immer rabiaten lebensheftigen Charakter, als männliche Frau, die weibliche Ängstlichkeit, Schreckhaftigkeit der Damen, Gezeter vor Spinnen und Mäusen geradezu verachtete; Ivana erschrak grundsätzlich nie. Wenn sie aber dennoch erschrak, dann bis ins Mark, dann brauchte sie Zeit, um wieder handlungsfähig zu werden. Diese Neigung, sich erschüttern zu lassen, hing aber innig mit ihrer Tatkraft, ja Tatwut, zusammen. Sie rannte durch die Welt, senkte wie ein Widder den Kopf, blickte selbst nur zu Boden und überließ der starken Stirn als Rammbock das Wahrnehmungsgeschäft. So fest umschlossen war ihre Willenskraft, daß sie mit zivilen Mitteln nicht irrezumachen war. Nichts schwächt den Willen so sehr wie Nachdenklichkeit auf seinem Weg zur Selbstverwirklichung. Die umwerfende Gewalt ihrer Schreckhaftigkeit war eine Funktion dieser Willenskraft; ihr blind nach vorn preschendes Lebensgefährt wurde von einem Hindernis auf der Bahn mit der entsprechenden Wucht umgeworfen. Deshalb ihr Schrei, als sie Herrn Breegen erkannte, obwohl sie doch von Maruscha vorbereitet worden war, es gelte dort unten in der Tiefe einem ausharrenden Herrn unauffällig den Ausweg ins Freie zu verschaffen.

Wie schade, daß man die Szenen im fünften und sechsten Stock nicht gleichzeitig erleben konnte – die tiefe und beklommene Einsamkeit in der Schrankhöhle und das menschenerfüllte, von weichgoldenem Nachmittagslicht überschwemmte Treiben im Stockwerk darüber. Die Musik vermag das Erlebnis solcher Gleichzeitigkeit leichter zu erzeugen, ein munteres virtuoses Geklingel mit der rechten Hand und bedeutungsschwere melancholische Akkorde mit der linken können im Hörer ein wirkliches Bild von der Gemischtheit der Erscheinungen entstehen lassen, dem ein Nacheinander nie gerecht wird. Während Breegen sich wie ein Bär im Winterschlaf ringsum dunkel eingemummelt, aber eben leider nicht schlafend, in sorgenvollen Gedanken erging, wurde oben nicht gegrübelt, sondern agiert. Wereschnikows kindisch verspielter Verliebtheitsgestus – »Liebling!« – erhielt eine kalte Dusche. Maruscha schenkte sich jede Erklärung, warum sie am hellen Tag im Bett lag, und überschüttete ihn mit Vorwürfen, warum er nicht gesagt habe, daß es sich um kein Live-Interview handelte – sie hätten wunderbar dies Interview zusammen anschauen können, sie hätte ihm so viel dazu zu sagen gehabt, was sie jetzt vergessen habe. Fabelhaft – natürlich sei er fabelhaft gewesen, was sonst, aber von ihr könne er mehr erwarten als solche pauschalen Anhimmeleien, und sie wisse tatsächlich genau, was er gut mache und was er noch viel besser machen könnte! Aber auf ihren Rat lege er ja keinen Wert – sie frage sich oft, wofür sie eigentlich da sei. Wereschnikow hatte für das »Mißverständnis«, wie er, aus seiner Sicht vollkommen ehrlich, sagte, eine einfache Erklärung, aber unter dem Ansturm der Vorwürfe seiner wundervoll erwärmten, von der Sonne gleichsam erglühten Geliebten verhaspelte er sich. Es ging eine Weile hin und her, geriet in rituelle Bahnen, und schließlich, kurz bevor sie sich zu langweilen begonnen hätte, löste Maruscha den von ihr erfundenen Streit in Gelächter auf. Wereschnikow ging dankbar darauf ein.

In die Unordnung hinein klingelte es. Wereschnikow öffnete. Es war seine Ivana, die neuerdings auch bei Maruscha putzte. Warum sie geklingelt habe, rief es aus dem Schlafzimmer. Sie habe doch den Schlüssel vom unteren Eingang. Ja, den habe sie, antwortete Ivana, aber unten sei auch mit dem zweiten Schlüssel verriegelt gewesen, da habe sie nicht öffnen können.

»Was hast du?« fragte Wereschnikow, so gedankenversunken, so tief in Überlegungen ferner fremder Art abgestürzt schien ihm Maruscha. Sie war in einen Zustand geraten, der so gar nicht zu der trivialen Antwort aus der Küche passen wollte, wo Ivana ihre Tasche abstellte und ihre Arbeitsschlappen anzog. Aber es war jetzt wirklich vielerlei und in der richtigen Reihenfolge zu bedenken.

Und es war zum Erstaunen und hätte eine große Zeugenschaft verdient, wie sich ihr alles zum Bild fügte und wie überlegt sie zur Lösung der Lage schritt. Wereschnikow wurde mit einem Telephonauftrag versehen, der ihn ein Weilchen fesseln würde. Sie habe ihre Handtasche im Restaurant liegenlassen, da müsse gründlich gesucht werden. Sie selbst stand auf und ging im Morgenrock zu Ivana in die Küche. Wie schnell, wie unmißverständlich stellte sie dar, was sofort zu tun sei: Unten sei irgendwo ein Mann – Ivana machte schon Anstalten, den Mund zu öffnen, aber Maruscha erstickte jedes Wort sofort mit einer Handbewegung – ein Freund – aber schweigen! Kein Wort sagen. Hier der Schlüssel. Den Mann rauslassen, ohne ein Wort! Überall suchen. Auch in den Schränken.

»Im Schrank?«

Es gab kein Verhören, Maruscha hatte Kroatisch gesprochen, welche Sprache kannte sie nicht? Ivanas kleiner Schrei kam nur gedämpft hier oben an – »War das nicht Ivana?« fragte Wereschnikow und ließ den Hörer sinken.

»Wie kann es Ivana sein, wenn sie den Müll hinunterbringt«, das war unwiderleglich. Ivana schrie kein zweites Mal. Sie half Herrn Breegen sogar noch in seine Schuhe. Aber Maruscha kam zu dem Schluß, daß sich ein solches Zusammentreffen nicht wiederholen dürfe. Wereschnikow, so unersetzlich er war, durfte sich nicht zu sehr ausbreiten. Ihre erfahrene Freundin, viel älter, in den frivolen Vorkriegsjahren jung gewesen, hatte die Regel formuliert: Wenn du mit zwei Liebhabern nicht zurechtkommst, gibt es nur einen Ausweg – einen dritten Liebhaber. In diese Richtung wollte sie weiterdenken.

Zehntes Kapitel

Die Erfindung eines Festes

Die höchste Leistung eines Wirtes besteht ohne Zweifel darin, ein Restaurant von solchem Ruf geschaffen zu haben, daß die Leute selbst dann in Scharen kommen, wenn das Essen mäßig zu werden beginnt, weil das, was auf dem Teller liegt, keine Rolle mehr spielt. Die Gäste, die Merzingers Restaurant eisern die Treue hielten, ließen sich über die allmähliche Dekadenz der Küche nicht täuschen, zumal Merzinger vielversprechend angefangen hatte und in seiner Person durchaus für ordentliches Essen stand, es war halt bloß, wie vieles Gute in der Welt, nicht immer und überall zu haben, wer wollte dem widersprechen. Aber sein Werk bestand nun einmal darin, daß nicht er selbst sich gegen die Vorwürfe enttäuschter Kundschaft zu wappnen hatte, daß vielmehr die Kundschaft gegen Enttäuschung bei ihm wirkungsvoll gewappnet war. Es galt nachgerade als spießig, jedenfalls äußerst unweltläufig, sich über Merzingers pappige Ravioli zu beklagen; den einzigen, den man lustvoll beschimpfen durfte, war Merzinger selbst; die eisernen Habitués nahmen sich hier viel heraus, an Grobheit wurde nicht gespart, nur daß sich keiner schmeicheln durfte, Merzinger jemals beeindruckt zu haben. Es lag immer ein leicht schwimmendes, desorientiertes Lächeln auf seinem Gesicht. Die Augen blickten unergründlich, und er nahm den Teller mit den in der Friteuse zu fettiger Zähe geronnenen kalten Schnitzeln mit einem Schulterheben entgegen, als wolle er sagen: »Trist ist dies Schnitzel ohne Zweifel, aber es könnte noch viel schlechter werden und wird es vielleicht sogar, und ihr werdet euch freuen, daß ihr überhaupt eins bekommt.« In dieser milden spöttischen Indolenz lag wohl ein Teil seines Erfolgsgeheimnisses. Er holte gerade aus den Habitués mit solch scheinbarer Leidensbereitschaft die kecken und wilden Töne, ja die Unverschämtheiten heraus, mit denen sie sich voreinander brüsten und in ihrer Rolle als ungebärdige, originelle Kerle bestätigen konnten: originell, weil sie tagein, tagaus bei Merzinger saßen, sich von ihm aber nicht düpieren ließen, ihn durchschauten und maßregelten und dabei eine Steigerung ihres Lebensgefühls erfuhren. Eine Kernmannschaft unterstützte Merzinger in seiner Regie, ein Kreis von Männern, die zur Stammbesatzung des Lokals zählten. Für sie wurde ein kleiner Tisch neben der Eingangstür freigehalten, an den aber noch Stühle herangerückt werden konnten, dies war eben kein Stammtisch für breitärschige Hocker, sondern kaum mehr als ein Rastplatz für Zugvögel, auch wenn sie in den verborgenen Leimruten dann doch nächtelang hängenblieben, dabei stets in theatralischer Mobilität mit Aufstehen und Umherlaufen, was im einzelnen den Eindruck entstehen ließ, er sei nur ganz kurz, nur auf einen Schluck an dies Tischchen hinzugetreten. Das Personal war angewiesen, bei diesem Kreis überaus liberal abzurechnen. Da wurde nicht jedes Glas gezählt; manche zahlten einmal im Monat, wurden ruppig, wenn sie dann die Rechnung sahen, erklärten Merzinger für einen Balkanbetrüger – er stammte aus Niederösterreich –, dann blickte er sie mild und vielsagend an, schweigend immer, als wolle er sagen: »Vielleicht hab ich dir zuviel aufgeschrieben, vielleicht auch zuwenig, immerhin bist du im März mindestens zwanzig Mal betrunken hier hinausgeschwankt – wir tragen alle unser Lebensrisiko.«

Überhaupt sein Schweigen. Es kann nicht genug gerühmt werden: Ein geselliges Schweigen, ein ermunterndes Schweigen, ein beredtes, witziges, gelegentlich gar dialektisch-philosophisches Schweigen – wer es nicht erlebt hat, glaubt es kaum, wie mitteilsam und anregend ein Mann sein kann, der den Mund hält. Er konnte freilich den Anschein erwecken, als habe er die Kontrolle verloren, wisse nicht, was er einnehme. Der Kreis um das Tischchen an der Tür erbaute sich an seinen angeblichen Steuerschulden. Der ganze Laden sei auf nichts als groteskem Betrug aufgebaut, aber die Fiskalschere schnappe bald zu, bald werde Merzingers Lebensfaden von den Ermittlungsbehörden durchschnitten. Zu später Stunde tobten die Debatten darüber, mit welchen Phantasiebeträgen Merzinger in der Kreide stehe. Sah er nicht, wie er da immer leicht geneigt, beflissen durch sein Restaurant schlurfte, geradezu aus wie ein Verurteilter auf Freigang, wie ein längst von den Mühlen des Gesetzes Erfaßter, zum Zermahlen Bestimmter, der mit Büßermiene sich noch der letzten Tage an der frischen Luft erfreut, aber das Stigma der Aktenkundigkeit schon auf der Stirne trägt?

Zu dem Kreis der Stammgäste gehörte auch Doktor Glück, den man sich in solchen lärmenden Landsknechtshaufen so gar nicht vorstellen kann, der bei dem Geschrei auch nicht mittat und sich dabei sogar ein wenig unwohl fühlte. So jedenfalls sah er dann aus, wenn die Hauptkrakeeler die Stimmen hoben, regelrecht gequält, als schäme er sich, in solcher Gesellschaft gesehen zu werden – wobei er aber, als erfülle er damit eine vertragliche Pflicht, getreulich, wann immer es die Arbeit erlaubte, zu dem Merzinger-Zirkel hinzustieß. Gut empfangen wurde er dort nicht; auf ihn prasselten gelegentlich ähnliche Spottsalven wie auf Merzinger hernieder. Hinter seinem Rücken wurde an seiner Männlichkeit gezweifelt – er sei stockschwul, ach was, asexuell, eine Jungfrau auf jeden Fall, von peinlicher oder rührender – wie man aufgelegt war – Unerfahrenheit, er wisse selbst nicht, was er sei, und mehr in diesem Sinne –, und gelegentlich, wenn das Saufen vorangeschritten war, wartete man mit diesen Analysen nicht auf seinen Aufbruch, dann wurde er ganz ungeniert aufgezogen, und heiter ging es dabei nicht zu, das war schon unverhüllte Bösartigkeit, was da aufblitzte. War er zu verwirrt, wohl auch schon gehörig abgefüllt, um dergleichen übelzunehmen? Seine ohnehin zerfahrene Miene war längst noch viel zerfahrener. Es sah geradezu aus, als machten sich die beiden Augen, die Nase und der Mund auf die Reise in verschiedene Richtungen. Wenn er betrunken war, so stellte ich mir vor, hätten ihn womöglich seine Kollegen aus der Bank nicht wiedererkannt. Vielleicht war seine Duldsamkeit aber auch darin begründet, daß die Herren, wenn sie ihm einzeln begegneten, von geradezu ausgesuchter Höflichkeit und Freundschaftlichkeit waren. Seine Stellung hatte sich herumgesprochen und gab zu allerhand Phantastereien Anlaß und zu der kopfschüttelnden Betrachtung, daß solch ein großes Tier, ein solcher »Tycoon« es nicht verschmähte, sich regelmäßig an Merzingers Ecktischchen mit teurem Rotwein vollaufen zu lassen – »ein ganz schlichter, einfacher Mann!«, als müßten Millionenbeweger ein gemmenbesetztes Einhorn auf der Stirn tragen und ihren Wein, wie einst der Papst in der Messe, durch ein goldenes Röhrchen einsaugen. Im übrigen wurde seine Position gar nicht sehr übertrieben gesehen. Die Herrschaften ahnten nicht, wie recht sie hatten. Aus Glück war da freilich Bestätigendes oder Abwiegelndes nicht herauszuholen. Er sah den eigenen Rang in Beziehung zu den wirklich, den überwältigend Gewaltigen und fand daran nichts Rühmenswertes.

Besonders virtuos spielte Rotzoff auf beiden Klavieren. Er wußte sich im Tête-à-tête mit Doktor Glück als hochverständnisvoller, bewundernder Spezialfreund darzustellen; um so belfernder und gehässiger betrug er sich dann im größeren Kreis. Ich gestehe, Rotzoff nie gemocht zu haben – aber das ist zu einfach: Rotzoff ungut zu finden war keine Kunst, ihn für ebenso anziehend und ausgefallen zu halten noch viel weniger – es fällt mir schwer, es einzugestehen: Ich fürchtete mich vor Rotzoff und hielt es für unbedingt vermeidenswert, in sein Blickfeld zu geraten; ja, es war sein Blick, was ich am meisten fürchtete. Das hatte etwas geradezu Atavistisches, die Angst vorm Bösen Blick eben. Wen Rotzoff sich optisch einverleibte, dem stieß etwas Schlimmes oder mindestens Unangenehmes zu, davon war ich überzeugt.

Der Mann kam aus der Werbung, und wenn man, diese fragwürdige Branche dämonisierend, gern von den »geheimen Verführern«, den teuflischen Kennern der seelischen Abgründe spricht, dann mußte Rotzoff ein genialer Werbemann sein, denn im Erahnen der verborgenen Schwäche seines jeweiligen Gegenübers war er groß, im Aufdecken und Breittreten seiner Ahnung freilich ebenfalls. Ob der Umstand, daß seine Karriere durchkreuzt worden war, mit dieser Unvorsichtigkeit, dieser Neigung zum bösartigen Herausplatzen mit dem Peinlichen zusammenhing oder ob ihm doch nicht so viel eingefallen war, wie es bei seiner schrankenlosen Gehässigkeit billig erwartet werden durfte, weiß ich nicht – ich war im Umgang mit ihm so abergläubisch, daß ich mich bemühte, nicht zu gut über ihn informiert zu sein, als gebe mich schon eine Information ihn betreffend in seine Gewalt. Werbeleute pflegten in Frankfurt damals einen ostentativ luxuriösen Konsum-Stil: Champagner-und-alte-Bordeaux-Saufen, dicke Zigarren, teure alte Sportwagen, das gehörte ganz einfach zum Erkennungszeichen. Die Klienten waren nüchtern, sparsam, gesundheitsbewußt, unauffällig, die Werbeleute arbeiteten hart an ihrem Ruf als bunte Hunde. Und Rotzoff machte da keine Ausnahme. Bei Merzinger ließ er nur die teuren Flaschen kommen, und er brachte es auch dann nicht fertig, das zurückzuschrauben und vielleicht nur noch einmal in der Woche an Merzingers Ecktischchen präsent zu sein, als er längst die Riesenwohnung aufgegeben hatte und das Auto weggepfändet war.

Er gehörte zu den Rätseln, die Merzinger aufgab. Jetzt wäre es an der Zeit gewesen, Rotzoff aus dem Restaurant zu vertreiben als beständigen Störenfried des Ecktisch-Zirkels, als Schreihals und Schuldner, der nicht daran dachte, seinen Bierdeckel – so altertümlich wurde das dicke Bündel von Rechnungen genannt, das in der Schublade unter der Kasse schlummerte – endlich abzuzahlen, und angesprochen wurde Merzinger sogar darauf. Wie lange sollte Rotzoff dort noch lärmend und Rotwein in sich hineinschüttend und das Personal und die Gäste anfahrend herumhängen dürfen? Gab es nicht doch den Plan, den Mann demnächst vor die Tür zu setzen?

»Natürlich nicht«, sagte Merzinger mit seinem schwimmenden Blick, der sich als Ausdruck verschlafen-kraftloser Gutmütigkeit oder verschlagenen Kalküls deuten ließ. »Den laß mer schön da.«

Es schien geradezu, als habe sich zwischen dem indiskretesten aller Menschen und dem verschlossensten eine unauflösliche Kumpanei entwickelt.

So war denn der Anblick der beiden an einem heißen Frühsommernachmittag, in dem zu dieser Stunde nur wenig besuchten Restaurant, ein Bild des tiefsten Friedens. Ich saß entfernt, wartend – Merzingers Restaurant war für unverbindliche Verabredungen sehr beliebt –, und sah, wie durch die weit geöffneten Fenster das Sonnenlicht grün-golden hereinflutete und die Räume geradezu festlich erfüllte. Die dicke Restaurantluft war weggeblasen, nur Blätterduft und Bienensummen standen im Raum, Vogelzwitschern ließ an Gärten und Blüten denken. Merzinger, der gute Wirt, lebte in seinem Restaurant. Jetzt saß er in Hemdsärmeln mit Rotzoff am Ecktisch. Die Herren probierten Weißwein aus den Langhe, bedächtig große Kelche schwenkend und die Nase hineinhaltend; ich habe schon gesagt, daß mir bei Rotzoff solches kennerhafte Prüfen wie das reine Affentheater vorkam, ich war davon überzeugt, daß er, bis zur letzten Zelle ausgefüllt mit Galle, gar nichts roch.

Ewigkeitlich dehnten sich solche Sommernachmittagsstunden. Hier glaubte man, die schiere Lebenssubstanz mit Händen greifen zu können. Warum muß die Geschichte immer weitergehen, wenn solch ein hochbefriedigender Höhepunkt des Daseins einmal erklommen ist? Die Genreszene »Zwei weinprüfende Trinker in nachpfingstlichem Wirtshaus« war in Luft und Duft etwas Endgültiges – und ebenso kurz, wie alle historischen Endgültigkeiten und Stunden Null und Sternstunden nun einmal sind. Es war das Licht, die Strahlen selbst, die ihre Kraft verdoppelten und das paradiesische Innehalten der Zeit jäh mit einem Blick hinter die Kulissen der Alltäglichkeit verbanden.

Die Sonne blendete jetzt. Sie spiegelte sich in einem sanft ihr entgegenschwingenden Fensterflügel und tauchte den Raum in weiß-goldenes Gleißen. In diesem Licht ging mit Rotzoff eine erschreckende Veränderung vor. Der verfettete Athlet mit dem mißfarbenen Haar verwandelte sich unversehens, als trete er in seiner eigentlichen Gestalt aus der Camouflage der Verkommenheit heraus. Das dicke farbschwache Haar – als Säugling war er blond gewesen – wurde metallisch, als sei Aluminiumstaub darauf geblasen, das fahl-teigige Gesicht – er wurde durch sein Saufen immer blasser, der viele Rotwein machte ihn nicht purpurn, sondern saugte alle Farbe ab – wurde dunkel, wurde gar schwärzlich, wie das eines kohlenstaubverschmierten Bergarbeiters, die Augen glitzerten unwirklich weiß, porzellanen – sah Merzinger nicht, welch ein Bote aus den Regionen der Finsternis da neben ihm saß? Oder war von seinem Platz aus dies Lichtschauspiel unsichtbar?

Der Fensterflügel schwang zurück, die Lichtschleier wurden aus dem Saal herausgezogen, Rotzoff sank wieder in die weich verschönende Sonnenmilde – wer ihn eben nicht gesehen hatte, der mußte ihn für eine harmlose städtische Zimmerpflanze halten, die der Junitag unverhofft aufblühen ließ.

Im übrigen täuschte der Anschein zeitloser Harmonie, oder besser, er täuschte nicht, denn die Bilder haben ihre eigene unumstößliche Wahrheit und können von der Sprache nie einfach widerlegt werden – es war in der Süße dieser sonnengesättigten Stunde eben nur leider von Unerfreulichem die Rede, und daß dies nicht expressiv und weithin hörbar geschah, das entsprach Merzingers Stil. Rotzoff hatte Anlaß, sich dieser Vorgabe zu beugen. Der undurchschaubare Merzinger war ohne weitere Vorbereitung und ohne erkennbaren Anlaß unversehens dahin gelangt, seinen besten Gast um Bezahlung der ausstehenden Posten zu bitten – ein grausamer Akt, in eine durchaus anspruchsvolle Weinprobe eingebettet, denn Merzinger wußte, wie es um Rotzoff bestellt war. Ihn zur Zahlung aufzufordern, hätte als einzige Folge, ihn des Lokals zu verweisen. Er habe eine Steuerprüfung gehabt – die Sachbearbeiterin, eine gnadenlose Bürokratin, glaube ihm nicht, daß es gegen Rotzoff nur Außenstände gebe. Sie wolle Geld sehen – er müsse überhaupt das Kreditieren aufgeben, »ich leg nur drauf«, das klang so elegisch, als spreche er von seiner eigenen Grablegung.

In der von beständigem Vogelzwitschern bukolisch gewürzten Sommerstille bekam ich aus der Entfernung manches mit, obwohl ich mich in eine Zeitung vergrub. Bemerkenswert fand ich, daß Rotzoff diese Worte gar nicht auf sich zu beziehen schien, sondern äußerst gelassen, gar ein wenig gleichgültig klang. Die Vorstellung, jetzt irgend etwas zahlen zu sollen, war so abwegig, die konnte ein Merzinger nicht im Ernst haben, der kannte doch die Welt. Es war beinahe zum Lachen.

»Nein, bitte nicht«, Merzinger sprach jetzt so leise, daß ich gegen meinen Willen die Ohren spitzte. Hätte er lauter gesprochen, hätte ich mich ganz und gar in die Lage auf dem Balkan, Milosevics Taktieren, die gequälten Communiqués der westlichen Diplomaten und die Spannungen in Bosnien hineinziehen lassen.

»Bitte, nicht lachen, es ist ernst.« Für einen Mann, der grundsätzlich alles in der Schwebe läßt und sich niemals als festgelegt betrachtet, kann es schwierig sein, wenn er plötzlich einmal beim Wort genommen werden will.

Rotzoff tat, als hole Merzinger sich Rat bei ihm. Merzinger sei unbelehrbar. Er, Rotzoff, habe ihm stets geraten, den Schwarm der Parasiten und Schnorrer abzuschütteln. Das Pack gehöre in den Steinbruch, mit einer Eisenkugel am Bein, zehn Stunden Arbeit täglich mit der Spitzhacke. Diese Typen, die hier die Luft verpesteten und auf Merzingers Kosten zechten, aber ebenso das diebische Personal, das sich fette Gewinne aus der Kasse nehme, besser, sie erst gar nicht dort hineingelangen lasse, müsse er endlich alle zusammen ausräuchern. Allein der Kellner und die Kellnerin – die beiden waren ein Paar – hätten das Zeug, Merzinger noch ins Schuldgefängnis zu bringen.

Der Kellner servierte gerade eine neue Flasche Wein, völlig teilnahmslos alles mitbekommend, noch nicht einmal Merzingers Blick suchend. Rotzoffs Verdächtigungen galten in Merzingers Restaurant als Goldfunken von Esprit, unbezahlbar zum Heben der Stimmung. Aber man durfte ihn nicht unterschätzen. Der Instinkt mußte ihm gesagt haben, daß mit dem bloßen Wegschieben der Vorwürfe auf andere und dreistem Unbeteiligtsein nicht alles geleistet sei. Was ist wirkungsvoller als die Widerlegung eines Arguments? Die Ablenkung von demselben. Diskussionen müssen selbst dann vermieden werden, wenn man Aussicht hat, in ihnen zu bestehen – es kommt einfach zu viel in ihnen zur Sprache, sie sind das Reich des Unvorhersehbaren.

»Ich bin übrigens an einer ganz dicken, ganz heißen Sache«, mit dieser nachlässig und in die Nachmittagsverträumtheit zurückkehrend gesprochenen Ankündigung – dieser alles bezwingende Tonfall war ihm während der Anklage der Parasiten entglitten – warf Rotzoff das Steuer herum. Um Merzinger aber wirklich wieder in die Gewalt zu kriegen, mußte er ein wenig weiter ausholen.

Er plane ein großes, ein exklusives, ein teures – ein Fest, ein Fest, das diesen Namen verdiene. Das Planungsstadium sei eigentlich schon längst verlassen. Es sei im Grunde alles bombenfest vereinbart. Und um es gleich vorwegzunehmen – Merzinger komme in diesem Konzept eine Schlüsselstellung zu, im Grund sei Merzinger derjenige, der hier vor allem verdienen werde, von dem unabsehbaren Prestigegewinn für das Restaurant zu schweigen. Merzinger sagte nichts. Seiner Miene hätte man genausogut entnehmen können, daß die Ankündigung ihn sprachlos vor Glück mache, wie daß er schon vielen Geisteskranken gelauscht habe und auch diesen Erguß überstehen werde, um dann auf sein Anliegen zurückzukommen.

Bei Rotzoff war es jetzt mit der schläfrigen Zurückhaltung schon wieder vorbei, denn es galt, Imagination zu erzeugen – und das vor allem auch in sich selbst. Er hatte seinen Einfall in ebendieser Sekunde geboren und mußte ihn gerade auch sich selbst erst richtig sichtbar machen – ich habe den Nachweis, daß bis zu diesem Augenblick Doktor Glück noch nichts von seinem Glück oder Unglück wußte – aber da war Rotzoff getrost, den kriegte er herum, wenn die Sache überhaupt länger verfolgt werden sollte und ihren Zweck in der augenblicklichen Ablenkung nicht schon mehr als erfüllt hatte.

Rotzoff plante, oder besser: er gab vor zu planen, oder noch besser, er war in diesem Moment von einem Höllenblitz getroffen worden, dem, was landläufig gern »eine Idee« genannt wird, und von dem Wort »Idee« machte er denn auch reichlich und unschuldig Gebrauch, was daran komisch hätte sein können, war freilich auch Merzinger nicht bekannt.

Im Kern seines Gedankengebäudes stand die einfache Vorstellung, von der Wirklichkeit unbedingt gedeckt, daß es gegenwärtig in der Stadt wohl kaum einen einzelnen Menschen geben würde, der bereit wäre, ihm eine größere Summe auszuhändigen. Daß einer das Scheckbuch herauszog und dreißigtausend Mark eintrug und den Barscheck Rotzoff einfach so übergab – ausgeschlossen, nach menschlicher Voraussicht. Wie aber, wenn man diesen Betrag fraktionierte, in kleine Summen, in fünfhundert Mark oder dreihundert Mark oder von ihm aus hundert Mark – je kleiner, desto leichter abzuluchsen, dafür natürlich der Mehraufwand der Einwerbung. Geld lag auf der Straße. Geld kam den Leuten zu den Ohren heraus, hundertfünfzig Mark gaben sie leichten Herzens für ein Essen aus, warum nicht an Rotzoff für – nun ja, jetzt fiel es ihm ein: für ein Fest? Er würde ein Fest verkaufen, eine sensationelle Party mit dem allerexquisitesten Publikum, und da würden sich die Leute um die Karten doch vermutlich reißen?

»Wo?« fragte Merzinger.

An einem fabelhaften Ort – Rotzoff sagte »Location«, die Superlocation genaugenommen, ein für die Stadt noch unverbrauchter, hochbegehrenswerter Ort: Glücks Wohnung.

Erst jüngst hatte er sie betreten. Glück hatte ihn nachts um drei noch auf kalten Wodka hinaufgebeten, Rotzoff hatte die leeren, potentiell überaus prachtvollen Hallen durchschritten und auch in den schwarzen Garten mit seiner Blutbuche hinabgeblickt – seltsam, da war noch kein Gedanke an das Fest vorhanden, der schlief noch, allenfalls eine kleine Wut, daß solch ein Halb-Mensch, ein Viertelsmann wie Doktor Glück eine solche Wohnung sein eigen nannte, während er, Rotzoff…

Weiter als bis zu diesem Aufbegehren gegen die Ungerechtigkeit war er damals nicht gelangt, fruchtbar war er noch nicht geworden. Zweihundert Menschen konnten sich dort bequem tummeln, bei gutem Wetter gab es auch noch den Garten …

»Ja, und woher nimmst du die Leute?«

Das war das Leichteste, die Adressenliste bekam er von der Markies, die mußte sie herausrücken und würde das auch tun, die beschäftigte immer hübsche Mädchen – er drückte sich anders aus: »Frischfleisch«, er wisse, wovon er spreche –, da komme er schon dran, an diese Kartei, und er selbst kenne schließlich auch allerlei Leute, hauptsächlich freilich solche, an die er sich gegenwärtig nicht mehr wenden konnte, aber diesen Gedanken ließ er weg. Das Büfett und die Getränke mache Merzinger – Himmel, im Detail könne man das alles dann noch durchrechnen –, der Einsatz tendiere gegen Null, wenn man es richtig angehe. Ivana dürfe auch mit ran, die bekomme zum Lohn eine Kiste Paprika, Musik müsse er noch überprüfen. Das Wichtigste sei die Vorbereitung: das Gerücht, dies Schwirren in die Welt setzen, daß man auf diesem Fest unbedingt erscheinen müsse, koste es, was es wolle – und es würde nicht die Welt kosten. Sehr schön, so überlege er gegenwärtig, wäre auf dem Höhepunkt des Abends eine Unterwäsche-Modenschau – natürlich nur von atemraubenden Geschöpfen vorgeführt –, die durchsichtigen Unterhöschen kämen von der Freundin der Markies, die ein Wäschegeschäft betreibe, die würde für die Reklame dankbar sein, die Mädchen …

Ich dachte in diesem Augenblick: Prüft er jetzt im geheimen die Option, seine eigene Freundin hier einzusetzen? Ausgeschlossen schien mir das nicht. Wenn dieser Gedanke im selben Raum zu mir geflattert kam, hatte er doch gewiß auch ihn gestreift.

Ich hielt, wie gesagt, Abstand zu Rotzoff. Andere taten das

nicht, denn so viele er sich auch schon zu Feinden gemacht hatte, manchmal mußte man glauben, seine Devise sei: Ein Tag ohne neuen Feind ist ein verlorener Tag, und als setze er seinen Ehrgeiz dahinein, gerade seine Wohltäter zu Feinden zu machen – es fanden sich immer neue Freunde, Anhänger und Bewunderer, vor allem unter den Frauen, denen gegenüber er sich, in meinem Beisein jedenfalls, geradezu garstig betrug. Sie waren oft genug spektakulär hübsch und sehr tüchtig, und ich bin keineswegs sicher, daß er sie auch nur in der Anfangsphase ihrer Bekanntschaft über seine Lage täuschte: O nein, sein Anspruch war hoch, die Frau mußte eine Augenweide sein, finanziell befriedigend ausgestattet und ihn lieben, obwohl er ihr außer rüdem Umgangston nicht viel bot – in der Öffentlichkeit jedenfalls, am Ecktisch waren gesalzene Andeutungen darüber zu hören, was hinter verschlossenen Türen geschah. Ihn selbst überkamen, wenn er von seinen Damen sprach, noch im nachhinein sichtbare Wonneschauer, die ihn am Weitersprechen hinderten. Seine gegenwärtige Freundin war so schön, daß ich von ihr kaum die Augen lassen konnte, vielleicht etwas zu groß, ihn um einen halben Kopf überragend, sehr schlank, mit dickem, schwerfallendem, langem Haar, das sie in Lockenschlangen umrahmte. Das Mädchen war sich in unschuldiger Weise seiner Schönheit bewußt. Die Schönheit war eine wie ihr von anderswoher aufgeladene Last. Sie blickte lieb und etwas verwundert über diese Mitgift. Damals waren die Röcke kurz, ihrer noch kürzer womöglich, gern mit großen schwarz-weißen Wollkaros gemustert, sie ging nach Art der Großgewachsenen leicht gebeugt, vielleicht auch nur, um dadurch das Röckchen etwas länger wirken zu lassen. Unaufhörlich hatte sie in ihrer großen Tasche zu kramen. Dahinein war eine Menge leise klapperndes Zeug geschüttet, es war, als durchpflüge sie einen Sack Walnüsse, aber wenn sie sich dann aufrichtete und in amüsierter Verzweiflung um sich sah, stellte sie das zarte, ebenmäßige Gesicht zwischen den Lockenschlangen nach allen Richtungen aus, als habe sie einer Zeigepflicht zu genügen – wie Schloßbesitzer, die Geld vom Staat bekommen, ihre Sammlungen der Öffentlichkeit präsentieren müssen –, aber sie war kein bißchen blasiert durch die allgemeine kaum verhohlene Bewunderung, sondern blieb lieb und menschen- und insbesondere männerfreundlich, und das war, so wollte sich mir das darstellen, nicht zuletzt ein Zeichen ungewöhnlicher Tapferkeit. Zu große Schönheit, Schönheit, die zum Gaffen oder zum Wegsehen zwang, konnte eine ähnliche Peinlichkeit und Beklommenheit erzeugen wie wild abstoßende Häßlichkeit oder Schamlosigkeit. Es war, als registriere sie genau, daß manche Leute vor ihr die Augen niederschlugen oder haarscharf an ihr vorbeisahen. Es gab Gelegenheiten, da war sie für mich wie eine Angeklagte, die sich ihrer Schuld bewußt ist und sagt: Ich leugne nicht.

Und es ist ja auch wirklich so, und da lag Rotzoffs Freundin gar nicht falsch, daß die allzu Demütigen und Gefügigen ihren Anteil an der Schuld der Frechen und Hochfahrenden haben, denen sie es leichtmachen, auf anderen herumzutrampeln. So eindringlich stand mir dies Mädchen vor Augen – hieß sie nun Lena oder Ingrid oder Birgit, es war etwas Nordisches, ihre Unschuld hatte etwas von nordischer Offenheit und Einfachheit, gegen sie waren wir in Frankfurt schon südländische Machiavellisten –, daß mir der Fortgang der Unterhaltung der Herren entgangen war. Aber Rotzoff war seinem Ziel inzwischen näher gerückt. Merzinger wiegte den Kopf und dachte nach.

»Hundertfünfzig Mark Eintritt ist zuviel«, sagte er schläfrig, »das zahlen die nicht« – wer waren »die«, hatte ich doch mehr verpaßt?

»Hundertfünfzig ist der absolute Gipfel. Aber man könnte

eine Whisky-Bar machen, die im Eintritt nicht inbegriffen ist …«

Das kam schon wie geträumt. Rotzoff erkannte, daß der Fisch am Haken war, und fiel falsch begeistert ein: Klar, über die Whisky-Bar könne man noch groß abgreifen, da hole man was raus, Merzinger habe verstanden. Der Wirt war offenbar wirklich bereit, seine Forderungen erst einmal ruhen zu lassen und Rotzoffs Ergebnisse abzuwarten. Ich staunte wie über ein Naturwunder.

Rotzoff hielt es aber für richtig, jetzt schnell Merzingers Dunstkreis zu entkommen. Heute abend würde er eintreten, als sei nichts geschehen, er würde sich Wein kommen lassen und das Personal anpfeifen, Doktor Glück verhöhnen und spät mit Ingrid oder Lena telephonieren, die schon einige Stunden bereitstand und mürbgewartet war. Wenn er schließlich bei ihr eintraf, würde er die schiere Dankbarkeit ernten, als sei er aus dem Felde zurückgekehrt. Draußen setzte er seinen Schutzhelm auf. Als er sich zu seinem Motorrad herunterbeugte, fing die silberne Schale plötzlich von irgendwoher ein rotes Lichtpünktchen auf – von der Warnlampe der Baustelle gegenüber? von der Ampel an der Kreuzung? –, aber weil diese Quelle mir unsichtbar war, sah es aus, als sei es der Helm selbst, der dies rote Funkeln hervorbrachte, ein kaltes Feuer, das seinen Kopf umgab, ohne ihn zu verbrennen.

Elftes Kapitel

Schön sauber

Maruscha hatte Breegens Haus bisher nicht betreten dürfen, aber sie kannte die Adresse und lenkte Wereschnikow bei einem Abendspaziergang in diese Richtung. Das Haus lag in einer Straße mit mäßig großen Villen, wie man hier wohl sagte, es waren aber ziemlich einfache zweistöckige Häuser, die machten nichts her und waren noch stark in einer sparsamen, schönheitsunwilligen Nachkriegsästhetik verwurzelt, obwohl sie überwiegend in den siebziger Jahren entstanden waren. Nur die Lage war teuer, geradezu unsinnig teuer angesichts des Gebotenen, aber das war für Frankfurt bezeichnend. Leute, die in Paris auf herrschaftlichen Etagen gewohnt hatten, zogen in Frankfurt widerspruchslos in solche Häuser und fühlten sich noch gut bedient. Wereschnikow hörte nicht auf, die Lächerlichkeit und Ärmlichkeit dieses »gehobenen Wohnquartiers«, wie es in der Maklersprache hieß, mit immer lauter werdender Stimme zu verkünden. Für Maruscha war solch ein Weg mit ihrem Freund ein ambivalentes Vergnügen. Einerseits genoß sie es, wie er schallend verachtete, was die besseren Leute von Frankfurt für höchstes Lebensglück hielten, und fühlte sich an seiner Seite erhoben; sie erkannte in ihm einen verwandten Geist ihrer Lehrmeisterin und Lebensfreundin Kasia und wußte von daher, daß Wereschnikow richtiglag in seinen herablassenden Urteilen, Kasia hätte ihm zugestimmt und allenfalls gebeten, er solle nicht so herumbrüllen, sie sei nicht taub; dabei hörte sie wirklich nicht gut; aber sie verabscheute die Miene, die ein brüllender Mensch macht, und fand es ohnehin klug, ihrer Umgebung gelegentlich einen Dämpfer zu verpassen. Nur, wohin war sie mit ihrer Souveränität und Freiheit schließlich geraten? In den Rollstuhl, in das Sechsbettzimmer des scheußlichsten Asyls von Lublin. Sie bewahrte ihre Moral, ohne Frage, aber die brauchte sie dort auch.

Mit Wereschnikow war es dasselbe. Wohin führte es ihn, daß er diese Reiche-Leute-Häuschen-Straße so trefflich schmähen konnte? Mit seinen großen und beeindruckenden Projekten, mit Weltkonferenzen über die Würde und anderen Prachtunternehmungen von höchstem Prestige lebte er doch immer nur von der Hand in den Mund, und die Bewohner dieser Häuser taten das nicht. Diese Häuser in ihrer unbestreitbaren Mickrigkeit standen für eine unfaßbare Summe Geld. Wer das nicht wußte und mitempfand, der war einfach ein Träumer. Die Menschheit hatte eben eine gewisse Zeit gebraucht, um zu verstehen, daß ein Fetzen Papier, mit den richtigen Bildchen und Zahlen bedruckt, ebensoviel wert sein konnte wie eine lebendige, Mensch und Tier köstlich ernährende Kuh, und daß gar ein paar über einen Bildschirm huschende Zahlen das Äquivalent der Wirtschaftsleistung ganzer Nationen darstellten. Gegen faktische Übermacht, die Gegenwart des großen, Fülle und Sicherheit spendenden Reichtums anzustänkern kam Maruscha geradezu gotteslästerlich vor – nichts war so unreif wie die Verachtung von Geld, wenn man selbst keins hatte.

Und dabei wäre es ihr auch nicht unrecht gewesen, wenn Herr Breegen gerade jetzt das Haus verlassen hätte – wenn sich, genauer gesagt, vor Herrn Breegen wie von Geisterhand das Garagentor auftäte, wenn er daraufhin mit seinem schwarzen Auto durch die gleichfalls unsichtbar bewegten Torflügel seiner Einfahrt glitt und wenn dann sein Blick auf Maruscha, die männlich begleitet durch seine Straße promenierte, fiele – es täte ihm nur gut, sich gelegentlich daran zu erinnern, daß sie die Abende, an denen er keine Zeit für sie hatte, nicht leise weinend allein auf ihrem Bett saß. Aber wenn Wereschnikow in einem solchen Augenblick schon wieder gestikulierte und mit Stentorstimme sprach? Sah das nicht aus, als begleite sie einen Mann, der nicht ganz bei sich war? Und gerade Breegens Haus hatte er ausersehen, um sich weidlich lustig zu machen.

»Es sagt etwas über unsere Zeit – es sagt vielmehr alles über unsere Zeit, daß ich mit meinem ganzen Lebenswerk, der ganzen Fülle meiner Beziehungen, allem, was ich gedacht und geschrieben habe« – das waren Formeln, denen Maruscha mit Respekt gelauscht hätte, wären sie nicht in der stillen Villenstraße ausgerechnet vor Breegens Haus gedröhnt worden –, »daß ich mit all dem nicht Unbeachtlichen, das ich auf die Matte bringe, niemals in der Lage wäre, in dieser Stadt eine solch erbärmliche Hütte zu bezahlen – sieh mal dies scheußliche Blumenfenster, sieh mal dies schmiedeeiserne Garagentor, diese Douglasfichte, diesen japanischen Bambus, sieh mal diese kupfergehämmerte Haustür – und das alles ist kameraüberwacht, damit niemand die Briefmarkensammlung und den weißen Nerz der Hausfrau und die echtgoldenen Sammellöffel von der Firma Rosenthal stehlen kann!«

Solche Triumphe wollte Maruscha sich nicht leisten. Sie war im Gegensatz zu Wereschnikow und seinen zahlreichen Politikerverbindungen ein echt politischer Kopf: »Politik, die Kunst des Möglichen«, das hätte ihr gefallen, sie verhielt sich entsprechend, auch ohne diese Devise zu kennen.

»Nicht geschenkt nähme ich dieses Haus!« rief Wereschnikow und scheute nicht davor zurück, mit den Armen im Sinn apotropäischer Gesten gegen die abweisende Fassade und die im Obergeschoß herabgelassenen Rolläden herumzufuchteln. Falsch, dachte Maruscha, geschenkt nähme ich dies Haus sehr gern, und es ist nicht einmal völlig ausgeschlossen, daß ich es eines Tages tatsächlich geschenkt bekomme und dann sehr zufrieden damit sein werde; aber sie sah dennoch mit einem vergnügten Lächeln auf ihren Freund, während sie ihn weiterzog und sich im stillen fragte, warum er seinen Ausbruch gerade vor der Villa Breegen hatte bekommen müssen, die sich doch in nichts Wesentlichem von den Nachbarhäusern unterschied – »Er ist nicht so ahnungslos, wie er glaubt, er hat eben doch Intuition«, dachte sie und sah ihn von der Seite mit erneuerter Hochachtung an.

Das Obergeschoß hatte nicht umsonst einen verlassenen Eindruck gemacht, denn hier lag Herrn Breegens Büro, das am Wochenende geschlossen war. Der Samstag war deshalb jener Tag, an dem Ivana hier putzte, ein Termin, der nicht verschoben werden konnte, auch wenn er einmal nicht gut paßte, als nämlich Herr und Frau Breegen zum Beispiel zum Ball des Sports nach Wiesbaden fahren wollten. Frau Breegen ließ es sich niemals nehmen, dabeizusein, wenn Ivana putzte, und auch selbst zuzugreifen, und dafür hatte sie, nachdem sie vormittags lange beim Friseur verbrachte und nachmittags noch den Masseur erwartete, eigentlich nicht die rechte Verfassung. Aber das half nichts. Für Frau Breegen bestand ein häusliches Leben nicht in Beschaulichkeit.

Sie war Hausfrau und gebot über mehrere Hilfskräfte. Ein Gärtner pflegte den kleinen Vor- und den etwas größeren hinteren Garten, ein Hausmeister war mit den Kellerräumen befaßt, eine Frau half ihr in der Wohnung und Ivana im Büro, aber sie durfte sich schmeicheln, mehr zu arbeiten als ihr Mann; sie betrachtete ihren Haushalt als großes Räderwerk, das unablässig in Gang gehalten werden wollte, und Herr Breegen hielt sie nicht davon ab. Er war für jeden Abend dankbar, an dem sie erschöpft in die Kissen sank, denn ihre Kraft war so groß, daß sie sich, unbeschäftigt, gegen sie selbst gerichtet hätte. Daß Ivana von ähnlicher Natur war, hatte Frau

Breegen bald heraus, wenngleich sie sich nicht täuschen ließ. Ohne durch Mitarbeit kaschierte Kontrolle wäre Ivana nicht so gründlich gewesen. Nur im Hause Breegen fand Ivana eine solche Auswahl spezialisierter Putzinstrumente, Staubsaugeraufsätze und Reinigungsmittel vor. Es handelte sich um eine echte Ausrüstung verwissenschaftlichten Putzens. Alle Metallteile, Kacheln, Glaswände, Türflächen, Teppichböden wurden aus eigenen Flaschen angesprüht, eingerieben, getränkt und gewischt. Die unterschiedlichsten Duftstoffe mischten sich in der Zimmerluft und verkündeten jeder Fliege, Spinne, Motte, Mücke den Tod, dies waren lebensfeindliche Zonen für nichtmenschliche Wesen. Wenn es in alle Klosettschüsseln türkisfarben sprudelte und eine medizinisch reinliche, geradezu an Mundwasser gemahnende Frische sich auch in diesen Kabinetten ausgebreitet hatte, wenn die Teppichböden vor Elektrizität knisterten und die Schreibtische dastanden, als seien sie eben erst aus der Plastikfolie geschält worden, dann war ein Wochenwerk vollbracht.

Ivanas Bauch war nun schon ziemlich rund. Sie versteckte ihn nicht, sondern trug wie stets zum Putzen einen schwarzen Jogging-Anzug, unter dem sich ihr Zustand deutlich abzeichnete. Es war schon anstrengender, sich zu bücken, wenn sie die Fußleisten abrieb, während Frau Breegen mit den Schreibtischlampen beschäftigt war und nur mit schnellem Seitenblick verfolgte, ob den Fußleisten wirklich die erforderliche Sachkunde entgegengebracht werde. Ivanas Mutter hatte, so wurde es in der Familie stets weitergegeben, bis einen Tag vor der Geburt jedes ihrer Kinder auf dem Acker gestanden und wäre zweimal sogar beinahe auf offenem Feld niedergekommen. Wenn Ivana daran erinnerte, konnte das in zweierlei Tonfall geschehen – als Klage über finstere, gnadenlose Verhältnisse oder als geradezu triumphierende Bestätigung einer von der Mutter ererbten Urkraft. Es war mir nie klar, wenn ich sie hörte: Bedauerte sie ihr Leben, wünschte sie sich ein anderes, verfluchte sie die Verhältnisse, aus denen sie stammte, oder stimmte sie ihnen zutiefst zu, als seien gerade dies die Bedingungen, die den Menschen am allerbesten bekamen? Dies Gespaltensein gehörte zu ihr, die mit ihrer Ausdrucksfähigkeit und ihrer Ausdruckslust so vieles farbig schildern konnte und doch oft nicht deutlich machte, wie sie eigentlich zu dem Erlebten stand.

Und so war es auch mit ihrer Haltung zu Frau Breegen: Sie verabscheute die große schwere Frau, die durch ihren anmutlosen Körper den pedantischen Kontrollmaßnahmen eine überwalzende Massivität gab. Sie konnte Frau Breegen mit Blicken von stechendem Haß bedenken, wenn die gerade einmal wegsah. Trafen sich ihre Augen, lag in denen Ivanas stumpfe Teilnahmslosigkeit; nie erwiderte sie das geschäftsmäßige Lächeln von Frau Breegen, das nun wirklich von oben herab kam. War sie nur einen Kopf größer als Ivana und Herr Breegen, oder überragte sie die beiden nicht doch turmhoch? Und dann wieder bestaunte Ivana ihre »Chefin«, wie Frau Breegen von den Hilfskräften genannt wurde, schier rückhaltlos. Nach Bosnien am Telephon berichtete sie von ihr wie von einem fleisch-und-blut-gewordenen Niederwalddenkmal. Diese Tüchtigkeit! Das war Putzen. Von diesem Putzen konnte die Welt lernen. Auch Ivana, die freilich nicht so weit ging, andernorts, wo ja allein schon das Putzinstrumentarium gar nicht vorhanden war, die bei Frau Breegen erworbenen Methoden der restlosen Staub-Patina-Belag-Niederschlag-Vernichtung nachzuahmen. Aber sie wußte nun, wie es ging, und sie zog ihre wirtschaftlichen und politischen Schlüsse aus dieser Erfahrung: Hier offenbarte sich eine so ungeheure Überlegenheit, daß die bloße Vorstellung, irgendein anderes Land in Europa könne Deutschland das Wasser reichen, schon gar auf dem Balkan, sie höhnisch auflachen ließ.

Was sie nicht wußte, war, daß ein starkes, unvergessenes Erlebnis Frau Breegens immer schon ausgeprägten Reinigungseifer auf seine aktuelle Höhe gehoben hatte. Dieses Büro mit seinen fünf Schreibtischen und seinem großen Konferenzzimmer, seinem Archiv und dem von einem Riesengemälde im Stil Rothkos geschmückten Arbeitszimmer Breegens hatte sie in der dunkelsten Zeit ihres Lebens versiegelt und sequestriert gesehen. Im eigenen Haus, welches das eigene womöglich gar nicht mehr war, gingen Kriminal- und Steuerbeamte ein und aus, trugen pralle Taschen voller Papiere hinaus, öffneten alle Schubladen und bedrängten Herrn Breegen in stundenlangen Verhören, und inzwischen mußten die Anwälte bezahlt werden, und das schöne weiße Mercedes-Coupé mit den roten Ledersitzen rollte aus der Garage. Sie hatte nicht vergessen, daß es, nun, da es abgeholt wurde, mit seinen drei Jahren, die bei dem bestens gepflegten Wagen gar kein Alter waren, unversehens schäbig ausgesehen hatte, wie selbst mannshohe Chinavasen, sowie sie auf einer Konkursversteigerung feilgeboten werden, etwas Billiges bekommen. Diese Bilder erfüllten sie immer noch, auch der Abend, als der Juwelier kam und für das, was Maruschas Freundin Kasia »eine Schubkarre voll untragbarem Schmuck« genannt hätte, ein Bruchteil davon bot, was das Zeug bei ihm selbst gekostet hatte, offenbar ohne das mindeste Gefühl der Scham. Die Radikalputzkuren waren seitdem erst recht ihr Bedürfnis geworden, eine energische Überwindung der Beschmutzung ihres inneren Raums durch die Gemeinheit der Welt, ihr Teil an Breegens staunenswerter Leistung, nach wenigen Jahren des Paria-Seins – immerhin waren sie zwei Parias gewesen, auch dies Erlebnis hatte sich ihnen eingeprägt – besser dazustehen als zuvor. Da durfte der Juwelier darüber nachdenken, ob er tatsächlich an jenem bewußten Abend ein so erfahrener Geschäftsmann gewesen war, wie er es damals glaubte.

Ihr konnte nicht genug Betrieb im Haus sein, seit der Erfahrung der schrecklichen Stille. Jetzt im hinteren Garten wurde der Rasen vertikutiert, drei Männer waren dort beschäftigt, einen fußballstadionwürdigen Smaragdteppich entstehen zu lassen. Ivana saugte mit dem Spezialsauger und seiner unbezwinglichen Saugkraft heulend im Obergeschoß, während Frau Breegen nackt im Keller auf der Massagebank lag, den coiffierten Kopf sinnreich mit Kissen abgestützt und den Händen, aber auch der Konversation des Masseurs hingegeben.

»Wenn ich den Kopf nach links drehe, habe ich in der Schulter so ein komisches Ziehen«, sagte Frau Breegen aus der Entspannung heraus. Das ferne Staubsaugerheulen war ihr wie ein Sturmbrausen über dem Atlantik, ein Ferienstimmung erzeugendes Geräusch. Der Masseur tastete an der angegebenen Stelle ganz sanft und katzenpfotig. Er fand unter seinen sensiblen Fingerbeeren eine kleine Verdickung und drückte etwas fester.

»Au«, sagte Frau Breegen, aber gleichfalls sanft. Es tat schön weh, das mußte sein.

»Da müssen wir ran«, sagte der Masseur, »das ist wichtig.«

Wie liebte sie sein »Das ist wichtig« – wie gut es tat, daß alles, was dem körperlichen Wohlbefinden diente, »wichtig« sein sollte. Andere mochten Kriege führen, sie durfte in einer Welt leben, wo es nichts Wichtigeres gab, als beim Drehen des Kopfes ein komisches Gefühl zu haben, und sie war dankbar dafür.

»Sind Sie ganz entspannt?« fragte der Masseur. War sie wirklich ganz entspannt, konnte man nicht immer noch ein klein bißchen entspannter sein?

»Ich weiß nicht …«

»Das ist wichtig«, sagte der Masseur, »die Entspannung ist wichtig.«

»Das sagen Sie so einfach«, sagte Frau Breegen aus wohliger Schläfrigkeit heraus.

Wäre Entspannung auch für Ivana wichtig gewesen? Sie war in düsterer Verfassung am Werk, aber es war nicht der Bauch, der sie bedrückte, obwohl sie sich öfter aufrichten und verschnaufen mußte. Sie hatte gegen ihre Schwangerschaft nichts einzuwenden. Sie trat damit in die Reihe ihrer Mutter und Großmutter ein, die auf ihre Schwangerschaften auch keine weiteren Gedanken verschwendet hatten – mit größerem Recht allerdings, denn sie wußten, daß sie sich um das in ihnen wachsende Kind später nicht weiter würden kümmern müssen –, solange es klein war, würde es von den größeren Kindern bewacht und erzogen, und spätestens mit vier, fünf war es eine willkommene und auch erwartete weitere Arbeitskraft. Das würde in Frankfurt etwas anders aussehen. Was machte man mit einem Kind? Das beste wäre vermutlich, es gleich nach Bosnien abzugeben.

Aber das waren nicht die Gedanken, die Ivana beim gründlichen Staubsaugen erfüllten. In ihr Verhältnis zu Herrn und Frau Breegen war etwas Neues eingetreten, seitdem sie Herrn Breegen im Wandschrank Maruschas zwischen den Mänteln entdeckt hatte. Sie war auf ein Geheimnis gestoßen, das sie mit Maruscha, die sie doch gar nicht lange kannte, eng verband, das sie aber, wenn sie an ihre alte Kundschaft Wereschnikow und Frau Breegen dachte, belastete und erregte.

Welch unvergeßlicher Augenblick! Dies Öffnen der Schranktür! Und niemand, mit dem sie darüber sprechen konnte. Stipo war viel zu dickfellig, um das tief Ergreifende, ja Erschütternde dieses Augenblicks zu begreifen. Eine andere Welt hatte sich aufgetan. Ein Blick hinter die Kulissen war gelungen, und damit waren die Kulissen in ihrer Kulissenhaftigkeit erst wahrhaft erkannt. Sie hätte es nie so genannt, aber es war Magie, was sie empfunden hatte: dies geräuschlose

Öffnen einer Tür, die nur ein kleiner Magnet geschlossen hielt, und dahinter eine neue, die eigentliche Wirklichkeit. Dies sprengte beinahe ihre Brust, der Bauch war eine zu vernachlässigende Last dagegen. Und wenn sie schon seit einer Woche an dies Ergebnis denken mußte – sehr tief saß die Erinnerung an ihren Schrei, das, was aus ihr selbst hervorbrach, beschäftigte sie stets viel nachhaltiger als äußere Eindrücke –, was war das erst, als sie nun wieder in Herrn Breegens Haus eintrat und sich auf eine Wiederbegegnung gefaßt machen mußte!

Sie hatte ihn schon gesehen, von hinten. Er rauchte eine lange Zigarre und saß in einem Sessel, vor sich die Zeitung, in der statuenhaften Unbewegtheit, die ihm eigen war. Breegen vermittelte seinen Mitmenschen den Eindruck, man könne eine Kanone neben ihm abschießen, ohne daß er zuckte. Diese Eigenschaft hatte sich während der Vergleichsverhandlungen aufs höchste bewährt. Niemand durfte sich rühmen, Herrn Breegen in die Karten geschaut zu haben.

Niemand außer Ivana, und das senkte eine Zentnerlast auf ihre Schultern. Es war keineswegs eine unbedingte weibliche Solidarität, was sie auf Frau Breegens Seite gezwungen hätte, als vielmehr die der Erniedrigten und Beleidigten – weniger, daß Breegen sie betrog, als daß er ohne Schuhe in einem Schrank versteckt war, setzte die Ehefrau eines solchen Mannes herab. Um Wereschnikow machte sie sich übrigens viel weniger Gedanken, als hätte sein gelegentliches Feilschen um ihren Lohn ihm ein geringeres Gewicht verliehen. Bemerkenswert dennoch, daß Maruscha sich in vollständiger Sicherheit wiegen durfte. Das hatte nicht der geringsten Verabredung bedurft; hier genügte ein Blick aus ihren kühl-zärtlichen grauen Augen, und Ivanas Mund war, sagen wir: jedenfalls behelfsmäßig und vorläufig – versiegelt. Was den inneren Erregungszustand freilich nicht beruhigen konnte. Das Haus Breegen betreten, dort die fachmännische Staubsaugerei beginnen und dabei so zu tun, als sei nichts geschehen, das war schwer, wenn nicht unerträglich.

Herrn Breegen schien es nicht anders zu gehen. Wenn das Büro geputzt wurde, machte er sich verständlicherweise davon. Aus seinem Arbeitszimmer verschwand er spätestens, wenn das Sauggeheul seine Schwelle erreicht hatte. Jetzt blieb er in der Nähe, suchte etwas in einem Aktenschrank, blätterte stehend etwas durch, ging unentschlossen auf und ab, trat auf Ivana zu und wieder von ihr weg. Auch dem unbelasteten Zuschauer hätte es allmählich scheinen müssen, als nehme hier jemand wiederholt Anlauf zu einem Wort oder einer Tat, überlege es sich dann aber und lasse davon ab.

Frau Breegen war gegenwärtig im Keller gefangen. Die Hände des Masseurs hielten sie im Griff – »Das ist wichtig!« –, wenn der Mann geahnt hätte, wie wichtig es tatsächlich war, diese tätige Frau gelegentlich ruhigzustellen! Ivana sah Herrn Breegen so schmallippig an, wie es selbst für ihren Mund noch eine Steigerung bedeutete – Steigerung der Nichtexistenz weicher, warmdurchbluteter Kußpolster. Daß sie besaß, was Wereschnikow oder ich einen »guten Kopf« nannten, war Herrn Breegen unsichtbar. Die gesamte Kategorie »guter Kopf« war ihm verschlossen. Er sah jetzt nur die Ablehnung. Er selbst machte aber auch ein bockiges Gesicht, die allgemein immer vorhandene Unzugänglichkeit noch steigernd, und bot keinerlei Ansatzpunkt für Ivana als nur die ungewöhnliche Gegenwart, das Ausharren in ihrer Nähe. Er lief ihr, wie eine Frankfurterin gesagt hätte, »zwischen den Füßen herum«.

Ja, wollte er gar Vorwürfe machen? Was dachte der Mann sich, wovon Ivana lebte? Gewiß nicht vom einmal wöchentlichen Putzen im Büro Breegen – wenn er nicht wünschte, daß sie auch woanders arbeitete, mußte er sie eben ganz einstellen, eine schlimme Vision, die ganze Woche unter Frau Breegens Fuchtel. Herr Breegen fragte sich inzwischen, wieviel Geld er ihr anzubieten hätte und ob es klug war, überhaupt etwas anzubieten. Machte er damit die Sache nicht zu wichtig? Begab er sich damit nicht ganz in ihre Hand? Würde sie der Versuchung widerstehen, in einer Woche einen Nachschlag zu fordern? Es ging ihm nicht ums Geld, sondern um das Entstehen einer nicht mehr beherrschbaren Situation. Die Spannung zwischen ihnen wuchs.

Es war Ivana jetzt klar, daß er auf seine Befreiung aus dem Schrank zu sprechen kommen wollte. Und auch sie wollte darüber sprechen. Sie platzte vor Begierde, endlich ausführlich darüber zu sprechen, und was das Ziel dieses Ausbruchs sein sollte, das war dabei ganz nebensächlich: Geld erst einmal nicht, wenn Breegen jetzt Geld geboten hätte, die Brieftasche gezückt und ein paar Scheine daraus hervorgeblättert, das hätte durchaus schiefgehen können, wenngleich aus anderen Gründen als den von ihm befürchteten. Wie wenig war in Ivana etwas von einer Erpresserin! Es war nicht einmal moralischer Abscheu, was sie von solchen Gedanken abhielt, als vielmehr ihr Temperament. Ein Wissen wie eine Ware verwalten, wie ein Wertpapier, das man gelegentlich vorlegt, um die abgemessenen Interessen dafür einzustreichen, das war ihr unvorstellbar. Verwaltet werden sollte gar nichts, ausgesprochen alles. Der Moment, als sie den Schrank öffnete und sah, was sie nie vermutet hatte, der mußte Sprache werden dürfen. Unausgesprochen würgte sie das Wissen. Von Herrn Breegen wurde jetzt etwas erwartet, wozu er einfach nicht imstande war: nicht gegenüber seiner Frau, nicht mit Maruscha, nicht mit der Putzfrau, die die gefährliche Eigenschaft besaß, aufzutauchen, wo sie nicht vermutet wurde. Wäre nicht seine Frau im Spiel gewesen, er hätte auf diese hilflose Anpirscherei verzichtet.

»Ich bin ein Idiot«, dachte er, »sie hat längst begriffen, daß ich etwas von ihr will«, aber den Mund bekam er dennoch nicht auf. Und die Beine versagten, als seine innere Stimme ihm zuraunte, einfach ganz schnell aus dem Zimmer zu gehen.

Dem Rat des Masseurs, nach der Massage gründlich zu ruhen, konnte Frau Breegen an diesem Samstag nicht entsprechen. Nach kurzem Hin und Her fand der Masseur es dann auch nicht mehr so »wichtig«. Aber ohne seine ausdrückliche Absolution hätte sie sich schlecht gefühlt. Nichts Schummriges regte sich in ihr, wenn der Mann ihre großen Hinterbacken walkte. Glaubwürdig versicherte sie gelegentlich, der Masseur sei für sie sächlicher Natur, aber das hieß nicht, daß seine Stimme kein Gewicht gehabt hätte, im Gegenteil. Was der männliche Herr Breegen ihr anriet, schob sie dagegen bedenkenlos beiseite.

Sie könne heute nicht mitputzen, hatte sie schon früh wissen lassen, aber sie halte dafür eine schöne Überraschung für Ivana bereit. Sie werde ihr das Kleid zeigen, das sie zum Ball des Sports tragen werde. Es dürfte kaum etwas gegeben haben, worauf Ivana weniger neugierig war. Sie schaute nicht verträumt in soziale Sphären, die ihr übergeordnet waren. Das waren Verhältnisse, mit denen sie so wenig verband, daß es sich nicht lohnte, von deren Gebräuchen zu erfahren. Nun erschien Frau Breegen umgezogen, aber noch nicht geschminkt, auf der Schwelle. Ihr Mann, der, nachdem er schon mehrfach, ohne einer Entscheidung näherzukommen, über Ivanas straff gespannte Staubsaugerschnur gestiegen war, wich vor der Erscheinung im Türrahmen zurück. Ein weites Gewand, über und über mit blauen Glasperlen bestickt, gab Frau Breegen die majestätische Silhouette einer Opernsängerin kurz nach dem Gipfel ihres Ruhms. Es war ein Kleid von beträchtlichem Gewicht, nur eine starke Frau konnte es tragen. Wenn sie sich bewegte, rieben die Glasperlchen sich aneinander und verzauberten die Geschmückte durch ein feines singendes Knirschen. Frau Breegen hatte keine Freundinnen, und sosehr es sie drängte, auf den Ball des Sports zu gehen, wußte sie doch, daß sie dort kaum einem vertrauten Gesicht begegnen würde. Herr Breegen kannte zwar eine Menge Leute, aber er stellte sie nicht vor, das Gesellschaftliche lag ihm nicht. Sie erwartete in dieser Hinsicht auch nichts mehr. Sich Ivana zu zeigen war ihr deshalb ein ernstes Anliegen. Sie machte sich aber gewiß kaum klar, daß dieser Augenblick der für sie wohl wichtigste des Abends war. Ein eigentümlicher Lichtzauber trug dazu bei, ihre Wirkung zu erhöhen: Der Raum lag im Dämmer, hinter Frau Breegen brannte eine starke Birne, die ihren Körper zunächst nur als mächtige Silhouette erscheinen ließ, aber die weiße Hemdbrust ihres Mannes warf einen schwachen, mondhaften Reflex auf ihr Gesicht, das dadurch ganz weich im Schatten beleuchtet war. Innerlich und äußerlich erhoben, ging eine seltene Herzlichkeit von Frau Breegen aus. Sie sonnte sich in ihrer Pracht, aber das sollte nicht bei einem Selbstgefallen bleiben, die Pracht sollte auf die anderen wärmend ausstrahlen.

»Wir bringen Ivana auf dem Weg nach Wiesbaden nach Hause«, sagte sie. Das war ein gefaßter Entschluß, Herr Breegen mußte dazu nicht mehr gehört werden.

»Das Kleid ist von Frau Colisée«, sagte Ivana, eigentlich gegen ihre Absicht. Sie hatte sich in eine Konversation harmloser Art nicht hineinziehen lassen wollen, das Drama sollte nicht einfach in eine Posse übergehen. Tatsächlich hatte Beate Colisée vor dreißig Jahren in einer Phase der Ausgebranntheit ihre Zuflucht in solchen Prunksäcken gesucht, obwohl sie doch eigentlich für ihre Schnitte berühmt war. In ihrem Archivzimmer waren Photos von der Modenschau damals an die Wand geheftet. Dort hatte Ivana sie gesehen. Frau Breegen schwankte zwischen Verblüffung und hoheitsvoller Ironie: Ivana kenne sich ja aus – woher wisse sie denn sowas? Colisée gebe es nicht mehr, fuhr sie lehrhaft fort, aber eine Nachfolgerin, die tatsächlich die Linie weiterführe. Hätte sie sich mit Ivana noch ein wenig mehr befaßt, dann wäre auch herausgekommen, woher die Putzfrau Colisée-Entwürfe kannte, aber so weit reichte Frau Breegens Anteilnahme nicht. Sie war wie berauscht und sprach und sprach, bewegte sich und ließ die Kügelchen knirschen. Wie es wohl sein müßte, auf diesem Kleid zu sitzen?

»Siehst du«, sagte sie jetzt zu ihrem Mann, »damit hast du auch nicht gerechnet: Zwei schöne Frauen darfst du spazierenfahren – du kannst dir aussuchen, mit wem du auf den Ball gehst – mit mir oder mit unserer süßen Ivana.«

Ivana hatte die Ablenkung von ihrer großen Erregung inzwischen überwunden. Ihre explosive Stimmung war zurückgekehrt und verwandelte sich in Zorn auf diese Frau, die sich vor ihr brüstete und spreizte und so tat, als lebe sie nicht auf hauchdünnem Eis, als sei ihr Leben ein Fest und ihr Mann ein sicheres Fundament.

»Frau Breegen, sag so etwas nicht!« fuhr Ivana sie an, auf das Rohr des Staubsaugers gestützt, das Duzen war nicht als Respektlosigkeit gemeint, Sie und Du gerieten bei Ivana immer noch durcheinander, und Frau Breegen wußte das auch, aber das Du paßte jetzt natürlich besonders gut. »Ich stinke, Haare ungewaschen, den ganzen Tag gearbeitet, dicker Bauch – laß du mich in Ruhe!«

Frau Breegen wollte auffahren und eine scharfe Antwort geben, da fühlte sie sich von ihrem Mann an den Oberarmen gepackt und nachdrücklich aus dem Zimmer geschoben. Sie solle sich fertigmachen und Ivana weiterarbeiten lassen, das kam in unaufgeregtem Ton, der Widerspruch nicht duldete. Sie sah ihn verwundert an, während sein Blick, ausdruckslos wie stets, zu Ivana wanderte; auch sie schenkte ihm einen ausdruckslosen Blick, ließ aber ihre Augen länger in den seinen verweilen.

Zwölftes Kapitel

Der philosophische Augenblick

Nichts beglückender, als mit Winnie im Dunkeln auf der Markiesschen Büro-Terrasse zu sitzen und den Markiesschen Vertragschampagner zu trinken – es wurden übrigens zwei Flaschen, als ob da gleich zwei Verträge zu feiern und rituell zu fixieren gewesen wären, aber Winnie nahm das gelassen, es komme manchmal dazu, daß eine Flasche zu früh geknackt werde. Frau Markies presche gelegentlich vor und spreche von »Nägeln mit Köpfen«, wenn noch gar nicht ausgemacht sei, in welches Brett die betreffenden Nägel geschlagen werden sollten.

Nichts schwieriger, als von diesem Abend zu einem zweiten zu gelangen. Im titelsüchtigen Barock hätte man sich für Winnie die Anrede »Euer Unverbindlichkeit« ausdenken können, aber darin wäre keineswegs der Vorwurf der Kühle enthalten gewesen; diese Unverbindlichkeit schien aus einem geradezu demokratischen Gerechtigkeitswillen zu stammen, jedem Menschen in gleicher Weise entgegenzukommen, in bezaubernder Herzlichkeit, die eben nur keine Exklusivität begründete. Allenfalls, so stellte ich mir vor, wäre sie zu besonders unangenehmen Leuten noch ein bißchen herzlicher, um deren Mangel auszugleichen und ihnen dasselbe Wohlgefühl zu vermitteln wie den dafür empfänglicheren. So brachte ich es tatsächlich fertig, mich von ihr zu verabschieden, ohne ein neues Treffen auszumachen, ohne ihre Telephonnummer zu erfahren, ohne ihre Adresse auch nur zu erahnen. Vielleicht wohnte sie tatsächlich wie eine Meise in einem kleinen, ihrem Körper rundum wie ein Schmucketui angepaßten Nest – nein, da gab es ja die Tante, aber das war womöglich erst recht ein nur vorübergehender Aufenthaltsort. Ich ließ ein paar Tage verstreichen, bevor ich wieder in der Agentur Markies anrief. Mir war, als hätte jede andere Art der Annäherung, alles Absichtsvolle, Zielbewußte, sie geradezu von mir weggetrieben, als sei ihr nur willkommen, was sich ohne ihr Zutun und ohne fremde Strategie ereigne. Leicht fiel mir der Anruf nicht. Frau Markies selbst an den Apparat zu bekommen, das wäre mir durchaus peinlich gewesen, bei manchen Leuten kostet es einen mehr, Entschuldigungen entgegenzunehmen, als ihre Unverschämtheiten zu ertragen. Aber da schätzte ich die Dame falsch ein. Sie hatte nicht vor, Erklärungen abzugeben, so wie Gesellschaftsmenschen vermeiden, sich für kleine Rülpser zu entschuldigen und damit die anderen auf den Lapsus erst aufmerksam zu machen. Ich kam dazu noch von Wereschnikow und hatte auszustehen, was eigentlich ihm galt.

Sie war indessen nicht im Haus. Sie war für Anrufe meines Kalibers ohnehin meist nicht im Haus, aber das wortkarge, geradezu muffige Mädchen, das sich meldete, wußte nichts von Winnies Verbleib. Sie sei schon gestern nicht dagewesen. Sie wisse nicht, ob Winnie morgen wieder da sei – ihre Stimme suggerierte, ohne es auszusprechen, daß es in diesem Hause nicht geschätzt werde, nun jeden Tag nach Winnie befragt zu werden – Winnie werde gewiß anrufen, wenn sie dazu wieder in der Lage sei. Sie war jetzt wirklich von mir weggerückt, aus »Euer Unverbindlichkeit« war »Euer Unerreichbarkeit« geworden. Es gehörte doch sicher zu ihren Gewohnheiten, sich allabendlich bei den Jugend-Wasserlöchern der Stadt einzufinden. Ob sie gar damit rechnete, mir an solchen Orten alsbald wiederzubegegnen? Das wäre ein Kompliment für mich gewesen, denn für die Diskotheken fühle ich mich eigentlich zu alt, und als hungriger Wolf dort allein umherzustreifen hat in meinen Augen etwas Peinliches. Aber mein Eindruck von Winnie war sehr stark. Ich fühlte mich, wenn ich an sie dachte, als Figur einer Geschichte, von der nicht ganz klar war, wann sie begonnen hatte und wie weit sie gediehen war. Die Wand, vor der ich jetzt stand, verstimmte mich. Sie hinderte das Weiterfließen.

Die Vorstellung eines Weiterfließens unseres Lebens scheint uns notwendig zu sein. Wir wollen das, was wir erleben, als kausal nachzuvollziehende Entwicklung begreifen. Die vielfach getrogene, uns nie verlassende Hoffnung, das Zukünftige vorherzusehen, sie stützt sich auf diese Vorstellung ununterbrochener Entwicklung des Lebens; wie bei den Zahlenspielen der Intelligenztests, in denen es darum geht, eine Reihe scheinbar regellos aufeinanderfolgender Zahlen sinnvoll fortzusetzen, so wollen wir auch der Zukunft Herr werden. Und dabei ist der regelmäßige und vorhersehbare Verlauf der Ereignisse aufs höchste bedroht; das zeigen schon die trivialsten Miniaturunfälle, das Verschlucken zum Beispiel. Man sitzt in angeregtem Gespräch bei Tisch, man lacht und streitet, man genießt den Augenblick, das Leben lächelt, es wird immer so sein, dann eine winzige Unachtsamkeit, der Wein rinnt in die falsche Kehle und nun der Krampf, das Husten, die rot unterlaufenen Augen, das Zusammenströmen aller Gedanken nur auf den unbeherrschbaren Reiz in der Kehle – wenn man aus diesem Würgen nicht herausfände, dann stürbe man mit offenen Augen, ohne noch einen einzigen Gedanken an die liebsten Menschen zu wenden –, in vollständiger Wachheit müßte man sein Leben reduziert sehen auf einen keuchenden Kampf, in dem alle Freude vieler Jahre spurlos unterginge. Ich nenne solche Vorkommnisse, die den geplanten Ablauf schmerzhaft unterbrechen, manchmal auch beenden, »philosophische Augenblicke«. Jäh werden wir aus der Bahn unserer Phantasie auf den steinigen Boden der Wirklichkeit gestoßen, so heftig, daß das Denken, dies Verweilen in den Illusionen der Ordnung, aufhört und ein Fühlen an seine Stelle tritt, das im Schmerz jeder Täuschung ein Ende bereitet.

Geradezu ideal ereignete sich ein solcher philosophischer Augenblick, als ich ein paar Tage später auf dem Fahrrad zu einem Treffen mit Wereschnikow bei Merzinger fuhr. Das Fahrradfahren enthält für mich dies illusionsgesättigte Durchs-Leben-Gleiten in Perfektion. Alles Denken ist von sausender, Gegenwind erzeugender Bewegung begleitet, als setze es sich augenblicklich in ein Die-Lüfte-Durchdringen um; das Fahrradfahren enthält für mich das kleine Glück einer sanften, sogar gesunden Droge. Alles scheint zu gelingen, während ich, durch leichte, kaum spürbare Abschüssigkeit des Geländes noch beschleunigt, die Luft zerteile. Das war schon in der Schulzeit so, ich sehe mich zu Ferienbeginn mit einem sehr schlechten Zeugnis in der Tasche bei starker Hitze eine sich senkende Straße nach Hause flitzen und im Fahren wirklich glauben, ich hätte die fatale Situation ganz und gar in der Hand. Damals gab es leider keine Ruptur, die diese irrige Vorstellung beendete, sie durfte in den Untergrund des Lebensgefühls eintreten und sich verhängnisvoll in das Gewebe meines Wirklichkeitsbildes einflechten. Jetzt auf dem Fahrrad in lauer Luft mit wehenden Rockschößen war ich ganz der Kunstadministrator neuen Typus', der seine Geschäfte künstlerisch und die Kunst geschäftlich betrieb. Wereschnikow hatte mich vollständig eingeseift. Ich hatte alle Zweifel abgelegt und verfolgte mein Ziel, das ich in einem großen Zusammenhang aufgehoben wußte.

Nicht alles, was Wereschnikow mir vortrug, fügte sich zur Vollständigkeit. Es blieben da stets Lücken, bei denen sich das Nachfragen aber verbot, mir jedenfalls, dem Neophyten. Er steckte voller amüsanter Geschichten, ich erinnere mich an seine Aventüre mit einer marokkanischen Hure in Tanger, die er mit größtem Freimut zum besten gab: Wie sie nach einem Streit voller Zorn seine Kleider aus dem Fenster geworfen habe, nackt sei er gewesen, sie sei aus dem Zimmer gelaufen. Später habe man sich wieder versöhnt und es sei noch »sehr nett«, so wörtlich, geworden, eine »schöne Begegnung« – aber das für mich Entscheidende, wie er damals wieder an seine Hosen gekommen sei, das ließ er aus, in durchaus großer Romantradition nebenbei. Der Geschichte fehlte, vom streng Literarischen her betrachtet, nichts, aber dies war grundsätzlich der Stil seiner Darstellungen. Es blieb gleichsam immer offen, wie er wieder an seine Hosen gekommen sein wollte, das hatte sich der Zuhörer durch seine Weltkenntnis zu ergänzen. Und Weltkenntnis besaß ich ja, zumindest während ich von lauem Wind zärtlich gestreichelt auf dem Fahrrad dahinglitt.

Es gab jetzt einen niedrigen Bordstein zu überwinden, ihn schräg anzuschneiden, ich dachte: Das wird vielleicht doch etwas zu schräg, der Reifen könnte abrutschen, da war der Sturz schon da, im Detail mir nicht nachvollziehbar, das Fahrrad jedenfalls stand still und ich schoß über die Lenkstange hinweg, mit den ausgestreckten Händen und Knien über das sandpapierrauhe Kunststeinpflaster schrammend. Wie scharf der Traumfaden durchschnitten war, zeigte der Schmerz an, in den sich, nach einer sekundenlangen Benommenheit, das verwirrte Schuldbewußtsein mischte, das mit Stürzen häufig verbunden ist. Solange der Schmerz so stark ist, daß er das Denken verhindert, dauert unser Rendezvous mit der Wirklichkeit. Nicht lange also in meinem Fall. Passanten halfen mir auf, die Hose war überm linken Knie zerrissen und blutbefleckt, ein Menschenfreund telephonierte ein Taxi herbei, verstört und mit verzerrter Miene humpelte ich ins Krankenhaus, saß lange in einem tristen Flur, wurde schließlich geröntgt und mit dem ebenso beruhigenden wie auch inzwischen gar etwas enttäuschenden Befund entlassen, es sei nichts gebrochen, nur geprellt – wenn ich mich eine Woche schonte, sei alles wieder gut.

Gesegneter Blitzeinschlag auf meiner bornierten Fahrt durch die eigene Phantasie! Gesegnet jedes Detail dieses Unfalls, einschließlich der stumpfsinnigen Warterei auf dem Flur, während der Schmerz im Knie wie ein Uhrwerk pochte. Als ich mich hinkend zum Ausgang schleppte, mit gereinigter und gewickelter Kniewunde, auch die aufgerissenen Handinnenflächen waren gewaschen und verpflastert, kam mir Winnie entgegen.

Sie trug eine leichte Reisetasche, als hätte sie im Krankenhaus übernachtet. Oder kam sie anderswoher? Mir fiel ein, daß man in Frankreich solch ein kleines Übernachtungsgepäck Baise-en-Ville nennt, das gab mir einen kleinen Stich – wieso eigentlich? Mit welchem Recht wollte ich diesem kaum fünfundzwanzigjährigen Kind neiden, wenn es sich seinem Alter gemäß vergnügte? Sie war sehr blaß, die Schatten unter den Augen waren echt, aber sie sahen aus wie geschminkt in einem durchsichtigen Violett. Alles ergab sich ganz einfach. Ihr Mitgefühl bei der Schilderung meines Sturzes war so ausdrucksvoll, als sei mir soeben das Bein nicht verbunden, sondern abgeschnitten worden. Ich tat nichts, um ihre Sorge zu dämpfen. Es war ein schier überwältigendes Geschenk, sie nicht nur unverhofft wiederzusehen, sondern gleich auch in einem Höchstmaß von Anteilnahme zu baden. Sie begleitete mich nach Hause – nein, etwas anderes komme nicht in Frage, ich würde mir allein wohl kaum helfen können. Und es war wirklich nicht ganz leicht, die Treppe in den dritten Stock zu erklimmen, mit stocksteifem linken Bein, wobei das rechte gleichfalls angeschlagen war, aber ich hätte mich in ihrer besorgten Begleitung auch gern zehnmal die Treppen hinauf- und hinuntergeschleppt. Der Geruch von chemischen Putzmitteln auf der Treppe zeigte an, daß Ivana das Haus erst vor kurzem verlassen hatte. In meiner Wohnung roch es in diesem Sinn frisch, Sauberkeit mehr repräsentierend, als daß sie wie im Hause Breegen etwa wirklich hergestellt worden wäre. Ivana putzte bei mir vor allem die sichtbaren freien Flächen, wie um das südliche Mittelmeer herum auch beim Anstreichen vorgegangen wird, wenn der Weißbinder davon absieht, den Kalender an der Wand abzuhängen, sondern ihn statt dessen mit dem Pinsel großzügig umfährt, er bekommt dabei ein paar Farbspritzer ab. Ich glaubte, dieser Methode entnehmen zu dürfen, daß Ivana mich zu ihrer weiteren Verwandtschaft rechnete, und nahm sie als Freundschaftsbeweis, und auf den ersten Blick sah die Wohnung adrett genug aus, um Winnie zu empfangen, vor allem der Spülunrat war beseitigt. Sie fand in der Küche saubere Tassen und konnte Tee für uns machen, während ich mich aufs Bett legte.

Aufgebrochen war ich von hier zu großen Taten, heim kehrte ich in ein Lazarett, aber in Hochstimmung. Winnie lief zwischen Küche und Schlafzimmer hin und her, das Wasser kochte zu langsam, und sie wollte mit mir sprechen, sie war ungeduldig. Als erstes müsse ich die zerrissene Hose ausziehen. Sie helfe mir, das war jetzt vordringlich. Sie zog mir die Schuhe aus, die bei dem Sturz auch gelitten hatten und eine Ladung Schuhcreme brauchen würden, und dann sah sie mich erwartungsvoll an: Bitte, den Gürtel lockern und den Hosenbund öffnen, sonst kann ich die Hose nicht abziehen, sagte ihr Blick, ohne die leiseste Andeutung von Befangenheit, auch nicht krankenschwesterhaft, eher kindlich, wie sollte ein Mann, der die Knie nicht beugen konnte, denn sonst aus seinen Kleidern kommen? Ich hatte eine weite, rot-weiß gestreifte Unterhose an. Wenn ich sie gewähren ließ, würde es nicht zu irgendwie peinlichen Entblößungen kommen. Peinlich für wen? Für sie bestimmt nicht. Sie lachte, als sie mir die zerfetzte Hose von den Beinen zog. Die sei nicht zu retten, wenn ich mich nicht dazu entschließen könnte, große bunte Flecken auf die Knie nähen zu lassen, aber das sei nichts für mich – ich sei zu alt. Zu alt, aber daran liege es eigentlich nicht, das sei eher eine Typfrage. Ich sei ein Mann für – sie zögerte etwas, ein Bilderbogen schien vor ihr abzulaufen –, für Dunkelblau – sie sprach das »Dunkelplau« aus, ein Kinderwort. Wenn über einen selbst gesprochen wird, wird der Mensch hellwach. Sie hatte sich Gedanken über mich gemacht. Sie hatte versucht, meinen Stil zu analysieren, und obwohl ich, wie ich da vor ihr lag, keinen dunkelblauen Faden an mir hatte – die nackten Beine und die weiß- und rotgestreifte Unterhose waren inzwischen unter der Bettdecke verborgen –, hatte sie das richtige getroffen, Dunkelblau war reichlich unter meinen Pullovern und Anzügen vertreten.

Es ging mir gut, schier unvorstellbar gut. Es lag nicht nur am Tee, den ich halb sitzend, auf ein mir von Winnie in den Rücken gestopftes Kissen gestützt, in kleinen Schlucken schlürfte. Es war auch nicht das uralte Erlebnis allein, nach einem physischen Desaster, nach Schmerzen und Aufregungen schließlich in einem frischbezogenen Bett gelandet zu sein, gleichsam den rettenden Hafen erreicht zu haben, das Genießen eines Trostes, der so schön ist, daß aus dem Unglück ein Glücksfall wird, und es war auch nicht nur Winnies Gegenwart, dies unerwartete Himmelsgeschenk.

Ich war besonders disponiert, dies Gute und Beglückende recht eindringlich aufzunehmen. Der Arzt hatte mir gegen die Schmerzen ein braunes Fläschchen mitgegeben: »Ich bin gegen Schmerzen«, sagte dieser verständnisvolle Mann, wer wäre es nicht, aber nicht jeder Arzt ist dann doch bereit, etwas wirklich Wirkungsvolles herauszurücken. Er vertraute mir offenbar und hielt mich nicht für suchtgefährdet, was vielleicht ein wenig unbedacht war, denn was die Tropfen mir bereiteten, das war so beseligend, daß man darüber nachdenklich werden könnte. Ich befand mich in Hochstimmung. Die starken Schmerzen klangen nicht eigentlich ab, aber meine Laune wurde so überschwenglich, daß ich mich wie ein Herkules fühlte, der noch ganz andere Schmerzen ertragen könnte, ohne daß sich das olympische Licht in ihm trübte.

Und Winnie war von meiner Stimmung längst angesteckt. Man könnte sagen, sie verdoppelte deren Schwung. Es war ein Tag mit hellem Sonnenschein, das Licht fiel durch die frischgeputzten Scheiben, als sollten wir von Scheinwerfern angestrahlt werden. Wir beide befanden uns in einem Rausch des Vertrauens und der Vertraulichkeit. Wir übersprangen mehrere Stationen, die bei der Entwicklung eines Verhältnisses zwischen Mann und Frau üblicherweise passiert werden müssen. Die Phase der Spannung lag schon hinter uns, hinter mir jedenfalls mit den Tropfen aus dem braunen Fläschchen im Blut, und hinter ihr doch wohl auch, sie gab mir dafür unversehens einen eindeutigen Beweis.

Der Zufall, daß wir uns heute im Krankenhaus begegnet seien, liege rein auf meiner Seite, nicht auf der ihren. Sie sei keineswegs überraschend oder sogar zufällig dort gewesen, sondern seit langem geplant. Sie hatte sich zu mir aufs Bett gesetzt, lehnte gegen das Fußteil, ihre nackten Füße, die verblüffend klein waren, standen nebeneinander wie ein Paar Schuhe, die im Hotel zum Putzen vor die Tür gestellt sind, auf der Höhe meiner Hüfte. Ich mußte die Hände über dem Bauch falten, um dem übermächtigen Wunsch zu widerstehen, diese Füße zu streicheln und mit ihren Zehen zu spielen, wobei sie vielleicht gar nichts dagegen gehabt hätte, es lag so nahe. Ihre Füße waren ein zerbrechliches Spielzeug, die Sohlen vom Straßenstaub ein wenig angegraut, was aber für mich den Eindruck von grundsätzlicher Frische und Reinlichkeit noch verstärkte, ich war jetzt schon ziemlich weit davon entfernt, in meiner Wahrnehmung unbestechlich zu sein.

Regelmäßig müsse sie sich in diesem Krankenhaus einfinden, alle drei Wochen genaugenommen, wenn nicht ein Anfall dazwischenkäme – dann natürlich sofort. Sie sprach das mit völliger Gelassenheit aus, sogar bescheidenem Stolz, daß ihr so viel Aufmerksamkeit gewidmet werde. So hätte das Mitglied eines exotischen kleinen Volkes einem Ethnologen dessen besondere Sitten und Gebräuche erklären können, die, allen anderen Völkern unbekannt, gerade die höchste Verdichtung der kleinen nationalen Eigentümlichkeit darstellen – etwas Schönes, ohne welches das Leben ärmer wäre. Sie sei herzkrank auf die Welt gekommen. Es habe einen Streit zwischen den Eltern darüber gegeben, ob man sie sofort hätte operieren lassen müssen, der Vater war dafür, die Mutter strikt dagegen. Sie hatten damals auf einem Hausboot in Amsterdam gewohnt, sie habe daran nicht die blasseste Erinnerung – das war für sie ein Grund zum Gelächter, nicht beschreiben zu können, was man mit eigenen Augen gesehen hat. Aber sie hatte schon an so vielen Orten der Erde gelebt. Die Eltern waren unruhig, solange sie zusammenblieben, und zogen von Kalifornien nach London, von Rom nach Island, der Vater war Musiker gewesen – »aber nicht mit Instrumenten, er hat nur mit dem Tonband gearbeitet, Geräusche sammeln, das war seine Sache« –, vor zehn Jahren sei er gestorben, da seien die Eltern aber schon getrennt gewesen. Die Mutter habe den Tod gar nicht richtig mitbekommen. Sie sei sehr krank – »Sie hat Angst vor mir«, auch das war für sie ein eher erheiterndes denn beunruhigendes Faktum. Die Welt mußte sich anders als sonst in Menschenköpfen in einem Kopf malen, der Angst vor ihr hatte. Mir war, als wolle sie sagen: Wer so wenig Angst hat wie ich, der macht auch keinem anderen Angst – ein nicht wirklich zwingender Schluß, aber für sie gehörte das wohl zusammen.

Es werde mit dem Herzen leider nicht besser, eher schlimmer. Die blauen Lippen kämen daher, sie müsse sich gar nicht anmalen. Als blau empfand ich die Lippen nicht, für mich waren sie grau, von durchscheinender Farblosigkeit, als Kunsthistoriker hätte ich vom grauen Inkarnat Botticellis gesprochen, Winnie war hellgrau-florentinisch-frühlingshaft. Ihre Füße – wie konnte man auf solch kleinen Füßen stehen? –, die ich hin und wieder doch streifte, um nicht dauernd wie auf einem Katafalk dazuliegen, waren kühl wie polierter Stein.

»Ich werde nicht alt«, sagte sie verträumt, als wolle sie sagen: Ich fahre nächste Woche nach Paris. Es führe nichts um eine Herztransplantation herum, habe der Arzt gesagt, ein berühmter Arzt. Die reichen Chinesen und Araber und Russen reisten zu ihm, in seinem Wartezimmer saßen erstaunliche Leute. Einmal habe auf dem Mäuerchen neben der Krankenhaustreppe ein düsterer alter Inder gehockt, seine Mütze neben sich, sie habe ihn für einen Bettler gehalten und sie gebe jedem Bettler etwas – jedem! Das sei ihr Prinzip, es sei ihr vollständig gleichgültig, was die Leute damit machten, sie finde, das gehe einen nichts an! Aber dieser Inder schimpfte über die Mark in seiner Mütze, und da glitt auch schon eine große Limousine heran, und der Fahrer näherte sich eilfertig, um seinen Herrn in den Wagen zu setzen. So alt wie dieser Inder werde sie nicht einmal mit einem neuen Herzen. Der Arzt spreche offen mit ihr. Sie könne gut mit der Wahrheit umgehen – an dieser Redewendung erkannte ich das Zitierende, das »mit der Wahrheit Umgehen« hatte sie woanders gehört, die Betulichkeit dieser Formel entsprach ihr nicht, aber sie übernahm, was sie von respektablen Personen hörte, in aller Unschuld. Wenn klügere und erfahrenere Menschen so sprachen, dann machte sie nichts falsch, wenn sie es ebenso tat. Sogar wenn Winnie plötzlich eine Kalenderblattweisheit zitierte – »Du bekommst immer zurück, was du gibst« –, die die Moral mit einem gefühlvollen und zugleich selbstgerechten Kalkül verband, eine original kommerzielle Maxime, die ihr so fremd war –, sie dachte doch keinen Moment daran, irgend etwas zurückzubekommen, wie sie auch gar nicht fand, daß sie überhaupt etwas gegeben hätte –, verwandelte sie das in etwas Lustig-Appetitliches, gänzlich Unpeinliches, als spreche sie von einem Spiel mit seinen vertrackten, aber unterhaltsamen Regeln. Aber was sie nicht bekommen wollte, sosehr der Arzt dazu riet und es, wie sie sagte, sogar schon »bestellt« habe, das war ein neues Herz. Bei aller Ehrfurcht für die Einsicht von Autoritäten, die sie niemals angezweifelt hätte, war ihr die Vorstellung, ihr untaugliches Herz aus der Brust geschnitten zu bekommen und das Herz eines Toten an ihre verwaisten Arterien und Venen nähen zu lassen, geradezu unerträglich.

»Das mache ich nicht«, das war gänzlich unexpressiv, in gelassener Sicherheit gesprochen. Sie wisse von einem Mann, der eine fremde Hand angenäht bekommen hätte, wie ein Obstbaum okuliert wird. »Er hat diese Hand nach einer Weile wieder abnehmen lassen, weil sie ihm fremd geblieben ist – die Hand, das ist ein Teil der Seele, vielleicht sogar der Sitz der Seele« –, sie hielt ihre ovale, ein wenig verfrorene Kinderhand in die Höhe, als wolle sie mit ihrer Seele winken, es war in diesem Augenblick evident, daß ihre Seele jedenfalls gelegentlich in den Händen Wohnung nahm – »nein, meine Schrift ist kein Beweis dafür«, das beschämte sie ein wenig, sie habe gar keine Schrift, habe niemals mit der Hand geschrieben und jetzt sei es zu spät. Aber wenn dieser unglückliche Mann die Fremdheit der angenähten Hand so stark empfunden habe – was solle dann erst bei einem fremden Herzen geschehen? Und ein Herz lasse sich nicht so einfach wieder entfernen wie eine Hand – wenn das fremde Herz ihr zur Bedrohung würde, liefe doch eigentlich alles auf eine Schlachtung hinaus. Im übrigen habe sie so etwas Ähnliches wie eine Schlachtung schon hinter sich, beinahe wäre es schiefgegangen. Wie sie da vor mir saß, mit leicht angezogenen Knien, ein Besuch im Bett wie zu Schülerzeiten, ein argloses Zueinanderkriechen, kreuzte sie plötzlich die Arme, ergriff den Saum ihres Hemdchens und hob es bis über die kleinen weißen Brüste in die Höhe; zwischen den Brüsten mit ihren kirschgroßen, scharf abstehenden, im Gegenlicht geradezu schwarzroten Warzen lief eine lange bläulichviolette Narbe. Ihr Brustkorb mußte aufgesägt und regelrecht aufgeklappt worden sein. Sie war behandelt worden wie einst eine mit Sägespänen gefüllte Puppe beim Puppendoktor. Daß ein Mensch eine solche Mißhandlung lebend überstand, war eine grausige Vorstellung. Sie senkte die Augen und den Kopf und betrachtete mit mir gemeinsam die schreckliche Narbe, bevor sie das Hemdchen wieder herunterzog. Die Operation habe ihr überhaupt nichts ausgemacht. Schmerzen ertrage sie gut, und Angst vor dem Tod habe sie nicht, obwohl es nah daran gewesen sei. Sie finde nichts so lächerlich wie Leute, die immerfort Furcht vor Ansteckung und dem Krankwerden hätten, diese Japanerinnen, die mit Mundschutz durch Europa liefen, wie komisch seien die doch eigentlich.

»Meine Eltern waren an jedem Morgen wie eben auf die Welt gekommen. Die Erinnerung an den Tag davor war ausgelöscht. Sie hatten alle Verabredungen, alle Vereinbarungen, Einladungen, Pflichten wieder vergessen, manchmal auch mich.« Vorbildlich wolle sie das nicht gerade nennen, obwohl es Vorbild für sie geworden sei. Es gibt einen einzigen Tag, und der ist jetzt, nichts davor und nichts danach, so empfinde sie. Ich dachte an die Möglichkeit, daß ein Tag sich dehnte und monate- und jahrelang dauerte, ein Leben lang, während es immer derselbe Tag sei; wohl auch eine Wirkung der Tropfen aus meinem braunen Fläschchen.

Dreizehntes Kapitel

Die Machtergreifung der Krähen

Vom Standpunkt der Putzfrau war die Wohnung des Doktor Glück unübertrefflich, obwohl sehr groß, aber eben auch beinahe leer und ganz mit einem Teppichboden in Dentistenrosa ausgelegt, den zu staubsaugen Ivana eine Freude war. Sie zog mit dem Luxusstaubsauger von Doktor Glück – bei solchen Sachen wählte er grundsätzlich das teuerste Modell – regelrechte Straßen durch die weiten möbellosen Felder und freute sich daran, wenn die unterschiedlich gelegten Härchen des Velours nach dem Saugen ein Streifenmuster wie auf dem neuen Rasen eines Fußballplatzes entstehen ließen. Deswegen riet sie Doktor Glück auch stets davon ab, den Boden, den er vom Vormieter für viel Geld hatte übernehmen müssen, herausreißen zu lassen. Glück fand ihn scheußlich, aber seine Abneigung war schwächlich, ohne echten Vernichtungsfuror. Wenn er ihn gleich vor dem Einzug hätte entfernen lassen – darunter quietschte ein schöner alter Parkettfußboden –, dann wäre das eine bei aller Geldverschwendung doch weitgehend schmerzfreie Trennung gewesen, aber jetzt noch einmal die Kraft zu einer solchen Entscheidung zu finden, sah er selbst als unwahrscheinlich an. Und Ivana nahm die gelegentlichen Ankündigungen, der Boden müsse eigentlich heraus, längst nur noch rituell. Wozu brauchte der Mann diese Riesenwohnung? Ivana wußte es nicht. Sie sah Glück selten, meist nur ein paar Minuten, wenn er ausnahmsweise schon um sieben nach Hause kam. Sein Kühlschrank war leer, bis auf eine Champagner- und eine Ginflasche. Die Küche wurde wenig benutzt. Wenn

Ivana kam, drängten sich meist nur ein paar gebrauchte Kaffeetassen und Gläser in der Nähe des Spülbeckens. Es lohnte kaum, die Spülmaschine anzustellen. Das Saugen, so lustvoll es war mit seinem erstickten Geheul, beanspruchte sie nicht lange. Länger hatte sie mit Hemdenbügeln zu tun, einer ungeliebten Arbeit, bei der sie ein wenig mogelte, nicht das ganze Hemd in gestärkte Glätte verwandelnd, sondern vor allem Kragen, Manschetten und Brust, und Glück beschwerte sich nicht. In seinem Schlafzimmer gab es einen Kamin, darin lag gelegentlich Asche. Wenn Doktor Glück nachts einen Film im Fernsehen sah, machte er sich dazu im Winter gern ein Feuer. »Eigentlich unnötig«, sagte er sich: entweder fernsehen oder ins Feuer gucken, aber er fühlte sich zum Feuermachen geradezu verpflichtet, weil der Kamin einen beträchtlichen Aufpreis auf die Miete bedeutete. Geizig war er wahrlich nicht, aber etwas nicht zu benutzen, das er bezahlt hatte, das wäre ihm auch nicht recht gewesen.

Es geschah nicht oft, daß Ivana in der Wohnung Spuren fand, die vermuten ließen, Herr Doktor Glück habe nicht allein übernachtet. Sie registrierte solche Spuren ohne Neugier. Frauen, die sich auf eine Nacht mit Doktor Glück einließen, waren ihr unverständlich – was sollte das? Immerhin schuf Glück sich bei ihr dadurch Respekt, daß er seine Damen-Gäste offenbar mühelos wieder aus dem Haus bekam. Glück war in Ivanas Augen kein schlechter Mann, ein brauchbarer Mann, ein Mann halt, von ihr aus sogar ein gutaussehender Mann, obwohl das unwichtig war, jedenfalls hatte er keinen Buckel und hinkte nicht, was mehr war zu erwarten? Die Hinkenden mußten nebenbei auch nicht übel sein. Dies Alleinleben in der leeren Wohnung ließ darauf schließen, daß Glück drohte, irgendwann zum Opfer zu werden. Irgendeine Frau würde bleiben wollen. Dieser reichliche Leerraum saugte doch notwendig Frauen an. Schade wäre das. Einer Frau, die bei

Doktor Glück bliebe, würde Ivana sich ungern unterordnen, das sah sie ganz deutlich.

Der Staubsauger fuhr an einer langen Reihe auf dem Boden stehender Kupferstiche entlang; Glück war fünf Jahre in England gewesen und hatte sich dort eine Napoleonica-Sammlung zugelegt; Bonaparte zu Pferd, Bonaparte zu Fuß, Bonaparte als Jüngling mit wehendem Haar, Bonaparte mit dickem Bauch. Dieses Sammeln hatte ihn einmal angeregt. Es war ihm von einem Kollegen geraten worden, etwas zu sammeln, das befriedige ungeheuer, und tatsächlich empfand er es eine Weile als Pflicht, in Antiquitätengeschäften und Versteigerungskatalogen nach Napoleon-Blättern zu suchen und sie zu kaufen, was immer sie kosteten, richtig teuer wurde das selten. Warum Napoleon? Falsche Frage: Es fiel ihm kein anderes Objekt des Sammeltriebs ein. Er war phantasielos, so hätte er selbst es, in der schnellen Bereitschaft, Vorwürfen zuzustimmen, eingeräumt.

Inzwischen war der Sammeltrieb von ihm abgefallen. Er sah die gerahmten Napoleonsköpfe an wie eine fremde Hinterlassenschaft. Die Frau, die gestern abend mitgekommen war – eine schwedische Stewardeß, die früh zum Flughafen aufbrechen mußte, es lohnte sich für sie kaum, ins Bett zu gehen –, hatte ihn geradezu aufgezogen: Warum immer derselbe Mann? Mindestens sechzig Mal derselbe Mann? Was hatte er bloß mit dem vor? Verkaufte er etwa solches Zeug? Für Ivana waren die Bilder unsichtbar im strengsten Sinn des Wortes. Sie sah ihren Rahmen, sie erkannte, daß es Tafeln waren, aber sie hätte auf der Folter nicht angeben können, was darauf abgebildet war, diese Information schnitt ihr Hirn sauber weg, und zwar restlos. Es ging sie nichts an. Sie erachtete die Bilder für Gegenstände, die ihrer Erfahrungssphäre nicht angehörten, und zwar so wenig, daß ihr Urteil darüber: schön oder häßlich, brauchbar oder unbrauchbar, ohne Interesse war, einfach nicht griff, und damit wurde aus der multiplen Korsenwiederholung ein Nichts. Manchmal stieß sie mit dem Staubsauger dagegen. Manchmal fiel ein Bild um. Eine Glasscheibe war bereits zersprungen, daran war Doktor Glück schuld. Warum hängte er das Zeug nicht auf? Es waren doch Aufhänger dran. Er beschwerte sich im übrigen nicht. Nahm er selbst seine Napoleons noch wahr?

Die Wohnung lag im ersten Stock einer älteren Villa in einer engen Seitenstraße mitten im Stadtzentrum. Von ihrem hinteren Balkon blickte man in einen großen Garten mit hohen alten Bäumen, nichts Überraschenderes war vorzustellen. Diese grüne Kaverne mitten in der Stadt hatte etwas vom Land hinter den Spiegeln, das die englische Alice betreten hat und aus dem sie heil zurückkehrte. Eine zweite Topographie, auf dem Stadtplan nicht ablesbar, schien hier ein anderes Raumgesetz geschaffen zu haben. Hinter der Häuserfront war das Gartenland gleichsam aufgeblasen. Doktor Glück betrat diesen halbverwilderten Garten selten. Meist blickte er von seiner Terrasse auf ihn hinab. Mit der Stewardeß hatte er hier oben ein mitternächtliches Mahl gehalten. Die roten Hummerschalen und leeren Flaschen standen noch auf dem Tisch, die Stewardeß war kein häuslicher Geist und hatte nichts hineingetragen, und Doktor Glück dachte ohnehin nicht an dergleichen. Auch was sonst geschehen war, ließ sich rekonstruieren, zum Teil jedenfalls. In Doktor Glücks Bett fand sich zwischen den Laken ein hübsches Spitzenunterhemdchen, während Glücks Pyjama im Wohnzimmer auf dem Sopha in ein kariertes Plaid hineinverwickelt war. Armer Doktor Glück, nicht einmal in seinem eigenen Bett hatte er erwachen dürfen. Die hallende Leere der Räume hatte keine Insel der Harmonie umschlossen, sondern die beiden Menschen auseinandertreiben lassen.

Auf dem Balkongeländer saßen zwei große Krähen, in den darunterliegenden Geländerstangen drei weitere. Sie sahen aus wie schwarze Noten auf Notenlinien, ein musikalischer Mensch hätte eine kleine Melodie danach summen können. Ivana war vollständig unmusikalisch, schätzte Musik auch nicht besonders, hörte niemals zu und konnte deshalb keine Melodien unterscheiden. Melodien fügten ihrem Leben nichts hinzu. Aber Krähen sah sie nicht so gleichgültig an. Krähen verabscheute sie. Freche, böse Vögel, häßliche, gemeine Vögel. Furchtlose Vögel, das war besonders verwerflich. Wenn Ivana sich näherte, gehörte es sich für ein Tier, Angst zu haben. Doktor Glück hatte auf dem großen Balkon, der zum schwarzen undurchdringlichen Garten hinausging, mit seiner Stewardeß ein nächtliches Picknick gehalten. In einer warmen Sommernacht war dieses Sitzen und Trinken im Freien sein bevorzugtes Vergnügen. Er brauchte dann, wenn er allein war, nicht einmal eine Kerze. Der Himmel blieb zwar dunstig schimmernd, richtig rabenschwarz wurde es mitten in der Stadt nie, selbst die Sterne hatten es schwer, ihr Gefunkel gegen die Großstadtlichtüberschwemmung durchzusetzen, aber der Garten versank ins Geisterhafte, die Büsche nahmen menschliche Formen an, als lauere dort unten in der Stille eine kleine Banditenschar, und dabei war es doch nur ein starker Kater, der dies Dschungelparadies durchstreifte.

Wie immer das nächtliche Mahl geendet hatte, jetzt sahen seine Spuren wüst, ja abstoßend aus. Die Sektgläser waren umgefallen, eines zerbrochen, der Brotkorb enthielt ein paar unappetitliche Reste, eine rosa Sauce war über den Tisch geschmiert, und Hummerschalen lagen weithin auch über den Boden zerstreut, als habe Glück mit der Faust daraufgehauen und den Hummer ringsum wegspritzen lassen, und das hatte er, bei all seinem stets aufs neue verblüffenden Ungeschick, mit dem er etwas zu sich nahm – eine Tasse Tee mit Zucker zu trinken wurde bei ihm schnell zu einer klebrigen Kleckerei –, denn doch nicht getan, und die Stewardeß war beim Herauslösen des Fleisches sogar besonders geschickt gewesen und hatte sich genießerisch die Fingerspitzen geleckt. Nein, diese Verwüstung war das Werk der Krähen, die unter dem Schirm der artenschützenden Stadtregierung jeden natürlichen Feind verloren hatten und zu einem kraftvoll rohen Volk herangewachsen waren. Keine Singvögel zwitscherten mehr lieblich, keine Sperlingswolken flogen mehr auf wie in die Luft geworfene Konfetti, jetzt regierte das böse sägende Krah-Krah, mit dem schlimmen Rabenrat: Cras, Cras – verschieb auf morgen, was du Gutes tun willst, heut sei noch einmal das alte verkommene Schwein!

Der Kopf einer solchen Krähe schien nur für den gefährlichen Hackschnabel dazusein, klein und dumm mit schwarzen Rattenaugen, der Schnabel dafür aber ein großes geschliffenes Mordinstrument in der Hornscheide eines Dolches. Ivana vergaß nie, wie sie zu Hause in Bosnien Zeuge geworden war, als sechs hühnergroße Krähen ein junges, beinah nur aus entsetzten Augen bestehendes Kätzchen totgehackt hatten. Das steckte in diesen Vögeln. Eben noch sahen sie aus, als hätten sie gar keinen Körper, seien aus schwarzem Papier geschnitten, ein krähenförmiges Loch in der Landschaft, durch das die Kohlenhölle, die hinter allem verborgen war, hervorsah, aber dann fiel das Licht anders auf ihr Gefieder und sie offenbarten ihre schwere proletarische Körperlichkeit, das schmutzig erscheinende Federkleid, an muffige, verschwitzte Wäsche gemahnend, und eine Kraft, die sie befähigte, ein Kind jedenfalls gefährlich zu verletzen. Ivanas Bruder trug noch heute an Brust und Stirn helle Narben, die ein Krähenschnabel, der über den Waschkorb mit dem schlafenden Zweijährigen gekommen war, geschlagen hatte.

Doktor Glücks Wohnung mit dem weiten baumbeschatteten Garten – die alte Blutbuche war ein Naturwunder –, umschlossen von hohen Mauern und geschmiedeten Gittern, eine

Enklave luxuriöser Abgeschiedenheit, lag mitten in der Stadt, war aber zur Luft hin selbstverständlich offen, nicht unter einer Kristallglasglocke und damit den Angriffen gemeiner Eindringlinge von oben schutzlos ausgeliefert. Im übrigen kennt jedes Reservat ungeschützte Stellen, von denen aus es erobert werden kann; und dann sind erfahrungsgemäß die unzuverlässigsten Faktoren die Bewohner selbst.

Ivana machte eine scheuchende Bewegung mit dem Staubsaugerrohr, aber die Krähe blieb sitzen, plump auf der Stuhllehne balancierend, auf die sie häßlich schwankend herübergehüpft war. Man sah es ordentlich: Der kleine Kopf war bis zum Rand mit vulgärer Berechnung ausgefüllt. Die Krähe schätzte die Wahrscheinlichkeit, daß Ivana die Balkontür öffnete und einen Schritt auf sie zutat, genau ein und würde in ihrem ungraziösen, an ein aufgezogenes Spielzeugtier erinnernden Hüpfer nicht weiter weghüpfen als unbedingt erforderlich, und wenn sie schließlich schwerfällig, die Flügel wie feuchte Putzlumpen schwenkend, ein paar Meter davonflog, lag in diesem gleichsam schlurfenden Abgang so viel Verachtung, als wisse sie, daß Ivana keine Schrotflinte griffbereit halte.

Bauz, unversehens traf etwas Leichtes, Hartes Ivanas Stirn. In der Regenrinne über ihr hockte eine Krähe, die sich mit ihrer Beute dort beschäftigte. Eben hatte sie die leergesaugte Hummerschere fallen lassen. Leuchtend rot lag sie zu Ivanas Füßen.

In diesem Augenblick begann eine übermütige, hochfidele Musik die Luft zu erfüllen, mexikanisches Zirpen, Steelband-Klingeln, Brass-Akkorde, volltönend, üppig, der plötzliche Einbruch unbekümmerter Partystimmung, ziemlich laut. Ivana stutzte einen Augenblick, in dem es unverdrossen weiter rappelte, summte und brauste. Sie war noch nicht an ihren neuen Signalton gewöhnt. Das kleine Telephon steckte ihr im Hosengürtel. Ein Knopfdruck, und das Übermutsdudeln verstummte. Statt dessen in raumloser Ferne, aus echolosem, fensterlosem Irgendwo die schlechtgelaunte Stimme ihres Mannes. Er war auf seiner Baustelle, aber er klang, als sitze er in einem Betonschacht unter Neonlicht.

Vierzehntes Kapitel

Unter Männern

Daß Rotzoff bei Merzinger grundsätzlich nicht bezahlte, war, wie man gesehen hat, so selbstverständlich auch wieder nicht. In der Politik wie im Leben der kleinen Leute gilt, daß um Selbstverständlichkeiten gelegentlich gekämpft werden muß, und dazu war Rotzoff fähig und bereit und hatte inzwischen seinen Etappensieg errungen. Und mußte etwas tun, um die neue Sicherheit zu bestätigen, etwas, was das Personal von Merzinger verblüffte. Er lud nun ein – niemanden vom Ecktisch wohlgemerkt und auch das große schöne Mädchen nicht, das ihn ohnehin immer nur abholen kam und oft genug wieder weggeschickt wurde, er sei noch »beim unwiderruflich vorletzten Glas« – sie nahm das nie übel und drängte auch nicht, wie andere Frauen das zu tun pflegten – ich konnte mir bei ihrer demütig-heiteren Leidensbereitschaft sogar vorstellen, daß sie vor der Tür im Auto wartete. Er hingegen trat neuerdings öfter in Begleitung eines kleinen südländischen Burschen auf, mit knabenhaft schmalem Körper, aber großem, markantem Kopf, etwas stechenden schwarzen Mauseaugen und einem wilden Haarschopf, der bei genauerer Betrachtung – ich saß ihm einmal länger gegenüber – aber so wild nicht war, sondern eine kunstvolle Schöpfung von Sprays und Bürsten. Der Kleine hieß Tomislaw und behauptete in lupenreinem, sogar gewähltem Deutsch, völlig akzentfrei, aus Montenegro zu stammen, war aber höchstwahrscheinlich in Deutschland geboren, womöglich gar mit deutschem Elternteil. Er verschmähte Bier mit ironischem Ekel, nahm vom

Wein nur einen mißtrauischen kleinen Schluck und bestellte dann Whisky. Rotzoff sah ihm bei solchem Prüfungsgehabe amüsiert zu, er hatte Freude an der ausgestellt anspruchsvollen Ungeniertheit seines Gastes. Sonst war es Rotzoff, der andern über den Mund fuhr, hier entdeckte er, in sozusagen noch unschuldiger Frühform, eine souveräne Attitüde, die die seine noch übertraf, weil sie ohne die Gereiztheit, ja Übellaunigkeit auskam, mit der Rotzoff seinen Platz in der menschlichen Gesellschaft behauptete. Tomislaw war frech, aber er strahlte dabei, als habe die ganze Welt glücklich zu sein, von ihm belehrt und benutzt zu werden.

An dem Vormittag, an dem ich Merzinger betrat, saßen die Herren in Blickrichtung auf den großen Fernsehschirm, auf dem das Spiel vom letzten Abend stumm noch einmal ablief. Gestern hatte es helle Haufen in das Lokal gezogen, in seiner Lautlosigkeit jetzt besaß es etwas Schattenhaftes, das Mark der Aktualität war ihm ausgesogen, und das Wissen, wie die Sache ausgegangen war, ließ die Wiederholung als Bestrafung der Verlierer wirken. Rotzoff und sein junger Gast saßen sich gegenüber und warfen nur gelegentlich einen gleichgültigen Blick zu dem Hin- und Hergelaufe auf dem starkfarbig grün leuchtenden Grasteppich. Beide telephonierten mit gedämpften Stimmen, Rotzoff gelegentlich scharf werdend, Tomislaw eigentümlich tonlos, als habe er nur ein paar knappe Kommandos zu geben, und beide hatten zugleich Zeitungen vor sich, die sie, während sie ihrem fernen Gegenüber lauschten, langsam durchblätterten, selten fand ein Artikel die Gnade ihres Interesses. Was hätten sie in ihrer kostbaren Zeit noch unterbringen können, damit jeder Lidschlag wirklich alles an Information aufnahm, was ihm geboten wurde – die Zeile: »Trinkt, o Augen, was die Wimper hält / von dem goldnen Überfluß der Welt«, hier wurde ihr gehorcht, und da war es gar kein Überfluß mehr, sondern gerade genug, um die trainierten Sinne von Lehrer und Schüler zu unterhalten. Ja, Rotzoff hatte seine pädagogische Neigung entdeckt. Er wollte in gelehrigem Nachwuchs blühen.

Das stille Spiel ging dem Ende entgegen. Die Kamera folgte einem eleganten Athleten mit spiegelblank geschorenem Schädel, der nachdenklich dem Rand des Spielfelds zuschritt, ein Mann, der seine Arbeit und mehr als das getan hat und sich um Lohn und Anerkennung nicht schert, das war in seiner titanenhaften Einsamkeit um so eindrucksvoller, als die Hauptlast des Sieges auf ihm gelegen hatte. Im Hintergrund sah man die Massen der Erregten – so laut sie schrien, kein Ton drang aus den offenen Mündern –, er hingegen war ein Unbewegter, seinen Gedanken hingegeben, nicht mit dem eben glanzvoll absolvierten Spiel befaßt, sondern mit etwas Tiefem, bis zum Grund seiner Person Reichenden. Lässig tänzelnd näherte sich ein Spieler der Gegenpartei, mit dickem schweißnassen Haar, und legte ihm brüderlich den Arm um die Schulter; der kahle Athlet schien das gar nicht zu bemerken. Er wandte nicht den Kopf. Es war, als ob der andere ein Denkmal aus dunkler Bronze umhalse. Er wollte dem Helden ans Ohr heran, er wollte dort hineinflüstern, es sah aus wie die Mitteilung einer Zärtlichkeit vor hunderttausend Augen. Der Athlet versuchte, seinen Kopf wegzudrehen, aber der andere ließ ihn nicht aus: Was er auf der Zunge trug, das sollte unbedingt in die Ohrmuschel des Helden hinein. Die Kamera wich nicht von der kleinen Szene, und so sah man denn auch – gestern abend hatte der ganze Merzinger-Saal geschwirrt und war nicht zur Ruhe gekommen –, wie der Kahlkopf plötzlich einen Schritt nach vorn tat, sich auf dem Absatz drehte – man sagte ihm nach, er könne auf einem Bierdeckel Fußball spielen –, er stand dem Kerl, der ihm sein Geheimnis aufdrängen wollte, jetzt gegenüber, der stutzte, schief lächelnd, der kahle Kopf senkte sich auf die Höhe des Nabels des anderen hinab und stieß nach vorn – eine mühelose, sichere Bewegung, es war, wie wenn ein Meister den Golfball ins Loch weniger schlägt als schiebt. Welche Kraft dieser Stoß hatte, war nur an dem anderen zu sehen: Dessen Gesicht verzerrte sich, er brach zusammen und wälzte sich gekrümmt im grünen Samt.

»So läuft das bei euch«, Rotzoff hatte sich den in seiner Kräfteökonomie perfekt graziösen Stoß, seinen Telephonaten zum Trotz, doch noch einmal aufmerksam angesehen. »Ich könnte das immer wieder sehen, wie die Sprengung von großen Häusern.«

Tomislaw hatte ebenfalls zugeschaut: »Bei uns läuft das keineswegs so. Wer bei uns die Mutter beleidigt, wird mit der rostigen Geflügelschere entmannt.« Das war ihr Spiel, wie ich bald begriff. Tomislaw war zugefallen, Rotzoff beständig zu überbieten, und das gelang ihm an diesem Vormittag jedenfalls ohne Anstrengung.

Was hatte ich an einem Tisch mit Rotzoff zu suchen? Es war nicht immer zu vermeiden, in seiner Nähe Platz zu nehmen, und es verbot sich dann, ostentativ Abstand zu wahren, könnte ich sagen und mich meiner Behutsamkeit im Umgang mit Menschen rühmen. Ehrlicherweise muß ich etwas anderes zugeben. Ich habe meine geradezu abergläubische Beklommenheit ihm gegenüber erwähnt. Ich wünschte, daß er über mich nicht schlechter sprach und dachte als über viele ihm gleichgültige Leute auch – gut kam ja ohnehin keiner bei ihm weg, aber zu dem Kreis derer, denen seine Verfluchungen galten, wollte ich keinesfalls gehören. In diesen Malediktionen lag eine Kraft, das konnte mir niemand ausreden. Und es kam noch etwas hinzu – verblüffend genug, denn meist ist die Angst das am besten versteckte Motiv: Es zog mich manchmal geradezu hin zu ihm, dann lauschte ich seinen Reden wie gebannt. Er weckte in mir eine üblicherweise schlafende Seite, die empfänglich war für sein Bramarbasieren. Ich stand, wenn ich um mich sah, wahrlich nicht allein. Wer sich nicht zu unverbrüchlicher Rotzoff-Feindschaft durchgerungen hatte – das waren dann doch meist nur die Wirte, da siegte die ökonomische Vernunft schließlich über die Faszination –, der hing an seinen Lippen, amüsiert und sich bei anderer Gelegenheit dafür entschuldigend, als sei man an fatalem Ort gesehen worden.

Aber heute kam ich zu kurz. Rotzoffs Part war nur ein Stichwortgeben für den rastlos mit sich selbst beschäftigten kleinen Kerl. Es ist ein Irrtum, daß Leute, die sich ausschließlich für sich selbst interessieren, deswegen langweilen müssen. Es gibt einen schlaffen Egoismus, der anwidert. Aber ein erobernder, ein imperialer Egoismus findet sein hingerissenes Publikum, das bei allen Zumutungen lustvoll aufseufzt, eine Weile jedenfalls. Der kleine Tomislaw wachte vermutlich jeden Morgen überwältigt vor Staunen auf, daß etwas so Vortreffliches, Gewinnendes, Begabtes und Männliches wie er auf Erden zu finden sei. Es war, als prassele in seinem Innern stets ein Feuer. Er war immer heftig, selbst von heftiger Schläfrigkeit, wie für die ganz kleinen, nur mit dem Selbsterhalt beschäftigten Kinder der Schlaf eine Arbeit ist, die ihre Wangen glühen läßt. Wenn man ihm zuhörte, glaubte man, das einzige Thema, das Aufmerksamkeit verdiene, sei Mann und Frau, oder besser Männlichkeit und Weiblichkeit; Politik, Sport, Kunst – er sah sich als Dichter – waren höchstens Derivate des Generalthemas, das wiederum auf eine Grundannahme zu reduzieren war: Männlich war er, weiblich der Rest der Welt, dazu berufen, von ihm penetriert zu werden. Deshalb hätte ihm der Stoß des Kahlkopfes in die Magengrube des Lästerers eigentlich sympathisch sein müssen, aber er wollte, wie einst der Kaiser von China, der nur von Frauen und Eunuchen umgeben war, gern der einzige Mann auf Erden sein.

Rotzoff kam etwas in den Sinn: Es wäre doch geraten, dem

Kleinen zu zeigen, wo seine Grenzen lagen. Die große Schöne – ihre Augen hatten in engelhaftem, die Menschheit mit Liebe umfassenden Blick auch auf Tomi geruht – hatte Rotzoff gestanden, sein junger Freund habe neulich nächtens bei ihr angerufen und ein augenblickliches Treffen vorgeschlagen, oder besser, eingefordert – Rotzoff wisse Bescheid und sei einverstanden. Das hätte bei der von Rotzoff stets hervorgehobenen Gefügigkeit seiner Geliebten doch ausreichen müssen, um sie augenblicklich in Bewegung zu bringen? Vielleicht wirklich, aber nachfragen wollte sie dennoch – allein damit hatte sie für Tomislaw jedes Interesse verloren. Wer sich von seinen eindringlichen Vorschlägen nicht verführen ließ, besaß zu wenig erotische Substanz. Deswegen war Rotzoffs Warnung, mit knurrendem Unterton ausgesprochen, ganz überflüssig.

»Wenn du die Finger nicht von ihr läßt, pulverisiere ich dir die Bonbons.« Tomislaw war durch die Aufdeckung seiner von nächtlichem Triebschub veranlaßten Verräterei nicht in Verlegenheit zu bringen. Eine goldene Lebensregel, die er sogar aussprach – was ihn förderte, konnte auch anderen dienstbar sein –, blieb ihm Gesetz: »Entschuldige dich niemals, für nichts, bei niemandem.« Und deshalb konnte er Rotzoff jetzt mit reinem, übermütigem Strahlen in die Augen sehen. Nur war Rotzoff der letzte, der für Charme-Offensiven anfällig gewesen wäre. Es drohte eine Stagnation der Unterhaltung. Da war es passend, daß ich zur Stelle war. Rotzoff konnte sich mir zuwenden und ein Gespräch über den Kopf seines dreisten Protégés hinweg beginnen. Das war auch sonst seine Art, nicht nur wenn es jemanden zu bestrafen galt.

Ich war ein anderer geworden, nicht mehr der, den man hier kannte. Ich sah mich inzwischen mit Winnie irgendwie im Bunde, seitdem sie auf meinem Bett gesessen hatte, und seitdem ich die Narbe, aber eben nicht nur die Narbe betrachten durfte. Nichts Greifbares war zwischen uns vorgefallen. Ich meinte, ihren kühlen, trockenen Abschiedskuß immer noch auf meinen Wangen zu spüren, aber darauf hätte ich sie nicht festlegen dürfen. Die Elfe, die Libelle, das Kind, mit solchen Namen dachte ich an sie. Gewiß, sie war unbestreitbar eine Frau, aber zugleich doch ein fundamental anderes Lebewesen, von anderem Planeten stammend, aus Sternenstaub gebildet, als die Frauen, von denen im Gespräch zwischen Tomislaw und Rotzoff die Rede war. Wie war die Welt doch eingerichtet, wenn die großen Begriffe wie Mann und Frau eigentlich gar nichts besagten, weil es Ausprägungen des Weiblichen gab, die allem widersprachen, was solche Herren, deren gesamte Existenz auf das unablässige Verzehren von Frauenfleisch ausgerichtet war, für Frauen hielten. Und gerade darin lag jetzt ein Kitzel für mich, daß ich es mir nur recht klarmache. Ich empfand einen geheimen Triumph, mir hier zynisch-verächtliche Reden über die Frauen anzuhören, und dabei zu wissen, daß es inzwischen in meiner nächsten Nähe eine Frau gab, die für diese beiden gänzlich unerreichbar wäre.

Gerade das Fehlen jeder Prüderie bildete Winnies unsichtbaren Schutzpanzer, der sie vor dem Zugriff plump-erfahrener Sinnlichkeit bewahrte. Rotzoffs schnarrende Anzüglichkeiten mußten an ihr abgleiten, da verband sich nichts, das waren zwei Fremdheiten, die da aufeinanderstießen. Aber reizvoll war es doch, in der Erwartung, mir im Unausgesprochenen-Unaussprechlichen köstlich neuartige Regionen zu erobern, hier bei den Männern Männlichkeit durchs bloße Dabeisitzen zu beweisen. Unkeusche Geschwisterlichkeit schwebte mir vor, wenn ich an Winnie dachte. Sie ergänzte mich, sie war das, was mir fehlte. Sie war so schwerelos, daß ich mir vorstellen konnte, mit ihr wirklich zu einem einzigen Leib und einer einzigen Seele zu verschmelzen.

Tomislaw durchbrach die Abwendung Rotzoffs durch die Erörterung seiner Ars amandi, seines Kamasutra, wie er selbst es sich erarbeitet hatte. Niemals versäume er, bevor er zu einem Rendezvous aufbreche, kurz vorher Hand an sich zu legen und den Überdruck wegzuspritzen – andernfalls gelinge ihm »die gnadenlose Ausdauer« nicht, so sein Ausdruck, die eine Voraussetzung der »bedingungslosen Kapitulation der Frau« sei, und um nichts anderes sei es ihm zu tun. Dies alles war sehr ernst, geradezu ein wenig leidend gesprochen, aber etwas Ingenieurshaftes lag auch darin. Ich staunte, zu welchen Gedanken dieser Knabe fähig war, denen wohl auch Taten entsprachen, dazu waren seine faunischen Darlegungen zuwenig prahlend vorgetragen. Rotzoff nickte schief lächelnd dazu. Es gefiel ihm, und es gefiel ihm nicht, was sein Schützling vortrug, der eigene Vorsprung an Praxis und Einsicht schrumpfte ihm wohl zu schnell.

»Und dabei liegt er nicht nur im Bett, er verfaßt auch jeden Tag einen Zyklus ungenießbarer Gedichte, und zum Schnorren ist auch noch Zeit«, das war in Rotzoffs Stil, der gern über Anwesende Hintergrund-Informationen gab, noch geradezu freundlich gesprochen.

»Ich schreibe soeben ein Sonett über die Schönheit abgeschlagener Flaschenhälse auf einer Betonmauer im Stil Hofmannsthals ...« Aber das lockte nur Rotzoffs Hohn hervor: »Vieux jeu, vieux jeu« – mit diesem Ruf hatte er in seiner Werbeagentur mißratene Entwürfe abgewehrt –, »das ist doch schon das Thema von tausend Bänden Photokunst ...«

»Aber gestern nacht habe ich einen Band mit Gedichten im Stil Sologubs abgeschlossen«, jetzt kehrte das Strahlen in Tomislaws Miene zurück, seine von jeder Art Humor strikt gereinigte gute Laune, »den kennt man hier noch nicht so gut – das ist doch eine Chance?«

»Verspäteter Ostblock-Avantgardismus«, Rotzoff gab den Kenner, trübte aber die Stimmung des fruchtbaren jungen Dichters nicht. Er selbst sei inzwischen – wann in der letzten halben Stunde? – von Sologub etwas abgerückt, er sei doch letztlich allzu ..., allzu ... Ich habe vergessen, was er allzusehr sei, Tomislaw wischte die ganze Sologuberei mit einer Handbewegung zur Seite, was er besaß, besaß er reichlich, mit dem Dichten machte er es wie mit den Frauen.

»Ich will ein abstraktes Epos im Stil von Ezra Pound angehen, bin damit auch schon ziemlich weit gekommen, würde aber Pound gern übertreffen, letztlich hinter mir lassen ...«

Männer, die ihre Ehre mit dem Kopf verteidigten, kühl kalkulierende Erotiker, für die Mann und Frau als natürliche Feinde wie Krokodil und Antilope, Tiger und Ziege, Fuchs und Gans einander gegenüberstanden. Die Gedichte gab es aber wirklich. Als echter Jungdichter hatte Tomislaw ein voluminöses Manuskript dabei, wie heute üblich perfekt gesetzt, ein Ausdruck, der Druckfertigkeit suggerierte und dabei schon halb von seinem Autor verworfen war – aber wer wußte, vielleicht fiel ein anderer doch noch darauf herein?

Ich war mir unversehens unsicher, ob Winnie so schlecht hier hingepaßt hätte – zu Rotzoff keinesfalls, die brutale Vulgarität, die nicht mehr taufrische Erscheinung, die Gefühllosigkeit – dies alles waren Eigenschaften, die ihn für Winnie unsichtbar machen mußten. Aber wenn der kleine Tomislaw nicht so schreckliches Zeug geredet hätte, wäre er womöglich gar das perfekte physische Pendant für Winnie gewesen. Ein schönes Paar, hätte man gesagt. Als ich dies dachte, fühlte ich wieder einen Stich in meinem Herzen. Ich mußte den Blick von dem überfruchtbaren Fortsetzer der montenegrinischen literarischen Tradition mit Gewalt abwenden.

Ein Mann mit einem Kopf, so kahl wie der des bronzedunklen Fußballhelden, nur elfenbeinweiß, gesellte sich zu uns. Rotzoff stand mit ihm auf vertrautem Fuß und duzte ihn, was sich der gewählt gekleidete Elfenbeinfarbene mit dem ironischen Lächeln gefallen ließ, das viele Leute aufsetzten, wenn sie mit Rotzoff sprachen. Ich kannte diesen Mann. Er sagte niemals ein Wort, aber jeder, dem er eine Weile zuhörte, kam sich schließlich unbestimmt verachtet vor. An Merzingers Ecktisch galt er als derart erfolgreicher Geschäftsmann, daß er hier schon geradezu ein Fremdkörper war, »hoher Besuch«, so pflegte ihn Rotzoff denn auch zu begrüßen; der Miene der Elfenbeinkugel war in etwa abzulesen: »Du weißt gar nicht, wie recht du hast.« Wildfleck hieß dieser Mann, so stand auf der Geschäftskarte zu lesen, die er jetzt auf den Tisch vor Rotzoff hinlegte, ohne Kommentar, aber mit herablassend aufforderndem Nicken: »Nun sag mal, was du davon hältst.«

Horst Wildfleck war darauf als Geschäftsführer der Window-clean GmbH & Co. KG Gebäudereinigung genannt. Vor vier Wochen hatte er noch eine Kleinlastwagen-Vermietung geleitet, auch dafür gab es eine eindrucksvolle Karte, gleichfalls mit erhabenen, aus Gummi aufgespritzten Buchstaben, vielleicht besaß er den Laden immer noch, Wildflecks Leitungskompetenz war durch eine einzige Firma gewiß nicht ausgeschöpft. Rotzoff sprach als Fachmann, als eben noch gefragter Werbetexter und Gestalter, sein Erfahrungsschatz war nicht zugleich mit dem Kapital zerronnen. Es ist gut möglich, daß es die Überlegenheitsgeste Wildflecks war, was die Giftigkeit Rotzoffs erst richtig provozierte. Welch ein erbärmlicher Entwurf! Welch eine Geschmacklosigkeit! Welch ein unbeholfenes Layout! »Ich würde mir von der Firma, die so auftritt, nicht einmal mein Klosett reinigen lassen.« Wildfleck lauschte unerschüttert. Sein Lächeln wurde sardonisch, als habe er diese Verurteilung vorausgesehen und als sei sie zum Schaden Rotzoffs dann auch genauso erfolgt.

»Wildfleck arbeitet Tag und Nacht«, wandte sich Rotzoff jetzt zu Tomislaw, »daher sein Reichtum. Davon könntet ihr Balkangelichter euch ruhig was abgucken.«

Tomislaw betrachtete Wildfleck neugierig. Er hatte etwas

grundsätzlich Unvoreingenommenes. Jeder Mensch konnte sein Opfer werden. Warum nicht auch dieser? Sogleich hob er die Unterhaltung auf eine höhere Ebene. Dostojewski habe die Erbärmlichkeit des deutschen Charakters gerade an dieser Arbeitswut festgemacht.

»Arbeit ist Last und Mühsal. Der Mensch soll die Arbeit hassen. Wenn er dennoch zur Arbeit gezwungen wird, soll er seine Würde dadurch behaupten, daß er langsam, widerwillig und schlecht arbeitet.« Der Dichter schildere mit staunendem Ekel ein deutsches Dienstmädchen, das vierzehn Stunden am Tag mit Lächeln und Heiterkeit arbeite – daran erkenne man die Würdelosigkeit der Deutschen. Ich dachte sofort an Wereschnikow und seinen Kongreß – wäre hier nicht ein glänzender Referent gefunden? Rotzoff blieb gereizt. Man möge ihm nicht mit Dostojewski kommen. Die jungen Leute hatten sich in seiner Gegenwart nicht mit Pfauenfedern aus Dostojewski-Zitaten zu brüsten.

»Arbeitsscheuer Balkanstrolch – du gehörst als Asozialer in Titos Ferienlager, mit der Spitzhacke Steine zerkleinern.« Es gehörte zu den Eigentümlichkeiten im Umgang mit Rotzoff, daß niemand von solchen Anwürfen sonderlich berührt wurde, auch der rüde Beschimpfte schien so etwas geradezu als Kompliment anzusehen, das ihn bei dem magisch schweigenden Großunternehmer am Tisch womöglich gar in ein vorteilhaftes Licht setzte. Und so war es offenbar auch. Wildfleck sah Tomislaw mit erwachtem, gleichwohl gelassenem Interesse an. Er sei gar nicht grundsätzlich gegen das Arbeiten, ließ der Junge sich jetzt ein, Herrn Wildfleck gewinnend anstrahlend. Nur Weiberarbeit, Putzen und Spülen, das komme für ihn nicht in Frage, das entehre ihn.

»Auch Fensterputzen an Hochhäusern?« Es war tatsächlich gelungen, dem adamant schweigenden Wildfleck eine Frage, wenn auch eine knappe, zu entlocken. Tomislaw sah so unternehmungslustig aus, als habe man ihn zu einer Hochgebirgs-Expedition eingeladen.

»Ich bin absolut schwindelfrei.« Warum sollte er eine der vielen herausragenden Fähigkeiten, die ihn auszeichneten, unter den Scheffel stellen? Er muß dann tatsächlich eine ganze Weile bei der Firma Wildfleck gearbeitet haben.

Fünfzehntes Kapitel

Die Rückkehr zur Ordnung

Frau Breegen lag wieder nackt auf der Massagebank, der Masseur war mit ihrem Rücken beschäftigt, zwei rundliche weiße Hügel, vom Tal des Rückgrats geteilt, reckten sich seinen Händen entgegen. Frau Breegen staunte von neuem, wie er mit solch dicken kurzen Fingern derart fein auf ihren Nerven und Muskeln spielen konnte, die sich vor seinem Zugriff vergeblich unter der wäßrigen Fettschicht versteckten. Von außen war gar nichts zu sehen, unstrukturiertes Fleisch, und er setzte mit der Sicherheit des Wünschelrutengängers seinen Daumen auf diese oder jene Stelle und traf den Knubbel, die kleine Verhärtung, als ob er auf einen roten Knopf drückte, und Frau Breegen sagte: »Au«, ein mildes, schnurrendes Au, kein Schmerzensschrei, denn sie wollte ihn ja ermutigen, in der Erforschung ihres Körpers nicht nachzulassen. Der Mann sollte etwas leisten für sein Geld. Wie befriedigend waren diese Stunden auf der Massagebank, auf der sie so hoch lag, als schwebe sie im Raum. Wie würzig duftete das Massageöl, wie wohl fühlte sie sich in ihrem Körper, wenn er so fest und sicher angefaßt wurde. Es war ein eigentümlicher, nicht recht zu fassender Aspekt der Massage, daß sie sich, ausgestreckt und mit ganzer Schwere auf der Bank ruhend, schlanker vorkam, auch jugendlicher. Dies unbefangene Nacktsein, zu dem der Begriff Schamlosigkeit keineswegs gepaßt hätte, ließ Empfindungen von Freiheit und Gesundheit in sie einströmen, die sie sonst nicht kannte. Die Selbstkritik vor dem Spiegel, der sich schmerzhaft, aber ergebnislos dahinziehende Krieg gegen den eigenen Appetit, das Hin und Her zwischen trotzigen Exzessen und verdrossenen Verzichtsleistungen trat in den Hintergrund. Die Pratzen des feinfühligen Masseurs pflückten und streichelten das Gewicht von ihr weg. Es ruhte in seinen Händen und wurde weniger, auch wenn die Waage in ihrer groben Mechanik den Unterschied nicht zu registrieren vermochte. Und seine sanfte Strenge tat ihr gut – »das ist wichtig«; das Maßregelnde, Verweisende machte sie darauf aufmerksam, daß zu ihrem Pflichtenkatalog auch diese passive Hingabe an seine Knetungen gehörte, ja, diese Selbstauslieferung im Grund das Vorzeichen war, das vor allem anderen stand und ihm Sinn verlieh. Nirgendwo sonst ließ sich so gut planen, was heute noch zu tun sei, nicht in Gestalt lautlosen Erwägens nebenbei, der Masseur durfte alle ihre Gedankenschritte mitvollziehen und unterbrach nur gelegentlich mit der strengen, auch bekümmerten Mahnung, sie dürfe bei all dem aber nicht vergessen, auch an sich zu denken.

Heute etwa stand Ivanas Eintreffen bevor. Es war ein besonderer Tag, denn Ivana würde erst spät wieder ins Büro hinaufgehen dürfen. Zuerst kam ausnahmsweise die Wohnung an die Reihe, weil die Frau, die dort eingearbeitet war, im Krankenhaus lag, zum zweiten Mal in einem halben Jahr. Frau Breegen hatte Blumen geschickt, empfand nun aber auch eine gewisse Ungeduld – »Wir müssen ja weiterkommen«, sagte sie zu sich, und der Masseur begrüßte diese Einsicht, auch er hatte tagaus, tagein nichts anderes im Sinn als weiterzukommen. Ivana war, das wußte Frau Breegen, für die ihr heute zugedachte Arbeit an sich ungeeignet, zu fahrig, zu heftig, zu wenig detailverliebt, es mußte eben ausnahmsweise einmal mit ihr gehen, sie würde sich eben einmal bequemen müssen, nicht nur mit dem Staubsauger herumzufuhrwerken. Der große Kronleuchter im Eßzimmer wartete auf seine halbjährliche Reinigung. Alle Prismen – mindestens zweihundertfünfzig, vielleicht auch mehr – mußten abgenommen, sorgfältig gespült und getrocknet und wieder aufgehängt werden – eine Mischung aus Aschenputtelarbeit und Weihnachtsbaumschmücken war das, mühsam, aber eine Tätigkeit, die man auch lieben konnte, und das Ergebnis, wenn die Kristalle scharf-blendend funkelten wie ein Laden voller Swarovski-Nippes, war überwältigend, in Frau Breegens Augen jedenfalls. Das, genau das würde Ivana unter ihrer Aufsicht heute zu leisten haben. Ein kontrollierender Blick war hier Bedingung, sonst hingen die Prismen nachher kreuz und quer. Sie verfiel in Schweigen, eine kontemplative Pause, in der sie die bevorstehende Situation im Eßzimmer deutlich vor sich sah: die Schüssel mit warmem Seifenwasser auf der dicken Glasplatte des Eßtischs, die Klappleiter, Ivana darauf und wie eine Obstpflückerin die glitzernden Früchte aus dem Messinggestell lösend. Hätte Frau Breegen sich umgesehen – was gar nicht möglich war, sie hätte den Hals nie so weit drehen können, trotz Massage war um den Nacken herum schon alles ziemlich festgebacken –, hätte sie Zeugin sein dürfen, daß auch der Masseur sich während ihres Schweigens einen versunkenen Augenblick gönnte. Er blickte zur Zimmerdecke, eigentlich aber wohl doch zum Himmel. Es war, als trete er da in einen stummen Austausch, setze sich blitzschnell in eine andere Beziehung, einen anderen Zusammenhang, der ihn weit weg aus dem Massageraum im Keller der Breegenschen Villa führte. Freiheit gibt es auch in Ketten – hätte der Masseur diesem Wort zugestimmt?

Das stille Nachdenken öffnete in Frau Breegen das Tor der Erinnerung. Zuviel an Ivana zu denken schuf Beunruhigung. Sie war eine gutherzige Frau. Sie verlangte viel von ihren Angestellten, bezahlte sie aber großzügig und befand sich nicht im geringsten emotionalen Abstand von ihnen. Das Oben und Unten war allein durch das Dienstverhältnis definiert: Wer bezahlte, schaffte an, aber dies Verhältnis ruhte auf einem Sockel grundsätzlicher Gleichheit, und daß es sich verkehren konnte, hatte Frau Breegen schockhaft genug erfahren, ohne deshalb gleich in Ivanas Position einrücken zu müssen. Sie nahm deshalb Ivana den Auftritt vor dem Ball des Sports nicht übel. Sie sah darin nicht etwa eine Respektsverletzung. Sie fand nichts dabei, mit ihrer Putzfrau von gleich zu gleich zu zanken, aber es steckte ihr in den Gliedern, mit welcher Wut Ivana gezischt hatte, und es trat ihr, auch nachdem die Aufregungen um den Ball verflogen waren, wieder deutlicher vor Augen, wie seltsam solidarisch gegenüber Ivana sich Herr Breegen betragen hatte. Das war durch ihre Überzeugung, er habe das Recht, in seiner Gegenwart Wortwechsel zwischen Frauen rabiat zu unterbinden, zunächst verdeckt worden. Ein Raum des Ungeklärten tat sich unvermittelt auf: Sie fand keinen Trittstein für ihre Gedanken, um sich in ihm umzutun.

Wie eng Herr und Frau Breegen verbunden waren, zeigte sich auch daran, daß sie unabhängig voneinander dasselbe erwogen. Frau Breegen tastend, wie es bei ihrem Erkenntnisstand auch nicht anders möglich war, Herr Breegen in scharfsinnigem Abwägen der ihm nur allzu gut bekannten Fakten. Die Stunde in Maruschas Garderobenschrank war nicht an ihm abgeglitten, sondern hatte einen tiefen Eindruck hinterlassen. In welcher Lage war er gewesen – in welche Lage hatte er selbst sich gebracht! Er war ein beherrschter Mann. Demütigungen, Rückschläge, Durchkreuzungen seiner Pläne nahm er ohne äußerlich wahrnehmbare Zeichen hin. Er konnte hinunterschlucken. Was für ihn zählte, war die Macht, auch die Macht der Tatsachen. Wer selbst gern Macht ausübte, kam auch mit fremder Macht zurecht. Aber tief im Innern des Asbestofens, mit dem sein Seelengebäude durchaus verglichen werden kann, glommen die Funken, die keine Selbstkontrolle löschen würde. Und als echter Machtmensch, der vor allem die eigene Macht im Auge hat, saß er unbarmherzig über sich selbst zu Gericht: Was war sein Fehler gewesen? Wo hatte er versäumt aufzupassen? Zu dem Schluß zu kommen, daß sich eine Situation wie die im Schrank niemals wiederholen dürfe, war lächerlich. Es hatte von Anfang an dazu nicht kommen dürfen.

Er hatte sich verrannt. Er war unter den besänftigenden und sanft erregenden Reden und Berührungen Maruschas eingeschlafen. Es gab jetzt eine erste Dringlichkeit: Ivana mußte aus dem Haus verschwinden, aus dem eigenen zuallererst, aber ebenso aus dem Maruschas, was schließlich gleichfalls das seine war – mit dem Recht südamerikanischer Hacienderos durfte auch er ja von einer Casa Grande und einer Casa Pequeña sprechen. Dahinter aber stand eine schmerzhafte und ebenso wichtige Entscheidung das Verhältnis zu Maruscha betreffend. Er gebrauchte, während er nachdachte, dafür das Vokabular, das sonst in seinen Geschäften Anwendung fand, wenn von Risikobereinigungen, Wertberichtigungen, Besinnung auf das Kerngeschäft die Rede war. Mit solchen Formeln verpflasterte man gleichfalls Entschlüsse, die gelegentlich tief ins Fleisch schnitten. Keiner seiner Feinde hatte ihn bei solchen Operationen je seufzen hören – jeder im Geschäftsleben war ein potentieller Feind, es lohnte gar nicht, Unterschiede zu machen, aber bei dem notwendigen Vorhaben, das jetzt anstand, würde es keine Zuschauer geben, seine steinerne Miene würde sich selbst genügen müssen, wie ein Stern sich selbst genügt.

Mit Ivana war er schnell einig geworden. Er bestellte sie in ein Café. Sie erhielt drei Monatsgehälter und die Aussicht auf drei weitere, wenn sie bewiesen hatte, daß sie keinerlei Verbindung mit Frau Breegen aufnahm. Dafür waren als Frist drei Monate gesetzt, danach schätzte Herr Breegen sie als ungefährlich ein. Sie lauschte seinen Vorschlägen mit einem Blick, der den Haß nicht verbarg. Das Geld steckte sie kommentarlos ein. Zu tief empfand sie die Ungerechtigkeit der Lösung. Wer hatte im Schrank gesteckt? Wer hatte ihn befreit? Die Frage, wer zu Frau Breegen ausfällig geworden sei, stellte sie sich nicht. Das war ihr schon in einem Zustand der Erregung unterlaufen, den Herr Breegen verschuldet hatte. Herr Breegen war nicht völlig überzeugt, den Fall endgültig erledigt zu haben, als Ivana ihn verließ. Ihre Blickpfeile prallten an seiner dicken Haut ab, aber er registrierte sie.

Immerhin fühlte er sich in der Lage, während der Massage, im dunkelgrauen Anzug mit Weste und kartonsteif gestärktem weißen Hemd, vor seine nackte, gleichsam waffenlose Frau hinzutreten und ihr knapp mitzuteilen, Ivana habe angerufen. Sie komme heute nicht und werde auch in Zukunft nicht mehr kommen. Irgendwelche bosnischen Querelen habe sie angeführt, dort unten sei bekanntlich immer der Teufel los.

Frau Breegen blieb der Mund offenstehen. Da dachte sie gerade jetzt an Ivana und ihr ungezogenes Benehmen und an Herrn Breegen, der sie so seltsam in Schutz nahm – und im selben Augenblick trat er ein und sprach zu ihr von Ivana und gar von deren endgültigem Verschwinden.

Es war jetzt alles klar, denn Frau Breegen verließ sich auf ihre Ahnung – »Wir Frauen ahnen alles, uns kann man nichts verheimlichen …« –, Herr Breegen hatte ein Verhältnis mit Ivana gehabt, oder ein solches hatte sich zumindest angebahnt – und nun war er klug genug, sich zu befreien und zu Frau Breegen zurückzukehren. Die Entrüstung, die sich zunächst in ihr geballt hatte, wurde alsbald von einer Riesenwoge aus Erleichterung und Dankbarkeit hinweggeschwemmt.

Sechzehntes Kapitel

Die Vergebung der Schildkröte

Die peinigende Gewißheit, etwas sehr Böses getan zu haben, ist, glaube ich, nur entstanden, weil die Begleitumstände dieser Tat überwältigend schön gewesen sind. Mestrovic hat mich um die Welt geführt. In Shanghai gab es ein Museum, dessen Kurator Andeutungen machte, an der Ausstellung interessiert zu sein – nicht weiter verblüffend, mein Meister paßte mühelos in die offizielle chinesische Kunstauffassung, viel eher als hierher, Überzeugungsarbeit war da gar nicht zu leisten, aber das Netz der politischen Vorbehalte und der politischen Nebenabsichten, das es zu knüpfen galt, war für mich viel zu kunstvoll. Ich hätte einen erfahrenen China-Diplomaten an meiner Seite haben müssen, um auch nur zu verstehen, was man eigentlich von mir erwartete. Ich nahm wörtlich, was ich nur in übertragenem Sinn hätte verstehen dürfen, und empfand als höfliche Floskel, wohinter sich ernste Absicht verbarg. Ich scheiterte vollständig, ohne es zu merken. Allen Ernstes war ich davon überzeugt, die Zusage der Chinesen – hohe Versicherungsprämien eingeschlossen! – zu einer großen Ausstellung, größer als in Europa, in der Tasche zu haben, als diese Tasche nicht nur leer war, sondern auch ein Loch hatte, durch das mein Geld rann. Aber das führt zu weit: Nur dies Hochgefühl ist von Bedeutung, denn es gehört in die Mischung der Empfindungen des bewußten Tages hinein.

Ich war erfolgreich, ich war am Ziel, ich durfte mich belohnen. Diese Belohnung nach den anstrengenden Tagen in einem hadesdüsteren, von üblen Dämpfen verhangenen Shanghai, in dem der Huang-Ho wie ein Abwasserkanal voll Quecksilber blinkte, sollte in einem Besuch der Dichtergärten von Suzhou bestehen. Eine liebenswürdige Dame vom Museum würde mich begleiten. Keiner davon hatte die Kulturrevolution zwar unbeschädigt überstanden, alle waren Rekonstruktionen, die Pavillons in diesen Gärten glichen sich deshalb wie ein Ei dem anderen, ein Kenner hätte vermutlich viele Schwächen festgestellt, mit Gewißheit sogar: denn hier hatte sich einst ein Geschmack manifestiert, der sich auf Kostbarkeiten ebenso wie auf die feinste, zerbrechlichste Flüchtigkeit erstreckte.

Diese Gärten waren nicht groß. Die Pavillons in ihnen schoben sich zusammen, als sollten sie kleine Dörfer bilden, und es gab keinen Blick aus einem Fenster, von einer Brücke, einem überdachten offenen Wandelgang, einer Terrasse, der nicht geplant war und sich nicht auf irgendein bedeutendes, den Gebildeten selbstverständlich bekanntes Gemälde bezog. Grotesk verformte Felsen erinnerten an Buchstaben, aber eigentlich war ein ganzer solcher Garten lesbar, eine Schriftrolle, die sich im Weiterschreiten aufwickelte, und er verlangte nach einem Betrachter, der diese Zeichen zu lesen verstand und sich mit Einfühlung einstimmen ließ: der beim Blick auf Bambushalme vor einer weißen Mauer melancholisch wurde, bei roten Goldfischrücken nachdenklich, angesichts eines unter dem Gewicht eines Vogels zitternden Zweigs heiter. Die Seele eines würdigen Gartenbetrachters hatte erzogenerweise eine Klaviatur zu sein, auf der der Garten, während man in ihm verweilte, seine Musik spielte. Und obwohl ich hier als analphabetischer Barbar auftrat, begriff ich das und ließ mich ergreifen und verzaubern – wahrscheinlich mit den falschen, mit unangemessenen Gefühlen. Das individualistische Gefühl, auf das wir so stolz sind, besaß hier kein Recht. Man hatte zu fühlen, was man fühlen sollte – aber immerhin, ich fühlte und wandelte durch die hölzernen Hallen, über die künstlichen Hügel, durch Innenhöfe und mondförmige Tore erhoben und beglückt. Die höfliche Dame begleitete mich schweigend und wies mich nur manchmal auf ein Detail hin, etwa: »Dieser Steinhaufen war von den Arbeitern absichtslos aufgetürmt worden und sollte abtransportiert werden, aber dann entschied der Dichter, daß er so liegenbleiben müsse.« Ich meinte, daß es für mich jetzt nur noch um ein wenig Lektüre, ein wenig Information gehe, dann würde ich mich wie ein Eingeweihter in diesen Gärten bewegen. Ich sah das Leben dieser Dichter, die zugleich hohe Beamte waren, vor mir: In diesen Pavillons dem Regen lauschend, ihre Frauen in deren Pavillons besuchend, seltene, kunstvoll bereitete Speisen essend, und, während deren Geschmack auf der Zunge lag, zugleich den Blick aus dem Fenster wie ein gerahmtes Bild genießend. Außerhalb dieser Gärten war Suzhou eine häßliche, neugebaute Stadt, in der kaum mehr als der alte Stadtplan mit seinen auf den Kosmos ausgerichteten Achsen an die glorreiche Vergangenheit erinnerte, aber die Häßlichkeit und Beliebigkeit der Umgebung steigerte noch den Reiz der in ihr eingekapselten ummauerten Gärten: Sie waren wahrhafte Inseln, die sich von dem städtischen Gebilde, in dem sie lagen, freigemacht hatten – sie konnten überall sein, sie waren abgelöst von Zeit und Raum, berauschend asozial.

Ich meinte, jetzt unbedingt etwas essen zu müssen, das mich mit dieser Gartenwelt verband, etwas, das auch ihren vorrevolutionären Bewohnern serviert worden wäre. Was dachte die höfliche Dame, wenn sie meine Schwärmereien hörte? Sie verbot sich jeden Kommentar. In einem blauen Plastikeimer präsentierte uns der Oberkellner des großen geräuschvollen Restaurants eine lebende Schildkröte. Nicht nur der Lärm und die Helligkeit hatten sie wohl erschreckt. Man darf sich vorstellen, daß sie unsanft in den Eimer gesetzt, womöglich gar geworfen worden war. Kopf und Beine waren gänzlich unter dem Panzer verschwunden, in jener ingeniösen, an perfekte Feinmechanik erinnernden Manier unter ihm zusammengefaltet. Sie hatte das Schwarz von geschliffenem Schiefer. Ihre Form war flach, als hätte ein Bildhauer sie geformt, die Panzerfelder gemeißelt, Luxuszigarettendosen des Jugendstils können diese zum Berühren verlockende Glätte ohne Ecken und Zacken haben. Hier war es das Wasser, der stille Teich, in dem diese Schildkröte herangewachsen war, was als Komplementär die Form erklärte. Durch das flüssige Element glitt und schob sich die Panzerform widerstandslos wie ein Stück Seife im Bad. In dieser herrlichen Steinschale mußte die Muskulatur der Schwimmerin keine Lasten stemmen. Sie schwebte zwischen den Stengeln der Seerosen auf kleine Stöße der schuppig-faltigen Beinchen dahin.

Der Kellner nahm die Schildkröte heraus, er wollte sie vorführen. In der Luft schwebend hielt sie die vollständige Einfaltung aller Gliedmaßen nicht mehr für geraten. Langsam schoben sich der Kopf, der faltige Hals und die krallenbewehrten Beine aus der Bedeckung. Die Gliedmaßen waren so schwarz wie der Panzer, aber nun pulsierte der Schiefer. Die Beine suchten nach Halt, die Luft bot keinen Widerstand, aber dies war kein Zappeln, sondern ein feines Tasten. Spürte sie die Hand, die sie hielt? Drang deren Wärme durch den Panzer? Mitten in der hornigen Reptilienhaut schimmerten blank die schwarzen Augen, lidlos, wie es schien, da schob sich von unten ein eihäutchenzartes graues Lid über die Augen, ein kleiner Schutzgestus, nicht sehen zu wollen, was ohnehin unverständlich-bedrohlich war. Das Tier war ein Kunstwerk aus Schildpatt und zartestem Leder, zugleich mit einem kleinen, schwachen, aber zähen Willen ausgerüstet, einer besonnenen Unerschrockenheit, mit jugendlich blinkenden Augen im uralten Gesicht.

»Das ist eine gute Krankensuppe«, sagte die Dame, während sie die Schildkröte kühl musterte. Meine akribische Betrachtung kam ihr wahrscheinlich unangemessen vor.

»Sie ist typisch für Suzhou, eine Spezialität dieses Restaurants.« Ich würde etwas essen, das mich mit den stillen Teichen, den schwerfälligen Riesengoldfischen, die sich so gierig um das Futter tummelten, daß ihre Flossen aus dem Wasser ragten, noch inniger verband. Auf einen Blick der Dame entfernte sich der Kellner mit dem Eimer. Und bald begann die Speisenfolge, die vielfarbigen Ragouts, die schwarzen Pilze und die gefüllten Teigtaschen, getrocknete Fische mit Riesenaugen und Krebse in salzig-würzigen Saucen, die wie frischer Lack waren. Auch bei den Krebsen blieb, so knusprig sie gebacken waren, die Schönheit der organischen Form evident. Es waren Schmuckstücke. Das Ei, der Fisch, der Hummer – am Beginn aller Kunst hatte der Augenblick gestanden, in dem einigen Menschen die Vollkommenheit solcher Körper urplötzlich bewußt geworden war.

Erbauliche Gedanken, noch ganz auf der hohen Woge der Inspiration meines Gartentags schwimmend. Ja, ich fühlte mich jetzt vollständig als Chinese, eingetaucht in diese andersartige, diese fremdartige Weise der Naturvermählung, die so weit von nordeuropäisch-pantheistischen Anwandlungen entfernt war, so viel sinnlicher, so viel kultivierter zugleich, kein Religionsersatz, sondern eine höchst physische Verschmelzung von Kunst und Leben.

Der Kellner brachte eine metallische Terrine mit hohem Deckel. Sie war heiß. Er trug sie in eine Serviette gehüllt und setzte sie vor mich hin, die vielen kleinen Schüsseln schob er zur Seite. Er hob den Deckel in die Höhe. Vor mir reckte sich, umgeben von einem Suppensee, die Schildkröte. Sie war erschreckend verwandelt, im Tod zu einer Verzweiflungsgeste erstarrt, die jede Erinnerung an tastende Besonnenheit wegfegte. Ihre Haltung bewahrte den Augenblick ihres grausamen

Endes. Die Bewegung des Dampfes, der aus der Terrine stieg, verlieh ihrem Anblick den Anschein gespenstischer Lebendigkeit. Ebenso gedampft, nur noch brodelnder, hatte der Suppentopf, über den die schwarze Schildkröte gehalten wurde, nachdem sie ein weiteres Mal aus dem blauen Eimer gehoben worden war. Der Dampf schlug ihr entgegen. Wieder fuhr sie mit dem keilförmigen Schlangenkopf aus dem sicheren Gehäuse, das für diesen Angriff aber keine Sicherheit mehr versprach. Zum Eintauchen in einen Wasserspiegel war sie geschaffen, wie von Künstlerhänden dafür geeignet gemacht, und nun ging es an ein letztes, schauriges Eintauchen. Im Sturz und bei der Berührung mit der kochenden Brühe fuhr der Hals in nacktem Entsetzen ganz nach vorn. Der Kopf bog sich in dem vergeblichen Bemühen, aus der brennenden Brühe herauszukommen, jetzt gänzlich schlangenhaft und auf überraschend langem Hals nach hinten über den Panzer. So klein das Tier war, es offenbarte jetzt eine Drachenhaftigkeit aus Schmerz und Empörung, eine Drohung und Verfluchung all jener Gefühllosen, die ihm so etwas antaten. In dieser letzten Verzerrung war es uns auf den Tisch gebracht worden, als Vorwurf und Albtraum.

»Die Menschen sind nicht gut«, sagte die mich begleitende Dame mit ihrem unverbindlichen Lächeln. Es überraschte mich, daß sie in meiner Miene so aufmerksam zu lesen verstand. Die Brühe schmeckte wie eine sehr feine Hühnersuppe. Der Panzer war aufgeschnitten. Als ich ihn aufklappte, fand ich weißes faseriges Fleisch. Dabei neigte sich das Drachenhaupt beiseite und versank in der Suppe.

Die Beunruhigung, in die mich die Erinnerung an den Tod der Schildkröte, ihren durch mich verursachten Foltertod versetzte, war nicht grundsätzlicher, philosophischer Art. Die feinflüssige Bouillon, die ich mit Beklommenheit löffelte, als müsse der Todesschmerz und die irre Wut des Aus-der-Haut-fahren-Wollens, die die letzten Sekunden der Schildkröte erfüllt hatten, der Suppe irgendeinen bedenklichen, einen fatal schlüpfrigen Hautgoût mitgeteilt haben, verglich ich mit Hühnersuppe, ohne mir deswegen über das Schicksal der vielen Hühner, die ich schon aufgegessen hatte, die mindesten Gedanken zu machen. Der ganze Komplex der Grausamkeit und Gedankenlosigkeit der Menschen gegenüber den Tieren, er war es nicht, was mein schlechtes Gewissen hervorbrachte, nein, es war einzig diese eine Schildkröte, die ich in meinem Schlund und Bauch beerdigte, die mir nun immer wieder vor Augen trat, wenn ich das nicht wollte. Manchmal lebend, in der Vollendung der pulsierenden Schieferskulptur, der die Menschen mit der grenzenlos dummen und häßlichen Gemeinheit eines blauen Plastikeimers geantwortet hatten. Öfter aber in der drachenhaften Verzweiflungsgeste des herausgefahrenen und zurückgebogenen Halses und Kopfes: Dieser Kopf würde in meiner Todesstunde Zeugnis gegen mich ablegen. Die schwarze Schildkröte hatte in ihrer geballten, unter dem Panzer zusammengepreßten Substanz einen Rachegeist geboren. Ihr Schmerzenskopf stand, wenn ich die Augen schloß, sauriergroß vor mir in seiner Todesnot, die jedes Erbarmen in sich auslöschte. Wie dem entkommen? Wie dies Bild befrieden, das Hirn davon befreien, den Geist der Rache und Verfolgung beruhigen? Gutzumachen war hier nichts. Die letzten Lebensmomente der Schildkröte waren unrevidierbar, durch keine Reue sanfter zu machen.

Denkbar weit weg von Suzhou und China, in einer kleinen Stadt Bosniens, tat sich schon wenig später die Möglichkeit einer begütigenden Handlung auf – das war meine erste kurze Mestrovic-Reise nach Bosnien, noch ohne Ivanas Hilfe, sie war aufrichtig gekränkt, als sie davon erfuhr. Es ging um Photos für meinen biographischen Aufsatz, weswegen ich mich dort herumtrieb, und man sieht, wie lang das Seil war, an dem die Schildkröte mich festhielt. Weglaufen konnte ich ihr nicht, und wenn ich die Lebenssituationen wie die Hemden wechselte. Die Fessel löste sich deshalb nicht auf, wo ich mich auch nachts ins Bett legte. Wenn ich das Licht löschte, war die Schildkröte schon da.

In einer unbelebten Seitenstraße stieß ich auf einen kleinen Teppichladen, im Hintergrund ein Teppichstapel, auf dem Boden lag ein Kelim in Naturfarben; schwarz-ocker-beige zackte und zähnte es sich ineinander. Warum blieb ich stehen? Hatte ich schon im Vorübergehen aus dem Augenwinkel bemerkt, daß dies Muster sich bewegte, daß die schwarzen und bräunlichen Felder sich dehnten und schrumpften? Ja, die Muster bewegten sich, aber es waren nicht die Muster, es war eine große Schildkröte, deren Panzer dem Teppichmuster ähnlich war. Ein Junge saß auf dem Boden und sah ihr auf ihrem Weg zu. Erreichte sie den Teppichrand, ergriff er sie und setzte sie in die entgegengesetzte Richtung, als solle sie ihre Arbeit und dies Arbeitsfeld nicht verlassen. Sie wirkte kräftig daran mit, den Teppich interessanter erscheinen zu lassen. Mit ein wenig Haschisch im Blut hätte man die sich zäh verschiebenden Muster tanzen sehen. Wie mochte der feine Teppichstaub den Lungen der Schildkröte bekommen? Staunenswert war die Tapferkeit, mit der sie ihre Andersartigkeit unverdrossen herumschleppte, als komme es auch für sie darauf an, mit dem Gehen nicht innezuhalten, als habe sie einen geheimen Sinn in ihrem endlosen Marsch erkannt und halte ein Ziel im Auge, das sie gegen den mutwilligen Widerstand des großen Jungen, der über sie verfügte, weil er nichts Besseres zu tun hatte, nicht aufgab. Die gebogenen Schuppenbeine ruderten und säbelten still voran, erst das eine Bein mit seinen Krallen sich im Teppich einhakend, den ganzen schweren Leib nachziehend, dann machte das andere dasselbe, während die Hinterbeine stemmend und schiebend nachhalfen, diese sehnigeren und dünneren Hinterbeine glichen zwei Männern, die einen Lastwagen anschieben. Es gibt keine fetten Schildkröten. Der Panzer gestattet ihnen keine Unmäßigkeit, sie halten sich in ihrer mich zutiefst bewegenden schönen Form, aber die Fortbewegung der Schildkröte glich der Behutsamkeit und umständlichen Bedachtheit unmäßig Dicker, die beim Gehen mit den auf den Fettringen des Leibes ruhenden Armen rudern. So trieb der kleine, kühl-trockene Kopf mit dem erbsengroßen Hirn die Last des Panzers voran, das aber nahm die ganze Kraft der Schildkröte in Anspruch.

Dies war meine Schulderlösungsschildkröte, die Gewissensschildkröte, die albtraumbeendende Schildkröte. Dem großen Jungen machte das Handeln Spaß, er hätte freilich lieber einen Teppich verkauft. Wenn ich einen Teppich nähme, erhielte ich die Schildkröte zum Geschenk. Aber gerade geschenkt durfte sie nicht sein. Während sie in nicht abreißender, geradezu trotziger Geduld ihren Lauf fortsetzte, wurde buchstäblich über ihren Kopf hinweg ihr Schicksal verhandelt. Es verstand sich von selbst, daß der Junge den Preis senken mußte, aber nur aus Gründen der guten Konvention. Ich handelte nicht sehr entschieden. Ich kaufte die Schildkröte freiwillig und sehenden Auges zu teuer. Das war eine innere Notwendigkeit.

Noch einmal, ein letztes Mal kam auf sie jetzt eine Quälerei zu. Ein letztes Mal mußte ihr Wille sich unter das Joch körperlicher Übermacht beugen. Im Pappkarton, in den der große Junge sie hineinsetzte, zog sie augenblicklich Kopf und Beine ein. Erinnerte sie sich an die beunruhigende Reise aus der Freiheit des sandigen Umlandes in diesen Teppichladen? Wie weit reichte die Erinnerung eines solchen Wesens? Mußte es nicht damit rechnen, seine Lage stehe erneut davor, sich empfindlich zu verschlechtern? Aber auf dem Weg zu den Sandhügeln begann sie sich im Dunkeln zu bewegen. Ich spürte, wie sich ihr Gewicht verlagerte. Es kratzte und raschelte und schabte im Karton. Sie bekam mein Gehen, ein eilendes Gehen, um ihre Unsicherheit nicht zu verlängern, als Erschütterung mit. Es mußte ihr unter ihrer Schale wie ein Schwappen in einer großen Flasche vorkommen, zum Seekrankwerden. Ich versuchte, so achtsam und ebenmäßig zu gehen wie der ein Tablett tragende Steward auf schwankendem Schiff. Manchmal stieß mich in der bevölkerten Hauptstraße ein Passant an, dann entschuldigte ich mich bei der Schildkröte. Dies zweifellos beseelte Wesen, konnte es nicht in einen sympathetischen Austausch mit einer ihm wohlgesonnenen Seele treten?

Die dünenartigen Sandhügel waren, je weiter ich mich von der Stadt entfernte, mit niederem Gestrüpp bewachsen, kratzigen Hecken, die nichts Nahrhaftes boten, so schien mir von meinem Menschenstandpunkt aus, aber Schildkröten sahen das vielleicht anders. An einem einsamen Busch wuchsen kleine Halme, Ästchen mit hellgrünen Blättern in Bodennähe, erreichbar für einen herausgereckten Schildkrötenhals. Ich öffnete den Karton. Die Schildkröte hatte sich wieder in sich zurückgezogen, in ihr Schildpatt-Etui, in das zwischen Schale und Beine kein Blatt Seidenpapier mehr gepaßt hätte. Ich nahm sie heraus und setzte sie behutsam auf den Sand. Sie rührte sich nicht. Ich wartete. So unbewegt würde ich sie nicht zurücklassen. Aber dies Verharren war ein konzentriertes Sich-in-die-neue-Lage-Einfühlen. Durch die Schale spürte sie offensichtlich, wo sie sich befand: nicht mehr im Teppichladen und nicht auf undurchdringlichem Karton. Sie rührte sich vorsichtig. Der Kopf wuchs aus der Schale hervor. Es herrschte Stille um sie, ein leichter Wind kam von den Bergen. Die Schaufelbeine rührten sich. Und zugleich begannen sie zu graben, aber das war ein kaum sichtbares Graben. Die Schildkröte versank mit dem Kopf zuerst langsam im Sand. Es war ein In-den-Sand-Gleiten wie auf einem Fahrstuhl, als hätte sie gewußt, daß es hier, genau hier eine Falltür gäbe, die hinabführte in ein unterirdisches sicheres Reich. Dahin ohne Verweilen aufzubrechen, endlich weg von lauten Stimmen, von aus der Luft herabfahrenden Händen, das war ihr einziger Gedanke. Dunkelheit, Ruhe, Sandkühle, ein Ort des Vergessens und der Gesundung. Ich wartete, bis sie ganz verschwunden war und der rieselnde Sand ihre Schale zugeschüttet hatte.

Aber was hatte die chinesische Schildkröte mit der bosnischen Schildkröte zu tun? Ein Zeichen, daß die Freiheit der einen für das entsetzliche Ende der anderen irgendwie angenommen und aufgerechnet werden sollte, habe ich dennoch erhalten. Auf dem Heimweg aus den Dünen betrat ich einen verwilderten Friedhof, dessen Marabut-Kuppeln halb eingestürzt und dessen Gräber dick von zähkriechenden Pflanzen überwachsen waren. Zwischen den Zweigen des Gestrüpps aber leuchtete es weißlich. Es sah wie eine menschliche Hirnschale aus, aber es war ein verlassener Schildkrötenpanzer. Seine Besitzerin war auf diesem Friedhof ungestört alt geworden und schließlich gestorben, und nach ihrer Verwesung hatte sich ihr Panzer wundersam verwandelt, zu einer Art Geistpanzer hatte er sich fortentwickelt, ganz ausgesogen und ausgetrocknet, milchig schimmernd, feinporig, bimssteinhaft leicht und hart war er geworden. Jetzt erst zeigte sich, daß auch der Panzer lebende Substanz gewesen war, von Kapillaren voller Lebensflüssigkeit durchzogen, die nach ihrer Austrocknung eine neuartige Grisaille hatten entstehen lassen, einen Schildkröten-Mond, dem weißen Regenbogen vergleichbar, der sich oft neben dem farbigen hinzieht.

»Hast du ihn aufgehoben?«

»Ja, ich habe ihn noch – willst du ihn einmal sehen?« Die Schildkröte hörte nicht auf, sich wichtig zu machen. Über diesem Panzer habe ich sie zum ersten Mal geküßt, nachdem

Winnie mit ihren kühlen Fingerspitzen bewundernd sein zartes Grau betastet hatte. Ich gebe aber zu, daß ich auf diese Gelegenheit schon seit Tagen gewartet hatte.

Siebzehntes Kapitel

Tragödien und ihre Vermeidung

An den Tagen großer Fußballspiele rollte Merzinger eine Leinwand auf und verwandelte sein Restaurant in ein Kino. Wenn es heiß war, konnte für die Fußballverächter auf der Terrasse der Service weitergehen, obwohl die Mädchen und der Kellner dann während der Bestellungen unaufmerksam waren, den Kopf zum Haus hin wandten und es oft lange dauerte, bis das Essen kam. Rotzoff war der Fußball gleichgültig, aber er ließ ungern ein Spiel aus, weil er seinen Platz am Ecktisch zu behaupten hatte und es darauf ankam, die Interpretationshoheit innerhalb des Zirkels zu wahren. Nun kam hinzu, daß er darauf rechnete, Doktor Glück vor dem Bildschirm zu finden, der gleichfalls kein echter Fußballfanatiker war, auf der Suche nach Gemeinschaft aber willens, nicht nur ein Spiel zu verfolgen, sondern auch die stundenlange Erörterung desselben hinterher durchzusitzen und schweigend Glas um Glas zu leeren, bis sein Schweigen vom Zustand freiwilligen Nichtsprechens zur Unfähigkeit zu artikulieren gelangt war. Gerade dann versuchte er übrigens einen gelegentlichen Einwurf, und zwar, indem er sich bemühte nachzusprechen, was ein anderer in die Runde warf.

»Zibulsky hat in der zweiten Halbzeit enttäuscht.«

»Hat enttäuscht!« sagte Glück, leise fortfahrend: »Wer hat enttäuscht? Warum …«

Dann kam ein anderer: »Ngambo ist schußstark, war aber völlig falsch eingesetzt«, und Glück: »… war falsch eingesetzt« – danach schaute er sich um, als wolle er sagen: Jetzt hab ich es aber mal richtig getroffen – habt ihr das bemerkt? Ich kann mitreden! Wenn er dahin gelangt war, drohte Rotzoff keine Gefahr. Man konnte diesen Zustand auch entschlossen herbeiführen, indem man Glück zum schnellen Kippen von ein paar Cognacs nötigte. So sanft und unterwürfig Glück dann auch wurde, Rotzoffs Giftigkeit verlor zugleich jede Hemmung. Was unbedingt vermieden werden mußte, war nur ein Gespräch zwischen Merzinger und Glück. Merzinger in seiner Unberechenbarkeit konnte plötzlich von Glück Genaueres über das Fest wissen wollen, und Glück war immer noch nicht eingeweiht. Unerklärlicherweise stand Rotzoff dies Gespräch belastend bevor. Bedenken waren doch eigentlich seine Sache nicht, aber hier waren sie unangemeldet plötzlich aufgetreten. Was tat er, wenn Glück Nein sagte? Wenn er störrisch wurde? Wenn es einen objektiven Hinderungsgrund gäbe – das Haus renoviert würde oder Doktor Glück verreisen mußte? Glück durfte nicht kneifen, Glück durfte ihn nicht versetzen, Glück war verpflichtet, ihn, Rotzoff, nach Kräften zu fördern – wieso eigentlich?

Auf dem Bahnhof hatte Rotzoff einem Mann zugesehen, der mit einer kleinen Taschenlampe in die Löcher der Abfallbehälter leuchtete, und, wenn der weiße Lichtstrahl im Innern des stinkenden Bauches auf eine Pfandflasche traf, mit dem ganzen Arm bis zur Schulter hineinlangte, um, manchmal mit Mühe, die Flasche zu fassen zu bekommen. Rotzoff war so hingerissen von der Akribie, mit der dieser Mann zu Werke ging, daß er ihm folgte, den ganzen langen Bahnsteig entlang. Keine Mülltonne wurde ausgelassen, den Ekel hatte der Mann offenbar vollständig überwunden. Das Operationssaallicht, der hartweiße Strahl seines Lämpchens hatte auch etwas Reinliches. Wie viele Flaschen mußte man sammeln, bis ein paar Mark zusammen waren? Solche Gedanken der Einfühlung waren für Rotzoff noch ungewöhnlich. Seine Macht, von anderen Menschen Besitz zu ergreifen, hing mit seiner Fähigkeit zusammen, in sie hineinzuschlüpfen und mit ihren Augen zu sehen. Die Beobachtung des Flaschensammlers ließ indessen auf ein durch Sorgen bereits zerrüttetes Fundament seines Selbstbewußtseins schließen. Denn eigentlich sah er sich, die große Barriere im Blick behaltend, die die Bevorzugten, die Anspruchsvollen, die Verwöhnten und Respektgebietenden von den Verkümmerten, den Trinkgeld- und Almosenempfängern, den Dürftigen und Einflußlosen trennte, durchaus auf der im Licht liegenden Seite dieser Barriere – wohlgemerkt nicht im Licht dieser Taschenlampe. Aber was war, wenn sein Boot plötzlich umschlug? Er hatte peinigende Erfahrungen hinter sich.

Der Haufen vor der Leinwand grölte und stimmte ein in das mächtige Geheul im Stadion. Das war wie Sturmesbrausen, Meeresrauschen, Schlachtenlärm, wie asiatischer Chorgesang, anschwellend und abschwellend. Wer es mit den Siegern hielt, wurde vor Freude geradezu verrückt. Die Kamera verweilte jetzt beim Trainer der Verlierer, denn zum Sieg gehörte eben auch die Niederlage, der strahlende Held erhebt sich über den auf dem Boden kriechenden Geschlagenen. Aber der besiegte Trainer wand sich nicht, er kroch nicht. Sein Unglück war so groß, daß es ihn aus der Gemeinschaft der Brüllenden, und das heißt: aller Menschen, ausschloß und zu einem tragisch Vereinzelten machte. Rotzoff sah den Mann mit Widerwillen, als könne fremdes Unglück ihn nach unten ziehen. Dieser Mann, wie er da stand und litt, der würde sich doch einen Dreck um Rotzoffs Lage scheren, sollte er davon erfahren.

Hier zeigte sich, daß dem jede Erscheinung unmittelbar und ausschließlich nur auf sich selbst Beziehenden doch etwas entging. Denn der Anblick des geschlagenen Trainers konnte durchaus ergreifen. Gedrungen, halslos, kurzbeinig – zehn Zentimeter, gar nicht viel ist das, aber wieviel macht es für ein

Bein aus, wenn sie fehlen! –, jedoch mit einem schönen Kopf, der auf Fernwirkung angelegten Schönheit eines Opernsängers, von Löwenmähne mit Silberhaar umgeben – in elegantem Anzug, die Hose war etwas unter den sich nur wenig vorwölbenden Bauch gerutscht, die Krawatte gelockert – sie war dunkel, hatte er wirklich vorausahnend Trauer angelegt? –, so stand er am Rand des Spielfelds, zur ohnmächtigen Beobachtung gezwungen, wenige Schritte der Unfreiheit hin und her machend, Xerxes, die Schlacht vom Feldherrnhügel verfolgend. Er wiegte den Kopf wie ein Mann, der soeben seinem Schicksal begegnet. Im Tosen der Lärmglocke über dem Stadion war er allein wie auf sturmzerzauster Heide. In seinem Schmerz lag eine übermenschliche Distanz, ein Blick in die Notwendigkeit des Untergangs und das Erkennen der Grausamkeit – zu wissen, man ist der bessere Mann, und zu wissen: Time of chivalry has gone. Als einer seiner Spieler auf ihn zutrat, umarmte er den Schweißüberströmten innig; dem war das peinlich, er hatte es nicht verdient, hatte sogar versagt und guckte wie ein aufsässiger Schüler, der bestraft wird und nichts bereut. Als er sich aus der Umarmung wand, ließ der zerstörte Heldenvater die Arme sinken. Mir war, als ob er jetzt, so beseelt, wie er die Augen zum Himmel richtete, eigentlich hätte beginnen müssen zu singen, am besten etwas von Puccini, »E lucevan le stelle«, der Lärm würde allmählich verebben, der Gesang würde das ganze Stadion erfüllen und verzaubern, und das große Leid bemächtigte sich aller Herzen, und die Erinnerung an die Niederlage verblaßte.

»Eine elende Schwuchtel«, sagte Rotzoff scharf. Die anderen Herren lachten freundlich, das Gemeinschaftserlebnis bestätigend – köstlich, der Mann. Aber Rotzoff hatte keine Muße, sich in solcher Zustimmung auszuruhen. Sein Gesicht wurde ernst. Der Augenblick blitzartigen Handelns war gekommen. Doktor Glücks in der Verwaschenheit doch erwartungsvolle Miene war im Türrahmen aufgetaucht, ja, es war wirklich, als sei er unter Wasser herangeschwommen und habe den nassen Kopf soeben aus der Flut gehoben. Rotzoff erhob sich, vergaß nicht, sein Glas mitzunehmen, trat auf Glück zu, nahm ihn beim Arm und führte ihn ohne Erklärung hinaus auf die Terrasse.

Achtzehntes Kapitel

Löckchen drehen

Ich habe lange Pech gehabt; ich fürchte, mein Pech wurde anderen Leuten geradezu sichtbar, als ob mich eine düstere Wolke umstände. Mit keinem meiner Vorhaben ging es voran. An die Doktorarbeit habe ich so viel Zeit gewandt, bis sie schon stank. Und als sie dann mit Mühe und Not endlich geschrieben war und, ein grüner Pappband mit prahlender Goldschrift, vor mir lag, da war es, als ob dieses Haupthindernis, ins Leben zu treten, seinen eigentümlich unwirklichen Charakter jetzt erst offenbaren wollte: Gar nichts hatte sich an meiner Lage durch dies übersorgfältige und weite Strecken hindurch todlangweilige Werk geändert. Viele Leute glaubten, ich sei längst promoviert – und das hieß nichts anderes, als daß sie mich auch als Herrn Doktor keineswegs einzustellen gedachten. Anderen entging nicht, wie spät dieser Schritt geglückt war; mir will heute vorkommen, daß eine verspätete Promotion mindestens ebenso bedenklich ist wie eine geplatzte – ja, die verspätete vermittelt womöglich noch mehr den Eindruck von Lebensschwäche und Entscheidungsunfähigkeit als die im Zorn hingeworfene. Das Einscheren in ein geeignetes Lebensgleis, auf dem es dann gebahnt dahingehen würde, wollte nicht gelingen. Mir kam oft vor, als läge dies Gleis, das mir bestimmte, in unmittelbarer, greifbarer Nähe – aber wie es mit Gleisen ist: Man kann, wenn sich keine Weiche findet, lange hoffnungslos daneben herlaufen. Der einzige Trumpf, den ich in Händen zu haben glaubte, blieb, daß ich noch nicht vierzig war. Noch eine unabsehbare Ewigkeit von viereinhalb

Jahren von dieser magischen Zeitschwelle getrennt, jenseits derer man, wie man auch aussehen und sich fühlen mochte, für niemanden mehr ein junger Mann ist. In einer schlaflosen Nacht – zum Glück selten, ich besitze nicht genug Seelenkraft, um Schlaflosigkeit länger durchzuhalten – wurden die bewußten viereinhalb Jahre dann allerdings zu dem, was sie tatsächlich sind: Noch nicht einmal fünf mehr, der Sand rieselte ohne Pause durch die feine Öffnung des Stundenglases und bildete einen Dünenhaufen wie in einer kleinen Sahara, an dem von Zeit zu Zeit größere Sandbretter in die Tiefe rutschten.

Da war, was ich mit Winnie erlebte, eine wirkliche Verjüngung. »Sterbensängste, weggeblasen«, heißt es in einem antiken Gedicht, das vom Hin und Her der verliebten Seelen beim Küssen handelt. Sie schloß mir jenen Raum der großen Zeitlosigkeit wieder auf, in der sie als Anfang-Zwanzigjährige lebte. Und in unserem Jahrhundert war dies tatsächlich ein vom Erwachsensein streng getrennter Raum, ein Zustand, der sich von den späteren Jahren deutlich unterschied. Jungsein war etwas qualitativ anderes als Altsein – dazwischen lagen keine graduellen Abstufungen, in beiden Zuständen galten grundsätzlich andere Gesetze, andere Denkungsweisen und andere Erlebnisformen.

Mit meinen Dogentestamenten hatte ich mich in einer Welt bewegt, die zwanzigjährige Feldherren, Kardinäle und Witwen kannte. Ich hatte sehr absichtsvoll mit dem Rücken zu meiner Generation gelebt; was Jugendkultur oder gar Jugendsubkultur genannt wurde, war mir stets verächtlich gewesen. Ich sah darin eine Art Jugend-Gnosis, die im Nichts-Kennen und Nichts-Wissen ein Recht auf Besser-Wissen und überhaupt Besser-Sein vermutete. Jetzt empfand ich meinen Trotz als ältlich. Gewiß erleichterte es mein Umdenken, daß Winnies Jungsein ohne dreiste Ansprüche daherkam. Sie gehörte ihrer Generation vollständig an, ohne darin einen Vorzug oder

Rechte zu erblicken. Sie war sich ihres Jungseins gar nicht bewußt, und deshalb nahm sie, so stellte ich mir das vor, auch nicht richtig wahr, daß ich so viel älter war, obwohl sie, man erinnere sich an »Dunkelplau«, gewisse Stilunterschiede durchaus bemerkte. Ich sagte mir, daß es ihre Weltläufigkeit sei, was ihr den Umgang mit einem Mann, der nicht ihrer Jugendsphäre entstammte, als etwas Selbstverständliches erscheinen ließ. Wo hatte sie nicht schon überall gelebt, in welchen Milieus hatte sie sich nicht aufgehalten. Und in ihrem Hintergrund die königinnenhaft verwirrte alte Frau auf ihrem Prunkbett wie im Harem Sardanapals, die mich sofort bezauberte – und das war wichtig, denn Winnie liebte sie zärtlich, obwohl sie sich von Beate Colisées Urteil, so unvorhersehbar es sich aus dem Chaos ihrer Gedanken gelegentlich ans Licht schlängelte, nicht immer beeindrucken lassen wollte. Sosehr mich die Tante durch ihre Art zu sein gewonnen hatte, so skeptisch blieb sie mir gegenüber.

»Der Mann hat einen schönen Mantel an«, sagte sie, als ich aus dem Zimmer ging, »aber er ist nicht so schön wie sein Mantel. In Berlin damals gab es auch solch einen jungen Mann mit schönem Mantel – aber reden wir nicht drüber, das war nichts Erfreuliches.« Winnie erzählte mir dieses Apropos strahlend, als habe Beate Colisée mir ein schmeichelhaftes Kompliment gemacht – »mehr werden wir nie aus ihr herausholen, und das war schon viel«. Sie sah es als gutes Zeichen an, daß die Tante sich überhaupt geäußert hatte und sogar noch bis zu Jugenderinnerungen vorgestoßen war. Bei alten Leuten, die das Gedächtnis verlieren, bleiben angeblich die Bilder aus den frühen Jahren noch länger haften – bei Tante Beate nicht, es mochte auch an ihrer alten Neigung zu rücksichtsloser Redaktion liegen. Alles, was sie nicht mehr unmittelbar betraf, hatte sie weggeschoben. Leider verfuhr sie mit ihren angehäuften Besitztümern, die in der Schweiz die »Fahrhabe« heißen, nicht ähnlich rabiat. Ein wichtiges Argument für ein Leben in Armut wäre es, den Nachkommen das schauderhafte Erlebnis einer Haushaltsauflösung mit Hunderten von Schuhen, Medikamenten, Schallplatten, Photos und anderem durch die Jahrzehnte geschlepptem Zeug zu ersparen, wenn es nicht gerade die Armen wären, die so viele Lebenshilfsstoffe ansammelten; die Reichen reisen nur mit ihren Platinkärtchen ohne Gepäck von Hotel zu Hotel.

Hotels waren, wie man weiß, auch eine Liebe von Beate Colisée, eine unerwiderte freilich, sie war soeben nach kurzem Aufenthalt in einem Hotel im Taunus wieder heimgekehrt. Winnie hoffte, daß der Tante die Reiselust jetzt endgültig vergangen sei. Auch was Frau Markies sagte, als sie durch meine Anrufe in der Agentur schnell entdeckte, daß Winnie in irgendwelche Männerhände geraten sein müsse, bekam ich zu hören. Es war gleichfalls nicht wirklich günstig. Inge Markies hätte es, so sagte sie, besser gefunden, wenn Winnie sich einen »netten Jungen in ihrem Alter« als Freund genommen hätte – bei Typen wie mir, die in diesem Alter noch frei seien, gebe es immer etwas Ungutes, Perverses zu befürchten – »und bei dem Kerl zumal, sonst hätte ihn Wereschnikow nicht engagiert«.

Wie übermütig Winnie über diesen Kommentar lachen konnte! Da nahm ich ihn selbst gleich nicht mehr so ernst. Ivana war ebenfalls nicht einverstanden, ergriff aber keine Partei. Sie mochte Winnie ohnehin nicht – Frauen, das war immer schwierig –, aber als sie mitbekam, daß Winnie einmal bei mir übernachtet hatte, fragte sie verächtlich lächelnd: Was ich denn mit der wolle, das sei doch keine Frau.

Es gibt eine Phase der Verliebtheit, die sich gerade aus der Verständnislosigkeit der Umgebung zu ernähren scheint. Wenn alle drumherum zu wissen glauben, wer zueinander passe und wer nicht, kann das bei dem Liebespaar Feste der Überlegenheit auslösen. Niemand vermag in Wahrheit zu ahnen, was genau die beiden aneinander gefunden haben, denn niemand ist in den entscheidenden Augenblicken dabei.

Und nun gelang mir alles, was so lange gestockt hatte. Es war unversehens möglich, die größere der beiden Eigentumswohnungen, die meine sparsamen Eltern mir hinterlassen haben, sehr teuer zu verkaufen; bis eben noch wurde diese Wohnung von Maklern und Interessenten gemieden, als hätten sie Schwamm in den Mauern entdeckt. Selbst nach Abzahlung aller Bankschulden schwamm ich auf einmal in Geld, ein gänzlich unvertrautes Gefühl – nur für meine Verhältnisse, muß ich hinzufügen, war das viel, als Kunsthändler in spe durfte ich nicht den Sinn für Proportionen verlieren, »Geld« war etwas anderes, das lernte ich bei Wereschnikow. Und der Einstieg bei Wereschnikow wurde durch mein Kapital auch erst möglich. Wereschnikow hörte nie auf, die Chancen auf seinen »beträchtlichen Gewinn« – beträchtlich, sein Lieblingswort – als durchaus »real« zu bezeichnen. Erst einmal war aber eigener Einsatz verlangt, von mir wohlgemerkt; auf ihm lag die Last der gesamten Programm-Konzeption, der Großplanung des Kongresses, des Verfassens von Exposés – gehaßte Knechtsarbeit –, des Herstellens der weltweiten Verbindungen zu den großen Köpfen, sämtlich intime Freunde Wereschnikows; dies Adreßbuch war sein Kapital, wer so etwas nicht besaß, mußte eben Bares hinlegen – »Münzklingeling«, wie er, überraschend zu onomatopoetischen Scherzen aufgelegt, hinzufügte.

Da konnte ich jetzt mithalten, ich konnte als Verkünder von Mestrovic nach Shanghai und Bosnien reisen, konnte mir souverän selbst ein Bild von der gesamten Affaire machen und meine Erfahrungen in die große Vorbereitung der Ausstellung einbringen. Daß Geld nicht alles sei, das ist eine gern nachgeplapperte Weisheit, aber wieviel es verändern kann, wie es das Leben aufzupulvern vermag, welche Leichtigkeit es verleiht, das erlebte ich jetzt.

Geld ist ein geistiger Faktor; aus einer dahindümpelnden Archivexistenz unter Depressionsniveau stieg ich in die Höhe, und der Wind unter meinen Flügeln war Geld. Der Glanz, mit dem Venus ihre Lieblinge übergießt, um sie unwiderstehlich zu machen, dieser Glanz kam bei mir unmittelbar durch diesen Geldsegen, den Geldregen zustande, den ich denn auch erst einmal auf dem großen Haufen zusammenließ, um die Fülle noch ein wenig zu genießen und sich nicht gleich wieder in unzugänglichen Anlagen verflüchtigen zu lassen. Auf mir lag ein hauchdünner Goldstaub. Winnie hatte sein Glitzern gesehen. Ich war liebenswert – ein vielsagendes Wort – wer ist schon wert, geliebt zu werden? Ist es nicht die Liebe, die diesen Wert erst schafft? Aber bedarf die Initialzündung nicht doch eines noch so kleinen Anstoßes aus der Sphäre der Objektivität? In mir saß genügend kleinbürgerliche Ängstlichkeit, um nicht manchmal die stille Frage aufkommen zu lassen, ob die vielen Geldscheine nicht eine Scheinblüte bei mir hervorgelockt hatten, aber dann sah ich Winnie wieder in ihrer Sorglosigkeit, die angesichts ihrer Zerbrechlichkeit doppelt rührend war, und die kleinlichen Bedenken flogen davon.

»Die Reisen müssen Sie vorschießen, das wird später abgerechnet und eingereicht – Reisen kostet ja nichts mehr – jeder Prolet reist – mein Gott, ich habe das Reisen noch als Kunstform erlebt, mit den letzten Paquebots über den Atlantik, entzückende alte Hotels voll hochkultivierter Engländer und womöglich noch hochkultivierterer Ostküstenaristokraten – alles dahin, alles kaputt«, so bereitete Wereschnikow mich auf meine Tätigkeit vor. Ich hing an seinen Lippen und war dennoch davon überzeugt, daß die Magie des Reisens nicht vollständig aufgezehrt sei, auch für mich würde etwas übrig sein; so falsch war diese Vermutung, wie ich bald erfahren sollte, auch gar nicht. Die Wunder warteten gelegentlich sogar in der Nähe, manchmal brauchte man nur eine Tür zu öffnen.

Dies kam jetzt nämlich noch hinzu: eine Erscheinung, die mir, glücksbereit, wie ich war, einen Glücksstoß versetzte. Wie im politisch-historischen Zustand eines Volkes, das sich niemals in allen Beziehungen auf der gleichen Stufe der Entwicklung befindet, ragte auch in mein jetziges Leben ein letzter kahler Ast aus den vorigen, in Passivität und Stagnation verbrachten Jahren hinein.

Ich hatte meinen Halbtagsjob in der Galerie Guggisheim noch nicht aufgegeben, wo ich am Catalogue raisonné eines zweitrangigen Neue-Sachlichkeit-Meisters arbeitete, den Guggisheim groß herausbringen wollte, er hatte den Erben der Witwe den Nachlaß für einen bescheidenen Betrag abgeschwatzt. Guggisheim betrieb sein Geschäft vor allem von der Schweiz aus. Die deutsche Galerie hatte gewiß eine Funktion – damit durfte man bei Guggisheim rechnen –, aber die war mir unbekannt, wie die meisten Räume des Geschäftslokals, die ich nie betrat. Ich saß im Ausstellungsraum an einem Schreibtisch und empfing neben meinen Recherchen gelegentlich auch einen Besucher, aber Guggisheim war mißtrauisch und verwandte Energie und List darauf, daß eine Hilfskraft wie ich ihm nicht in die Kartei guckte. Dachte er daran, daß ihm junge Angestellte mit den Daten dieser kostbaren Kundenkartei davongelaufen waren? Hatte er vielleicht selbst seine Laufbahn so begonnen? Ein kühler Mensch, auf Abstand bedacht, sehr elegant, nicht vorteilhaft anzusehen, wie ein zarter rosiger Frosch – alles, was ich über seine persönlichen Verhältnisse erfuhr, war, daß er einstmals seine auffällig hübsche Ehefrau einem wichtigen Sammler zugleich mit einigen großen Bildern, in einem Los quasi, verkauft habe. Seltsam an dieser Vorstellung war nur, daß er überhaupt verheiratet gewesen sein sollte, so solitär und hermaphroditisch vollkommen und selbstgenügsam wirkte er auf mich.

Und nun war er wieder einmal verreist, und ich saß in der

Ausstellungshalle inmitten einer École-de-Paris-Accrochage und war müßig und überließ mich Gedankenspielereien. Guggisheim war in großer Eile aufgebrochen. Er hatte mir einen Schlüsselbund auf den Tisch gelegt, der mehr als die Hausschlüssel enthielt. Es war ungehörig, was ich tat, aber nicht ausdrücklich verboten, und man soll außerdem niemandem Schlüssel übergeben, wenn man verhindern will, daß er sie ins Schloß steckt. Guggisheims Büro interessierte mich nicht. Das hatte ich oft genug betreten. Aber da waren auch andere Türen im Hintergrund. Und ich mußte nicht den ganzen Bund durchprobieren; schon der erste Schlüssel paßte. Die Tür öffnete sich, und ich stand, nachdem ich Licht gemacht hatte, unversehens vor einem Kalb.

Ja, es war wirklich, als sei ich einem lebendigen Kalb gegenübergetreten, obwohl das Gemälde höchstens zwei Meter breit war und das Kalb höchstens ein Fünftel der Lebensgröße seines Modells hatte. Ein schwarz-weißes Kalb auf saftig grüner Wiese und vor ultramarinblauem Himmel. Schwer; das Kälberfell in köstlich nahrhafte Farbpasten übersetzt. Warm schnaubend, das rosige Maul von gesundem Speichel triefend, die Augen unergründlich seelenvoll, ein vollendetes Geschöpf in seiner jugendlichen Struppigkeit, dem in Wirbeln gewachsenen, noch langhaarigen Kälberfell. Die Erde war gut, die solche Geschöpfe trug. Es ging eine Woge von Glück von diesem Bild aus, das in dem kleinen fensterlosen Raum auf mich gewartet hatte. Rechts neben dem Hinterhuf stand mit großen Buchstaben, sienarot im Wiesengrün, die Malersignatur, kein Fall für Fachleute, auch ohne den Namenszug hätte ich sofort Courbet gesagt.

Ich war beinahe verrückt vor Entdeckerfreude. Mir war, als hätte ich Courbets Kalb nicht in Guggisheims Geheimkabinett, sondern herrenlos auf einer Taunuswiese gefunden; so etwas gab es also. Die Zeiten, in denen das Außergewöhnliche sich den Händen, es zu ergreifen, darbot, waren nicht vorbei. Ein gänzlich unideologischer, aus natürlichem Impuls lebender Kunstkommunismus erfüllte mich. Dies Kalb war dazu geboren und gemalt, um der ganzen Welt zu gehören. Zugleich war sein verborgener Aufenthalt, der es den Blicken entzog, aber auch eine Verheißung. Guggisheims Kämmerchen war wie eine im Gebirge tief verlaufende Goldmine.

Ich rief Winnie an und teilte mit ihr meine Freude, mein Außer-mir-Sein; sie freute sich, weil ich mich freute, kam, obwohl es eine Regennacht war, noch herbei, ich ließ sie über den Hofeingang herein, und sie stand mit mir vor dem Kalb und sah mich, während ich sprach und ihr das Außergewöhnliche deutlich zu machen versuchte, lächelnd an, amüsiert vermutlich über meinen Eifer, aber nicht ironisch, Gott behüte, eine ihr unmögliche Empfindung. Es gehörte zu den besonderen Geschenken dieser Zeit, daß ich diesen Augenblick mit Winnie teilen durfte, soweit das möglich war bei ihrer grundsätzlichen Ferne von Kälbern, von Kunst und von Courbet.

Wäre es dabei geblieben, hätte Guggisheim es vielleicht bei einer Verwarnung belassen. Aber meine Zeit bei ihm war ohnehin abgelaufen. Die Fatalität, mit der sie dann endete, lasse ich beiseite. Es bleibt, daß ich diese Injektion von Mut, Glück, Schwung in meinen ersten Wochen mit Winnie empfangen habe, daß sich mein Lebensgefühl steigerte, der Blutdruck anstieg, die Gedanken sich mit Plänen, Phantasien und Träumen füllten. Der Schmetterling, die Libelle war doch eigentlich sie, aber ich fühlte mich, als sei ich es, der den Zustand der Verpuppung überwunden hatte.

Und obwohl mir diese Zeit mit Winnie als großes und nachhaltiges Kapitel meines Lebens erscheinen will, ein Kapitel, das gewiß noch lange nicht abgeschlossen ist, muß ich mir doch eingestehen, daß es zu gemeinsamen Gewohnheiten, einer Liebesroutine im schönsten Sinn – unglücklich, wer nie die sanfte Glut kennengelernt hat, mit der erotische Gewohnheit den Alltag erwärmt –, daß es dazu zwischen uns niemals gekommen ist. Winnie auf irgendeine Art von Beständigkeit festzunageln, wäre nicht nur sinnlos, sondern auch grausam gewesen. Liebevoll, wie sie war, hätte sie solchen Wünschen womöglich zu entsprechen gesucht und sich damit eine schon auf kürzere Sicht vergebliche Gewalt angetan.

Ich glaube, mich auf den Eindruck verlassen zu dürfen, daß sie gern, von Herzen gern mit mir zusammen war, aber bitte nicht auf Verabredung hin. Sie kam zu mir wie ein Vogel, der einen großen Baum in seinem Revier bevorzugt besucht und in seinen Zweigen herumhüpft, aber nicht darin nistet. Der Baum war ich – war das kein schmeichelhaftes Bild? Fest wurzelnd, hochgewachsen, mit breiter Krone? Ja, das wäre schön gewesen. Und das Zufällige, das unsere Zusammentreffen auszeichnete, war nicht zugleich das Seltene. Winnie war oft bei mir, als sei es das natürlichste für sie, bei mir zu sein. Dies war eine Liebe ohne Werbung, ohne Balz, ohne Psychologie, ohne soziologische Aspekte, ohne Machtkämpfe, ohne Überdruß. Es kam mir vor, als sei ich der erste Mann und sie die erste Frau. Eines der schönsten, mich stets mit Sehnsucht erfüllenden Palindrome heißt: »Madam I'm Adam«, das erste Wort zwischen dem ersten Menschenpaar, das alle Konsequenzen in sich trug. Wenn Natürlichkeit, Unbelastetheit, Fraglosigkeit, Gedankenlosigkeit in der herrlichsten Bedeutung, die man sich ausmalen möchte, Abzeichen glücklicher physischer Liebe sein sollen – wo wäre dann in unserer Zeitgenossenschaft das Glück, und wo versteckte sich wohl die Natur?

Wenn Winnie bei mir eintrat, war sie stets mit ihren Erlebnissen beschäftigt, sprudelnd erzählend, als liege jede Möglichkeit, sich bald schon in einer Umarmung zu befinden, denkbar fern. Während sie sprach und sich eine Zigarette nach der anderen anzündete – der Rauch ging mit ihrem Atem und

Speichel eine köstliche Verbindung ein –, betrachtete ich, wie das Hemdchen, das sie trug, an ihrem Körper herunterfiel, die Taille lose umspielend und verschleiernd – das klopfte in der Hand und zog, dort hinzugreifen, den Stoff zusammenzudrükken und den warmen Körper zu ertasten. Wie lüstern das im nachhinein klingt, und wie wenig lüstern wurde es durch sie. In ihrer Gegenwart gab es nur unschuldige Heiterkeit. Die bläuliche lange Narbe hatte inzwischen jeden Aspekt des Unheimlichen und Erschreckenden verloren. Ich war verliebt in sie und betastete sie mit den Fingerspitzen. Wenn Winnie neben mir lag und sanft dahinplauderte – ich vergaß meist sofort, was sie sagte –, spielte sie gern mit dem Haarbusch unter meinem Nabel. Sie fuhr mit ihren zarten Fingern hindurch und drehte Löckchen darin, als wolle sie ihm die Frisur eines griechischen Marmorgottes verpassen, eine Beschäftigung, die kein Ziel hatte, denn das Gekräusel löste sich alsbald wieder auf. Etwas um die Finger zu wickeln war ihr kleiner Tick. Auch wenn wir uns wieder anzogen, wickelte sie das Taschentuch, das sie mir in die Brusttasche steckte, auf eine lässig asymmetrische Weise um ihre Finger, die es wie achtlos zusammengeknüllt erscheinen ließ. Ich sehe uns daliegen, bei offenem Fenster, der Regen rauscht in der Nacht, der Baum draußen bietet den Tropfen die tausend Trommelfelle seiner Blätter, wie von zarten kühlen Fingerspitzen angetippt.

Diese Nacht, die in meiner Erinnerung für alle steht, war übrigens die einzige, die sie bei mir verbrachte. Mitten in der um sie herumgewobenen Zeitlosigkeit fuhr sonst stets plötzlich eine Unruhe in sie und ließ sie sich aufrichten. Sie müsse jetzt gehen. Geschah das, um weiteren Umarmungen, vor allem einer morgendlichen, zu entfliehen? Der Gedanke kam mir nach der bewußten Regennacht, als ich erwachend sie schon völlig angezogen sah, mit Teekanne an mein Bett tretend, da mußte mein Bedauern schweigen, Tee am Bett, das war doch eine fraglos liebevolle Geste. Denn von meiner Gesellschaft hatte sie wohl nicht genug. Kaum war sie zu Hause, begannen wir zu telephonieren.

Diese langen Gespräche im Dunkel, ich jedenfalls machte nie Licht dabei, und sie versicherte mir, daß sie es ebenso halte. Hört man einer Stimme an, daß sie aus dem Dunkeln spricht? Dämpft man im Dunkeln nicht unwillkürlich die Lautstärke, ist lautes Sprechen im Dunkeln nicht etwas geradezu Widernatürliches? Zur Höhlennacht gehört das Flüstern, als schlafe alles ringsum und dürfe nicht geweckt werden. Und dabei lagen wir, die wir uns eben noch in den Armen gehalten hatten, jeder für sich allein, aber eben nicht, um besser zu schlafen, nein, wach wollten wir durchaus bleiben, nur nicht im selben Bett.

Winnie war immer gesprächig, aber nie so wie am Telephon. Erst das Telephon eröffnete den Redefluß ungehemmt, wobei sie nicht restlos monologisch veranlagt war, sie forderte kleines zustimmendes oder fragendes Gebrumm am anderen Ende, und sie hörte mich auch gern etwas sagen, nicht um näher darauf einzugehen, sondern um sich in solchen Pausen zu neuen Gedanken anregen zu lassen. Da war kein öder oder inhaltsloser Augenblick, selbst wenn wir mitunter, uns selbst überraschend, ein Weilchen schwiegen und nachdenklich in die kosmische Nacht hineinlauschten. Und man möge bloß kein Zeichen der Überheblichkeit darin sehen, daß ich nur wenig von dem, was sie bei solchen Gelegenheiten sagte, wiedergeben könnte. Ich übertreibe nicht, wenn ich behaupte, daß ich ihr atemlos zuhörte. Es war in seinem Eifer ein konsumierendes Lauschen, das Gehörte wurde augenblicklich aufgezehrt. Wir lachten oft, aber meist leise, das schöne Wort »stillvergnügt« traf die Stimmung vollkommen.

Sie hatte viel Sinn für komische Situationen, selbst wenn sie sich zum eigenen Nachteil wandten. Das einzigartige Pech, das an allen Unternehmungen der Werbeagentur klebte, in der sie vor ihrer Stelle bei Frau Markies beschäftigt war, tat ihr in der Seele weh. Der Mann, der das Unglück an sich zog, besaß offenbar ihre ganz besondere Sympathie. Sie sprach die wärmsten Worte über ihn und bewunderte ihn, wie es schien. Es wäre geradezu zum Eifersüchtigwerden gewesen, wenn die Vertraulichkeit, in die sie mich einspann, solche niedrigen Empfindungen erlaubt hätte.

Von dem Mißgeschick dieses Mannes ist mir eines tatsächlich im Gedächtnis geblieben, weil es sich in seiner Buntfarbigkeit aus unseren Notturnos heraushob. Buntfarbig in unübertrefflichem Ausmaß waren die kleinen Werbefilme gewesen, die er im Auftrag des mexikanischen Tourismusbüros entweder produziert oder angekauft hatte, das blieb unklar. Bunte Indianer, bunte Eselskarren, bunte Prozessionen, bunte Blumen in Überfülle, dazu eine aufgekratzt bunt-launige Musik, die in die Glieder fuhr, Mexiko stellte sich als die reinste Vitalitätsinjektion dar, ein Land der ewigen Heiterkeit. Daß in der Woche, in der dieser Film über alle Bildschirme der deutschen Flughäfen laufen sollte, der Bürgerkrieg der Rauschgiftbosse in der unseligen Republik einem neuen Höhepunkt entgegenstrebte, war nicht die Schuld von Winnies hochbegabtem Chef, aber daß unter dem zapplig vergnügten Werbefilm die laufende Unterschrift lief, die von dreiundzwanzig Toten bei einem Massaker in Mexico Ciudad und der Warnung des Außenministeriums vor Reisen dorthin sprach, das hätte er nach Ansicht seiner Klienten vorhersehen und verhindern müssen. Für die Werbeagentur war der Streit die finale Katastrophe.

Winnie versuchte, ihre Betrübtheit darüber nicht zu kurz kommen zu lassen, aber das groteske Bild aus gleichzeitiger Anziehung und Abstoßung war stärker. Sie wollte weinen, aber sie mußte lachen. Sie war durch die eigenen Interessen, in dieser Agentur hatte sie wohl sehr gern gearbeitet, nicht zu korrumpieren. Das erzählte sie mir in einer Nacht, in der mir ihr Aufbruch besonders unwillkommen war. Sie hörte meiner Stimme die Enttäuschung an und führte mich schnell darüber hinweg, niemand sollte sich ihretwegen grämen.

Und auch sie selbst wollte sich mit Versäumtem, Verlorenem nicht belasten. Schon war sie zu einem anderen Thema gehüpft. Gerade dieses Gespräch ist mir gegenwärtig geblieben. Es fand kurz vor meiner größeren Reise auf Mestrovics Spuren statt. Ich war von Aufbruchs- und Abschiedsstimmung erfüllt und deshalb vielleicht auch verstimmt, daß das Abschiedsfest nicht länger dauern sollte. Gerade ihre Worte über das Vergessen waren es, die ich behielt.

Es ging um Tante Beate, die immer Vergeßlichere. Das Behaltenkönnen wurde in ihrer Lage zu einer regelrecht physischen Tätigkeit: mit den Händen und Armen festhalten, was einem zugeworfen wird, und dies gelang nicht mehr, die dikken Arme und die feinen weichen Hände bekamen nichts mehr zu fassen, und so gelangten die Informationen des Tastbaren, Wägbaren auch nicht mehr ins Hirn.

»Und ausgerechnet das Kätzchen hat sie nicht vergessen!« Winnie hatte recht, darüber zu staunen, denn sie bekam den Verfall der Tante am eindringlichsten mit. Auch die Ärztin sei verblüfft.

»Wo es jetzt sein mag?« Eine Frage wie ein vorbeihuschender Nachtfalter, aber wie diese schwere- und beinahe körperlosen Schmetterlinge sich unversehens unter einem Lampenschirm um die Glühbirne herum verirren können und dort zappeln bleiben, mit den zarten Flügeln Kräfte entwickeln und hörbar damit aufschlagen, so blieb mir diese kleine Frage im Kopf.

Keinen Augenblick wäre mir dabei unterlaufen, irgendwie verblüfft oder irritiert nachzufragen, wie sie das denn meine; die Katze war doch tot? Ein Überprüfen ihrer Aussagen – das Wort spricht schon für sich! – auf Widersprüche hin verbot sich ganz grundsätzlich. Winnie einer Inquisition unterwerfen – für mich eine Lächerlichkeit, die das Zeug hatte, dennoch alles zu zerstören. So wie Winnie dachte und empfand, so wie sie tatsächlich einmal eine Weile schweigend meiner Erzählung von der Schildkröte und ihren verschiedenen Existenzformen gefolgt war, ganz selbstverständlich meine Phantasien aufnehmend, konnte sie nur ein geistiges Weiterleben der Zucker-und-Zimt-Katze im Auge haben, eine Vorstellung, von dem Kätzchen unsichtbar weiter begleitet zu sein oder allmählich von ihm verlassen zu werden, weil sich dies geliebte Wesen andere, seiner luftigen neuen Verfassung angemessenere Räume erschloß. In welchem Elysium mit zuckerbeschneiten Berggipfeln und zimtbestäubten Abhängen, die von milchsprudelnden Quellen durchströmt waren, von Astralmäuschen durchhuscht, die weniger Beutetiere als Spielgefährten wären, mochte sie nun herumtollen?

Winnie verhielt sich mir gegenüber genauso. Mir unterlief es manchmal, je länger ein solches Telephonat dauerte, daß ich sprechend in Halbschlaf hinüberglitt und das vernünftig Begonnene sehr dunkel, mir selbst unverständlich fortsetzte; bei diesem letzten Gespräch vor der Bosnien-Reise – angeregt durch die Mexiko-Reklame oder meinen bevorstehenden Flug – überraschte ich mich, aus wirklicher Trance auftauchend, bei der Bemerkung »von einem schwarzen Punkt in der Mitte, einer verfinsterten Sonne fliegen strahlenförmig zwölf Flugzeuge in alle Richtungen«; das Bild sehe ich noch vor mir, worauf es sich bezieht, ist mir bis heute verborgen, aber Winnie wunderte sich nicht im mindesten und ertappte mich auch nicht beim Eingeschlafensein, sondern fuhr, durch diese Vorstellung spürbar inspiriert, fort: »Ja, und das Besondere ist, daß die schwarze Sonne dennoch scheint – und wie! Sie blendet sogar.«

Sie war nicht in mein Leben hineingeflochten. Sie begleitete es unsichtbar und konkretisierte sich nur in den verzauberten Nachtstunden. Mit mir bei Merzinger essen zu gehen lehnte sie – die zu allem sonst stets Ja-Sagende – strikt ab, wobei mir nicht klar wurde, ob sie das Restaurant kannte oder ob ihr nur dessen Fama bekannt war – oder wollte sie bloß Inge Markies nicht mit mir zusammen begegnen? Aber solche nachvollziehbaren, naheliegenden Erklärungen griffen bei ihr nicht, so einfach war das nie – es mochte der Namensklang sein, der sie störte: Merzinger, Nerze ausmerzen, kommerziell – was weiß ich, woran sie dachte!

So hatten wir denn in einem kleinen thailändischen Lokal etwas gegessen, sie mochte die Hühnersuppe mit Koriander dort, ein paar Löffel jedenfalls, wie die Kinder früher ihren Löffel Lebertran bekamen, und wenn sie von dieser Suppe ein bißchen in sich hineinschlürfte, behutsam – die Suppe mußte kochend heiß sein für sie, sie ließ sie, sonst so anspruchslos, sogar zurückgehen, um sie noch einmal richtig erhitzen zu lassen –, dann stellte ich mir vor, sie nehme eine echte Essenz, lebenspendende Tropfen zu sich. Das Lokal war in einem pauschalasiatisch-kolonialen Stil mit Deckenventilator und allerhand Bambus eingerichtet, ich hätte es ohne Winnie nie betreten, ein Ort ohne Atmosphäre, ohne Publikum, ohne Geschmack, was man so sagt, dabei war gegen das Essen wirklich nichts einzuwenden.

Aber auf einmal trat der Ausdruck des Entsetzens auf Winnies Gesicht. Sie hatte etwas zutiefst Erschreckendes in ihrer Suppe gefunden. Und jetzt sah ich es auch: in ihrem Suppenlöffel pumpte und wand sich ein kleines Lebewesen, ein Miniaturkrake, ein fliegengroßer Oktopus, der das kochende Wasser überlebt hatte. Eine unvergeßliche panische Sekunde starrten wir auf das kräftige kleine Leben – dann löste sich das Phänomen für beide zugleich in Gelächter: Es war der Deckenventilator, der sich im Löffelrund spiegelte.

»Ich bin mit dir eben immer auf irgendwelche Schildkröten in der Suppe vorbereitet«, das war kein Vorwurf, es klang, als sollte ich glauben, daß sie von mir stets etwas Außergewöhnliches erwartete.

Neunzehntes Kapitel

Nur geliehen

Darf man behaupten, daß Ivana am geistigen Zusammenbruch von Frau Beate Colisée ursächlich beteiligt war? Ärzte würden bei einer solchen Frage mit dem Kopf schütteln. Diese die ganze sichtbare Welt in sich hineinsaugende Vergeßlichkeit, diese verzweifelte und fruchtlose Hyperaktivität, diese Konzentrationsunfähigkeit gehörten zu Krankheits- und Verfallsbildern, welche die genetische Anlage mehr als hinreichend erklärt und begründet. Hinzu kamen noch die Leiden, die durch den übermäßig schweren Körper verursacht wurden, Herzschwäche, Bronchitis, Lungenemphysem, Thrombosegefahr – das Gesamtaufgebot von Menschheitsplagen vermochte auch eine bosnische Kroatin von der Willenskraft einer Ivana schwer zu überbieten.

Da besaß ein wissenschaftlich schon gar nicht wägbares Gewicht wohl noch eher, was Frau Colisée hörte, als sie die Wohnung im ersten Stock mietete, nachdem sie sich gerade erst von ihrem Atelier zurückgezogen hatte, wahrlich noch im Besitz ihrer fünf Sinne, nur unter der Last der Jahre ächzend – Wie lange ihr schon nichts mehr eingefallen sei, seitdem sie verstanden habe, daß den beiden Jahrhunderterfindungen, den Jeans und dem Chanel-Kostüm, nichts mehr hinzuzufügen war, von ihr schon gar nicht, bevor nicht eine neue Epoche die Menschheit mit anderen Augen und einer anderen Lebensform beschenkte. Sie hielt sich für veraltet, ohne deswegen Trübsal zu blasen. Sie hatte gelacht, als ihr die Hausmeisterin in vertraulichem Plausch auf der Treppe eröffnete, was als

Warnung gemeint war. In diesem Haus seien in den letzten zwanzig Jahren drei alleinstehende Frauen verrückt geworden: im ersten Stock eine sehr souveräne, elegante Dame, die begonnen habe zu glauben, die Nachbarn brächen in ihre Wohnung ein, um ihre Bettwäsche schmutzig zu machen; unterm Dach eine Sammlerin alter Zeitungen, die zum Schluß keinen Platz mehr gehabt habe, um sich ins Bett zu legen; und eine sehr würdige Witwe, die jeden verdächtigte, auf abscheuliche Weise engelhafte Kinder zu ermorden, und ihre Anklage laut rufend im Treppenhaus vortrug. Man müsse eben allein sein können, bemerkte Colisée dazu, das Alleinsein sei eine Kunst wie alle anderen auch, eine Frage des Erwachsenwerdens; nicht immer sein Schicksal an andere Leute zu delegieren, anderen die Sorge um das eigene Glück und Unglück aufzubinden. Das war wunderbar gesprochen, die nicht unintelligente Hausmeisterin hörte es mit Respekt und entschloß sich, darüber nachzudenken.

Beate Colisées Lebensrealität sah allerdings ganz anders aus. Ihr Hofstaat wuchs von Monat zu Monat. Nur Freunde wollte sie nicht mehr empfangen. Sie fand den Umgang mit den Leuten, die sie bezahlte, bekömmlicher, von Winnie abgesehen, die sie nicht bezahlte, sondern reich beschenkte. Es hätte keine selbstlosere und dankbarere Beschenkte geben können, in dieser Beziehung hatte Frau Colisée es mit der Auswahl ihrer Umgebung vorzüglich getroffen.

Wer eigentlich gar nicht zu ihr paßte, war nur Ivana, und beiden war das frühzeitig klar geworden, ohne daß sie deshalb die Kraft gefunden hätten auseinanderzugehen. Frau Colisée war schon sehr bald zu solchen Entschlüssen, zu einer Kündigung, einem Hinauswurf, was sie früher kaltblütig beherrscht hatte, nicht mehr in der Lage. Es war, als hätte es in ihrem Leben nie die vielen verheulten Nähmädchen und Directricen gegeben, denen sie nach einer einzigen Verwarnung die Tür gewiesen hatte. So etwas war inzwischen undenkbar, weil sich die Gedanken und Energien, die zu solcher Entlassung erforderlich gewesen wären, nicht mehr bündeln ließen. Sie hatten dadurch ihre Stoßkraft verloren. Frau Colisée sah sich dabei zu, wie sie das als notwendig Empfundene nicht mehr tat. Sie konnte sich darüber eine Zeitlang mehr aufregen als über die Unfähigkeit und den Ungehorsam der anderen; dann entglitt auch diese Perspektive.

Aber schon als sie Ivana gerade erst eingestellt hatte, waren ihr die kraftvoll-heftigen Bewegungen, mit denen die junge Frau wischte und fegte, zuwider gewesen. Sie sah in Ivana zuviel blinde Gewalt am Werk, zuwenig Durchdenken der Aufgabe: auf welche Weise man mit dem kleinstmöglichen Aufwand an Erschütterung, Lärm, Hin- und Herstoßen zum Ziel gelangte; ihr kam es nicht auf die Zeit an. Es durfte gern alles etwas länger dauern, aber sollte dafür mit Aufmerksamkeit und Intensität geleistet sein, was im Ergebnis dann oft doch das schnellste war, denn man kam ohne Kaputtmachen und Nachbessern aus. Früher hätte sie versucht, Ivana zu erziehen, jetzt sah sie ihr mit dem Gefühl zu, als habe ihr jemand Juckpulver in den Ausschnitt gestreut, und fühlte sich wortlosen Unbehagensattacken ausgesetzt.

Aber auch Ivana empfand eine ungewohnte Entscheidungsunsicherheit, wenn sie an Frau Beate Colisée dachte. Einmal hielt sie es für geboten, unbedingt bei ihr auszuharren, um schließlich zur Alleinherrscherin zu werden; dann wieder hielt sie sich für außerstande, Frau Colisée noch eine einzige weitere Stunde zu ertragen. War sie mit ihr allein, erlaubte sie sich einen rauhen Ton, nicht aus Kaltherzigkeit, sondern weil ihr winziges Geduldreservoir bis zum letzten Rest ausgeschöpft war. Frau Colisée sah sie dann mit runden erstaunten Augen an und versank in Gedanken. Durfte man so mit ihr sprechen? Hatte Ivana da eine besondere Erlaubnis? War das neuerdings in Ordnung so, hatte Frau Colisée eine entscheidende Änderung der Verhältnisse nicht mitbekommen? Es bestand eine grundsätzliche Fremdheit zwischen ihnen beiden, daß sie verschiedenen Nationen angehörten, hatte dabei das geringste Gewicht. Ivana mochte auch die Katze nicht, die auf dem Kissen und dem Schoß von Frau Colisée ihre Parasitenexistenz führte. Was sollten überhaupt Tiere in einer Wohnung? Hier sprach die alte bäuerliche Gewohnheit aus ihr, in Tieren Arbeitsgenossen, Knechte und Mägde und Gefangene zu sehen. Ivanas Lippen wurden schmal, wenn sie aus den Augenwinkeln mitbekam, wie Winnie frische Leber für das Kätzchen zuschnitt, das zu den Füßen seiner ergebenen Herrin darauf wartete, die spitzen Zähnchen in die von Fleischsaft triefenden Stücke zu schlagen; Winnie aß vor allem Gemüse – das gesinnungshafte und zugleich wissenschaftliche Wort Vegetarier will ich bei ihr ganz bewußt vermeiden. Sie würde in meiner Erinnerung als Vegetarierin sofort an Anmut verlieren, aber die Vorstellung, sich diese Leber zu braten und sie sich in den Mund zu stecken, war ihr ein Graus. Das Kätzchen hingegen erschien ihr in seiner ungeschminkten Blutgier kein bißchen weniger liebenswert. Ich muß mich davor hüten, Ivana zuviel Schuld aufzuladen, und habe auch gegenüber Winnie später nie ein Wort in dieser Tendenz ausgesprochen, aber ich werde den Gedanken nicht los, daß es Ivana war, die der Katze den Weg ins Freie öffnete oder die zumindest nicht aufpaßte und dann gewiß nicht alles stehen- und liegenließ, um einer Katze hinterherzulaufen. Hinter der Katze her, um sie zu verscheuchen, das mochte angehen, aber ihr nachlaufen, wenn sie sich von selber davonmachte, das fehlte noch.

Fort mit solchen Verdächtigungen! Auf jeden von uns wartete noch anderes als der Tod einer Katze, und ich glaubte erst recht, dankbar sein zu müssen für den Anblick sich verfinsternder, sich mit Tränen füllender Augen, von aufsteigender Röte in weiße Wangen und malträtierten runden Lippen. In einem anderen Punkt kann ich Ivana jedoch nicht freisprechen.

Der Krieg zwischen Serbien und Kroatien und die wachsende Unruhe in Ivanas bosnisch-herzegowinischer Heimat ließen ihr Leben geselliger werden als noch vor kurzem. Vorbei war die Zeit, in der sie sich früh ins Bett legte und so lange Fernsehen guckte, bis sie einschlief – das ging schnell; je mehr der Regisseur auf atemlose Spannung gesetzt hatte, um so müheloser fielen ihr die Augen zu, Schußwechsel wirkten geradezu sedativ auf sie, und sie erwachte nur noch einmal, wenn ihr Mann schließlich ins Bett kam, vor allem, um an seinem Atem zu riechen, ob er Schnaps getrunken habe. In der spröden und schlaftrunkenen Ivana erwachte eine Neigung zur Schauspielerei, mit der sie ihren Abscheu vor der Schnapsfahne darstellte. Aber jetzt war es vorbei mit Stipos Zurückhaltung gegenüber dem Slivovic, und Ivana konnte und wollte ihn auch nicht mehr zurechtweisen, denn sie waren kaum einen Abend mehr allein, und vor anderen hätte sie sich niemals mit ihrem Mann gestritten, das ging gegen die Ehre des Hauses. Dessen Mauern, und wenn sie auch nur aus der Sperrholztür in ihrem Souterrain-Zimmer bestanden, hatten undurchdringlich zu sein für Blicke von außen. Und fremde Augen waren jetzt beständig zugegen.

In der ganzen Stadt fanden sich die feindlichen Parteien zusammen. Bei meinem serbischen Schuster sprach ich mit einem kleinen dicken Mann, der seines Zorns nicht Herr wurde. Er besitze ein Haus in Split in Dalmatien, und wenn die Kroaten es wagten, sich dem auch nur zu nähern, dann werde er sie alle umbringen, er sei ausreichend bewaffnet. Mitten in Frankfurt vom massenhaften Umbringen zu hören, während die Schleifmaschine des Schusters surrte und draußen alte Damen ihre Hunde spazierenführten, kam mir so geprahlt vor wie aus dem Munde des Miles gloriosus, aber Ivana, der ich davon amüsiert erzählte, sagte sehr ruhig, nein, nein, das sei ernst gemeint. Vor der evangelischen Christuskirche, in deren Seitenschiff eine serbische Kapelle eingerichtet worden war, standen jetzt sonntags die Lastwagen, die Spenden der Frankfurter Serben an die Front beförderten. Hünenhafte Männer mit Bärten und grauen Mützen, auf denen der byzantinisch-serbische Doppeladler silbern prangte, brachten einen Hauch von Miliz in das sonntäglich schlafende Wohnviertel. Ivana bewohnte damals mit Stipo ein Zimmer im Souterrain eines großen älteren Mietshauses, die Nachbarzimmer waren an ihre Schwester und eine Cousine vermietet, zu gesalzenen Preisen, mit denen die Vermieter den unklaren Rechtsstatus ihrer Mieter ausnutzten. Ich habe nie herausbekommen, ob Ivana nun eigentlich eine Arbeitsgenehmigung hatte oder nicht, obwohl sie mir einmal in höchster Aufgebrachtheit ihre Antwort auf Frau Breegens Frage nach ihrer Steuerkarte wiedergab: Sie griff sich zwischen die Beine und rief, ihren Dialog mit Frau Breegen mehr als vergegenwärtigend, in kämpferischer Schärfe aus: »Das ist das einzige, was du in Frankfurt ohne Arbeitsgenehmigung arbeiten kannst!«, womit das Vorhandensein einer Lohnsteuerkarte freilich noch nicht geklärt war, und es wurde wohl auch nie geklärt. In den drei halb unterirdischen Zimmern der Mestrovic-Sippe – Stipos Familie fiel nicht ins Gewicht, er hatte sich durch seine Heirat dem stärkeren Clan angeschlossen, ein mit mäßiger Freundlichkeit geduldeter Hintersasse – tummelten sich jetzt oft mehr als zwanzig Menschen. Der Krieg veranlaßte nicht nur Fluchten, sondern auch ein Reisen zwischen seinen Schauplätzen und den Stützpunkten im Ausland, von denen Subsidien zu erwarten waren. Wenn ich Ivana richtig verstand, gab es einen regelrechten Kriegs-Wochenend-Tourismus. Man reiste zu den Kämpfen und man floh vor den Kämpfen in Pendelbewegungen.

Eines Abends wollte ich Ivana meine Schlüssel bringen, weil ich verreiste. Ihre Tür blieb mir verschlossen, obwohl ich lang klingelte. Ich ging ums Haus herum und fand die drei Fenster des Souterrains dicht beschlagen. Auf den Fensterbänken standen Flaschen, die in der leicht frostigen Nacht gekühlt wurden, und dann gelang mir schließlich ein Blick durch einen nichtbeschlagenen Winkel. Im gleißenden Neonlicht standen viele Männer zusammen, in schwarzen T-Shirts und Jeans, die Haare kurzgeschoren, und redeten heftig aufeinander ein, während ein Fernseher lief und laute Musik aus dem Nachbarzimmer drang. Dies Zusammenstehen war wie eine Verschwörung, wie die Verabredung und Beratung vor gemeinsamem Aufbruch zu einer gefährlichen Unternehmung. Jetzt erkannte ich Stipos charakteristisches Profil, die große ausdrucksvolle Nase und den fehlenden Hinterkopf; ich hätte seine Silhouette unter Tausenden herausgefunden. Sein Mund stand, wie meist, ein wenig offen, er hörte mit der Bereitwilligkeit eines Mannes zu, der zu unbedingter Gefolgschaft verpflichtet ist, aber auf die Ratschlüsse keinen Einfluß nimmt. Mein Klopfen an die Scheibe hörte niemand. Die Männer waren in ihrem überhellen Bunkerraum von der Außenwelt abgeschieden, vielleicht hatten sie gar die Tageszeit vergessen. Auch das Nachbarfenster hatte ein nichtbeschlagenes Eckchen, und hier entdeckte ich Ivana schließlich, im Kreis von gewiß zehn Frauen, die auf dem Bett und auf dem Boden lagerten. Ich hatte sie noch nie schöngemacht gesehen. Jetzt war sie geschminkt, die Lippen waren etwas verbreitert mit dem fetten Rot, es überraschte mich, daß sie ihre Schmallippigkeit als Mangel empfand. Sie war hübsch angezogen, mit gleichfalls feuerrotem Rock. Ich hätte geschworen, daß sie Rot tragen würde, wenn sie die Wahl hatte, sie war ein marsischer Mensch mit Affinität zu Feuer und Blut. Um so ungewohnter ihre Gemeinsamkeit mit den anderen Frauen. Wie die Hühner hockten sie da zusammen unter dem Neonmond, die meisten jung, manche reizvolle Erscheinung, aber in dieser Gruppenformation zum Weibervolk geworden. Hier wurde weniger geraucht, aber auch hier war die Spannung der Zusammenkunft spürbar, die sich bei den Frauen im Warten ausdrückte auf das, was nebenan beschlossen wurde.

Ivana wurde auf mich aufmerksam. Sie tauchte aus der Gruppenexistenz empor und öffnete das Fenster. Ich sah auf ihr lächelndes Gesicht hinab wie auf ein an der Brunnenoberfläche schwimmendes Spiegelbild. Wie gut standen ihr die blinkenden Goldohrringe, die vielleicht schon ihre Großmutter getragen hatte, auch die sich zu mir emporreckende Hand, in die ich meinen Schlüssel legte, trug einen rotgoldenen Ring. Ich kam mir vor, als erlaubte ich mir einen Blick hinter die Kulissen ihres Lebens, als betrachtete ich sie aus einem eigentlich nicht statthaften Blickwinkel.

Ich wechsle in Winnies Welt, in die Wohnung von Tante Beate, wie ich mich schon gewöhnt hatte zu sagen, die aber gleichfalls zu Ivanas Sphäre gehörte, am liebsten sogar ganz zum Einflußbereich Ivanas hätte werden sollen. Das Badezimmer erinnerte von allem, was Beate Colisée besaß, am stärksten an ihre Jugendjahre, an das ländliche Haus in Lothringen, aus dem sie stammte und in dem das Badezimmer noch keine gekachelte Naßzelle war, wie es durchaus realistisch heißt, sondern ein großer heller Raum, die Wanne nur ein Möbelstück unter vielen, es hatte sogar ein Sopha dort gestanden. In diesem großen und behaglichen Bad gab es eine Kommode, auf der schwersilberne Haarbürsten, Schildpattdosen und kristallgeschliffene Zahnsalzgläser ausgestellt waren, und aus diesem zu ewigkeitlicher Nichtbenutztheit zusammengefügten Ensemble ragte eine Porzellanhand; es sah aus, als sei in der geräumigen Kommode eine Dame gefangen, die sich zu befreien suchte. Es war nämlich unverkennbar eine Damenhand, ein Handmodell aus einem alten Handschuhgeschäft. Beate Colisée schätzte keinen Schmuck, wie man weiß, hatte Schmuck sogar verachtet, diese Verachtung vor ihren Kundinnen aber weitgehend verbergen müssen – genug, sie selbst trug keinen Ring, keine Kette und keine Brosche und sagte gern, sie wolle am liebsten so nackt, wie sie geboren sei, durchs Leben gehen.

Aber einen einzigen Ring besaß sie eben doch. Es hing wahrscheinlich eine Geschichte daran, es war ein ziemlich großer Rubincabochon, der an ihrer Hand gewiß gut ausgesehen hätte, aber an ihren Finger kam er nicht, er kam auf den Porzellanfinger der eingesperrten Dame. Und dort behielt Beate Colisée ihn im Auge. Sie hatte nie an ihren Besitztümern gehangen, war eine generöse Schenkerin, und nun kam das Vergessen hinzu, immer mehr rutschte hinaus aus ihrem Bewußtsein. Und der Ring wäre, obwohl an sich groß, doch klein genug gewesen, um gleichfalls davonzurutschen und in die ungemessenen Tiefen der Seele zu sinken, aber das tat er nicht. Sie hatte die Angewohnheit, ihn bei jedem Aufenthalt im Bad zu berühren und auf dem Porzellanfinger zu drehen, wie im Märchen die Zauberringe gedreht werden müssen, wenn die Wünsche in Erfüllung gehen sollen. Der Ring besaß eine Vergessensresistenz, er gehörte zu den Orientierungsmarken in ihrem Leben. Und eines Tages war er weg.

Beate Colisée stand im Bad vor der Kommode und berührte in Gedanken die kühle Porzellanhand. Die Hand war blank, da war kein Ring. War da wirklich kein Ring? Sie traute ihren Augen nicht, setzte sogar die um den Hals hängende Lesebrille auf: Tatsächlich, es gab keinen Ring. Sie war allein in der Wohnung, sie konnte niemanden herbeirufen. Sie wankte zurück zu ihrem Bett, ihrem orientalischen Kissenlager, und setzte sich. Sie dachte nach. Es war ein Grübeln, das keinen Ausweg fand. War es nicht so, daß dieser Ring immer an dieser Hand, immer im Badezimmer gewesen war? Oder täuschte sie sich? Sie täuschte sich neuerdings oft, das wurde ihr jetzt klar. Sie glaubte mit felsenfester Sicherheit, dies und jenes liege da und dort, und dann lag es gar nicht dort, obwohl sie hätte schwören können, es mit eigenen Augen dort liegen sehen zu haben. Es war, als bestünden verschiedene Arten von Wirklichkeit, die miteinander den Platz tauschen konnten. Sie versuchte sich in den gewagtesten Lösungen. War es möglich, daß es einen Ring nie gegeben hatte, daß sie bis heute in einem Traum verharrte, der sich unerklärlich und plötzlich auflöste? Kannte sie nicht das Erlebnis des jähen Erwachens aus einer Fehlvorstellung, die bis dahin unbezweifelt war? Kannte sie nicht dieses »Ach so!«, dieses Erwachen mit Staunen – dies Gefühl war ihr doch nicht unvertraut? An die Geschichte des Rings dachte sie übrigens keinen Augenblick – hätte die ihrem heißlaufenden Hirn noch einen Halt gewähren können? Aber warum stand da diese Porzellanhand im Bad, was war ihre Funktion? Sie hing mit etwas zusammen, sie war nicht von selbst aus der Kommode herausgewachsen. Lange kreisten ihre Gedanken. Sie fühlte sich schwindlig, als sei sie betrunken. Der Ring machte sie verrückt, wie sie noch niemals ein unbeseeltes Ding verrückt gemacht hatte.

Winnie kam. Sie fand die Tante in seltsam befangener Erregung vor. Es war nicht leicht herauszufinden, was die alte Frau derart beschäftigte, denn Beate Colisée versuchte, listig zu sein. Sie sagte nicht, daß sie im Bad einen Ring vermißte, sondern fragte mit angstvollem Blick, ob dort an der Porzellanhand einmal ein Ring gewesen sei – ob Winnie sich daran erinnere? Für den Charakter von Beate Colisée ist es dabei bezeichnend, daß sie in der ganzen Ringaffaire niemanden des Diebstahls verdächtigte. Sie war wahrlich ein anderer Fall als die Frauen, die vor ihr in diesem Haus den Verstand verloren hatten. Sie hatte den ihren verloren, wie man einen Schlüssel verliert, das änderte nichts an ihrer großherzigen Wesensart. Winnie war so gleichgültig gegenüber ihrer Umgebung, daß sie sich nicht erinnern konnte, ob auf der bewußten Hand jemals ein Ring gesteckt hatte. Sie nahm die Hand jetzt überhaupt erst wahr. Winnie als Augenzeugin hätte einen Kriminalbeamten verzweifeln lassen. »Ja« oder »Nein«, das waren für Winnie die beiden kompliziertesten Wörter der deutschen Sprache.

Aber das Schlimmste, oder besser Verhängnisvollste war noch nicht geschehen. Am nächsten Tag, einem sonnendurchfluteten Nachmittag, als Beate Colisée sich wieder in ihr Badezimmer begab, war der Ring wieder da. Er steckte genau dort, wo er immer, seit Jahrzehnten, gesteckt hatte. Und nun wurden Beate Colisée die Knie weich. Sie bedeckte die Augen mit den dicken Händen, tat sie wieder weg: Der Ring war noch da. Sie berührte ihn behutsam, als könne er wie eine überzarte Glasbläserei zerplatzen. Aber das tat er nicht, er war fest und kühl.

Winnie war davon überzeugt, daß diese Ring-Episode Tante Beate den endgültig zerstörerischen Stoß versetzte. Es war ihr nicht mehr begreiflich zu machen, daß sie sich nicht getäuscht hatte: Ja, der Ring war jahrelang an derselben Stelle gewesen, ja, er war dann plötzlich verschwunden, ja, er war wieder zurückgekehrt. Ivana hatte ihn nicht stehlen wollen, aber sie hatte der Versuchung nicht widerstanden, den roten Stein einmal zu ihrem roten Rock zu tragen. Die Verwandten und Freunde, die anreisten, erlebten sie als reiche Frau, und das tat ihr gut. Es paßte einfach besser zu ihr, als bemitleidet zu werden, weil sie sich im Ausland durch Putzen durchschlug. In eiserner Sparsamkeit – davon hätte Stipo berichten können – hatte sich auch schon Beträchtliches angesammelt bei ihr. Sie achtete darauf, stets ein bißchen teurer zu sein als die andern Putzfrauen und setzte ihre Preise auch durch. Man glaubte ihr, daß sie besser sei, weil sie das mit solchem Stolz behauptete. Dennoch war sie rot geworden – das Rot begleitete die Ring-Angelegenheit bis zum Schluß –, als Winnie sie auf den Ring ansprach, ganz ohne Verdacht nebenbei, einfach um die Geschichte zu erzählen. Am liebsten hätte Ivana jetzt bei Frau Colisée gekündigt, um das Geschehene auszulöschen, einfach nicht mehr daran denken zu müssen. Sie sehnte sich vergebens nach der Amnesie, die Beate Colisée alsbald geschenkt worden war, und verzieh Winnie niemals.

Zwanzigstes Kapitel

Die Billetts verkaufen sich wie geschnitten Brot

Rotzoff hatte eine Tätigkeit gefunden, die ihn ganz ausfüllte, das Verkaufen der Eintrittskarten für das große Fest. Er hatte Ehrgeiz auf ihren Entwurf gewandt, die Aufschrift prangte in Buchdruck, die Typen waren tastbar, das Ganze in einem Löschpapier-Hellblau und mit einer altmodischen Nummer, die von Hand etwas schief aufgestempelt war. Der Drucker war erst einmal vertröstet worden, außerdem stellte Rotzoff ihm drei Eintrittskarten in Aussicht, da mußte ein solcher Mann sich doch glücklich schätzen. Aber nun ging es ans Verkaufen, und da zeigte sich die Amoralität, die wirkliche Verkommenheit der meisten Leute. Man glaubte, sich das noch einmal überlegen zu dürfen – »Vorsicht, die Karten gehen weg wie geschnitten Brot, wer keine Karte hat, bleibt draußen« –, aber diese Warnung schreckte offenbar nicht jeden. Am niederträchtigsten hatte sich ein jüngerer Rechtsanwalt betragen, der ihm ohne weiteres sechs Karten abnahm, er gedachte seine Anwaltspartner zu beschenken und deren Kebsweiber, und dann mit dem Geld nicht herausrückte: Rotzoff schulde ihm noch zweitausend Mark, er erlaube sich, den Betrag zu verrechnen. Diese Zweitausend hatte Rotzoff vollständig vergessen, der Kerl hatte auch nie gemahnt, damit den sittlichen Anspruch auf das Geld im Grunde aufgegeben, merkte außerdem solche Beträge gar nicht, bezahlte solche Summen aus der sprichwörtlichen Westentasche, natürlich trug der Mann tatsächlich Westen, tat korrekt und gebärdete sich nur nachts so haltlos und genußsüchtig, wie man es dem Heuchler mit seiner

Aufrechnungsselbstgerechtigkeit bei Tageslicht nicht ansah. Immerhin hatte sich trotz solcher Aderlässe, das war nicht der einzige, schon ein nettes Päckchen Geldscheine gebildet – die »Matratze« nennen Gebrauchtwagenhändler solch ein an der Brust mild erwärmtes Schein-Paket –, und das, obwohl Rotzoff auch seine Miete schon von diesem Stapel bezahlt hatte. Die Versuchung war zu groß, dem widerwärtigen Hauswirt, der nur auf Rotzoffs Zahlungsunfähigkeit lauerte, in kalter Verachtung das Geld ganz gleichgültig hinzuzählen; wie ein solcher Mann dann prompt freundlicher wurde, Anstalten zu einem kleinen Gespräch machte und seine fleddernde Habgier vergessen sein ließ, das war eine bittere Lektion. Zum Menschenfreund werden ließ so etwas nicht. Sechsundvierzig Karten waren vergeben, jetzt wurde es zäh. Die Verkaufsarbeit blieb aufwendig, sie war oft mit ausführlichem Palaver verbunden, bei dem meist allzulange in der Schwebe blieb, wer die in seinem Verlauf getrunkenen Weine bezahlen würde. Und der Anwalt, der die Karten mit den Außenständen bei Rotzoff verrechnete, war eben nicht allein geblieben.

Zunächst war Rotzoff empört über solch ein Betragen – natürlich nicht dem Käufer ins Gesicht hinein, da grummelte er nur, gewiß, so könne man das durchaus machen. Aber nachdem ihm ähnliches dreimal zugestoßen war, änderte er seine Haltung in dieser Frage. Die schönen Karten sah er jetzt als Assignaten an, als Gutschriften zur Geldschöpfung und als kleine Voucher zum Zweck der Umschuldung, wie er es sich selbst erklärte. War es nicht sinnvoll, weit verstreute Schulden in einer einzigen Hand zusammenzuführen, so daß zum Schluß mit nur einem einzigen Gläubiger verhandelt werden mußte? Es ging jetzt zunächst darum, dem Festgedanken Faktizität zu verschaffen, ihm Wahrscheinlichkeitsschwere zu verleihen und ihn zu etwas Unumkehrbaren zu machen, wie das in der Politik hieß, die vormachte, daß immer irgendwer die

Kosten trug, wenn aus der Falle, so sie raffiniert genug konstruiert war, kein Herauskommen mehr war. Es konnte nicht die halbe Stadt im Besitz von hellblauen Büttenpapier-Billetts sein, die aussahen, als berechtigten sie zur Teilnahme an einem Ball im Palais Royal auf dem Höhepunkt der Französischen Revolution, und dann fand dieser Ball nicht statt – das war gleichsam physikalisch nicht denkbar. Hier waren Masse und Energie in Bewegung gesetzt worden – sprach man nicht sogar von einem »Gesetz der Erhaltung der Energie«? Oder so ähnlich? Solche Kräfte gingen nicht spurlos unter. Es gab da kein Versickern. Die Leute würden an dem betreffenden Abend vor Doktor Glücks Tür stehen, und dann ginge es irgendwie los. Feste entstanden eben letztlich auch aus sich selbst. Es war Fest-Magie dabei, wenn aus einem bloß gedrängten Herumstehen dann unversehens die Fest-Flamme aufschoß und das Fest erst recht eigentlich losging. Man durfte sich in den Lauf der Dinge nicht so aufdringlich hineinmischen wollen. Die wahren Erfolge waren unplanbar.

Und die Festlokomotive hatte inzwischen Eigenfahrt aufgenommen, was niemand besser wissen konnte als Rotzoff, der einen neuen Satz Karten hatte drucken lassen. Würde der abgesetzt, kämen doppelt so viele Gäste wie mit Merzinger und Glück verabredet. Das schuf die Majestät des Notstandes, Not kennt kein Gebot, Not war der beste Regisseur, Not macht erfinderisch, und was die Not nicht schafft, das schafft der Tod, so reimte sich Rotzoff das zusammen, und da war es kein Wunder, wenn er getrost in die Zukunft sah. Und außerdem brachte ihn das Kartenverkaufen mit Menschen zusammen, die ihm zwar von fern bekannt gewesen waren, aber eben nur von fern, und in seiner gegenwärtigen Lage mußten neue Quellen erschlossen, neue Netze geknüpft, neue Fässer angezapft werden, und da war es ein Geschenk, wenn er mit einer Attraktion auftreten konnte. Er scheute sich nicht, den

Charakter des Abends je nach Gegenüber schillern zu lassen. Wer wollte, konnte ein Ereignis höchster gesellschaftlicher Exklusivität oder eine exquisite Partouze von unübertroffener Schamlosigkeit oder eine Champagnerorgie oder die einzigartige Aufreiß-Gelegenheit oder ein aristokratisches Benefiz-Événement hinter der Sache vermuten. Rotzoff war ein Meister der Andeutung – man solle sich überraschen lassen, und wer nicht da sei, der könne auch nicht überrascht werden – »aber wer da ist, gewinnt!«. Er hatte ein Auge dafür entwikkelt, wann seine Opfer am besten ansprechbar waren, wann bei einem Paar die Konversation erlahmte und jenes Vakuum entstand, in das man hineinstoßen konnte. Manchmal war es gut, wenn die Frau dabei war, der Mann großtun durfte mit dem selbstverständlichen Bestellen zweier Karten, die er auch gleich bar bezahlte, schwupp, war das Geld in Rotzoffs Tasche, ohne daß Merzinger das sah – so glaubte er jedenfalls, denn Merzinger nickte gelassen und welterfahren, wenn Rotzoff davon sprach, die Beträge würden überwiesen. Ich glaube, es lag für Merzinger ein eigener Reiz darin, betrogen zu werden. Er sah es mit geheimem Vergnügen, wenn jemand sich bei dem Versuch, ihn hereinzulegen, zu verstecken begann. Schuf das nicht erst die eigentliche unzerstörbare Verbindlichkeit? War Merzingers Schläfrigkeit die Ruhe des Krokodils, das wie ein faulender Baumstamm unbewegt im Uferschlamm liegt, kaum am Blinzeln der gelben Augen erkennbar, so schnell ging es vorüber, konzentriert auf ein unvorhersehbares Zuschnappen? Aber was gab es bei Rotzoff zu zermalmen? Finanziell war er ausgedörrt wie eine Schote Johannisbrot, die blieb dem gierigsten Krokodil zwischen den Zähnen hängen.

Aber auch die einsamen Männer waren zu bedenken, die aus der Bank oder der Kanzlei vor der Rückkehr nach Hause bei Merzinger vorbeisahen. Eben betrat Wereschnikow den Saal. Der Kellner trug ihm sein Tischchen wie ein Hoheitszeichen voran, aber er nahm allein daran Platz, die schöne Frau blieb heute aus. Er blickte abwesend um sich. Zu warten schien er nicht. Das Bier, das er immer trank, kam unaufgefordert. Er nahm zerstreut einen Schluck und sah in den Saal, ohne einen Menschen wahrzunehmen, so wirkte das. Rotzoff sagte sich, für Wereschnikow seien Leute, die er nicht kannte, Niemande. Das war grundsätzlich nicht falsch, aber heute war Wereschnikow in einer Verfassung, die ihn für die Niemande öffnete. Es waren gerade die Niemande, denen er noch zutraute, daß sie ein menschliches Herz in sich trügen. Mit Menschen zu sprechen, die er kannte, die in seine Verhältnisse eingeweiht waren, wäre ihm geradezu unerträglich erschienen. Er war zu Merzinger gegangen, weil er dort niemanden kannte und weil er seine Verlassenheit dort am eindringlichsten fühlen würde. Und er wollte sie fühlen, er wollte sich in ein Meer von Schwarz und Einsamkeit stürzen.

In den letzten Monaten war er ganz aufgegangen in der Vorbereitung seines großen internationalen Kongresses über »Die Wurzeln und Fundamente der menschlichen Würde in den Kulturen des Balkans«, so der jetzt erst einmal »endgültige« Titel. Jeden Tag hatte er Faxe und elektronische Nachrichten in viele Richtungen der Welt gesandt. Maruscha hatte ihm mit stets gleichbleibender Freundlichkeit geholfen. Sie war seine beste Mitarbeiterin geworden, sein Büro im Grunde, und hatte inzwischen sogar eine Visitenkarte, auf der sie den Titel »Chief Assistant of Professor Wereschnikow« führte. Sie war in alle seine Angelegenheiten eingeweiht bis ins letzte Detail – doch nicht bis ins letzte, mußte er mit einem Seufzer der Dankbarkeit und einem kleinen wohltuenden Schuldbewußtsein einräumen; das Schweizer Konto, auf dem sein väterliches Erbe – kein Riesenvermögen, aber ein passabler Notgroschen – ruhte, war ihr verborgen geblieben, mehr noch, er hatte es ihr, nicht ohne Aufwand an Camouflage, auf Befehl einer inneren Stimme verborgen gehalten. Mit gelegentlich schlechtem Gewissen freilich, das auch jetzt, unter den katastrophalen neuen Umständen, nicht schwieg, ja, das sogar den Gedanken aufkommen ließ, es wäre vielleicht gar nicht so schlimm gekommen, wenn er aufrichtiger und generöser gewesen wäre. Er sollte sein Unglück im letzten also selbst verschuldet haben? So blickte Wereschnikow auf Rotzoffs Billetts mit der Trauer eines Mannes, der von der Welt längst Abschied genommen hat.

Das Gesellschaftsleben interessiere ihn überhaupt nicht. Feste der eleganten Welt, dieser ganze oberflächliche Betrieb, diese Eitelkeiten, diese konventionell verbrämten Balzereien, die Anhäufung berühmter Namen, der ewige Champagner, die scheußlichen Abendkleider der Frauen, die ein Vermögen kosteten – eine ihm ohnehin verschlossene Sphäre. Als er unlängst Gast der Getty-Stiftung bei einer großen Soirée gewesen sei, habe er ganz bewußt keinen Smoking getragen. Er sei ein Mann des Geistes und der Feder, da gehöre sich das nicht – er habe ja auch keinen Weihnachtsbaum und keinen Porsche und fahre nicht auf die Insel Mustique – »Das alles ist nicht meine Welt«, sagte er, nicht etwa in heiterer Selbstgewißheit, sondern leidend, als könne er sich zu seinem Kummer dem dauernden Ansuchen aus der Welt des Einflusses und des Überflusses nicht erwehren, als wolle man in dieser Sphäre partout auf ihn nicht verzichten. Ein strenges, einfaches, nüchternes, nur der Arbeit geweihtes Leben habe er geführt, ohne frivole Frauenbeziehungen, playboyartiges Frauenverzehren, Frauenverbrauchen, nein, es seien auf Treue und Respekt gegründete hochseriöse Verbindungen gewesen – abgesehen nur von seiner einzigen Ehefrau, einer Teufelin, aber nichts davon, er habe abgeschlossen und verziehen und rechne grundsätzlich nicht nach – sonst nur Künstlerinnen, Schriftstellerinnen, Malerinnen, Regisseurinnen – man sehe, auf welchem Niveau sich sein Liebesleben abgespielt habe, ein ganz dem Geist gewidmetes, einsames, strenges Leben.

Rotzoff aber hatte noch nicht aufgegeben. Es waren in Wereschnikows Klagemonolog doch einige Reizwörter gefallen, die sich ihm einprägten, der Name Getty war auch darunter, und die unvermutete Redseligkeit des früher exklusiv unzugänglichen, von Merzinger mit Privilegien ausgestatteten Wereschnikow war allzu vielversprechend. Es wäre ein Fehler gewesen, sich frühzeitig zu trollen und den Diskreten zu spielen.

Und Wereschnikow fuhr fort, durch den lauernden Blick Rotzoffs ermuntert, der dem Kellner ein verstohlenes Zeichen gegeben hatte: Die Weine, die Rotzoff sich an diesem Tisch in den Hals goß, gingen auf den Deckel des Herrn Wereschnikow – »Baron Wereschnikow nebenbei« – so habe sein Vater sich in Brasilien genannt, so fuhr Wereschnikow fort, und Rotzoff zuckte zusammen, konnte der Kerl Gedanken lesen? Aber er mußte sich nicht sorgen, Wereschnikow bemerkte ihn gar nicht mehr richtig. Mit einem gewissen Recht habe der Vater das übrigens getan, die Wereschnikows seien eine alte Familie, freilich titellos – da sei es der Brauch gewesen: im Ausland ist man Baron, dort waren die russischen Finessen ja unbekannt. Er selbst habe nie davon Gebrauch gemacht – mein Gott, Baron, ein Kaffeehaustitel, machte das Leben heute nur kompliziert, er wolle nur durch seine Leistung gelten, sei ein Vertreter der Meritokratie, das Erben sei vorbei, die Gegenwart habe das Erben verlernt, die Menschen lebten wie die Insekten im Augenblick, würden von der nächsten Welle wieder verschlungen und seien fort, als habe es sie nie gegeben. Und deshalb auch das Anwachsen des Egoismus. Ein großer Franzose habe es ausgesprochen, heute gelte nur noch eine Religion, ein Gedanke: Moi, moi, moi! Diese Devise rief Wereschnikow mit erhobener Stimme. Er brüllte sie geradezu in das wilde Geschnatter des Saales, ein Demosthenes, der gegen das Meeresrauschen anredete. Es sah sich auch kaum einer um, die Leute glaubten wohl, er ahme ein Schafblöken nach oder einen Möwenschrei, und Rotzoff, der nicht Französisch sprach, machte eine vielsagende Miene, als habe er verstanden und als vermute er zugleich, sein Gegenüber werde verrückt. Und wieder schrak er zusammen, denn Wereschnikow fuhr fort: »Es ist zum Verrücktwerden.«

Es könne ihm niemand etwas vormachen. Er habe eine Hellsichtigkeit, er habe einen Blick bis ins tiefste Innere seines Gegenübers, die Mystiker nennten das die »Herzensschau«, die habe er, sie nütze ihm bloß nichts. Das war ganz richtig gesehen, und deshalb hätte Rotzoff auch unbesorgt sein dürfen. Wenn Wereschnikow wirklich etwas im Innern seiner Mitmenschen sah und erkannte, was ihm verhohlen werden sollte – vorausgesetzt, solch eine Fähigkeit gebe es –, dann konnte er daraus nichts machen, weil es ihm ja schon so unerhört schwerfiel, das, was ihm ins Gesicht gesagt wurde, auch nur flüchtig zur Kenntnis zu nehmen. Wenn er einmal zum Zuhören gezwungen war, setzte er eine Miene auf, als habe der andere einen schweren Sprachfehler oder spreche einen entlegenen bäurischen Dialekt. Diese Miene wirkte gelegentlich ziemlich arrogant, schüchterte auch ein, die Leute strengten sich an, verhaspelten sich, wurden dann schließlich wirklich verworren, Wereschnikows Diagnose, er lebe inzwischen unter lauter Wahnsinnigen, konnte sich auf brauchbares Material stützen.

Mit welchen Menschen hatte er aber auch zu tun! Sie schwammen im Geld, waren von einem unermeßlichen Reichtum, »numidisch reich«, sagte Wereschnikow, ein Wort aus der Generation seines Vaters, Rotzoff guckte verständnislos, hätte ihm ein Hinweis auf König Jugurtha weitergeholfen? – das Geld kam ihnen aus Nasen und Ohren heraus, sie konnten es nicht bergen, aber sie waren zugleich von unvorstellbarem Egoismus umfangen, eingeschlossen im Käfig von Verarmungsängsten und Geiz, ein abstoßender Anblick, diese Resistenz gegenüber naheliegenden Vorschlägen, menschenfreundlichen, politisch sogar höchst wünschenswerten und nützlichen Projekten, mit Hilfe derer man sich Denkmäler errichten konnte – nein, nicht für ihn, er war ein bescheidener Diener der guten Sache –, Wereschnikow ließ hier aber alles im Unklaren, in den großen Kongreß über das Fundament der Menschenwürde in den Kulturen des Balkans wurde Rotzoff nicht eingeweiht, aber nicht aus Geheimnistuerei.

Wereschnikow war in einen Erregungszustand geraten, in dem er wahrscheinlich annahm, sein Zufallsgegenüber sei über alle Pläne unterrichtet, gab es doch zur Stunde letztlich nichts Wichtigeres. Die Öffentlichkeit wartete doch nur darauf, daß etwas geschah, man mußte nur die Zeitung aufschlagen – »Wem sage ich das?« fragte er, und Rotzoff ließ sich gern einbeziehen, auch er war von einer Kleinlichkeit und Schofeligkeit umgeben, die ihm die Auswanderung nahelegte – aber wohin? Die Welt war klein geworden, es war eine Hase-und-Igel-Welt, wohin man auch kam, die Niedertracht war vorher angelangt – das mußte jetzt nicht mit Reiseerfahrungen abgestützt werden, das lag schon im Einsichtsbereich des gesunden Menschenverstands. Rotzoff hielt es aber für angebracht, hier etwas Kenntnisverratendes nachzulegen: Die gehörten alle ins Arbeitslager; mit Kette am Fußgelenk, zwölf Stunden Arbeit mit der Spitzhacke!

Wereschnikow stutzte einen Augenblick. Sprachen sie beide über dasselbe Thema? Er entschied sich dann, Rotzoffs Einwurf als Zustimmung zu nehmen, und fuhr unbeirrt fort. »Meine Arbeit ist ja nicht ganz unbeachtlich«, unlängst sei ihm auf dem Flughafen Lord Dahrendorf begegnet und habe ihn herzlich begrüßt: »Immer nett, Sie zu sehen«, was man so sage, aber ein Mann wie Lord Dahrendorf sage das nicht zu jedermann – »immer nett«, das verrate schon eine gewisse Wertschätzung. Maruscha sei dabeigewesen, habe das alles mitbekommen, ihr seien solche Kontakte nicht an der Wiege gesungen worden. Sie könne die Bedeutung einer solchen Begegnung vermutlich kaum richtig einschätzen, nehme sie für völlig selbstverständlich – was sie nebenbei auch sei –, aber nach welchem Einsatz, welcher Kraftanstrengung, das mache sich kaum einer klar. Rotzoff wußte, daß Maruscha die Blondine war, mit der Wereschnikow sonst auftrat. Am Ecktisch waren ihre physischen Vorzüge ausführlich verhandelt worden, auch die Frage, ob sie eher für Oral- oder für Anal-Sex begabt sei, aber jetzt war Rotzoff ganz Respekt und nickte ernst zu dem Komplex der Unbefangenheit dieser Frau vor den Großen dieser Erde. »Ist nicht unproblematisch«, sagte er in einem zart anklingenden Besinnlichkeitston, den Wereschnikow allerdings schon überhaupt nicht mehr aufnehmen konnte.

»Mein Gott«, rief er so eindringlich und mit zur Saaldecke gewandtem Auge – war das eine unwillkürliche Erinnerung an seine vergessenen russischen Vorfahren und ihre byzantinische Liturgie? – »Freiheit der Sexualität, welch ein Wahnsinn – als könne es in der Sexualität Freiheit geben! Nichts tendiert so stark zur Ritualisierung wie die Sexualität – sie ist auf Obsession, Ritual, Zwang, Ausschaltung des Willens hin angelegt, das sind doch anthropologische Grundtatsachen.« Man müsse »seine Freiheit« haben, sagten die Leute, wenn sie meinten, daß sie ungestört herumvögeln wollten: »Freiheit in diesem Zusammenhang – lächerlich – ein absurdes Wort im Zusammenhang mit Sexualität!« Wir steckten schließlich alle in der Falle – da konnte Rotzoff nur bestätigend nicken, erstickend war seine Lage, wenn er nicht an sein Geld kam, ihm war schon geradezu, als schulde Wereschnikow ihm bereits den Betrag für mindestens zwei Billetts, auch wenn er zunächst abgewinkt hatte – es war doch einfach unstatthaft, und er würde es dem Mann auch nicht durchgehen lassen, ihn derart lang hier festzuhalten und seinem Geschwätz auszusetzen und dann nicht zu kaufen. Das wäre »Verschulden beim Vertragsabschluß«, das war einklagbar. Wer den Verkäufer derart mit Beschlag belegte, der gab damit »konkludent« zu verstehen, daß er zum Abschluß bereit war – soviel wußte Rotzoff noch aus der Werbebranche, in der ein Kampf um Kundenakquisition und Aufträge zum täglichen Brot – zum Schluß sehr hartem Schwarzbrot – gehört hatte. Wie das genau war mit der Sexualität, wieviel Freiheit oder nicht daran beteiligt war, darüber hatte er nicht nachgedacht. Wenn er wollte, dann tat er es halt, irgend jemand fand sich erfahrungsgemäß, das Problem war mehr, die Dame wieder loszuwerden. Dem sehr schönen, rührend sanften, aber ihm zu groß gewachsenen Mädchen, mit dem er gerade schlief, hatte er erklären müssen, daß es sich keine falschen Vorstellungen machen dürfe – er »brauche seine Freiheit« –, da war es ja wieder, das Wort, das Wereschnikow so in Rage brachte, auch bei Rotzoff war es in gutem Gebrauch.

Es sei doch überhaupt kaum vorstellbar, an welch dünnem Haar unser Leben hänge, fuhr Wereschnikow fort. Wir wiegten uns in Sicherheit, präsentierten der Welt unsere Oberfläche und nähmen von unseren nächsten liebsten Menschen, unseren Lebensmenschen aber eben auch nur die Oberfläche wahr – und das sei sogar gut so, denn es gebe vermutlich kaum eine Liebe und Freundschaft mehr, wenn wir uns wirklich ins Herz schauen könnten. Wenn wir die geheimen Wünsche und Gedanken des andern lesen könnten – was ihm auf einer sehr nah an der Oberfläche gelegenen Seelenschicht oft sogar gelinge, aber freilich nicht in der Tiefe –, wen gebe es denn da, von dem wir uns nicht schaudernd abwenden würden? Wenn wir etwa wüßten, wenn wir wie die großen Wundertäter ins Innere sehen könnten bei der Unterhaltung mit einem bedeutenden, hochrespektierten und bewunderten Mann, der während des ernsthaften Gesprächs sich im geheimen danach sehnt, daß eine Mulattin ihm in den Mund pinkelt? Aber so sei es doch schließlich, so oder ähnlich, das Beispiel sei willkürlich gewählt – könnte man einen solchen Menschen dann noch ernst nehmen, befiele einen dann nicht der Ekel, wäre nicht jedes der feierlichen Worte, die er äußerte, seine Höflichkeit und Seriosität, notwendig mit Perversion durchtränkt? Würde man sich in seiner Gegenwart nicht dabei ertappen, daß man sich die Nase zuhielte, ganz unwillkürlich? Aber so doch mit allem!

Rotzoff horchte auf. Er fand wieder eine Gelegenheit, sich ins Spiel zu bringen: Stehe Wereschnikow auf so etwas? Die Frage war mit verschleierter Stimme gestellt. Der krakeelige Rotzoff verfügte plötzlich über die Diskretion eines erfahrenen Hotelportiers, dem kein Kundenwunsch Befremden erregt – dann könne er da mit Sicherheit etwas machen … Aber nein! Falsch gelegen –

Rotzoff hatte aber doch richtig verstanden?

Aber das sei doch nur ein Beispiel gewesen, etwas Befremdendes, Widerwärtiges, das aber in vielen, den meisten Menschen womöglich blühe, aber im Kasten gehalten werde, weil sonst gar kein Umgang mehr möglich sei – nur noch Abscheu würde zwischen den Menschen herrschen, wenn sie ahnten, was jeder von ihnen im geheimen tat oder sich zumindest ersehnte. Er selbst im übrigen schon längst nicht mehr – das sei vorbei, heute komme allenfalls »Madame Cinq« in Frage – er streckte die fünf Finger seiner großen, schön geformten Hand aus, es hatte etwas von einem Schwur. Noch vor zehn Jahren sei er ein anderer Mann gewesen – er erinnere sich an seinen Besuch bei einem befreundeten Ehepaar; sie bekamen Hunger, der Mann brach auf, um Pizzas zu holen, zwischen ihm und der Frau ein blitzschnelles Einverständnis, das hatte sich im

Beisein des Mannes allerdings angebahnt – er habe die Frau ergriffen… »Im Stehen an die Wand genagelt! So lange, wie man eine Pizza holt, wir haben es gerade geschafft«; – die Frau sei im Bad verschwunden, als ihr Mann wiederkam, sei nachher aber noch sichtlich angegriffen gewesen, stumm hätten sie ihre Pizza gekaut, während der Mann, ein anständiger Kerl im Grunde, in seiner Ahnungslosigkeit munter erzählte – unversehens schoß ihm durch den Kopf, daß solche Heldentaten in der Erzählung ein wenig undelikat wirken können, und fügte wegwischend hinzu: »Jeder hat ja solche Erlebnisse.« Das Wort »Erlebnis« entsprach auch viel eher seinem üblichen Wortschatz. Wenn Wereschnikow über die Liebe sprach, fiel bei anderer Gelegenheit sein betont reifer, betont diskreter Stil auf: »Ein schönes Erlebnis, eine schöne Begegnung, eine bemerkenswerte Umarmung, eine wunderbare Verbindung«, aus all dem sprach Geschmack und Souveränität. Das Auspacken von harten Bettgeschichten, über solche feinen Andeutungen hinaus, war ungewöhnlich.

Rotzoff konnte das freilich nicht wissen. Er genoß ja zum ersten Mal die Ehre des Gesprächs, die Fremdheit begünstigte die Hemmungslosigkeit. Aber vielleicht bedurfte es für Wereschnikows Worterguß gar keiner begünstigenden Umstände, vielleicht hätte er den Wänden eine Rede gehalten, wenn sich niemand zu ihm gesetzt hätte. Er war, was der Trauerblick, die edle Melancholie zunächst verbargen, dann aber immer offensichtlicher werden ließen, über jedes Maß erregt. Er war, genaugenommen, außer sich.

»Sehen Sie, Maruscha ist eine außergewöhnliche Frau« – diese Phrase war Ausdruck seiner Unfähigkeit, jetzt ein einziges aufrichtiges Wort zu ihrem Lob zu sagen. Sie war auf die Einschränkung hin ausgerichtet, das große Aber – außergewöhnlich gewiß, für einen Kerl wie Rotzoff eh, unerreichbar für einen solchen Kerl – oder am Ende doch nicht? Maruscha – Rotzoff kenne sie doch? Rotzoff nickte schweigend ein wissendes Nicken, das vieles umschloß, es mochte andeuten, daß er sie auf der Galeere oder im Bordell oder bei der Bahnhofsmission kennengelernt hatte und sie im Grunde allzugut kannte. Wereschnikow nahm diese Vieldeutigkeit in seiner Überwachheit durchaus wahr, aber war zu sehr in sein Gleis gebannt, um ausbrechen und nachforschen zu können. Maruscha sei hochbegabt, vielsprachig, eine glänzende Erscheinung – gewiß –, aber andererseits doch sehr limitiert. Das Milieu, in das er sie eingeführt habe, sei ihr vorher verschlossen gewesen. Sie bewege sich darin heute noch nicht sicher, mit etwas zu ostentativer Souveränität, die ihr nicht angemessen sei, das führe auch zu Peinlichkeiten, aber gut, er trage alles, bügle alles aus, nehme alles hin – im Hinblick auf das gegenseitige Vertrauen, die erprobte gegenseitige Zuneigung –, das seien doch Werte, die werfe man doch nicht einfach weg!

Rotzoff begann zu verstehen. Es gelang ihm nur mit Mühe, ein Lächeln zu unterdrücken – das bewunderte Paar, von Merzinger mit solcher Aufmerksamkeit bedient, der Schmuck von Merzingers Restaurant, es war offenbar nicht mehr weit her damit.

Wereschnikow verzichtete darauf, das Desaster beim Namen zu nennen, sondern übersprang die eigentliche Eröffnung, die Maruscha ihm vor einer Stunde gemacht hatte: Der Anstand gebiete es ihr. Er sei immer gut zu ihr gewesen, sie könne ihn nicht betrügen. Es gebe da jetzt einen jungen Mann, auf den sie nicht verzichten könne – sie sei verzweifelt, aber sie habe keine Wahl – sie rechne mit Wereschnikows Geduld, er müsse ihr Zeit lassen, eine Trennung komme für sie nicht in Frage – sie denke nur an Sascha, sie liebe ihn, aber diese Verrücktheit, die müsse sie nun erst einmal erleben dürfen – »und anderes Vernünftiges und Liebevolles und Zärtliches, während das Sperma nur so durchs Telephon troff«. Das war so laut gesprochen, in unwillkürlichem Entgleisen der Stimme, daß nun doch die Umsitzenden aufhorchten und amüsiert zu ihrer Seite herüberblickten. Das war aber die Sprache, die Rotzoff schätzte, nichts da mehr von »schönen Begegnungen«. Ein Ingenieurstudent aus Novi Sad – »nennt sich Jugoslawe, ist also Serbe, nur Serben nennen sich noch Jugoslawen«, es tat Wereschnikow gut, über den Eindringling in sein Glück etwas kenntnisreich Überlegenes sagen zu können. Es war aber nicht die Philosophie, was dem jungen Mann den Weg zu Maruscha gebahnt hatte. Er war schwindelfrei und verdiente ein bißchen Geld als Fensterputzer in Breegens Appartement-Häusern. Maruscha hatte nicht gezögert und das Nächstliegende getan, getreu der Lebenserfahrung ihrer alten Lehrmeisterin Kasia, der Welterfahrenen, die davon gesprochen hatte, unter ihren Freundinnen habe bei den langen Fahrten im Orient-Expreß stets gegolten, sich als erstes den Schaffner zu sichern.

»Jetzt ist der Augenblick der Generosität gekommen«, sagte Rotzoff, während Wereschnikow ihn voll Gram und Bangigkeit ansah; auch Rotzoff hatte das Nächstliegende im Sinn; drei Billetts für das jetzt schon sagenumwobene Fest – Maruscha werde ihm dankbar sein, werde glücklich, ihrem Serben etwas zu bieten, werde zugleich von Zärtlichkeit für Wereschnikow erfüllt; »Sie müssen jetzt die väterliche Nummer durchziehen!«

Wereschnikow grub seinen schönen Kopf in die starken großen Hände. Gerötet, als sei er geohrfeigt worden, tauchte er wieder daraus hervor. »Ich muß aber doch nicht dulden, daß er meinen Schlafanzug trägt …?«

»Das würde ich mir verbitten.« Rotzoff übte sich in ölgötzenartiger Ausdruckslosigkeit, wie bei dem einzigen Kartenspiel, das er beherrschte. In ihm tobte ein Höllengelächter.

Einundzwanzigstes Kapitel

Nichts anzuziehen

Wie es aussah oder jedenfalls aussehen konnte, wenn Ivana errötete, das wußte ich, das mußte Winnie mir nicht beschreiben. Ich fand, daß sie inzwischen römischer denn je aussah, provinzial-römisch müßte man wohl sagen, aber als Kaiser Diokletian am adriatischen Meer seinen einzigartigen Palast baute, der in seinen Mauern dann später die ganze Stadt Split aufnahm, da war Dalmatien nicht Provinz. Sie trug ihr Haar neuerdings scharf zurückgerissen, das war für das Putzen gewiß die praktischste Frisur. Natürlich dachte sie keinen Augenblick an antike Vorbilder, denen sie aber um so näher kam. Wenn ihr Gesicht jedoch errötete, wohnte man einer bedrohlichen Verwandlung bei: Nie habe ich ähnliches gesehen. Dazu erinnere man sich an ihre große gewölbte Stirn, diesen Stirnschild – Courbet hat eine »Geisterseherin« gemalt, ein Mädchen, das in Trance unter genau einer solchen schildhaften Stirn hervorstarrt. Wer das Physiognomische deuten wollte, hätte unter der klassizistischen Ruhe dieses Kopfes eine Anlage zu kämpferischen Wutausbrüchen entdecken dürfen. Für Ivana war die Ring-Affaire mit der Rückgabe des Rings und dem Geständnis gegenüber Winnie nicht abgeschlossen. Sie hatte sich angreifbar gemacht – sie, die stets als erste angriff und es sich zum Stolz anrechnete, daß sie stets im Recht war. Nicht im Recht zu sein war ihr unerträglich, erschütterte ihre Lebenssicherheit, brachte ihre Stellung zu den Mitmenschen aus dem Gleis. War sie im Recht – sie war immer im Recht –, konnte sie großmütig sein – ungern, aber sie bekam das hin.

Sie mußte nicht immer alles bis zum bitteren Ende klären, obwohl sie davor nicht zurückschreckte, aber das Rechthaben gab ihr die Kraft, dem Unrechthabenden womöglich gar mit einem unübersehbar römisch getönten Schaulächeln entgegenzutreten. Im Unrecht zu sein beraubte sie ihrer Möglichkeit zum sozialen Umgang; sie ertrug die Vorstellung nicht, ihrem Gegenüber im Zustand der moralischen Schwäche zu begegnen. Es gab dann für sie nur eine einzige Lösung: verschwinden, unsichtbar werden. Hier wurde ein panisches Element ihres Wesens sichtbar, aber solche Panik bildete auch nur eine Vorstufe für den eigentlichen Befreiungsakt, der die Dinge wieder ins Lot brachte, den großen, von ihrer ganzen Person, von jeder ihrer Zellen getragenen Wutausbruch.

Ich weiß nicht, warum die Bombe erst bei mir platzte. Ihren Abgang aus dem Haus Colisée muß sie als zutiefst unbefriedigend empfunden haben. Es arbeitete weiter in ihr. Vermutlich war es meine zufällige Erwähnung des Namens Winnie, was die Explosion hervorrief. Ich plauderte gerne mit ihr und hielt sie von der Arbeit ab; mein Verhältnis zu ihr entsprach überhaupt nicht dem simplen und formlosen Dienstvertrag, der uns mehr als lose verband, eher einem feudalistischen Abhängigkeitsverhältnis nach Art von Diderots »Jacques le Fataliste«, in dem der »Herr« seinen Eigenwillen aufgegeben und sich ganz dem Diener untergeordnet hat.

Ich habe niemals ein Gesicht sich derart verändern sehen. Es erstarrte. Die Augen wurden feuerrot. Es war, als ergieße sich eine Lavaglut in ihrem Innern. Ich fürchtete, sie werde Blutstropfen weinen. Sie war zur Meduse geworden. Ihre Stimme war heiser und tief, als sei sie von einem bösen Geist besessen. Ihre Stirn schien phosphoreszierend zu leuchten, weil sie gegen die Verdüsterung der Augen so scharf abstach.

Was alles habe sie hinter sich gebracht und ausgehalten in dieser Stadt. In welcher Armut habe sie hier gelebt. Ihr erstes

Zimmer sei genauso breit gewesen wie das Bett. Es war eine Schublade ohne elektrisches Licht, dort habe sie mit Stipo anderthalb Jahre gelegen. Sie sei damals so erschöpft gewesen, daß sie mehrfach in der letzten Straßenbahn eingeschlafen sei, um dann im Depot der Endhaltestelle zu erwachen und drei Stunden zu Fuß nach Hause durch die dunkle Stadt zu laufen. Sie habe sich absichtlich häßlich gemacht, nie geschminkt, in billigen Kleidern, die Haare ungewaschen, um nicht von Männern belästigt zu werden, die natürlich trotzdem überall lauerten und ihr nachstellten. Einmal hatte Stipo mit der Wasserwaage einen solchen Kerl windelweich geschlagen, aber drei Tage später sei der schon wieder in der Nähe herumgelungert und erst abgehauen, als Stipo mit der Wasserwaage aus dem Fenster winkte. Nie hätten sie Fleisch gegessen damals, immer nur Gemüse – ich habe versprochen, daß ich Ivanas Akzent nicht nachmachen würde, aber hier muß ich es einmal tun, weil ihr »Gemiese« das Saftlos-Schlaffe, das Miese dieser Ernährung so ausdrucksvoll bezeichnete. Und in dieser ganzen elenden Zeit habe niemand es jemals gewagt, sie des Diebstahls zu verdächtigen, die sie selbst eher verhungern würde, als sich an fremdem Gut satt zu essen. Sie war nicht in der Verfassung, sich auf Argumente, Fragen, Beruhigungen einzulassen. In einem Kraftakt ohnegleichen prasselten die Bilder eines himmelschreienden Unrechts, das ihr angetan worden sei, auf mich herab, Deklarationen ihrer moralischen Prinzipien, Verfluchungen ihrer Feinde.

Wie will man einem Vulkanausbruch wehren? Das flammende Brodeln mußte sich ausrasen. Und wie es bei einem Feuerwerkskörper, der eben noch Funkenregen gespritzt hat, sich sogar noch verstärkend, je länger das andauerte, unversehens zu einem kleinen trockenen Knall kommt, mit dem das wilde Gespratzel augenblicklich endet, zog sie die in der feuchten Erregung ins Laufen gekommene Nase mit scharfem

Schniefen einmal hoch und hielt jäh und wie verwirrt inne. Und dann erschien auf ihren Lippen ein kindlich anmutiges Lächeln, ein verschmitzter Ausdruck, der vergnügt zu fragen schien: »Habe ich dich ordentlich erschreckt? Du machst ein Gesicht, als ob eine knurrende Bulldogge vor dir hockte?«

Die Wutlähmung, die den ganzen Körper ergriffen hatte und keine weitere Aktion zuließ, war überwunden. Sie ergriff jetzt wieder den Staublappen und fuhr zu reden fort, indem sie mit der ihr eigentümlichen Heftigkeit Staub wischte. Sie ergriff ein Buch und klopfte es ab, als sei es ein ungehorsames, in den Schlamm gefallenes Kind. Im Nachklang der großen Erregung, so wie die Erdbebenkatastrophen Nachbeben kennen, die zwar immer noch Mietshäuser zum Einsturz bringen, verglichen mit dem eigentlichen Ausbruch aber nur noch an das reflexhafte Hautzucken eines schlafenden Hundes herankommen, bekamen Frau Beate Colisée und Winnie noch ein paar Tritte ab, und ich muß, gerade im Blick auf das Bevorstehende, zu meiner Scham bekennen, daß ich Winnie nicht verteidigte. War meine Furcht vor Ivana stärker als meine Loyalität zu Winnie?

Jedermann behauptete, Frau Colisée sei ein guter Mensch, sagte Ivana, jetzt mit nur noch maliziösem Funkeln in den Augen – die Blutröte war weggewischt, als sei sie nie gewesen –, aber das stimme nicht. Frau Colisée sei von ihr längst durchschaut; sie sei dumm und schwach, aber das sei etwas anderes als gut. Wenn Frau Colisée noch auf ihrer früheren Höhe wäre, dann müßte auch ich erkennen, daß sie nicht gut sei. Und Winnie – mehr wolle sie nicht sagen –, Winnie sei nichts für mich. Ob ich schon einmal in Winnies Zimmer gewesen sei?

Tatsächlich bin ich dort nicht ein einziges Mal gewesen. Wir verhielten uns der Tante gegenüber, als sei sie die notorische Wirtin der Vorkriegszeit, die sich Herrenbesuch verbat, was gegenüber dieser freiheitsdurstigen Frau, selbst in den Jahren ihrer uneingeschränkten Herrscherfreude eine äußerste Ungerechtigkeit dargestellt hätte, aber nun war mir, als habe Winnie auch andere Gründe, mich von ihrem Zimmer fernzuhalten. Ich sei unordentlich, erklärte Ivana, aber ein Mann. Männer seien Schweine – jetzt lachte sie so glücklich, daß ich darauf vertraute, das Schlimmste liege inzwischen hinter uns. Aber Winnie werfe nicht nur alles auf einen Haufen, sondern kaufe auch immerfort Kleider, die sie gar nicht anziehe. Jedes Mal, wenn Ivana das Zimmer betrat – die Tür ließ sich nur schwer öffnen, sie schob wie ein Räumgerät die textilen Haufen beiseite –, seien neue Tüten da, zum Teil noch gar nicht ausgepackt; manchmal glaube Ivana, Winnie sei nicht ganz richtig im Kopf. Und leider sehr krank.

Für ein Mädchen vom Land wie Ivana war diese Diagnose nicht mit Mitleid verbunden. Kranke waren eine Last, konnten nicht arbeiten, aßen aber und brauchten Pflege, wenn auf dem Hof eigentlich anderes anfiel. Ivanas Augen wurden klein, der schmale Mund ein spitz zusammengezogenes Schnütchen: die bildreiche Darstellung des Begriffs »unnütz«. Wundervoll unnütz! hätte ich dagegenhalten müssen, nur zum Lieben nütze, für die Liebe gemacht, für die Liebe geboren, den Mann, der sie lieben durfte, in um die Finger gewickelte Lockenspiralen einspinnend.

Aber ich verstand jetzt besser, was Winnie meinte, wenn sie kopfschüttelnd sagte, die gegenwärtige Mode stehe ihr einfach nicht. Sie sehe verboten darin aus und wolle doch wirklich auch einmal etwas anderes tragen als immer nur die Militärhosen, aber sie finde nichts, und wenn ihr etwas gefalle, was selten vorkomme, dann sei es im nachhinein doch für sie das Falsche gewesen – man könne eben nicht die Gesichter und die Haare der Mannequins, die die Sachen vorführten, mitkaufen – »zum Glück«, rief ich, sie sah mich zweifelnd an, aber nun war klar, daß sie nicht in die Luft hinein klagte, sondern offenbar ernste und ehrgeizige Anläufe unternahm, um ihre Garderobe zu komplettieren oder vielmehr die von Ivanas Cousine: Wie viele Tüten habe sie schon an Ivana weitergegeben.

Dankbarkeit hatte sie damit freilich nicht erzeugt, wie sollte die auch durch Geschenke hervorgerufen werden, die die Schenkerin offen mißachtete. Ivana öffnete eine Parenthese. Ihr Verhältnis zu Kleidern sei eben ein anderes, sie habe es zu Haus anders gelernt. Ein einziges gutes Kleid habe jede Frau bei ihr zu Hause gehabt, und dieses eine sei ganz und gar im Haus entstanden, von ihr selbst gemacht, von Anfang an, und dieser Anfang bestand im Säen des Flachses. Später kam das Ernten des Flachses. Nun mußten die Flachsfasern aus den Stengeln herausgelöst werden. Dafür gab es eine hölzerne wellenförmige Presse, in der die Flachsstengel zerquetscht wurden, und was dann noch alles zu geschehen hatte – ihr fehlten die Fachausdrücke, aber mir erst recht, undeutlich meinte ich, etwas vom »Hecheln« des Flachses gehört zu haben, aber ob sich das auf die Arbeit mit dem Flachs oder die dabei geführten Gespräche bezog, war mir verborgen geblieben. Die Fasern wurden mit einer metallischen Bürste zerrauft – Ivana machte das in der Luft vor, ich spürte, wie hart die Fäden herangenommen wurden. Und dann setzte sich die Mutter ans Spinnrad und – ja, tatsächlich, im Jahr neunzehnhundertfünfundsechzig hatte sich in Mitteleuropa noch eine oder womöglich gar eine Vielzahl von Frauen ans Spinnrad gesetzt, um den Leinenfaden zu spinnen – immer auf dem Stuhl, den ich kennenlernen sollte, ihren Lebensstuhl, mit dem sie verwachsen war –, und dann ging dieselbe Mutter mit den dicken Rollen gesponnener Fäden an den hölzernen Webstuhl und webte klippklapp-klippklapp – Ivana hatte dies harte Klappen noch im Ohr – das Leinen für Ivanas Kirchenkleid. Ivana selbst hatte übrigens niemals am Spinnrad oder am Webstuhl gesessen.

»Wir Mädchen haben immer mit dem Vater gearbeitet, nicht diese Frauensachen, die richtige Männerarbeit.«

Das Kleid, das nun genäht wurde, war schwer – Ivana staunte heute noch darüber –, und der rote Faden der Stickerei darauf war das einzige, was hatte gekauft werden müssen, der immer bedenkliche Augenblick, Geld aus dem Haus zu geben, war hier nur für ein paar Garnröllchen unvermeidbar gewesen. Ein unzerstörbares Kleid, dazu bestimmt, ein ganzes Leben zu halten und dann an eine Tochter weitergegeben zu werden. Es war aus einer solchen Masse dicken Stoffs gemacht, daß es schon beinahe von selbst stand, und es war – schön, hier zögerte Ivana etwas. War es wirklich schön? Es gehörte noch ein ärmelloser schwarzer Filzkaftan dazu, der beim Gehen wie ein Reibeisen im Nacken kratzte, und eine Holzkrone, sie sah so ähnlich wie ein Brotkorb aus, um die herum die Haube gesteckt wurde. Auch die Stecknadeln mit den bunten Glasköpfchen waren gekauft, die konnte man gleichfalls nicht selbermachen.

Solch ein Prachtgewand besaß Ivana, heute wahrscheinlich unbezahlbar. Ich sah das grobe, nicht blendendweiß zu bleichende Leinen vor mir, seinen schweren Fall, den weiten faltenreichen Rock. Ein einziges Mal habe sie dies Kleid getragen, rief sie mit Stolz, in den sich Übermut mischte. Mit diesem Gewand und dem kratzenden Kaftan ging es ein einziges Mal in die Kirche – und nie wieder. Nichts habe sie dazu gebracht, diese Leinenrüstung, in der die Arbeit mindestens zweier Jahre steckte, noch einmal anzuziehen – unmöglich. Sie schüttelte sich. Mehr als ihre Worte drückte ihr Körper aus, daß er nichts Hemmendes, Steifes, Gewichtiges auf sich duldete. Noch jetzt war sie wie ein junges Pferd, das den ersten Reiter abgeworfen hat und auch den zweiten nicht auf sich sitzen lassen wird. So oft sprach sie von den Verhältnissen ihres Aufwachsens, ihrer Familie; die Art des Zusammenlebens in ihrem Dorf, die Tradition ließ sie nicht los, aber sie war keine Traditionalistin, sie war sogar eine kämpferische Antitraditionalistin, wenn es darum ging, daß sie sich irgend etwas Vorgegebenem beugen sollte.

»Siehst du, du bist gar nicht so viel anders als Winnie«, das fiel mir plötzlich ein, und sie war von diesem Gedanken derart überrascht, daß sie stutzte und die Augenbrauen zusammenzog, bevor sie lachte und einräumte, ich hätte etwas Richtiges gesehen.

Zweiundzwanzigstes Kapitel

Liebe, Liebe, laß mich los

Wenn Maruscha mit ihrer Freundin Kasia telephonierte, stellte sie deren Photographie vor sich auf und versuchte, in Betrachtung derart versunken, daß sie gelegentlich nicht mitbekam, was Kasia sagte, den Klang der Stimme und das Bild zu etwas gemeinsam Lebendigem werden zu lassen, das zärtliche »Maruscha, kleiner Liebling«, das etwas vom Schnurren einer Katze an sich hatte, mit der ehrfurchtgebietenden Eleganz des Bildes in Übereinstimmung zu bringen. Es war kein neues Bild. Es war sogar ein ziemlich altes, von einem Theaterphotographen aufgenommen, der noch ganz dem Vorkriegsstil verhaftet war und sein Modell im Sternenschein silbrig flimmernder Lichter erstrahlen ließ. Diesem Schwarzweißbild war unmöglich zu entnehmen, ob Kasia vor vierzig Jahren wirklich blond gewesen war, so blitzte es blendend in ihren sorgfältig gelegten Locken. Auf den Lippen tanzten Sternenpünktchen. Die Augen hatten einen verführerischen Glanz. Die schweren Perlen, es waren wohl schon damals keine echten mehr, lagen in samtigem Hellgrau um den weißen Hals, der ein Recht darauf hatte, so betont zu werden, denn aus ihm drang der Gesang, der Anlaß für dies Foto in einem Programmheft gewesen war – das war keine große Stimme gewesen, aber eine sprudelnd frische, kristallklare Koloratur-Soubretten-Stimme, die immerhin aus Operettenrepertoires zu Mozarts Blondchen und Offenbachs Belle Hélène vorgedrungen war, bis ein böses, falsch behandeltes Knötchen auf dem Stimmband dem Singen ein Ende machte, viel zu früh, und danach war gar nichts mehr gelungen. Aber Maruscha hatte recht, wenn sie ihre Vorstellung der Abwesenden mit diesem alten Bild verband, denn Kasia war ungebeugt. Sie beklagte niemals ihr Los. Wenn sie von übler Laune überwältigt wurde, fluchte sie – über den Altersheimdirektor etwa: »Ich würde mich weigern, mit seinem Schnurrbart mein Häusel aufzuwischen« –, um sich durch solche Vorstellungen schnell wieder in lachlustige Stimmung zu manövrieren. Sie war jetzt alt, aber sie sah eigentlich noch genauso aus wie auf dem Bild, jedenfalls wenn man sie im Gegenlicht sah. Sie versuchte stets, mit dem Rücken zum Fenster zu sitzen, obwohl es dort zog, deswegen traten ihr die anderen alten Frauen im Zimmer den Platz gern ab.

Maruscha sah den Telephonaten mit ihrer Freundin mit Sehnsucht entgegen. Diese Gespräche waren ihr Lebenselixier; obwohl sie nun schon so lange in Deutschland lebte und es von Anfang an gut getroffen hatte, und obwohl ihre Lebensumstände heute seit langem alles übertrafen, womit Kasia im von der Geschichte vielfältig geschlagenen Polen je hätte rechnen dürfen, war die Ältere ihre Lehrmeisterin geblieben. Erstaunlich genug war sie es, die Maruscha die Welt erklärte, die sie anleitete auf verschlungenen Wegen und die mit den Situationen, in die Maruscha geriet, höchst vertraut schien, ähnliches selbst mehrfach erfahren und überlebt haben wollte und die Zukunft einzuschätzen verstand – was heißt Situation, was heißt Zukunft, es ging immer um Männer, und da fühlte sich Maruscha, wenn sie Kasia zuhörte, augenblicklich als ahnungslose Neophytin. Es war ein begieriges Lauschen. Sie bekam nie genug davon, an diesen Lebensschätzen teilzuhaben, aber sie lernte nicht eigentlich dabei, deshalb war der Titel einer Lehrmeisterin für Kasia doch vielleicht unbedacht gewählt. Kasia sprach aus einer Position unbesiegbarer Überlegenheit über die Männer. Es ging nicht ohne Männer, aber die Männer waren durchschaubare kleine Buben, leicht lenkbar, leicht einzufangen, leicht abzustoßen, und das alles, so berauschend es klang, entsprach Maruschas Erfahrung nicht. Sie spürte diese Überlegenheit nicht in sich, so gern sie in Gedanken ausprobierte, auf Kasias Wegen zu wandeln. Es waren ganz andere Empfindungen, die Männer in ihr auslösten. Sie war überaus bereit zu bewundern, wenn es nur ein bißchen zu bewundern gab, ja, sie war imstande, etwas, das sie bewundern konnte, bei einem Mann auszugraben, und wenn er es noch so gut versteckte. Sie kannte auch das Gefühl der Rührung gegenüber Männern, und sie ließ sich gern von ihnen unterstützen und beschenken – in wachsendem Maß, in größerem Stil, ohne dabei je die Empfindung aufrichtiger Dankbarkeit zu verlieren. Kasia hatte das Format zu einer echten und verletzenden Damenkälte, die in Maruschas Ohren um so verführerischer klang, als die Ältere ihr gegenüber nur Zärtlichkeit kannte, mit gerade genug Spott, um Maruscha nicht Tränen in die Augen zu treiben.

Mit der Verbindung zu Wereschnikow war Kasia einverstanden. Sie erklärte nach genauerem Verhör, sie vermute, der Mann sei »comme il faut«, ein geeigneter Begleiter. Den Typus kenne sie, man müsse nur verhindern, daß er zuviel Platz einnehme. Breegen mochte sie nicht, obwohl Maruscha den Versuch unternahm, ihn der Freundin schmackhaft zu machen. Auch die Andeutung, die neuerlich großzügigere Unterstützung, die in Lublin eintraf, komme nicht ohne Breegens Freigebigkeit zustande, beeindruckte nicht. Bei Kasia mußte aufgrund irgendwelcher Signalwörter in Maruschas Reportagen der Eindruck entstanden sein, Breegen sei »spießig«, und dann war sie stets gnadenlos. Daß, was Kasia als spießig verurteilte, nur seinen persönlichen Geschmack betraf, nicht aber sein wahrlich kondottierehaftes, bis zum Glücksspielertum reichendes Geschäftsgebaren, diesen Irrtum zu beheben waren

Maruschas Informationen zu ungenau, sie interessierte sich auch zuwenig dafür, woher die Leute ihr Geld hatten. Kasia langweilte sich nie, wenn Maruscha vom Hin und Her zwischen Wereschnikow und Breegen erzählte, ebensowenig wie sie der Tonleitern überdrüssig geworden wäre, die sie ihre schöne Gesangsschülerin vor fünfundzwanzig Jahren hatte singen lassen, obwohl sie frühzeitig bemerkte, daß Maruscha die terrierhafte Verbissenheit des Übens, die wirkliche Kraft, sich durch Hindernisse durchzubeißen und es erst recht zu versuchen, wenn sich jeder Erfolg zu verweigern schien, nicht aufbringen würde.

Eine Erneuerin von Kasias Kunst konnte Maruscha nicht werden, aber als Siegerin des Lebens, unwiderstehlich zu Erfolgen gelangend, die der Sängerin verwehrt geblieben waren, sollte sie zur eigentlichen Erbin einer Kasia werden. Es gab Pianisten, die einen kostbaren Flügel besaßen, aber niemand spielte auf einem so auserlesenen Instrument wie Kasia auf Maruschas seelischem Saitenspiel, um es mit einem Dichterwort zu sagen, das dem Stolz Kasias angemessen ist. Um so hellhöriger wurde sie, wenn sie ihre geistige Tochter in Ratlosigkeit und Verwirrung vorfand. Es war schön und gut mit dem Telephon, und eine Sängerin konnte viel in ihre Stimme legen, aber manchmal war es auch angebracht, sein Gegenüber anzufassen, es an sich zu ziehen, ihm die Arme zu streicheln oder auch es an den Schultern zu packen und es zu schütteln.

Und heute wäre, so fühlte Kasia, in der Ohnmacht ihrer tausend Kilometer weiten Entferntheit, gerade das Schütteln, ein sanftes, aber entschiedenes Schütteln notwendig gewesen, um die Informationen, die nicht über Maruschas Lippen wollten und sie doch so offensichtlich bedrängten, zu lockern und herauskullern zu lassen.

Alles sei unversehens so schwierig geworden, sagte Maruscha mit halber Stimme, als müsse sie befürchten, daß ihr mehr, als sie sagen wollte, herausrutschte, wenn sie lauter spräche. Nein, mit Wereschnikow stehe es nicht gut zur Zeit, er sei unglücklich.

Wieso unglücklich? Er habe doch Maruscha, da sei ein Mann doch nicht unglücklich.

Vieles laufe nicht gut bei Wereschnikow. Er sei überarbeitet, er telephoniere viel, seine Geschäfte seien zäh, die Leute wollten nicht wie er, die große internationale Konferenz, die mache doch viel Arbeit …

Ja, solle sie denn keine Arbeit machen? Ein Mann müsse schließlich irgendwie beschäftigt sein, sonst werde er zur Landplage. Und wenn es keine Arbeit sei, bei der er sich erschöpfe, dann seien es Rennwagen oder Pferde – ach, wie gut tat es Kasia, aus ihrem Camping-Sessel heraus, inmitten der alten Frauen, die ihre Suppe löffelten, an ihre Mädchenjahre vor dem Krieg anzuknüpfen, als das Leben ein Fest gewesen war.

Aber Maruscha folgte diesem Einwurf nicht. Nein, die Trauer bei Wereschnikow sitze tiefer. Sie habe, so fürchte sie, ihren Einfluß verloren. Sie erreiche ihn nicht mehr. Früher genügte es, ihn bei der Hand zu nehmen, die bloße Berührung mit ihrer kühlen frischen Hand beeindruckte ihn auf erstaunliche Weise. Und wenn sie ihm dann beruhigende, verständige Worte ins Ohr flüsterte, dann fühlte sie geradezu, wie ihm die Schauer über den Rücken liefen, Wonneschauer wohlgemerkt, aber jetzt sei alles erstorben, er schaue sie an wie ein totes Kalb, die weitgeöffneten Augen blind und starr.

Das sei eine Depression, bemerkte Kasia mit ferndiagnostischer Sicherheit, und die einzige Hilfe, die man einem Depressiven leisten könne, sei, ihm mit Verständnislosigkeit zu begegnen. Wie hatte Maruscha sich früher an solch frostiger Frische erquickt, eine herausfordernde Herzlosigkeit, zu der sie sich ganz außerstande sah, die ihr aber für ein ganzes Bündel bewundernswerter Eigenschaften stand: Lebenskunst, Eleganz, Kraft, Unbesiegbarkeit in miserablen Umständen und die Fähigkeit, immer noch ein bißchen grausamer zu sein als das grausame Schicksal. Richtig gut Französisch sprach Kasia nicht, Maruscha übertraf sie darin inzwischen, an der Seite Wereschnikows gab es Trainingsmöglichkeiten, aber es gehörte zur Konversationstechnik der alten Sängerin, Französisches hin und wieder einfließen zu lassen, das gab ihren Worten den Schimmer der dicken Perlen auf Maruschas Foto. Zu ihren bevorzugten Redewendungen, die zugleich die Kurzfassung einer ganzen Weltanschauung enthielt, zählte ein schneidendes, schon geradezu verächtlich gezischtes »C'est normal« auf alle Klagen, die Maruscha in ihrer Weichherzigkeit anstimmen mochte. Krankheit und Tod, Liebeskummer und Geldnot, die schlimmen Volten der Politik und die kleinen Verdrießlichkeiten mit der Polizei – dies alles war »normal«: Keines Kommentars wert, und schon gar keiner Tränen – triumphierende Freude oder zärtliche Besinnlichkeit war freilich auch nie am Platz.

Maruscha hatte sich deshalb inzwischen angewöhnt, ihrer Freundin die Momente ungemischten Genießens und Entzükkens, die es in ihrem Leben gab, zu verheimlichen. Zuviel Normalität sollte auch wieder nicht walten. Und es war tatsächlich das mehr als Normale, das hinreißend Schöne, die seelischen Wünsche zutiefst Befriedigende – und sei es auch nur ein neuer sandfarbener Kaschmir-Pullover –, was jeden Tag mit Verheißung erfüllte, die sie sich nicht wegreden lassen wollte.

Bei Wereschnikows Veränderung neuerdings kam aber noch etwas hinzu, das sie Kasia bisher verschwiegen hatte: daß es sich gar nicht um eine Depression, einen krankhaften, gleichsam ursachelosen Zustand handelte, sondern daß sie allzugut hätte sagen können, woher diese Trauer kam, sie eben leider nur nicht in ihrer Abgrundtiefe vorhergesehen hatte, unbegreiflich genug. Oder nicht unbegreiflich – sondern weil sie Kasias Rat gefolgt war, die sie von fern, auf dem ihr von Maruscha geschenkten verstellbaren Camping-Thron, aus dem Gegenlicht mit seiner zauberisch verjüngenden Wirkung heraus, im Umgang mit jenen Männern anleitete, die dieser Frau nur durch Maruschas Berichte und also höchst unvollständig bekannt waren. Weswegen auch die harten Urteile, diese geringschätzigen Charakterisierungen gar nicht am Platz waren. Verständnislos solle sie gegenüber Wereschnikow sein, nach allem, was sie ihm angetan hatte?

»Nicht schön«, dachte Maruscha, noch weit davon entfernt, es auch auszusprechen, aber ein solches »nicht schön« war bei ihr eine schon sehr weitgehende Form der Mißbilligung, gerade bei Kasia hatte es ein solches »nicht schön« bisher nicht gegeben, darin lag wirklich kritischer Abstand. Am liebsten hätte sie Kasia gar nicht erzählt, was auf deren Intervention hin, die von solch schlagender Unverschämtheit gewesen war, daß Maruscha einfach Beifall klatschen mußte, vorgefallen war. Der Wahnsinn, der sich ergibt, wenn man Literatur und Leben verwechselt – so hätte Maruscha das nicht ausgesprochen, aber das war es, was sie meinte. Kasia war für sie ein lebender Roman, unendlich unterhaltsam, zu immer weiterer Lektüre verführend, und vor allem deshalb so fesselnd, weil er eine andere Welt präsentierte als die, in der Maruscha sich durchschlug. Dieser leichthin gesprochene Satz: »Wenn du mit zwei Liebhabern nicht zurechtkommst, mußt du einen dritten nehmen«, dieser Satz, der Maruscha mit Flügeln über ihren Alltag schweben ließ und der die vielen peinlichen kleinen Lügereien vergessen machte, die zu festen Bestandteilen ebendieses Alltags geworden waren, den hatte sie, anstatt ihn als Aperçu zu genießen und wieder zu vergessen, als Handlungsanweisung aufgefaßt und damit eine Katastrophe ausgelöst.

»Du hast dir einen dritten Liebhaber genommen.« Kasias Frage war Neugier und Belustigung anzuhören. Nach beidem war Maruscha nicht zumute – hier galt es wahrlich nicht, schlüpfrige Erlebnisse auszubreiten, sondern zum ersten Mal der Beschämung und Verwirrung Ausdruck zu verleihen, vor allem aber der Reue und der Ratlosigkeit. Die einzige Funktion des dritten Mannes wäre ja gewesen, von ein wenig Spaß abgesehen, Wereschnikow in die Schranken zu weisen, ihn aus der Gewohnheit, sie Tag und Nacht zu beanspruchen, behutsam herauszudrängen, bescheidener zu machen in dem Bewußtsein, nicht der einzige Mann auf Erden zu sein. Sie hatte vermutet, daß er beleidigt, aber im tiefsten nicht verletzt sein werde. Er hatte viel zu häufig in ihrer Gegenwart geschworen, nie wieder zu heiraten, als daß er ernsthaften Anspruch auf eine exklusive Geliebte hätte erheben dürfen. Statt dessen war eine Welt eingestürzt, als Maruscha ihm eröffnete, nun nicht mehr jeden Tag für ihn Zeit zu haben.

Niemals hatte Wereschnikows stattliche Erscheinung aufgehört, sie zu beeindrucken: Ein schöner Mann, das war aus ihrem Mund, die gern und freigiebig die Vorzüge der Männer feierte, ein Kompliment ohne diminuierende Note, ganz aus der unverstellten Bewunderung heraus gesprochen. Aber dies herrliche Wereschnikow-Haupt, in dem jeder Zug groß gedacht und verwirklicht war, weinen zu sehen, nicht nur mit schwimmenden Augen, nein schluchzend, gerötet, verschwollen, fremd werdend im zerreißenden Schmerz – nein, das war niemals ein Schauspiel, das eine Frau wie Maruscha beabsichtigt haben konnte. Es hätte ihr schier das Herz gebrochen, nun ja, wenn nicht das Schlimmste inzwischen eingetreten wäre: daß ihr Herz bereits gebrochen war.

Maruschas Temperament entsprach es, in allem immer das

Nächstliegende zu ergreifen, nicht gar zu wählerisch zu sein. Wer ernsthaft wählen wollte, der mußte Kennerschaft besitzen. Die meisten Angelegenheiten offenbarten ihre Eigenschaften aber erst nach und nach; es war auch stets etwas anderes, von einem Umstand bloß Bescheid zu wissen, als selbst mit Haut und Haar in ihn verwickelt zu sein. Man wußte stets zuwenig, wenn man sich entschied. Sollte man sich deshalb etwa nicht entscheiden? Jeden Atemzug tat der Mensch in der Hoffnung, die dadurch erworbene Lebenszeit werde schon irgendwie passabel vorübergehen, obwohl es da doch für Bedenken reichen Stoff gegeben hätte.

Kasia war einen Augenblick lang sprachlos, als sie verstand, was geschehen war. Keine vierundzwanzig Stunden nachdem Breegen aus dem Kleiderschrank den Weg in die Freiheit des Treppenhauses gefunden hatte, fiel der Dritte, der bis dahin nur eine frivole Phantasie gewesen war, buchstäblich vom Himmel.

»Du willst nicht sagen, daß du dich mit einem Fensterputzer abgibst?«

Welches Bild war das: Einen schlanken jungen Mann mit dichtem dunkelbraunem Haarschopf schwindelfrei und schwerelos vor Maruschas in den Abendhimmel ragendem Atelierfenster erscheinen zu sehen, mit großen Gebärden die Arme weit ausstreckend, um mit dem Wischer in die äußersten Ekken zu gelangen, das war wie ein Tanz die Fassade entlang. Maruscha erkannte die Ernsthaftigkeit, die in der Miene des jungen Mannes lag. Er glaubte sich unbeobachtet, wie er sich da in seiner anmutigen Beweglichkeit vor ihr ausstellte, und Maruscha fürchtete sich, einen Schritt zu tun, damit er da draußen nicht stolperte. Beide erschraken, als er unversehens innehielt – hatte er gespürt, daß er nicht allein war? – und in den hohen Raum durch das Glas, das soeben klargewischte, hinabblickte und ihre Augen sich begegneten.

»Aber das ist ja wie in den allerdümmlichsten Filmen«, sagte Kasia, »das ist ja die reinste Dornröschen-Träumerei«, aber da half kein Spotten und Höhnen, die Erinnerung Maruschas an den Zustand der Unfreiwilligkeit, Unterworfenheit geradezu, war allzu bedrückend. Noch während sie ihre Beichte ablegte – sonderbare Beichte, die eigentlich einen Vorwurf gegen die Instanz enthielt, die sie entgegennahm –, fühlte sie, wie sie willenlos geworden war. Immer noch stand deutlich vor ihr, daß es nichts auf Erden gab, das sie daran gehindert hätte, das Fenster zu öffnen.

»Er ist Dichter«, das klang, als wollte sie das nicht zu Rechtfertigende irgendwie wenigstens ins Halbverständliche rücken.

»Noch schlimmer.« Kasia war nicht mit Dichtern zu bestechen, die kannte sie selber zur Genüge. Maruscha tadelte sich im stillen. Eine solche Bemerkung von Kasia war vorhersehbar, aber das ihr gewidmete Gedicht war doch gar zu schön, das mußte noch heraus, wenngleich nicht ganz wörtlich, es war im Original noch schöner, das bekam man so perfekt aus dem Kopf einfach nicht wieder hin: »Ich liebe dich, wie das Holz das Feuer liebt; erst wenn es Asche ist, stirbt auch das Feuer« – das Ganze natürlich in einem unnachahmlichen klanglichen Schmuck, serbisch – »ach was«, sagte Kasia, »das ist dritter Aufguß von russischem Symbolismus, das ist mißverstandener Sologub, wahrscheinlich noch nicht einmal von deinem kleinen Strolch selbst geschrieben, sondern in einer Anthologie geklaut, schon mehrfach verwendet, bei den älteren Hausfrauen, denen er am Fenster als Engel erschienen ist…« und noch Häßlicheres, »nicht schön«, kurzum – Kasia wurde streng.

Maruscha sei offenbar verrückt geworden, habe alles vergessen, was sie bei ihr, Kasia, gelernt habe: Man nehme doch als erwachsene Frau keinen jüngeren Liebhaber! Damit sei man verloren. Damit gebe man für alle Zeiten das Heft aus der Hand. Man gewöhne sich an gewisse Vorzüge – Kasia war zum Glück so taktvoll, dies nicht im Detail auszumalen, das hätte in Maruschas weißem Busen wie Feuer gebrannt – und verdamme sich von da ab zu einem Leben in Furcht und Leiden. Solch ein Kerlchen wisse ja noch gar nicht, was die Liebe sei – welche Suchtgefahren darin ruhten, welche Zerstörungskräfte. Der steige aus einem Bett ins andere und habe schon beim Rasieren vergessen, wo er zuletzt mit wem gelegen habe – böse Kasia, grausame Kasia, vielleicht war es wirklich so, wie sie das beschrieb, aber gab es nicht auch Ausnahmen? Und wenn es keine solchen gab, mußte man das Unglück herbeireden, wenn es noch gar nicht eingetreten war? Noch war der Liebesschmerz beherrschbar – er vermochte im Herz zu wüten und Maruscha geradezu nach Luft schnappen zu lassen, wenn sie auf den kleinen Tommy wartete – Tomislav hieß er und war tatsächlich nur so groß wie sie; am Fenster hatte er adlergroß gewirkt, aber Adler waren in ihrer körperlichen Pracht keine Geier, das Edle war eben stets etwas kleiner als das Gemeine.

»Und natürlich keinen Pfennig Geld«, das hätte erst recht nicht gesagt werden müssen, jetzt auch noch das Geld ins Spiel zu bringen, das gab dieser einzigartigen Glücks- und Unglücksfalle, in die sie geraten war, sofort einen Aspekt des Miesen.

»Vergiß nicht«, Kasia mußte immer in dieselbe Scharte schlagen, »wenn man einen Mann einlädt, wird er impotent.« Ach, wäre das doch Maruschas Sorge gewesen.

Sie entschied sich, keinen Versuch mehr zu unternehmen, Kasia ihren Zustand begreiflich zu machen. Alles hatte sich auf das verhängnisvollste verkehrt: Was als Entlastung geplant war, hatte sich zur denkbar größten, zur kaum zu bewältigenden Belastung verkehrt. Es hatte sich verkehrt – es war etwas Verkehrtes eingetreten, das fühlte Maruscha deutlich, aber wie dies Verkehrte fassen, wie es beim Namen nennen, um damit die vielleicht einzige Chance zu gewinnen, der Vorgänge noch einmal Herr zu werden?

Als sie gegenüber Kasia des Fensterputzers Gedichte erwähnte, da hätte man meinen können, bei den Begegnungen des neuen Paares fänden Dichterlesungen statt; eine irrige Vorstellung; das Gedicht, das Maruscha so tief bewegt hätte, wie sie jetzt tatsächlich bewegt war, ist noch nicht geschrieben. Es war aber nicht so, daß ein Kunstwerk sie nicht hätte anrühren können, sie kannte das Phänomen einer unvermuteten kleinen Verzauberung vor allem bei Malerei. Wereschnikow sorgte dafür, daß bei ihren kleinen kultivierten Unternehmungen immer auch einmal durch ein Museum gewandert wurde – er selbst verkündete streng, man müsse darauf achten, nicht »zuviel« zu sehen und unterbrach dies Bilderbetrachten oft genau dann, wenn Maruscha gerade für die stille Kunst angewärmt war – »Ach, die Fresken von Sadomaso«, sagte sie mit noch nachklingender Ehrfurcht zu Kasia am Telephon, als sie gerade aus der Toskana zurückgekehrt war. Für Kasia gab es da die Gelegenheit zu nachsichtigem Kopfschütteln, aber in dem Lächeln über die Unbildung ihrer schönen Freundin entging der alten Dame, daß Maruscha da wirklich etwas gesehen hatte. In dem Kreuzgang von Monteoliveto hatte sich ihr die Schönheit in einem neuen Kleid gezeigt. Es gab da tatsächlich etwas zu entdecken, die Namen der Künstler waren ihr unvertraut, appellierten aber an ihre Phantasie. Kasia sah nun schon so lange nichts Schönes mehr in ihrem Sechsbettzimmer, wenn sie nicht in den Spiegel schaute, daß die Namen der Künstler und Orte für sie das Wichtigste geworden waren. Anhand der Namen, die ihr gutes Gedächtnis frisch bewahrte, versuchte sie sich eine ihr längst verschlossene Kunst-Welt zu vergegenwärtigen.

Aber die Anschauung fehlte eben, vor allem auch im Fall

des Fensterputzers, wobei es sehr rückständig ist, den jungen Mann immerzu bei seinem Zufallsjob zu benennen. Wie lange schon werden im westlichen Europa die Leute nicht mehr durch ihre augenblicklichen Tätigkeiten geprägt. »Fensterputzer« entsprach in Kasias Mund dem Brauch ihrer Jugend, Hitler den »Anstreicher« zu nennen. Jede seiner Wendungen, das Schattenspiel auf seinen Rippen, die kindliche Weichheit der Haut mit der harten Muskulatur darunter, die dicken zerstrubbelten Haare über den strahlenden Augen, die ein vollständiges Einverständnis mit der Welt und dem eigenen Körper ausdrückten – dies alles nahm Maruscha wie zum ersten Mal in ihrem Leben wahr. Niemals hatte sie einen Mann so angesehen. Nie wäre ihr der Einfall gekommen, daß es Anmut bei Männern geben könne – Kunststück, der Kleine war kein Mann, er war ein Knabe von dreiundzwanzig Jahren, aber wie viele Trampel gibt es auch in diesem Alter. Wereschnikow brachte sie eine aufrichtige Verehrung entgegen, wie man weiß. Sie schätzte seine Leistungen genauso hoch, wie er selbst das tat. Sie hatte sich entschlossen, seine Selbsteinschätzung ohne Abstriche zu übernehmen. Und sie sah ihn, ohne daß das Herz dabei geklopft hätte, als schönen Mann an, was bei ihr freilich bisher nicht mehr geheißen hatte, als wenn man einen rassereinen Hund lobt und den Mischling mit den kurzen Beinen wirklich liebt. Breegens Genicklosigkeit, sein kurzbeiniger Watschelgang, sein schwitzendes Talggesicht hinderte sie an keiner Zärtlichkeit. Sie mußte sich nicht überwinden, ihn zu küssen. Hätte jemand Breegens Statur verspottet, hätte sie das »nicht schön« gefunden.

Es kam ihr unversehens eine Erleuchtung, jäh wie im toskanischen Kreuzgang: Sie verhalte sich, so schien es ihr jetzt ganz zweifelsfrei, dem durchs Fenster zu ihr geflogenen Tommy gegenüber, wie ein Mann sich zu einer Frau verhielt, in die er verliebt war. Die Rollen hatten sich vertauscht. Sie sah etwas, das sie gar nicht sehen sollte. Das waren keine Eindrücke für eine Frau. Eine Frau konnte damit nichts anfangen. Solche Bilder, diesen Knabenmann hingerissen wie ein Fresko anzustarren, das tat ihr nicht gut. Ändern konnte sie es freilich nicht. Ihm tat es auch nicht gut. Wenn er schon eine ältere Geliebte hatte, dann durfte die nicht zu sehr von ihm beeindruckt sein. Er hätte sich ihr gegenüber zumindest ein wenig defizient fühlen müssen. Er hätte lernen müssen, sich für seine Unreife zu schämen, anstatt sich darin noch bestätigt zu fühlen. Der fensterputzende Dichter, dieser kleine Großstadtstreuner verweiblichte sich unter ihrer wehrlosen Anhimmelung. Es war alles nicht gut und richtig so – sie war dabei so unglücklich, Wereschnikow womöglich so verzweifelt, daß wirklich etwas kaputtging. Er habe neulich nachts sein Herz brechen hören – im Ernst, es habe einen hörbaren Knacks gegeben, wenn er nicht gewußt hätte, woher das kam, hätte er den Notarzt gerufen. Aber es war ja allzu klar, daß es auf Erden keinen Arzt gebe, der ihm hätte helfen können. So etwas anzuhören, glaubwürdig und unter Tränen vorgetragen, dazu bedurfte es Nerven und einer unverbrüchlichen Liebesgeduld, die sie gegenwärtig gar nicht aufbrachte.

Und was Kasias Zynismus in Fragen der Lüsternheit anging, so wollte sie davon erst recht nichts mehr hören. Nichts war ihr inzwischen so fern wie die Vorstellung von Wollust und erotischem Genießen. Sie war zu verliebt, um in solchen Kategorien zu denken. Es war im Gegenteil so – kaum im geheimen auszusprechen, schon gar nicht vor anderen –, daß der eigene Genuß gar keine Rolle mehr spielte, wenn sie Tommy in ihren weichen, wohlgestalten Armen hielt – es war vielmehr das Erlebnis seiner Rücksichtslosigkeit, seines knabenhaften Egoismus, was sie bezauberte; ihn in seinem zielbewußten Eifer einzig um die eigene Lust bemüht zu sehen, weckte in ihr Gefühle, die sie, wenn sie je ein Kind geboren hätte, leicht als mütterlich hätte wiedererkennen können. Dies alles war über jedes Maß ergreifend und erregend, aber es war etwas Unheilvolles dabei. Am sicheren Seil aus großer Höhe in die Tiefe zu stürzen, mochte Körper und Seele in einen köstlichen Angstrausch versetzen – aber was war, wenn dies Seil fehlte? Gab es in ihrem Leben noch ein Seil? Wereschnikows Seilqualitäten standen in Frage. Was da Seil gewesen sein mochte, befand sich in Aufdröselung.

Ein Halteseil war er, genau betrachtet, vielleicht auch nie gewesen. Wereschnikow war, das erkannte sie in allem Respekt, gleichermaßen wie der wilde kleine Störenfried, den Kasia herbeigeredet hatte, ein Kindskopf, ein enormer allerdings, ein ausgewachsener, der beträchtlichen Gedankenreichtum und Erfahrung und Familienstil und was nicht alles enthielt und der damit nicht geizte, sondern es unablässig von sich gab. Wereschnikow, so sagte sich Maruscha im stillen, wo sie um nichts als Gerechtigkeit bemüht war, hat mich mindestens ebenso erzogen wie Kasia. Ich habe an seiner Seite einen Abendkurs in Weltläufigkeit absolviert. Wenn er dabei war, funktionierte das Gelernte auch ganz gut. Die Leute glaubten, mondäne Verhältnisse hätten schon ihre Wiege umgeben, auch sie verfüge über eine dieser faszinierenden Biographien, wie Wereschnikow sie gern in gedrängter Form entwarf: »Vater türkischer Rabbiner, Neffe von Albert Einstein, Mutter Vogue-Modell in den vierziger Jahren, von Blumenfeld photographiert, illegitime Rothschild, numidisch reich …« Man nahm ihr so etwas inzwischen ab, oder besser, man setzte es voraus. Sie mußte Wereschnikow dankbar sein, und sie war es auch. Maruscha war generös und liebte die Dankbarkeit. Es machte sie glücklich, wenn sie Dankbarkeit in sich aufkommen fühlte, und es gehörte zu ihrem gegenwärtigen Unglück, daß die Liebesunruhe jede andere Empfindung überstrahlte und blaß und fad werden ließ.

»Ich frage mich, was er denkt.« Das entfuhr ihr unwillkürlich. Sie hätte so gern gewußt, ob Wereschnikow sie schon aufgegeben habe, aber Kasia glaubte, sie spreche von Tommy: »So ein junger Mensch, da fragt man sich doch nicht, was der denkt, so ein junger Mensch.«

Maruscha tat nichts, um das Mißverständnis aufzuklären. Sie sah deutlich vor sich, daß Kasias leichtfertiger Rat ein Gemetzel in ihrer Brust angerichtet hatte, einen Schrekken ohne absehbares Ende. Den kleinen Tommy aufgeben – unvorstellbar; Wereschnikow verlieren – eine Lebenskatastrophe.

Am Ende gar ganz allein dastehen? Auch das war inzwischen nicht unausdenkbar. Breegen, dessen Besuch während der falschen Live-Ausstrahlung der Auslöser der Fatalitäten gewesen war, hatte sich seitdem nicht blicken lassen. Er schien vor allem den längeren Aufenthalt im Schrank, diesen Anschlag auf seine Würde als Immobilien-Nabob und souveräner Liebhaber, sehr übelzunehmen, und nachtragend war er, das wußte Maruscha aus den Gesprächen über seine Zeit als geächteter Bankrotteur. Während er an seiner Wiederauferstehung gearbeitet hatte, als nehme er seinen Paria-Zustand gar nicht wahr, legte er zugleich eine schwarze Liste an, auf der nicht nur stand, wer in sein Desaster hineinverflochten war, sondern auch, wer ihn damals schief angesehen hatte. Sie traute sich zu, ihn beruhigen und friedlich stimmen zu können, aber dafür mußte er neben ihr sitzen. Es bedurfte der sanften Rede mit schöner, in den Ohren kitzelnder Stimme, aber eben auch der physischen Nähe, der Spannung zwischen den Körpern, der zufälligen, aber von inniger Vertrautheit zeugenden Berührungen. Die Gelegenheit zu all dem mußte er ihr schon gewähren, dann wäre die Verstimmung bald mit seinen Zigaretten in Rauch zergangen.

Breegen stand in ihren gegenwärtigen Sorgen nur an dritter

Stelle, aber es war ein ernstzunehmender dritter Platz. Auf diesem untersten Platz bauten die beiden oberen sich auf. Er war das Fundament, denn ohne Breegens kommentarlos geleistetes Unterstützungswerk hingen die oberen Etagen in der Luft, und dort bleibt auf Erden nichts lange hängen.

Ein neuartiger, gänzlich ungewohnter Gedanke formte sich in ihr: Wie beglückend wäre es, mit einem einfachen, ergebenen, treuen Mann zu leben, einem Mann, der ihr dankbar wäre für ihre Zuwendung und dem sie dankbar sein könnte, ohne dankend an Einfluß bei ihm zu verlieren. Ein Mann, mit dem sie zufrieden alt werden könnte, der ihr Sicherheit und Ruhe gab, wie ihr jetzt vorkommen wollte, unendlich kostbare, schier unbezahlbare Güter. Maruscha blickte, während sie Kasia lauschte, aus dem Fenster. Es war die Stunde des Sonnenuntergangs, die Häuser und Dächer und die Tiefen der Straße lagen schon in bläulichem Schatten, aber über allem erhob sich ein einzelner Schornstein, der noch in goldenes Licht getaucht war und leuchtete, als gehe das Licht recht eigentlich von ihm aus. Das war wie in den Alpen, wenn es in den Tälern schon dunkel wird, aber oben die weißen Bergspitzen noch einmal rotgolden glänzen. Nicht überall war Nacht. Man mußte sich oder zumindest das Herz erheben und es in die Sphäre der Sonne halten.

Was sie jetzt aussprach, entglitt ihrer Kontrolle. Das war etwas, das mußte heraus, auch wenn Kasia dafür nicht das richtige Publikum war. Neulich sei sie mit Wereschnikow essen gewesen, schon nach dem peniblen Geständnis, gerade seitdem helfe sie ihm um so lieber. Er brauche diese Hilfe auch. Beim Geldsuchen für sein großes Projekt sei es oft nützlich, wenn eine Frau dabeisei, das nehme dem Anliegen die Aufdringlichkeit. Die Dinge würden mehr nebenbei besprochen. Sie sei gut darin, Leuten die Angst zu nehmen, die meisten Männer blühten auf, wenn sie richtig angesprochen wurden, was ein Mann wie Wereschnikow nicht hinbekäme. Er sei oft gereizt, dann wieder schüchtern, ohnehin defätistisch, wenn noch gar nichts verloren war…

Sie sprach lebhaft, das Klagen hatte sie verlassen, es lag geradezu eine kleine Hemmungslosigkeit in ihren Worten, was brachte sie dazu, ihre Vorzüge so herauszustellen? Das war sonst gar nicht ihre Art. Mit einem ganz wichtigen Mann hätten sie gegessen, der unvorstellbar viel Geld verwalte, selbst davon auch seinen Teil verdiene – Wereschnikow hatte sie bis ins Detail vorbereitet, und der Abend war gegen jede Erwartung gelungen. Nein, kein schöner Mann, aber sehr lieb, arglos, harmlos, freundlich, geradezu demütig. Ein unerwartbares Wort in solchem Zusammenhang. Was aus Wereschnikows Anliegen werde, das wisse sie nicht. Er sei jetzt wortkarg und weihe sie nicht mehr ein, sondern sehe sie, sowie sie mit ihm allein sei, nur noch schweigend und vorwurfsvoll an, aber dieser Mann – zurückhaltend, äußerst höflich, ein Gentleman – »Ich wünschte, du würdest nicht jeden, der mit Messer und Gabel essen kann, Gentleman nennen« –, nein, es bezog sich nicht auf die Manieren im engeren Sinn, sondern auf seine Haltung zu ihr – am nächsten Tage hatte er ihr einen großen Blumenstrauß geschickt, mit Visitenkarte, ein schöner, glückverheißender Name darauf, natürlich keine roten Rosen, dazu sei er zu diskret, aber wunderschöne gelbe oder besser aprikosenfarbene Blüten – wie dieses Suchen nach dem originalen Farbton Kasia ungeduldig machte! – und langstielig, mindestens einen Meter lang – »Du weißt ja, die Länge der Rosen verhält sich umgekehrt proportional zur Länge des Geschlechtsteils« – nein, das wußte Maruscha nicht und wollte es auch gar nicht wissen und fand es gemein – »nicht schön« – von Kasia, so etwas zu sagen, nach allem, was vorgefallen war, auch durch deren Schuld. Kasia mochte Aristokratin sein oder war es am Ende sogar, aber Maruscha war es nicht, das sah sie jetzt ganz deutlich. Ratschläge aus Kasias Welt, die waren am Ende nur brauchbar, wenn sie das genaue Gegenteil davon tat.

Dreiundzwanzigstes Kapitel

Kains Welt

Das stattliche Gehöft der Mestrovics und die drei umliegenden Häuser waren wie mit einer großen Faust ins grüne Kissen des großzügig gefalteten Bergabhanges hineingedrückt. Die weißgekalkten Kuben mit den kleinen, in die dicken Mauern hineingeschnittenen Fenstern – dies älplerische Detail verriet, daß es ungeachtet der heftigen Hitze den Sommer über im Winter meterhohen Schnee gab – sahen aus, als hätten sie in ihrer verwechselbaren Allgemeinheit schon immer an diesem Hang gestanden, aber so war es nicht, das waren für ihr zeitloses Aussehen sogar ziemlich neue Häuser, vom Anfang der sechziger Jahre, als Ivanas Vater allmählich wieder Boden unter die Füße bekam und an den Bau eines Hauses für die Familie mit inzwischen acht Kindern denken konnte. Er baute sein Haus, wie er gelernt hatte, Häuser zu bauen. Da gab es keine Frage, wie so etwas aussehen solle. Wörter wie Stil und Geschmack hätte man ihm nur mit großem Aufwand begreiflich machen können. In der Schule hatte er Lesen, Schreiben und die Grundrechenarten mitbekommen, im Kopfrechnen übertraf ihn an Geschwindigkeit keiner, aber zu allem Papierenen blieb er auf Abstand. Wann genau man in Bosnien angefangen hatte, diesen Typ Häuser zu bauen, dürfte für einen Kunsthistoriker wahrscheinlich schwieriger zu bestimmen sein als die Zuschreibung eines Florentiner Trecento-Gemäldes. Es hatte sich um diese Häuser eben niemals jemand gekümmert, ebensowenig wie um die Menschen, die darin wohnten, die gerade genug für den Lebensunterhalt hervorbrachten und deshalb auch unter der gnadenlosen osmanischen Steuerschraube kaum etwas abzugeben hatten; da war wenig, was der Pascha hätte eintreiben können. Ich sehe auch etwas Türkisches in diesen Häusern, wenn das nun nicht wieder byzantinisch und damit letztlich dann doch antik sein sollte. Eine Sonderrolle kam dem Mestrovic-Gehöft dennoch zu: Es war vermutlich eines der letzten oder gar das letzte Haus in schier endloser Reihe, das in dieser Form und auch mit diesen Mitteln gebaut worden war.

Das sah man ihm freilich nicht an. Die Zeitenwende zwischen dem handwerklichen und dem industriellen Bauen war hier auf diesem bosnischen Bergabhang nicht mit Vorboten, allmählich, gleitend abgelaufen, sondern als scharfer Schnitt. Eben noch hatte man alle Verrichtungen des Lebenserhalts, das Häuserbauen eingeschlossen, genauso vorgenommen, wie seit unvordenklichen Zeiten alle Ahnen das getan hatten – und nun tat man nichts mehr davon in dieser Weise, verlernte das schon geradezu ins Körperliche eingesunkene Wissen in Windeseile und sah auf die eigene Jugendzeit beinah ungläubig zurück wie auf das Leben ganz anderer Völkerschaften. Es gelang kaum mehr, sich vorzustellen, daß man selbst es war, der bis vor kurzem dies Leben kraftvoll und als gäbe es nichts anderes geführt hatte.

Und es kam ihnen fremd und sonderbar vor, daß sie selbst es gewesen waren, die diese Häuser nicht nur gemauert, sondern die jeden Backstein mit den eigenen Händen geformt hatten. Unterhalb des Gehöfts gab es eine tiefe Senke, kreisförmig, wenn man genau hinsah, aber mit halbhohen Bäumen und Gestrüpp so ausgefüllt, daß man sie in ihrer Tiefe zunächst nicht richtig einschätzen konnte. Der Vater hatte den Bauplatz seines Hauses nicht willkürlich gewählt. Es gab hier größere Lehmvorkommen, die auszubeuten sich lohnte. Neben der Landwirtschaft wollte er hier eine Backsteinbrennerei betreiben. Ivana war vier, als der Betrieb aufgenommen wurde. Zunächst war sie noch Hirtin von mehr als vierzig Ziegen, aber bald konnte man auch auf ihre Hände, so klein sie waren, nicht verzichten. Der Vater sah ohnehin seine gesamte Nachkommenschaft als große Werkgemeinschaft. Etwas anderes wäre auch gar nicht möglich gewesen; bei Ivana gab es, so eindringlich sie die Härte und Entbehrung dieser Kinderzeit schilderte, keinen Raum für Klagen, nur ein beträchtlicher Stolz war spürbar, dem Vater so nützlich gewesen zu sein und zum Lebensunterhalt der Gemeinschaft etwas beigetragen zu haben. Es war alles auch eine Geldfrage gewesen, im buchstäblichen Sinn. Geld war viel zu knapp, um als tägliches Zahlungsmittel zu dienen. Bezahlt wurde mit Schnaps und Butter, Lämmern und Zicklein. Das Geld wurde für die unabwendbaren Ausgaben gehortet. Arbeiter zu bezahlen hätte ein Loch in die genau austarierte Ökonomie gerissen. Für Arbeit wurde kein Geld ausgegeben, die leistete die Familie unbezahlt. Die Brüder an der Spitze, aber auch die ältere Schwester Anna, ein starkes großes Mädchen, das arbeiten konnte wie ein Mann.

Zuerst wurde ein riesengroßes Loch gegraben. Drei Meter tief wurde geschippt, dann ließ man in dieses Loch Wasser ein, und dann wurden die am Rand aufgehäuften Erdbatzen wieder zurückgeschaufelt. Drei Ochsen, mächtige Tiere, urwildhaft, tief schnaubend und die schweren Köpfe schüttelnd, als erfülle sie verhaltener Zorn, mußten nun den großen Lehmberg mit ihrem eigenen Gewicht zusammentrampeln. Diese Ochsen im Kreis zu treiben war Ivanas Aufgabe. Das war etwas anderes als das Ziegenhüten, denn eine Ziege, das war ein ihr vergleichbar kleines Wesen, aber die Fleischberge auf Gertenschläge so gehorsam zu erleben, das beeindruckte sie. Sie erlebte sich in einer Position der Stärke, die sie nicht vergaß. Wer weiß, ob eine gewisse Verachtung der Männer ihre Grundlage nicht schon bei diesem Ochsentreiben erhalten hat.

Wenn die Ochsen mit Mühe wieder aus der Lehmgrube herausgeleitet worden waren – über dicke Bretter, die unter den Tritten der ermüdeten Arbeitstiere wackelten –, stieg die ganze Familie mit nackten Beinen in den bei jedem Schritt quatschenden und saugenden Lehm und trampelte darin herum. Menschenkörper und Ochsenkörper brachten das Gewicht auf, das den Lehm zugleich fest und formbar machte. Als sie mir davon erzählte, stellte ich mir die lehmverschmierte, lehmbespritzte Schar der Mestrovics vor, die dort in der Tiefe zappelte und trampelte, und wie nah lag es da, mir meinen Bildhauer Mestrovic hier am Grubenrand zu denken oder auch mitten im Matsch, wie er sich von lebendigen Lehmskulpturen umgeben sah, Lehmmenschen, aus deren schlammverkrusteten Gesichtern nur das Augenweiß und die Zähne herausleuchteten. In seinen biographischen Notizen hatte ich keinen Hinweis auf solche Eindrücke gefunden, aber das hieß nichts: Sie mochten auf eine Ebene seiner Erinnerung gesunken sein, die ihm nicht mehr richtig bewußt war.

Und sollte er gar beim anschließenden Backsteinformen dabeigewesen sein, dann hatte er die skulpturale Erfahrung in frühester Kindheit aufgenommen. Für das Formen gab es einen Holzkasten, der die Größe eines Ziegels besaß; in den wurde nun mit den Händen der Lehm gefüllt und bis in die letzte Ecke gepreßt, und wenn er oben glattgestrichen war, dann galt es, den Kasten behutsam umzustürzen und den Lehmblock auf mit der Hand gesägten Planken zum Trocknen zu bringen. Ivana machte mir dies Umstürzen und Auf-die-Planke-gleiten-Lassen vor, als zeige sie mir den Umgang mit einer Kuchenform, und tatsächlich backen die Kinder im Sandkasten ihre Küchlein, aber für Ivana und ihre Geschwister war das kein Spiel. Dreitausend Ziegel mußten am Abend des Tages auf den Planken liegen, und dann war auf fünfzehn Sonnentage zu hoffen, die es im Juli und August ziemlich zuverlässig gab. Die ganze Wiese vor dem Haus sei mit den Planken bedeckt gewesen, auf denen die braunen Ziegel der Sonne ausgesetzt waren. Es sei für sie immer verblüffend gewesen, wenn sie die weithin verstreuten Blöcke sah, die eben noch ein nachgiebiger Lehmkuchen gewesen waren. Diese Blöcke würden zusammen ein ganzes Haus bilden, wie das eigene mit meterdicken Mauern, ein Haus wie ein Felsen, wie aus dem Boden gewachsen.

Wenn die Lehmziegel trocken waren, mußten sie schließlich Steine werden. Erst war der Lehm mit Wasserfluten geformt worden, jetzt kam das Feuer. Die Lehmziegel dienten nun zum ersten Mal ihrem neuen Zweck, dem Bauen. Es wurde ein Gebäude mit ihnen aufgeführt, mit Bögen und Gewölben. Ivana zeichnete mir das auf, in ungewöhnlich unbegabten Zeichnungen, auch sie besaß kein Verhältnis zum Papier und zum Bleistift, aber die Skizzen erfüllten ihren Zweck, ich konnte mir das Gebäude vorstellen. Die Lehmziegel selbst formten den Ofen, in dem sie gebrannt werden sollten, und sie taten es in einer Weise, die bereits vollendete, unübertreffliche Architektur war. Es wurde mir klar, daß die gesamte Backsteinbaukunst aus der Architektur der Brennöfen hervorgegangen war. Hier mußte zum ersten Mal jene Art von Raum geschaffen werden, die das Bauen mit Backsteinen möglich macht. Ein solcher Brennofen muß ein bei weitem kühnerer und geradezu vorbildlicher Bau gewesen sein, als es die Häuser waren, die dann in seiner Nähe errichtet wurden. Diese Brennöfen waren wirklich überzeitlich. Ein kubischer Tempel der Sumerer oder ein Pumpenhaus von Schinkel hätten sich gleichermaßen darauf beziehen können.

Auf den Bergabhängen wuchs ein dichter krüppelhafter Wald. Tagelang wurde Holz geschlagen; das große Feuer im Ofen mußte drei Tage bei schönem, acht Tage bei Regenwetter unterhalten werden, auch in der Nacht. Bei diesem Einheizen war wieder die ganze Familie gefordert, jetzt nicht mehr als Lehmgötzen, sondern als rußschwarze Köhler. Schließlich wurde der erkaltete Ofen behutsam abgebaut. Jedes Kind trug jeweils zwei Steine hundertfünfzig Meter weit bis zum Leiterwagen, aber vorsichtig, denn kein Stein durfte fallen und zerbrechen. Ivana hatte die Augen ihres Vaters auf sich gespürt und seine Zufriedenheit erkannt. Jetzt durfte sie bei der Erzählung lachen, daß er bei ihrer Geburt aus dem Haus gelaufen sei; der Großvater habe ihn angehalten, er solle nicht weglaufen während der Geburt, es könne ja etwas Schlimmes passieren – »Es ist schon was Schlimmes passiert: ein Mädchen!«

Die Backsteinbrennerei wäre nicht vollständig gewesen, wenn nicht zugleich auch eine Kalkbrennerei daneben betrieben worden wäre. Auch hier entstand Architektur. Aus den von allen Kindern gemeinsam auf dem Berg gesammelten Marmorbrocken wurde wiederum ein Kuppelbau aufgeschichtet, der aber von einem hohen Turm umgeben wurde, mit immerhin vier Metern Durchmesser, kreisrund. Holzstämme bildeten sein Gerüst, sechs Meter hoch ragte er in die Luft, in der Umgebung der ins Grüne gedrückten Bauernhäuser ein geradezu unheimliches Monument. Reste davon waren noch zu sehen. Sie wirkten wie Ausgrabungen von Ruinen aus archaischer Zeit. Die Holzstämme wurden mit Geflecht verbunden, zwischen Geflecht und die Marmorbrockenkuppel wurde Erde aufgefüllt; Ivana und Anna flochten aus den Weiden hohe Matten, die Männer schippten. Mit Flaschenzügen wurde die Erde in die Höhe gezogen. Es war wirklich ein Gebäude, das entstand, ein bulliger Festungsturm. Das Feuer in der Marmorbrockenkuppel, Tag und Nacht unterhalten, besaß nach zwei Tagen die Kraft, oben aus dem Turm hinauszuschießen. Dann stand der brennende Turm im einsamen Waldtal als riesige Fackel, bis der Marmor zu Kalk verbrannt war und sich im Wasser zu einer dicken Milch verrühren ließ.

Die Mestrovics hatten aus ihrem bäuerlichen Weiler eine steinzeitliche Industrieanlage mit Hochöfen und funkensprühenden und rauchenden Schloten geschaffen. War Kain, nachdem er den Bruder Abel erschlagen hatte, nicht Städtegründer geworden? Dann muß die Kainssippe ähnlich gehaust haben. Industrie war vielleicht weniger Abzeichen einer bestimmten ökonomischen Entwicklung, sondern eine vom Anfang der Geschichte an vorhandene Seinsart.

Um neunzehnhundertsiebzig herum kamen die ersten Industriebacksteine nach Bosnien, und sofort hatte der Vater seine Familienfabrikation eingestellt. Sentimental war er nicht. Wenn man die Backsteine billiger machen konnte und wenn die Leute mit der schlechteren Qualität zufrieden waren, gab es für ihn keine Veranlassung, gegen die neue Zeit anzukämpfen. Dies war nebenbei das Ereignis, mit dem das Jahr neunzehnhundertachtundsechzig sich in Mestrovics Waldtal unvergeßlich machte.

Ivanas Schwester Anna, die große Arbeiterin, hatte der Erzählung Ivanas viel Farbe gegeben. Wenn Ivana etwas vergaß, und sie hatte manches vergessen in den letzten zwanzig Jahren in Deutschland, sprang Anna mit unnachsichtiger Genauigkeit ein. Ich hatte aber das Gefühl, daß die Schwestern sich nicht grün waren. Wenn Anna sprach, drehte Ivana den Kopf weg. Anna war bei den Eltern geblieben, als Haus und Hof sich leerten. Sie sah womöglich noch römischer aus als Ivana, hatte aber eine schlechte Haut, ihre Stirn glänzte als Talgmond. Als sie schließlich davonging, um Wasser heiß zu machen – die Eltern hatten im Garten gearbeitet, saßen jetzt auf einem Bänkchen in der Laube und warteten darauf, daß Anna ihnen in einer rosa Plastikschüssel die Füße wusch –, wirkte Ivana wie befreit. Anna habe neben ihrer Körperkraft und Ausdauer eine große Schwäche, bemerkte sie, als die Schwester außer Hörweite war. Sie sei verlogen, und der Vater habe sie deswegen viele Male durchgeprügelt, mit Stöcken, die zerbrachen, mit Gürteln, deren Schnallen kaputtgingen, habe sie regelmäßig windelweich geschlagen, um das Lügen aus ihr herauszubekommen, aber vergebens. Anna sei mehrfach halbtot gewesen, habe aber immer weiter gelogen, es stecke in ihr drin, sei nicht herauszutreiben. Ich dachte an die ländlichen Wäscherinnen, die die eingeseifte Wäsche vielfach auf den Boden klatschten, um den Schmutz herauszuschlagen. Die Erziehungsmethoden des alten Mestrovic, aber auch die Beinhärte seiner Töchter gehörten gleichfalls in die inzwischen untergegangene Welt der kainitischen Feuerschlote und Hochöfen.

Vierundzwanzigstes Kapitel

Bosnische Idylle

Ivanas Mutter saß, als ich bei ihr eintrat, auf einem kleinen Stuhl mit strohgeflochtenem Sitz, wie er rund ums Mittelmeer seit Jahrhunderten hergestellt wird. Solche Stühle zu machen ist einmal ein eigener Beruf gewesen, keiner von den angeseheneren Handwerksberufen, ein »petit metier«, wie man in Frankreich gesagt hätte, von Stuhlflechtern ausgeübt, die umherwanderten wie die Scherenschleifer. Von meinem eigenen »petit metier«, dem kunsthistorischen Vagantentum aus, wäre ich berechtigt, diesen Stuhl, auf dem Ivanas Mutter saß und der fünfzig Jahre, aber auch zweihundert Jahre alt sein konnte, einen »van-Gogh-Stuhl« zu nennen – ach, hätte van Gogh doch niemals einen solchen, diesen Stuhl gemalt, hätte er ihn doch im ästhetischen Unbenannt- und Unerkanntsein belassen! Ich folge ihm nicht auf seinem Pfad, der in unserem Jahrhundert eine breite Straße werden sollte, die Gegenstände des täglichen Lebens für die Kunst auszubeuten und ins Atelierlicht zu zerren, anstatt sie im Dunkeln das wahre Fundament der Kunst sein zu lassen. Aber wer Ivanas Mutter beschreiben will, der darf ihren Stuhl nicht vergessen, diesen Stuhl, der längst ein Körperteil von ihr geworden war. Das Alter hatte sie eben nicht wie im Rätsel der Sphinx zu einem Wesen mit drei Beinen, sondern zu einem mit sechs Beinen gemacht. Auch nach acht Kindern war sie nicht dick geworden. Ihre Hüften waren breit, aber die Schultern schmal, und die Hände mit den braunen Runzeln lagen in ihrem Schoß, als hätten sie nicht ein Leben lang unablässig gearbeitet, sondern als sei dies die ihnen einzig angemessene Position, vor allem die endgültige. Daß der Mensch ein Kulturgeschöpf sei, mit Bedürfnissen, die die Natur nicht befriedigen kann, wurde in ihrem Sitzen deutlich. Stühle wuchsen nicht auf Bäumen oder Äckern und waren dem Körper doch so notwendig wie die Nahrung. Ich habe sie in mehreren Tagen nicht einmal aufstehen sehen. Ihr Sitzen war so steinern, daß man sich vorstellen konnte, sie schlafe auch auf diesem Stuhl, der wahrlich kein Ohrensessel war, sondern eine Stuhl-Reduktion, ein Stuhl-Minimum, ihr aber derart adaptiert, daß das Sitzen mit keiner Anspannung der Muskeln verbunden war, sondern in perfektem Gleichgewicht und gelassenem Insichzusammensinken gelang. Um das Ecce-Homo-Pathos des van-Gogh-Stuhls endgültig aus meinem Kopf zu vertreiben, gestattete ich mir als frischgebackenem Skulptur-Spezialisten antike Assoziationen. Derart mit ihren Stühlen verwachsen waren die römischen Priesterinnen, die in ihren eng um den Körper gewickelten Togen, unter denen sich ihre Gliedmaßen abzeichneten, auf marmornen Thronen lehnten – eine Reihe solcher thronender Frauen habe ich in der Halle der Villa Albani gesehen –, aber bei ihnen war noch zu viel Ausdruck mit diesem Bequem-zurückgelehnt-Sein verbunden, etwas Herrschaftbeanspruchendes. Das Sitzen von Ivanas Mutter war in seiner Geste noch reiner, naturnotwendiger, unabänderlicher.

Es fällt mir schwer, mich an ihr Gesicht zu erinnern. Sie ist wahrscheinlich ein hübsches Mädchen mit sehr weichen, nicht besonders spezifischen Zügen gewesen, die im Alter etwas verwischt waren. Ihre Töchter hatten das Gesicht des Vaters geerbt. Das entsprach auch der Ordnung im Hause Mestrovic, wo alles, bis hin zu den Backsteinen, das Gepräge des Patriarchen zu tragen hatte. Er saß neben ihr, als ich eintrat, aber er war beweglich geblieben, ein kleiner Mann, die männliche Version von Ivana, daß es fast zum Lachen war. Weil er draußen stets eine Mütze trug, war seine Stirn mit scharfem Strich in eine mahagonibraune und eine milchweiße Hälfte geteilt. Das Venus-Lächeln, das auf Ivanas Lippen so selten erschien – dann aber um so bestrickender wirkte –, verließ ihn nie, auch wenn es dafür keinen Anlaß gab. Es war, als lächle er auch im Dunkeln. Jetzt, wo die wüste, geradezu selbstzerstörerische Arbeiterei von ihm abgefallen war – unbegreiflich genug –, konnte ich mir wieder vorstellen, was Ivana erzählt hatte: daß er gern Geige gespielt habe mit seinen breiten Pratzen, daß er bei Hochzeiten unentbehrlich gewesen sei mit seinem Fiedeln und sich mit der Geige sogar unter die Tanzenden gemischt habe, zur eigenen Musik sich wiegend und drehend.

Vieles hatte die Mestrovic-Familie erlebt und überlebt in den letzten fünfzig Jahren. Der Vater war kein Ustascha-Mann gewesen, kein Soldat der politischen Separatistentruppe, die gegen das serbisch dominierte Königreich Jugoslawien kämpfte, er war nur Domobran – »Heimwehr-Soldat« in den schlimmen Jahren des Krieges mit Partisanenkämpfen und Massakern unter Zivilisten, endend in einem Nicht-Krieg, einem Einfrieren des Hasses, der sich in künstlicher Erstarrung frisch und lebensfähig erhielt, um bei leichtem Tauen des Repressionsfrostes sofort wieder auszuschlagen und Keime zu treiben. Dem serbischen Parteisekretär war es gleichgültig, ob die Mestrovic-Männer bei der Ustascha gewesen waren oder nur Domobran-Soldaten.

Auf der Kredenz stand ein Foto des jungen Mestrovic mit Soldatenmütze, auch damals unternehmungslustig in eine Welt lächelnd, die Prüfungen für ihn bereithielt. Ein anderer wäre an ihnen zerbrochen, aber die Mestrovic-Familie war auf Extremansprüche hin konstruiert, hunger- und kältefest, durch soziale Ächtung unbeeindruckbar, ein Stamm, der schikaniert, aber nicht besiegt werden konnte. »Leck den Schweinetrog«, rief Ivana dem Parteisekretär nach, dem sie den

Zwanzigliterballon Sliwowitz als Tribut ins Haus tragen mußte. Eins war sicher: Keine Rechnung verfiel, keine Untat wurde vergessen, alle Akten lagen im Gedächtnis zur Wiedervorlage bereit. Der Muslim – ein Mann ohne Namen, aber er hatte in nächster Nachbarschaft gewohnt, seine Familie lebte noch dort – war zur Erntezeit mit der Axt in der Hand in der Kochhütte aufgetreten, um seinen Anteil einzufordern. An den verschlossenen Gesichtern der Mestrovic-Familie vorbei wurden die Säcke mit Kartoffeln und Mehl aus den Vorratskellern auf den muslimischen Leiterwagen getragen.

Die großen historischen Bewegungen dieser Jahrzehnte, die Auflösung des Habsburgerreiches, die unheilverkündenden Zwischenkriegsjahre, der Krieg, die Gründung der Republik Freies Kroatien, bei der Hitler seine treuen Verbündeten um Dalmatien prellte – darauf hatte Mussolini seine Hand gelegt – die Gewaltherrschaft des Marschalls Tito, sein Jonglieren zwischen Rußland und Nordamerika, dies alles war ausschließlich aus der nachbarschaftlichen Sphäre heraus erlebt worden. Die politischen Großereignisse hatten stets Verschiebungen in der unmittelbaren Nachbarschaft, im Dorf, in der Kleinstadt zur Folge gehabt. Die Mestrovic-Familie hatte beinahe immer auf der falschen Seite gestanden. Ihr Vorteil waren einzig Geduld und Beharrungskraft und ein stilles, starkes Bewußtsein, die besseren Leute zu sein, das hatte sie durch das gefährliche zwanzigste Jahrhundert kommen lassen. Aus jeder Phase wußten Vater und Mutter Schrecknisse zu erzählen, ohne große Teilnahme, lächelnd, was den Vater anging, die Mutter konnte doch auch finster werden im verwischten Gesicht.

Aber vor dem eigentlich Großen, dem überwältigenden Ereignis dieses wilden Jahrhunderts waren sie blind, oder besser sprachlos geblieben. Die Tagespolitik, die Zeitgeschichte war wie ein nicht enden wollender Film an ihnen vorbeigezappelt, und oft genug hatten sie mitzappeln müssen, und oft genug lag das Ende aller Zappelei zum Greifen nahe, aber der eigentliche Riesenschritt der Geschichte, der ihr Leben unwiderruflich anders hatte werden lassen, für den gab es kein Wort, der hatte mit Serben und Muslimen und Kroaten auch nichts zu tun. Der war über alle diese einander spinnefeindlichen Völkerschaften gleichgültig und unwiderstehlich hinweggegangen.

Die Erlebnisse des Tages waren zu starkfarbig und anschaulich gewesen, die vergaß man nicht. Die Greuel beschäftigten die Phantasie. Ivanas Mutter trug auf dem Handrücken ein tätowiertes Kreuz als Zeichen ihrer Zugehörigkeit zur römischen Kirche. Die serbischen Partisanen hatten solche Kreuze, wenn sie dergleichen bei kroatischen Bäuerinnen fanden, mit dem Taschenmesser herausgeschnitten – zum Glück nicht bei Ivanas Mutter, bei ihr legte nicht eine Narbe, sondern das heilige bläuliche Zeichen selbst Zeugnis ab, wohin sie gehörte, aber als Ivana deutlich nach dem Krieg geboren wurde, gab die Mutter ihrer Tochter einen Namen, der bei Serben und Kroaten gleichermaßen zu finden war. Bei den Serben sogar noch häufiger, zu tief hatte sich der Nachteil, Kroate zu sein, ihr eingeprägt.

Und über solchen Bildern – wie sollte das Bilderlose sich da bemerkbar machen? Innerhalb weniger Jahre hatte sich nach dem Krieg ihre Lebensform, nein, nicht geändert, sie war umgestürzt worden. Wenn Deutschland teilweise kommunistisch beherrscht wurde, dann war dieser Umsturz der bürgerlichen Verhältnisse nichts gegen die gewaltige historische Revolution, die in dem Tal eintrat, wo die Mestrovics lebten: das Ende der Steinzeit, das Ende eines Lebens, das man sich anders, als man es führte, keinen Augenblick lang hatte vorstellen können. Und wahrscheinlich war diese Lebensform, dies vieltausendjährige In-der-Sippe-Zusammenhausen und gemeinsam die Not eines knappen Überlebens Bewältigen erträglich auch nur gewesen, weil sie die einzig mögliche, die einzig vorstellbare war. Es war eben keine Lebensform, denn schon im Wort Form steckt die Möglichkeit, sie könne auch anders aussehen, es war das Leben selbst, das sie führten, sein Gegensatz war der Tod.

Ihre Welt war abgeschlossen. Der entfernteste Punkt war die Kleinstadt mit ihrem Markt, wo man für reale Sachen wie Butter und Eier das seltene, kostbare Geld bekam, aus dem die Mutter einen Überlebensschatz sammelte, ein äußerstes Mittel gegen stets zu erwartende, unvermeidliche Katastrophen. Was dachten die beiden Alten, wenn sie ihre Füße nach der Gartenarbeit in die rosa Plastikschüssel stellten – was war das für eine Schüssel, woraus bestand sie, wer hatte sie gemacht? Bis zum Jahr neunzehnhundertachtundsechzig ungefähr hatten sie bei jedem Stück ihres Haushaltes angeben können, woraus es bestand, und hatten gewußt, wie man es herstellte. An die rosa Plastikschüssel wurden Fragen dieser Art nie gerichtet. Sie war da, sie kostete sehr wenig, sie war leicht, sie war unzerbrechlich. Die großen Tonschüsseln konnte man, wenn sie zerbrachen, zwar gut reparieren – die zerbrochenen Scherben wurden mit einem harten Bohrer durchbohrt und dann mit Kupferdraht fest aneinandergezwirbelt –, aber solche Künste fielen jetzt weg, sie waren überflüssig, und die Farbe der neuen Schüssel war schöner als alles, was man selbst hätte färben können. Wenn die Sonne in sie hineinschien, glühte sie wie ein rosiger Edelstein. Das Kostbare war zugleich billig, das wäre die Erfüllung eines Traumes gewesen, wenn in der nüchternen Mestrovic-Familie unerfüllbaren Träumen nachgehangen worden wäre.

Daß im Nachbarhaus, nicht weit entfernt, das Zeltdach als pyramidenhaftes Erinnerungsmal aus dem Grün ragend und sich vor dem Waldhügel abhebend, die Muslimfamilie lebte, die Familie des längst dahingegangenen und unvergessenen

Mannes mit der Axt, das stand als Kontinuum vor den Augen der Eltern Ivanas und lenkte sie davon ab, daß diese Nachbarschaft das einzige war, das gleichblieb, während alles andere sich geändert hatte. Das Schicksal der beiden Alten war mit dem von Monarchen zu vergleichen, die als Kinder schon, allseits begrüßt, auf den Thron gelangt sind, in einer geradezu endlos erscheinenden Vorfahrenreihe stehen und nach menschlichem Ermessen auf dem Thron zu sterben bestimmt sind – bis plötzlich die Geschichte sie mit zwei Fingern ihrer monumentalen Hand von diesem angestammten Ort hinwegnimmt und in den untätigen Luxus einer Villa an der Côte d'Azur verbannt, wo sie nun in Sicherheit, wohlgenährt, vergessen und ratlos ausleben müssen. Woher das Geld stammte, mit dem ihre Kinder sie aus dem Ausland unterhielten, wußten die Eltern Ivanas ebensowenig wie den Ursprung der Plastikschüssel.

Ja, es gab noch den Garten am Haus, ingeniös angelegt mit seinen Gemüsefeldern, seiner Weinpergola und den im Schatten zu unmäßigem Umfang anwachsenden Kürbissen. Ich sah Ivanas Mutter von Sonnenflecken gesprenkelt unter der Pergola sitzen, auf ihrem Stuhl. Es war, als habe man sie dort hingetragen, oder war sie tatsächlich die paar Schritte nach draußen gegangen, den leichten Stuhl hinter sich herschleifend? Der Vater, der im Freien wieder die weiße Stirn unter der Mütze verbarg, tappte, ein wenig unentschlossen, wie mir schien, zwischen den Beeten umher, beugte sich zu den Pflanzen hinab, zwickte hier ein welkes Blatt ab und drehte dort geübt ein Unkraut aus dem Boden, wie man Zecken aus dem Fell eines Hundes dreht. Das Kraut flog mit den Erdklümpchen an seinen Wurzeln im hohen Bogen auf den Komposthaufen, solch ein Wurf gelang dem Alten noch punktgenau. Der Beweglichste im Garten war ein kleiner, zum braunen Skelett abgemagerter Greis, der in seinen Geruch, dem Muff niemals gewechselter Kleider, wie eingemauert war, ein Junggesellen-Onkel, der immer auf dem Hof gelebt hatte und sich durch kleine Handreichungen, mehr war ihm nicht mehr möglich, sein Bleiberecht verdiente. Er hatte einen langen dünnen Stab, dünn und leicht wie seine Knochen, mit dem er einen ruhelosen Krieg gegen die Vögel, vor allem die Krähen, führte, als lebende Vogelscheuche mit Luchsaugen von nie ruhender Wachsamkeit. Wenn die über dem Garten im warmen Aufwind segelnden Vögel Anstalten machten, sich in Richtung auf das Karottenbeet herabzusenken, war er mit schnellem Staksschritt schon zur Stelle und schwenkte den dünnen Stab wie einen Verbotszeiger.

»Der Onkel ist ein braver Mann, er ißt nichts und trinkt nichts und raucht nicht und wollte nie eine Frau. Er wohnt in der Kammer hinter dem Ziegenstall und liest die alten Heftchen, die der Pfarrer ihm einmal gegeben hat – in der Religion kennt er sich aus, er hätte selber Pfarrer werden können –, na, vielleicht doch nicht. Die Leute hier haben gern richtige Männer als Pfarrer.« So Annas Übersetzung der Worte ihres Vaters. Sie blickte mich dabei so frei und offen und mit blitzenden Augen an, daß die Vorstellung, sie sei eine notorische Lügnerin, die immer und bei jeder Gelegenheit die Unwahrheit sage, ohne damit eigensüchtige Zwecke zu verfolgen, l'art pour l'art lügend, ganz unwahrscheinlich wurde. Vielleicht erlahmte sie in ihrem verrückten Vorsatz von Zeit zu Zeit? War es nicht anstrengend, darauf zu achten, daß man sich kein wahres Wort entschlüpfen ließ?

Und Anna machte tatsächlich Ausnahmen, wie mir Ivana später gestand. Sie log nur, wenn es sich um etwas Gutes, Erfreuliches handelte – sie erfand, daß die Kuh ein gesundes Kalb geboren habe; war es tot, dann sprach sie die Wahrheit, ohne deshalb beim Vater, der diese Gesetzmäßigkeit nicht durchschaute, besser wegzukommen. Er hatte stets gehofft, daß auch das Schlimme, das sie verkündet hatte, gelogen sei, und empfand es als besondere Heimtücke, wenn es dann doch eingetreten war.

Mit Abstand betrachtet, bewegten sich die vier Menschen wie Schachfiguren zwischen den kleinen eckigen Feldern, wobei die Mutter hier nicht die Dame, sondern der König war, die uneinschätzbare ruhende Potenz; der Vater hingegen wanderte wie ein Bauer immer nur ein Feld voran, wo er sich wieder bückte und innehielt; der Onkel war der Läufer, in großen Diagonalen das Spielfeld des Gartens durchmessend und dort, wo die Krähen aufflogen, wie vor einer unsichtbaren Mauer anhaltend und in die Lüfte blickend, wo die schwarzen Diebe die schweren Lappen ihrer zerfledderten Flügel schwangen. Anna aber hatte die ruhige, geradlinige Bewegung des Turms. Sie pendelte zwischen Haus und Garten, holte etwas von dort, brachte etwas dorthin, erschien schließlich mit der bewußten rosa Plastikschüssel mit warmem Wasser, über dem Arm ein Handtuch, in der Kittelschürzentasche die Seifendose. Ein sonderbarer Gedanke kam mir, als ich sie vor ihrem Vater knien und seine knochig-knotigen Füße einseifen sah: War es möglich, daß ein Mensch log, der anderen die Füße wusch? Diese Welt war sich gleichgeblieben und doch zugleich verzaubert, weil in ihr nicht mehr wie vor kurzem noch bis zur Selbstvernichtung gearbeitet wurde.

Bei der Annäherung an den Hof der Mestrovics hatte ich zunächst am Gehöft der muslimischen Familie gehalten. Eine Gruppe von Frauen stand dort am Zaun, keine trug ein Kopftuch. Die Kittelschürzen und Trainingshosen glichen den Kleidern, wie sie im Haus Mestrovic unter der Woche getragen wurden. Der Gesichtsschnitt und die weiße Haut, die für mich bei Ivana ein Solitär gewesen, aber offenbar bei dem muslimischen Menschenschlag verbreitet war, die fand ich auch bei diesen Frauen. Was war anders an diesen Musliminnen, wenn man von ihrer Religion absah? In ihren Gärten wuchs dasselbe Gemüse, Hühner umgackerten das Haus, an Festtagen wurden Lämmer geschlachtet, der Ziegenkäse war bei den Mestrovics und bei diesen Muslimen gleicherweise beliebt. Wenn der Mensch nach der Paracelsus-Lehre ist, was er ißt, dann müßte zwischen den Familien ein Höchstmaß an Gleichheit in der menschlichen Substanz zu finden gewesen sein. Wer dasselbe ißt, strömt der nicht denselben Geruch aus? Der Geruch im Mestrovic-Haus, nach leicht sauer gewordener Milch, Holz, gewaschenen, aber unparfümierten Körpern, alten Kleidern, ja, sogar ein wenig unaustreibbaren Kuhstall wollte ich erschnuppern, obwohl es doch nur noch drei Kühe gab, die auf der Wiese standen – er konnte doch nicht grundsätzlich anders ausfallen als in dem Gehöft der Muslime? Und im Geruch manifestiert sich die spezielle Art zu sein am nachdrücklichsten. Auf dem Gebiet des Geruchs fallen die inappellablen Entscheidungen für Sympathie und Antipathie.

Ein langes Sündenregister der muslimischen Nachbarn wurde mir aufgezählt – in den schlimmen Jahren mit Mord und Totschlag verbunden, in dem erzwungenen sozialistischen Frieden oder besser Nicht-Krieg mit ziviler Gemeinheit und Erpressung, aber dies Sündenregister, ich fühlte es deutlich, das traf nicht den Kern, und ich fürchtete sogar, daß die muslimischen Nachbarn, wenn ich sie befragt hätte, auch ihrerseits lange Klagen vorgebracht hätten.

Die alles befriedigende Erklärung erhielt ich erst, als nach langen Darlegungen das Schlüsselwort fiel: »Sie sind anders als wir – wir leben hier seit Urgroßvaters Zeiten und länger nebeneinander, man hat einander manchmal sogar geholfen. Als es bei uns in der Scheune brannte, sind sie von dort unten zum Löschen gekommen, und als sie dort unten alle krank wurden, haben wir Suppe gebracht – aber das darf nicht täuschen: Im letzten werden sie immer anders sein, weil sie … eben anders sind. Sie kennen uns genau und wir kennen sie genau – da gibt es nichts wegzureden.«

Man spürt hier vielleicht, daß es Ivana war, die zu dieser apodiktischen Eindeutigkeit gelangte. Der Vater lächelte milde dazu, die Mutter zeigte die Gleichgültigkeit, mit der die unumstößlichen Wahrheiten hingenommen werden müssen. Anna, die Lügnerin, strahlte bei den Worten ihrer Schwester, als wollte sie sagen: »So denkt ihr und ich weiß, daß ihr so denkt, aber was ich denke, das weiß ich auch und werde es niemals rauslassen.«

Unberührt nennen wir eine Idylle, wenn die zahlreichen Berührungen, die sie erfahren hat, lange zurückliegen, wenn das, was sie geschaffen haben, eingerostet und verstaubt ist und den Charakter von natürlich Gewachsenem angenommen hat. Ganz unberührt war das Mestrovic-Gehöft, obwohl die große Arbeitsmaschine vieler Hände sich darin nicht mehr drehte und stampfte, selbstverständlich nicht in unsere Jahre gelangt. Das große graue Ohr der Parabolantenne war auf dem Dach bereit, die Signale der Satelliten aus kosmischer Nacht aufzunehmen. Seitdem der Himmel befahren wurde und jedes Telephongespräch Tausende Kilometer in die Stratosphäre und dann wieder zurück auf den Erdboden zurücklegte, lag jede Stadt und jeder Weiler, wie tief im Landesinnern auch geborgen, an einem Weltmeer. Hob das nicht jene alten Grenzen der Länder auf, die Völker voneinander trennten oder sie gar zerteilten, wie es in Jugoslawien eigentlich jede Grenze tat? Gab es mit Blick auf dies gemeinsame unermeßliche, grenzenlose Himmelsmeer überhaupt noch die Möglichkeit, Grenzen auf Erden zu behaupten?

Nun, man weiß, es gab diese Möglichkeit. Die beiden Tendenzen des Zeitalters, einerseits alle Grenzen zu überwinden und andererseits neue und tief einschneidende Grenzen aufzurichten, standen hart gegeneinander. Welche davon siegreich sein würde, war ungeachtet der jedermann sich bietenden Ausblicke ins Grenzenlose keineswegs geklärt.

Stärker noch als die Parabolantenne beeindruckte mich der hohe, makellos weiße Eisschrank mit Tiefkühltruhe, der inmitten der bäuerlichen Küche stand, das Beste, was es auf dem Markt gab. Ivana hatte den Überblick. Sie hatte die sehr guten, sehr teuren Eisschränke im Hause Breegen und bei Inge Markies gründlich verglichen und sich für den teureren entschieden, der bei seiner Einfuhr nach Bosnien noch einmal unsinnig hoch verzollt werden mußte. Öffnete man ihn, quoll reinlicher Wasserdampf aus dem leeren Gemüsefach. Was hier hineinkam, wurde, von Tautropfen beperlt, in einem lang andauernden frischeähnlichen Zustand gehalten, im Haus Mestrovic ein unnötiges Extra, weil man hier ohnehin nur Gemüse aß, das nie einen Eisschrank von innen gesehen hatte; kaum war es im Garten dicht über den braunen Erdkrumen abgeschnitten, gelangte es auch schon in den Kochtopf, und im Winter griff man immer noch nur zum Eingemachten, das Gemüse aus dem Supermarkt der nahen Kleinstadt besaß keine Verführungskraft, für Gemüse wurde hier immer noch kein Geld ausgegeben.

Um so geheimnisvoller der Eisschrank in seiner metallischen Perfektion, ein magischer Tresor, hinter dessen beinahe mannshoher Tür ein anderes Reich begann, der Nordpol mit seinen Schneewüsten und dem die Nasen und Ohren abschneidenden beißenden Dauersturm. Ältere Modelle hatten, man erinnert sich, gelegentlich ein anheimelndes Brummen, das schluckaufartig einsetzte. Solchen Hilfestellungen für die Phantasie verweigerte sich Ivanas neuer Eisschrank in seinem stählernen Schweigen. Daß er überhaupt eingeschaltet war, verriet nur ein stecknadelkopfgroßes Licht in optimistischem Grün über der Tür, bei Tageslicht beinahe unsichtbar, nur in der nächtlichen Küche leuchtete das Pünktchen geisterhaft und überraschend kräftig, wenn es nicht wegen der in den letzten Monaten immer häufiger vorkommenden Stromausfälle erlosch.

In den Tiefkühlschrank wurde also besser gar nichts gelegt, aber der bedrohlich schweigenden Majestät dieses Schranks, dem Zauber dieser großen undurchdringlichen Tür tat das keinen Abbruch. Keine Spur einer menschlichen Hand verriet der Kühlschrank, und das in einem Haushalt, in dem immer noch eine Reihe von aus Brettern zusammengehauenen Möbeln, von auf der Töpferscheibe gedrehten Krügen, von handgeschnitzten Kochlöffeln und selbstgeschreinerten Türen zu finden war. Wie eine Bombe, die nicht explodiert, war der Kühlschrank in dies Bauernhaus eingeschlagen.

Wäre ich früher im Hof der Mestrovic zu Gast gewesen, hätte man mich ohne Zweifel mit jener ruinösen Großzügigkeit empfangen, die den traditionellen Verhältnissen entsprach. Jetzt aber stand die Hochzeit des jüngsten Sohnes bevor. Es wurden Scharen von Gästen erwartet, gewiß nicht die Muslime von nebenan, aber die weitverbreitete Verwandtschaft. Bei diesem Fest würde es außer mir keinen Gast geben, der nicht blutsverwandt war, denn die Braut entstammte gleichfalls dem weiteren Familienkreis.

Mir blieb also höchst willkommene Zeit, mich auf dem Gehöft und in der Landschaft, die es umgab, allein umzusehen. Es war leeres Land. Wenn man nicht nach der Seite des Dorfes hinsah, entdeckte man weithin kein Haus mehr. Die Augen konnten die Geländefalten, die sich bläulich hintereinanderstaffelten, abschreiten. Es verbarg sich hinter der letzten immer noch eine weitere. Die Bläulichkeit der Ferne täuschte darüber hinweg, wie trocken, ja ausgetrocknet es dort war, karstig, sandig, unfruchtbar. Was von ferne wie eine die Felsen überschäumende Waldung wirkte, war nur Krüppelwald. Das kroch dort alles nur in Bodennähe dahin.

Wer sich still verhielt, zu dem kamen die schönsten Bilder. Zu meinen Füßen leckte eine junge Katze Milch aus einem Porzellanteller. Zunächst nahm die Menge der Milch nicht sichtbar ab, so unbeirrt das rosa Zünglein auch schleckte, dann wurde der Milchschleier im Teller durchscheinend, ein Muster auf dem Tellerboden wurde ahnbar, bläuliche Ranken, die das Kätzchen mit zielgerichtetem Eifer freilegte, wie ein Archäologe ein Fußbodenmosaik von Erde befreit. Schließlich war es am Tageslicht, eine industrielle Version des Meißner Zwiebelmusters, aber wie aus dem Boden geholt und deshalb überraschend und kostbar; die feine Zunge polierte es da und dort noch ein wenig, damit es wie neu in den Tag strahlte. Etwas weiter zwitscherte es in den Zypressen, die den Garten zum Hang hin abgrenzten, wie abgestorbene, ganz zu Säulen gewordene Bäume, obwohl wahrscheinlich erst fünfzig Jahre alt. Um so verblüffender das Leben, das in ihnen herrschte, ein Schwarm hüpfender Stare, die sich in ihrem Dunkel wie unterirdisch bewegten, aber mit ihrem Flattern den Staub aufwirbelten; Wölkchen wie von den Schüssen winziger Kanonen umgaben die schwarzgrünen Baumkörper, als sei dort ein Frösche- und Mäusekrieg im Gange.

Und von diesem Miniaturepos ging der Blick dann wieder in die menschenleere Weite.

Unvorstellbar, daß diese Region von Feindseligkeiten ihrer Bewohner erfüllt sein könnte. Es gab ja kaum welche. In diesen Riesenräumen, in diesen von Bergrücken abgeteilten Tälern war doch Platz für jeden, wo war hier Raum für Eifersucht und Neid? Auf einem fernen, bereits abgeernteten gelbstrohigen Stoppelfeld ging ein einzelner Mann, der auf dem Rücken etwas Großes, ein Bündel, einen Sack trug – woher kam er, wohin ging er? Er war nicht größer als eine Ameise, aber er zog meine ganze Aufmerksamkeit auf sich. Er war für mich das geheime Herz der Landschaft, von ihm aus wurde sie lebendig. Es war schwer, sich von seinem Anblick zu lösen. Unversehens war er verschwunden. Hatte er sein Bündel niedergesetzt und sich ins Gras gelegt?

Weit weg vom Meer, durch hohe Gebirgszüge, die zum Teil noch Schnee trugen, von der Küste getrennt, hatte das Gehöft der Mestrovics doch etwas von einem Haus am Wasser. Es lag am Hang. Saß man im Hof und blickte durch das Tor, dessen Flügel zwischen den Mauern weit geöffnet standen, wurde der Raum zwischen den Torpfosten zur Bühne, deren Himmel bis zum Boden reichte, so tief fiel das Niveau dahinter ab. Diese Bühne verlieh allem, was auf ihr geschah, dramatische Qualität.

Ohne daß ich bemerkt hätte, wie sie dorthin gelangt war, saß Ivanas Mutter jetzt auf ihrem Stuhl am Rand des Tores. Eine Frau mit Kinderwagen schob sich langsam den Hang hinauf, denn unmittelbar vor dem Tor lag das Landsträßchen, bucklig und voller Schlaglöcher, das nach Sarajevo führte. Sie verweilte einen Augenblick im Gespräch und ging dann ab, um es theatermäßig zu sagen. Dafür gesellte sich Anna zur Mutter mit einer Schüssel Bohnen, die die beiden Frauen, ganz von Himmelsblau umgeben, selbst beinahe bis zur Schwärze verdunkelt, zu putzen begannen. Ein Militärlastwagen rollte in den Bühnenraum. Ein schnurrbärtiger Uniformierter stieg aus, von der Ladefläche sprangen Soldaten, die sich aber, wie ein kleiner Opernchor, im Hintergrund hielten, während der Schnurrbärtige mit den Frauen verhandelte. Anna erhob sich, ging zum Haus und kam mit einem Bierkasten zurück, den sie, als sei er leer, lässig mit einer Hand trug. Bezahlte der Schnurrbärtige für das Bier, oder war das ein Tribut, wie die, von denen ich gehört hatte? Die Soldaten sprangen wieder auf, der Lastwagen fuhr ab – ob nur hinter die Kulisse oder doch nach Sarajevo, beides erschien möglich. Durch die Fähigkeit des Theaters, krabbelndes Leben ins Licht zu heben und bedeutungsvoll zu machen, wurde die Art, wie Anna mit dem Bierkasten auf den Soldaten zugegangen war, zu einem Schreiten. Die Bewegung, mit der sie ihm den Kasten hinhielt, erstaunlich anstrengungslos, ohne daß ihr Arm zitterte, bekam geradezu etwas Symbolisches. Trug der Soldat einen muslimischen oder einen serbischen, einen makedonischen oder doch einen kroatischen Schnurrbart?

Das Schönste aber kam, als die Sonne sank, in unvergeßlichem Farbzauber, Aprikosenleuchten am Himmel verbreitend, reine Farbe, die nicht mehr die Kraft besaß, Licht auf die Gegenstände der Erde zu werfen, hier lag schon alles im Dunkeln. Und aus dieser Nacht schob sich ein Lastwagen in die Toreinfahrt, ein großer Truck, zu groß für die kleine Straße, daher die Schlaglöcher, die Lastwagen zermahlten sie förmlich mit ihrem Gewicht. Aber dieser Lastwagen auf dem Weg nach Sarajevo – vor Morgengrauen würde er nicht dort ankommen – war ein Lichtwunder: Nicht nur die Strahlkegel der Scheinwerfer, die das Körperliche wie von tastenden Fühlern hatten, sondern auch die roten und grünen Lämpchen um die Fahrerkabine herum gaben ihm die Geschmücktheit eines Prunk- und Tempelwagens. Die Kürze der Erscheinung verminderte nicht ihre Schönheit, die aus der Bewegung entstand. Zwischen den Torpfosten des Mestrovic-Gehöfts wurde das verlassene Land von der Andeutung ferner Feste gestreift.

Aus diesem Land war Ivan Mestrovic so viel früher als Ivana aufgebrochen. Und mit viel größerem Erfolg, ein Mann, der es nicht nur zum Nationalkünstler, sondern zum internationalen mondänen Luxuskünstler gebracht hatte, der nicht nur das Publikum von Zagreb, sondern auch das von Rom und Chicago erreichte, und zwar keineswegs mit einem Programm ländlicher Unschuld, naiver Urkraft, einem ästhetischen Barbarentum, sondern im Erspüren des Zeitgeschmacks, der Mode, der Vorliebe für Anspielung und Zitat – oder war es gerade die bäuerliche Unschuld, was ihn dazu befähigte, den Geist der großen Städte ungefiltert durch sich hindurchwehen zu lassen?

Meine Hoffnung, bei Ivanas Eltern irgendein Erinnerungsstück an den großen Onkel, Vetter, Vorfahren zu finden, eine frühe Zeichnung, einen ersten halbbearbeiteten Tonklumpen, wenigstens ein Foto, zerschlug sich. An Bildern gab es hier nur Öldrucke des Herzens Jesu, blutrot flammend, einer Madonna von Loreto, die in der italienischen Besatzungszeit hier hängen geblieben war, Hochzeitsfotos der Großeltern, erstarrte Masken, im Atelier mit dem Pinsel bis zur Unkenntlichkeit verschönert. Die Großmutter hatte einzeln zu zählende Fliegenbeinwimpern bekommen, der Großvater trug ein blitzendes Lichtpünktchen auf den vollen Lippen, die er weder seinem Sohn noch Ivana vererbt hatte, dafür aber ihrem Bruder Mirko, dem Spätling, dem Allerjüngsten, der noch nach der wütenden Steinzeitschufterei geboren worden war, das Glückskind, dem das Leben auf dem Mestrovic-Gehöft bisher nur gelächelt hatte.

Sowie der härteste Lebenskampf von der Familie abgefallen war, unbegreiflich genug, hatte der Vater auch seine strengen Erziehungsmethoden vergessen, als ob das regelmäßige Durchprügeln der Kinder zu der auslaugenden, niemals endenden körperlichen Arbeit gehört hätte, so wie auch während der Schlacht strengere Strafen über ungehorsame Soldaten verhängt werden als in Friedenszeiten. Selbst damals hatte er freilich Ausnahmen gemacht. Als die fünfjährige Ivana, die die Ziegenherde weidete, am Abend gestand, vier junge Ziegen verloren zu haben, weil sie mit anderen Kindern gespielt und nicht aufgepaßt hatte, ließ der Vater die Daumen im Gürtel stecken und zog ihn nicht aus den Schlaufen, sondern sah sie lange abwesend an. Das hatte Ivana nicht vergessen; die Leistung, keine Ausrede gesucht und nicht gelogen zu haben, allerdings ebensowenig, denn sie vergaß nie, was sie geleistet hatte. Leistungen mußten anerkannt werden, zuallererst von dem, der sie erbrachte.

Welche Leistungen hatte Mirko erbracht? Keine nennenswerte, aber nicht einmal seine ältere Schwester Ivana nahm ihm das übel. Sie blickte mit einer seltenen Miene, in der sich Rührung und Ironie mischten, auf den Nachgeborenen, als wolle sie sagen: »Gewiß, er gefällt den Leuten, aber wissen die auch, was für ein Früchtchen das ist?« Zu ihrem starken Gerechtigkeitsempfinden gehörte, jeden an seinem Platz gelten zu lassen. Mirko kamen andere Pflichten und Rechte zu als ihr oder gar Anna, der sie, fürchte ich, sehr wenig zubilligte, obwohl kein unfreundliches Wort in meiner Gegenwart zwischen den beiden fiel.

Und so war es Mirko, der mich bei meiner Suche nach Mestrovics Geburtshaus unterstützen sollte – aber da gab es nichts zu recherchieren; wir würden mit dem Motorrad in die Kleinstadt fahren und dort würde er mir das Haus zeigen – ganz einfach. Er kenne das alles ganz genau. Dies bemerkte er zum nicht geringen Erstaunen seiner Eltern, die von Mestrovics Geburtshaus gar nichts zu wissen meinten. Woher der Knabe das wohl hatte? Der Knabe war inzwischen auch schon über fünfundzwanzig, die Lebenslust sprang ihm aus den Augen. Das Lächeln verließ den Mund nur, wenn er sich eine neue Zigarette ansteckte und mit den Augen in den Rauch blinzelte. Es war ein anderes Lächeln als das Dauerlächeln des Vaters, in dem, wie ich jetzt zu erkennen meinte, Resignation und die Abwehr jeder Zudringlichkeit lagen. Mirko hingegen wehrte nichts ab, er zog an, ob er es brauchen konnte oder nicht. Nur sein wirbelndes Temperament bewahrte ihn davor, daß an ihm kleben blieb, was er selbst herbeirief.

Es war jedermann vollständig klar, daß Mirko, so sicher er im Schoß der Familie ruhte, niemals die Heimat wie Ivana verlassen und das Abenteuer des Söldner- und Lohnarbeitertums in der Fremde auf sich nehmen, aber ebensowenig die elterlichen Traditionen, so wenig von ihnen übriggeblieben war, fortsetzen würde. Den Garten, der in einer sinnvollen Ordnung die Erinnerung aller Klostergärten des Mittelalters, aber auch der geometrischen Blumenparketts von Versailles in sich trug, das Werk täglicher liebevoller Zuwendung – er jedenfalls würde ihn nicht pflegen, dies Wunderwerk gehegter Fruchtbarkeit und aus der Ordnung unbeabsichtigt hervorgegangener Schönheit. Dieser Garten war bis zu ihm hin entwickelt und aufrechterhalten worden, aber hier fuhr die prächtig ausgereifte Hochform vor eine historische Mauer, auf der ganz oben, in bergziegenhafter Anmut, Mirko stand und nicht einmal einen Lidschlag lang zurückblickte. Er hatte auf der Schule wenig Deutsch gelernt, wohl auch das meiste vergessen, obwohl er, wie er mir sagte, schon öfter bei Ivana und Stipo in Frankfurt zu Gast gewesen sei. Er liebe diese Stadt. Er sprach mit verträumtem Blick von der Zeil und ihren unerschöpflichen Kaufhäusern, bezaubert durch die Warenfülle und ohne wahrnehmbare Besitzgier. Es war die schlichte und reine Freude, daß Gottes Erde etwas so Herrliches trug wie diese Kette von Kaufhäusern, in denen Wünsche, die man noch gar nicht verspürt hatte, ohne weiteres befriedigt werden konnten. Und die schönen Frauen von Frankfurt! Er hatte sie gesehen, sofort, schon beim ersten Aussteigen aus dem Überlandbus am Hauptbahnhof, in dem er, der Quirlige, in sechsunddreißigstündig eingeschränkter Beweglichkeit zusammengefaltet gehockt hatte – selbst die Erinnerung an diese Pein wurde zu einem großen Vergnügen.

Er selbst machte sie schön, die Frauen, das hatte ich deutlich beobachten können. Ivanas Gesicht entspannte sich, wenn sie auf ihn blickte. Es war, als wölbe sich ihr Mund etwas vor; der Eindruck der Schmallippigkeit verlor sich, die ihr sonst das Finstere, Willensbetonte gab, ihre Augen glänzten, durch Spott als letzter Schutz vor schrankenloser Hingabe in ihrem Ausdruck nur gesteigert.

Alles, was aus einer mühevollen, wie verfluchten Vergangenheit auf der Familie Mestrovic gelastet hatte, ihr Gefesseltsein an den Boden, ihr Kampf mit dem Boden, das Mißtrauen, die Erschöpfung, die Härte, hatte sich, so sah es für mich aus, in Mirko aufgelöst. Am Schluß der Familiengeschichte stand nicht Untergang oder Erlöschen, sondern Heiterkeit und Freude, wenn auch verkörpert in einer einzigen Person. Sogar die Feindseligkeit gegen die Nachbarn war nicht auf ihn übergegangen, so tief sie sich auch allen anderen Familienmitgliedern als gehütetes Erbe eingeprägt hatte. Auf der Motorradfahrt in die kleine Stadt erklärte er mir die Häuser und Höfe, die auf den Hügeln lagen. Viele Neubauten waren darunter, lumpig aussehend in meinen schönheitsdurstigen Augen, aber Zeugnisse eines wachsenden, noch schüchternen Wohlstandes, der mit dem Geld aus dem Ausland hereingeflossen war. Es gingen nicht nur Ivana und Stipo in den Westen und brachten von dort die Botschaft gekachelter Badezimmer und eingebauter Küchen nach Hause.

Gesprenkelter als in dieser Region Bosniens konnte die Bevölkerung des ganzen Landes kaum sein, wenn man von den Städten absah. Hier wohnten Kroaten, dort Serben, hier Muslime, und dort »Rumunsch«, das war ein zerfallenes Haus, schon auffällig unter den vielen neuen oder doch hergerichteten, und die »Rumunsch« waren Zigeuner, von keinem geliebt, nur von Mirko. Er hatte überall Freunde, amüsierte sich geradezu darüber; sein Körper, an dem ich mich festhielt, bebte vor Lachen bei dem Gedanken, daß da wirklich überall Freunde wohnten.

In der Kleinstadt war Markt, ein Gedränge zwischen Gemüseständen und chinesischem Textilplunder. Wie gründlich war die Zeit der selbstgewebten, selbstgesponnenen, selbst zugeschnittenen Leinwand vergangen. Aber dieser Verlust hatte die Menschheit wahrlich nicht unschöpferisch werden lassen. Die Vielfalt der Muster von Kittelschürzen, Tischdecken, Schals, Pullovern und Kleiderstoffen war überwältigend – alle scheußlich, aber jedes Muster einzigartig, unwiederholt, von Zeichnern und Druckern in nicht versiegender Fruchtbarkeit ersonnen. Keine Farbe, die nicht gekreischt hätte, aber in Variationen, die den Artenreichtum der Insekten nachahmten, als solle die ganze Welt mit Mustern überzogen werden. Ein fröhliches Gedränge war es nicht, das sich zwischen den Ständen einherschob, etwas Bedrücktes ging von den Leuten aus, die zwischen der chemischen Farbenpracht dunkel gekleidet, Männer und Frauen, vornehmlich in schwarzen Lederjacken auftraten. Die Blicke, die der Stoff-Fülle galten, dem »Kattunspiel«, wie man in meinem heimatlichen Frankfurt einst sagte, waren unruhig und lustlos. Von Kaufrausch lag nichts in der Luft. Der Rausch hatte seinen Ort nur vor den am Rande liegenden Schnapsbüdchen, über denen »Bife« zu lesen war, das war eine Slawisierung von Buffet, aber auch die Sliwowitze, die hier schnell getrunken wurden, versetzten nicht in menschenfreundliche Stimmung. Die Trinker standen schweigend herum und blickten düster auf die Passanten.

Doch wo Mirko war, da löste sich die Verhaltenheit für einen Augenblick. Es war schwer, mit ihm Schritt zu halten. Er tanzte geradezu durch die Menge, die sich in seiner Gegenwart wieder zu Einzelgesichtern auflöste. Jeden zweiten sprach er an wie einen alten Vertrauten. Dem klapste er auf die Schulter, dem nächsten nahm er ein Stück Kuchen aus der Hand, biß hinein und reichte es zurück, dort rief er in ein Haustor und war schon fort, wenn eine lächelnde Frau ihm durch die Tür hinterhersah. Ein Radfahrer näherte sich ihm von hinten, zog ihm das Portemonnaie aus der Gesäßtasche, beschleunigte und warf es ihm vor die Füße, das war wie einstudiert. Ein kleiner Junge kreuzte Mirkos Weg, er packte ihn am Kopf, drehte ihn um sich selbst und ließ ihn wie ein aufgezogenes Spielzeug in die entgegengesetzte Richtung laufen. Ein Mann hatte sich gerade eine Zigarette in den Mund gesteckt, da hatte sie ihm Mirko schon von den Lippen genommen, das ersparte ihm das Anzünden, das hielt schon zu sehr auf, die Bewegung hätte stocken müssen. Er stand mit der ganzen kleinen Straße in Beziehung. Er erweiterte seine schlanke Person in alle Richtungen, lachend, spielend und unablässig vorandrängend, so daß wir bald schon ein weniger bevölkertes Viertel erreicht hatten.

Sowie der Widerstand der bewegten Menge aufhörte, fiel er in Ratlosigkeit. Er brauchte die anderen, um er selbst zu sein. Wohin strebten wir nur? Wohin hatte der Sturmschritt uns führen sollen? Zu Ivan Mestrovics Geburtshaus? Wer war das noch gleich? Ivan Mestrovics gab es viele; er gestand mir mit triumphierendem Lächeln, daß mehr oder weniger alle Kroaten im näheren Umkreis Mestrovic hießen. Er gehörte nicht einfach nur einer respektablen Familie an, sondern weit mehr, einer starken Sippe, einem großen Clan, einem kleinen, aber ausgezeichneten Volk.

Wir blieben stehen. Ich wußte nicht, wie ich mich verständlich machen sollte. Hatte Ivana ihm nicht meine Wünsche beschrieben? Gewiß, sie war die Intelligenteste in der Familie. Nicht von ungefähr hatte sie den Aufbruch nach Nordwesten gewagt, dazu kam die innere Unabhängigkeit, bei unvermindertem Stolz auf den Mestrovic-Stamm auch ohne dessen Schutzschirm leben zu können. Gleich ihr hatte sich Ivan Mestrovic aus dem angestammten Kreis entfernt. Wäre er ein namhafter Boxer geworden, man hätte damit noch etwas anzufangen vermocht, aber dann sagte ich mir, daß dieser Sippe womöglich das gesamte Konzept vom »großen Mann« fremd bleiben mußte, weil es das durch die Blutsverwandtschaft geschaffene Kollektiv war, worauf es ankam. Wichtig war die Zugehörigkeit, und ein gutes Mozart-Ensemble – ein gewagter Vergleich, die Mestrovics waren grund-unmozartisch – zeichnet sich eben dadurch aus, daß niemand daraus hervorragt.

»La Piazza« wurde die Kleinstadt bei den kroatischen Bauern genannt. War das eine Hinterlassenschaft der Mussolini-Zeit oder viel älter, venezianisch, oder eine Erinnerung an ferne Zeiten, als Bosnien Teil des römischen Kaiserreichs war? Metropolitan war an unserer Piazza jedenfalls die Diversität der Kultstätten. Am Ortseingang waren wir schon an einer schönen Moschee vorbeigekommen, mit der Schildkrötenpanzer-Kuppel in hellgrün gestrichenem Blech und den bunten Glasscheiben der Fenster. Ein Stück weiter kam das orthodoxe Kirchlein der Serben, die Fenster bloße Schießscharten, die kleine Kuppel war gleichsam halslos in das Kirchenschiff gedrückt, die Farbe der Fassade blätterte dick wie Baumrinde ab, unordentliches Mauerwerk und viel gelber Sand wurden sichtbar.

Und nun standen wir vor der römisch-katholischen Kirche in kolonialer Neugotik wie für die elektrische Eisenbahn, unter Kaiser Franz Joseph erbaut, ein Herz-Jesu-Tempel, wie das Stuck-Relief über dem Eingangstor zeigte. Bis die Habsburger kamen, war die katholische Messe hier von umherschweifenden Franziskanerpatres auf den Bauernhöfen gefeiert worden, und wenn ich die Zeichen richtig deutete, war im Hause Mestrovic eine tiefere Bindung an diesen neugotischen Bau nicht entstanden – die Silbe »neu« war keine Empfehlung.

Soeben kam der Pfarrer die Stufen herab, erkennbar an seiner fleckigen Soutane, und auch ich war offenbar leicht als Fremder erkennbar. Er trat mit freundlicher Miene auf mich zu und begann sofort, Italienisch zu sprechen. Er habe in Rom studiert, ein weltläufiger Mann, hier war sie noch einmal erlebbar, die Formation, die die katholische Kirche ihren Geistlichen angedeihen ließ, wenn sie Bauernbuben zu Priestern und Bischöfen machte. Der Priester war glattrasiert, die Wangen schimmerten bläulich, als seien sie gut eingecremt, ein gepflegter Mann, auch das Haar war mit Frisiercreme in Form gebracht, die Jahre in Italien leuchteten mir sofort ein.

Er bat uns ins Pfarrhaus, die »Canonica«, wie er sagte, ein niedriges langgestrecktes Gebäude mit einem sehr breiten Korridor, wie eine kleine Straße, von der rechts und links die Zimmertüren abgingen. In seinem mit Pendeluhr und Papstphotographie karg und würdig geschmückten Empfangszimmer ließ er uns einen Augenblick allein, um alsbald mit einem rotbackigen Mädchen mit Kopftuch zurückzukehren. Sie trug eine Buttercremetorte, nichts wäre ihrer Erscheinung angemessener gewesen.

Mestrovic, Ivan? Als ob er den nicht kenne, wie er den nicht kennen sollte! Der Meister, der Michelangelo Bosniens, das war ganz ernsthaft gesagt, schon bei Nennung des Namens hatte ihn sein Lächeln verlassen. Es war auch gar nicht falsch, was er sagte, obwohl gewiß nicht das Ergebnis eigener kritischer Bemühung, aber wenn jemand der Welt eingerieben hatte, daß Mestrovic ein Reis aus den Lenden des Michelangelo sei, dann war es der Meister selbst. Ein Wunder, sagte der Pfarrer, aus diesem Land sei noch niemals ein Künstler gekommen. Dieses Land habe sich gegenüber künstlerischer Schönheit stets unempfindlich gezeigt. Hier gebe es nicht einmal ein dekorativ geschnitztes Stuhlbein, einen mit Ornament versehenen Türpfosten. Gleichgültigkeit gegenüber jeder Art von Gestaltung der Materie – wie schön klangen diese ihm in Rom vermittelten Begriffe in seinem Mund, sie waren selten gebraucht, nicht abgenutzt deswegen, sondern blinkten frisch –, diese Gleichgültigkeit sei hier erblich. Man sei geneigt, hier alles Schlechte den Türken in die Schuhe oder besser in die

Babouche zu schieben, mit einem gewissen Recht, aber eines hätten die Türken in Bosnien nicht zerstört: den Schönheitssinn, der sei nämlich auch vorher nicht dagewesen. Sehr lange sei dieses rauhe Land sich gleichgeblieben. Lange hätten die Leute in ihren einfachen Katen gehaust, ohne sich um irgend etwas zu kümmern, das nicht den Streit in der Familie oder mit den Nachbarn betraf. Aber diese Epoche sei jetzt an ihr unwiderrufliches Ende gelangt.

»Der Deckel auf dem bosnischen Topf ist angehoben«, sagte der Pfarrer. Er genoß sichtlich die Gelegenheit zu überraschenden Bildern. Luft aus Europa ströme ein, und alle bis eben eingetrockneten und eingefrorenen Kräfte begännen sich zu entfalten und zu wachsen. Und plötzlich sei in diesem riesigen, leeren Land nicht mehr Platz genug für alle Völker. Plötzlich werde man sich bewußt, daß das eigene Volk von lauter anderen Völkern umgeben lebe, und plötzlich sei das eine unerträgliche Vorstellung. Alle Völker hätten plötzlich eine Idee von sich selbst – wie sie seien und wie sie nicht seien, und was ihnen zuträglich und was ihnen unzuträglich sei. Unzuträglich seien die anderen – und das stimme auch in gewisser Hinsicht, aber man habe so lange davon absehen können, daß es auch wieder nicht stimme. Ich verstand, daß der Pfarrer versuchte, einen höheren Standpunkt einzunehmen, einen römischen gleichsam, von historischer Weitläufigkeit, in den großen Räumen des Imperiums denkend, in dem unter einem einzigen purpurnen Mantel allerlei Verschiedenes nebeneinander gedieh. Seine Kroaten gehörten zu Rom, da war es nicht so wichtig, ob sie in Bosnien in lückenlos kroatischer Umgebung lebten.

»Es knirscht im Gebälk, das ganze Haus beginnt sich zu bewegen«, sagte der Pfarrer und rieb die beiden Fäuste aneinander, zwei Feldsteine darstellend, die eben noch starr in der Mauer gesteckt hatten und sich aus ihrer Starre nun lösten.

Wenn ein Haus auf solchen Steinen stand, dann würde es bald wackeln und einstürzen. Das war alles aber nicht apokalyptisch gesprochen. Der Pfarrer verband seinen Ausblick in die nähere Zukunft nicht mit Drohungen. Es würde eine neue Lage entstehen, und auch ihr würden er und die römische Kirche gewachsen sein, es wäre dann halt etwas anderes als das Gewohnte.

»Nein«, fuhr er unversehens in großem Sprung zum Ausgangspunkt zurückkehrend fort, »Ivan Mestrovic hat hier nie gelebt.« Geboren sei er möglicherweise hier, obwohl man den Akten nicht ohne weiteres trauen dürfe. »Es war damals nicht wie bei Ihnen«, sagte er gewinnend. Unmittelbar nach der Geburt seien die Eltern jedenfalls nach Zagreb gezogen, »Ich weiß wirklich nicht, wieviel bosnisches Wasser und wieviel bosnisches Brot er in sich aufgenommen hat. Ich möchte ihn gern zu einem bosnischen Künstler machen, es täte dem Land gut, aber das geht nicht, er verdankt seine Kräfte einer anderen Erde.« Mirko hatte kein Wort dieser Rede verstanden, aber er blickte mich erwartungsvoll und freudig an. Es bestand für ihn kein Zweifel: Die Rede des Pfarrers durfte er sich als eigene Leistung zurechnen.

Fünfundzwanzigstes Kapitel

Schwarze Folklore

Ivanas Kind war jetzt sieben Wochen alt, Arme und Beine waren noch fest an den Rumpf geschmiegt, als wolle es die Form nachahmen, in der Ivana einst selbst gewickelt worden war, eine kleine Mumie, fest eingepackt, daß die Beine sich nicht bewegen konnten, das Kinder-Paket mit einem blauen Band kreuzweise umbunden. So hatte sie in dem Korb gelegen, in dem jetzt ihr Sohn Branko lag, mit inzwischen übrigens wieder eindeutig kroatischem Namen, die Zeiten waren andere.

War die Schwangerschaft wirklich so frei von Beschwerden gewesen, wie Ivana behauptet hatte? Wenn ich sie beladen mit meinen Mülltüten, mit Zeitungspacken und den leeren Flaschen meine Wohnung verlassen sah, war mir zum Schluß unwohl gewesen. Was unternahmen die jungen Frauen meiner Bekanntschaft nicht alles für die Vorbereitung einer Geburt. Sie gingen regelmäßig zum Arzt. Sie ließen sich über die Risiken unterrichten. Sie machten Gymnastik, um die Geburt weniger schmerzhaft werden zu lassen. Zu alldem hatte Ivana keine Zeit oder wollte sie sich jedenfalls nicht nehmen, und Stipo war nicht der Mann, sie in dieser Hinsicht zu etwas zu bewegen. Er holte sie aber bei ihrer jeweils letzten Stelle am Abend ab; ich sah ihn auf der Straße stehen, mit seiner von weitem erkennbaren nach vorn schießenden Nase. In diesem Warten war etwas Schuldbewußtes, als versuche er mit ungeeigneten Mitteln weniger mühevoll werden zu lassen, was er Ivana eingebrockt hatte. Dabei bin ich davon überzeugt, daß in dem unzärtlichen Verhältnis zwischen ihm und Ivana ein

Vorwurf, zu ungelegener Zeit schwanger geworden zu sein, auch weiter keine Rolle spielte. Einen solchen Vorwurf zu erheben hätte gar nicht zu ihr gepaßt, das wäre für sie wie ein Hadern mit dem Wetter oder mit dem Tod gewesen. Sie sah ihr Leben als Kampf und war gerüstet, daß sich nach und nach jede erdenkliche böse Überraschung einstellen werde, die sich aus der unheilvollen Verbindung von Schicksal und Zufall ergab.

Stipo war der Vater des Kindes, das sie erwartete, gewiß, wer sonst? Diese Verbindung, sowenig sie Frühlingsblütenträumen entsprechen mochte, die sie auch gar nicht geträumt hatte, war etwas Endgültiges. Sie waren aneinandergekettet mit unsichtbaren Handschellen. Manchmal rüttelte sie daran, wenn er ihr gar zu lästig wurde, aber nie in Befreiungsabsicht, nur um der Ungeduld einen kleinen Spielraum zu gewähren. Galeerensträflinge der alten Zeit haben berichtet, wie man Haltungen entwickelt, in denen sie die Ketten sogar für eine kurze Zeit vergaßen. Und dann halte ich auch, Ivana betrachtend und die Gespräche bedenkend, die ich mit ihr, während sie bei mir putzte, geführt habe, für nicht ausgeschlossen, daß sie im allertiefsten dies Kind für ausschließlich ihre Sache ansah. Nicht, daß sie sich über die natürlichen Vorgänge getäuscht hätte – wie konnte das eine Frau, die mit vier Jahren begonnen hatte, Ziegen zu hüten und den Bock bei seiner herdenvermehrenden Tätigkeit zu beobachten –, sondern daß es zu ihrem geheimsten Bild von sich selbst gehörte, ein Kind auch ohne Mann hervorbringen zu können, Vertreter eines Geschlechts, das sie als so unendlich viel schwächer erkannt hatte, als sie selbst es war. Die Jungfernzeugung war das ihr einzig Angemessene.

Wie jeder Schlag, der ihr bestimmt war, sauste auch die Schwangerschaft auf sie herab, ließ sie wanken, vermochte nicht, sie zu stürzen, und betraf vor allem sie allein. Sie nahm

Stipos Hilfsbereitschaft während der neun Monate mit gemäßigter Widerspenstigkeit, gelegentlich sogar Dankbarkeit an, aber innerlich entfernte sie sich noch mehr von ihm. Eine grundsätzliche und zugleich allein angemessene Einsamkeit wurde ihr in dem Augenblick, in dem ein neuer Mensch aus ihr hervortreten sollte, so deutlich wie nie zuvor.

Während der Geburt war ich verreist. Als ich zurückkehrte, war die Wohnung unaufgeräumt. Die Schubladen der Kommode für die Hemden gähnten mich herausgezogen an. Das Bett war zerwühlt. Es sah aus, als sei eingebrochen worden und Fremde hätten bei mir gehaust. Dabei war das einfach der Zustand, in dem ich die Wohnung verlassen hatte, aber ich war inzwischen so gewohnt, wie durch Zauberhand meine Zimmer in nüchterner und durchlüfteter Ordnung wieder vorzufinden, daß ich ein paar Minuten verwirrt in meinem selbstgeschaffenen Chaos stand.

Ivana entschuldigte sich am Telephon allen Ernstes, kurz vor der Geburt die Wohnung nicht mehr geputzt zu haben. Es sei fest eingeplant gewesen, aber die Wehen seien losgegangen, als sie sich schon in meinem Treppenhaus befand. Sie hatte sich auf die Stufen setzen müssen. Die zänkische Bewohnerin des ersten Stockes hatte sie dort entdeckt und ein Taxi gerufen. In weiblicher Solidarität war sie sogar mit zum Wagen gegangen, obwohl Ivana ihre Versuche, sie zu stützen, brüsk zurückwies. Es war dennoch tröstlich zu hören, daß diese Frau angesichts einer Notlage unversehens für etwas brauchbar war.

Im Krankenhaus traf ich ein, als Ivana ihrem Sohn gerade die Brust gab. Ihr Gesicht war rot gesprenkelt und gedunsen. Die Geburt war anstrengend gewesen, ein Kampf ihrer Muskeln, die nicht wußten, ob sie das Kind aus dem Leib herausdrücken oder ob sie es gegen mächtigen Widerstand darin behalten wollten. Aber ihre Brust war von starkem, tiefem

Milchweiß, Weiß als leuchtende Farbe, nicht als Abwesenheit von Farben, gar als Blässe. Hier füllte sich der letzte Satz der Apokalypse mit Leben, die Erwähnung der Gewänder, die im Blut des Lamms weißgewaschen werden. Ihre Haut hatte ein Weiß, das seine Kraft aus kräftiger, warmer Durchblutung bezog. Das Gesicht des Knäbleins war wie ärgerlich zusammengefaltet. Seine Augen, die noch nichts festhielten, blickten, so schien mir, kummervoll, als stecke ihm der Schrecken der Geburt in den Gliedern. Sie sah mir entgegen, als wolle sie sagen: Du findest mich in der Tinte sitzen, aber das macht nichts, ich komme schon wieder heraus.

Stipo trat ein, er wirkte eingeschüchtert und blieb, während ich da war, auf Abstand zum Bett. Ich merkte ihm an, wie unheimlich ihm die Veränderung der Lage war, eben auch seiner eigenen Lage. Ein weiterer Mensch war in ihren kleinen Kreis getreten, der Ivanas Gewicht in ihrer Verbindung noch beträchtlich erhöhte. Es stand aber jetzt schon fest, daß man den kleinen Branko der Mutter in Bosnien übergeben werde, alles andere wäre gar nicht möglich gewesen. In ihrer Jugend hatte es das gegeben: einen Säugling in seinem Korb, der am Rand des Feldes schlief, während die Mutter Heu machte und ihren Rechen nur weglegte, um ihn an die Brust zu nehmen. Ich fand die Vorstellung reizvoll, der kleine Branko liege bei mir auf dem Sopha, während Ivana Fenster putzte, aber das war dummes Zeug, nicht durchzuhalten, die Putzstellen lagen viel zu weit auseinander. Den Wunsch, ihren Sohn aufwachsen zu sehen, hätte vielleicht sogar sie verspürt, aber nie aussprechen können. Seelische Bedürfnisse zu äußern war ihr nicht gegeben. Sie kannte wahrscheinlich noch nicht einmal auf Kroatisch das Wort Sentimentalität, von dem, was es bezeichnete, zu schweigen.

In ihrem Elternhaus sah ich sie mit dem nun schon zwölf Wochen alten Branko wieder, der Anstalten machte, den Kopf selbständig zu heben, und dessen Augen inzwischen Genaueres wahrzunehmen schienen. Solange Ivana und Stipo hier Ferien machten, während der Hochzeit des Bruders im wesentlichen, würde sie sich noch um ihn kümmern. Danach sollte sie ihn ihrer Schwägerin in die Arme legen, nicht umsonst, nebenbei. In der Familie des älteren Bruders erwartete man ein Zubrot für die Pflege, und wenn das nicht gefordert worden wäre, hätte Ivana es ihnen aufgedrängt. Ihr Ehrgefühl ertrug es nicht, irgendwem etwas schuldig zu bleiben.

Sie löste sich keinen Augenblick von ihrem Sohn. Sie trug ihn mit sich herum, aber als sei er nicht ein Säugling, sondern ein zusammengeschrumpelter hilfloser Greis, mit dem sie streng sprach, weil er nicht deutlich artikulierte. Sie war sehr geschickt, Branko so zu halten, daß sie dabei noch etwas anderes arbeiten konnte; einfach Eiapopeia zu machen wäre ihr ungehörig erschienen. Ich mußte an die Katzen denken, die ihre Jungen am Nacken mit der Schnauze ergreifen und die blinden Lebewesen hin und her schleppen. Branko war ein auffällig stilles Kind. Er zappelte wenig und schrie selten. Er zeigte auch seinen Hunger oder ein anderes Mißbehagen nur mit diskreten, eigentümlich knarrenden Lauten an, als habe er sofort verstanden, daß Säuglingsgeplärr seine Mutter ungehalten machte. Einmal war ich dabei, als er nach dem Trinken, Ivana hatte ihre Bluse gerade wieder geschlossen, einen Schwall Milch aus dem zierlichen Mündchen herauslaufen ließ. Ivanas Bluse wurde naß, sie troff von ihrer eigenen Milch, und das erheiterte sie unversehens, sie lachte und schwenkte Branko, der sie verdutzt ansah, und kam mir zum ersten Mal glücklich vor mit ihrem Sohn. Die seltenen Gelegenheiten, wenn sie lachte, veränderten sie stets auf das erstaunlichste. Die Härte löste sich auf, eine mädchenhafte Anmut lag auf ihrem Gesicht, sie wurde ein anderer Mensch, für sehr kurze Zeit allerdings. Aber das Gefühl, daß die beiden, Mutter und

Sohn, aufs engste verbunden waren, unzärtlich, aber nicht wie in Ivanas Verhältnis zu Stipo, sondern wie der Mensch an seinen Armen und Beinen hängt, das prägte sich mir stark ein. Sie waren mehr als nur eine Schicksalsgemeinschaft, zwei Schiffbrüchige in einem Rettungsboot, wie sie mir kurz nach der Geburt von Branko vorgekommen waren.

Daß Ivana eben erst entbunden hatte, bedeutete nicht, daß sie nicht wesentlich in die Hochzeitsvorbereitungen einbezogen gewesen wäre. Die Mutter behauptete zu Recht den Stuhl. Sie war, wie sie da in der Mitte des Hofes saß und ihre Töchter dirigierte, eine wahrhaft unbewegte Bewegerin.

Das große Lämmerschlachten bildete den Anfang der Hochzeitszeremonie. Es war, als sei diese Lämmerherde, die unruhig und eng aneinandergedrängt im Hof ihre Bestimmung erwartete, eine Opfergabe, als müsse der Hof, in dem morgen die Festgäste schmausen würden, zuvor in Blut gebadet werden. Später sah ich die abgezogenen Leiber nebeneinanderhängen. Ich zählte vierzig. Sie sahen aus wie kleine Menschenkörper, wie die nackten Athleten auf den rotfigurigen griechischen Vasenbildern, bei denen die Fesseln im Gegensatz zur muskelschwellenden Wade auf einen Punkt zusammenlaufen, der muskulöse Bauch tief unter dem vorgewölbten Brustkorb versunken ist und der ganze Körper in einem Auf- und Abschwellen besteht, und diesen Eindruck verstärkte, daß die tierischen Köpfe abgeschnitten waren; daraus und aus den Innereien wurde eine feinsäuerliche Suppe gekocht mit einem unvergleichlichen Geschmack, eine helle Crème, vom Grau des Hirnes und der Nieren, ihr Duft zog durch das Haus.

Am Hochzeitstag lag beizender Rauch über dem ganzen Gelände. Es war heiß und windstill. Den Gästen stand der Schweiß auf der Stirn, denn sie waren festlich gekleidet und noch nicht soweit, es sich bequem zu machen, eine Zweiklassengesellschaft übrigens, eine starke Minderheit war in Tracht erschienen. Jetzt sah ich das Kleid, das Ivana mir beschrieben hatte, die schweren Leinenfalten mit der roten Stickerei. Die Männer dieser Trachtenfrauen trugen dicke schwarze Felljakken ohne Ärmel, darunter weiße pludrige Hemden aus demselben dicken Leinen mit einer leichten Graustichigkeit. Aber auch die Männer in den starren schwarzen Anzügen mit gelockerten düsteren Krawatten hatten braune Köpfe und große Hände, und die Frauen mit den bunten kleinstädtischen Kostümen zeigten einen goldenen Zahn beim Lachen und hatten das lange, einst geflochtene und hochgesteckte Haar noch nicht so lange abgeschnitten.

Die Gäste waren zum Teil aus größerer Entfernung angereist. Die Höfe der Kroaten lagen verstreut, wie ich schon festgestellt hatte, dies war kein überwiegend kroatisches Siedlungsgebiet, es war so gemischt, daß es nach der Staatsideologie des eben von Sprüngen durchzogenen und in seinen Fundamenten erschütterten Jugoslawien geradezu als ideale Voraussetzung zur Schaffung des künftigen Homo jugoslavensis angesehen werden mußte. Jetzt hätten alle Nachbarskinder, die verschiedenen Völkern entstammten, nur noch in einer Massenhochzeit, wie sie Alexander der Große in Susa zwischen Griechen und Perserinnen veranstaltet hatte, vermischt werden müssen, und das Ziel einer neuen, die Geschichte überwindenden Volkswerdung wäre erreicht. Solche Hochzeiten fanden gelegentlich auch statt. Mirkos jedoch war, wie man weiß, keine dieser Art, bei seiner Hochzeit blieb man ebenso unter sich wie bei allen vorausgegangenen in seiner Familie. Die Mischehen hatten im übrigen nicht die erhoffte Wirkung. Stets setzte sich die eine oder die andere Seite durch, entscheidend blieb, welcher Familienclan der mächtigere war, wie es ja auch Stipo bei seiner Einheirat in das Haus Mestrovic erfahren hatte.

Auf dem weiten Abhang war eine bunte Ansammlung von

Gefährten abgestellt. Hier standen Autos, nagelneue deutsche darunter, neben Traktoren, die einen Erntewagen mit Strohballen als Sitze herbeigezogen hatten, und nicht wenige Leiterwagen; die Pferde waren ausgespannt und grasten in der Nähe. Von einem bestimmten Winkel aus waren nur Pferdewagen und abgespannte Pferde zu sehen, und es störte die Illusion nicht, daß die Wagen dicke Gummireifen hatten. Dies war wie ein Feldlager in alten Zeiten, der Troß einer Armee im Dreißigjährigen Krieg, an dem die kroatischen Söldner ja ebenfalls ihren Anteil hatten. In der Nähe der Pferde fanden sich die Männer in Gruppen, hier wurde geraucht. Gelegentlich zog ein großer Qualmschwaden von der Holzkohlenfeuerstelle, wo die Lämmer am Spieß steckten, herüber und mischte sich mit dem Zigarettenrauch.

Mirko war von kindlicher Feierlichkeit. Ich sah ihn nur von fern in seinem weißen Hochzeitsanzug, einem erfundenen Kostüm mit Spencer und tief ausgeschnittenem Westchen, er sah in der Sommerhitze aus wie ein Eislaufstar. Seine Braut war wie die Zuckerpuppe auf der Hochzeitstorte, ein Schneewittchen mit schwarzem Haar unter dem Tüllschleier und rotem Herzkirschenmund, ihre Hände waren oval und klein. Keine Frau im Haus Mestrovic hatte solche Hände, aber sie würde damit voraussichtlich auch niemals Backsteine schleppen müssen. Sie war jenseits der Epochenwende geboren, der Lebenskampf ihrer Vorfahren war auch für sie nur noch ein Märchen. Mirko hätte nicht besser wählen können, wenn es allein um das äußerlich passende weibliche Pendant zu seiner eigenen Erscheinung gegangen wäre; und ich traute ihr zu, daß sie, waren die Aufregungen des Hochzeitstags erst vorüber, die auch ihr eine strahlende Feierlichkeit auferlegten, ähnlich quirlig wäre wie ihr Mann. Man durfte darauf gespannt sein, wie diese beiden Luftgeister zu einer Beständigkeit ihrer Verbindung gelangen wollten. Da und dort sah ich

Mestrovic-Köpfe in der Menge; die schönen hohen Stirnen, die klaren Augen, die schmallippigen Münder, lauter Spielarten von Ivana, Anna und ihrem Vater, selten so römisch ausgeprägt allerdings.

Ivana arbeitete hart und bewegte sich vorzugsweise laufend in ihrem flammendroten Kostüm, das ihr so gut stand. Die Liebe zu Rot, zu Feuer und Blut und dornenbewehrten Rosen gehörte zu den wenigen Träumen, die sie sich zu realisieren gestattete. Einmal sah ich sie mit dem kleinen Branko im Arm. Sie trug ihn wie eine Beute an sich gepreßt, als habe sie ihn geraubt, und blickte dabei wild um sich. Das war aber nur der konzentrierte Blick der Gastgeberin, die blitzschnell zu erfassen sucht, ob überall für alles gesorgt ist, aber ihr verlieh er die Ausstrahlung einer unüberwindbaren Einsamkeit inmitten ihres Volkes, eine Ausgeschiedenheit aus jeder größeren Gemeinschaft bis auf die mit dem kleinen Wesen in ihren Armen, das sie im Leib getragen hatte und das also unzweifelhaft ihr zugehörte.

Aus der Kleinstadt war ein Mann mit einem Eiswagen gekommen, der sich von der Menschenmenge ein Geschäft erwartete. Er stand bei den Pferden mit seinem Holzkasten auf vier Rädern, darin ein Bottich mit der buttermilchgerührten Eiscreme, umgeben von mit Vieh-Salz bestreuten Eisblöcken. So hatte das Fest einen Kern, in dem es sich ballte, wo die Vielzahl der Trinker und Schmauser nahe an den Holzkohlerosten unter der würzigen Wolke zusammenhing, und dann fernere Zonen, in denen es ausfranste, wo die Raucher und die Eisesser – vor allem Frauen und Kinder – sich mit Hunden und Pferden vermischten.

Auf einer städtischen Cocktailparty kann man sich fehl am Platze fühlen, wenn man die Leute nicht kennt und nicht die Kraft hat, mit Wildfremden ein belangloses Gespräch zu beginnen, während das Gegenüber die Blicke schweifen läßt, ob nicht wichtigere Gäste in der Nähe warten. Hier sprach niemand mit mir, ohne daß mir die Zeit lang geworden wäre. Mirkos Hochzeit war ein Fest, das überall dieselbe Dichte hatte. Es trug mich, während ich umherwanderte. Ein Fetzen Lammfleisch, scharf geröstet und mit dem Geschmack von Rauch und Holz, und eine rohe Zwiebel dazu, im Plastikbecher Schnaps, der wie ein üppiger Pflaumenbaum duftete, dies alles nahm ich gleichsam nebenher in mich auf, in dem summenden, brummenden Menschenmeer treibend. Es war bald auch Musik zu hören, ein abgerissenes Tuten zunächst wie aus einem fernen Saxophon, dann setzten Akkordeon, Trompete und eine jodelnde Klarinette ein, eine auf Moll gestimmte, ebenso schnelle wie sehnsuchtsvolle Musik, so wie ein abfahrender Zug Abschiedsschmerz und zugleich Freude am Aufbruch auslösen kann. Die Musikanten waren ledern braunhäutig, die Trompete zerbeult, das Riesenakkordeon abgenutzt, die braunen Pratzen des Akkordeonisten hatten lange, gelbe Fingernägel wie Hornschäufelchen. Die behinderten den Weg seiner Hände über die vielen weißen Knöpfchen der Tastatur aber nur wenig. Vielleicht wurde nicht immer das richtige Knöpfchen getroffen, aber das störte nicht. Diese Musik bedurfte keiner optimalen Reproduktionsbedingungen, im Gegenteil vielleicht sogar, sie war kräftig genug, um ein paar Macken und Ausrutscher nicht nur zu ertragen, sondern geradezu von Fehlgriffen ihre eigentliche Vollendung zu empfangen. Mirko und seine schöne, zierliche Braut schwenkten im Kreis herum, seltsam ungeschickt. Sie tanzten offenbar sonst nicht auf Tuchfühlung, aber jetzt wurde so etwas erwartet, und bald waren sie von einer Woge jugendlicher Tänzer umgeben. Nur noch das Brautkrönchen bezeichnete auf der Menge schwimmend den Ort des Brautpaares.

Stipo sah ich am Rand des Tanzbodens stehen, in Gedanken versunken, den Mund halb geöffnet: »Jetzt tanzen sie, und später kommt etwas anderes«, aber wenn er tatsächlich so etwas im stillen formuliert haben sollte, dann gewiß ohne Häme, sondern aus einem Riesenabstand zu allem heraus, als einer, der auch das, was nach dem Tanzen kommt, schon hinter sich hatte und wußte, daß es einen nicht umbrachte.

Für Ivana gab es freilich keine solche Gelegenheit zu Versunkenheit. Sie war noch nicht einmal in der Kirche dabeigewesen, dazu hatte sie keine Zeit, und wenn sie sich in das Dorfkirchlein auch noch hineingedrängt hätte, wäre das ohnehin niemandem aufgefallen. Auch ich blieb mit der Mehrzahl der Gäste draußen, wo zunächst gedämpft geplaudert und sogar geraucht wurde, im Fortgang der Zeremonie, die durch den blechernen Klang einer kleinen Glocke angezeigt wurde – woher hätten in Bosnien gute Glocken kommen sollen? –, sammelte sich aber die Aufmerksamkeit aller Draußengebliebenen auf die Kirchentür, und schließlich lag man auf den Knien, ohne von den Vorgängen im Inneren durch die schmale Tür mehr als die Goldpünktchen der Kerzenflammen auf dem Altar mitzubekommen.

Es war kein Opfer für Ivana, daß sie auf ihre Teilnahme in der Kirche verzichtete. Sosehr sie ihren Bruder liebte, so wenig sagte ihr seine Braut zu. Ja, für das Mädchen war Mirko ein Himmelsgeschenk, ein Glücksgriff, aber umgekehrt sah das anders aus. Was für Ivana selbst eine Denkunmöglichkeit war, die Auflösung ihrer Ehe, konzedierte sie ihm ohne weiteres. Männer ließen sich nicht aufhalten. Wenn sie einer Frau überdrüssig waren, schritten sie zur nächsten. Das galt natürlich nicht für Stipo. Seiner durfte sie bis zur Verachtung sicher sein, der Arme, aber Mirko billigte sie Freiheit zu, und deshalb war das ganze Gewese in der Kirche auch nicht so wichtig. Je üppiger eine Hochzeit gefeiert wurde, desto unglücklicher wurden die Leute hinterher, das hatte sich ihr längst zur Erfahrung verhärtet.

Rastlos lief sie über die abschüssige Wiese, über den Hof, an den Feuern vorbei, von da ins Haus zur Küche, in den Vorratskeller mit den Schinken und eingemachten Pilzen und den Sliwowitz-Ballons. Sie war mit dem Wissen aufgewachsen, daß in solchen Ballons das bare Geld schwappte; wie viel davon würde heute in fremde Schlünde gegossen werden? Sah sie in Menschengesichter, dann strahlte sie ihr kühles und doch herzerwärmendes Strahlen, das in seiner Heftigkeit einen spürbaren Hauch lebensfreundlicher Kraft aussandte. Glaubte sie sich hingegen unbeobachtet, dann wurde ihr Gesicht hart bis zur Finsternis. Die heute wieder mit Lippenstift ein wenig vergrößerten Lippen preßten sich zusammen und wurden trotz der Farbe zum Strich. So abwesend das aussah, es war die Geistesverfassung, die ihr am meisten entsprach und auch zusagte: Das scharfe Analysieren der Situation, das Scheiden des Notwendigen vom weniger Notwendigen, ein unablässiges planendes Bedenken, ein geistiges Herrwerden über die Fakten, dann das Einteilen derselben in erstens, zweitens, drittens, und danach handeln.

Nicht bei allem, was sie tat, konnte sie Branko im Arm halten. Sie mußte ihn hin und wieder ablegen. Der Korb stand bereit unter einem mächtigen Baum mit bizarrem Geäst. Er war wie ein Holz gewordener Dämon, der mit den ausdrucksvollen Gesten seiner Arme einen sichtbaren Schutz über den Korb zu seinen Füßen breitete. Es war aber nicht der Baum allein, der Branko, das noch fest in embryonale Eiform eingeschlossene Kind mit angezogenen, wenngleich inzwischen schon dikker gewordenen Beinchen und den vor dem Gesicht geballten Fäustchen, bewachte. In der Nähe spielten Kinder, darunter die achtjährige Tochter des ältesten Bruders, die sich, wann immer Ivana den Sohn ablegte, aus den Spielen löste und neben den Korb setzte, den Kleinen wohl auch einmal als lebendige Puppe herausnahm und wiegte, bis er durch sein ihm eigentümliches Knarren und Fiepen zeigte, daß er den ihm vertrauten Griff der Mutter und den seiner kindlichen Cousine auseinanderzuhalten wußte. Ivana ließ ihn noch immer mehrmals am Tag trinken, und sie wußte selbst in der Ferne, wann es für Branko wieder soweit war. Die innere Verbindung war so stark, als sei die Nabelschnur zwischen ihnen nicht durchschnitten worden. Wenn sie atemlos in schnellem Lauf unter dem Baum eintraf, sich ihre Bluse aufknöpfte und ihn aus dem Korb hob, begann er gerade erst suchend die zierlichen Lippen zu bewegen. Es wurde ihm das Erlebnis beschert, daß alles, wonach er begehrte, augenblicklich und kaum, daß dies Begehren sich richtig in ihm ausgeformt hatte, auch schon zur Stelle war. Wie würde diese sichere Erfahrung seiner ersten, für jeden Eindruck empfänglichen Lebenszeit auf Branko wirken? »Was ich brauche, das gibt es nicht nur, ich bekomme es auch.« Wie sieht man Gott und die Welt an, wenn das zur unumstößlichen Erfahrung geworden ist? Es berührt mich heute seltsam, daß ich solche Zukunftsgedanken für einen herangewachsenen Branko Mestrovic entwickelte, aber der Eindruck der Symbiose von Mutter und Kind war stark. Keine Seele auf Erden durfte sich bisher rühmen, Ivanas Unabhängigkeit eingeschränkt zu haben. Kein Mann hatte ihr tieferen Respekt abverlangt. Selbst von ihrem Vater, dem sie physisch so glich, hätte sie sich, davon war ich überzeugt, wäre es notwendig gewesen, für immer getrennt, ohne sich umzublicken. Und nun hatte ein Wille, der sich nur in Gestalt eines unbedingten Willens zum Leben äußerte, sie gänzlich in seinen Bann geschlagen.

Und dabei gab es so viel zu bedenken. In der Küche lief es nicht gut. Es mußte da ein Streit zwischen den Frauen ausgebrochen sein. Die große Festesmaschinerie, dies vielköpfige Feldlager, in Gang zu halten, das war für die Frauen, die bedienten und kochten und herbeischafften und einschenkten, mit einer hohen Anspannung verbunden. Ivana setzte das Kind ab und legte es ins Körbchen. Mit einer einzigen geradezu schroffen Bewegung, die das Kind aber, so stellte ich mir das vor, vor allem als sicherheitsspendend empfand, steckte sie, einen Fuß schon zum Weglaufen hebend, die Decke um das Körperchen fest, rief der Nichte zu, sie möge das Kind im Auge behalten, und war schon nach dem Haus zu unterwegs. Das Mädchen nahm an einem Spiel teil, zu dem es einer ebenen Fläche bedurfte; zwei einander gegenüberstehende Kinder hatten ein Gummiband zwischen sich gespannt, und Ivanas Nichte hüpfte zwischen den beiden Strängen kunstvoll hin und her, sich das Gummi um die Beine schlingend und die Verwicklung wieder auflösend. Um das Kind in der Nähe zu haben, zog das Mädchen den Korb aus dem Schatten des die Äste reckenden Baumriesen, der in seinem Drohen freilich stumm und ohnmächtig war.

Ich stand entfernt. Der Anblick der Wagen und der Pferde war für mich der höchste Genuß dieser Hochzeit. Wo in Europa würde ich noch einmal ein solches Bild erleben? Ein aus groben Balken zusammengehauener Leiterwagen stand oberhalb der springenden Mädchen, auf ihm war die Musikkapelle angefahren. Die Rumunsch waren für diesmal willkommen, sie hatten mit ihren blitzenden Instrumenten darauf gesessen. Der schwere Bauernwagen mit dem plumpen, struppigen Pferd, der statt Steinen oder Heu die leichtfertigen, schon während der Fahrt dudelnden Musikanten trug, war, als er sich dem Gehöft näherte, für mich der Inbegriff längst vergangener, mir für immer verschlossener Festlichkeit gewesen.

Es hatte mich erstaunt, daß man keine Bedenken hatte, die gewichtigen Wagen an dem zum Teil abschüssigen Hang abzustellen. Dicke Felssteine wurden unter die Räder geschoben und hemmten die Talfahrt, aber gab es da nicht doch ein Mißverhältnis zwischen einem solchen Brocken und der hinab in die Tiefe strebenden Masse? Physikalisch mochte der Stein als Bremse genügen, aber wußte der Wagen, daß er nach den Gesetzen der Physik unbeweglich zu sein hatte? Eine Frage, die in ihrer Verrücktheit schon gezeichnet ist von dem, was ich untätig und unbeweglich mit ansah.

Unbewegte Bewegerin habe ich Ivanas Mutter auf ihrem Stuhl genannt, eine philosophisch-theologische Formel, die sich der Anschaulichkeit verweigert. Aber jetzt sah ich ihn, den unbewegten Beweger, vielmehr ich sah ihn nicht, aber ich sah, was es bedeutet, wenn ein unsichtbarer Finger das Unbewegte, Unbewegliche anschiebt.

Still stand der Leiterwagen, als sei er sein eigenes Denkmal, eben noch still bis in die Ewigkeit, wenn er nicht angeschoben würde, und dann setzte er sich unversehens, ohne daß ein Grund dafür erkennbar gewesen wäre, in Bewegung. Er ächzte ein wenig. Ein Schauer überlief seine Stangen und Planken, als ob ein schlafender Riese die arthritischen Gelenke reckte. Und dann rollte er los. Die Gummireifen begannen sich zu drehen, langsam zunächst – die Vorstellung, der Wagen werde angeschoben, war geradezu zwingend –, und dann war das Hindernis des Eingeschlafenseins überwunden, und die Räder drehten sich mühelos. Er wurde munter. So schwer er war, so leicht, so hasenartig hoppelte er über die Weide. Und jetzt stiegen Schreie auf. Ich blieb stumm, tat nur einen hilflosen Schritt nach vorn. Ich war die Verkörperung aller Nutzlosigkeit. Wozu dienten meine Augen, wenn sie keine Handlung in mir auslösten? Aber was hätte ich tun sollen? Keine Menschenkraft konnte den Wagen aufhalten. Er würde alles überwalzen. Die spielenden Mädchen mit ihrem Gummiseil schafften den Sprung zur Seite ganz knapp. Zwei fielen dabei hin und lagen flach auf dem Boden, während das Gefährt vorbeitanzte. Und in seiner Bahn stand der Korb mit Branko, und keine Hand war zur Stelle, die ihn zur Seite gerissen hätte.

Sekundenbruchteile öffneten sich zu ewiger Dauer – noch war alles gut, warum konnte es nicht so bleiben?

Wenn jeder Augenblick ewig ist, dann ist auch das Böse ewig. Was nicht geschehen durfte, geschah. Wir alle, die wir dem Unheil Spalier standen, wurden mit der Nase darauf gestoßen. Das linke Vorderrad überrollte Brankos Korb. Das brachte den Wagen nicht ins Wanken, das Hindernis fiel bei seinem Gewicht nicht in Betracht. Das Körbchen wurde hinter dem Rad hervorgeschleudert, schon ganz zerquetscht und dem Hinterrad unmittelbar entgegen. Und auch das Hinterrad durfte noch einmal zermalmen, was schon zermalmt war. Und der Wagen schoß weiter. Tief unten raste er in ein anderes Fuhrwerk. Jetzt erst tat es den großen Knall. Planken flogen durch die Luft. Ein gräßliches Bersten und Krachen fuhr uns in die Glieder. Die Trümmer wurden weithin geschleudert, beide Wagen waren zersplitterte Wracks, als Gefährte nicht mehr zu erkennen, ein unordentlicher Scheiterhaufen.

Während sich noch niemand der Umstehenden rührte, die ins Gras gefallenen Mädchen noch nicht wagten, ihren Kopf zu heben, und ihn ins Feucht-Grüne gedrückt hielten, kam Ivana aus dem Haus gelaufen. Zum letzten Mal bewährte sich die unsichtbare Nabelschnur. Ich glaubte ihr, als sie mir später sagte, es seien weder die Schreie noch der große Knall gewesen, was sie aus dem Küchenzank mit Anna, der Lügnerin, herausgerufen hatte. Sie sei innerlich nach der Wiese hingezogen worden.

Was sie in dem geplatzten Körbchen fand, das habe ich nicht gesehen, und noch größere Angst hatte ich davor, Ivana ins Gesicht zu schauen. Die roten Tränen, wann wären sie eher am Platz gewesen als jetzt?

Ivana sah von dem überwalzten Korb auf, ihre Hände waren voll Blut. Ihr Blick fiel auf die kleine Nichte, die Tochter ihres Bruders, die das Körbchen bewachen sollte und die es aus dem Baumschatten hervor in die Bahn des Leiterwagens gezogen hatte. Sie ließ den aufgeplatzten Körper ihres Sohnes fallen, erhob sich aus der Hocke und stürzte sich mit einem rauhen Geräusch aus ihrer Kehle auf das Kind. Was hätte sie mit ihrer Nichte gemacht, wäre sie mit ihr allein gewesen? Aber so kamen Männer gelaufen, die in der Nähe geraucht hatten. Alles war wieder aus der Schreckensstarre erwacht. Es wurde geschrien und geschlagen, gerannt und übereinandergefallen. Um Ivana und die Nichte bildete sich ein zappelnder Menschenhaufen. Ivana konnte von dem Kind getrennt werden, aber die beiden mußten auseinandergerissen werden, wie man Stoff zerreißt. Ein Haarbüschel des Mädchens blieb in Ivanas Hand zurück. Vom Haus her trieb eine Wolke mit dem Geruch gerösteten Fleisches über die Wiese. Das Unglück wurde in eine Woge würzig-ranzig-appetitanregend-appetitverschlagenden Rauchs getaucht. Die Rumunsch wurden zum Schweigen gebracht, die Musik verstummte, nur eine Saxophonphrase dudelte hinterher. Der Mann mit dem Saxophon hatte als letzter verstanden, daß jetzt Schluß war mit dem Tanz.

Ich ging weg vom Mestrovic-Gehöft, ich wollte mich unsichtbar machen, die Leute von der Notwendigkeit befreien, sich noch mit einem Gast zu beschäftigen. Aus dem ummauerten Geviert strömten mir die Menschen entgegen. Alles eilte zur Unglücksstelle. Die Mienen waren verschlossen. Auf dem Hof blieben Mirko und seine Braut zurück. Ihre eben noch lebhaften, hübschen Gesichter über dem Feststaat waren ohne Ausdruck, es gab nichts in ihrer beider Gefühlshaushalt, das dem Geschehenen angemessen gewesen wäre. In Abstand zu ihnen saß die Mutter auf ihrem Stuhl. Überlegte sie, ob dies ein Anlaß sei, der sie zwinge aufzustehen? Was die Leute ihr vom Hoftor aus zuriefen, überzeugte sie aber wohl, daß das Geschehen unabänderlich war, und so blieb sie sitzen, nur die im Schoß gefalteten Hände sanken auseinander.

Daß dies kein Zeichen von Teilnahmslosigkeit oder seelischer Gelassenheit war, erfuhr ich beim Totengottesdienst am nächsten Tag. Ivana blickte während des Betens und Singens von Priester und Gemeinde mit der gespannten Aufmerksamkeit einer Fremden um sich. Sie war nicht ansprechbar, wie in Trance. Daß es in ihr kochte, war für mich nur ganz kurz an der Grobheit erkennbar, mit der sie Stipos Arm wegstieß. Bis dahin fand ich sogar etwas Listiges, wie auf eine Überraschung Gespanntes in ihrem Ausdruck, aber welche Überraschung sollte das sein? Branko würde sich nicht unversehens in seiner kleinen weißgestrichenen Schachtel bewegen.

Was den Gottesdienst aber geradezu unerträglich machte, war der Klagegesang von Ivanas Mutter, die auf ihrem Stuhl festgewachsen von zwei kräftigen Männern in die Nähe des Altars getragen worden war. Ich verstand zunächst nicht, woher das dauernde Sprechen, das Hineinplappern in den Gottesdienst kam, das unbeirrt und in einer sehr hohen Stimmlage, wie der eines kleinen Kindes, jeden Augenblick der Stille füllte und auch, wenn gesungen wurde, nicht verstummte. Wer konnte so taktlos sein, bei einer solchen Totenfeier, die alle Anwesenden sichtlich ergriff – Mirko und seine Braut, das schöne Paar von gestern, mit blassen, leeren Gesichtern in einer eher angstvollen als bedrückten Trauer –, wer störte und schwätzte? fragte ich mich, wobei ich wußte, daß man rund ums Mittelmeer von weihevoll ergriffenem Schweigen und trauriger Andachtsstimmung nicht so viel hält wie im Norden.

Und dann erkannte ich, daß es Ivanas Mutter war, die sprach, mit einer eigenen, diesem Anlaß zugedachten Vogelstimme, die sie mit rhetorischen Gesten begleitete. Es war, als locke sie den kleinen Sarg zu sich, als versuche sie ihn zu überreden, sich von seinem Katafalk zu heben und zu ihr geglitten zu kommen. Es war ein Wimmern, ein Betteln, gelegentlich ein Quieken in diesem Klagen, auch ein geschäftiger

Eigensinn, der sich von den Zeremonien des Priesters mit Weihwasser und duftendem Rauchfaß nicht ablenken ließ. Das Mechanische ihres Singsangs hatte eine Funktion, so wollte mir scheinen, er hatte womöglich etwas Betäubendes. Ich entdeckte in ihrem spitzen, hohen, singenden Sprechen die schlaue Berechnung eines plärrenden Kindes, das, während es schreit, in den Gesichtern der Eltern zu lesen versucht, ob das Geschrei schon zu wirken beginnt. Aber diese Hartnäckigkeit, diese Rücksichtslosigkeit war vergebens; Branko war tot und blieb tot. Ivana blickte auf ihre Mutter mit abweisender Kälte. Die Mutter mußte den Enkel allein beklagen. Sie würde sich erschöpfen müssen, die Überanstrengung ihres schneidender werdenden Tirilierens würde schließlich in Verstimmung umschlagen, wenn die Strapaze die Verzweiflung schon matter werden ließ und die Empörung über diesen Tod wie ein Feuer in sich zusammensank. Vorher war die Trauer ein Brand, jetzt würde sie ein weiter Pechsee ohne Feuer, denn der Innenraum der Empfindung übersteigt die Grenzen des Körpers bei weitem. »Die Liebe ist stärker als der Tod«, sagte der Priester, aber zumindest zwei in seiner Gemeinde glaubten ihm nicht: Ivana und ihre Mutter – die Liebe war höchstens für eine Weile ebenso stark wie der Tod, aber zum Schluß war der Tod der Stärkere.

Sechsundzwanzigstes Kapitel

Erste Hilfe

Beate Colisée brauchte eine Weile, um zu verstehen, daß sie allein in der Wohnung war. Aber wie war das möglich? Eben noch waren die Räume voller Menschen gewesen, von Stimmen und von Staubsaugerrauschen erfüllt, in dessen Meeresbrausen die Stimmen einsanken wie die von Ertrinkenden, aber wenn sie einen Namen rief, so schallte ihr von irgendwoher eine Antwort entgegen. Wo war Ivana? Verschwunden. War sie nicht verpflichtet, mehr oder weniger immer dazusein? Die Zeiten kamen allerdings durcheinander; soeben war Frau Colisée aus der Seniorenpension Angelika nach Hause zurückgekehrt, nicht auf eigenen Wunsch, was sie zum Glück nicht mitbekam, sondern weil die Angestellten des Hauses ihren Umzug erzwungen hatten, in solche Unruhe hatte sie die weitläufige, mit Edelhölzern getäfelte Wiesbadener Villa versetzt. Winnie war gerufen worden, aber nur noch zum Kofferpacken.

Das Mädchen fand die Formel, mit der Beate Colisée sich anfreunden konnte: »Wir müssen hier weg!« Das war eine Devise, die keiner Begründung bedurfte. Sie erinnerte von fern an Kriegszeiten, wo das Berliner Atelier Topell, in dem Beate Colisée ihre Kunst erlernt hatte, mehrfach ausgebombt worden war. Diese Bilder kehrten jetzt zurück und behaupteten eine größere Wirklichkeit als die Gegenwart, übrigens keineswegs bedrohlich; es waren nicht nur die Kriegsumstände, die ihr präsent wurden, sondern auch ihre damals muntere, in den Tag hinein lebende Geistesverfassung, die nicht zum Nachsinnen über die Katastrophen neigte, sondern das Nächstliegende anpackte. Aber es war eben immer Winnie, der es gelang, noch einen Zugang zu ihr zu finden. Immer mußte Winnie herbeigerufen werden, wenn Beate Colisée jede weitere Bewegung verweigerte. Mit liebeüberströmendem Auge sah sie auf das zarte Mädchen, das sie völlig zu Recht »das Kind« nannte, dies ihr in allem so äußerst entgegengesetzte Lebewesen. Winnie, »dünn wie ein kleiner Finger«, wie Beate zärtlich sagte, und sie selbst mit ihrer Tonnenschwere. Maria Theresia, Katharina die Zweite und die indische Empress Victoria, die mit ihren Körpern ein Äquivalent zu der Landmasse ihrer Imperien darstellten, hätten sie als Schwester erkannt. Dies Gewicht war langsam aufgebaut worden, durch verstohlene Zwischenmahlzeiten, durch Schokoladetafeln im Nachttisch, durch nächtlichen Heißhunger überhaupt, der in der Traumsphäre aufgehoben war und nicht recht ins Tagesbewußtsein drang, ein listiges, die Sättigung überwindendes jahrzehntelanges Mästen, das durch gelegentliche Hungerkuren qualvoll genug und ganz vergeblich unterbrochen wurde. Jetzt, wo die Fettheit unüberbietbar geworden war, mußte gar nicht mehr viel nachgeschoben werden, im Gegenteil. Beate Colisée durfte bei allem Genuß am Essen maßvoll sein und sogar ein bißchen wählerisch, damenhaft, und wenn die fetten Händchen anmutig abwehrende Gesten machten – »Nein danke, keine petits fours mehr« –, sah das besonders rührend aus. Und gerade Winnie hätte jedermann versichert, ihre Tante sei mit dem Essen sehr vorsichtig und müsse gelegentlich sogar überredet werden, etwas zu sich zu nehmen.

Ein Schauer überlief Beate Colisée, als sie verstand, daß die großen lichtdurchfluteten Zimmer um sie herum keine einzige Menschenseele enthielten. Sie lag auf ihrem breiten Bett wie auf einem Katafalk. Sie befand sich in ihrer Grabkammer. Und wo war die Katze? War da nicht stets auch eine zutrauliche und zärtlichkeitsbedürftige Katze gewesen, Winnies Katze, die das Mädchen mitgebracht hatte, obwohl es erst ein großes Geschrei gab – »Keine Tiere auf der Etage! Keine Kästen voll Sägespäne und Katzenpisse!« Wer hatte dies Geschrei wohl ausgestoßen? Beate wußte genau: Es hatte diesen Protest gegeben, er war in diesen weiten Räumen verhallt, denn dann hatte nur die Gegenwart dieser Katze regiert, einer Katze wie Zucker und Zimt, und dazu das rosa Schleckzünglein aus dem schneeweißen Schnäuzchen, das hingebungsvoll damit beschäftigt war, sich selbst gleichsam aufzuschlecken, der ganze Katzenkörper eine köstliche süße Speise. Als hätte es keine Protestschreie gegeben – von wem nur? –, sprang das Kätzchen auf Beate Colisées Bett und von dort in das weite Reich ihres Schoßes, genau zwischen die beiden Säulenrundungen ihrer Oberschenkel, als sei gerade dort ihr Nest, und Beates Hände, weich und warm, senkten sich auf den knorpelknochigen Katzenkörper hinab wie ein Federkissen und spielten sanft zwischen den Knöchelchen, die unter dem Seidenfell hin- und herrollten, als hätten sie nie anderes getan.

Warum kam die Katze jetzt nicht? Unruhe ergriff Beate, von anderer Art, als wenn sie in Gesellschaft war; dann waren es vor allem die Anwesenden, die unruhig wurden. Sie vermochte die unaufhörliche innere Beunruhigung dann auf die andern abzustrahlen und fühlte sich inmitten des Wirbels, den sie verursachte, gelassen und wohlgelaunt, als sei sie es, die ihrer Umgebung die rechte Ausgeglichenheit mitzuteilen habe. Nie hörte sie auf, darüber nachzudenken, was zu tun sei, aber die anderen waren ihre Organe, ihre Hände und Füße, unmittelbar an ihr denkendes Hirn angeschlossen. Ohne die anderen war sie gelähmt. Oder doch nicht?

Aufstehen, hieß jetzt das Gebot der Stunde. Nichts ersparte ihr das. O weh, aufstehen – das war leichter gesagt als getan. Sie wälzte sich auf die Seite und näherte ihren Körper dem Abgrund, der jenseits der Bettkante gähnte. Das untere Bein in die Tiefe fallen lassen – es fiel, aber es berührte noch nicht den Boden, es hing zwischen Himmel und Erde. Damit hatte sie nicht gerechnet. Sie hielt inne.

Es fiel ihr ein, daß jetzt das zweite Bein an der Reihe war. Man mußte etwas wagen, auch auf die Gefahr hin, dann vollends zu schweben und hoffen zu müssen, irgendwann aus dem knochenlosen Luftraum erlöst zu werden, wie ein Ballon, der sein Gas verliert, allmählich hinabzusinken. Ihr Mut wurde belohnt. Der Fall des zweiten Beines in die Tiefe bewirkte eine Streckung des Körpers. Der Fußboden wurde erreicht, die Füße fanden Halt. Und nun war die gesamte Willenskraft darauf gerichtet, sich aufzusetzen und zu vertrauen, daß die Hebelwirkung ihr einen Teil der Kraftanstrengung abnahm.

Und so war es wirklich. Es war mühevoll, sich aufzusetzen, aber nicht so, wie sie es erwartet hatte. Es kam wirklich eine äußere Kraft hinzu, die einen anhob, und so saß sie denn, zu ihrer Überraschung, auf dem Bettrand und stutzte: War es das, was sie gewollt hatte?

Ihr Kopf war geneigt. Das offene Haar war noch nicht hochgesteckt, weil so viel anderes zu erledigen gewesen war, es floß kräftig grau-schwarz über ihre Schultern hinab. Es heißt, Menschen, die auf dem Bettrand sitzen, glichen Schuldigen, die ihre Strafe erwarten. Eben noch hatte sie kaiserinnengleich auf ihrem Kissenberg gelegen, jetzt bot sie den jämmerlichen Anblick von Ratlosigkeit und Verwirrung.

Winnie verfolgte mit größter Beunruhigung, wie schnell der Geist der geliebten Tante verfiel. Ihr Gesicht war immer dasselbe. Es war glatt mit den vollen Wangen und dem enormen Doppelkinn, ihre Augen rund und ausdrucksvoll, ein wenig vortretend und immer noch imstande, in Freude oder Entrüstung wie Glaskugeln zu rollen. Das wirkte überwältigend komisch, auch wenn man besser nicht lachen sollte, aber Beate

Colisée wurde immer unwiderstehlich, wenn sie schimpfte. Als Winnie zu ihr zog, war zunächst kein Gedanke daran, daß die Tante mehr als Hilfe, nämlich Überwachung brauchte. Es war eher umgekehrt gewesen. Winnie tat es gut, sich an sie anzulehnen, eine mütterliche Zuwendung ohne die gleichzeitige Kontrolle zu erfahren. Nach ihrer Operation war sie geschwächt. Sie fühlte sich, als sei ein Teil ihrer Lebenskraft aus ihr hinausgelaufen wie aus einem lecken Topf, und deshalb gar nicht ohne weiteres zu ersetzen. Aber in der Gegenwart von Beate Colisée schien das weniger bedrohlich. Sie saß ohne Unterhemd auf dem Bett der Tante, die sich mit ernster Gelassenheit die große Operationsnarbe ansah, wo der Oberkörper aufgeklappt worden war. Jetzt ließ Beate ihren dicken weichen Zeigefinger über jene bläulich-blasse Spur wandern, die sich zwischen den kleinen blühenden Brüsten zog.

»Ich habe Narben immer reizvoll gefunden«, sagte sie nachdenklich, in ihre Erinnerung an Körper mit schönen Narben versunken. Sie hatte solche Abwesenheiten, aber die waren Winnie sogar angenehm. Sie ließen ihr Raum für die eigenen Träumereien. Bei Beate Colisée betrat sie einen Bezirk der Zeitlosigkeit. Es herrschte Geschäftigkeit, aber wie in einem altertümlichen Uhrwerk, dessen Zeiger abhanden gekommen sind. Die Räder bewegen sich umeinander, aber sie treiben nichts voran.

Lange noch war Beate Colisée voller Sarkasmus, vor allem wenn es in die Vergangenheit ging, da kannte sie sich noch gut aus, etwa wenn sie alte Photos durchblätterte: »Dies Kleid war ein großer Erfolg, aber ich habe es gegen meinen Willen gemacht«, sagte sie etwa zu einem über und über mit Pailletten und Glaskügelchen bestickten Gewand, das eine breitschultrige Frau mit helmartig frisiertem Haar trug, »ein idiotisches Kleid ohne Form, ohne Schnitt, ein viele Kilo schwerer Sack – ich sagte damals: Ich will, daß die Frau in diesem Kleid wie aus einem Wasserfall hervortretend erscheint, von Gischt, von glitzernden Wassertropfen, von opalisierendem Schaum umgeben. Wenn du Mode machst, mußt du dir nicht nur etwas einfallen lassen, du mußt sie auch verkaufen. Mein Gott, wie dumm sind die Frauen«, fügte sie seufzend hinzu, die sie ihr Leben ausschließlich mit Frauen verbracht hatte und von ihren Schülerinnen und Kundinnen als arbiter elegantiarum verehrt worden war.

Sie hatte sich auch damals nicht viel bewegt. Von ihrem Bett war sie nur ungern heruntergekrochen. Dieser üppig gepolsterte Felsen hielt sie fest, indem er jede ihrer Rundungen wiegte und zugleich stützte. Mit der Matratze hatte man sich Mühe gegeben, die war noch unter ihrem wachen Blick gefertigt worden, und von Matratzen verstand sie etwas. Sie hatte einen großen Teil ihres Lebens im Liegen verbracht, im Liegen auch gezeichnet und sogar geschnitten und dreimal mit der Zigarette ein Feuerchen entzündet. Wenn die Asche zu lang geworden war und abfiel, wedelte sie mit beiden Händen den grauen Staub von ihrer Brust, dabei kräftig hustend, bis die Asche sich in Luft auflöste. Einen Aschenbecher nahm sie nur zum Ausdrücken der lippenstiftbefleckten Stummel.

Das alles war vorbei. Sogar die unmäßige Raucherei, gegen die die Ärztin so hartnäckig angekämpft hatte, und zwar nicht, weil Beate Colisée sich zum Verzicht auf die Zigaretten durchgerungen hätte, sondern weil sie, man wagt es sich kaum vorzustellen, das Rauchen einfach vergaß; diese eiserne Angewohnheit, stets Großpackungen von Zigaretten in greifbarer Nähe zu wissen und sie in einem geduldigen Dienst an der Sucht, ohne sich von anderen Tätigkeiten dabei stören zu lassen – sie nahm die Zigaretten selbst mit ins Bad –, Stück für Stück zu vernichten, die keine ärztliche Drohung und auch die Dauerbronchitis nicht hatte irritieren können, die war aus ihrem Bewußtsein herausgefallen. War mit der Erinnerung an zigtausend aufgeschmauchte Zigaretten auch ihre Vorstellung vom eigenen Leben in Rauch aufgegangen?

Winnie hatte noch die kleine Zeremonie erlebt, inzwischen unvorstellbar, mit der Beate Colisée, meist am späten Nachmittag, sich für die Badewanne bereitmachte. Das Wasserrauschen drang bis ins Schlafzimmer, während sie sich erhob, und es war wie der Aufbruch einer erfahrenen Haremsdame ins türkische Bad. Sie hatte die Arme gehoben und die Nadeln aus ihrem Knoten gezogen. Die Kopfbewegung, mit der sie das Herabfallen des Haares unterstützte, glich der Vorbereitung einer Liebesnacht. Das Badezimmer lag auf einem etwas höheren Niveau in diesem alten Haus. Das war heute ein beklagenswertes Hindernis, aber damals – vor kurzem noch – konnte sie diese Stufe selbst bezwingen, wenn sie überlegt zu Werke ging und ihre Bewegungen aufteilte. Hatte sie die Tür erreicht, verschnaufte sie kurz und setzte dann den rechten Fuß auf die Stufe. Sie schmiegte sich, es wirkte geradezu zärtlich, an den Türpfosten – Opernregisseure ließen Sängerinnen eine Sehnsuchtsarie gern an Türpfosten geschmiegt singen –, holte nach kontrolliertem Atemholen den linken Fuß nach und konnte sich nun gleichsam durch den Türrahmen fallen lassen. Drinnen warteten die Geheimnisse der Erfrischung und Verjüngung, und wenn sie nach einer Stunde wieder hervorkam, das feuchte Haar verborgen unter einem übergroßen Handtuchturban, wie er in Westafrika getragen wird, dann schwappte aus der Badezimmertür eine Woge parfümierten Dunstes in das inzwischen gelüftete Schlafzimmer.

Standen die freundlichen und gar beglückenden Empfindungen, die mit diesen Bädern verbunden waren, in noch so schattenhafter Form vor Beate Colisées innerem Auge, als sie sich in der Stunde ihres durch die Verlassenheit verstärkten Unruhezustands allein auf die Wanderung durch ihre Wohnung machte? Zunächst konnte sie sich an der Wand abstützen. Jetzt kam die hohe Flügeltür. Auch die Klinke gab Halt, aber dann klaffte ein Loch in der Wand. Sie schob sich nach vorn. Vor dem Schrittemachen und Die-Füße-Heben schreckte sie zurück.

Sie stand vollkommen frei da, ein sie selbst überraschender Zustand, das war also möglich. Sie verweilte, denn sie hatte vergessen, wohin sie wollte. Es stand sich nicht schlecht, dort wo sie war. Es wehte ein Lüftchen durch die Tür. Das war die Zugluft, die Winnie für die Tante so fürchtete. Die Bronchitis war geblieben als Andenken an die zahllosen Zigaretten, und in den Körper der Beate Colisée waren nach Urteil der Ärztin schon viel zu viele Antibiotika eingegangen. Es war aber ganz undramatisch, was dieses Ausharren zwischen zwei Türpfosten bewirkte – kein Stürzen, ein unentschlossenes Wackeln mit dem Fuß, eine in den Beinen aufsteigende Unsicherheit, eine Balanceverschiebung in den Massen, die von den Säulenbeinen getragen wurden, ein Weichwerden in den Fußgelenken, ein Einknicken, ein Hinsinken, das noch zögerte, ob es sich zu einem regelrechten Fall entwickeln wollte, ein Rudern mit den Armen, ein Öffnen des Mundes, aber ohne einen Laut zu entlassen.

Dann schließlich nicht mehr weit über dem Boden doch der Fall, der kurze und heftige Aufschlag auf dem sonst unter jedem Schritt federnden Parkett, das jetzt aber steinhart war. Hörte man ein Knochenkrachen? Der dumpfe Aufschlag erschütterte den Boden, jetzt federte er wieder. Beate Colisée war von Schreck und Schmerz zugleich überwältigt. Ihr liegender Körper schien wie auseinandergefallen. Der Kopf war weggedreht, als habe er sich vom Hals gelockert. Alles tat weh, aber bei dem kleinsten Versuch, sich zu bewegen, schossen Messerstiche in die Hüftgegend, die ihr die Tränen in die Augen trieben.

Lang kann sie nicht allein da gelegen haben, denn Winnies

Plan sah vor, daß immer jemand im Hause war. Heute war es nun zu einem Loch in diesem Plan gekommen, von höchstens einer halben Stunde, aber was kann ein Kleinkind in einer halben Stunde alles anrichten, und was Beate Colisée, deren Gewicht ihr größter Feind war. Sie hatte jedes Zeitgefühl verloren, als Winnie sich über sie beugte. Ihr war, als liege sie seit Tagen auf der Schwelle. Nur schreien war noch möglich, wenn sie berührt wurde, denn jedes Anfassen steigerte den Schmerz bis zum Erbrechen. Als Winnie sie streichelte, hätte Beate die geliebte Nichte am liebsten ins Gesicht geschlagen, aber die Arme gehorchten nicht. Ihre Miene wurde starr, die Hautfarbe verdunkelte sich, aus dem Mundwinkel lief Speichel.

Winnie, der Spiegel! Die über jedes Maß Beeindruckbare! Sie konnte es nicht verhindern, sie mußte gleichfalls den Verstand verlieren. Was sie im Albtraum verfolgt hatte, war eingetreten: Allein mit Tante Beate, die wehrlos dalag und gerettet werden mußte von dem leichtgewichtigsten, zerbrechlichsten aller Kinder. Sie wagte sie nicht mehr zu berühren, sondern lief um sie herum, es war ein Hüpfen, und rief mit ganz hoher Stimme, Kleinkinderpiepsstimme, ihren Namen, als könne die Seele die verdreht daliegende Tante nicht verlassen, solange sie beim Namen gerufen werde.

Aber Winnie war doch ein erwachsener Mensch! Das sagt sich so leicht, solange es nicht auf die Probe gestellt wird. Zu der Verzweiflung trat das Schuldbewußtsein. Wer weiß, wie lange sie untätig geblieben wäre, wenn nicht unversehens ihr Mobiltelephon gebebt hätte. Rotzoff war am Apparat, mit gewohnt harschem, ja herrischem Ton, der es aber schaffte, zu ihr durchzudringen – was brachte Rotzoff dazu, bei Winnie anzurufen? Rotzoff und sein elendes Fest, Rotzoff, der Kartenverkäufer, der an die Adressen der Agentur Markies heranwollte – die naheliegende, von mir freilich nicht vorhergesehene Konjunktion.

Jetzt am Telephon war denn doch nicht von der Gästeliste die Rede. Winnies Todesnot drang durch die Lüfte Rotzoffs Ohren so glaubwürdig entgegen, daß er zu kommen versprach. Er kannte sie schließlich, die kleine Blonde, »das kleine Steiff-Tier«, dachte er auf dem Weg. Als er im Hause Colisée eintraf, waren die Sanitäter schon da. Winnie hatte sich nach dem Gespräch mit ihm zusammengenommen. Seine Stimme hatte sie aufgeweckt aus ihrer Angstverkrampfung. Ihm blieb nur noch, die sich allmählich Entspannende in den Arm zu nehmen. Und das tat er dann auch. Denn ich war ja in Bosnien und hätte schwerlich helfen können, auch wenn ich zu erreichen gewesen wäre.

Siebenundzwanzigstes Kapitel

Der dünne Film der Wirklichkeit

Währenddessen war ich erleichtert, daß ich in einem Auto in die Kleinstadt mitfahren konnte. Der Mann am Steuer sprach gut Deutsch. Er hatte schon länger in Deutschland gearbeitet, war aber zurückgekehrt in die Heimat, weil man, wie er sagte, im Haus sein müsse, »wenn es losgeht«. Die jugoslawische Zentralregierung hatte im sich abspaltenden Kroatien eine empfindliche Schlappe erlitten. Es war jetzt klar, daß sich Kroatien nicht mehr würde in der Föderation halten lassen, auch wenn die westlichen Diplomaten noch glaubten, ihr Lieblingsphantom, ein Vereinigtes Jugoslawien, weiterhin retten zu können.

Aber das bedeutete auch, daß der Krieg jetzt nach Bosnien getragen werde. Eine Vereinigte Republik Bosnien-Herzegowina könne es nur unter serbisch-jugoslawischer Oberhoheit geben – wenn die zerfalle, fliege das Land augenblicklich auseinander. Der Mann war Klempner in Stuttgart gewesen, ein ruhiger, wie mir schien, von nationalem Eifer weitgehend freier Mensch, ein nüchterner Betrachter des Kriegstheaters, diesen Eindruck wollte er in mir hervorrufen. Mit seinen breiten Handgelenken führte er das Steuerrad um die Schlaglöcher herum. Es war dennoch eine rumpelnde Fahrt, aber er blieb die Gelassenheit selbst. Er war nicht ungerührt von Brankos Schicksal, obwohl ihn das Schreckensereignis nicht aus der Ruhe brachte; er hatte zu den Rauchern gehört, die Ivana davon zurückhielten, ihre Nichte zu erwürgen. Das Haus Mestrovic ziehe die Katastrophen an. Was sie allein im letzten Krieg mitgemacht hätten, davon wolle er nicht reden, aber Kindstode, schlimme Krankheiten, heftiger Familienstreit, das alles häufe sich dort und Ivana sei die reinste Mestrovic. Ihrem Vater, noch mehr aber dem von den Serben ermordeten Großvater – sie hatten ihn nicht ohne Grund umgebracht – gleiche sie aufs Haar. Und so hart es klinge, die Mestrovics würden mit den Katastrophen in ihrer Familie eben auch besser fertig als andere Leute; was woanders den Menschen verrückt mache, das bekämen die Mestrovics wieder in den Griff. »Die sind wie eine kleine Armee«, das war ehrfurchtsvoll gesprochen, und deshalb dürfe man auch sicher sein, daß die Mestrovic-Sippe in der nächsten Zeit wieder eine Rolle spielen werde.

»Sehen Sie, wenn es darum ginge, Bosnien-Herzegowina aufzuteilen – ein Stück zu Serbien, eines zu Kroatien und ein Stück mit Sarajevo für die Muslime –, dann wäre das Land morgen aufgeteilt, es gäbe es gar nicht mehr.« Aber wie wolle man das machen? Es gäbe eben nicht dies kroatische, dies serbische, dies muslimische Stück. Bosnien sei wie ein Rosinenkuchen, in jeder Scheibe gleichmäßig von Rosinen und Zitronat durchsetzt. Wie wolle man diesen Kuchen »auseinanderzutzeln« – er gebrauchte überraschend ein österreichisch klingendes Wort, das aber schön farbig suggerierte, wie der bosnische Kuchen aussehen würde, nachdem seine Bestandteile »auseinandergezutzelt« worden wären – einen Kuchen würde man den Krümelberg, um in dem nahrhaften Bild zu bleiben, nicht mehr nennen dürfen.

»Und deshalb muß man jetzt hier sein, wenn man ein Haus hat – wer jetzt weggeht, der hat es schon verloren.« Ging aus seinen Worten nicht vor allem hervor, daß derjenige, der blieb, um seinen Besitz würde kämpfen müssen?

Das kleine ungemütliche Hotel gehörte dem Staat, zum Absteigen von reisenden Ingenieuren und Beamten eingerichtet, jetzt im Zustand einer Verwahrlosung, der vielleicht der immer schwieriger zu beantwortenden Frage nach der Staatlichkeit Bosniens entsprach. Schlafen konnte ich nicht. Beruhigen konnte ich mich gleichfalls nicht. Das Bild des rollenden Wagens und des kleinen Säuglingskorbes verließ mich nicht. Ein auf sein Ziel unaufhaltsam zurasendes Unheil, dies wirklich einmal gesehen zu haben, erschütterte mein Lebensgefühl, auch wenn dies Unheil mich nicht unmittelbar betraf. Ebenso stark fühlte ich, daß das freundschaftlich gewordene Verhältnis zu Ivana einen möglicherweise irreparablen Stoß bekommen hatte. Brankos grausiger Tod, der das Freudenfest der Familie Mestrovic in Schrecken verkehrt hatte, war in seiner Wirklichkeitskraft so überwältigend, daß die Sympathie zwischen Putzfrau und Kunde darüber bedeutungslos würde. Jedes dahergeschwatzte Wort stand jetzt in seiner Nichtigkeit da. Mit welchen Reden, Geständnissen, Gefühlsausbrüchen und Versöhnungen vertrieb man sich die Zeit, während der Anbruch der Finsternis näher und näher gekommen war!

Ich rechnete nicht damit, Ivana wiederzusehen, zumal mir die Worte meines Fahrers im Ohr klangen. Wenn es sich so verhielt, wie er das, knapp und unaufgeregt, skizzierte, dann blieb die Mestrovic-Familie jetzt am besten zusammen auf dem Hof. Bürgerliche Vorstellungen wie die Sicherheit von Frauen und Kindern waren hier nicht am Platze; abgesehen von Branko, der inzwischen den sichersten aller sicheren Höfe erreicht hatte, würde man eher Mirko aus den gefährlichen Zonen entfernen als Ivana. Wog sie nicht mehrere Männer auf?

Aber zugleich vermutete ich auch, daß ein Kampf um die Unversehrtheit des Mestrovic-Besitzes für sie an Interesse verloren hatte. Für Branko hätte sich zu kämpfen gelohnt, ohne ihn war sie nicht einfach in ihren vorigen sohnlosen Zustand zurückgefallen; das Gefühl stolzer Vereinzelung war von jetzt an mit diesem Schmerz verbunden.

Wie auch immer, ich verließ den Hof der Mestrovics, ohne den Versuch zu unternehmen, noch einmal mit ihr zu sprechen. Gibt es nicht starke Naturen, bei denen das Unglück eine beißende Scham auslöst? Genug, die Wahrheit war über uns gekommen in sausender tanzender Fahrt. Wen sie nicht zermalmt hatte, der vermied es, den Genossen der dummen harmlosen Tage davor in die Augen sehen.

Ich hatte ein Zimmer, das auf einen Zipfel der serbischen Kirche hinausging. Sie war mir durch ihre Schießschartenfenster aufgefallen und ihr In-den-Boden-Gedrücktsein. Ein dünnes müdes Waisenhaus-Glöckchen bimmelte von dort durch die warme Nacht, und weil an Schlaf nicht zu denken war, stieg ich wieder in meine Hosen, tappte durch den dunklen Hotelflur, der Schalter ließ keine Lampen angehen, und fand den Weg ins Freie. Die niedrige Kirchenpforte lag unmittelbar gegenüber, und so tauchte ich denn in das von Flämmchen auf bleistiftdünnen gelben Wachskerzen akzentuierte Dunkel des heiligen Raumes. Rote Lichtpunkte schwebten vor den Ikonen mit ihren goldenen Hintergründen.

Gleich am Eingang die Bilder der beiden in der Orthodoxie »Militärheilige« genannten Georg und Theodor in ihren Legionärsrüstungen mit langen Lanzen, ihre Heiligenscheine deuteten keine Lichtstrahlen an, sondern waren solide Metallscheiben. Schön waren sie nicht, diese Ikonen, sie stammten aus dem späten neunzehnten Jahrhundert und waren schlechter westlicher Kirchenkunst angeglichen; aber auf das einzelne Bild kam es nicht an in dieser dunklen, funkelnden Höhle, die eigentlich nur mit schäbigem Zeug angefüllt war, im ganzen aber den Eindruck aufgehäufter Schätze hervorbrachte.

Die Spärlichkeit des Lichts, der süße Weihrauchduft, hinter dem bestickten Vorhang der Königspforte der monotone Gesang einer dünnen Altmännerstimme, anstrengungslos, langsam, voller Geduld, dies alles hüllte mich ein und ließ mich verweilen. Es war gescheiter, hier zu sein, als sich im Bett schlaflos zu wälzen. Jetzt unterschied ich drei Männer an einem seitlichen Pult, die durchaus kraftvoll der Greisenstimme respondierten. Es waren auch drei Frauen mit Kopftüchern anwesend, die sich in gewissen Abständen tief verneigten und mit dem Handrücken der rechten Hand über den Boden streiften. Ich dachte daran, daß Ivana wohl niemals in ihrem Leben diese Kirche betreten hatte und sie auch nie betreten würde. Eine Teilnahme an anderen Daseinsformen war ihr völlig fremd. Der Gedanke, daß auch dies eine christliche Kirche sei, in der ein Kult gefeiert wurde, ebenso ehrwürdig wie der lateinische, wäre ihr höchst dubios vorgekommen. Und wie Ivana empfanden vermutlich die meisten Menschen, die hier lebten – sie Bosnier zu nennen scheute ich mich bereits. Das Beste, was Katholiken, Orthodoxe und Muslime besaßen, die sinnliche Ausprägung ihrer jeweiligen Religion, blieb den anderen Volksgruppen auf eine grundsätzlichere Weise verborgen, als wenn man es in ein undurchdringliches Geheimnis gehüllt hätte.

Dieser frühmorgendliche Gottesdienst hielt mich fest. Das Stundengebet vor Sonnenaufgang war eine Feier der Nacht als Zeichen für das ganze Menschenleben, das im Dunkel des Nichtwissens und der Erwartung der ersten Sonnenstrahlen des Wissens abläuft und das in der langen Dauer der Dunkelheit die Erwartung des Lichtes oft vergißt, es nicht mehr für notwendig erachtet und auch im Dunkeln dauerhaft gut zurechtzukommen meint. Ich fand einen Stuhl und hielt von dort den geschlossenen Vorhang der Altarwand im Auge, auf dem einzelne Fäden der Goldstickerei glitzerten, weil sie ein Kerzenflämmchen auffingen. Der Mann hinter dem Vorhang und die drei Männer davor wechselten einander ab, ihre Stimmen umspielten einander, ergänzten einander, unermüdlich, ziellos. Nichts Besseres hätte ich tun können nach den letzten

Stunden, als mich hier einzufinden. Wenn ich an Ivana dachte, graute mir geradezu. Wer oder was sollte sie trösten, die ohnehin prinzipiell nicht zum Empfang von Trost Bereite? Hoffentlich war es gelungen, die kleine Nichte weit wegzuschaffen.

Auf einmal entdeckte ich etwas Befremdliches in meinem Kerzendämmer. Neben der Altarwand leuchtete ein bläuliches Rechteck in dem technischen Licht eines Rechner-Bildschirms. Inmitten dieser eingeräucherten, in numinosem Dunkel liegenden Kirche, deren Gewölbe, schwärzlich bemalt, sich in raumloser Nacht verlor, war ein Licht ganz anderer Art aufgegangen, ein Licht, das weder Sonne noch Kerzen hervorbrachten, das Licht der neuen Zeit. Hatte dieser Bildschirm mit dem, was hier ablief, etwas zu tun? Wurde die Greisenstimme in ihrem sanften Singsang etwa elektronisch hervorgebracht? Unterlag gar jedes rußende Lämpchen hier zentraler Steuerung? Mir war diese Kirche als rettender Hafen erschienen, als eine Gegenwart, die der draußen sich ereignenden hoffnungslosen Wirklichkeit standhielt. Diese würdigen Männer mit weißen Schnurrbärten, wie sie in der byzantinischen Welt so gern getragen werden, sei sie serbisch, griechisch oder türkisch, gaben sie sich dazu her, in einer Inszenierung mitzuspielen? Verbeugten diese Frauen sich im Rhythmus eines elektronischen Programms?

Ich mußte den Bildschirm näher betrachten. Und schon wenige Schritte brachten die Aufklärung. Durch ein verborgenes Fenster war erstes kaltes Tageslicht schräg eingefallen. Und dies weiße Licht wurde von einer verglasten, schräggestellten Ikone aufgefangen. Das Glas war zum Reflektor eines ersten Morgenstrahls geworden. Der Tag aber war ein Fremder in diesen Mauern. Sein Eindringen hatte etwas Gewaltsames. In meiner Erleichterung staunte ich über die Vollendung der Augentäuschung. Immer noch sah die spiegelnde Ikone aus wie ein Bildschirm, erst allmählich, als sich Morgenröte in das frostige Weiß mischte, verschwand der fatale Effekt. Meine Friedensverzauberung kehrte dennoch nicht zurück, zu stark war der Eindruck gewesen, die sichtbare Welt sei nur eine Lichthaut, und dahinter warte etwas ganz anderes auf uns.

Jetzt stand mir noch eine lange Taxifahrt nach Sarajevo bevor, von dort sollte ich nach Hause fliegen. Das Land, so dünnbesiedelt, so leer, so eigenschaftslos mit seinem Berg und Tal, Wald und Feld, hielt meine Gedanken nicht fest. Die Frage, zu welcher Nation, welcher Kultur dies Bosnien denn nun gehöre, wer Anrechte auf dies Land habe, wo das Tranchiermesser anzusetzen sei, um die Stücke für Serbien, Kroatien und die Republik der Muslime herauszuschneiden, ließ sich während der gemächlichen Autofahrt, mit halbbetäubtem Blick aus dem Fenster, gewiß nicht beantworten. Aber einen Abschiedsgruß hielt das Land noch bereit, als wir uns über freies Feld einem Dörfchen näherten.

An seinem Eingang kauerte ein Mensch im Gras der Böschung, der sich aufrichtete, als wir näher kamen, und sich auf einem Bein pirouettenartig drehte, und dann tat es einen Knall. Die Windschutzscheibe platzte. Zwischen den Fahrer und mich rollte ein scharfkantiger kleiner Stein, den man mit einer Faust umfassen konnte.

Der Fahrer war nicht weiter erschüttert, er schien auf solche Angriffe vorbereitet. Mit seinem Telephon meldete er sich bei der Polizei; und es dauerte nicht lang, da hielt ein kleiner Wagen neben dem unseren, aus dem vier muskelbepackte Milizionäre mit Armbinden wie die Killer des Odysseus-Kommandos aus dem Trojanischen Pferd herauskletterten. Warum war der Steinschmeißer nicht gleich weggelaufen? Statt dessen lungerte er in der Nähe herum. Er drückte sich abwartend zwischen Zaunlatten und blickte zu uns herüber. Und als die vier sich in seine Richtung in Bewegung setzten, versuchte er noch immer keine ernsthafte Flucht, für die es jetzt auch zu spät gewesen wäre, sondern rannte in unentschlossenem Zickzack vor den in sicheren Sprüngen näher kommenden Milizionären hin und her; er war wie ein krankes Tier, das beißt und zugleich die Nähe der Menschen sucht. Als ich hinzukam, kniete der Steinschmeißer vor ihnen, die Hände im Nacken verschränkt. Er war von einem im Wurf hoch aufgereckten Mann zu einem schmächtigen Knaben geworden, eine magere Beute für die Vielgewaltigen. Angst stand nicht in den Augen des knienden, jetzt überaus zart wirkenden Übeltäters. Er war wohl Prügel gewohnt und zuckte kaum, als einer der Männer mit dem Stiefel nach ihm trat, weil er keine Antwort gab. Ein gefangener Soldat, der zufällig den ersten Schuß in einem langen Krieg abgegeben hat, konnte seinem Schicksal nicht stoischer entgegensehen.

Als der bosnische Krieg kurz darauf schließlich ausbrach und der Belagerungsring um Sarajevo sich schloß, stellte ich mir denn auch vor, beim allerersten Anfang dieses Krieges, beim Beginn des Beginns dabeigewesen zu sein.

Achtundzwanzigstes Kapitel

Bleibe im Lande …

Randvoll waren meine Tage in Bosnien gewesen. Es drängte mich, das alles in vielen Stunden zu erzählen, obwohl ich doch wußte, daß es nur wenige Menschen gab, die solchen Erzählungen, und hätten sie vom Weltuntergang berichtet, freiwillig länger zuhörten. Winnie war ohnehin zu zerstreut, um ausführlichen Berichten zu lauschen, auch zuwenig neugierig – überhaupt nicht, nämlich –; war das ein besonders edler Zug oder Zeichen einer gewissen Stumpfheit, so frage ich mich jetzt? Damals empfand ich diese radikale Neugierlosigkeit als unerhörte Souveränität – was sollte schon passieren? Was anders als das Auf und Ab der Zufälle, die langen Phasen der Ereignislosigkeit und die jähen Schicksalsschläge? Außerdem erreichte ich sie gar nicht. Anfänglich drückte ich ihre Nummer ein paar Mal am Tag – in der Kleinstadt Prozor ohnehin vergeblich, dort war der Empfang öfter gestört; das paßte zu Prozor, es versetzte diese Metropole der schwarzen Lederjacken, deren Träger aber sämtlich ihr Mobiltelephon in der Hand hielten, in ein eigenes Inselreich mit einem anderen Rhythmus neben der im Rest der Welt ablaufenden Geschichte.

Dann kam unversehens der Moment, in dem ich nervös wurde und sehr oft versuchte, sie zu erreichen. Ging der Ruf ergebnislos durch, versuchte ich es gleich noch einmal. Und dann noch einmal und noch einmal. Ich begann zu drängeln. Tun dürfen hätte ich das nur, wenn ich ihr Dringliches mitzuteilen gehabt hätte, aber ich wollte einfach ihre Stimme hören. Kurz bevor aus den vielen vergeblichen Versuchen ein nervöser Tick wurde, gelang es mir aufzuhören, in einem von Vernunft getragenen Willensakt. Mußte denn wirklich jeder Mensch unablässig erreichbar sein? Ich wäre doch der erste gewesen, der das Recht, sein Telephon abzustellen, verteidigt hätte. Wir kämen schon wieder zusammen. Winnie wiederzusehen, das wäre wie der Eintritt in ein anderes, neues Leben, in dem nichts galt, was ich in Ivanas Welt erfahren hatte. Wie verführerisch war diese Vorstellung eines wahren Doppellebens: in historische Räume einzutreten wie in verschiedene Zimmer und sie unberührt zu verlassen und gegen eine andere Umgebung einzutauschen, in der man nichts von dem ahnte, was soeben noch selbstverständlich war.

Um Wereschnikow machte ich mir mehr Sorgen. Zu ihm kam ich wahrlich mit leeren Händen. Von einem sehr abgeklärten Standpunkt aus, in der Sicht des müßigen, kunsthistorischen Zeitvertreib suchenden Liebhabers, der einen größeren Mestrovic-Essay vorbereitete und sich dabei die Freude machte, auch das Herkunftsland des Meisters ein wenig auszukundschaften, mochte meine Reise vertretbar sein, aber Handfestes war dabei wahrlich nicht herausgekommen. Es war mir nicht einmal gelungen, eine Verbindung des großen Mannes zu den Lehmgruben und Brennöfen von Ivanas Vater herzustellen – das wäre immerhin ein Ergebnis gewesen. Aber auch nur eins für meinen Aufsatz – für mich wichtig, für unser Ausstellungsunternehmen aber der allerletzte Posten.

Ich hatte von Zagreb her noch gar nichts in der Hand. Die Stiftung wich mir aus, man ließ mich warten, und bei meinem Besuch auf dem Weg nach Bosnien hatte mich der Direktor nicht einmal empfangen wollen. Es war die Politik, die alles so erschwerte, und ich kam allzu langsam dahinter; in Zagreb wollte man, wie ich eher zufällig von einem ganz untergeordneten Mann erfuhr, auf keinen Fall an einem Projekt mitwirken, an dem auch Serbien beteiligt sei. Wäre das nicht aber, wie Wereschnikow gewiß gesagt hätte, der Witz an der ganzen Sache gewesen? Witzig würde in dieser Weltregion freilich niemand mehr so bald etwas finden.

Am späten Nachmittag kam ich in Frankfurt an. Winnie war nicht an den Flughafen gekommen, wie sie mir bei der Abreise versprochen hatte – nun, warum auch, das hätte zu ihr doch auch gar nicht gepaßt. Sie war in ihrem Leben schon so viel gereist, daß der Zauber von Abreisen und Ankünften bei ihr gründlich verflogen sein mußte. Das Winken mit dem Taschentuch, das ich als Kind bei meiner Großmutter kannte, war ihr mit Gewißheit fremd geblieben. In ihrem Leben hatte niemand gewunken. Eher wären ihr vielleicht die Irritation, das regelrechte Gestörtsein vertraut gewesen, das ich empfand, wenn meine Eltern übervoll mit Erlebnissen aus den Ferien zurückkehrten und mich, der ich mich an ihre Abwesenheit inzwischen gewöhnt hatte, aus meinen Beschäftigungen auf dem Boden des Kinderzimmers herausrissen, um mich zu küssen und mit Redefluten zu überschwemmen. Es war stets ein gewisses Unbehagen mit solcher Rückkehr verbunden; das fühlte Winnie womöglich gleichfalls noch so.

Aber meine Mitteilsamkeit war groß. Es zog mich zu Menschen, selbst zu bedenklicher Gesellschaft. Eine Woche in stummer Zeugenschaft, in der schönen finsteren Welt von Ivana, hatte einen Überdruck in mir erzeugt. Wußte ich denn nicht, daß der Ecktisch bei Merzinger der schlechteste Ort war, um Zuhörer für ein randvolles Herz zu finden? Entbrannte nicht gerade an diesem Ecktisch allabendlich ein Wettkampf des Gegeneinanderredens, des frechen Weghörens, des unverschämten Dazwischenschwatzens – hätte die Devise Guggisheims: »Do not talk while I am interrupting« nicht in blechernen Lettern über diesem Ecktisch prangen müssen?

Merzingers kleiner Saal war heute derart überfüllt, als hätte man sich verschworen, mir ein Gegenbild zur bosnischen

Totenstille aufzuführen. Auch der Ecktisch war längst viel zu klein. Zwei Nachbartischchen waren ihm angegliedert worden. Ich stutzte, als ich Wereschnikow an einem dieser Tische entdeckte. Unvorstellbar wäre das bisher gewesen. Die schöne Blonde war nicht an seiner Seite, dafür Doktor Glück, schon ins Undeutliche davonschwimmend, der einzige bewährte Zuhörer. Was war geschehen, das diesen Löwen aus seiner stolzen Isolation ins Allergemeinste gelockt hatte? Er hatte mich noch nicht erkannt und sprach so engagiert, daß ich ihn nicht stören wollte. Es ging irgend etwas nicht in Doktor Glücks Kopf hinein. Er wirkte mit der in seiner Miene deutlich ansteigenden Leere offenkundig wie nicht überzeugt.

»Sie alle glauben noch an die deutsche Universität«, sagte Wereschnikow. »Sie unterhalten eine sterbende und im Verrekken noch massenhaft Unheil verbreitende Institution.« Wußte er, daß Glück Ehrensenator einer schwäbischen Universität war, oder sprach er ihn einfach als deutschen Steuerzahler an? »Dieser Junge, dieser mäßig begabte, eher arbeitsscheue junge Mann, Sie kennen ihn – von der Universität mit maßlosen Hoffnungen gefüttert, in die Promotion heimtückisch hineingelockt, ein Mensch, der mit Wissenschaft gar nichts zu tun hat! Anstatt etwas Vernünftiges zu lernen« – was war für Wereschnikow wohl etwas Vernünftiges? Da versagte seine Phantasie – »schlägt er seine besten Jahre mit einer elenden, niemanden bewegenden Promotion tot. Man sollte den Doktortitel für die Kinder der Bourgeoisie erblich machen, dann wäre die Universität diese Misere los.« Auch Glück war Träger eines Doktortitels, wie man weiß. Er stand auf seiner Visitenkarte und wurde sogar bei Merzinger berücksichtigt, in ironischer bis höhnischer Manier allerdings, wovon er gar nichts mitbekam – es stimmte einfach: Er hatte diesen Doktor tatsächlich mit mittlerem Ergebnis erworben, da gab es für ihn nichts abzuleugnen. Diese akademische Prozedur hatte überdies nicht viel Zeit verschlungen, in sein Gedächtnis war nicht viel davon eingesunken, er hätte nicht einmal den langen Titel seiner Untersuchung korrekt wiedergeben können.

»Herr Doktor nullius, müßte man sagen«, rief Wereschnikow mit seiner mächtigen Stimme, aber es war, als teile sich der Genius loci des Ecktischs auch bei ihm schon durch eine krakeelende Note mit. »Fünfunddreißig Jahre«, das war wie eine leidenschaftliche Anklage gerufen. Da sei er schon längst Professor in Brasilien gewesen, nach Lehrauftrag an der London School of Economics, habe schon an einem Handbuch mitgearbeitet, habe nicht zuletzt gelebt. Das Schrecklichste sei die Verkümmertheit dieser Generation, gefüttert, gewickelt, umtan, infantil gehalten – so etwas erbe! – der Mann, von dem er sprach, wurde in seiner Wertlosigkeit jetzt zum Neutrum – mein Gott, was hätte Wereschnikow alles erben können, wenn die Weltgeschichte ein wenig anders verlaufen wäre – aber das sei ja gut so gewesen. Er habe sich durchschlagen müssen, schlage sich heute noch durch, schleppe lebensunfähige Existenzen mit, um ihnen eine Chance zu geben – Ergebnis sei freilich nur Undank: Der Kerl habe zwei Eigentumswohnungen von seinen Eltern hinterlassen bekommen, kreuzbraven Beamten mit einem einzigen verwöhnten Sohn, und wage es, auf dieser Basis, ihn, Wereschnikow, unablässig unter Druck zu setzen: »Wo bleibt mein Geld? Wo bleibt mein Vorschuß?« Nicht übel habe er Lust, diesem Früchtchen entgegenzuhalten: »So, du brauchst Geld? Dann sammle Flaschen aus den Dreckeimern, dann kriegst du Geld!«

Auch auf dem Papier teilt sich noch die Empörung dieser Worte mit, die aber alsbald in Resignation zusammensank; die Klimax des Versagens seines Protegés wurde nur noch mit gedämpfter Stimme mitgeteilt. Er habe dem Herrn die Verbindung zu einer der bedeutendsten Agenturen eröffnet, nur damit der dort die Lehrmädchen verführe. Das gehöre eben auch zu dieser durch die Universität sinnlos prolongierten Infantilität: dies Fixiertbleiben auf kleine Mädchen, armselige Motten…

Es war jetzt kein Zweifel mehr möglich. Er sprach über mich. Und was mich entwaffnete: Er sagte nichts eigentlich Falsches. Er verleumdete mich nicht geradezu. Es war nur der Ton der Verachtung, der mich schmerzte. Und zugleich hörte ich aus Wereschnikows Tirade gar keinen Hohn, keine Schadenfreude heraus, wie sie am Ecktisch sonst üblich gewesen wäre, sondern eine aufrichtige Verletztheit, die über den Anlaß hinaus zu reichen schien. Was ihm an mir mißfiel, war etwas, an dem er grundsätzlich litt. Ich durfte mir da schon als austauschbar vorkommen. Oder doch nicht ganz?

»Und dann, wie er sich mit seinem Courbet lächerlich gemacht hat! Ein großer Kunsthistoriker muß natürlich etwas entdecken, eine Zuschreibung machen, einen Fund – anstatt sich mit Mestrovic zu beschäftigen, von dem er gar nichts versteht, kommt er aufgeregt gelaufen. Er habe einen bis dato unbekannten Courbet entdeckt: eine Kuh von Courbet. Es wird schon der rechte Kitsch gewesen sein. Der Kunsthändler, bei dem er damals irgendwie katalogisierend beschäftigt war, wurde schließlich so wütend, daß er ihn vor die Tür gesetzt hat. Der Mann kam manchmal hierher und hat mir alles erzählt, aber jetzt bleibt er weg, weil er seinem Courbet-Entdekker nicht begegnen will.«

Auch diese Blamage mußte noch ausgekramt werden, an der ich Schuld nur trug, wenn man die Begriffsstutzigkeit unter die Verbrechen zählt. Nie vergesse ich die steinerne Miene, die Guggisheim aufsetzte, als ich ihm bei seiner Rückkehr aus der Schweiz stolz berichtete, was ich in dem Kämmerchen hinter seinem Büro entdeckt hätte. Einen Courbet gab es nicht. Es hatte ihn nie gegeben. Ich halluzinierte. Es war eine Kopie, eine wertlose Kopie – da fand ich zu meiner Gewißheit zurück, ich Narr, um dem aufgebrachten Mann ins Gesicht zu widerstehen: Das müsse aber eine verdammt gute Kopie sein – auch ich war jetzt erregt und in meinem Stolz verletzt.

Ich dränge die peinliche Geschichte meist erfolgreich weg. Sie berührt die Kehrseite der professionellen Beschäftigung mit der Kunst, das Hin- und Herschieben der Werke, das Verhehlen, manchmal auch das Hehlen, das Geldwaschen und Steuerhinterziehen. Guggisheim trat die Flucht nach vorn an, indem er mich, wo er konnte, schlechtmachte, was ich mir leider zum Teil selbst zuzuschreiben hatte – ich war mit meinen Reisekostenabrechnungen, gelinde gesagt, sehr großzügig gewesen; das war auch ein Grund, warum ich Wereschnikow erst einmal nichts in Rechnung stellte; als könne ich durch generöse Korrektheit beim nächsten Kunden die Versäumnisse beim vorhergehenden wettmachen.

Aber bei allem bleibt doch die Erinnerung an die Freude übermächtig, das Glück, das ich empfand, als das Kalb riesengroß schwarzweiß gewölbten Leibes mit dem feuchten rosigen Maul vor lapislazuliblauem Himmel vor mir stand; es hing nicht in seinem dicken Goldrahmen, es trat daraus schnaubend und zutraulich hervor. Den Überschwang eines solchen Fundes weithin zu verbreiten – war das so unverzeihlich? Für Guggisheim ja – aber durfte Wereschnikow diese Freude einfach lächerlich finden?

Ich wandte mich ihm zu und tippte ihm auf die Schulter. Er sah sich um und war nicht eine Spur überrascht.

»Wir sprechen gerade von Ihnen.«

»Das habe ich gehört.«

»Sehen Sie«, Wereschnikow richtete sein Wort wieder an Doktor Glück, »er bestätigt es.«

Ich war nicht einfach nur vor den Kopf gestoßen – nein, mein Verhalten gegenüber dieser Unverfrorenheit war für mich grundsätzlich bezeichnend. Ich habe der nackten Unverschämtheit nichts entgegenzusetzen. Man kann das verächtlich finden, man darf mich einen Waschlappen nennen – was in Rotzoffs Kreisen mit Gewißheit auch geschieht –, aber ich weiß es besser: Es ist ein staunendes Hingerissensein, das mich dann befällt. Ich trete gleichsam aus mir heraus und betrachte die Szene, in die ich da involviert bin, wie durch ein Mikroskop. Wie sich in dem Wassertropfen da alles beißt und frißt und manche kleinen Wesen nur zum Verschlingen und andere nur zum Verschlungenwerden dazusein scheinen. Wereschnikow sah mich nicht ohne Wohlwollen an. Er war der Meister im Überwinden jeder Peinlichkeit, der Mann, der in seinem Leben noch nie etwas für ihn Nachteiliges abgestritten hatte – zugeben, alles zugeben, das hätte sein Lebensmotto sein können.

Aber in meiner Anwesenheit verlor meine Person als Gesprächsthema sofort an Interesse. Ein Schmerzenszug zeichnete sich wieder um seine Mundwinkel. Er war unzufrieden mit mir, gewiß, weniger mit meinen Leistungen als mit meiner ganzen Person, aber dies war eine Lebenslast, die zu einer anderen, größeren nur noch hinzukam; es überwältigte ihn nun auch wieder eine innere Unruhe. Er war in Gedanken schon weit weg, als er aufbrach, seine Augen erfaßten mich kaum; an Glück allerdings wandte er sich – überraschend noch einmal zurückkehrend – mit eruptiver Herzlichkeit: »Wir sprechen! Wir sprechen!« rief er, als habe er Glücks täppische Versuche, ihn am Tisch zu halten, abzuwehren.

Glücks Blick rutschte von Wereschnikow weg und blieb an mir hängen. Morgen sei Sonntag. Es werde wahrscheinlich warm. Ein paar Freunde wollten sich in seinem Garten treffen. Ob ich nicht dazukommen wolle? Es war schon klar, daß die paar Freunde selbst entschieden hatten, zu Glück zu kommen, aber dazuladen durfte er dann wohl doch.

Mir fiel auf dem Heimweg durch die stille Stadt, die von

bosnischen Wirren, bosnischen Unglücksfällen, bosnischer Weiträumigkeit und bedrohlicher Leere nichts wußte, wieder ein, wie ich Winnie nannte, kurz nachdem ich sie kennengelernt hatte und sie mir wieder entschlüpft war: Euer Unerreichbarkeit. Das war sie und das blieb sie. Bei Tante Beate zu klingeln verbot sich so spät – warum eigentlich? Für sie waren doch alle Stunden des Tages gleich. Sie gehörte doch zu den Menschen, die am allerwenigsten nach dem Rhythmus der Tageszeiten lebten. Da war der Erziehungsreflex stärker: Nachts um zwölf schellte man eine alte Dame nicht heraus.

Und hatte ich eigentlich ein Recht auf forderndes Betragen, Pochen auf Winnies Gegenwart, Anteilnahme, Zuverlässigkeit? Hatte ich nicht eisern vermieden, in unserem Zusammensein ein einziges verbindliches Liebeswort zu sprechen? Ich glaubte damit vor allem ihrem Bedürfnis nach Diskretion zu entsprechen, einer kindlichen Abneigung gegenüber feierlichen Deklarationen. Zwei nackte Körper, von einem Leintuch bedeckt, wortlos aneinandergeschmiegt, besagte das nicht unendlich viel mehr als alle Erklärungen, die sich womöglich noch auf die Zukunft richteten, dieses blasse Gespenst, das noch niemals jemand gesehen hat? Köstliche Nähe in der Gegenwart, wie wäre das zu steigern gewesen?

War die Gemeinsamkeit einer Gegenwart aber vorbei, dann wäre es für die Erinnerung freilich angenehm und beruhigend gewesen, wenn auch einmal ein verbindliches Wort gesprochen worden wäre. Die luftige Substanz der Sprache, sie hätte unversehens den Charakter von greifbarer Materie angenommen. Auf einen Austausch liebevoll entbrannter Gefühle, die sich zu Absichten und gar Plänen verfestigten, hätte ich, so wollte mir jetzt scheinen, wie auf ein Fundament bauen dürfen; dann wäre eine Verflüchtigung Winnies wie eben gar nicht so bedenklich gewesen.

Ich begann zu ahnen, daß ich mich vielleicht übernommen

hatte, als ich mich auf die anmutigen Gesetze der Gesetzlosigkeit, Winnies Atemluft, einließ. Ich redete mir auf dem Weg durch die Nacht offen ins Gewissen, daß ich auf dem Gebiet der Unschuld ohnehin mit Winnie nicht wetteifern konnte, daß ich aber auch der reife und gelassene Mann nicht sei, den sie erwarten durfte, wenn sie einen doch beträchtlich älteren an sich heranließ. Am nächsten Vormittag gingen Anrufe bei Winnie aber weiterhin ins Leere – gab es da am Ende gar die Möglichkeit, daß sie, die Nummer erkennend, ihr Telephon vor sich hin brummen ließ wie eine unter Glas gefangene Hummel?, ein Gedanke, den ich aber sogleich verbannte – Grausamkeit und Winnie, das schloß sich aus!

Als ich den Garten Glücks betrat, von dem ich schon manches gehört hatte, fiel mein Blick zu meiner nicht geringen Verstimmung zunächst auf Rotzoff. Auf der weiten, von hohen Bäumen, darunter einer mächtigen Blutbuche, umgebenen Wiesenfläche, in ihrer Mitte, wie auf dem Silbertablett kredenzt, lag er bequem in einem Korbsessel, neben sich ein Tischchen mit Weißweinflasche im Eiskühler. Ich kannte schon seine Gewohnheit, tagsüber Weißwein mit Eiswürfeln zu trinken. Die Kälte anästhesiert die Kehle leicht und hilft den Widerwillen zurückdrängen, wenn im Körper noch der Wein der Nacht zuvor schwappt. Daß Rotzoff und Glück neuerdings öfters zusammen auftraten, war mir nicht entgangen, aber wie weit die Besitzergreifung schon gediehen war, das hatte ich mir natürlich nicht vorstellen können.

Niemals war Glück in seinem eigenen Garten derart herrscherlich zugegen gewesen wie jetzt sein Gast, und Rotzoff war nicht allein. Um ihn herum saßen in großem Kreis mindestens zwölf Krähen und hielten die Schnäbel wie Kompaßnadeln auf ihn gerichtet. Eine sanfte Stimme in meinem Rücken ließ mich zusammenfahren. Winnie war aus dem Haus getreten, Glück folgte ihr, in Hemdsärmeln – das erste Mal, daß ich ihn ohne Krawatte und Anzug sah –, und hielt eine Flasche Weißwein in der Hand.

»Du bist zurück? Zum Glück erfahre ich das«, kein Vorwurf klang in ihren Worten. Eine liebevolle Eindringlichkeit lag darin. Aber bevor ich ihr antworten konnte, schnitt sie mir mit einer Handbewegung das Wort ab.

»Schau dir das an.«

Die Krähen saßen nicht einfach um Rotzoff herum – sie lauschten. Er sprach zu ihnen sehr leise. Verstehen konnte ich auf diese Distanz nichts, bis auf ein »So ist das nämlich«, eine zart beschwörende Belehrung, die zu uns herüberflog. Krähen sind mir eigentlich zuwider, und ein Krähenschwarm wirkt auf mich geradezu unheilvoll bis zur Todesverkündung. Nie habe ich sie so schön gesehen. Auf der noch immer leicht betauten Wiese, wo die Wassertröpfchen an den Halmen wie kleine Blitze funkelten, erschien das Krähenschwarz in reicher Farbigkeit, lackglänzend und stumpf, in Kohle und Anthrazit. Der graue Samtkragen lag wie von Frans Hals gemalt um Hälse und Schultern, die Schnäbel erschienen wie Hornbüchsen für feingeschmiedete Präzisionsinstrumente. Eine einzelne Krähe schüttelte sich wie ein nasser Hund, die anderen rührten sich nicht. Und nun hüpfte die erste näher, mechanisch sah das aus, aber es war ein Zeichen noch größerer Zuwendung.

»Bewegt euch nicht.«

Winnie flüsterte, aber mir war, als ob die Krähen auch bei plötzlichem jähen Auffahren auf unserer Seite nicht aus dem Bann gewichen wären, in dem Rotzoff sie hielt. Eine Krähe breitete jetzt ihre Flügel aus, schlug die Luft mit nachlässigem Schwung, es galt nur für eine kleine Strecke, sie erhob sich taumelnd in die Höhe und ließ sich auf Rotzoffs Schulter nieder. Eine zweite Krähe hopste mehr als sie flog auf sein Knie. Er streckte die Hand aus, gemächlich, dabei in dem beschwörenden Belehrungston fortfahrend, und umfaßte den kleinen

Krähenkopf vor ihm. Der Kopf wollte nichts anderes. Die Krähe streckte ihren Hackschnabel in die Höhe und bot Rotzoff ihren Nacken zum Kraulen dar. Zunächst glaubte ich noch, die Aasjäger fänden oder erhofften bei ihm etwas zu fressen, aber darum schien es keinesfalls zu gehen. Die Krähen wollten bei ihm sein. Wie machte er das?

»Mit Elstern und Eichelhähern kann er das genauso.« Winnie sprach wie im Traum. Es war der Augenblick der enthüllenden Unfreiwilligkeit. Ich fragte, ebenso absichtslos, die Frage stieg mir auf die Lippen, wie die Krähe auf Rotzoffs Schulter geflattert war. »Wie lang kennt ihr euch?«

»Schon länger, ich habe bei ihm gearbeitet, als er noch seine Firma hatte.«

Alles wurde möglich in diesem verzauberten Augenblick, ein schnelleres Denken, ein müheloses Kombinieren von Erinnerungsfetzen, und es war so leicht, es auszusprechen, als liege man allein im Dunkeln und gleite aus dem Träumen unversehens ins Sprechen.

»Als ich dich damals in der Bahn beobachtet habe: Du weißt schon – beim Lesen einer Nachricht –, was dich da zum Weinen brachte, das war nicht die Katze – stimmt's?«

Winnie sah mich nicht an. Ihre Miene rührte sich nicht einmal. Sie ruhte in sich. Sie war mir keine Rechenschaft schuldig. Ich besaß keine Ansprüche auf die Wahrhaftigkeit ihrer Auskünfte. Und was inzwischen geschehen war, hatte gleichfalls keine Ansprüche begründet. Ihre Antwort war deshalb das Zeugnis ihrer Großherzigkeit.

»Nein, es war nicht wegen der Katze. Er hat so viele Seiten – diese jetzt mit den Vögeln – aber er kann auch –« sie suchte nach einem gerechten Ausdruck, sie wollte nicht etwas Anklagendes sagen: »– sehr hart sein, das setzt mich dann zu …« Sie war in so vielen Sprachen zu Hause, daß sie im Deutschen manchmal kleine Fehler machte, die ich nie verbesserte, weil sie mich entzückten, selbst in diesem Augenblick noch, in dem ich aus meiner hellsichtigen Entrücktheit zurückkehrte und meinte, mir werde das Herz im Leib zusammengedrückt.

Rotzoff hatte offenbar genug von der Schar seiner Bewunderer. Die Vorlesung war beendet. Er hob die Séance auf. Vielleicht hatte er aus dem Augenwinkel bemerkt, daß ich hinzugetreten war. Er hob eine Hand und durchteilte mit ihr die Lüfte, geradezu wie ein Bischof, der Pilgerscharen seinen Segen spendet. Die Krähen hoben sich in einer einzigen großen Woge vom Boden, von seiner Schulter und aus seinem Schoß, nicht ganz ohne Mühe, schien mir, aber jedenfalls auch ohne Eile, nicht wie Vertriebene, sondern wie Entlassene. Einen Augenblick lang entzogen sie, knapp über der Wiese fliegend, seinen Körper unseren Blicken. Ganz kurz sah es aus, als fielen sie über ihn her, um sich nach ihrer Freilassung gegen ihn zu wenden, aber dann löste sich der schwarze Kollektivkörper in seine einzelnen Elemente auf und strebte auseinander. Die Krähen verteilten sich weithin, sie hatten nichts mehr miteinander zu tun. Rotzoff erhob sich und streckte sich zu einem Gähnen, bei dem er die Gelenke krachen ließ, eine Geste, die ich bei ihm kannte; nichts drückte für mich das kreatürliche Wohlgefühl im Bewußtsein der eigenen Liederlichkeit besser aus. Die Vorstellung, ein einziges Wort mit ihm sprechen zu müssen, überwältigte mich. Ich ließ Winnie und Doktor Glück ohne Abschied stehen und ging in langen Schritten dem Gartentor zu, es hätte nur gefehlt, daß ich tatsächlich davongelaufen wäre.

Was folgte, ist für mich immer noch zu fürchterlich, um es gelassen darzustellen. Jeder Mensch bewahrt ein Bild von sich, das nicht ohne Not preisgegeben werden darf. Es ist die Basis unserer Selbstachtung; wenn daran gerührt wird, kommt Unvorhergesehenes ins Wanken. Zu einem solchen Bild gehört die Vorstellung unserer seelischen Unmöglichkeiten: einer blinden Bettlerin das Geld von ihrem Tellerchen stehlen – nein, niemals! Man erkennt an diesem Beispiel schon, wie hoch hier die Latte der Verworfenheit gelegt ist: daß man bequem darunter hindurchspazieren kann. Wo man auf Bekundungen von Haß stieß, politischen zumal, war man angewidert, abgestoßen – das war krankhaft, niedrig, stieß den Hassenden aus der Menschengemeinschaft aus. Anders vielleicht aber doch, so sprachen die imaginären Schöffen des mir innewohnenden moralischen Gerichtshofs, mit Haßgefühlen gegen Rotzoff, die nebenbei auf den wohlvorbereiteten Boden der lang angewachsenen Antipathie fielen. Rotzoff durfte ich schon auch hassen, jedenfalls die üblichen Grenzen der Feindseligkeit überschreiten.

Was brachte diesen Menschen dazu, in meinem Revier zu wildern? War er nicht übermäßig reich versorgt mit jenem erschreckend schönen Mädchen, das sich bei der ganzen Welt entschuldigen zu wollen schien? »Nature itself has overdressed her«, sagte Wereschnikow, als er sie bei Merzinger beobachtet hatte, das traf es, obwohl bestimmt ein Zitat aus dem Schatz seines Vaters; die überreiche Ausstattung ihrer Erscheinung, die sich nicht dämpfen ließ, noch in einem grauen Sack hätte sie alles überstrahlt, im Sitzen jedenfalls, sie war eben einen Kopf größer als Rotzoff – hatte das sein Ressentiment geweckt? Hatte er entdeckt, daß er sich neben einem zartflüglerischen Geschöpf wie Winnie, einer immer neu herauszufindenden, auf den ersten Blick kaum auffälligen Schönheit wohler fühlen würde, männlicher, denn darum ging es ihm doch wohl vor allem? In der rohesten Manier hatte er sie eben noch von sich weggebissen – war ich nicht Augenzeuge ihrer Erschütterung geworden? –, nur um wieder Reiz darin zu finden, die eben Verstoßene, kaum daß sie ein wenig zur Ruhe gekommen war, erneut an sich heranzulocken, bis sie ihm wie die Krähe in Glücks Garten ihr Köpfchen entgegenstreckte, um dankbar eine flüchtige Liebkosung zu genießen. Er allein würde entscheiden, wie lang. Dann dachte ich daran, wie sie ihre von mir so geliebten Lippen malträtierte, wie sie darauf herumbiß, wie sie sie einsaugte, mochte sie am Ende den Schmerz? Erfüllte er ihr einen geheimen oder gar nicht so geheimen Wunsch, wenn er sie niederträchtig behandelte? Ich entfalte diesen Gedankengang, um mir begreiflich zu machen, was es vielleicht war, das meinen Haß auf ihn in eine Zerstörungswut gegen sie umschlagen ließ. Wenn sie Brutalität liebte, damit konnte ich dienen.

Ihr letzter Besuch bei mir – könnte ich ihn doch vergessen. Es ist nicht ausgeschlossen, daß sie in der Absicht kam, sich mit mir zu versöhnen – gewiß nicht, um eine Tasche mit Sachen abzuholen, Zeug, das man kaufen konnte, »Sachen« besaßen für sie nicht den geringsten Wert. Nie hätte sie für ein irgendwo vergessenes Hemd auch nur einen Telephonhörer gehoben. Was bei dieser Begegnung geschah, will ich nur andeuten, das Tatsächliche vermag ich nicht auszusprechen. Man will von Sängern gehört haben, die Glasscheiben zum Zerspringen bringen, von Posaunen, die Mauern einstürzen lassen, von Glocken, deren Schall den Turm zerreißt. Mir muß so etwas vorgeschwebt haben: durch bloße Lautstärke und verdichtete akustische Wucht physische Schläge auszuteilen. Ich sehe Winnie noch erstarrt und blaß werden. Die Lippen verschwanden gänzlich. Jetzt war es an ihr, davonzulaufen. Sie tat es sehr langsam. Glaubte sie, daß ich versuchen würde, sie aufzuhalten? Aber ich stand ganz unter dem Einfluß meiner Wutdroge, völlig unerreichbar für Signale von außen. Die Tür fiel ins Schloß. Vor mir stand, von ihr unberührt, die Tasche mit den Sachen.

Neunundzwanzigstes Kapitel

Die Weisheit Ägyptens

Es gibt schlimme Prophezeiungen, unheilvorhersagende Weisträume, die tröstlich wirken, wenn das von ihnen Vorhergesagte dann tatsächlich eintrifft: Es hatte eben alles so kommen müssen, auch ein Klügerer hätte sich nicht gerettet. So hat mich ein Traum über meinen Geldverlust getröstet, der mich umwarf, dann aber auch wieder sein Gutes hatte, weil ich mich endlich nach der festen Anstellung umsah, für die ich mir bis dahin immer zu gut gewesen war – Angestellter sein, wie unelegant – und die ich, für mein Alter in letzter Minute, dann sogar fand. Aber zunächst kündigte sich Schwärze an, in einem Augenblick, da meine Hoffnung gespannt auf die Bestätigung wartete, die nach Wereschnikows Worten unmittelbar bevorstand, nach einem Telephonat mit Boutros Ghali in Paris im Grunde dieser Bestätigung auch gar nicht mehr bedurfte. Es sei alles in Butter, in trockenen Tüchern, es sei geritzt. Wereschnikow sprach für gewöhnlich ein schönes, ein sogar gepflegtes Deutsch und ließ solche Jargon-Einsprengsel dann besonders effektvoll aus der würdigen Suada hervorblitzen.

Meine Teilnahme am politischen Leben war mehr als oberflächlich. Ich wußte nicht einmal, wie Boutros Ghali aussah, hörte den Namen nur gelegentlich in den Nachrichten und hatte mitbekommen, daß er Ägypter sei – »mehr als Ägypter – Kopte«, sagte Wereschnikow, »das *Pure de Pure* Ägyptens, letztlich eine pharaonische Familie – numidisch reich«, das Wort war hier womöglich einmal nicht ganz unpassend, nordafrikanisch immerhin.

Aber im Traum wußte ich sofort, daß der kleine, braunhäutige, glatzköpfige, dickliche Mann, der mir halbnackt, mit dicken weißen Handtüchern umschlungen, im flachen Schlaf kurz vor dem Erwachen erschien, niemand anderes als Boutros Ghali war, und zwar weil er aufs Haar – bizarre Redewendung zur Beschreibung eines völlig haarlosen Menschen – dem holzgeschnitzten Schreiber aus der Chephren-Pyramide glich, mit seinem beinahe fünftausend Jahre alten Doppelkinn und Schmerbauch und seiner verschlossenen, alles registrierenden, nichts preisgebenden Miene. Auch sonst war meine Traumregie höchst kenntnisreich. Sogar die Möbel, die das Schlafzimmer des mächtigen Mannes anfüllten, waren richtig ausgesucht: Monströs-phantastisches Rokoko, das Prunkbedürfnis des bayrischen Ludwig in den Schatten stellend, die Normaleinrichtung wohlhabender ägyptischer Bourgeoisie, Überwindung des Kolonialismus durch Übertrumpfung, und das schwere Baccara-Kristall-Whisky-Glas, das die zarte Greisenhand aus dem Grab im Wüstensand kaum umspannte, war gewiß auch nicht ohne innere Wahrheit im Bild.

Boutros Ghali war schlecht gelaunt. Seine braunen Lederfalten knautschten sich um Mund und Nase, als enthalte der Baccara-Becher etwas Bitteres. Das von edelstem Fett gefüllte Doppelkinn bebte.

Eine unsichtbare Stimme, von einfühlsamer Servilität, wohltönend wie die eines Nachrichtensprechers, ein Sekretär, ein Assistent? trug die Telephonliste vor. Neben dem Whisky-Glas stand ein schweres, weißes Bakelit-Telephon, auf dessen Hörer die feine Schreiberhand noch zierlicher wirken würde.

»Exzellenz, Präsident Giscard d'Estaing, Mr. Kissinger und Doktor Wereschnikow haben angerufen und warten dringend auf Rückruf. Es geht um den Balkan …«

»Dummes Zeug«, fuhr Boutros Ghali ihm ins Wort, »etwas Dümmeres als den Balkan hat wohl niemand mehr zu besprechen. Es rufen nur noch *Ci-Devants* an, fällt Ihnen das auf? Nur noch Ehemalige, nur noch Mumien, die sich mit hoffnungslosen Projekten wichtig machen, anstatt mich in Ruhe zu lassen ... was habe ich mit dem Balkan zu tun ...«

Der Sekretär war etwas betreten, blieb aber dringlich: »Was darf ich dem Präsidenten Giscard d'Estaing, Herrn Doktor Kissinger und Doktor Wereschnikow ausrichten? Allein Doktor Wereschnikow hat schon dreimal angerufen.«

Boutros Ghali fuhr auf: »Aber wer ist denn überhaupt Doktor Wereschnikow? Hat er etwas mit Gorbatschow zu tun? Ich kenne den Mann doch gar nicht! Sagen Sie ihm, Gorbatschow soll selbst anrufen ...«

Nein, nein! Geduldig, auch ein wenig belehrend, der Sekretär, Doktor Wereschnikow habe nichts mit Generalsekretär Gorbatschow zu tun, sogar nicht im mindesten, es gehe vielmehr um den Balkan.

»Es war ein furchtbarer Fehler, den Türken jemals den Balkan wegzunehmen«, sagte Boutros Ghali, der sich aus seiner üblen Laune jetzt zu staatsmännischem Weitblick aufschwang, dabei aber immer kleiner wurde. Er hätte jetzt wieder in den Glaskasten im ägyptischen Museum gepaßt. Auf seinem ausladenden Goldthron hingegen saß der Ehrengreis wie ein fünfjähriger Knabe, der mit den Beinen den Boden nicht erreicht. »Es ist doch einfach eine historische Doktrin: Ein nicht-türkisches Volk, das einmal von Türken regiert worden ist, kommt niemals mehr auf eigene Beine, ruiniert von den Paschas, ohne Paschas noch ruinierter ...«

Ich wartete darauf, daß er auf den Fürsten Metternich zu sprechen kommen würde. Konnte Boutros Ghali nicht Kissingers Buch über den Wiener Kongreß gelesen haben?

»Metternich«, sagte der ägyptische Schreiber mit der hohen, singenden Greisenstimme, die man einem Klangkörper aus jahrtausendlang abgelagertem Holz wohl zutraute. »Metternich war stets ein strikter Gegner einer Auflösung des Osmanischen Reiches. ›Die Türken sind gute, loyale Verbündete‹, so schreibt er, ›man weiß bei den Türken, woran man ist‹ – und das heißt, man weiß eben nicht, woran man mit den Nachfolgestaaten wäre – oder man weiß es inzwischen nur allzu gut: Sie ziehen die Welt in den Untergang.«

Manches von dem, was er sagte, erkannte ich wieder. Ich hatte ähnliches ausgesprochen, vom Wein angeregt, vielleicht nicht so scharf wie Seine Exzellenz, die freilich über höhere und gründlichere Einblicke verfügte als ich, aber es war mir, daran erinnere ich mich gut, eine Freude, mich im Traum bestätigt zu hören. Der Sekretär schwieg respektvoll, lauschte aber offenbar nur zerstreut, denn die Herrschaften, die ihm im Nacken saßen, drängten: »Was sage ich Präsident Giscard d'Estaing, Mister Kissinger und Doktor Wereschnikow?«

»Ich weiß wirklich nicht, wer Wereschnikow sein soll, wenn er nicht zur Gorbatschow-Entourage gehört …«

Der Assistent half der Erinnerung auf: Wereschnikow sei auf einer UN-Konferenz über das Konzept der Menschenwürde in den Kulturen Asiens aufgetreten. Er sei damals auch bei einem Mittagessen dabeigewesen, habe seinen Vortrag mit Widmung geschickt, Exzellenz hätten mit einem freundlichen Formschreiben den Eingang bestätigt.

»Er hatte eine hübsche Blondine dabei«, sagte Boutros Ghali, unversehens munter werdend und im Ton anwachsend. »Hat er sie mir angeboten?«

Das nicht gerade. Der Sekretär murmelte verlegen, aber ein Problem sei das gewiß nicht, man könne vielleicht einen Hinweis lancieren …

»Die Deutschen«, Boutros Ghali hatte Wereschnikow nun endlich aus der russischen Kiste herausbekommen, »sie wollen Europa regieren, nehmen immer neue Anläufe und kennen die einfachsten Regeln nicht.«

»Doktor Wereschnikow kennt durchaus einige Regeln«, der Sekretär war jetzt viel weniger unterwürfig, geradezu zurechtweisend, »zum Beispiel den Kernsatz der englischen Diplomatie: »To be in with the out – sonst würde er schließlich gar nicht mehr anrufen.«

Fett und Zartheit, ja Zerbrechlichkeit, wie sprödes Holz aus dem Wüstensand feinsplittrig zerbricht, schloß sich bei Boutros Ghali nicht aus. Die Wahrheit, die ihm sein Sekretär soeben zugemutet hatte, mochte ihn kränken, zurück wies er sie nicht. Er gehörte nicht zu den Leuten, die aufhören zu denken, wenn sie beleidigt werden.

»Was wollen die Leute mit dem Balkan«, murmelte er zikadenleise, ein insektenhaftes Sägen lag in seiner Stimme, als rieben sich dünne Hölzchen in seinem Innern. Die Welt habe andere Sorgen. Da spreche man von der Überbevölkerung, in Ägypten ein besonders anschauliches Phänomen, von den sieben Milliarden, die sich auf den wenigen bewohnbaren Quadratkilometern des Erdballs drängelten. Aber es seien in Wahrheit doch gar keine sieben Milliarden! Betrachte man die Leistung der modernen Maschinen, die Produktivität der modernen Industrie, dann müsse man verstehen, daß sie der Arbeitskraft von zweiundzwanzig Milliarden Sklaven entspreche – diese zweiundzwanzig müßten den sieben Milliarden durchbluteten Lebewesen aber hinzugezählt werden: De facto beherberge die Erde gegenwärtig neunundzwanzig Milliarden! Er sprach so pedantisch und sachlich, als lege er einem Pharao Listen der zum Bau der Pyramiden verpflichteten Arbeitskräfte vor. Neunundzwanzig Milliarden, wiederholte er in strafendem Ton. Das Mißverhältnis zwischen der Aufmerksamkeit, die von den kleinen Balkanvölkern absorbiert werde, und den übergroßen Zahlen der irdischen Realität mußte nicht mehr eigens ausgesprochen werden.

»Was will er denn, der Mann mit dem russischen Namen,

den ich mir nie merken kann? Was will er mit dem Balkan? Wenn die Türken den Balkan nicht haben, dann bekommen ihn die Russen oder die Deutschen, das weiß jeder, der einmal die Landkarte gesehen hat – was meint dieser Mann mit der hübschen Blondine dazu?«

Gar nichts, versicherte der Sekretär. Doktor Wereschnikow halte sich aus solchen Fragen heraus – er plane einen Kongreß, eine internationale Tagung, etwas Vermittelndes, nach großen Lösungen suchend –

»Er will meine Schirmherrschaft«, hier unterbrach Boutros Ghali die lästigen Darlegungen. Der Sekretär war offenbar dafür gewonnen worden, seinem Herrn Wereschnikows Exposé vorzutragen. Es war ganz nah davor, daß dieser mit unendlichen Mühen abgefaßte Text vor die allerhöchsten Ohren gelangt wäre, nicht unmittelbar zur Weltregierung, aber doch in deren Bannkreis, wer wußte schließlich, welche Drähte auch ein abgetretener Generalsekretär noch ziehen konnte. Es stimmte eben, was Wereschnikow andeutungsweise fallenließ. Er stand wirklich mit den Großen der Erde in Verbindung, wie man mit solchen Mächten eben in Verbindung stehen kann – über die Türwächter, die Leibgarden, die geheimen Günstlinge. Alles war eine Frage des Zugangs zur Macht. Die Macht an sich war lenkbar, in ihrer Isolation von der Alltagswelt in hohem Maße Einflüsterungen gegenüber anfällig.

Ich sah hier in meinem Traum, wurde Augen- und Ohrenzeuge, wie sich ein Sekretär in die Gedanken eines solchen Großmächtigen – eines einst und vor kurzem jedenfalls noch Großmächtigen – hineinwinden konnte, gerade ein solcher Mann brauchte Gesprächspartner, auch er mußte dann doch irgendwann einmal zuhören – und diese Sekunde der Schwäche galt es auszunützen. Da wußte Wereschnikow den Schuh in den Türspalt zu schieben, und dann war er schon so gut wie drin in der Pyramide, im Königsgrab, wo die Geheimnisse der

Machtausübung einbalsamiert und für die ferne Zukunft aufbewahrt wurden. Es fehlte nicht viel, und Boutros Ghali hätte das Exposé zur Kenntnis genommen. Was dann geschah, lag in Gottes Hand, aber Machtmenschen pflegten ihre Zeit nicht zu verplempern. Hatten sie einem Objekt zehn Minuten Aufmerksamkeit geschenkt, dann mußte auch etwas dabei herauskommen.

Und da war die unselige Zwischenfrage dem Sekretär in die Parade gefahren: »Wieviel bietet er denn, wenn ich die Schirmherrschaft übernehme?«

Der Sekretär mußte seinen Höhenflug abbrechen und unsanft landen. Doktor Wereschnikow habe nicht vor, irgend etwas dafür zu zahlen. Er bitte vielmehr Seine Exzellenz, das Unternehmen zu unterstützen. Exzellenz hätten Zugang zu vielen Geldquellen. Das Unternehmen liege im Interesse der Erhaltung des Weltfriedens …

In den fünftausend Jahren seiner Existenz war der schmerbäuchige weise Schreiber nicht so wütend geworden. Die Wut spaltete ihn beinahe. Auf der Stirn des Hochbetagten – die Haut des Kopfes war straff über den Schädel gespannt – erschien eine blitzartig sich schlängelnde Zornesader.

»Er will Geld von mir!«

Dieser Schrei gellte derart in meinen Ohren, daß ich nicht mitbekam, was er danach noch sagte. Ich verstand den großen Mann erst wieder, als er sich gefangen hatte und, unversehens ins Englische verfallend, in gezwungener Sachlichkeit, gleichsam in ein Diktaphon sprechend, sagte: »Financial ressources are limited; bestellen Sie das bitte Herrn Doktor Wereschnikow.« Auf einmal sprach er den Namen ohne Schwierigkeiten aus.

Und dieser Satz ging mir nicht aus dem Kopf, vielleicht weil gegenwärtig viel von der These einer ganz anderen Schule der Finanzwissenschaft die Rede war, wonach die finanziellen

Ressourcen grundsätzlich unbegrenzt seien – es gebe stets so viel Geld, wie gebraucht werde. Ich verstehe nichts von solchen Sachen, und so hätte ich meinen Traum, so beunruhigend überdeutlich er mir vor Augen gestanden hatte, dann schließlich doch vergessen, wenn es nicht ein paar Tage darauf bei Merzinger zu einer weiteren Planungs- und Arbeitsunterredung mit Wereschnikow gekommen wäre.

Er war umflorter Stimmung in diesen Wochen. Oft schien er mir abgelenkt und hob gelegentlich den schönen Kopf mit der Königsgeste eines Löwen im Zoo, der von seinem Betonfelsen herab das innere Auge über die ungemessenen Weiten der Savanne schweifen läßt. Diesmal kam er mir aber munterer vor, geradezu aufgekratzt. Der Kongreß komme zustande, nein, wirklich, seine Arbeit werde gesehen, geschätzt und auch honoriert. Auf kleinerer Basis allerdings als vorgesehen. An internationale Beteiligung sei gegenwärtig nicht zu denken. Und das Begleitprogramm werde natürlich zusammengestrichen, sei ohnehin nicht von existentieller Bedeutung, ihm immer nur aufgezwungen gewesen. Er habe sich nur darum gekümmert, weil man es partout von ihm gefordert habe – ja, damit falle freilich auch die Mestrovic-Ausstellung weg, es sei der falsche Zeitpunkt für so etwas. Und dann sagte er – ich schwöre es, daß er es wörtlich so sagte, ganz nebenbei, für mich aber mit einem nicht verhallenden Donnerschlag: »Financial ressources are limited, mit solchen traurigen Fakten müssen wir leben.«

Dreißigstes Kapitel

Ein gerettetes Bankett

Winnie war mir an so vielen Orten unerwartet begegnet, daß mich ihr Erscheinen, an welchem Ort auch immer, nicht mehr überraschte. Sie war so schwerelos, daß der Wind sie überall hinblies, wie durch die Luft tanzende Löwenzahnsamen. Gewiß, es gab dann immer eine Erklärung für ihre Gegenwart. Die Markies schickte sie weit herum, in diesem Beruf gab es kein Milieu, das unzugänglich gewesen wäre. Gerade wenn es schwierig schien, sich irgendwo hineinzudrängen, war das für die Markies erst recht ein Ansporn, die Hindernisse zu überwinden, oft genug mit durchaus plumpen Mitteln. Die Ellenbogen waren für Frau Markies die meistgebrauchten Körperteile.

Unvorstellbar, daß Winnie dergleichen benötigte, die überall Willkommene, sich überall Hineinfindende. Der Raum, den sie in welchem Menschenkreis auch immer einnahm, der schien für sie freigehalten, dahinein paßte sie wie das Steinchen, das die letzte Lücke eines musivischen Bildes schloß. Und so zart sie war, kannte sie doch keine Schüchternheit. Woher nahm sie diese bescheidene Selbstverständlichkeit, in jeder neuen Umgebung auf ihre freundlich-zerstreute Weise zu Hause zu sein, zugvogelhaft allerdings, mit dem guten Recht des rastenden Zugvogels, der sich auf einem Zweig niederläßt, als gehöre ihm der, um ihn alsbald wieder zu verlassen, ohne sich nach ihm umzusehen.

Ich durfte mir in meiner Schmach schmeicheln, ihr mit meinem Ausbruch Eindruck gemacht zu haben. So war es doch:

ich durfte mich doch darauf verlassen, sie wirklich verletzt zu haben, in vollem Recht abscheulich roh gewesen zu sein, sie, mit Worten wenigstens, geschlagen zu haben. Hatte sie mir nicht selbst dies Recht eingeräumt? Aber jetzt war mir, als hätte ich eine Wasserpfütze mit Füßen getreten, die hoch aufspritzte – auch ihre Tränen liefen so heftig, daß dies Quellen geradezu ein Hervorspritzen war! – und danach sofort wieder die Oberfläche schließt und aufs neue Himmel und Wolken spiegelt. Gar nichts war anders an Winnie geworden, wie sie mir da über den roten Teppich des Palasthotels entgegenkam. Ich trat sofort hinter einen Pfeiler, und sie hatte mich tatsächlich nicht wahrgenommen. Ganz entspannt war ihr Blick, das ungeschminkte blasse Gesicht lächelte in abwesender Kindlichkeit, unverwundet, rein und blank.

Woher kannte sie den hochgewachsenen Achtzigjährigen, der heute sein Jubiläum mit den Partnern der Kanzlei feierte? Der Mann liebte junge Leute um sich. Wenige Silberhaarige schritten über den roten Läufer. Strebsam-jugendliche Anwälte mit blonden Frauen, Anwältinnen in Abendkleidern, die in ihrer Strenge noch etwas von werktäglicher Professionalität verrieten, keine geputzten Weibchen eben, kamen an mir vorbei. Winnie sehr passend gekleidet, diesen herben schmucklosen Stil noch überbietend in einem schwarzen Körperstrumpf, der die Arme und die Brust vollständig bedeckte und nur vom Rücken viel sehen ließ, von dem Kinderrücken mit dem kleinen Leberfleck und dem Rückgrat, auf dem Zeige- und Mittelfinger treppensteigen konnten.

Was vorn verdeckt war, wußte ich. Immer blieb es verdeckt. Nur wer sie nackt gesehen hatte, kannte die blaue Narbe. »Nackt«, dachte ich, und die frische Wut schoß wieder in mir hoch, wie auf Knopfdruck. Die erschreckende Naht entlang des Schnitts, an dem diese Puppe aufgeklappt worden war, die hatten viele vor mir, ein gestaltloses Heer, vor allem aber einer nach mir eben nicht bloß gesehen, sondern auch betastet, hatten sich von der träumerischen Mädchenstimme erzählen lassen, woher diese Verletzung stammte, und sie womöglich gar geküßt. Nein, das war zu furchtbar, fort mit dieser Vorstellung – aber in meine Glieder, in die letzten Verästelungen meiner Hände war der Zornes- und Erregungssaft ausgegossen und dehnte sich darin und pochte.

Hinter ihr erkannte ich Doktor Glück, unsicher lächelnd, es sollte ein Strahlen der Bonhomie werden, aber blieb von so vielen Gesichtern unerwidert, da war es bald versandet. War er nicht überhaupt einmal Partner des Octogénaire gewesen? In welchen Welten er nebeneinander umging. Aber anders als Winnie; denn in eine solche Kanzlei gehörte er doch eigentlich hinein, und zu den Leuten, mit denen er sich bei Merzinger allabendlich bezechte, gehörte er eben nicht. Sein Leben lahmte auf einem Bein, dem feierabendlichen. Er hatte keine Heimat gefunden. Mehr als drittes Rad an dem wackligen Karren von Rotzoff und Winnie zu sein – unerträglich, sich die beiden zusammenzudenken – bekam er nicht hin. Jetzt führte er also Winnie aus, oder besser, er trat mit ihr auf, weil es an einem solchen Abend vorteilhaft war, mit einer Frau gesehen zu werden.

Wie häßlich war es von mir, so unverschämt in seine Gedankengänge zu schlüpfen. Er war doch schließlich ein anständiger Mann. Aber daß er jetzt der neuen Ménage zu Legitimität verhalf, indem er als väterlicher Freund, Rotzoff zu Gefallen, Winnie ins Palasthotel mitnahm, das war niederträchtig. Einsam sollte sie auf Rotzoff warten müssen, der sie niemals irgendwohin mitgenommen hätte. »Niemals irgendwo mit einer Frau erscheinen«, war seine Doktrin, »es muß immer die volle erotische Disponibilität gewährleistet sein, wer mit Frau ankommt, der ist schon beinahe kastriert.«

Oder hatte Glück ihn am Ende auch noch mitgebracht? Zu-

zutrauen waren ihm solche Haltlosigkeiten. Wie der Mann wohl seine Geschäfte führte? Was machte ihn so unverzichtbar in seiner Bank, in der doch gewiß gleichfalls jeder seinem schwach lächelnden Werbeblick auszuweichen trachtete? War es nur sein Japanisch? Und verstanden Japaner diese deutlich schwäbisch getönten Laute aus ihrer Sprache – wenn er japanisch telephonierte, sprach er viel schwäbischer als im Deutschen, als koste ihn die Konzentration die Kontrolle über den heimischen Dialekt.

Nein, von Rotzoff war nichts zu sehen, der hatte ja nicht einmal eine Krawatte, überall ging die Künstlerattitüde eben doch nicht durch. Aber Winnie war aus ihren weiten Military-Hosen und den schweren Springer-Stiefeln herausgestiegen wie die Seele aus dem erdenschweren Körper. Sie hatte offenbar alles abgeschüttelt, was sie so roh bedrängt und beschwert hatte. Am Eingang zu dem düsteren Salon – mit weinrotem Brokat ausgeschlagen, eine Kaiserin-Witwe hatte sich einst hierher trauernd zurückgezogen, jetzt bildete der Trauerpomp den Ebenholzrahmen für das trubelige Geschäftsmanns-Einerlei – stand ein stämmiger junger Kellner mit Bürstenhaarschnitt, ein Indianer aus Ecuador meiner Einschätzung nach, und Winnie, die ihn nur ganz kurz und zunächst mit abgewandtem Kopf etwas gefragt hatte, befand sich unversehens in einem kleinen Gespräch, auf spanisch natürlich. Das Wechseln der Idiome gelang ihr flüssig, sie begann ihre Sätze in der einen und beendete sie in einer anderen Sprache – sie hielt es wie der rumänische Zigeuner, der zum Scherenschleifen kam und, um Auskunft gebeten, welche Sprache seine Muttersprache sei, antwortete: »Wie man mich fragt.«

In ihrem Wortwechsel mit dem Indianer in dem weißen Kellner-Spencer lag nicht eine Spur von Herablassung oder Amüsiertheit. Sie sprach auf der Basis völliger Gleichheit, als gehörten sie zum selben Volk und hätten sich im Gewühl eines

Bahnhofs wiedergefunden. Er antwortete ihr ernst. Sie blickte ihn interessiert an. In diesem Augenblick war mir, als hätte sie unseren gesamten häßlichen Auftritt restlos vergessen, sei schon auf einem anderen Ufer angelangt und blicke nicht zurück. So stark war dieser Eindruck, daß ich glaubte, mich nicht mehr vor ihr verbergen zu müssen. Nein, es war klar, daß sie durch mich hindurchsehen würde wie durch einen Fremden, wenn sich unsere Augen dennoch begegneten, und das nicht aus Zorn oder Gekränktheit – welches Recht hatte sie doch, gekränkt zu sein! –, sondern aus Vergessensferne. Der wohltuende Schwamm der Amnesie hatte mich einfach aus ihrem Gedächtnis gewischt.

Sie war wahrscheinlich der erste Mensch, den ich kennengelernt hatte, der von der Gleichheit aller Menschen wirklich überzeugt war, nicht als philosophisches Theorem, sondern in der Form des Glaubens, der niemals der Rechtfertigung bedürfenden letzten Gewißheit. Und daß sie von Mann zu Mann fiel und dabei gar nicht daran dachte, welche Schmerzen und Empörung sie dabei hinter sich zurücklassen mochte, das hatte womöglich gleichfalls mit diesem Glauben an die Gleichheit zu tun: daß nicht allgemein die Menschen, sondern höchst konkret alle Männer gleich seien, die dicken und die dünnen, die alten und die jungen, die häßlichen und die schönen.

Wir waren gleich! Zu dieser Sichtweise rang ich mich jetzt unversehens durch, während ich sie neben dem muskulösen, kurzbeinigen, dem braunhäutigen, mit Aknenarben auf den Wangen durchaus wild und kraftvoll wirkenden Indianer beobachtete, und ich versuchte, diese Eingebung sofort auch auszuprobieren, indem ich mich umsah, mitten ins gedämpfte Geschnatter hinein, mitten zwischen die scharfgezogenen Scheitel und die luftig aufgepusteten Friseurfrisuren. Hätte da eine Apfelsinenkiste gestanden, ich hätte sie am liebsten bestiegen und wie ein Hyde-Park-Speakers'-Corner-Redner in die Menge hinein verkündet: »Meine Damen und Herren, ich darf Ihnen zu meiner Freude mitteilen: Wir sind gleich. Sie können sich entspannen und jedweden darüber hinausgehenden Anspruch einfach fallenlassen.«

Statt dessen wurde jetzt von anderen an ein Glas geklopft. Es klingelte wie an Weihnachten, eine Apfelsinenkiste war leider nicht zur Hand, deshalb blieb mir der Redner unsichtbar. Er sprach aus der Menge heraus. Für mich war er nur körperlose Stimme, ein pfingstlicher Rufer, mit volltönendem tragenden Organ. Etwas Opernhaftes lag in dieser Rede. Der Sprecher stand wohl unter dem Kronleuchter, dessen vierzig Lämpchen goldgelbe Schirmchen trugen, das schwebte festlich über ihm wie eine Montgolfière, von der Heißluft seiner Ansprache in die Lüfte gehoben. Und von launiger Gehobenheit waren die Worte tatsächlich. Man kennt diese Reden auf tatkräftige Jubelgreise, die schon an ihrem Fünfundsechzigsten, an ihrem Siebzigsten, an ihrem Fünfundsiebzigsten gefeiert und oratorisch bekränzt wurden. Inzwischen ist längst nichts Neues mehr passiert, alles ist vielfach gesagt worden, die Lebensleistung beginnt historisch zu werden. Unter den Festgästen waren viele, die den Octogénaire gar nicht mehr im Büro erlebt hatten. Für die meisten im Raum war er eine Briefkopflegende, aber um so nachdrücklicher wurde seine einzigartige Persönlichkeit – »solche Leute gibt es gar nicht mehr« – gerühmt, sein Weitblick, vor dem das Adlerauge kurzsichtig genannt werden mußte, sein überlegenes Urteil – »oft habe ich mit ihm gestritten«, sagte der unsichtbare Redner, man spürte, wie mutig er war, an solche Augenblicke zu erinnern, »nur um später einzusehen, daß er immer – in jedem einzelnen Fall – recht hatte«.

Ging er in seiner Verzweiflung nicht ein bißchen zu weit? Aber konnte man in diesem Fall zu weit gehen? Galt es nicht jetzt, den Weg in die maßlose Übersteigerung jedes möglichen

Kompliments einzuschlagen, auch wenn der Achtzigjährige wahrscheinlich fünfundachtzig werden würde und man dann wieder sprechen mußte angesichts restlos aufgezehrter Lobes- und Ruhmeskonserven? Der indianische Kellner stand leicht breitbeinig, wie ein Matrose auf schwankendem Schiffsdeck, an der Wand unter einem schwärzlichen Gemälde der Bologneser Schule, einer »Flucht nach Ägypten«, aber Winnie war nicht mehr bei ihm. Sie war im Saal untergetaucht. Wer wußte, mit welchem Menschen sie gerade eben in eine schrankenlos aufrichtige Gleichheitsverbindung trat. Aber in der gesammelten Zuversicht im Gesicht des Kellners meinte ich eine Spur seines kurzen Austauschs mit Winnie zu lesen. Er war nicht mehr allein in diesem mit Fremden überfüllten Salon, er wußte eine verwandte Seele in seiner Nähe.

Doktor Glück näherte sich mir von hinten und legte mir die weiche Hand auf die Schulter wie einen warmen, feuchten Lappen. Er wußte ja, was ich hier verloren hatte. Zu Ehren des Achtzigjährigen würde die Kanzlei einen beachtlichen Batzen für »kulturelle Zwecke« spenden – im Grunde steckte die unverhohlene Ratlosigkeit dahinter, was sonst man einem Achtzigjährigen schenken könne, schon gar einem solchen alkoholabstinenten Nichtraucher –, und noch, so hatte ich von Glück erfahren, schien der kulturelle Zweck nicht mit letzter Gewißheit bestimmt zu sein. Gab es etwa einen völkerverbindenderen, einen mutigeren, einen zur Weltstunde genauer passenden kulturellen Zweck als eine große repräsentative Mestrovic-Ausstellung, während sich auf dem Balkan gerade ein bösartiger Teilungskrieg abzeichnete? Das mußte man den Spendern und dem Beschenkten einfach nur nachdrücklich klarmachen – wenigstens sah ich Frau Markies nicht in der Nähe; »wo das Aas ist, sammeln sich die Adler«, heißt es in der Bibel, für die Markies hätte ich auch andere Vogelvergleiche parat gehabt. Wie stolz war ich gewesen, daß ich diese

Einladung ergattert hatte! Und keine vierundzwanzig Stunden vor diesem Abend war die Mestrovic-Ausstellung gestorben. Meine Anwesenheit war völlig sinnlos geworden. Nein, keineswegs sinnlos – das würde ich bald erfahren.

Glücks Miene sah so zerfallen und auseinanderstrebend aus, daß seine grundsätzliche Menschenfreundlichkeit kaum sichtbar wurde. Sein Gesicht war wie ein Haufen prasselnd hingeworfener Kies, im Wurf erstarrt. Er litt, weil er es allen recht machen wollte: mir, seinem von ihm ausgehaltenen Kumpan Rotzoff und natürlich auch Winnie, ihr sicher am meisten. Aber auch die Männer durften nicht zu kurz kommen, ich wußte schon, daß Glück war, was man in England »a man's man« nennt, erfüllt von unverbrüchlicher Solidarität, Treue und Ehrenhaftigkeit, von romantischem Freundschaftsgeist.

Ob ich Winnie schon begrüßt hätte? Die Frage klang bang. Sie zu stellen machte ihn verlegen. Schreckliches hätte ich ihr angetan, sie hätte sich lange nicht beruhigen können. Ihr Herz habe geschlagen wie wenn jemand mit dem Fingerknöchel an die Tür klopft, nein, nein, er habe es selbst gehört – das Schlimmste: Sie habe nicht weinen können, sei wie zugekorkt gewesen, ein Gefühlsaufstand in ihrem Innern, der keinen Ausweg fand. Am ganzen Körper habe sie gezittert. Ein trokkenes Sommergewitter mit Blitzen und Donner, aber eben ohne erlösenden Wolkenbruch habe sich in ihrem Körper abgespielt. Es sei ihm nicht der geringste Einfall gekommen, wie sie zu trösten oder wenigstens zu beruhigen sei, nur danebengesessen habe er. Den kurzen Reflex, sie in den Arm zu nehmen, habe er unterdrückt – »Sie wissen ja, bei Winnie fürchtet man, mit jeder Berührung etwas kaputtzumachen.«

Er fühlte so etwas, der ritterliche Glück in seiner Glücklosigkeit, aber an seiner statt hätte eigentlich ich das fühlen müssen, bevor ich wie ein Berserker auf sie losging. Das

Schuldbewußtsein löste noch einmal einen Rest Empörung in mir aus. Hätte ich mir von der Elfengleichen denn einfach alles und alles bieten lassen müssen? Gab die Schwäche und Zartheit das Privileg, mit dem Engagement anderer Leute Schlitten zu fahren?

»Das war nicht das eigentlich Schlimme«, sagte Doktor Glück. Der Gin Tonic in unseren Händen wurde lauwarm und schmeckte wie vergiftete Limonade, Schierlingsbecher hielten wir in Händen, während wir eine Gesprächsinsel im Meer der Anwälte bildeten. Ich wisse ja, wie Rotzoff sei. Er könne sehr ungerecht werden – das habe er selbst ihm schon gesagt, er rede nicht nur hinter seinem Rücken so. Wegen gar nichts, wegen der Fliege an der Wand könne er wild und verletzend werden. Es sei kaum zu fassen, welchen Zorn ein zartflügeliges Lebewesen wie Winnie in den Menschen wecken könne. Dazu komme bei Rotzoff noch die allgemein gestiegene Erregbarkeit – er, Glück, wolle kein Spielverderber und kein Moralisierer sein, aber könnten diese Wutausbrüche nicht auch mit der Trinkerei in Verbindung stehen?

Er forschte in meinen Augen. Ich hätte trotz des mich bekümmernden und geradezu revoltierenden Gesprächsgegenstands beinahe laut losgelacht. Glück fand da gar nichts komisch. Er war in einen Wettkampf mit Rotzoff verstrickt, so sah das geradezu aus: Rotzoff, angetrunken alles ins Werk setzend, um seine Wohltäter von sich wegzubeißen, gemein und unerträglich zu werden und sich am nächsten Tag keineswegs dafür zu entschuldigen, und Glück in festem Willen, auf die dann tatsächlich gewährte Belohnung zu hoffen, daß die Attacke allmählich in sich zusammensank. Aber was er gern ertrug, wenn es sich gegen ihn selbst richtete, das traf ihn schmerzhaft, als es gegen Winnie ging.

Es war jetzt sehr laut im Raum. Die Cocktails lösten den Menschen die Zunge. Ein Gedränge war entstanden, und ich mußte mein Ohr geradezu an Doktor Glücks Mund halten, um etwas zu verstehen, aber nichts brachte mich von ihm weg. Ich war bewegt und zugleich fühlte ich eine Erleichterung, von Winnie zu hören. Es wurde mir jetzt erst klar, wie ich mich in den letzten Tagen verkrampft hatte. Sie war nicht glücklich mit Rotzoff, er war es nicht mit ihr – wie wohl tat das! Im Gegenteil – er versuchte gewaltsam, sie loszuwerden.

»Er hat gefordert, daß sie irgendwas bezahlte, und hat ihr nicht geglaubt, daß sie das nicht konnte...« Das überraschte mich nicht. Auch ich war überzeugt, daß Winnie aus reichem Haus stamme. Sie hatte die Gesten und die Haltung eines reichen Mädchens. Wie sahen die eigentlich aus? Ich hätte es nicht gewußt. Diese Geldaura lag über ihren an Einfachheit und Austerität nicht zu unterbietenden Kleidern, über ihrer unverletzlich wirkenden Reinlichkeit, ihrer luxuriösen Zartheit, ihrer durchscheinend zarten Haut. Die Adern zeigten sich bläulich wie bei parischem Marmor an Schläfen und Hals. Das pochte und schwoll sanft an. Unvorstellbar, ein solches Mädchen zu schlagen, auch nur daran zu denken – ein heuchlerischer Satz aus meinem Mund leider, denn bei meinem Ausbruch gegen sie hatte ich sehr nah an der Grenze zur körperlichen Gewalt gestanden. Zu meinem ewigen Glück hatte ich die letzte Grenze nicht überschritten. Anders offenbar Rotzoff.

»Ich verstehe ihn nicht«, flüsterte Glück mir ins Ohr, »solche Maximen müßten bei einem Gentleman doch sitzen – never hit a woman –, und ich halte ihn für einen Gentleman, werde es immer tun und stehe dazu.«

So sah Glücks Männertreue aus. Er feierte die Ritterlichkeit, war aber bereit, sich die Verhältnisse, wenn sie dem nicht entsprachen, in einem Überschuß an Vertrauen schönzureden. Mir wurde heiß, aber nicht von der Wärme im Raum. Jetzt erst glaubte ich Winnie wirklich zu lieben, bedingungslos, bereit, ihr in jeden Sumpf nachzusteigen. Meine Eifersucht wegen ihres Treuebruchs war verflogen. Im Gegenteil, dieser neue Liebesschub hing geradezu notwendig mit der mißratenen Rotzoff-Affaire zusammen. Das Strapazierte, bis zur Erschöpfung Getriebene, das mich in Verbindung mit ihrer Disziplin und Formsicherheit von Anfang an gefesselt hatte, das nahm nach diesem unseligen Fehltritt doch nur noch zu, es hatte sich schon geradezu zur Heiligkeit gesteigert.

»Sie hält es für ausgeschlossen, daß Sie ihr verzeihen«, das war so laut in mein Ohr geraunt, daß eine Anwaltsblondine mit frei fallender Mähne und schillerhafter Adlernase sich verwundert umdrehte und mir einen spöttischen Blick zuwarf. Solche Sachen in diesem Rahmen zu besprechen war von einer Unprofessionalität, die das Kindliche streifte. Ich genierte mich überhaupt nicht. Am liebsten hätte ich jetzt mit lauter Stimme »Winnie« in den Saal gerufen. Ich schämte mich nur vor Doktor Glück, dem im Grunde nie ganz für voll Genommenen, im Umgang mit Frauen hoffnungslos Untauglichen. Und jetzt war er der einzige, der dem Bedürfnis nach einer generösen, schutzspendenden Männlichkeit gerecht geworden war. An ihn hatte Winnie sich anlehnen können, ohne daß ihr dafür eine Rechnung präsentiert wurde.

»Sie ist immer noch wie erstarrt« – Glück war gleichfalls unbeeindruckt von dem befremdenden Blick der Adlernase, »sie ist unzugänglich, verbirgt sich hinter ihrer souveränen Fassade«. Er habe sie heute mitgenommen, um sie zum Umgang mit fremden Leuten zu verführen. Er habe beobachtet, wie ernsthaft und gewandt sie sich einer solchen Aufgabe widme, das lenke sie womöglich etwas ab.

»Sie ist bis ins Herz getroffen, das war zuviel.«

Wußte er von der Narbe unter dem schwarzen Körperstrumpf? Glücks Züge sahen zerfallener aus denn je, der Kieshaufen rutschte immer weiter auseinander.

Die Rede auf den Achtzigjährigen wurde mit gedämpftem

Händeklatschen belohnt, es war, als steige ein Taubenschwarm geräuschvoll flügelschlagend in die Lüfte und verteile sich dort. So zügellos huldigend die Ansprache gewesen war, es blieb nicht die letzte. Eine weitere körperlose Stimme hob sich aus dem Schwarz der Menge. Man schien sich an der Rücksichtslosigkeit nicht zu stören, stehenden Menschen längere Reden zu halten, wo doch eine Rede schon im Sitzen kaum zu ertragen ist. Der asketische Achtzigjährige, der an seinem Körper nichts zu tragen hatte, bekam aber offenbar nicht genug davon, und Winnie war so federleicht wie ein Kind und hatte gleichfalls an sich selbst keine Last, es waren die bösen erwachsenen Männer, die ihr eine solche aufluden.

Wo war sie? Der indianische Kellner stand neben der Flügeltür, als bewache er sie. Ich war plötzlich davon überzeugt, daß dieser Luis oder Pedro oder Juan die ganze Zeit genau wußte, wo sie sich aufhielt, auch ohne sie zu sehen, wie ein Physiker vielleicht, der die Reise eines Stückchens Holz in einem Wasserstrudel zu berechnen imstande ist.

Und dann sah ich sie wieder, allein am Rand der Menge, dem Anschein nach aufmerksam den Worten der Rede lauschend, die auf englisch gehalten wurde. Es sprach ein amerikanischer Kollege, und Winnie hatte eine konzentrierte Miene und eine gesammelte Spannung, als dürfe sie sich keines der goldenen Worte entgehen lassen – der Amerikaner sprach etwas witziger als der Deutsche, in konventionellem amerikanischen Redner-Humor –, sie lächelte aber kein einziges Mal. Sie fand die Späße weder komisch noch unkomisch, sie nahm sie vielleicht überhaupt nicht als Späße wahr. Ironie lag ihr nicht. Sie verstand sie nie. Sie war einfach zu rein und geradlinig. Aber bei irgendeiner Bemerkung – welcher nur? – riß offenbar ihre Aufmerksamkeit. Etwas anderes schoß ihr wohl durch den Kopf – wie unendlich rührend sah das aus, ihr Gesicht war so offen, es war unfähig, eine ihrer Seelenregungen zu verbergen –, und nun wandte sie den Kopf – bis jetzt hatte ich nur ihr Profil gesehen – und drehte ihn in meine Richtung – spürte sie, daß ich dort stand? Hatte mein Starren ein Band zwischen uns entstehen lassen, an dem ich sie zu mir zog? Gern möchte ich mir das so vorstellen, allzugern möchte ich glauben, daß ich in diesem Augenblick – kein Moment trug den Namen Augenblick mit größerer Berechtigung! – einen Magnetismus auf sie ausübte, der so stark wie ein Anruf war, ja, stärker noch, denn der Befehl, den Kopf mir zuzuwenden, den hatte sie nicht mit den Trommelfellen, den hatte sie in ihrem Innern vernommen.

Sie sah in meine Richtung, zunächst zerstreut die Menge musternd, ohne die Erwartung, dort jemanden Bekanntes zu entdecken – der Befehl in ihrem Innern war noch nicht ins Bewußtsein gedrungen. Dann fielen ihre Augen in meine Augen und sanken dort tief ein. Ich meinte, ein Eindringen zu spüren, und sie erkannte mich, das will ich beschwören. Da ist kein Zweifel erlaubt, wenn auch ihr Blick gleich darauf starrer wurde und sie von ihrem Besuch bei mir wieder in sich zurückkehrte, höchstens sekundenlang, mir aber deutlichst gegenwärtig, dann ihre Augen wie in tiefem Schmerz zum Himmel wandte, ganz kurz glich sie einer in Reuegedanken verstrickten Magdalena von Guido Reni, aber dann kam ein Augenverdrehen, als wollte sie eine Fratze schneiden, ihr Kopf sank auf die Seite, das hatte auch etwas Tänzerisches, fähig war sie zu Situationskomik, wie ich sie selten bei Frauen beobachtet habe. Und dann war sie auch schon verschwunden, weggesackt, untergetaucht.

Um sie herum entstand eine leicht scharrende Unruhe, eine Bewegung zu Boden blickender Köpfe, aber da war die weiße Jacke des indianischen Kellners schon zwischen das Schwarz gefahren. Es raschelte teppichgedämpft. Der Redner sprach launig weiter, in seine Regionen war von diesem Minimalgepolter nichts gedrungen, es erregte weniger Aufmerksamkeit, als wenn Regentropfen an die hohen Tudor-Fenster geschlagen wären.

Nur mich hielt nichts mehr auf meinem Platz. Ich wand mich zwischen den Leuten hindurch, die eben gerade herzlich auflachten; dem Redner war ein selbstironischer kollektivverträglicher Scherz gelungen.

Ein großer Paravent, mit Rokoko-Motiven bespannt, schirmte eine Ecke des Salons ab, dahinter wurden die Tabletts bestückt. Dort lag Winnie auf dem Boden. Ihr enges Kleid war hochgerutscht. Ihre Beine in schwarzen Strümpfen mit sehr breitem Rand, darüber die weiße Haut trotz ihrer Schlankheit ein wenig hervorquellend, lagen wie verdrehte Puppenbeine, man könnte geradezu sagen: neben ihr. Sie war weiß wie Kerzenwachs. Ihre Augen waren geöffnet, aber sie sahen nichts. Der indianische Kellner kniete neben ihr, seine durchfurchten braunen Wangen waren ein Bild unzerstörbaren Lebens. Er hielt ihre kleine Hand, diese Finger, die ich so schmetterlingshaft schnell über die Tastatur ihres Rechners hatte gleiten sehen, sie kaum berührend, nur geistige Signale aussendend von den opal schimmernden Fingerkuppen. Aber jetzt kam nichts mehr aus den Fingern hervor, kein Zeichen, kein Druck. Sie waren von einer Schlaffheit, die dem beseelten Körper unmöglich ist, von einer anderen Kälte, ausdruckslos, und auch nicht mehr leicht.

Als der Kellner ihr die Hand sanft auf die Brust zu legen suchte, rutschte sie ab wie etwas Weggeworfenes. Andere Menschen traten hinzu. Man sprach nur flüsternd. Ein Mann schob den Kellner beiseite. Der Arzt des Hotels war zufällig gerade im Haus, und so wurde Winnies Tod nur wenige Minuten nach seinem Eintreten schon fachmännisch bestätigt. Immer noch nicht kann ich begreifen, wie ich zu der einzigen Geste fähig war, die mir die Erinnerung an dieses Stehen hinter dem Paravent nicht gänzlich unerträglich macht. Ich zog das weiße Taschentuch aus meiner Brusttasche, beugte mich über Winnies schrecklichen Glasaugenblick und breitete es über ihr Gesicht.

Hinter mir war ein würdiges, elegantes altes Ehepaar hinzugetreten: der Achtzigjährige und seine von bombenfester Silberhaarhaube überwölbte Gemahlin.

»Wer ist das?« fragte der Jubilar.

»Irgendwer Mitgebrachtes offenbar«, antwortete seine Frau. Jenseits des Paravents brodelte die Unterhaltung, die nun durch Reden nicht mehr behindert wurde. In seinem Schutz fand eine kleine Konferenz statt. Auch der Hoteldirektor war zur Stelle und zwei jüngere Männer, die den Alten duzten, Söhne offenbar. Tot, tot, tot – dies unüberbietbare Wort, auch im Flüstern noch schaurig genug. Was tun?

»Ich habe den ganzen Tag an der Tischordnung gearbeitet«, sagte die Gemahlin. Diskretion, das wichtigste war jetzt Diskretion, das kam vom Jubilar. Damit war auch schon die Entscheidung getroffen. Entscheidungsstark war er immer gewesen, bis hin zum Dezisionismus, wie Kollegen ihm nachsagten, die länger zum Abwägen brauchten. Und war Diskretion nicht die höchste Stufe der Humanität? Bestand das Wesen der Humanität nicht vor allem und im tiefsten in Diskretion? Diese wundervolle Schonung der Gefühle der Mitmenschen, der Liebe sehr nah verwandt und mitunter ihr schönster Ausdruck. Die junge Dame hier war unabänderlich …

»Sie wird nicht lebendig, wenn wir das Essen absagen.« Die Gemahlin war im Besitz eines unbestechlichen Scharfsinns. Sie trug ein Collier aus sehr großen, unergründlich schimmernden, grotesk geformten Perlen – ich nahm das aus meiner Entrücktheit genau wie mit einem Feldstecher wahr, ich hätte jede einzelne Perle wie beim Bleigießen charakterisieren können –, erstaunlich, wie die sinnliche Aufnahmefähigkeit wächst, wenn man aufhört zu denken. Zur Diskretion gehörte jetzt vor allem, die Festgesellschaft möglichst schnell in den benachbarten Speisesaal zu manövrieren, an den ausgebreiteten Flügeln des Paravents vorbei, der Winnies Leichnam beschirmte. Der rüstige Octogénaire sorgte selbst dafür mit seiner geborstenen, aber immer noch kräftigen Stimme, während die Gemahlin die Wacht hinter dem Paravent hielt, den weiten taftseidenen Rock des Abendkleides als zweiten Paravent vor Winnie ausbreitend. Jedem, der neugierig hinter den Wandschirm geguckt hätte, wäre der kleine auf dem Boden liegende Körper verborgen geblieben.

An der stillen Toteninsel strömte der aufgekratzt plaudernde Strom der Gäste vorüber. Keiner faßte Verdacht, keiner stockte, auch Doktor Glück nicht, der an einen weit entfernten Tisch gesetzt war, die Menge zwar unsicher nach Winnie absuchte, dann aber gehorsam zu seinem Platz ging. Als letzte, wie es sich bei routinierten Gastgebern gehörte, betrat die Gemahlin mütterlich-majestätisch um sich blickend den Speisesaal. Sie war sicher, daß keiner der Gäste gesehen hatte, was er nicht sehen sollte. Auch in meiner Benommenheit konnte ich nicht anders, als das eingespielte Zusammenwirken des Ehepaares zu bewundern. Mit welcher Feinheit hatten sie sich gegenseitig über die Hürde geholfen, den Tod ihres jüngsten Gastes zu einem Hindernis für den Ablauf des Abends werden zu lassen. Dieser kleine innere Kampf zwischen dem Respekt vor dem Tod und dem heftigen Wunsch, das Programm des Abends nicht zu gefährden – wie geschickt hatten sie ihn zu jenem Ende geführt, das sie beide wünschten. Die Gemahlin, soviel lernte ich jetzt, war in den Reden keineswegs nur höflichkeitshalber für ihr Verdienst an der Karriere ihres Mannes gepriesen worden. Sie war seiner wert. Und ich war wert, ihr Gast zu sein.

Wie eine Säule stand der indianische Kellner zu Häupten der Toten, die Hände auf dem Rücken, breitbeinig, ein Soldat, seine Miene war verschlossen. Er erwiderte keinen Blick, ich aber fiel von Winnie ab. Der Taftrock rauschte, und ich tappte hinter ihm her. Warum bin ich nicht sofort gegangen? Erst an der Flügeltür erzwang die Hausfrau, daß ich als erster eintrat – »Ich verlasse mich auf Ihre Diskretion«, das war aber bereits so strahlend gesagt, daß die Beobachter der kleinen Szene glauben mußten, ich hätte der Dame ein Kompliment gemacht.

Sie schritt ihrem Tisch gelassen entgegen – das war die große Tafel in der Mitte des Saales, darüber ein Kronleuchter in der Größe eines Konzertflügels –, als sei sie in Gedanken nur mit dem Erreichen dieses Ziels beschäftigt, aber als sie an einem runden Tisch am Rand vorbeikam, hielt sie kurz inne, ließ ihren Blick schweifen und nahm dann, wie ein Raubvogel auf ein Gedeck herabstoßend, mit sicherem Blick ein Tischkärtchen weg.

Die hinter der Hausfrau eilenden Kellner entfernten das Gedeck und rückten die Nachbargedecke ein wenig auseinander, der Stuhl verschwand. Da war es, als habe sich ein kleiner Erd-Spalt geöffnet, habe Winnie verschluckt und sich sofort wieder geschlossen. Winnie war nicht einfach nur tot, es gab sie nicht mehr. Spurlos war sie über die Erde geschritten.

Ich weiß, daß ich für mein Verhalten von niemandem das geringste Verständnis erwarten darf. Ein Vieh wäre bewegter gewesen; hatte ich nicht soeben noch gewagt, Liebesgedanken mit ihr zu verbinden, eine durch Reue neu belebte Verliebtheit zu empfinden? Aber ich war in einen Zustand der Lähmung wie in einem bösen Fiebertraum geraten, in dem man immerfort etwas ganz Einfaches tun möchte, daran aber von winzigen und zugleich unüberwindlichen Hindernissen abgehalten wird. Und statt dessen nahm ich wahr, nahm ich überdeutlich wahr, was sich da vor das Richtige und Notwendige mit schwätzender Gewaltsamkeit schob. Mir war, als sei ich taub, hörte die Stimme, die mit mir sprach, aber laut in meinem Kopf, als stelle mein Hirn sie selber her.

Ich war neben eine mittelalterliche Dame mit großer Mähne plaziert. Sie war Reiterin, wie ich nach den ersten Worten erfuhr, eine herbe Person von sportlicher Hübschheit, ausnahmsweise keine Anwältin, sondern die Ehefrau eines Anwalts, die ihrerseits aber nicht müßig war und sich die Zeit in der Reithalle mit List organisieren mußte – »und das geht«, sagte sie mit der Miene wilder Überzeugtheit, wer klage, keine Zeit zu haben, der sei einfach nur schlecht organisiert. Organisation sei nichts anderes, als Prioritäten zu setzen: »Ich habe gelernt, Prioritäten zu setzen«, sagte sie, in ihr Bekennertum schlich sich nun das Lächeln listiger Überlegenheit. Sie besaß den Trick, der ihr jeden Vorsprung verschaffte: Prioritäten setzen. Auch die Stute freute sich darüber, denn sie war selbst eine Priorität, auf die die Reiterin sich in ihren maßgeschneiderten Jodhpurs setzte, aber freilich nicht die einzige. Eine andere Priorität war der Spaß.

»Meine Philosophie ist, daß Geldverdienen Spaß machen muß«, sagte die Reiterin. Ein Kellner näherte sich mit dem Vorspeisenteller, einer Fischpastete. »Ohne Knoblauch und ohne Zwiebel«, sagte die Reiterdame streng, der Kellner kam aus Afghanistan, von eindrucksvoller Männlichkeit, nur um die deutschen Vokabeln stand es schlecht. Er zögerte, dann nahm er den Teller wieder weg. Sie wandte sich mir mit sichtlicher Zufriedenheit zu.

»Ich lasse mich nicht betuppen«, unversehens klang ihre Sprache rheinisch. Man konnte sich vorstellen, daß sie eine lange Speisenfolge Gang für Gang zurückgehen lassen würde und zum Schluß hochzufrieden vom Tisch aufstand, gesättigt durch die erfolgreiche Betätigung ihres Scharfsinns. Sie trug einen kostbaren indischen Schal mit einer feinen komplizierten Stickerei.

»Was meinen Sie, was so was in Indien kostet?«

Zuckte ich wenigstens die Achseln? Viele feine Fingerchen hatten mit Engelsgeduld dies Muster gestickt – ich sah unwillkürlich Winnies kühle Finger mit Nadel und Faden beschäftigt vor mir, einen Knopf annähend, das Fädchen mit den Lippen anfeuchtend, es mühelos durchs Nadelöhr führend. Ihre Augen waren scharf, obwohl sie nichts sonst so präzis erfaßten, nur eben dies Fädchen.

Die Reiterin war enttäuscht. Sie wollte mich verblüffen, ich sollte den Schal zu billig oder zu teuer schätzen. Zweitausend Mark habe dieser Schal in Delhi gekostet, sagte sie etwas lustlos, schon beinahe gereizt durch meine Stummheit, aber in Dubai habe sie denselben Schal – »denselben Schal, absolut denselben Schal« – für neuntausendfünfhundert Dollars gesehen, und in Paris kenne sie ein Geschäft – »Dort würde ich nie etwas kaufen, nie!« –, wo »derselbe Schal« – ja, war es denn zu fassen? – vierzehntausend koste. Ein Irrsinn, aber wert sei er es im Grunde schon. Ausgesuchten Kundinnen gebe sie einen gewissen Teil ihres vorteilhaften Einkaufspreises weiter. Sie verschenke die Schals nicht, das nicht, aber sie garantiere für faire Preise – »Meine Kundinnen honorieren Fairness – meine Philosophie ist, daß du immer nur zurückkriegst, was du gibst.«

Wahrhaftigen Gottes – Winnies Worte, in ihrer rührenden, nie verstimmenden Altklugheit aus irgendeinem Abreißkalender nachgebetet, aus ihrem Mund aber unversehens weise, ja geradezu jesushaft wirkend. Es waren nicht die Worte, die in endgültiger Wahrheit leuchteten, es kam darauf an, welcher Mund sie aussprach.

Ich schaute die Frau mit leerem Blick an. Ich war ihr so fern, wie ich mich hinter dem Paravent von mir selbst entfernt hatte. Meine Geistesgegenwart war aus mir herausgeronnen wie aus einem rostigen Eimer, das war nicht aufzuhalten. Hier saßen wir und aßen; ich jedenfalls schob mir Bissen in den Mund, ohne zu schmecken, was ich zu mir nahm. Die faire Schalverkäuferin blieb sieghaft bei der Ablehnung knoblauchverdächtiger und damit der meisten Gerichte, und ich lauschte ihren Lebens- und Geschäftsgrundsätzen, und zugleich war Winnie immer noch tot, unbegreiflich tot, ausradiert, zermahlen von Mühlsteinen, die auch ich angetrieben hatte.

Es war mir jetzt plötzlich sehr wichtig, der fairen Reiterin, der Schalpreisvergleicherin und Siegerin des Lebens genau zuzuhören aus meiner Ferne: Dies alles wurde gedacht und gesagt, während Winnie tot war. Die Stunden, die nach ihrem Tod verstrichen, wurden mit solchen Reden angefüllt. Die solchermaßen ausgefüllte Zeit war eine Zeit, an der Winnie keinen Anteil mehr hatte.

Als die Gesellschaft sich auflöste, wurde meine Tischdame von einem nicht minder sportlich gebräunten Ehemann abgeholt, der mich mit Nachdruck begrüßte und erwartungsvoll ansah. Ich sagte gar nichts und stellte mich nicht einmal vor. Stand ich überhaupt auf? Mir ist, als sei ich wie ein Sack im Sessel hängengeblieben. Im Weggehen hörte ich die Frau noch sagen: »Du hast mir doch gesagt, der Mann macht Ausstellungen, der Mann ist interessant, der Mann kriegt Geld von euch … Ich kann dir sagen: Der Kerl ist eine stinklangweilige Null!«

Einunddreißigstes Kapitel

Die Welt schwankt wie eine Hängematte

Vielleicht liegt der eigentliche Gewinn des Älterwerdens darin, daß frühe Erinnerungsbilder in der Rückschau erst an ihren richtigen Platz rücken. Ihre Bedeutung wird ihnen Jahrzehnte später nachgeliefert. Was ich auf meiner Indien-Reise nach dem Abitur erlebt habe – Indien-Reisen mußten damals sein –, jetzt, nach Winnies Tod und Beate Colisées Sturz in die Dämmerung, glaubte ich es erst wirklich zu verstehen.

Wenn es stimmt, was die Inder zu wissen meinen, daß Gott die Welt ist und die Welt Gott, dann habe ich Ihn schon einmal gesehen, lange sogar, mehr als anderthalb Stunden, in großer Hitze, in Abendstimmung, rosigem, die Luft mit Verheißung anfüllendem Schein. Ein indisches Morgen- und Abendrot taucht den Tag jedesmal in den Zustand einer Erwartung des Außerordentlichen, und wenn die beißend helle Sonne diese Erwartung auch immer wieder enttäuscht, der Lichtzauber ist stärker. Er bringt die Erwartung zurück: auf etwas Riesengroß-Neues, daß die Welt sich spalte und in Wehen ächze und eine zweite Welt aus sich hervorpresse, weniger kann es gar nicht sein, und so war ich denn richtig eingestimmt auf den Auftritt der Göttin, des Gottes, der Welt als Person.

Das sandige Gelände am Rand einer größeren Stadt Südindiens, wo die Zersiedelung in Öde überging, die bäuerliche Nutzung schon aufgegeben war und die Spekulanten mit dem Abstecken der Grundstücke begannen, war nun rosa übergossen, die Farben übersetzten sich für mich in einen saugenden Orgelakkord, als werde eine Ziehharmonika sachte immer weiter auseinandergezogen und bringe nie endende Feinstdissonanzen hervor. Götterstatuen aus grell bemaltem Beton waren ins freie Feld gestellt, ein niedriges Mäuerchen umgab das Geviert des zukünftigen Tempels. Die niemals in das Korsett einer Orthodoxie gegossene Religion gebar überfruchtbar immer neue Heiligtümer, neue Gottesepiphanien. Nahe den Müllhalden war heiliges Land entdeckt geworden, und die blau- und weißhäutigen Göttergiganten hatten es sogleich besetzt.

Aber der Menschenhaufen war von den übergroßen Götterbildern abgewandt und auf ein bewegenderes Bild gerichtet. Die bunten Betongötter hatten Äquivalente aus Fleisch und Blut. Um einen mit glitzerndem Stanniol verkleideten Thron stand ein prunkvoll kostümierter Hofstaat. Dick geschminkte junge Männer, als Frauen göttlicher Herkunft maskiert, als dämonische geflügelte Wächter, als blauhäutige kettengeschmückte Götterknaben gekleidet und schamanisch-phantastisch frisiert, hatten die im Kontrast zur Schminke trüb und unrein wirkenden Augen auf den Thron gerichtet. Dort saß ein als Kali, die schreckenerregende Göttin, die verschlingende und lebenspendende große Mutter, gekleideter Mensch. Mann oder Frau? Wahrscheinlich doch Mann, denn es war ein Riese, ein fetter, mit hängenden Brüsten und mächtigen Schenkeln in den Thron gedrückter unförmiger Riesensäugling. Auf dem Kopf trug er die hohe Götterkrone aus Stanniol, um den Hals ein brustpanzerartiges Collier, gleichfalls aus knittrigem Stanniol. Sein Gesicht war rot geschminkt mit hohen fetten Backen. Die Lippen formten einen Fischmund, aus dem der Speichel blasig blubberte. Die ganze Schauspielerschar mit mager-muskulösen Kinderkörpern, in ihrer Geschminktheit zugerichtet wie zu einem satyriconhaften Fest, gehörte dem Menschengeschlecht an, aber die Göttin eindeutig nicht. Sie war zu groß. Sie überragte alle. Ihre Schenkel waren so dick wie der ganze Körper eines der jungen sie umstehenden Männer mit ihren Perücken und Diademen. Sie schwankte in ihrem Thron, einem hohen Friseursessel, der unter der Goldpapierdekoration hervorsah. Es gelang ihr kaum, die Augen offenzuhalten, obwohl sie es versuchte. Sie murmelte vor sich hin. Sie warf den hochgekrönten Kopf hin und her wie in tiefem Traum auf dem Kopfkissen. Die Wächter mit Schnurrbärten und Flügeln paradierten vor ihr mit Schwertern und Spießen. Sie alle hier waren Diener der Gottheit, blickten aber zugleich auch auf sie wie auf einen dicken Haufen Unglück, auf einen gestrandeten Walfisch, einen verendenden Elephanten, der sich nicht mehr erheben, mit einem ungezielten Tritt aber immer noch verwunden kann.

Ein Trommelwirbel ertönte. Vier Männer traten der Göttin zur Seite und wuchteten sie aus dem Thron auf die mächtigen, aber unsicheren, zunächst einknickenden Beine. Sie war einen ganzen Kopf größer als die Menschenschar, die sie schwarmartig umwogte und ihr Schreiten begleitete. Wie ein verhafteter, von der Polizei vorgeführter Verbrecher wurde die Göttin geführt. Jetzt waren es sechs, jetzt waren es acht kleine Männer, die sie stützten und an ihr zerrten, die sie vorm Umfallen bewahrten und die sie voranstießen. Die Göttin stützte sich auf sie und suchte ihnen gleichzeitig zu entkommen. Sie ließ sich in ihre Arme fallen und drängte zugleich voran. Mir war, als gleiche sie einem zum Tode Verurteilten, der dem Richtplatz entgegeneilt, weil dies der letzte Ort ist, wo er seinen Mördern entkommen wird.

Sie war nicht Herr ihrer Bewegungen, aber auch nicht ihrer Stimmungen. Unversehens reizte sie etwas zum Zorn. Es kochte in ihr auf, und sie machte Anstalten, sich auf einen ihrer Wächter zu stürzen. Dann entstand ein Tumult, man schlug sie gar und riß sie vom Gegenstand ihrer Angriffslust weg. Und schon fielen ihr wieder die Augen zu. Zugleich wölbten sich die Lippen vor, als steige eine Übelkeit in ihr auf, es sah aus, als werde sie sich erbrechen, sie würgte. Der Speichel rann aus den Mundwinkeln über das rotgeschwollene, rotbeschmierte Gesicht. Dann versuchte sie den Rhythmus des ohrenbetäubenden Trommelns zu halten. Sie ging ein paar Schritte im Takt, ihre Miene entspannte sich, das war geradezu ein Lächeln, eine Freude darüber, aus dem Nebel aufgetaucht zu sein und die Rauschdecke durchstoßen zu haben: Seht ihr, es geht doch. Ich kann, was ihr wollt. Ich tanze – tatsächlich hatten ihre Bewegungen jetzt etwas Tanzbärenhaftes, eine rührende Unbeholfenheit, die einer Erwartung genügen wollte, aber das waren nur kurze Augenblicke. Dann trat wieder der Schwindel in ihr Hirn, die Göttin verdrehte die Augen, warf den Kopf zurück, und als sie sich nach hinten umfallen ließ, mußte eine noch größere Schar kleiner Männer sie aufrecht halten wie einen umknickenden Mast.

In seiner Ohnmacht aber blieb dieser bis zur Besinnungslosigkeit unter schwerste Rauschmittel gesetzte, in groteske Fülle gewachsene Eunuch in seinem sakral-monarchischen Flitter ein Gott. Ehrfurcht und Schrecken umgab ihn, in seiner benommenen Willenlosigkeit wurde er angebetet. Hände reckten sich zu ihm. Frauen riefen ihm mit gellenden Stimmen Flehendes ins Ohr, hielten ihm ihre Kinder entgegen und folgten der stockenden, in Trommeltosen sich vorantastenden Prozession, in der der Gott sich den Menschen offenbarte: der unbewußte, in seine Träume abgestürzte Gott in prunkvoller Willenlosigkeit. Läßt sich die absolute Macht, die alles vermögende, alles bewirkende, alles zerstörende, alles aufhebende, von absoluter Ohnmacht in ihrem Nichtsvermögen und Nichtsbewirken überhaupt unterscheiden? Läßt sich göttliche Allmacht überhaupt schlagender ins Menschenbild übersetzen als in eines der Ohnmacht? Nahm die Menschheitsgeschichte einen anderen Weg als dieser taumelnde Gott?

Eine unerhörte Erregung ging von seiner Erscheinung aus. Die Menschen, die zugeschaut hatten, als er geschminkt und wie ein Weihnachtsbaum geputzt worden war, folgten ihm in wilder Ergriffenheit. Es war, als hätte Isaias vor zweitausendfünfhundert Jahren genau einen solchen düsteren Kali-Karneval beschrieben – Kali Dea Natura: »Die Erde zerbirst, zerkracht, die Erde zerreißt, zerklafft… Die Erde schwankt hin, wankt her… Wie ein Trunkener taumelt die Erde… Wie eine Hängematte schwankt sie hin und her… Sie fällt hin und erhebt sich nicht wieder…«

Sich von diesem kaum erträglichen, für mich längst unerträglichen Anblick zu entfernen, war wie ein Heraustreten aus der Wirklichkeit. Es wurde bläulich, das Rosa war zum Horizont herabgesunken. Was war der Unterschied zwischen der Verehrung einer Gottheit und dem Unfug, der mit einem armen dummen Vieh, einem verkrüppelten Koloß grausam getrieben wurde? Aber daß ich das gesehen hatte, um es nicht zu vergessen und um zu erkennen, auf welchem Planeten ich lebte, davon war ich bei meiner Fahrt ins Nachtdunkel hinein überzeugt, während das Trommeln immer schwächer wurde.

Zweiunddreißigstes Kapitel

Im Schatten der Blutbuche

In den Wochen vor Rotzoffs großem Fest regnete es anhaltend, wie es nur in einem deutschen Sommer regnen kann. Dann strahlten im Sonnenuntergangslicht die Parkwiesen; abends pausierte der Regen meistens, als habe er sich erschöpft. Nachts ging es aber wieder los, das Tropfen und Blätterrauschen begleitete mich in den Schlaf, ein Smaragdgrün entstand, das an England und das Salzkammergut erinnerte. Die Böden waren freilich mit Wasser vollgesogen, daß es bei jedem Schritt auf ihnen quatschte. Nasse Parkwiesen – vor allem dachte ich an Doktor Glücks große Wiese, das grüne Rondell hinter seinem Haus, von Riesenbäumen umstanden. Es war längst klar, daß sich hier der größte Teil der Gäste würde aufhalten müssen, denn es war völlig außer Kontrolle geraten, mit welcher Zahl man rechnen durfte. Rotzoff hielt es lange für klug, zu verschweigen, daß er Billets hatte nachdrucken lassen; wozu sollte er sich Merzingers und Glücks Protest anhören? Reichte es nicht, die Herren kurz vor dem Ereignis mit der Wahrheit zu konfrontieren, wenn es nur noch galt, des Ansturms irgendwie Herr zu werden?

Merzinger hatte freilich Ahnungen. Immer wieder hörte er Leute sagen, daß sie kommen wollten. Er kannte Rotzoff zur Genüge, um die Versuchung, die im Verkaufen und im Einsammeln von Bargeld lag, richtig einzuschätzen. Hinzu kam, daß die Agentin Markies sich tatsächlich des Festes angenommen hatte, ganz ohne Rotzoffs Dazutun. Er harmonierte nicht mit Inge Markies, gelinde gesagt, noch aus seinen guten Zeiten. Man hatte miteinander zu tun gehabt und verabscheute sich gründlich, Markies mit ironischer Verachtung, Rotzoff mit wilden Gerüchten: Die Agentur Markies sei eine Geldwaschanlage, in ukrainischen Mädchenhandel verstrickt, Inge Markies habe sogar schon einmal gesessen. Aber als Frau Markies – noch von Winnie, Winnie wirkte über ihr schmales Grab hinaus – erfuhr, daß dies Fest in Doktor Glücks Garten steigen sollte, wurde sie aufmerksam. Sie betrachtete Doktor Glück nicht aus dem Winkel des Merzinger-Ecktischs heraus; sie war über seine Karriere bestens orientiert und wußte von seinem Aufstieg in die erste Reihe – direkt unter der allerersten –; er galt in seinen Kreisen als uncharismatischer Technokrat, absolut zuverlässig, mit untrüglicher Nase für unmittelbar bevorstehende Entwicklungen. Manchmal sah es riskant aus, was er machte, war es aber nie, denn er durfte sich auf seine Eingebungen verlassen. Seine Einsamkeit machte ihn geheimnisvoll. Wenn er gewollt hätte, wäre er zum Börsen-Guru der nachwachsenden Generation geworden, aber er machte aus sich zuwenig, so die Analytiker seines doch schon beachtlichen Erfolgs.

In der Agentur Markies – das heißt im Busen von Inge Markies – wurde unbestellt schon darüber nachgedacht, wie einem Mann wie Doktor Glück auf die Sprünge geholfen werden könne: Teure Liebhabereien, Polo und Tiefseefischen würden nicht recht in Frage kommen, am wichtigsten war hier wohl die richtige Frau. Um Himmels willen kein Mäuschen, dazu wäre Glück vermutlich imstande, sondern, wie Markies sich selbst darlegte, ein »High-Maintenance-Wife«. Mit solch einer Person an seiner Seite konnte sich ein Mann jede Blässe leisten, solche Unterschiede machten ein phantasieanregendes Paar erst aus. Es hatte eine blockierende Wirkung, wenn der Betrachter nicht wußte, wer von Mann und Frau der Strahlendere, Schönere und Elegantere war, das entsprach naiver

Film-Ästhetik, in der Sphäre der Macht galten andere Gesetze. Frau Markies empfand Doktor Glück als formbares Rohmaterial. Sie hatte da gewisse Marzipanriegel vor Augen, aus denen Konditoren bunte Dekorationsfrüchte kneteten, auch sie selbst fühlte sich mit ihren vollen Mandel-Vanille-Düften dem Marzipan urverwandt. Es gelang ihr, zu ihm vorzudringen, ohne sich mit den Herren Rotzoff und Merzinger weiter abzugeben. Das war nicht so leicht, wie man vermuten würde, wenn man an Glücks bescheidene und unterwürfige Rolle an Merzingers Ecktisch dachte. Assistenten und Chefsekretärinnen und Vize-Direktoren schirmten ihn ab und wachten über seine Zeit, aber schließlich saß sie vor ihm und sprach über »sein Fest«, zu dem beizutragen sie gebeten worden sei.

»Mein Fest?« Doktor Glück tat äußerst verwundert – nein nein, mit ihm habe das nicht das geringste zu tun, er stelle nur die Örtlichkeit zur Verfügung, liebe Freunde hätten sich das ausgedacht, denen er gern behilflich sei. Die sachliche Kühle, mit der er sie empfangen hatte, in seinem großen, ganz von Glaswänden umgebenen Büro – an einer einzigen edelholzvertäfelten Wand explodierte still ein frühes Kandinsky-Aquarell, das er noch nie betrachtet hatte –, wäre am Ecktisch bei Merzinger gleichfalls unbekannt gewesen. Wenn er dort eintraf, war sein Eis bereits geschmolzen. Eine von jedem Hauch bewegbare Wäßrigkeit lag dann über seinen Zügen, die sich bald zu schüchterner Freundlichkeit entwickelten. Die Erinnerungen an die originellen und loyalen Freundschaften, die am Ecktisch blühten, erwärmten ihn. Frau Markies hatte eine hohe Barriere zu überwinden, um Doktor Glück klarzumachen, daß in ganz Frankfurt, ja weit darüber hinaus, in Deutschland, in Europa jedermann ein Fest, das im Hause Glück stattfinde, ausschließlich Herrn Doktor Glück zurechne – kein Mensch kenne einen Rotzoff –, sie hütete sich, von dem offensichtlichen Favoriten in der Gunst des Doktor Glück allzu verächtlich zu sprechen – überall wisse man, wer Doktor Glück sei, und nun gelte es, noch rechtzeitig die Weichen zu stellen, denn sie habe den Eindruck, daß Rotzoff, seinen zahlreichen Gaben zum Trotz, kein Organisationstalent besitze.

Wäre Rotzoff von diesem Gespräch unterrichtet gewesen, das Staunen über seinen Stern hätte ihn überwältigen müssen. Hätte er eine höhere Instanz über sich erkannt, er wäre dankbar vor ihr in die Knie gesunken. Er hatte längst aufgegeben, sich weiter um sein Fest zu kümmern. Da war eine Lawine losgetreten, um die mochte sich sorgen, wer wollte. Merzinger war schließlich auch noch da, berufsmäßig mit der Bewirtung großer Menschenmengen vertraut, Glück troff das Geld aus Nase und Ohren, und apropos Geld: Das von Rotzoff Eingenommene war restlos verbraten, das schuf eine einfache, eine enorm übersichtliche Situation. Komplizierte Abrechnungen würde es nicht geben.

Wenn er auf das Fest angesprochen wurde, antwortete er sibyllinisch: »Es fügt sich«, und genau das war es, worauf er vertraute. Es waren jetzt solche Menschenscharen aufgescheucht, daß auch ein Desaster letztlich noch als Erfolg würde verbucht werden können, wie der große Salzmarsch des Mahatma Gandhi denselben zwar ins Gefängnis, die indische Freiheitsbewegung aber ins ewige Reich der Legende überführt hatte. Eine unangenehme Sitzung mit Merzinger war allerdings nicht zu vermeiden gewesen, obwohl eine innere Stimme Rotzoff riet, das Aussprechen der Tatsachen werde das gesamte Unternehmen schwächen: Laufenlassen, abwarten, was geschah, wenn sich die festerwartende Masse vor dem Glückschen Gartentor staute, wenn die Absätze der Damen in dem moorigen Wiesengelände tief einsanken und wenn der ganze Gartendreck den puffigen rosa Teppichboden in der Wohnung endlich ruinierte. Warum alles zerreden? In Aktionismus verfallen? Ein paar Kisten Whisky, ein paar Fässer Bier, heiße Würstchen, von ihm aus – er aß so etwas nicht, hatte geradezu einen Ekel vor billiger Charcuterie, was da alles hineinkam! – damit wäre das Fest doch ins Laufen gebracht, was sollten da Kosten und Planung und der gesamte pseudoprofessionelle Blödsinn – Merzinger glaubte wohl, er wisse, was ein Fest sei, weil er mit seinen unterbezahlten Bangladeshis in der Küche sein Lokal, man wisse schon wie mäßig, über die Runden bekomme. Rotzoff verfügte über die weibliche Gabe, das Thema blitzschnell zu wechseln: Die Ratten in Merzingers Vorratskeller seien fett wie Meerschweinchen – er wisse schon, warum er hier nur noch trinke, was mit einem in seiner Gegenwart gezogenen Korken verpfropft gewesen sei! Dies war schon mit krakeeliger Schärfe ausgesprochen. Merzinger brütete krokodilshaft. Vor seinem inneren Auge malte sich die ganze Landschaft der von Rotzoff angerichteten Katastrophe. Ich halte Merzinger für einen hochintelligenten Menschen. Da war es wieder, sein geheimes Laster: zu genießen, betrogen zu werden – in einem kleinteuflischen Vergnügen, die arme Seele sich immer mehr verstricken zu sehen, bis sie sich schließlich selbst strangulierte.

»Ich ziehe mich aus der Sache zurück, wenn ich kein Geld sehe.« Das war nicht drohend gesprochen, sondern träumerisch räsonnierend, als ob er seinem Kellner sage, er möge die Stühle hereinholen, sollte es regnen.

»Das kannst du gar nicht«, Rotzoff blieb bei der groben Linie der Gesprächsführung.

»Er zappelt, er ist in die Enge getrieben«, dachte Merzinger das wirklich?

»Du stehst dick und fett auf den Billets.«

»Willst du wissen, was ich kann?« Merzinger hob die schweren Lider ein klein wenig. Seine Augenfarbe war hellgrau, aber jetzt hätten gelbe Augen zu seinen Worten gepaßt. »Nein, mein Lieber, das willst du nicht.«

Dort waren die beiden alten Kumpane angekommen, in einer Sackgasse. Hier heraus ging der Weg nur noch durch die Lüfte. Und genau da, zwei Tage später genaugenommen, geschah das Wunder – »Es fügte sich«, Rotzoff hatte wieder einmal recht behalten. Daß mit ihm nun gar nicht mehr weiter beraten wurde, nichts hätte ihm willkommener sein können. Die Markies nahm alles Weitere in ihre großen gepflegten Hände, von Doktor Glück mit weitreichenden Vollmachten ausgestattet.

Es war rührend zu sehen, mit welcher Behutsamkeit Glück diese Wendung der Dinge seinem Vertrauten Rotzoff nahebrachte. Ihm war es das wichtigste, den Erfinder des Festes keinesfalls zu kränken. Rotzoff lohnte ihm dieses Zartgefühl, indem er ihn nur mäßig ausschimpfte. Man sollte seine Attitüde eher ungnädig als beleidigt finden. Als erfahrener Public-Relations-Spezialist sei er natürlich nie glücklich, wenn ihm eine Idee weggenommen, wenn nicht geradezu geklaut werde – dies Fest sei samt Finanzierung im Grunde fix und fertig entwickelt gewesen. Glück steige da nun ein, übernehme die Chose, trage dann freilich auch die Verantwortung. Auf Merzingers erfahrenes Personal möge er da aber lieber weniger rechnen: Die Kellnerin Evi sei eine Freizeitprostituierte, der Kellner Kevin ihr Zuhälter, der von großzügigen Griffen in Merzingers Kasse lebe, Merzinger zu blöd, um etwas zu merken, wahrscheinlich auch krankhaft diesem Paar verfallen – wer wisse schon, was dahinterstecke. Registrieren werde das erst das Finanzamt.

Doktor Glück war froh, so billig davongekommen zu sein. Wenn er in einer Konferenz zerstreut war, brach seinen referierenden Untergebenen der Schweiß aus, wobei zur Ehre Glücks gesagt werden muß, daß er das nicht wahrnahm, aber Rotzoff erfüllte ihn mit Liebe und Ehrfurcht. Warum? Da mag man lange in Tiefen und Untiefen der Seele stochern. Warum liebte

Herr Orgon den Tartuffe? Warum liebte ich Winnie? Da fielen mir übrigens viele Antworten ein, immer mehr, seitdem sie tot war. Mir war, als hätte ich nie ein vollkommeneres Menschenkind gesehen – »Aber das nur nebenbei«, wie Wereschnikow gelegentlich nach wirklich gewichtigen Eröffnungen zu sagen pflegte.

Doktor Glück konnte sich auf eine Vasallin stützen, die ihm die Herrschaft in seinem eigenen Haus auch im Ansturm der fremden Gäste sichern würde. Frau Markies garantierte ihm »hochkarätiges Publikum« – in ihrer Jugend hätte man in Gegenwart von Bankgrößen solchen Jargon nicht benutzen dürfen, jetzt taten die es selber. Aber Ivana wurde in die Planung einbezogen. Glück entschied, daß Ivana ihn bevollmächtigt vor dem Personal Merzingers vertreten werde. Die Oberaufsicht lag bei Merzinger, aber die organisatorische Schaltstelle zwischen Merzinger und dem Haus Glück, das sei Ivana.

»Von mir aus«, sagte Rotzoff, »die bekommt eine Kiste Paprika und einen Tritt in den Hintern und ist glücklich.« Hier warb Glück ausnahmsweise einmal um mehr Respekt. Er litt oft darunter, daß sein Freund so häßlich über Frauen sprach, die für Glück ein Heiligtum darstellten, obwohl er akzeptierte, daß solch ein wilder, im Leben hartgeklopfter Mann wie Rotzoff das Recht hatte, schärfer und nackter auf die Welt zu blicken.

Ivana nahm den Auftrag an, als ihr gerade zwei feste Stellen gekündigt worden waren: Bei Frau Breegen, mit dem bewußten silbernen Handschlag, zur Beschwerde gab es eigentlich wenig Anlaß, und dennoch wurmte sie dieser Abschied – genau das richtige Wort für einen Groll, der in den Eingeweiden hockt und daran nagt –, und bei Frau Colisée, die nach dem Tod Winnies in ein Pflegeheim eingeliefert wurde. Von der Seniorenpension Angelika war keine Rede mehr. Es stellte sich auch heraus, daß Winnies Mutter schon seit sieben Jahren tot war, unter »ungeklärten Umständen« in Ecuador umgekommen. Es gab keine Verwandten sonst, Frau Colisée hatte kein Testament gemacht. Ihre Wohnung wurde aufgelöst, wie das so schön chemisch heißt, von ihrem Archiv und ihren tausend schönen Siebensachen war jedenfalls nach kurzem nichts mehr da. Sie war entmündigt und lebte in einem erinnerungslosen Jetzt, das ihr ständig in alle Richtungen entglitt. Ivana hatte sie noch einmal besucht, in der Hoffnung auf ein Abschiedsgeschenk, warum soll man das beschönigen, aber Frau Colisée hatte sie nicht mehr erkannt.

Nun, um Arbeit mußte sie sich in Frankfurt keine Sorgen machen. Sie hatte, als sie, ohne ein Wort Deutsch zu sprechen, vor Jahren in der Stadt angekommen war, am nächsten Tag zu arbeiten begonnen. Hier gab es Geld und Ärger, damit hatte sie sich abgefunden.

Zu Hause allerdings sah es inzwischen anders aus.

Seit der unseligen Hochzeit ihres hübschen Bruders hatte sie selten mit den Eltern telephoniert, zunächst überhaupt nicht. Sie war keines Trostes bedürftig und hätte Trost von Vater und Mutter auch nicht zu hören bekommen. Der Tod des kleinen Branko in seinem zermalmten Körbchen war unter den für Ivana unerträglichsten Umständen geschehen; es gab kein eindeutiges Verschulden einer Person, und doch hätte er vermieden werden können. Wenn so etwas eintrat, dann mußte der Ort, an dem es geschah, im ganzen verflucht sein, so empfand sie, ohne es auszudrücken, ein böser Ort war das, den Menschen zu meiden hatten, und dieses Omen erstreckte sich auch auf die Zeugen des Unheils. Wie ich es vorhergesehen hatte, weigerte sie sich, wieder zu mir zum Aufräumen zu kommen, der ich durch meine Anwesenheit mit dem großen Schrecken verwoben war und vielleicht gar in dem Riesenspinnennetz von Feinstkausalitäten meinen Ort hatte, die den Bremsstein in den weichen Boden drücken und den Wagen schließlich losrollen ließen. Und als sie plötzlich dann doch wiederkam, war sie unzugänglich bis zur Grobheit. Daß ich zu ihren Familiaren aufgerückt war, hatte einen Preis. Warum sollte es mir bessergehen als ihren Eltern?

Aber nun hatte sich das Licht, das Bosniens menschenarme Landschaft, die scharf voneinander geschiedenen Täler, die kleinen Städte und Weiler mit Bauernhöfen beschien, verändert – nicht unversehens, angekündigt waren die Wolken seit langem, in Kroatien tobte seit Monaten ein städtezerstörender Krieg, während Bosnien noch außerhalb des Rings verharrte, in dem die Schlachten ausgetragen wurden. Und nun war sie da, die dünne Wolkenschicht, die die Sonne zu einem blassen Stern machte. Ein böses Unterweltlicht lag nun über der Kleinstadt, die ich mit Mirko durchstreift hatte, und auch das Mestrovic-Gehöft war gefangen in der Stimmung eines gespannten Abwartens. Ivana hörte in den wortkargen, auf bloße Faktenübermittlung beschränkten Gesprächen mit Eltern und Bruder heraus, daß sich im Großen etwas Neues anbahnte. Da wurde das einzelne Schicksal, so bitter es sein mochte, auf die Seite gekehrt.

Von einem auf den anderen Tag war in den Läden der Kleinstadt alles unerhört teuer geworden, wie auf ein unsichtbares Signal hin; ohne Vorwarnung kostete Butter das Vierfache, Benzin das Zehnfache, auch der Schnapspreis, ein Richtwert, hatte sich vervielfacht. Dann hörte man, daß junge Männer nicht mehr über die Grenzen gelassen würden; am Rand der Kleinstadt waren Burschen, die nach Deutschland wollten, aus dem Bus geholt worden.

Es war die Zeit des Heumachens. Der Vater war krank, die Mutter saß auf ihrem Stuhl, Anna war mit den Schwägerinnen auf den Wiesen, in Wogen von Heuduft mit dem Rechen die Haufen zusammenscharrend. In der Mitte der Wiese stand ein mächtiger Baum, weithin Schatten verbreitend, der die

Rodung überlebt hatte und in seiner splendiden Einsamkeit riesenstark geworden war, wie das die Bäume in den Krüppelwäldern nicht schafften. Was für ein Baum? Ich weiß es nicht, ein Blätterwogen, ein weit Ausgreifen dichtbelaubter Äste. Zwischen seinen Wurzeln hatte ich mit Anna und Ivana gepicknickt, hier hatte das Körbchen des kleinen Branko gestanden. Anna, die Lügnerin, berichtete in knappesten Worten, was geschehen war: Ein Blitzen vom Berge Kuprec her, der sich über der Wiese erhob, und dann traf eine Granate den Baum und spaltete ihn von oben bis unten. Er war wie von Titanenfäusten auseinandergerissen. Die beiden Hälften der Krone überragten hoch den schon beladenen Heuwagen. Es blieb bei dieser Granate, aber der Vater alarmierte einen Mann, der kroatischer Milizionär war. Der wolle einen Panzer schicken, um in den Wald hineinzuschießen.

»Nein«, sagte Ivana scharf, »wenn er das macht, müßt ihr vorher alle weg sein.« Das war im Bewußtsein gesprochen, daß der Vater sich daran nicht halten werde. Niemals gab er freiwillig sein Haus auf, das in jedem einzelnen Stein sein Werk war. Was ist ein Haus, wenn es ums Leben geht? Ihr werdet das Haus verlieren und das Leben dazu! Sie sah das aus der sicheren Entfernung nicht so falsch.

Jetzt war Mirko am Apparat. Nachts waren im Nachbarhaus bei den Muslimen viele Stimmen zu hören gewesen. Die untere Halle dort war voller Männer. In einem entlegenen kroatischen Gehöft hatte es gleichfalls eine Versammlung gegeben, aber Mirko war nicht eingeladen worden; da rächte sich, daß der Vater vor einer Woche in größerem Kreis Mehmed, den Familienvater im Nachbarhaus, in Schutz genommen hatte. In der Kleinstadt sei eine Granate in das Kaffeehaus geworfen worden – von wem, war noch nicht klar, aber daß zwölf Menschen tot waren, schien sicher. Gerüchte schwirrten herum. Alle Mestrovics stünden auf einer schwarzen Liste. In der Kleinstadt hatte der muslimische Metzger verkündet, er werde nicht ruhen, bis alle Ustascha-Mitglieder umgebracht seien.

»Ihr müßt weg.« Ivanas Stimme hatte das hart Bellende, das zum Familienton gehörte. Die große Expression, die ihrem Temperament entsprach, war nicht üblich im Haus. Mirko und Anna, die Lügnerin, widersprachen sich nicht, das war besonders beunruhigend. »Wer auf dem Feld ist, laufe nicht mehr ins Haus, um einen Mantel zu holen« – wo hatte sie das gehört?

Es war der Nachmittag vor dem Fest. Ivana zog, nachdem das Gespräch beendet war, ihr rotes Kostüm an und malte die Lippen rot, indem sie sie wie stets etwas verbreiterte. Es war ihr nicht gegeben, ihre Gedanken zu spalten – hier ihre Pflicht zu tun und auf alle Abläufe ihre Aufmerksamkeit zu richten, dort an die Familie zu denken und mit ihnen den Verlauf der nächsten Stunden abzuwarten, wohlmöglich auch lenkend einzugreifen. Wenn der Vater krank lag, war sie es, die ihn vertrat. Nun mußte es ohne sie gehen. Die Anstrengung war ihr anzusehen, wenn man sie kannte. Ihre Miene war reglos, als sie bei Doktor Glück eintraf und dort Merzingers Leute vorfand. Doktor Glück würde für diese Nacht in den Frankfurter Hof ziehen. Sein Schlafzimmer wurde als Anrichte- und Vorratsraum gebraucht. An den fremden Leuten, die Kisten mit Gläsern und Tellern aus einem Lastwagen luden und ins Haus brachten, eilte sie vorbei, um Glücks Sachen in den Wandschränken zu verstauen. Danach zog sie die Schlüssel ab. Was in diese Schränke gelangt war, würde jedenfalls gerettet werden.

Regen war angesagt, kam aber zunächst nicht. Der Garten Glücks lag im späten Sommerlicht. In den Beeten an der Gartenmauer blühten nebeneinander bleiche, hundertblättrige Rosen und hexenhafter Fingerhut. Die Blutbuche in ihrer Majestät enthielt in ihrem Innern schon die Schwärze der Nacht, während die Blätter außen tief burgunderrot leuchteten. Wer die altgermanische Religion der Baumanbetung hätte plausibel machen wollen, hätte nur auf diese Blutbuche weisen müssen, um von der melancholischen Präsenz eines mächtigen, mit dem Wurzelwerk ans Erdreich gefesselten Lebewesens zu überzeugen.

Vor dem Baum waren die Festesdekorationen, die Merzinger veranlaßt hatte, beinahe ein bißchen läppisch, obwohl Frau Markies ihn ermutigt hatte, aus dem vollen zu schöpfen. Gewiß, sagte sich Merzinger, aber seine Erfahrungen mit Rotzoff steckten ihm in den Gliedern. Er traute der neuen Entwicklung nicht ganz und wollte sein Risiko klein halten. Immerhin hatte er auf der Wiese – bewußt wird dieser weite grüne Raum nicht Rasen genannt, so durchsetzt war er mit Löwenzahn, Huflattich und Moos – einen großen roten Sisalteppich breiten lassen, der nun auch schon recht feucht war, in den man aber wenigstens nicht einsank. So groß der Garten für die Innenstadt war, verlieren würden sich die Hunderte – wieviel waren es denn nun eigentlich? – jedenfalls nicht. Frau Markies hatte noch einmal nachgeladen, damit »gute Leute«, wie sie sagte, das Bild bestimmten. Frankfurt war zwar gesellschaftlich bei weitem nicht so heikel wie Hamburg oder München, es herrschte ein Kommen und Gehen. Der Kreis der Alteingesessenen mit ihrer sozialen Hierarchie war klein, aber es galt auch hier, was sie als Grundregel definierte: daß die schlechte Gesellschaft stets die gute verdränge. Gute Gesellschaft war flüchtig. Wenn man da in die Nase bekam, man sei am falschen Ort, war man alsbald davongeflogen und kam niemals wieder.

Frau Markies staunte, wie gleichgültig Doktor Glück gegenüber solchen Einsichten war. Der Mann brauchte wirklich Hilfe. In seinem Interesse hatte sie bei den von ihr veranlaßten

Einladungen von der peinlichen Bezahlerei abgesehen – wenn ein Doktor Glück einlud, dann lud er wirklich ein und forderte nicht auf. Für spätere hochexklusive Benefiz-Veranstaltungen dürfte man dann mal eine Ausnahme machen.

Von der Terrasse vor der Wohnung, von der Ivana jetzt den Garten überblickte, hatte das Bild etwas von der Magie eines schamanischen Arrangements. Die hohen Bäume bildeten den Kreis, der rote Teppich bezeichnete die Opferstätte. Die sinkende Sonne ließ die Farben aufleuchten. Rotzoffs aus der äußersten Not geborener Einfall, hier ein Fest zu geben, hatte die Möglichkeiten, die in diesem verborgenen Ort steckten, wirklich erfaßt. Es war schwülwarm, die Feuchtigkeit in der Luft kündigte aber an, daß es im Dunkeln ungemütlich werden würde. Einen versunkenen Augenblick lang ruhten Ivanas Augen auf dem leeren, im Zustand der Erwartung schlafenden Gartenfestsaal. Sie war für Schönheit aller Art unempfindlich und erlebte dennoch eine kleine Entrücktheit. Es war das viele Rot des Teppichs, das in ihr eine Saite klingen ließ.

Glücks Wohnung war, wie man sich erinnert, wenig möbliert, da mußte nicht viel zur Seite geräumt werden. Frau Markies hatte kurzerhand die Hängung der Napoleonica-Sammlung angeordnet. Was jahrelang auf dem Boden gestanden hatte, bildete jetzt eine schier endlose Reihe in vielen Formaten durch alle Räume hindurch, der Korse mit dickem Bauch, unter der Weste hervorguckendem Hemd und brütender Miene, der von Zottelhaar umwehte hager-jugendliche Kriegsgott, der als van-Eyckscher Gottvater verkleidete thronende Kaiser, immer dasselbe Gesicht, die Ähnlichkeit auf immer andere Weise, so schien es, ein klein wenig verfehlt – das war wie die Dekoration eines Restauranteinrichters. Die Räume verloren ihren Charakter als Teile einer privaten Wohnung. Dazu hatte Merzinger eine größere Zahl von mannshohen verchromten Kandelabern mit dicken Kerzen herbeigeschafft, die aussahen, als seien sie für eine im Ballsaal eines Sheraton-Hotels zelebrierte schwarze Messe entworfen. Ein ausgezehrter Mann mit Zöpfchen, seine knochigen Hüften waren von einem bunten Westchen umflattert, baute mit der Insichgekehrtheit des Technikers große Lautsprecherboxen auf. Es durchfuhr Ivana, als er probeweise seine Musik anstellte und die Geigen-, Trompeten- und Akkordeon-Akkorde einer rumänischen Zigeunerkapelle, durchmischt mit elektronischen Bässen und verfremdenden Verzerrungen, sämtliche Fensterscheiben des großen Salons im Rahmen erzittern ließen, aber es war nicht nur die bis in die Eingeweide reichende Kraft der Lautstärke – als solle diese Musik mit dem Magen gehört werden –, was Ivana beunruhigte, sondern Vertrautes, allzu Nahes aus ihrem bosnischen Waldtal, wo man sich gleichfalls soeben zu einem Tanz, allerdings diesmal ohne »Rumunsch«-Kapelle, rüstete.

Es folgten die zehn Minuten, in denen alles fertig aufgebaut war, die unter hohem Gebüsch versteckten Eisschränke mit dem Wein endlich angeschlossen waren – eine Schlangengrube von Leitungen war vor dem Kellerfenster entstanden –, die Kerzen in den Kandelabern brannten und die ersten Tabletts mit Cocktails fertiggemacht wurden. Kurz herrschte eine vollständige Harmonie. Merzinger ging unaufgeregt durch die Räume und inspizierte mit trüber Gelassenheit – »Mich geht das alles hier nur begrenzt etwas an«, so hätte er, wenn man seine Miene deutete, denken können – aber seine Kellnermannschaft war vergnügt. Die jungen Männer und Mädchen unter dem Kommando der von Rotzoff so übel verdächtigten Evi und Kevin rauchten ihre letzten Zigaretten in der Küche und machten ihre Späße, als stehe der Ansturm nicht unmittelbar bevor.

Rotzoff hatte sich nicht mehr sehen lassen. Er hatte im stillen mit sich gehadert, ob es nicht klüger sei, gar nicht erst zu erscheinen. Hatte er die Gefahren des Abends richtig eingeschätzt? Die Verantwortung für dessen Ablauf hätte er zwar auch ohne das Markiessche Eingreifen von sich zu schieben gewußt. Die Rolle des allwissenden Drahtziehers und des zugleich vollständig unbeteiligten scharf kritisierenden Außenseiters im selben Augenblick auszufüllen, war er von jeher staunenswert befähigt. Es wurde in seiner Gegenwart klar, daß antike Vorstellungen wie der zwiegesichtige Gott Janus keine Phantasiegestalten, sondern einem Menschentypus abgeschaut waren. Seine Neugier siegte, und die Möglichkeit eines grandiosen Scheiterns des Abends hatte auch viel Verführerisches, obwohl die innere Stimme geradezu enttäuschend abwiegelnd immerfort »Es fügt sich und es wird sich fügen« sagte. Man wüßte gern, wie viele Kriege, Staatsgründungen, Revolutionen, Währungsvereinigungen und andere politische Großunternehmungen auf ähnliche Weise zustande gekommen sind wie dieses Fest und auf ähnlich geniale Urheberschaft zurückblicken.

Dreiunddreißigstes Kapitel

Rotzoffs Fest

Und dann ging es los. Frau Markies stieg die Eichenholztreppe hinauf. Ihre entschiedenen Schritte nahmen durch den Hall etwas Stampfendes an. Sie war von einem usbekisch-japanischen Seidenmantel umweht, Herrn Doktor Glück, den sie im Frankfurter Hof abgeholt hatte, waren weiße Flanellhosen und ein dunkelblauer Blazer verordnet worden, als sei er auf dem nahen Main mit einem Ruderboot angelandet. Staunend ging er durch seine Zimmer, die durch die Leere etwas Saalhaftes angenommen hatten und nicht verrieten, daß hier ein Mensch gelegentlich schlief und sich Kaffee und Spiegeleier machte. Mein Gott, die Napoleonica-Sammlung, sie machte etwas her. Man mußte eben Leute einladen, um zu entdekken, was man besaß. Aber das waren nur Minuten des Atemholens.

Denn jetzt drängte es heran. Die unbestimmte Ausdrucksweise ist unvermeidlich, denn der Strom, der sich unversehens gebildet hatte, bestand aus so viel unbekannten Gesichtern, daß er nicht so schnell zu zergliedern und in seine Elemente zu zerlegen wäre. Da sah man Wereschnikows schönes melancholisches Haupt; er war wie angekündigt in Tweed erschienen, dort einzelne Herren von Merzingers Ecktisch, Maruscha in sandfarbener Seide, mit einem Lächeln, das, anders als bei ihr gewohnt, etwas Verschlossenes hatte. Ein sehr schönes, geradezu bedrückend schönes großes Mädchen in einem Kleid, das ihr wie von einem drogensüchtigen Afrikaner auf den Leib gemalt war, kam allein – ja wirklich, das war Rotzoffs

Freundin, die schlecht behandelte, die sich für ihre Schönheit stets glaubte entschuldigen zu müssen. Im Nu waren die Räume berstend voll, vom roten Teppich im Garten war bald kein Fleck mehr zu sehen. Merzinger hatte in seiner Gastronomen-Weisheit für den Fall, daß die übergroße Zahl der Eintreffenden die Organisation an ihre Grenzen führen sollte, darauf gesetzt, den Leuten frühzeitig eine hohe Alkoholdosis zu verabreichen. Auf den Tabletts standen nur wenige Champagnergläser, aber viele starke Gin Tonics und Martinis, und im Gedränge griffen die Gäste auch ohne Zaudern zu, froh, überhaupt an ein Glas zu kommen, und das Anschwellen des Stimmengewirrs verriet, daß der Festesmechanismus in Gang geraten war. Jenes Getöse war entstanden, in dem aus Einzelwesen das vielköpfige Ungeheuer einer sich selbst noch nicht bewußt gewordenen Festgesellschaft wird. Rotzoff war beim Verkaufen wahllos vorgegangen, wie man sich erinnert. Er hatte, besser gesagt, sich vor allem von der Priorität leiten lassen, Schuldenlöcher zu stopfen. Nun kam noch die Markiessche Kundenkartei hinzu. Wenn man die Ingredienzen dieses großen Gästeteigs gemischt nennt, sagt man das mindeste. Smartes Geschäfts- und Anwaltsmilieu, höchst unkünstlerische Bohème, auch allerlei intellektuelle Biederkeit, klassenlos hübsche Mädchen, schicke Spießerinnen, ironisch um sich schauende Gesellschaftslöwen und teuer hergerichtete Mittelstandsdamen – Frau Breegen durfte nebenbei nicht erscheinen, Herr Breegen hatte die Markiessche Einladung allein angenommen –, dies alles fand in immer drückenderer Schwüle zusammen und verschmolz, wie man angesichts der auf mancher Schläfe sichtbar werdenden Schweißtropfen wohl sagen darf.

Ivana war ihrer Natur nach zur untätigen Aufpasserin und Kontrolleurin nicht geschaffen. Sie war da, um zu arbeiten, und arbeiten hieß sich bewegen, und so ergriff sie denn zwei

Champagnerflaschen, quetschte sich in der Menge voran, bis sie leer waren, und kämpfte sich in die Küche zurück, um die nächsten zu holen.

Der Beginn des Festes gelang sehr gut. Das sinkende Licht ließ die Farben der Blumen und Kleider immer stärker hervortreten und wölbte eine Hieronymus-Bosch-hafte Glasglocke über das schnatternde Volk im Garten und in den großen, bis zum Platzen gefüllten Zimmern. Auch auf der Terrasse hätte kein Mensch ohnmächtig umsinken können. Ich empfand das Fest zu diesem Zeitpunkt wie eine Fahrt mit der Achterbahn, man wurde gemeinsam in die steile Höhe getragen, ein Aussteigen gab es nicht.

Nur für Ivana, die anwesend und abwesend zugleich war. In der Küche hing ein Wandtelephon, das eine zuverlässigere Verbindung nach Bosnien herstellte als ihr mobiles. Nachdem sie gewählt hatte, entstand eine durch nichts unterbrochene Stille im Hörer, wie mit Kissen erstickt. Sie kannte das schon, wartete aber heute mit vervielfachter Ungeduld auf das gewohnte Tuten. Nach zwei Minuten endlich drang ihr Ruf nach Hause durch. Sie sah den Apparat auf dem Küchenbüfett vor sich, der jetzt klingeln mußte. Die Schwägerin nahm den Hörer ab. Sie war nicht redselig, aber genau. In Ivana entstand ein eindringliches Bild des Augenblicks.

Auch dort unten war der Tag schön, rauchigblau stand der helle Abendhimmel über den Hügeln. Die Landschaft lag in tiefem Schweigen. Aber es war nicht das Schweigen der Abendruhe, das Schweigen zum Plätschern in der rosa Plastikschüssel beim Füßewaschen, es war ein brütendes Schweigen. Auf dem Hof der Mestrovics rührte sich nichts. Alle waren im Haus versammelt. Der kranke Vater – er hatte etwas an den Nieren – war aufgestanden und vollständig angezogen. Gekocht wurde nichts, als sei der Rauch aus dem Schornstein schon eine Gefahr, und Licht wurde erst recht nicht angemacht. Die Familie saß in immer matterem Schein, der durch die kleinen Fenster drang, aber man kannte die Menschen und jeden Winkel in der großen Küche, und die Mutter dachte vielleicht an die vielen Jahre, in denen man abends vor dem frühen Schlafengehen immer im Halbdunkel gesessen hatte – nur daß jetzt niemand ans Schlafengehen dachte.

In deutlichem Abstand, als schwarze, kubische Skulptur, lag etwas unterhalb das Haus der muslimischen Familie, aus dem gestern die vielen Stimmen zu hören gewesen waren. Jetzt herrschte auch dort die Stille – ob eine der Verlassenheit oder eine des angehaltenen Atems, das hätte man oben bei den Mestrovics gar zu gern gewußt. Und doch schien eher, es bereite sich dort etwas vor. Mirko stand auf und verließ den Raum. Auf dem Speicher waren fünf Gewehre versteckt, seit längerem schon, wie bei allen anderen Leuten auch, vor allem auf den ländlichen Höfen, das hatte schon die Diktatur des alten Marschalls, der seinen Völkern das fette Knie in den Nacken gedrückt hatte, nicht verhindern können. In seinem Frieden lebten die Völker Bosniens als schlafende Armeen nebeneinander. Jetzt wachten sie auf. Warum erst jetzt? Ein Geheimnis war nur dieser Zeitpunkt. Bereit war man seit langem.

Aber doch nicht jeder in gleicher Weise. Ivana fürchtete vor allem um Mirko. Sie wußte, daß der heitere Luftgeist zur Panik neigte. Mirko mit Waffen – das war eine unheilvolle Vorstellung. Jetzt war Nervenkraft verlangt. Ivana wußte, daß sie sie aufbrächte, aber hier in Doktor Glücks Küche, während das Stimmenbrodeln an- und abschwoll, war dergleichen nicht gefragt, und im Gehöft der Mestrovics konnte sie nur mit der Stimme einwirken.

»Ihr müßt weg, sofort weg –« Wieviel Beschwörungskraft vermochte man in eine Stimme zu legen, die aus der fernen Sicherheit kam?

»Niemals«, sagte der Vater. Seien sie weg, sei das Haus verloren. Ivana, die ihre Jugend damit zugebracht hatte, die Backsteine dieses Hauses zu formen, hatte das Gehöft schon längst aufgegeben. Ihre Leute begriffen immer noch nicht, daß das Leben anders geworden war. Was war ein Haus? In vier Wochen stellte man anderswo ein neues hin. Sie hatten Pech gehabt, sie hatten im falschen Land gelebt, sie hatten ihre Lebenskraft vergeudet bis zur völligen Ausgelaugtheit. »Ihr seid Sklaven, die ihre Ketten lieben« – so etwas sagte Ivana natürlich nicht, dies wäre Wereschnikows Stil gewesen, aber das meinte sie; nur, wie faßt man so etwas in der Eile in eine Sprache, die verstanden wird?

Rotzoff hatte sich noch nicht völlig gefangen. Seine Rolle an diesem Abend war ihm noch zu unbestimmt. Daß »es sich fügte« in Glücks Garten, war unabweisbar. Beim bloßen Anblick der Festmenge von der Terrasse hinab, mit dem Haus im Rücken, der massive Schwatzlärm dort schon mit Musik vermischt – Zigeunergeigen jaulten mit Synthesizern um die Wette, und der Zöpfchenmann patschte auch mit den Händen auf seine Platten, wenn es zu schön wurde, um sie spratzeln und zischen und entgleisen zu lassen –, mußte man davon überzeugt sein: Dies Fest war ein Selbstläufer, auch ohne Unterwäschemodenschau, die freilich das I-Pünktchen gewesen wäre. Aber die Leute in ihrer großen Mehrzahl realisierten nicht, daß dies alles Rotzoffs Werk war, daß sie sich auf Rotzoffs Kosten amüsierten, saufend jedenfalls, was das Essen anging, da würde es knapp werden. Merzinger gab auch schon die Anweisung, die Roastbeefscheiben dünner zu schneiden und zu teilen – aber was machte das schon, man kam ja nicht um sich satt zu essen auf ein solches Fest. Das war die eine Version, die Rotzoff gedanklich ausprobierte, die andere, daß Merzinger ein jämmerlicher Versager sei, solchen Aufgaben nicht im bescheidensten gewachsen.

Die Rolle, die Rotzoff als Fest-Entrepreneur dann schließlich für sich entdeckte, war die Überwachung Ivanas. Ein schier empörender Anblick bot sich ihm, als er in die Küche hineinsah, um schneller an ein neues volles Glas zu kommen. Inmitten des Festtrubels stand Ivana da und telephonierte.

»Der habe ich aber Beine gemacht«, rühmte er sich später seines entschlossenen Eingreifens, und tatsächlich war Ivana so verstört und geistesabwesend, als er sie anblaffte, daß er kein Risiko damit einging. Bei anderer Gelegenheit wäre die Begegnung bestenfalls unentschieden für ihn ausgegangen. Sie hängte ein und lief mit einer Flasche los. In diesem Loslaufen hatte sie etwas Kurzbeiniges. Die drei Male, die ich sie im Rock gesehen habe, erschien sie kleiner, sie war eine Frau für Hosen. Aber in diesem Loslaufen lag nur mechanische Pflichterfüllung. Während sie Leuten, die sie nicht ansahen, eingoß, stand ihr die ganze Zeit das stille schwarze Muslimenhaus vor Augen. Sie fühlte die Sogkraft der Spannung, die von dort ausging: wie dies böse Haus, von dem kein Fenster erleuchtet war, unwiderstehlich befahl, sich mit ihm zu befassen, zu ihm zu kommen. So treibt ein hilfloses Boot dem Wasserfall entgegen und dreht sich dabei tanzend im Kreise. Wo war der Mann, der Mirko im Haus festnagelte?

Es war für sie kein Zweifel, daß in diesem Nervenkrieg Mirko der Schwächste in der Mestrovic-Gemeinschaft war. Sie verachtete seine Frau. Die Frau eines solchen Mannes durfte nicht aus dem gleichen weichen, leichten Holz geschnitzt sein. Rotzoffs Rüffel hatte sie nur als physikalischen Anstoß wahrgenommen, wie die Billardkugel losrollt, wenn das Queue sie antippt. Die Botschaften von zu Hause entfernten sie aus der Menge, die sie umgab. Dies waren herandrängende Schatten. In Wahrheit war sie allein. Und deshalb suchte sie sich im Garten eine etwas ruhigere Ecke, nicht etwa, um nicht aufzufallen, wenn sie weitertelephonierte, sondern um die Stimmen aus Bosnien deutlicher zu verstehen. Die Mobilverbindung war hier besser – aber nur um das Unglück schneller reisen zu lassen.

Höchstens eine halbe Stunde hatte Ivana ihr Telephonat unterbrochen, die halbe Stunde, die das Schicksal der Familie Mestrovic entschied. Diesmal war die Mutter auf ihrem Stuhl am Apparat. Ihr kleines Telephon steckte stets in der Schürzentasche. Sie sprach tonlos, dem Grauen des Geschehenen angemessen. Mirko war verrückt geworden. Ein Spielhund, der plötzlich ein Kind in die Kehle beißt, nein, schlimmer, verderbenbringender. Er war auf einmal nicht mehr da, war mit der Schrotflinte aus dem Haus gelaufen, durch die Nacht hin zu dem drohenden, fremden, ein Leben lang erzvertrauten Haus. Dies Haus, mit dessen Anblick er aufgewachsen war, das zu seiner Welt gehörte wie das eigene, dessen Bewohner man nicht mochte, die man aber grüßte, er selbstverständlich besonders herzlich, da war durchaus des öfteren auch ein Lächeln über den Gartenzaun geflogen, mit den jungen Mädchen ohnehin, aber auch der schwerfällig breitschultrige Mehmed hatte sich zu solchem Lächeln gelegentlich verführen lassen. Wer konnte Mirkos Arglosigkeit widerstehen?

Wie war es zu dem Schußwechsel gekommen? Das war jetzt nicht zu rekonstruieren. Zwei Schüsse fielen, und dann stand Mirko wieder in der Tür, wachsbleich. Die rechte Schulter war ein roter Brei. Auf der Schwelle stürzte er hin. Ivana brauchte keine Details, um es genauer zu wissen. Sie sah Mirko vor der fremden Haustür. Sie sah die Tür sich öffnen, der Umriß des großen breiten Mehmed im Türrahmen, auch er mit der Waffe in der Hand. Aus dem Haus schwappte der Geruch, der drinnen lag, von den Leuten, die die gleichen Zwiebeln und den gleichen Kohl und das gleiche Lammfleisch aßen wie die Mestrovics, aber in deren Körpern etwas anderes daraus wurde, ein anderer Geruch. Und sie sah der Möglichkeit, ja der Wahrscheinlichkeit entgegen, daß Mirko als erster geschossen hatte. Und sie begriff auch: Jetzt war ihr Rat unnötig geworden, jedes Wort zuviel. Jetzt lief nur noch ab, was geschehen mußte.

In Stilfragen war Frau Markies' Urteil für manche Leute unvorhersehbar. Die einen wurden unnachsichtig getadelt, die anderen lächelnd entschuldigt, dabei war es eigentlich ganz leicht: Wer es sich leistete, die Flaumfedern, die von einer Herkunft in kleinbürgerlichem Nest zeugten, nicht sorgfältig abzubürsten, obwohl die Karriere noch nicht gemacht war, der sprach sich selbst das Urteil. Wer aber oben angelangt war, dessen treulich auf dem dornenreichen Weg hinauf konservierte Geschmacklosigkeiten wurden als »authentisch«, »ehrlich« und »geradlinig« gefeiert. Manchmal erlebte ein und dieselbe Person ein solches Schwanken der Bewertung. Herr Breegen galt zunächst als geradezu erhabene Persönlichkeit, dann als hochgeschwemmter brutaler Prolet, und inzwischen wieder als ehrwürdige Autorität der nationalen Immobilienbranche; er selbst bekam von diesem Auf und Nieder nichts mit.

Er hatte der Dienste der Markies bisher nicht bedurft. Daß sie für ihn arbeitete, war neuesten Datums, aber auf ihrer Jagdliste hatte er schon einmal vor dem Bankerott gestanden. Die Markies war beschlagen im Schicksal von Leuten, die sie nie kennengelernt hatte, oder die sie, um es mit ihren Worten zu sagen, wenn sie plump befragt wurde, »komischerweise nie kennengelernt« hatte. Ihr Gesellenstück in der nun doch noch zustandegekommenen Beziehung sollte die Vermittlung der Bekanntschaft mit Doktor Glück werden. Dem maß Breegen große Bedeutung zu. Vor der ersten Unterhaltung unter vier Augen schon bei einer privaten Party des einflußreichen Mannes zu Gast gewesen zu sein, mochte manches erleichtern, obwohl Breegen an Stimmungszauber eigentlich nicht glaubte, es waren zum Schluß doch immer nur die Zahlen, die siegten.

Um die Freiheit zu haben, dies intime Gespräch vielleicht schon am Festabend zu erreichen – die Chance dafür war bescheiden, aber es gab sie –, hatte er Frau Breegen bei ihrer Lieblingsbeschäftigung zu Hause gelassen. Sie würde auf dem Sopha liegen und sich auf dem Fernseher die außen am Haus angebrachte Überwachungskamera zuschalten – nicht aus Angst, keineswegs, sie fühlte sich in dem festungsartig gesicherten Haus wohlbehütet. Aber sie genoß den köstlichen Reiz, als Unsichtbare zu beobachten, auch wenn in der stillen Wohnstraße oft zehn Minuten lang nicht ein einziges Auto vorüberfuhr. Sie sah die Einfahrt und das geschlossene Garagentor, und sie sah die Nachbarin, die ihren Hund ausführte und dabei so steif zu Boden guckte, als wisse sie, daß die Kamera sie gerade erfaßte. Sie sah einen anderen Nachbarn, wie er eine Tüte mit leeren Weinflaschen in den Kofferraum seines Wagens lud, aber sie verweilte auch gern auf der leeren Bühne ohne handelndes Personal, ohne streunende Katze oder vorüberhopsende Krähen, und tatsächlich war dieser leere Vorplatz vor dem Haus von einer geheimen Dramatik erfüllt, ein Tatort wie auf einem Polizeiphoto. Hier war etwas geschehen, oder es würde etwas geschehen, und derweil hielt das Leben den Atem an. Sie war nicht unintelligent, Herrn Breegens gefahrenerprobte und als Ratgeberin bewährte Ehefrau, aber sie hatte vollständig freiwillig die seelische Ökonomie einer Haremsdame entwickelt, die mit den spärlichen Tagesereignissen nicht verschwenderisch umgeht, sondern sich trainiert, auch aus den kleinsten Vorgängen noch einen Tropfen wohltuender Emotion zu keltern.

Merzinger hatte eine Reihe großer Fackeln im Garten anzünden lassen. Es war dunkel geworden und die Flammen warfen ein flackerndes, viele Schatten erzeugendes Licht auf die Menschenschar, die sie umgaben. Herr Breegen hielt sich außerhalb des Gewimmels und blickte mit unbewegter Miene auf das Gedränge. Frau Markies hielt sich in seiner Nähe, obwohl sie sich innerlich zerrissen fühlte. Jede Zelle von ihr begehrte, sich ins Getümmel zu stürzen und aus tausend Gesprächsfädchen den dicken Filz zu gewinnen, aus dem sie Gold machen konnte. Empfand Herr Breegen, wie er da wahrhaft als Außenseiter auf die Menge blickte, daß er sich auf einem berauschend intensiven Fest befand? Sprach dies Fest zu ihm? Beeindruckte es ihn? Langweilte er sich? Auch eine Markies kam bei ihm nicht so leicht an die Antwort auf diese drängenden Fragen.

Es war übrigens nicht mehr nur eitel Freude und Festeslärm, was als Wolke über der Gesellschaft lagerte. Es mischte sich in diese Wolke auch Mißstimmung und lautstarker Protest. Man durfte hier wohl von Hungeraufständen sprechen, denn Merzingers Mannschaft verfügte nicht über die Gabe wunderbarer Vermehrung des mitgebrachten Roastbeefs. Vom Dessert würde es ein bißchen mehr geben, aber jetzt raste ein Lieferwagen in Merzingers Restaurant, um in den Tiefkühltruhen noch Eßbares zu erbeuten. Merzinger blieb zwar gelassen, aber das war jetzt nicht mehr väterlicher Gleichmut, zärtliche Ironie, sondern eher ein harten Kriegswintern angemessener Stoizismus. Leute, die bezahlt hatten – es gab eben auch hier eine Zweiklassengesellschaft – und die nicht wissen konnten oder die Augen davor verschlossen hatten, daß ihr Geld niemals in Lebensmittel hatte umgesetzt werden können, weil es nicht in Merzingers Hände gelangte, kehrten aus dem Gedränge am Buffet zornig zurück, beschwerten sich über das kleine, einer dünnen Schinkenscheibe vergleichbare Roastbeefstückchen und stießen mit denen zusammen, die gar nichts bekommen hatten. Zum Glück hatten die meisten inzwischen so viel getrunken, daß ihnen gleichgültig war, was ihnen serviert worden wäre, hätten sie in der vorderen Reihe gestanden. Ein bißchen peinlich waren die Proteste, und bei den Leuten, die auf der Markies-Seite ohne Kaufbillets eingetroffen waren, gab es spöttische Mienen, die Eleganz des Abends bekam eine Scharte. Noch unangenehmer war ein Versäumnis, das alle planenden Köpfe dieses Abends sich zuschreiben mußten. Keiner hatte daran gedacht, wo die in der schwülen Sommernacht reichlich Erfrischten sich erleichtern sollten. In der Glückschen Wohnung oben gab es nur zwei Klosetts, ein separates und eines in Glücks Badezimmer, aber wer sich erst einmal zu ihnen vorgekämpft hatte, fand dort Warteschlangen vor. Es waren zunächst die Männer, dann aber auch die Frauen, jedenfalls die jüngeren, die sich in die dunklen Zonen des Gartens, hinter die Blutbuche vor allem, zurückzogen. Da ergaben sich für flirtive Situationen erheiternde Steigerungen, wenn junge Männer für die Frauen, mit denen sie schon länger und hoffnungsvoller gesprochen hatten, im Finstern Wache stehen durften, kein Zweifel, das führte zusammen. Aber das in den saugfähigen Boden unter der Buche Hineingetroffene war allmählich zu riechen. Ein leichter Wind trug einen Dunst von Salpeter und Ammoniak an den Rand der Festgesellschaft, dort wurden die Nasen gerümpft.

Wereschnikow war in die Nähe Breegens geraten. Frau Markies machte die Herren bekannt, nachdem sie sich von Wereschnikow Hand und Wange hatte küssen lassen, sie nahm dabei den Ausdruck kultivierten Genießens an, war aber vor allem von dem Wunsch beseelt, Breegen an ihren alten Verehrer weiterzureichen und alsbald von den zarten Knitterplissees ihres Zaubermantels umweht davonzuschweben, und das machte sie denn auch, obwohl die Herren nicht das leiseste Interesse aneinander bekundeten. Breegens Pokerface abzulesen, daß er Doktor Wereschnikow aus dem Fernsehen kannte, wäre nicht einmal einem kriminalistischen Verhörspezialisten möglich gewesen. Und Wereschnikow ahnte nicht, wie nahe ihm Breegen war.

Ungeniert, als sehe er den Herrn plötzlich nicht mehr, der ihm so angelegentlich ans Herz gelegt worden war, begann er sein Klagelied zu singen, kaum daß er meiner ansichtig wurde. Ich verstehe schon, es ging auch darum, zu verhindern, daß ich noch einmal auf unser gescheitertes Projekt zu sprechen kam. Aber Wereschnikow war eben souverän. Wer da zusätzlich noch lauschen mochte, wenn er sein Innerstes nach außen kehrte, das scherte ihn nicht.

»Ich weiß wirklich nicht, warum ich das alles mitmache«, begann er. Maruscha und ihren Kerl führe er hierher, an diesen Ort, an dem er ohnehin nichts zu suchen habe; welche Rolle war ihm zugedacht? Es war Maruscha, die ihn für unverzichtbar hielt. Mit Tommy, so hieß Tomislav jetzt schon ganz selbstverständlich, allein zurückzubleiben, kam ihr offensichtlich nicht erstrebenswert vor.

»Mein Gott, ich habe ein anderes Leben geführt, immer diese Kreise gemieden, immer allein, immer in Gedanken – mein höchstes Vergnügen in meinen Pariser Jahren war, in einem kleinen Bistro um die Ecke ein paar Austern zu essen und dann in die Spätvorstellung der Kunstkinos zu gehen: Rashomon, der frühe Godard, der junge Buñuel… die Welt dieser Äußerlichkeiten hat mich nie bewegt, das ruhige Gespräch mit einem der großen alten Männer…« Er wurde von der Erinnerung überwältigt, schloß kurz die Augen und fuhr, wie unter dem Eindruck einer Vision stehend, fort, indem er Breegen nun schon geradezu unhöflich ignorierte, ohne daß der sich abdrängen ließ, er wußte ja, was ihn bei Wereschnikow hielt: »Mein Vater sprach immer von einem Offizier, den er in Schweden vor dem Krieg kannte: ein Rittmeister, apollinisch schön, der eines Tages eine vollständig reizlose Frau heiratete. Sie war einfach gar nichts, nicht hübsch, nicht reich, sie interessierte sich für nichts, hatte keine Anmut, war erzlangweilig – man wunderte sich allgemein, daß sie überhaupt einen

Mann finden konnte, und dann einen solchen. Obwohl er ein großes Schloß besaß, wohnten die beiden in einer winzigen Wohnung in Stockholm, wo sie niemanden empfingen – und dann starb die Frau, noch jung, plötzlich, an einer verschleppten Lungenentzündung, und mein Vater sagte, daß er nie solch einen Schmerz gesehen habe wie bei diesem Rittmeister, der Mann warf sich über die Leiche, war untröstlich, schluchzte, wollte verhindern, daß sie aus dem Haus getragen wurde... Sehen Sie, das war Liebe, das waren liebesfähige Menschen, Menschen, die sich von ihrem Liebesschicksal ergreifen ließen, die durch die Liebe sterben konnten, denen die Liebe das Herz brach – und heute: Jeder ist austauschbar, jederzeit ersetzbar... Ich habe jede Lust verloren. Seitdem Maruscha mir das angetan hat, sehe ich überall, wenn ich die Augen schließe, nur noch kopulierende Paare vor mir, ekelhaft, der Anblick macht mich taub...«

Da trat Maruscha auf uns zu, ein junger Mann mit dickem Haarschopf und unternehmungslustigen, auch etwas aggressiv blickenden schwarzen Knopfaugen an ihrer Seite. Er hatte lässig den Arm um ihre Hüfte gelegt, was sie mit sichtbarer Überwindung duldete, obwohl das nicht vorteilhaft aussah. Jetzt erinnerte ich mich: Das war der Jüngling aus Rotzoffs Gesellschaft bei Merzinger. Ihre Souveränität war bemerkenswert, sie war vollständig unbefangen. Sie befreite sich lächelnd und keineswegs hastig aus dem besitzergreifenden Arm des Jünglings, nahm Wereschnikows leidend und vorwurfsvoll blickenden Kopf in die kühlen, schönen Hände und küßte ihn sanft, eine ganz selbstverständlich wirkende Geste der Vertrautheit, keine demonstrative Vertraulichkeit. Dann aber erkannte sie im Halbdunkel, vom Fackelschein unvorteilhaft verzerrt, Breegens steinernes Gesicht und zuckte zusammen. Ihn hatte sie nicht erwartet. Sie sahen sich an. Sogar Wereschnikow begriff, daß er hier niemanden vorstellen mußte.

In großen Menschenansammlungen kommt es zu Wirbeln, die sich gegeneinanderdrehen. Ein solcher erfaßte mich jetzt und trieb mich von der Gruppe am Rande weg. Sollte ich das bedauern, oder hätte ich nicht froh darüber zu sein?

Es sagt genug über Ivanas geistige Verfassung, daß sie Herrn Breegen, auf den ein inniger Haß in ihr zurückgeblieben war, nicht bemerkte, als sie mit ihrer Flasche vorbeikam. Ich sah noch, wie sie Wereschnikow einschenkte, beide mit zerstreuten Zeichen des Wiedererkennens, keiner eigentlichen Begrüßung. Dabei blickte sie Breegen voll ins Gesicht und er desgleichen in das ihre. Daß seine steinerne Miene – vielleicht sollte man doch besser von in Eiszeiten petrifiziertem Talg sprechen – sich nicht regte, verwundert nicht, aber daß Ivana gleichsam durch ihn hindurchsah und jede Regung von Wut durch ihre innerliche Ertaubung ausblieb, war außergewöhnlich. Sie war auf dem Fest im Grunde nicht mehr anwesend, und zugleich wurde sie durch das Fest gerettet, denn es schenkte ihr die Möglichkeit, sich körperlich zu erschöpfen. Hin- und herzurennen, wie der Besen in Goethes Zauberlehrling unablässig Gefäße zu füllen, ohne Sinn und Verstand, den Leuten kaum die Zeit lassend auszutrinken, das war wenn nicht eine Erlösung, so doch eine Lösung für diese Stunden. Was sie am Telephon gehört hatte, verlangte nach Antwort, mehr noch nach Tat. In ihrem Souterrain wäre sie vermutlich die Wände hinaufgelaufen. Es gab nur eine einzige Unterbrechung dieser Besinnungslosigkeit: Wieder zu Hause anzurufen.

Drei Flaschen, vielleicht auch fünf hatte sie in leere und halbvolle Gläser gegossen, jetzt stand sie wieder vor dem Küchentelephon. Es war blockiert, irgendwelche Gäste hatten die Anschlüsse in den anderen Zimmern entdeckt, und nun wurde munter telephoniert, keineswegs nur nach Taxis. Nach einer weiteren Flasche war das Telephon unvermutet frei,

Ivana schlüpfte mit ihrer langen Nummer in diese schmale Lücke.

Die Stimme der Frau ihres Vetters Dragomir sprach so scharf und klar, als stehe die Frau im Nebenzimmer. Ivana war, als brauche sie nur durch die Tür zu treten, um sofort mit anpacken zu können. Sie sah alles vor sich, als sei sie dabei. Aus dem gespannten Warten war jetzt eifrige Tätigkeit vieler Hände geworden. Mirkos Wahnsinnshandlung hatte alle aus ihrer Starre geholt. Zunächst fand eine Beratung statt, in der alle Anwesende, auch Frauen, zu Wort kamen: Aber schnell, ohne Geschwätz. Die Frage war einfach genug: Gehen oder bleiben? Bleiben hieß, das Haus zur Festung zu machen und den Angriff aus den muslimischen Gehöften ringsum abzuwarten. Das war aussichtslos, Selbstmord, nur der Vater, inmitten einer Nierenkolik, flehte stöhnend darum, sein Haus nicht aufzugeben. Die Mutter auf dem Stuhl hatte schon entschieden. Sie hielt Mirkos schweißnasse Hand. Anna hatte es geschafft, den zerschmetterten Oberarm mit einem Strick abzubinden. Sie drehte den Knebel so fest, daß das Blut nur noch sickerte, der Arm schlackerte leblos. Zugleich hatte sie ihrem Bruder eine Flasche Sliwowitz an die Lippen gesetzt. Er trank ein paar Schluck, gab sie wieder von sich, es rann ihm aus den Mundwinkeln, aber schließlich gelang es, ihm so viel Schnaps einzuflößen, daß er nur noch wimmerte. Ein Arzt hätte wohl festgestellt, daß er unter Schock stehe – sonst hätte er das Haus zusammengebrüllt –, aber der Arzt war weit, er war jenseits der Berge.

Dorthin würden sie es schaffen müssen, wenn sie am Leben bleiben wollten. Was geschah mit dem Vieh? Die drei Kühe, die kleine Ziegenherde, der Hühnerhof, in dessen Mauern es gluckste und rauschte von den im Traum die kurzen Flügel regenden Hühnern? Es war an diese Lebewesen nicht mehr zu denken, es mußte jetzt schnell gehen, ein Vorsichhertreiben von Kühen war ausgeschlossen. Der Lastwagen wurde vorgefahren. Was im Haus zusammengerafft werden konnte – da nahm, ohne gemeinsamen Plan, jeder, was ihm am nützlichsten erschien –, wanderte auf die Ladefläche. Der Vater wurde auf eine Matratze gelegt, die Mutter auf ihrem Stuhl aus dem Haus und auf den Wagen gehoben.

»Der Eisschrank!« rief Ivana ins Telephon. An den Eisschrank war gedacht. Er war schwer, drei Männer wuchteten ihn soeben aus dem Haus. Dreihundert Arbeitsstunden hatte der schwere Kasten sie gekostet. Sie trauerte diesen Stunden nicht hinterher. Solange sie sich bewegen konnte, würde sie arbeiten, Verluste waren immer mit einzurechnen, aber dieser Eisschrank war mehr, als er gekostet hatte. Er stand dafür, daß es gut und sinnvoll war, die Heimat zu verlassen. Er vertrat Ivana gleichsam zu Hause, ihre Autorität, ihr Ansehen.

Die Schwägerin hängte ein, sie hatte Wichtigeres zu tun, und es war Ivana selbst, die sie dazu antrieb – warum konnte man nur nicht zugleich sprechen und Lasten tragen? Man konnte es nebenbei längst, aber noch nicht auf dem Mestrovic-Gehöft, auf jenem Flecken Erde, der bis jetzt noch – wie lange? – das Mestrovic-Gehöft trug. Fern war ihr, daß sie vor kurzem noch aufgeschrien hatte, als sie Herrn Breegen in Maruschas Schrank entdeckte. Unwirkliche Bilder waren das. Sie schossen ihr unwillkürlich durch den Kopf, unwillkommene Reminiszenzen eines anderen, scheinhaften Lebens. Es prallte an ihr ab, was sie sprechen hörte, als sie sich wieder unter die Gäste mischte.

Da hatte es offenbar einen kleinen Skandal gegeben, ein Handgemenge. Eine Frau hatte mit hoher Stimme den Frieden beschworen, Umstehende waren zwischen die Feindseligen getreten. Rotzoff erklärte wegwerfend amüsiert, sein neuer Freund Tommy sei verwickelt gewesen in das Geschrei – »Der kleine arbeitsscheue Drecksack, asozial, gehört in ein Umerziehungslager, Tito-Camping, mit der Spitzhacke täglich zwölf Stunden im Steinbruch …« Manche wollten gesehen haben, wie Tomislav mit Blicken wie Dolchstiche an Breegens Revers rüttelte – Breegen vor sich herzustoßen erforderte freilich Kraft, nicht Eleganz. Andere behaupteten, Breegen habe Tomislav geohrfeigt, wieder andere sahen Wereschnikow gleichfalls brachial werden, jedenfalls mit erhobener Stimme saugrob schimpfend, solche Sachen machen den Umstehenden ja meistens großen Spaß.

Der Streit, wer immer ihn vom Zaun gebrochen hatte, trug dazu bei, die Tendenz, die im Garten jedenfalls spürbar wurde, wo einzelne Fackeln schon verlöschten, ohne ausgetauscht zu werden, zu beschleunigen: das Abgleiten des Festes in tiefere Regionen. In der Wohnung, wo die Zigeuner-Techno-Musik die Fensterscheiben beben ließ, war das noch weniger festzustellen, hier wurde vor allem getanzt, wenngleich für Freistil-Tänze wenig Platz war. Das war eher die rhythmische Erschütterung eines stark verdichteten Menschenteigs. Eine Weile war es im großen Salon und in der anschließenden Bibliothek, als sei aus diesem Menschenkuchen kein einzelner herauszulösen. Hier mußte Ivana sich hindurchkämpfen wie durch eine verzweifelte Passagierballung auf einem sinkenden Schiff. Jede Vorstellung, es sei möglich, bei diesem Fest eine auch noch so angedeutete Aufsichts- und Lenkungsfunktion auszuüben, war in ihrer Hinfälligkeit längst offensichtlich. Dies Fest würde sich austoben müssen. Niemand hatte es mehr in der Hand, vor allem als im Garten die ersten Tropfen fielen und eine Wanderung auf die überdachte Terrasse und in die Wohnung einsetzte.

»Warum nehmen sie den Lastwagen?« dachte Ivana, »warum nehmen sie nicht den Leiterwagen und den Traktor?«

Der Traktor war langsam, aber der Weg den Berg hinauf war steil, und weiter oben teilte ein Gebirgsbach den Weg. Unversehens blieb, während ihre Gedanken sie ganz gefangennahmen, ein Bild an ihr hängen, das aus ihrer gegenwärtigen Umgebung stammte, vielleicht weil es einen Menschen zeigte, der ebenso einsam war wie sie, wenngleich wahrlich aus anderen Gründen. Maruscha stand hochaufgerichtet am Terrassengeländer und schaute in die letzten zischenden Fackelflammen, die dem einsetzenden Regen noch trotzten, der jetzt sanft und eigensinnig auf die Blätter tropfte. Sie rauchte eine Zigarette, was sie sonst niemals tat, sah so frisch und unbeeinträchtigt aus wie am Anfang des Abends, schien aber in Gedanken von tiefem Ernst versunken. Ihre Lippen bewegten sich, als ob sie spreche. Was immer es um sie herum für Tumulte gegeben hatte – sie hatte sie hinter sich gelassen. Aber dann tat sie etwas, das Ivana einen Augenblick aus ihren eigenen übermäßigen Sorgen auftauchen ließ: Sie legte sich die schöne Hand auf die linke Brust, auf das Herz, als müsse sie es festhalten oder vor einem Stoß bewahren, oder als wachse es bedrängend und sie versuche es zurückzudrücken.

Ivana wurde kurz darauf roh aus ihrer Abwesenheit gerissen. Eine neue Phase des Festes wurde durch einen einzelnen jungen Mann in zerschlissenen Jeans eingeleitet, der sich, sehr bleich, mit ungewaschenem in die Stirn fallendem Haar, durch die Gäste zu ihr in die Küche vordrängte, in der sie eben gerade ganz kurz völlig allein war. Er trat auf sie zu; sie sah, ohne sofort ihren Augen zu trauen, daß er ein Messer in der Hand hielt, das deutlich zitterte. Mit scharfer heller Stimme, die zu kippen drohte, forderte er von ihr, was sie nicht gleich verstand: Zucker, sofort Zucker. Die Küche war mit Weinkisten zugestellt, aber sie wußte, wo Doktor Glücks Zuckerdose stand, aus dunkel angelaufenem englischen Silber. Daß Ivana versäumt hatte, sie zu putzen, rettete die Dose jetzt möglicherweise für den Glückschen Haushalt. Der Junge schüttete sich den Inhalt in die Tasche seiner Lederjacke, sah Ivana an, als habe er ihre Gegenwart schon vergessen, und stürzte aus der Tür. Jetzt erst wurden ihr die Knie weich. Es gab keinen Stuhl, auf den sie hätte hinsinken können. Sie lehnte an der Wand und rutschte in die Hocke. Als zwei Kellner hereinkamen, fand sie nicht einmal die Kraft, von dem Auftritt eben zu erzählen.

Die beiden Kellner waren auch mit anderem beschäftigt. Viele der eingeladenen Gäste hatten das Fest inzwischen verlassen, es war deutlich nach Mitternacht. Zugleich war eine Horde junger Leute durch das geöffnete Tor in den Garten gelangt. Es regnete nicht mehr stark, und dort unten stand ein großes, von Bedienung verlassenes Büfett mit vielen geöffneten Flaschen. In den Gläsern hatte sich ein bißchen Regenwasser gesammelt. Die Kellner berieten: War es an ihnen, diese Eindringlinge abzuwehren und aus dem Haus zu werfen? Wer sollte das entscheiden? Wer befahl hier überhaupt? Gab es einen Hausherrn? Merzinger war verschwunden, denn er hatte sein Restaurant, anders als verabredet, an diesem Abend nicht geschlossen – »Ich könnt's mir gar nicht leisten« – und wollte dort nach dem Rechten sehen.

Das Jugendvolk war bald überall, es sickerte schnell auch in die Wohnung ein und betrug sich dort höchst unbefangen. Eben noch hatte der Salon sich von Tänzern geleert, jetzt war er wieder voll, seine neue Besetzung homogener als die alte, ein nicht unfreundlicher, wahrscheinlich aus bürgerlichem Milieu stammender Feier-Schwarm. Einer hatte offenbar das Fest ausbaldowert und die anderen in Windeseile zusammentelephoniert, solche unwillkommenen Fest-Übernahmen waren in diesen Jahren in Mode. Aber die alte Weisheit aus dem preußischen Kasino galt auch für diese gänzlich unmilitärisch erzogene Schar: »Kadett allein / elegant und fein / Kadett en gros / grob und roh.« Im erstickenden Gedränge war schon vorher dies und das zu Bruch gegangen – ein Vorhang heruntergerissen, Brandlöcher und ausgegossene Rotweinflaschen wie von einem Gemetzel auf dem altrosa Teppichboden, ein umgekippter Kandelaber, der eine Flut flüssigen Stearins ausgespritzt hatte –, aber nun begann erst das eigentliche Zerstörungswerk. Die Herrenlosigkeit der Wohnung teilte sich stimmungshaft mit. Die neuen Besucher stellten fest, daß sie keine Hindernisse zu nehmen hatten. Das brachte eine Verzauberung hervor, als öffneten sich in dieser Stadt geheimnisvoll festliche Räume, in denen Wein und Champagner floß und jedermann einfach nur einzutreten brauchte. Ein Junge entdeckte das Spiel, mit einer durchgerüttelten Sektflasche, deren Korkendraht entfernt war, auf die Napoleonica zu zielen: Schon knallte der erste Korken gegen »Napoleon auf der Brücke von Rivoli«, ein Farbkupfer, dessen altes feinblasiges Deckglas zersprang.

Währenddessen stand Maruscha weiter am Geländer der Terrasse. Sie fragte sich schon länger nicht mehr, ob einer der drei Herren, die ihretwegen übereinander hergefallen waren, sich hier noch irgendwo aufhielt, besser herumdrückte – ein Übermaß an Würde hatte keiner der drei bewiesen. Wereschnikows Schwäche, Breegens Brutalität und Tomislavs kindisch-eitler Egoismus hatten sich im fackeldurchleuchteten Halblicht dennoch mit unvorteilhaftester Deutlichkeit vorgeführt. An allen dreien hatte sie gehangen, auf unterschiedliche Weise: an dem sie behaglich schwätzend einlullenden Wereschnikow mit freundschaftlicher, beinahe verwandtschaftlicher Sympathie, an Herrn Breegen mit Bewunderung und an dem kleinen Tomislav mit einer Leidenschaft, von der sie täglich innigst hoffte, daß sie erlöschen werde, und deren Ende sie ebenso innig fürchtete.

Sie sah, daß sie sich zuviel zugemutet hatte. Sie wollte jedem Mann, mit dem sie sich einließ, gerecht werden, das war ihr feierliches Prinzip – nein, sie war nicht leichtfertig, das hatte Kasia vollständig falsch gesehen. Kasia verstand gar nicht, wie ernst sie die Männer nahm; sie hielt es nicht für möglich, daß man das tun konnte, schon gar nicht bei der Freundin, die sie sich als jugendliches zweites Ich auserkoren hatte. Maruscha sollte Kasias Leben fortsetzen. Kasia wollte in dem Bewußtsein leben, nicht ganz zu sterben, weil sie sich neu verkörpert hatte, in einem noch schöneren Körper als dem eigenen, und in einer Seele, die ihre eigene Kälte mit einem Wärme suggerierenden Schmelz umgeben würde. Schluß jetzt mit solchen Projektionen, Schluß mit der Vorstellung, nach Kasias Plan leben zu können. Sie konnte es nicht.

»Und wenn sie mich dreimal eine Kleinbürgerin nennt – es brennt nicht mehr – es ist eine Wahrheit, gegen die ich nichts einzuwenden habe.« Wenn etwas derart Dramatisches in einer Opernheldin geschieht, daß sie mit eigenen Händen in ihre Brust greift und herausreißt, was dort festgewachsen war, dann tost das Orchester, die Stimme der Diva schwillt an im symphonischen Sturmgeheul und droht den Brustkorb zu zersprengen. Auf der Bühne dieser weitgehend verlassenen Terrasse fand dasselbe lautlos statt. Es riß tatsächlich etwas in Maruschas Brust; ein Bändchen, an dem ihr Herz aufgehängt war, so meinte sie es zu fühlen, riß entzwei, mit einem noch nie erfahrenen Schmerz. Reglos hielt sie das aus. Dann bemerkte sie, daß der Schmerz abzuflauen begann. Seine Spitze brach ab, dann verbreiterte er sich, wurde dabei kraftloser und füllte schließlich den ganzen Brustraum mit einer nicht unangenehmen Glut.

In diesem Moment trat Doktor Glück neben sie. Das Haus war nicht ohne Herr, der Herr hielt sich nur verborgen. Er spielte Harun al-Rashid im eigenen Palast. Er war nicht angeheitert, er war betrunken. Er hatte sich so frühzeitig geradezu planmäßig betäubt, daß er nun schon wieder aus der ersten Benommenheit erwachte. Man spricht davon, man könne sich nüchtern saufen; um ein ähnliches Phänomen handelte es sich wohl bei Doktor Glück, um eine gewisse Klarheit auf dem Fundament eines Riesenrauschs. Wenn im Wein wirklich die Wahrheit liegt, wenn also der eigentliche, vom Bewußtsein sonst getarnte Charakter sich erst in der Trunkenheit enthüllt, dann hatte Doktor Glück die seelische Statur eines sanften, liebenswürdigen zwölfjährigen Knaben. Daß seine Züge gerötet und auseinandergelaufen waren und daß sein dünnes Haar, das er sich im Zustand des Angetrunkenseins zerraufte, nach allen Seiten abstand, fiel im Nachtlicht etwas weniger auf. Ihm half die Dunkelheit. Maruscha hingegen, auf die ein Lichtstrahl aus den Zimmern schien, war womöglich noch strahlender. Die Exzesse – auch sie hatte mehr getrunken, als sie gewohnt war – und die außergewöhnliche seelische Erregung beeinträchtigten sie nicht. Sie war so rein wie eben aus einem lauen duftenden Bad gestiegen.

»Sie haben mir wunderschöne Blumen geschickt«, sagte sie, als sie ihn erkannte, mit einem neuen, dem eben gewaltsam errungenen Seelenfrieden abgewonnenen Lächeln.

»Ach, nicht der Rede wert«, und ähnliches Gestammel, was sonst hätte er, auch wenn er nüchtern gewesen wäre, schon zu sagen gewußt, aber unter der Verlegenheit war eine Freude spürbar, die sich ordnend in seinem Gesicht bemerkbar machte. Es war nun nicht mehr wie eine Schippe hingeworfener Kies, es hatte eine Struktur, die von dem liebevollen Leuchten seiner Augen bestimmt wurde. Die beiden machten sich keine bedeutenden Mitteilungen. Auffällig war nur, wie leise sie sprachen. Das wurde geradezu ein Flüstern, als sollten die Fledermäuse, die gelegentlich wie nächtliche Schwalben vorbeischossen, nichts mitbekommen. Maruschas Nähe, der Anblick ihrer frischweißen, sandfarben eingerahmten Brüste, ihr frischer unverbrauchter Atem, ihre Stimme, die gedämpft in seinem Ohr kitzelte, ließen ihn unversehens erschauern, er fühlte, wie es ihn zu ihr zog.

Fühlte auch sie etwas dergleichen? Sie war doch eine Freundin der Männer. Sie mochte die Männer doch wirklich, viel lieber als die Frauen; selbst Kasia in ihrer ehrfurchtgebietenden Autorität war da nicht ausgenommen.

»Sie stehen hier so allein, wo ist Ihr Freund?« Die Nacht gab Doktor Glück ein, auch diese Frage, mit schwerer Zunge gestellt, wie ein großes Geheimnis auszusprechen. Hier tat Maruscha nun einen entscheidenden Schritt. Sie bekannte, was sich ereignet hatte. Sie machte es sich selbst klar.

Sie wisse nicht, wo er sei, wolle es auch nicht wissen. Sie wisse überhaupt nicht mehr, wie es weitergehe. Sie wisse nicht einmal mehr, wo sie heute nacht schlafen werde – in ihre Wohnung wolle sie nicht mehr zurück, am liebsten jedenfalls nicht, und es sei schließlich auch nicht wirklich ihre Wohnung, das habe man ihr soeben klargemacht.

Nur weil er neben ihr stand und nicht in ihre Augen blickte, wagte Doktor Glück einen Vorschlag, der ihm selbst in seiner Benommenheit noch fast das Herz stillstehen ließ. Er verlasse jetzt das Fest. Im Hintergrund splitterte etwas, etwas Schweres fiel um, ein vergnügtes Heulen begleitete diesen Sturz. Glück nahm das gar nicht zur Kenntnis. Er drehte sich nicht einmal um. Er habe ein Zimmer in der Nähe genommen, im Frankfurter Hof, sie könnten zu Fuß hinübergelangen – es sei ein großes Zimmer – wenn sie wolle, werde er auf dem Sopha schlafen ...

Sie schob ihm die Hand unter den Arm: »Dann lassen Sie uns sofort gehen, nicht mehr ins Haus, gleich durch den Garten.« Eilig hatten sie es dennoch nicht. Behutsam führte sie ihn die Treppe hinab, dann entschwand das Paar in den Schatten.

Ein weiteres Gespräch fand zu so später oder auch früher Stunde statt, das in seinem behutsam eine feste Mitte umkreisenden Charakter ebenfalls nicht zu der Auflösung paßte, in die längst alles geraten war. In Doktor Glücks kleinem Kaminzimmer herrschte tatsächlich noch Ruhe. Nach den physikalischen Gesetzen eines Festes werden Menschen von Menschen angezogen; je mehr an einem Ort versammelt sind, um so mehr strömen hinzu, so verwirklicht sich das Problem der Landflucht auch in den kleinen Zirkeln. In diesem Kaminzimmer saßen oder lagen Frau Markies und Sascha Wereschnikow in den tiefen Sesseln, die weniger zum gesprächigen Austausch, als zu einem einsam benommenen Träumen und Ins-Feuer-Starren gemacht waren. Hier begünstigten sie den Austausch der beiden, der gleichfalls vorankam, weil man sich nicht in die Augen sah.

Wereschnikow war noch am wenigsten belastet in diesem Zusammensein, weil er die Angst vor der Peinlichkeit nicht kannte. Er überholte und übertrumpfte jede Art von Peinlichkeit durch Peinlichkeitsoffensiven. Wenn es niemandem gelang, peinlicher zu sein als er, war das auch ein Sieg, eine Überwältigung, der menschliche Größe nicht abgesprochen werden konnte. Andere hätten versucht, nach dem entsetzlichen Auftritt rund um Maruscha, der bei den Umstehenden wie ein Hahnenkampf beobachtet und höhnisch kommentiert worden war und in dem Wereschnikow sich zu heftigen Klagen und großen, aber das Detail nicht verschmähenden Anschuldigungen hatte hinreißen lassen, so schnell wie möglich das Feld zu räumen. Ruhmvoll war das alles für niemanden. Nur die Frau hatte immer nobler gewirkt, schutzwürdig, den Angriffen gemeiner Gesellen ausgesetzt.

Aber Wereschnikow blieb. Er lief Inge Markies in die Arme, die ihrerseits in aufgewühlter Verfassung war. Ihr Schützling Doktor Glück war zu überhaupt nichts gut gewesen. Frühzeitig war er so betrunken, daß von einer Vorstellung »hochkarätiger« Gäste nicht die Rede sein durfte – wieder dieser Terminus aus dem Juwelenhandel, in dem Frau Markies tatsächlich ihr Berufsleben begonnen hatte, immer noch trug sie unregelmäßig geformten, selbst entworfenen Schmuck, der wirklich hochkarätig war, sie verabscheute Tinnef. Sie hatte den Hausherrn mit dem eigenen Leib abschirmen müssen und zunächst jedenfalls einen urlangweiligen Abend verbracht, denn Doktor Glück gebe nichts her, einer dieser vom Beruf ganz aufgefressenen Typen, die privat vollständig versagten. Deshalb sehe sie auch schwarz für das von ihr vorgesehene »High-Maintenance-Wife« ...

»Für das was?« Wereschnikow tat stets verwirrt, wenn andere sich spezialistisch ausdrückten.

»Du bist ein hoffnungsloser Romantiker.« Dies war einmal nicht kritisch wie früher, sondern liebevoll nachsichtig gesprochen. Frau Markies wurde geradezu ein wenig besinnlich. Sie hätten es doch eigentlich ganz nett zusammen gehabt, was denn bloß dazwischengekommen sei? Die Antwort war beiden bekannt. Sie hieß mit einem Wort Maruscha. Und man hätte auch die Gewohnheit von Inge Markies noch erwähnen können, immer noch einmal zurückzukehren, nachdem sie das Haus verlassen hatte.

Aber von Maruscha sollte nun nicht mehr die Rede sein, es war zu viel von ihr die Rede gewesen. Jetzt war selbst Wereschnikow am Ende seiner Kraft. Zärtlich mochte man den erschöpft-vorwurfsvoll-leidenden Blick, den er der Markies sandte, nicht nennen, aber abwehrend war er auch nicht.

»Du mit deinen brillanten Verbindungen. Schickst mir einen kleinen akademischen Versager, der nur meine Büromädchen vögeln kann, und wunderst dich, daß deine Projekte nicht ins Laufen kommen. Dieser Kongreß, worum ging es noch gleich ...«

»Über Balkan-Fragen«, antwortete Wereschnikow. Er schien zerstreuter, als es sonst bei diesem, ihm am Herzen liegenden Gegenstand der Fall war – warum nannte er nun nicht auch das Kongreßthema im engeren Sinn? Was hielt ihn davon ab, vor Inge Markies über die Würde, die Würde des Menschen, die in allen großen Religionen und Philosophien und Weltanschauungen ihr sicheres Fundament habe, ja im Grunde die Essenz jeder geistigen Sicht auf den Menschen sei, anzusprechen – speziell natürlich über die Würde auf dem Balkan? Dieser wunderbare Plan eines solchen Kongresses aller Gutgesinnten, der wie eine kristallklare Quelle das reine Wasser hervorsprudeln ließ, das die Feuergluten Jugoslawiens zum Erlöschen brächte?

»Es wird etwas daraus werden, nur kleiner als geplant. Das Außenministerium hat sich zurückgezogen, die UN zahlen auch nur für eine kleine streng wissenschaftliche Tagung und wollen noch mal ein Papier – Papier, Papier, die Welt erstickt in Papier. Und wer soll es schreiben? Natürlich wieder ich, in vier Sprachen, und wer trägt die Übersetzungskosten? Und dann muß ich mir auch noch Vorwürfe von Leuten anhören, denen ich helfen wollte – ich habe die Dinge ja nicht in der Hand – financial ressources are limited, so schallt es einem in dieser Welt entgegen, dabei wälzen sich die Herren mit ihren eingeflogenen Konkubinen in numidischem Reichtum ...«

Die Markies langte mit der kräftigen, sorgfältig gepflegten Hand über die hohe, breite Sesselbarriere und erreichte, indem sie sich streckte, seinen Nacken, den sie, wie es einst Gewohnheit gewesen war, mit Daumen und Zeigefinger geschickt neuralgische Punkte treffend, behutsam massierte. Und siehe da, Wereschnikow verstummte, schloß die Augen und gab sich der Behandlung hin. Nicht viel später fand der Festes-Mob, der nun auch in diesen bisher ausgesparten Leerraum schwappte, die Sessel verlassen vor.

Ivana hatte längst aufgehört zu bedienen und Gläser vollzugießen, die danach nicht immer im Schlund des Gastes landeten, sondern verschüttet wurden und umfielen. Sie wußte, daß es ihre Aufgabe war, hier auszuharren, bis der letzte Gast gegangen war, und dieser Aufgabe würde sie um jeden Preis gerecht werden. Die bloße Vorstellung, zu Hause im Souterrain neben Stipo zu liegen, ins Dunkel zu starren und an die Eltern zu denken, schreckte sie. Sie hatte einer Pflicht zu genügen. Das war auch der einzige Grund, der rechtfertigte, daß sie jetzt nicht mit den andern auf dem Lastwagen neben dem Eisschrank saß.

Wenn überhaupt noch jemand auf dem Lastwagen saß. Sie kannte die Straße, besser, den holprigen Waldweg über den Kircuc genau. Niemand wäre in Friedenszeiten auf den Einfall gekommen, diesen Weg mit einem Lastwagen zu befahren. Warum nicht mit dem Traktor? War der Traktor vielleicht kaputt? Was sie wußte, wußten die Mutter und der Vater und die Schwäger ebensogut. Gelegentlich versuchte sie, das Mobiltelephon der Mutter zu erreichen. Das scheiterte immer, nach kurzem Tuten brach die Verbindung wieder ab. Sie hatte sich einen Stuhl in die Küche geholt. Auf diesem Stuhl saß sie nun wie eine Wartende auf dem Bahnhof. Wer hereinkam, nach Flaschen suchte und wieder abzog, den schaute sie mit dem gleichgültigen Blick an, mit dem man fremde Reisende mustert. Nach Würfelzucker wurde nicht mehr verlangt, die Leute saugten ihre Pülverchen durch die Nase. Merzingers Personal war abgezogen. Es ging auf halb fünf. Die Leute versorgten sich selbst und würden bleiben, bis alles ausgetrunken war, und das wäre dann das natürliche Ende von Rotzoffs exklusivem Fest.

Und dann, nachdem Ivana bloß noch wie einer nervösen Angewohnheit gehorchend wieder einmal die Mobilnummer der Familie eingegeben hatte, war unversehens doch eine Verbindung da. Annas Stimme sprach vernehmlich und zunächst fast störungsfrei. Die Schwestern verständigten sich mit Stichworten, Anna in der ihr eigenen Objektivität, ohne andere innere Anteilnahme als einem unter der Sachlichkeit hervorleuchtenden Triumph, daß es so und nicht anders gekommen war, aber in Ivana wurde jedes Wort zu einem detailreichen Bild. Auf dem Lastwagen saßen sie schon längst nicht mehr. Der Lastwagen hatte die Steigung überraschend gut bewältigt, war im Gebirgsbach aber steckengeblieben, der besonders viel Wasser führte. Alles Schieben, bis zur Hüfte im kalten Wasser, alles Manövrieren, Vorwärts- und Rückwärtsrucken war vergebens. Mit jeder Drehung sanken die Reifen tiefer in das weiche Bachbett ein. Also absteigen, abladen. Zum Glück war man nicht mehr allein. Der ganze Wald schien voller Menschen, von den verstreuten Höfen und Weilern waren die Kroaten aufgebrochen, die Klugen mit Eseln und Pferden und zu Fuß, sie hatten wohl keinen Eisschrank zu retten. Die Mutter wurde auf einen fremden Handwagen geladen, der Vater mußte laufen. Der Lastwagen blieb, vom anschwellenden Gebirgsbach umrauscht, zurück. Der Eisschrank? Hatte der Eisschrank etwa Beine? Auch er blieb zurück, wie alles, was sich nicht selbst retten konnte. Das alles im Stockdunkeln, die Scheinwerfer des Lastwagens waren zunächst das einzige Licht, dann kamen eisige Lichtkegel aus den Mobiltelephonen hinzu, andere Leute hatten Taschenlampen dabei.

Schließlich war die Anhöhe gewonnen, die einen Blick über das Tal erlaubte. Hier schied sich das Tal von Prozor, der überwiegend von Muslimen bewohnten Region, von jener Zone, die von kroatischen Milizionären kontrolliert sein sollte. Die Kleinstadt, die angeblich in deren Hand war, lag noch zwanzig Kilometer entfernt. Wenn sie die erreichten, waren sie gerettet. Es gab kein Verweilen, nur ein Vorwärtsdrängen des immer größer werdenden Stroms schwarzer Gestalten, die nur gedämpft miteinander sprachen. Leises Kinderweinen war zu hören. Eine Frau war mit vier kleinen Kindern unterwegs, eines im Kinderwagen, eines im Rucksack, eines vor die Brust gebunden, eines an der Hand.

Nur Anna blieb etwas zurück und wandte sich noch einmal dem Tal zu. Dort, wo tief unten das Mestrovic-Gehöft liegen mußte, war nur einfach ein schwarzes Loch. Aber dann schoß eine hohe gelbrote Stichflamme auf, wie eine Zypresse, so schlank. Sie warf ein warmes, von Funkenregen feuerwerkshaft durchblitztes Licht auf ihre Umgebung. Als Bekrönung stand sie auf dem höchsten Punkt des Zeltdachs. Und nun strahlte es auch warm aus den Fenstern, hellgelb-rot-orangefarbene Rechtecklein illuminierten das Haus von innen. Es hatte sich in einen riesigen Ofen verwandelt, einen Ofen, der sich selbst verzehren würde, aber das brauchte Zeit. Dies Haus bot dem Feuer für viele Stunden Nahrung. Anna wandte sich ab von diesem Bild und mußte laufen, um den Anschluß an den Zug ins Dunkle zu finden. Das war für Tage das letzte, was Ivana von ihrer Familie hörte.

Es spricht vielleicht nicht für meine Empfindsamkeit, aber ich genoß das Fest immer mehr, je länger es dauerte und je tiefer ich in es eintauchte. Was mochte das sein – der Stand des die ganze Nacht hinter Wolken verborgen bleibenden Mondes und der ebenso unsichtbaren Sterne? Die roten und weißen Lichtpünktchen der über uns schnurgerade ihre Route verfolgenden Flugzeuge vertraten am Himmel zeitgenössisch angemessen die Sternbilder. Die Mischung der Gäste, das Chaos der Überfüllung, das frühe Angesäuseltsein, dies alles zusammen bewirkte in mir eine Bewegung, die die Last aus Trauer und Frustration und Verärgerung – Winnies Tod und das Platzen der Mestrovic-Ausstellung hatten eine fatale Mischung aus großem Unglück und verstimmter Enttäuschung entstehen lassen – von mir wegschob. Wie lange hatte ich nicht mehr getanzt? Jetzt tanzte ich wie ein Brummkreisel, überließ mich dem exhibitionistischen Vergnügen, mir groteske oder laszive Figuren einfallen zu lassen, die Tanzerei zu ironisieren und sich ihr zugleich hemmungslos hinzugeben. Die Mädchen blieben nicht lange bei mir. Ich versuchte auch nicht, eines festzuhalten. Es war, als spürten sie alle, daß mein Interesse in eine bestimmte Richtung ging, daß ich eine ganz bestimmte Frau im Auge hatte, und so war es auch. Sie tanzte in der Ferne, war dann wieder verschwunden, dann plötzlich mit einem anderen Tänzer unterwegs. Sie machte es offenbar wie ich, sie legte sich nicht fest. Es ist mir ohnehin zutiefst unverständlich, was verheiratete oder glücklich liebende Leute auf einem Tanzfest oder in einer Diskothek suchen, wo der ganze Reiz solcher Veranstaltungen doch ausschließlich darin besteht, daß man nicht weiß, in wessen Gesellschaft man sie verlassen wird oder ob die Jagd ergebnislos bleibt.

Die Frau, die ich im Auge hatte, kannte ich und kannte sie nicht. Ich hatte sie in Rotzoffs Gesellschaft gesehen, das große, geradezu bedrückend, geradezu in Verlegenheit setzende schöne Mädchen, das unter seiner Schönheit gebeugt ging, als sei sie sich einer Schuld bewußt. Sie trug unter ihrer engen bemalten Bluse einen sehr kurzen Rock, aus türkisem Schlangenleder, und ihr Tanz hatte gleichfalls etwas von den Windungen einer sich häutenden Schlange; das Mädchen ließ etwas hinter sich, obwohl es den Rock doch anbehielt. Ich frage mich heute, welchen Anteil an meinem Interesse hatte, daß dies Mädchen Rotzoffs Freundin gewesen war, womöglich gar die unmittelbare Vorgängerin von Winnie; und irgendwer – Merzinger? – hatte sogar behauptet, Rotzoff sei nach dem Winnie-Ausflug zu ihr zurückgekehrt, ohne sich freilich an diesem Abend weiter um sie zu kümmern. Es mag sein, daß ich mich zuweilen unfreundlich über Rotzoff geäußert habe, deshalb macht mich die Beobachtung nachdenklich, daß ich, was Frauen anging, offenbar denselben Geschmack bewies. Gab es am Ende noch mehr Gemeinsamkeiten? Hatte sie sich womöglich auch schon gefragt, ob es da eine geheime Zwangsläufigkeit gebe, daß Winnies Verehrer auch die ihren sein mußten?

Renate hieß sie; ich erfuhr das erst aus ihrem Mund, Reni ließ sie sich nennen, auch hierin lag eine Verkleinerung, so kam mir vor, der unbeholfene Versuch, ihre strahlende, unproblematische Schönheit zu dämpfen. Die Markies sprach von »spießiger Hübschheit«, natürlich mußte sie etwas Bösartiges sagen. Was sie damit vielleicht meinte: daß diese Schönheit ohne Biß war; aber mußte es denn immer auf ein Fetzen und Reißen herauslaufen? Bei ihr jedenfalls nicht einmal, wenn Rotzoff sie schlecht behandelte. Sie gab dergleichen nicht zurück, die Bosheit und Gemeinheit verzischte bei ihr wie eine auf dem Erdboden herumsausende Rakete.

Wir fanden sehr spät zueinander, erst in der Auflösungsphase des Festes, als die Jugendhorde das geladene Publikum schon weitgehend hinausgeekelt hatte. Wir hatten beide viel Wein getrunken. Eine kleine Benommenheit verführte sie dazu, den Kopf zu neigen und die Lockenfluten schleierartig vor ihr Gesicht hinabstürzen zu lassen, dann, wie aus einem Gebüsch aus der Haarfülle hervorzusehen, einen langen Blick in meine Augen zu versenken und »Äächt?« zu sagen, aber das hieß bei ihr nicht, was es sonst heißt: »Ziemlich unwahrscheinlich, was du sagst, und sollte es stimmen, geht's mich nichts an«, sondern war, so empfand ich es, wirklich eine Frage nach meiner Aufrichtigkeit, und ebenso war ihr fragendes »Okay?« in dem mir sonst verhaßten investigativen Tonfall – »Was du bis jetzt gesagt hast, lassen wir mal stehen – sprich weiter, mal sehen, was noch kommt« – von unschuldiger Neugier, die sich hinter der öden Floskel nicht versteckte, sondern mich auch im Gewand des »Okay?« bezauberte. Wie ja überhaupt, so entschied ich, die Kritisiererei an der Sprache der anderen ein Ende haben mußte. Als Schopenhauer und Kraus sich über die Sprachverschluderung erregten, da hatten sie ein Publikum, das verstand, was sie sagten. Aber das war eine abgeschlossene historische Epoche. Jetzt verständigte man sich irgendwie. Ich durfte froh sein, daß die Verständigung gelang und daß ich mit dieser großen schönen Frau in einer gemeinsamen Sprache sprechen durfte.

Wie sie war, war ihre Sprache: verheißungsvoll, sanft, zärtlich, wer wünschte sich eine schönere? Wir begannen früh, uns zu küssen, und sprachen zwischen den langen feuchten Pausen weiter, als sei da nichts Entscheidendes geschehen. Wir lebten im Land eines freundlichen Überflusses, wo die Küsse den Menschen geschenkt wurden wie die Atemluft. Treibholz, das sich am Bachrand verfangen hat, löst sich dann unversehens wieder und schwimmt weiter, und ebenso zufällig kamen auch wir von dem Terrassengeländer los, während, noch im Dunkeln, die Vögel in den Baumkronen erwachten und zunächst schüchtern und vereinzelt piepsten, um alsbald zu einem Chorus anzuschwellen, den verkommenen, geröteten, verschwollenen Feiergesichtern die Nähe eines Morgens zu verkünden, der reinliche Frische atmete. Es lag keine Absichtlichkeit in unserem engumschlungenen Durch-die-Wohnung-Wandern, aber hätten wir ein stilles Plätzchen gesucht, gefunden hätten wir es nicht, sogar in Doktor Glücks Schlafzimmer, auf seinem überbreiten Bett, bewegte sich ein Menschenhaufen, halb entblößte Körper, nicht das Tier mit den zwei Rükken, sondern eines mit mindestens acht Beinen.

In einem Sessel lag Rotzoff und schlief, von dem Treiben um ihn herum nichts mehr wahrnehmend. Ich erkannte ihn an seiner Smokingjacke zum über der Brust geöffneten weißen Hemd und Jeans, sein Gesicht war im Schlaf auseinandergelaufen bis zur Unkenntlichkeit, ein Geköpfter hätte sich nicht unähnlicher sein können. Nahm Reni ihn wahr? Dann ließ sie sich nichts anmerken. Ich lenkte sie aber, bevor das Wiedererkennen unvermeidlich war, aus dem Zimmer wieder hinaus, dies Engumschlungen-Herumtappen war nebenbei gar nicht so einfach, Reni war ein bißchen größer als ich, Hüften und

Schultern lagen nicht auf derselben Höhe. Alkoholiker-Lebensweisheiten wanderten durch meinen Kopf, während wir uns die Treppe Stufe für Stufe schon beinahe torkelnd hinabfallen ließen: Jeder nimmt, was er bekommt; jeder bekommt, was er gibt; man muß sich mit dem Zweitbesten abfinden lernen – hatte Rotzoffs Anblick mich in diese Gedankentiefen gestoßen?

Tropische Strände, an denen unter Palmen arme Leute in Hütten wie Spatzennester hausen, sind oft mit Schmutz bedeckt. Der goldene Sand, das ultramarin leuchtende Meer, die wogenden, vom Wind gebeugten Palmwipfel, die reine Himmelsschale sind umgeben von weithin ausgestreutem menschlichem Müll; man hat sich daran gewöhnt, die Abfalltüten an den Strand zu stellen und sie von der Flut davontragen zu lassen, aber das geschieht nie vollständig, weil die vorwärtsdrängenden Wellen den Inhalt der Tüten zunächst überall verteilen. So liegen denn ausgequetschte Salbentuben, Schuhe, Obstschalen, Glasscherben, Dosendeckel, vom Salz ausgelaugter Kunststoff, in Hellgelb und Türkis, Hühner- und Schweineknochen unter den rosigglühenden Strahlen der aufgehenden Sonne, die als Prachterscheinen aus dem Wasser steigt und für eine halbe Stunde alles überglänzt, was sie ins Licht hebt; der Abfall wird zu dunklem Gekrümel, er schrumpft unter der Sonne, der Schraubverschluß der Colaflasche wird zur Muschelschale. Alle häßliche Künstlichkeit können die Sonne und das von ihr erneuerte Meer sich anverwandeln. Sehr kurz ist es wirklich einmal weinfarben. Das Elend ist ein Erbe der Nacht, kraftlos, die rotflammende Hoffnung der Gegenwart zehrt es auf. Dann steigt die Sonne höher, sie wandert über die Palmwipfel, und nun gießt sich wieder die Objektivität gleichmäßig überhellen Tageslichts über das Schöne und das Häßliche.

Doktor Glücks Garten lag nicht an einem solchen tropischen Meer, aber der Sonnenaufgang, den Ivana auf der Terrasse weniger beobachtete als über sich ergehen ließ, hatte etwas von tropischer Gewalt. Die feuchte Luft ließ das Laub der Blutbuche satter werden. Ihr Rot stand auf samtschwarzem Grund. Das Gras, so niedergetrampelt es war, funkelte in tausend Tautröpfchen, aber der rote Teppich und der ganze Garten waren bedeckt von weggeworfenem Zeug, mit Zigarettenschachteln, umgekippten Flaschen, zerbrochenen Gläsern, verschmierten Tellern, dazu die gekrümmten, wie verkohlte Knochen aussehenden abgebrannten Fackeln. Die Beete mit den bleichen Rosen und dem Fingerhut, die dem Garten die Stimmung eines präraffaelitischen hortus conclusus verliehen hatten, waren von den Füßen der Schwankenden zertrampelt, jemand war in einen besonders schönen Rosenbusch gefallen und hatte ihn mit dem Spalier niedergerissen.

Ivana war niemals für Stimmungszauber disponiert, heute noch weniger denn je, aber sie stand dennoch still, wie gebannt. Gerade hatte der letzte Gast das Haus verlassen. Rotzoff war erwacht, hatte sich aufgerappelt und war mürrisch und wortlos an ihr vorbeigezogen. Immerhin verließ er, der Ehrenkapitän dieses Festes, das gesunkene Schiff als letzter. Vorher war Ivana eine Einsamkeitsinsel inmitten des aus dem Ruder gelaufenen Treibens gewesen, jetzt war sie wirklich die einzige, und dies objektive Alleinsein trat ihr ins Bewußtsein. Die Mauern, hinter die sie sich verschanzt hatte, sanken dahin.

Eine Weile überließ sie sich diesem Erlebnis, während die Sonne stieg und nun auch schon wärmende Strahlen sandte. Sie fühlte sie durch den kühlen Morgen hindurch auf ihrem Gesicht. Dann straffte sie sich und eilte durch die verwüstete Wohnung zum Klosett. Das sah besonders übel aus, aber es war gut, daß der Deckel hochgeklappt war. Sie erreichte es im letzten Augenblick, beugte sich darüber und erbrach in einem schmerzhaften Krampf ein wenig gallenbitteren essigsauren Magensaft. Sie hatte seit zwölf Stunden nichts zu sich genommen.

Als sie sich aufrichtete, ertönte gedämpfte Musik, mexikanisches Zirpen, Steelband-Klingeln, Brass-Akkorde, volltönend, üppig, als fernes, schmetterlingshaft flatterndes Echo des Festes. Sie nahm ihr Telephon aus der Jackentasche. In raumloser Ferne, aus fensterlosem Irgendwo hörte sie die Stimme ihres Mannes. Zwanzig Minuten später war er da, in einer Tüte hatte er ihren schwarzen Jogginganzug dabei. Sie zog ihr Kostüm aus und streifte den Jogginganzug über. Dann begannen sie aufzuräumen.

Inhalt

Martin Mosebach im dtv

»Mosebach erzählt grandios. Er hat Humor, er schreibt mit feiner Ironie.«
Stuttgarter Zeitung

Das Grab der Pulcinellen
Erzählungen, Pasticci, Phantasien

ISBN 978-3-423-**12863**-6

Eine wunderbare Sammlung literarischer Spielereien, »ein furioses Fest der Phantasie«. (Tages-Anzeiger)

Das Bett
Roman

ISBN 978-3-423-**13069**-1

»Ein spannender Roman, in dem exzellent präsentierte Charaktere gelingen: Stephan Korn ist vielleicht eine der besten Schilderungen einer deutsch-jüdischen Existenz zwischen den Zeiten.« (Die Presse)

Der Nebelfürst
Roman

ISBN 978-3-423-**13119**-3

»Mit wenigen Strichen, auf knappstem Raum, zeigt uns Mosebach die alte und die neue Welt in einem labilen Schwebezustand.« (Frankfurter Rundschau)

Ruppertshain
Roman

ISBN 978-3-423-**13159**-9

»Auf ebenso beklemmende wie faszinierende Weise wird der Zerfall einer Gesellschaft – nicht nur einer Familie – beschrieben.« (Die Presse)

Westend
Roman

ISBN 978-3-423-**13240**-4

Ein Roman von Kommerz und Liebe, von Intrige und Vergeblichkeit und ein Epos von der Verwandlung einer Stadt und ihrer Gesellschaft in den Aufbaujahren der Republik.

Rotkäppchen und der Wolf
Ein Drama

ISBN 978-3-423-**13493**-4

»Mosebachs Stück ist … Märchen, Burleske und Mysterienspiel in einem … auf verschmitzte Weise Welttheater.« (Süddeutsche Zeitung)

Das Beben
Roman

ISBN 978-3-423-**13568**-9

Es beginnt mit einer Liebesgeschichte im modernen Europa und endet mit einer Flucht in eine andere Welt: Indien.

Martin Mosebach im dtv

»Ein Meister der Metapher, der genauen Beobachtung und des treffenden Sprachwitzes.«
Hannes Stein in der ›Welt‹

Die Türkin
Roman
ISBN 978-3-423-**13674**-7
Ein junger Mann aus Frankfurt lässt alles hinter sich und folgt seiner türkischen Geliebten in ihre Heimat ...

Eine lange Nacht
Roman
ISBN 978-3-423-**13738**-6
Die Geschichte einer Karriere aus Not – unter dem nie ganz dunkel werdenden Frankfurter Nachthimmel, der Raum bietet für Liebe und große Träume.

Schöne Literatur
Essays
ISBN 978-3-423-**13837**-6
Martin Mosebach über Literatur und Kunst, Politik und Religion – Essays, die immer unzeitgemäß sind.

Der Mond und das Mädchen
Roman
ISBN 978-3-423-**13902**-1
Eine doppelbödige Liebesgeschichte, ein heiterer Großstadtroman, ein Sommernachtstraum mitten im Frankfurter Bahnhofsviertel.

Was davor geschah
Roman
ISBN 978-3-423-**14105**-5
»Ein Portrait der Frankfurter Gesellschaft, nachgeschärft und zum Funkeln gebracht.« (SZ)

Häresie der Formlosigkeit
Die römische Liturgie und ihr Feind
ISBN 978-3-423-**14147**-5
Martin Mosebach über einen revolutionären Kulturbruch: die Abschaffung des Lateinischen als Liturgiesprache.

Als das Reisen noch geholfen hat
Von Büchern und Orten
ISBN 978-3-423-**14304**-2
»Mosebach ist in seinen Reiseessays auf der Suche nach ergreifender Schönheit.« (Die Zeit)

Stadt der wilden Hunde
Nachrichten aus dem alltäglichen Indien
ISBN 978-3-423-**14342**-4
Vom Rattentempel in Deshnok, vom Gott der wilden Hunde, von der Konfrontation mit dem uralten Königtum ...

Bitte besuchen Sie uns im Internet: www.dtv.de

Botho Strauß im dtv

»Ein Erzähler, der für Empfindungen der Liebe Bilder von einer Eindringlichkeit findet, wie sie in der zeitgenössischen Literatur ungewöhnlich sind.«
Rolf Michaelis

Die Widmung
Eine Erzählung
ISBN 978-3-423-10248-3

Paare, Passanten
ISBN 978-3-423-10250-6

Kalldewey
Farce
ISBN 978-3-423-10346-6

Trilogie des Wiedersehens
Groß und klein
Theaterstücke, Szenen
ISBN 978-3-423-10469-2

Die Hypochonder
Bekannte Gesichter, gemischte Gefühle
Zwei Theaterstücke
ISBN 978-3-423-10549-1

Die Fremdenführerin
Stück in zwei Akten
ISBN 978-3-423-10943-7

Der junge Mann
Roman
ISBN 978-3-423-10774-7

Angelas Kleider
Nachtstück in zwei Teilen
ISBN 978-3-423-12437-9

Theaterstücke I
1972–1978
ISBN 978-3-423-11747-0

Theaterstücke II
1981–1991
ISBN 978-3-423-11748-7

Theaterstücke III
1993–1999
ISBN 978-3-423-12853-7

Theaterstücke IV
2001–2005
ISBN 978-3-423-13517-7

Schlußchor
ISBN 978-3-423-12279-5

Beginnlosigkeit
Reflexionen über Fleck und Linie
ISBN 978-3-423-12358-7

Ithaka
Schauspiel nach den Heimkehr-Gesängen der Odyssee
ISBN 978-3-423-12595-6

Bitte besuchen Sie uns im Internet: www.dtv.de

Botho Strauß im dtv

»Botho Strauß ist und bleibt der große Zeitgenosse unter den deutschen Gegenwartsautoren.«
Volker Hage

Die Fehler des Kopisten
ISBN 978-3-423-**12656**-4

Die Ähnlichen
Der Kuß des Vergessens
Zwei Theaterstücke
ISBN 978-3-423-**12834**-6

Das Partikular
ISBN 978-3-423-**13031**-8

Der Narr und seine Frau heute abend in *Pancomedia*
ISBN 978-3-423-**13274**-9

Die Nacht mit Alice, als Julia ums Haus schlich
ISBN 978-3-423-**13399**-9

Der Untenstehende auf Zehenspitzen
ISBN 978-3-423-**13524**-5

Schändung /
Die eine und die andere
Theaterstücke
ISBN 978-3-423-**13627**-3

Mikado
42 kuriose Kalendergeschichten
ISBN 978-3-423-**13788**-1

Die Unbeholfenen
Bewußtseinsnovelle
ISBN 978-3-423-**13827**-7

Vom Aufenthalt
ISBN 978-3-423-**14133**-8

Die Fabeln von der Begegnung
ISBN 978-3-423-**14422**-3

Diese Erinnerung an einen, der nur einen Tag zu Gast war
Gedicht
ISBN 978-3-423-**19007**-7

Rumor
Roman
dtv AutorenBibliothek
ISBN 978-3-423-**19125**-8